CONTE *verlag*

Der **Mönch** von **Eberbach**

Holger Höcke

CONTE *roman*

Bibliografische Information der Deutschen Nationalbibliothek
Die Deutsche Nationalbibliothek verzeichnet diese Publikation in der
Deutschen Nationalbibliografie; detaillierte bibliografische
Daten sind im Internet über http://dnb.d-nb.de abrufbar.

ISBN 978-3-941657-31-1

© Holger Höcke
© Conte Verlag GmbH, 2011
Am Rech 14
66386 St. Ingbert
Tel: (0 68 94) 1 66 41 63
Fax: (0 68 94) 1 66 41 64
E-Mail: info@conte-verlag.de
Verlagsinformationen im Internet unter www.conte-verlag.de

Lektorat: Tina Klinkner
Umschlag und Satz: Markus Dawo
Druck und Bindung: Faber, Mandelbachtal

*»Du wirst bemerkt haben, Adson,
dass die interessantesten Dinge
hier immer nachts geschehen.«*

UMBERTO ECO: Der Name der Rose

Inhalt

I. De profundis 7

II. Omina mala 15

III. Rustica gens 45

IV. Porta patet – cor magis 71

V. Vulnerasti cor meum 95

VI. Perierat et inventus est 127

VII. Fruamur cupitis amplexibus 163

VIII. Magnum vas 205

IX. Beati mortui qui in Deo moriuntur 247

X. Locus horroris et vastae solitudinis 297

XI. Omnia flumina intrant mare 337

XII. Stella maris 369

Personenverzeichnis 383

Übersetzung der fremdsprachigen Textstellen 385

Glossar 390

Nachwort und Dank 399

I. De profundis

Mauern, Kälte, Dunkelheit.

Wo war ich?

Eben hatte ich noch geglaubt, in meiner Zelle zu erwachen, in meinem Habit, auf der harten Pritsche, wollte mich erheben und mich fertig machen zu den Vigilien. Ich dachte, durch die dünnen Wände die Geräusche der Mitbrüder zu hören: das Gähnen und Stöhnen, das Knacken der Gelenke, wenn sie sich strecken, um den Schlaf zu verjagen. Dann musste erneut der Ruf des Bruders Sakristan ertönen, der mit einem Licht in der Hand kommt, um uns zu wecken: *Benedicamus Domino!* Lasst uns den Herrn loben! Ich wollte aus meiner Zelle treten, die sich ganz hinten im Dormitorium befindet, die neun Säulen entlanggehen, die Nachttreppe hinunter in die Kirche steigen, und dann würden die Gebete folgen, die Gesänge, das Gotteslob. Abläufe, Riten, tausend Mal ausgeübt, vertraut und sicher.

Nichts von alledem. Nichts. Die Stirn brannte, der ganze Kopf dröhnte wie eine Trommel, die Augen glichen flüssigem Blei und wollten schier aus dem Schädel treten. Die Zunge trocken wie Sand an einem wasserlosen Ufer. Das Gedächtnis leer – wie ein abgeschabtes Pergament. Da formte sich ein Satz auf diesem leeren Pergament, die Worte eines Psalms: Meine Seele ist übervoll an Leiden und mein Leben ist nahe dem Tode. Ich bin gleich denen geachtet, die in die Grube fahren, ich bin ein Mann, der keine Kraft mehr hat. Ich liege unter den Toten verlassen wie die Erschlagenen, die im Grabe liegen.

Im Grabe. Das musste die schreckliche Wahrheit sein: Ich war tot.

Hatte mich der Herr abberufen, in meinem zweiunddreißigsten Lebensjahr, nicht gerade in der Blüte der Jahre, aber dennoch früher, als es meine Gesundheit eigentlich erwarten ließ? Drohte jetzt das Fegefeuer? Da blitzte eine Erinnerung auf: Das Fegefeuer … der Ablass … ein Mönch aus Wittenberg und seine Thesen … so hatte alles angefangen in diesen Zeiten, deren Ordnung ins Wanken geraten war, gerade so wie ein Felsbrocken, der tausendfünfhundert Jahre auf einem hohen Berg gelegen hat, plötzlich schwankt, wackelt und am Ende mit Getöse herunterfällt und alles zerschlägt.

Mauern, Kälte, Dunkelheit.

Die Mauern. Ich lag auf meiner rechten Seite in irgendeiner Ecke. Härte an Rücken und Gesäß. Härte auch von unten, grobe Steine, die ich durch dünnes, vergammeltes Stroh fühlte. Nur unter dem Kopf hatte ich etwas Weicheres, vielleicht eine alte Decke, die muffig und säuerlich roch. Mir war leicht übel.

Die Kälte. Frösteln am Leib, die Hände und Füße gefühllos wie Eisblöcke. Ich wollte meinen Habit zusammenraffen und noch fester um mich ziehen, da bemerkte ich, dass ich einfache Kleidung trug, eine wollene Hose und ein kratzendes leinenes Hemd, darüber einen schmierigen Kittel aus grobem Tuch. Ich versuchte die kalten Füße aneinander zu reiben und spürte schweres, klobiges Schuhwerk.

Die Dunkelheit. Nacht und nichts. So musste es am ersten Tage gewesen sein, als Gott Himmel und Erde schuf. Und die Erde war wüst und leer, es war finster auf der Tiefe, und der Geist Gottes schwebte auf den Wassern. Finsternis, Dunkelheit, ohne Trost, ohne Menschen, ohne Hoffnung. Gerade so war es hier. Aber kein Schöpfer, der das Licht entzündete. Und kein schwebender Heiliger Geist als Tröster.

Was war passiert? Wie war ich nur in diese elende Lage gekommen?

Plötzlich füllten sich die Seiten meines Erinnerungs-Pergaments erneut mit undeutlichen Sinnfetzen. Er, der Vermisste. Sie, das Mädchen. Die Nacht. Das Fass. Der freche Gesang. Flucht und Kämpfe …

Ganz langsam, so, wie eine Schnecke die Strecke einer Elle zurücklegt, kehrten die Gedanken zurück. Ich versuchte, ein Gefühl für den Körper zu bekommen, und drückte den Rücken gegen das harte Mauerwerk, alle Muskeln angespannt, verkrampft. So verweilte ich und horchte in mich hinein. Ich blieb liegen, wohl so lange, wie ein *Salve Regina* dauert.

Schließlich rang ich mich trotz der hämmernden Schmerzen dazu durch aufzustehen, um meine Lage zu erkunden. Hätte ich jetzt nur ein wenig Minzöl, ergänzt mit einer Spur Melisse, um mir eine lindernde Kompresse zu bereiten. Die beiden Kräuter im richtigen Verhältnis, wie ich sie für die Kranken zu bereiten verstand, hatten stets ihre Wirkung getan. Oder ein warmes Bad im Infirmarium, in einer der großen Wannen, gefüllt mit angenehm temperiertem Wasser, ein Zusatz von duftenden Essenzen und Kräutern, blumigem Lavendel oder würzigem Rosmarin …

Ich zog die Beine an und stemmte mich hoch, es gelang mit zittrigen Knien. Tastete mich am kalten Mauerwerk entlang nach rechts, immer weiter, und nach zehn Fuß stieß ich auf die nächste Ecke. Als ich zwei Wände und zwei Ecken abgeschritten hatte, sank ich vor Erschöpfung nieder. Nach einigen tiefen Atemzügen setzte ich den Weg kriechend fort. Da machte ich eine Entdeckung: In der dritten Wand ertastete ich etwas Raues, das sich nicht wie Mauerwerk anfühlte. Holz. Es war eine starke Tür aus mächtigen Bohlen mit eisernen Beschlägen. Im selben Moment hörte ich ein heiseres Lachen und eine Stimme füllte den Raum.

»Verschlossen, Bruder, setz dich wieder hin und leiste mir Gesellschaft. Wir sind zum Verfaulen verurteilt. Zum Verfaulen, Bruder, und zum Verwesen!« Und nach einer kurzen Pause: »Die Ratten werden unsere armen Knochen abnagen, und kein Fleisch wird mehr an uns sein am Tage des Jüngsten Gerichts, wenn da antreten werden die Gerechten und die, welche zur Verdammnis bestimmt sind.«

In diesem Augenblick wurde es Licht.

Eine dunkle Masse bewegte sich, wechselte die Stellung und ein scharfer Schein schnitt in meine Augen. Erneut erschallte ein krächzendes Lachen und wurde von den Mauern als gespenstisches Echo zurückgeworfen. Ich bin nicht allein, durchzuckte es mich. Dann fiel ich in eisigem Schrecken zu Boden und mein Geist sank in die Dunkelheit zurück.

Als ich wieder zu mir kam, bemerkte ich eine Hand, die meinen Hinterkopf stützte. Die Berührung fühlte sich ungewohnt an, pelzig und stachelig. Ich tastete mit einer Hand nach meinem Haupt und merkte, dass meine Tonsur nicht mehr wie vorgeschrieben war. Auch spürte ich einen schmerzenden Wundschorf.

»Bruder, willkommen im Abgrund«, sagte die raue Stimme. »Gepriesen sei der Herr, dass du bei Bewusstsein bist – so hab' ich endlich jemanden zum Reden. Es war entsetzlich einsam in den letzten Stunden.«

»Was ist passiert, wo bin ich?«, wollte ich fragen, doch es kam kein Laut heraus. Nur ein Gurgeln quälte sich aus meiner Kehle.

»Einen Augenblick«, sagte das fremde Wesen, »gleich geht es etwas besser.«

Es ließ meinen Kopf sanft auf ein Büschel Stroh gleiten und entfernte sich. Ich hörte Schritte, dann ein Kratzen auf dem Boden, die Schritte näherten sich wieder. Mein Kopf wurde erneut angehoben und ein Krug an meine Lippen gesetzt. Ich spürte den schmierigen Rand des Gefäßes und trank vorsichtig, mit schmerzender Kehle. Als ich ein paar Schlucke getan hatte, hielt ich inne. Mein Wohltäter setzte den Krug ab, und ich fuhr mir mit der Zunge über die Lippen: schroff und trocken, zugleich aber geschwollen.

»Ja, trink nur«, sagte er. »Es ist zwar eine üble, abgestandene Brühe, aber besser als nichts. Warte, ich hole dir auch etwas zu essen.« Kurz darauf führte er mir einen spröden Brotkanten zum Mund.

Ich wehrte ab. »Wo bin ich? Wo sind wir?«, konnte ich nun endlich mit matter Stimme hervorstoßen.

»Im Abgrund, mein lieber Klosterbruder. In der Hölle, im Schlund des Todes. Wir sind Verlorene. Wie ich schon sagte: ein Schmaus für die Ratten.« Und abermals erklang ein raues, aber wie ich in meinem benebelten Sinn dennoch völlig klar feststellte, ein fröhliches, ja herzliches Lachen, und der Widerhall hämmerte auf mich ein.

»Wer bist du?«, wollte ich wissen und fragte mich gleichzeitig: Wer bin *ich*? Denn noch hatte ich nur eine vage Ahnung von meinem Wesen, meiner Existenz.

»Ich? Mein lieber Bruder! Fragt er mich, wer ich bin, der liebe Klostermann, hei! Der Klostermann im falschen Gewand. Hahaha! Kennt den alten Peter nicht! Den Pi-pa-po, den Peter!« Er stand auf und ging im Raum herum.

Allmählich konnte ich die Umrisse seiner Gestalt wahrnehmen. Der Raum, in dem wir uns befanden, wurde, wie ich nun erkannte, schwach durch einen dünnen Kienspan erhellt, der auf einem kurzen eisernen Halter aufgesteckt war. Er war doch nicht mehr so finster, wie es mir im Moment des Augenöffnens vorgekommen war. Wahrscheinlich hatte Peter zuvor die Flamme mit seinem Körper oder seinem Gewand verdeckt. Allmählich konnte ich auch einen weiteren, schwachen Lichteinfall ausmachen: ein Fenster mit einem Gitter in Form eines

Kreuzes, aber viel zu weit oben, wohl zwei Mann hoch. Es stank nach Urin.

Und wie die Sonne nach einem Gewitter plötzlich klar und hell hinter der letzten Wolke hervortritt, unerträglich stechend und zu stark für die Augen der Sterblichen, so traf mich auf einmal mit voller Wucht die bittere Erkenntnis dessen, was ich in den vergangenen Wochen und Monaten getan hatte und wo ich mich in diesem Moment befand.

Dies war ein Verlies, ein Kerker!

Der von der Sonne Geblendete kann sich mit der Hand die Augen schützen, kann Helm oder Hut tiefer ins Gesicht rücken, unsereins kann die Kapuze ein Stück nach vorn ziehen; doch vor dieser Erkenntnis schützte mich nichts: Ich war gefangen.

Ich sah hinauf zum Fensterkreuz und wünschte mir, ich wäre damals bei Nacht in meiner Zelle geblieben, schlafend oder noch besser: betend und meditierend …

Da trat der seltsame Peter auf mich zu und beugte sich zu mir nieder. Er hob den Kienhalter und hielt die Flamme genau zwischen unsere Gesichter, sodass ich mir von ihm ein Bild machen konnte. Zwischen Flamme und Fensterschein erschien er in einem seltsamen Zwielicht. Der Mann war klein, sehr hager und hatte dunkles, leicht gelocktes Haar, das ihm in wirren Fransen bis auf die Schultern hing. Das Gesicht war ebenfalls sehr schmal, das hervorspringende Kinn wurde durch einen von grauen Fäden durchzogenen Spitzbart noch markanter. Aber das Auffälligste in diesem Gesicht war vielleicht der grinsende Mund, in dem ich gute, kräftige Zähne bemerkte, jedoch auch eine Lücke: Ein Schneidezahn links oben fehlte; es war noch eine klaffende Wunde zu sehen. Ja, dieser fast rechteckig aufgespannte Mund mit den gefletschten Zähnen war ein … was soll ich sagen, ein Ochsenmaul, ein Riesenschlund, von dem ich nicht mehr den Blick abwenden konnte.

Peter reichte mir erneut ein Stück trockenes Brot, in das ich jetzt gierig biss. Es schmeckte nach nichts und war hart, daher tastete ich nach dem Wasserkrug. Peter schien meine Absicht zu erraten, holte das Gefäß herbei und zeigte sein Grinsen. »Nein, mein guter Mönch«, sagte er, »mit diesem Brotkanten habe ich mir den Zahn nicht ausgebissen, auch wenn er hart ist wie ein Stück Eichenholz.« Offensichtlich hatte er bemerkt, dass ich auf seinen offenen Mund starrte. »Das war in Pfeddersheim, einer der Söldner der frommen Herren Fürsten, mit einem hübschen Hieb, hahaha.«

Pfeddersheim, die Söldner, die Schlacht: weitere Steine im Mosaik meiner Erinnerung. Alles fügte sich zusammen. Und während ich kaute und schluckte, lebte die Vergangenheit wieder auf. Mich schauderte.

»Guter Mönch, hast du denn auch einen Namen?«, fragte Peter. »Wenn wir schon hier zusammen schmachten müssen, will ich wenigstens etwas über meinen lieben Bruder Mitgefangen wissen. Hei, Brüderlein, hast ja schon viele Stunden lang in Ohnmacht hier gelegen und auch ein wenig im Schlaf geredet, oh ja, vom Wein und vom Feuer auf irgendeiner Heide, Bruder Mitgefangen, ja, das ist gut, das gefällt mir, oder lieber auf Lateinisch, haha: Bruder *Concaptus – Frater Concaptus!* Hahaha, hoho!«

Wieder wurde das Lachen als gespenstisches Echo von den Wänden der Zelle zurückgeworfen, und dennoch linderte Peters überschäumende Fröhlichkeit – war sie nun gespielt oder kam sie von Herzen – meine trüben Gedanken. Ich glaube, wenn nicht dieser merkwürdige Mensch bei mir im Kerker gewesen wäre, ich hätte verzweifeln und in Tränen ausbrechen müssen. Und sonderbar: Sein Lachen war so ansteckend, dass ich, die Regel des heiligen Benedikt außer Acht lassend, sogar selbst lachen musste. Dieses Lachen schenkte mir für einen Moment die Freiheit, ließ mich alle Kerkermauern niederreißen.

Frater Concaptus – woher konnte dieser Mann Latein? Offensichtlich war er kein einfacher Bauer wie so viele in diesen Zeiten des Aufstands, die sich mit anderen zusammenrotteten und sich den Heeren der Fürsten entgegenstellten. Sie waren wie reife Ähren, der Sense harrend, die sie niedermäht ohne Erbarmen. Ja, unbarmherzig hatte sie zugeschlagen, die Obrigkeit, in den Schlachten bei Böblingen, Frankenhausen, Pfeddersheim und wie sie alle hießen, die Stätten des furchtbaren Fürstengerichts.

Und so beschloss ich in einer grotesken Mischung aus Verwunderung, Ablehnung und Sympathie, mich auf diesen sonderbaren Vogel, diesen Peter einzulassen und ihm zu antworten. »So weißt du bereits, dass ich ein Gottesmann bin? Ja, ich bin ein Zisterziensermönch aus Eberbach im Rheingau. Man nennt mich …«

In diesem Augenblick hörten wir hinter der Zellentür schlurfende Schritte. Ein Schlüsselbund klirrte; schwer und langsam schwang die dicke Tür auf. Ich nahm den Kienspan und leuchtete. Ein Hauch frischer, kühler Luft drang herein und ließ das Licht flackern.

»Aha, der andere Kerl ist wach!«, sagte eine hohe, ölige Stimme. »Gut, gut, du Wicht, dann kannst du dich bald auf deine Hinrichtung freuen.« Der Wächter trat ein, ein kräftiger Mann mit buschigen Brauen über finsteren Augen. Er machte die Bewegung des Halsabschneidens. »Hier ist noch einmal Brot und Wasser, dass ihr Gesindel mir inzwischen nicht verschmachtet. Auf, nimm schon, du Madensack, greif zu, ich habe nicht ewig Zeit!«

»Das gute Wasser, ja«, ließ sich mein Mitgefangener hören, »hei, jetzt brauchten wir ein Wunder, um aus dem frischen Trunk einen köstlichen Rebensaft zu machen, wie unser Herr es in Kana gewirkt hat, haha.«

»Ach, der andere Mordbube ist auch noch da mit seinem frechen Mundwerk. Warte nur ab, du Schurke und Bauernfreund – Halsabschneider, der du bist, dich kriegen wir schon auch noch klein!«

»Den kleinen Peter willst du noch kleiner kriegen, das geht ja gar nicht.« Und als ob er vollends toll geworden wäre, begann mein Zellengenosse zu singen: »Der Peter, der Peter, da steht er, da geht er, das ist mir schon einer, den kriegt keiner kleiner!«

»Schweig still, du Bauernschwein, sonst gibt es in Zukunft nur halbe Ration, dann kannst du dich mit dem anderen prügeln um das bisschen Wasser und Brot.«

»Dass dich die Pestilenz ankomme, Cerberus! Du jagst mir keine Angst ein!«

Ich muss sagen, dass mir Peters Blödelei Mut einflößte. »Gib her«, sagte ich zu dem Wärter, um den Disput abzubrechen und ihn nicht noch mehr zu reizen. Mühsam und unter Schmerzen stand ich auf und nahm ihm den Krug und einen halben Laib Brot ab. Begierig sog ich die frische Luft ein. »Gib uns noch ein Licht, guter Mann«, bat ich, »unseres hält nicht mehr lange.«

»Das nächste Mal, wenn ich komme, gibt es wieder ein Licht. Vielleicht. Aber nur, wenn ihr Vagabunden friedlich seid und mich nicht reizt. Bis dahin seid sparsam. Gehabt euch wohl für heute. Und vergesst euer Nachtgebet nicht!«

»*In saecula saeculorum, amen*«, vollendete Peter frech.

Der Wärter wollte noch etwas sagen, besann sich aber eines Besseren und warf noch zwei runde, faustgroße Kugeln herein; es waren halbfaule

Äpfel, wie ich später feststellte. Dann wurde mit einem Knall die Tür zugeworfen, und seine Schritte entfernten sich rasch.

»Das war Kuno«, sagte Peter, »versteht einfach keinen Spaß, der Bursche. Da lob' ich mir den Stenz, mit dem lässt sich wenigstens plaudern. Hat ein Herz für seine Gefangenen, der Stenz. Aber nun, lieber Mönch, wollen wir es uns gemütlich machen wie zu Hause in der guten Stube am Feuer; schau unser Kienspänlein, wie lieblich und mild es brennt, wenn auch nicht mehr lange. Zu essen und zu trinken haben wir auch, wenn's auch kein zartes Forellchen aus dem Klosterteich zum Schmaus und kein köstlicher Steinberger zum Trunk ist, hahaha. Also erzähle, mein guter Mönch, erzähle!«

Ich setzte mich wieder auf mein Strohlager und legte mir die alte Decke auf die Beine. Es war mehr als seltsam: Der Steinberger erinnerte mich an etwas. Peter hatte den Namen genannt – offenbar kannte er unsere beste Weinlage – und noch dazu den Klosterteich erwähnt. Orte, die in den vergangenen Wochen eine Rolle in meinem Leben gespielt hatten, Orte der Freude, der Leidenschaft, aber auch der Beklemmung. Mich schauderte. Reden musste ich, ja, ich war geradezu begierig zu reden, um der Furcht Herr zu werden und mich nicht von meiner elenden Lage überwältigen zu lassen.

Ich richtete meinen Blick in die ruhig brennende Flamme. Mauern, Kälte, Dunkelheit traten zurück, und die Ereignisse der unheilvollen vergangenen Wochen wurden wieder lebendig. So begann ich zu sprechen.

Und während ich erzählte, wunderte ich mich über meine zunehmende Offenheit, über die reinigende Kraft des Gesprochenen, es war beinahe … ja, es hatte seltsamerweise fast die Kraft des heiligen Sakraments der Beichte; ich erinnerte mich, ich redete, ganz ohne Zwang, und Peter saß mir gegenüber im Schneidersitz, das stoppelige Gesicht in die Fäuste gestützt, neben sich die Flamme, und hörte zu.

So strömten die Worte aus meinem Munde, und ich erzählte von meinem seltsamen Schicksal, von meinen Verfehlungen, die eines Klosterbruders unwürdig waren, ferner von jenem, den ich nicht wiederzusehen geglaubt hatte, und … von ihr, von *ihr* …

II. Omina mala

In nomine Domini. Amen. Wir fuhren nach Köln. So fing alles an.

Ja, wenn ich es mir recht überlege, begann meine seltsame Geschichte, die mit dem Ungemach unseres Klosters auf das Engste verbunden ist, genau auf dieser Schiffsreise den Rhein hinab. Es fing an mit schlimmen Ereignissen, von denen man wohl mit einigem Recht sagen kann, dass es böse Vorzeichen waren.

Böse Vorzeichen in einer unruhigen, bösen Zeit. Schon seit Monaten war eine wilde Gärung im Gange, die die deutschen Lande aufbrausen ließ wie die Hefe den Traubenmost: Allüberall rumorte und brodelte es. Wir frommen Fratres, wohlbehütet hinter unseren Klostermauern, spürten dies zunächst gar nicht direkt; doch immer mehr Reisende, die unsere Abtei oder deren Klosterhöfe aufsuchten, erzählten von erschütternden Vorfällen, die sich landauf, landab zutrugen. In Württemberg, dann in Franken und Thüringen waren Bauern und Bürger ohne Zahl aufgestanden, rotteten sich zusammen, forderten mehr Rechte und zettelten Aufruhr an. Sie beriefen sich dabei auf das Evangelium und verlangten, ihren Pfarrer selbst wählen zu dürfen. Einen Prediger der neuen Lehre forderten sie, jener Lehre, die der ehemalige Mönch und Professor aus Wittenberg ausgegossen hatte über die Kirche, über das ganze kunstvolle und ehrwürdige Gebäude scholastischer Theologie, wie sie seit Dekaden und Säkula in Geltung gestanden hatte und noch immer steht, ja, ausgegossen wie ein Fass Wasser über eine Feuerstelle.

Ein Fettsack sei er und ein Fresser, so hieß es, er transpiriere beim Fressen und Saufen, beim Predigen und Dozieren, und mit seinem Namen machten die Rechtgläubigen ihre derben Späße. Nicht nur das Volk in den Dörfern und Städten, auch die Gelehrten des rechten alten Glaubens nannten ihn bei dem Namen, der ihn treffend beschrieb: Luder! Jenes Luder soll sich sogar erkühnt haben, unseren Heiligen Vater in Rom als den apokalyptischen Antichrist zu bezeichnen! Ein Frevler, der bei

Gott höchste Strafe verdiente, sollte man seiner habhaft werden. Martin Luther, Bruder Martin, Bruder Martinus: welch eine Beleidigung für den verehrungswürdigen Bischof von Tours und Heiligen der katholischen Kirche! Ein Name, der bei uns im Konvent einen ganz besonderen Klang hatte, hieß doch so unser ehemaliger Abt Martin Rifflinck von Boppard, und sein Name wird – obgleich er vor neunzehn Jahren verstarb – bis heute genannt und gepriesen.

Aber wie ich schon sagte, es war nur die Kunde, welche in unser stilles Klostertal wehte, von alledem waren der Rheingau und unser Konvent noch verschont geblieben. Wir ehrten Gott in Gebet und Gesang, wir arbeiteten, Chormönche, Konversen und Knechte, und waren nicht unmittelbar betroffen von den schlimmen Dingen draußen. Dies sollte sich bald ändern.

Ich bin Bruder Clemens Korn von Oppenheim, Infirmarius im Kloster Eberbach, schon einunddreißig Jahre und ein halbes weile ich auf Gottes Erde und diene ihm, dem gewaltigen, unfassbaren und rätselhaften Gott, dem Dreieinigen, dem Vater, dem Sohn und dem Heiligen Geist.

Nach vier Jahren stand es wieder einmal an, eine Fuhre Wein zu verschiffen nach der ehrwürdigen alten Stadt Colonia. Endlich wieder nach Köln! Zu unserem Hauptmarkt und Hauptumschlagplatz. So lange hatten keine Fahrten mehr dorthin stattgefunden. Warum? Weil die Stadt uns immer wieder mit üblen Schikanen zugesetzt hatte. Wir besitzen in Köln einen Hof, zu dem ein Stadttor mit Wehrturm gehört. Dieser Hof ist in der Servasgasse gelegen, das Tor nennt man die Servatiuspforte. Seit alten Zeiten waren wir für diesen Mauerabschnitt zuständig.

Es hatte damit angefangen, dass der Stadtrat sich unseres Klosterhofes bemächtigt und einen bewaffneten städtischen Wächter dort postiert hatte. Der Hof war für uns Brüder geschlossen worden. Scharfe Proteste seitens des Abtes hatten nicht gefruchtet, im Gegenteil, es waren weitere Erschwernisse und Nadelstiche gefolgt. Auch die Bürger waren uns nicht mehr wohlgesonnen; die Brüder erzählten, dass sie auf der Straße scheel angesehen wurden. Es herrschte eine giftige Stimmung, die sich gegen die Geistlichkeit richtete, insbesondere gegen uns Eberbacher Mönche, vielleicht weil wir ein ganzes Stadttor unser Eigen nannten, vielleicht auch wegen unseres Weines, mit dem wir große Geschäfte machten, was zahllose Neider auf den Plan rief. Doch auch die Brüder und Schwestern anderer Klöster hatten darunter zu leiden. Einmal, so wurde erzählt, soll sogar ein Bierbrauer vor einem Mönch aus der Abtei Altenberg ausgespuckt haben.

Doch wir waren nicht gesonnen, uns die Schikanen seitens der Stadt bieten zu lassen. Wir reagierten mit einem mächtigen Druckmittel: Unsere Weinfässer verkauften wir fortan im rechtsrheinischen Deutz und in der einige Meilen rheinabwärts gelegenen kurkölnischen Zollfeste Zons, wo wir über Stapelplätze verfügten. Die Kölner merkten rasch, was für gewaltige Summen der Stadt infolge des fehlenden Weinhandels verloren gingen, und sie lenkten irgendwann ein. Im Februar dieses Schicksalsjahres 1525 nun war es nach monatelangen Verhandlungen mit der Stadt zu einem Vergleich gekommen. Abt Nikolaus und der Stadtrat erzielten in jenen frostigen Tagen eine Einigung, und die Ketten an den Toren unseres Klosterhofes wurden wieder abgenommen.

Nun also war es wieder so weit: Es ging nach Köln – die erste Fuhre mit unserem guten und weit über die Lande berühmten Eberbacher Wein!

Doch halte ein, meine Zunge! Der Herr strafe mich für zwei Laster, deren ich mich schuldig bekenne: meinen Hochmut und meine Völlerei. Hochmut: weil ich – wie fast alle Brüder – voller Stolz war auf die edlen und kostbaren Gewächse unserer Weinberge, blieb ich doch keineswegs gleichgültig, wenn Gäste der Abtei unsere Kreszenzen lobten als beste Tropfen in deutschen und welschen Landen. Doch Hochmut kommt bekanntlich vor dem Fall, und mein Fall war tief.

Völlerei: weil ich – wie viele meiner Mitbrüder – selbst einem guten Trunk gerne zuspreche, bisweilen, wie ich reumütig zugebe, über das gesunde Maß hinaus. Immer wieder musste ich damals schon an den Baum der Laster denken, der in einem der Codices unserer ebenfalls weltberühmten Bibliothek – Hochmut! – abgebildet ist zum Studium und frommen Gebrauch. Und dort findet sich zu allen sieben Todsünden – ich bekreuzige mich – ein kleiner Teufel, der jeweils der armen Seele harrt, die sich schuldig gemacht hat. Sieben kleine *diaboli*, in der Mitte der Seite übereinander angeordnet, als schauten sie aus einem siebenstöckigen Haus frech heraus. Ganz unten der Teufel der Hochmut, der *superbia*: Er schreckte mich nicht, sah er doch eher wie ein dummer kleiner Affe aus, der sich eine Krone auf den Kopf gesetzt hat, in der Rechten ein Zepter und damit eine Verhöhnung der Majestät Gottes auf seinem Thron – aber gleichwohl seltsam harmlos, keine echte Gefahr, diese Affenfratze.

Aber jener zweite Teufel von oben, der denen auflauert, die sich der Sünde der Völlerei, der *gula*, schuldig gemacht hatten, er schien mir immer der scheußlichste und schrecklichste zu sein, war er doch mit seinen kuhkrummen Hörnern, seiner Hakennase, dem widerlichen schwarzen Zahn in der Mitte des Maules und den spöttisch zusammengekniffenen, schlitzdünnen Augen wiederholt Gegenstand meiner Albträume gewesen.

Nun, bald sollte auch der oberste Teufel, jener der *luxuria*, der Wollust, Gelegenheit haben, sich zu freuen. Vergebe mir Gott! Doch ich greife vor …

———•———

»Wann geht es denn endlich los?«, unterbrach mich Peter.

»Was meinst du denn?«

»Teufelchen, Affenfratz', Hochmut, Kölner Zwist. Andeutungen, Andeutungen. Jetzt komm doch mal zur Sache, Mönch! Wie ist es dir ergangen? Was ist passiert auf der Fahrt? Was für Vorzeichen gab es, was hat sich denn ereignet? Und *luxuria*, ja? Die Sünde der Wollust, hei! So siehst du gar nicht aus, du verwahrloster Bruder.«

»Ich erzähle der Reihe nach und bitte dich, mich nicht zu unterbrechen«, wies ich ihn zurecht. »Es ist alles wichtig.«

»Ist recht, ist gut, seid nicht beleidigt, werter Pater. Der Pater erzählt dem Peter, hahaha! Und der Peter hält das Maul, wie gewünscht.«

———•———

Warum ich als Infirmar des Klosters eine Weinfuhre begleitet habe, mag seltsam anmuten. Aber bei dieser Fahrt war ohnehin alles anders als gewohnt. In der Tat begleiteten die Ladungen normalerweise der Bursar oder Subbursar mit ihrem Gehilfen, dem Bursenschreiber, hin und wieder auch der Cellerar und oftmals auch der Abt, wenn er etwas in Köln zu erledigen hatte. Doch just vor zwei Wochen waren beide Leiter der Finanzstelle, der Bursar Emrich und sein Subbursar Wendelin, krank geworden und hüteten das Bett. Es war eine schwere Erkältung, welche die beiden niedergestreckt hatte, Emrich bekam gar keine Luft mehr durch die Nase, hustete gelben Schleim und hatte hohes Fieber. Beide waren in meiner Obhut in unserem Krankenhaus, der alten Thomaskirche, die dem Konvent seit langen Zeiten als Ort der Pflege und Heilung der Siechen diente.

Kurz bevor die Reise anstand, hatte Abt Nikolaus im Kapitelsaal verkündet, wen er stattdessen vorgesehen hatte. Wir hatten gerade die Lesung gehört und darauf, wie es bei uns Brauch war, in deutscher Sprache die alltäglichen Dinge besprochen, wer welche Arbeiten versehen sollte. Einer der Punkte war die Reise.

»Liebe Brüder«, hob der Abt mit näselnder Stimme an, schwerfällig, wie es seine Art war, er blinzelte nervös – eine merkwürdige Angewohnheit, welche einige freche Novizen gerne nachäfften und sich damit die Strafe des Novizenmeisters zuzogen. »Liebe Brüder«, sagte also Abt Nikolaus und ging – wiederum eine Sitte von ihm – zur Mittelsäule des Kapitelsaals, umkreiste sie und blickte sinnend, als müsse er angestrengt nachdenken, zu den grünen Rankenmalereien an der Decke. »Liebe, werte Brüder«, wiederholte er umständlich, »die diesjährige Weinfuhre wird einer begleiten, der aufgrund seiner Integrität und Erfahrung auf dem finanziellen Sektor und seines Verhandlungsgeschicks geeignet scheint« – und hier wechselte er ins Lateinische – »*reverendissimus frater* …«

Noch bevor er den Namen nannte, wusste ich, wer gemeint war: ich. Hatte ich doch nach dem Tod des alten Subbursars Johannes Kronberg selbst eineinhalb Jahre dieses Amt bekleidet, wenngleich nicht gerade mit Freude versehen. Doch Gehorsam ist eine der drei Mönchspflichten, ich hatte damals gehorcht und mich um die Geldangelegenheiten der Abtei, um Renten, Zinsen und die Eintreibung von Schulden gekümmert. Keine Frage, auch *hic et nunc* musste ich Folge leisten, denn es gab immer weniger Brüder, welche die Posten im Kloster bekleiden und die Aufgaben erfüllen konnten. Sagt doch das 68. Kapitel in der Regel des heiligen Benedikt, wenn einem Bruder etwas sehr Schweres oder gar Unmögliches aufgetragen wird, so nehme er den Auftrag des Vorgesetzten in aller Sanftmut und in Gehorsam an.

Mangel an qualifizierten Brüdern, die für verschiedene anspruchsvolle Ämter in Frage kommen, war ein trauriges Phänomen in unserer Abtei seit mittlerweile rund zwanzig Jahren, das hatte schon unser seliger Abt Martin Rifflinck, unter dem ich als Novize in den Konvent eingetreten war, immer wieder beklagt. Ich gehorchte – und hegte in meinem Herzen Ärger und Freude zugleich. Ärger: weil ich das Geld nicht liebte. Weil ich erneut mit den Kölner Kaufleuten feilschen und schachern sollte. Sagte nicht unser Herr Jesus Christus, du kannst nicht Gott dienen und dem Mammon? Und noch dazu drohte diesmal der Verkauf schwierig zu werden, nicht nur wegen der Spannungen mit den Kölnern. Wenige Atemzüge zuvor habe ich mit unseren erlesenen Weinen geprahlt und sicher im Grundsätzlichen nicht übertrieben – doch die Gewächse des Vorjahres … Man möchte meinen, der böse Geist der Zeit habe den Sommer jenes Jahres 1524 abgekühlt und den Rebstöcken ein Gift versetzt, das die Trauben in kümmerlichem Zustand ließ. Dünn und sauer, erbärmlich und elend waren die Tropfen, mit denen wir unsere Fässer befüllen mussten, und selbst mit der vorzüglichen Technik und Kunstfertigkeit unserer Kellermeister war nichts auszurichten. Dazu, als würde ein Übel nicht ausreichen, auch nur geringe Mengen!

Gleichzeitig empfand ich Freude, oder sollte ich vielmehr sagen eine Mischung aus Wohlbehagen und Aufregung. Zwar gebot das Ordensgelübde uns die *stabilitas loci*, wir hatten in Demut an dem uns zugewiesenen Ort in Schweigen, Anbetung und Zufriedenheit zu verharren; das Reisen war nur eine notwendige und in Ausnahmefällen geduldete Einrichtung. Und doch – ich bin sicher – war fast jeder Bruder, der eine Reise in Obliegenheiten des Ordens machen durfte, im Grunde seines Herzens dankbar für die Abwechslung, dankbar, etwas von der Welt zu sehen. So heißt es in einer Schrift, die in unseren Klöstern Berühmtheit erlangt hat, den Selbstgesprächen des Prämonstratensermönches Adam: »Wie glücklich scheinen mir jene Brüder, die wegen ihrer Ämter im Gehorsam oft aus dem Kloster hinauskommen. So ein Ausgang erneuert und erfrischt, die trübe Stimmung wird dadurch behoben, auch wird man dabei erfreut.«

Ja, auch ich freute mich! Zwar war mir das Feilschen und Schachern zuwider, ferner bereitete mir das hektische Treiben innerhalb der Mauern Kölns ein gewisses Unbehagen – dafür mochte ich aber den Rheinstrom umso mehr. Ich scheue mich nicht zu sagen, dass ich ihn sehr liebe, diesen machtvollen, sagenumwobenen Strom. Gut drei Meilen flussaufwärts von Eberbach hatte ich das Licht der Welt erblickt, hatte als Knabe an seinen Ufern gespielt und gebadet. Ich war ihm im Kloster verbunden durch das Band des Baches, der durch die Abtei fließt und bei

Erbach in den Strom mündet, und im Stillen nannte ich den Fluss, wie ihn auch das Volk nannte: den Vater – den Vater Rhein. Es möge mir derjenige vergeben, den wir sonst den Vater heißen.

Unsere Reise begann bei unserem Klosterhof Reichartshausen am 18. April, dem Osterdienstag. Ursprünglich war geplant, schon nach der Einigung mit Köln im Februar eine Weinfuhre zu organisieren, doch hatte der Rhein zunächst wegen Eisgangs und dann im beginnenden Frühling wegen anhaltender Regenfälle mit anschließendem Hochwasser eine Fahrt flussabwärts wochenlang nicht zugelassen. Ob es jemals zuvor – und ich spreche über einen Zeitraum von Jahrhunderten – schon so spät im Jahr eine Fuhre gegeben hatte, kann ich nicht sagen.

In den vergangenen Tagen waren die zu verladenden Fässer von unserem Klosterhof Drais, der als Zwischenlager diente, an die Verladestelle gebracht und auf unsere Schiffe *Bock* und *Sau* gebracht worden. Wir waren fünf Brüder, die allesamt auf dem *Bock* fuhren, damit wir unser gemeinsames Gebet verrichten konnten: Abt Nikolaus, Kaplan Paulus von Kiedrich, der Abtskoch Gerhard Helfrich, der Bursenschreiber Karl Pfeffer und ich. An Bord waren ferner drei Klosterknechte, die sich mit der Schifffahrt auskannten und das Rudern an schwierigen Stellen des Flusses übernehmen mussten, aber auch für die Arbeiten an Bord wie das Ein- und Ausladen der Fässer zuständig waren. Die Besatzung der *Sau* bestand aus zwei Knechten und drei gedungenen Rheinschiffern.

Schon zu Beginn der Reise passierte ein kleines Ungemach, ein erstes Vorzeichen von weiteren, die folgen sollten. Die Knechte von Reichartshausen hatten gerade zusammen mit den Konversen die Schiffe beladen, und die beiden Besatzungen waren an Bord gegangen. Wir alle, Mönche und Knechte, waren guter Dinge, denn der Rhein und das Wetter meinten es gut mit uns: Der Fluss war glatt und der Himmel klar, es ging sogar ein günstiger leichter Wind aus Südwesten. Ich glaube, alle Reisenden hatten ein Lächeln auf den Lippen und dankten im Herzen dem Herrn für die günstigen Bedingungen. Der Kaplan sprach es aus: »Möge die heilige Mutter Gottes für uns um eine gesegnete, erfolgreiche Fahrt bitten«, sagte er und erhob die Hände zum Himmel. Wir alle taten es ihm nach und flehten zur heiligen Trinität und zur Jungfrau. Ich gedachte ferner meines Namenspatrons, des heiligen Clemens, der bei Wassergefahren und in Sturm und Wetter wahrlich ein erprobter Fürsprecher ist.

Die Knechte und Schiffsleute stießen mit kräftigen Stößen ihrer langen Stangen die Schiffe vom Ufer ab. Wir fühlten, wie die Strömung gleich der Hand eines Riesen unseren *Bock* aus der Tiefe ergriff und vorantrieb, sanft erst, dann mit Macht. In diesem Augenblick gab es einen heftigen Ruck, und der Abtskoch Gerhard, der nahe am Bug gestanden hatte, fiel rücklings in den Fluss. Die beiden Schiffe waren kurz zusammengestoßen, offenbar ohne dass sonst ein Schaden entstand.

Bruder Gerhard tauchte schnaubend aus dem Wasser auf, er konnte zunächst noch knapp stehen, dann wurde das Schiff weitergetrieben. Doch es gelang dem Koch, ein Tau zu packen, das ein Knecht ihm zuwarf, und man zog ihn mühsam herauf. Prustend und sich schüttelnd ging er unter Deck, um sich einen neuen Habit anzuziehen. Wir nahmen Fahrt auf.

Nach dem ersten Schrecken begannen die Knechte zu schmunzeln, einer gluckste, ein anderer kicherte, und schließlich endete alles in einem herzlichen Lachen, in das auch wir Brüder einstimmten.

»Du hattest noch Glück, Bruder Gerhard«, sagte Kaplan Paulus mit glänzenden Augen, »wären wir weiter draußen gewesen, hättest du Bekanntschaft mit dem hölzernen Ring gemacht.«

Er hatte Recht, denn der *Bock* hatte sich gerade erst höchstens zwei Klafter vom Ufer entfernt, Gerhard war also nicht in Gefahr gewesen zu ertrinken. Der hölzerne Ring, den der Bruder ansprach, war ein Rettungsring, den unser Konverse in der Wagnerei eigens für unsere Schiffe gefertigt hatte, und der, soviel ich weiß, noch nie zum Einsatz gekommen war.

»Hat Euch unser *Bock* einen Stoß gegeben, Herr Koch!«, sagte ein Knecht, der ihm das Seil zugeworfen hatte. »Ihr werdet ein paar blaue Flecken davontragen von seinen Hörnern!«

Erneut Heiterkeit unter den Brüdern, Schenkelklopfen bei den Knechten.

Doch der Abt, der zunächst wie wir alle geschmunzelt hatte, warf uns mahnende Blicke zu. Gewiss: Unnützes Gelächter soll ein Mönch vermeiden, so bestimmt es die Regel – und bald ging das Leben an Bord seinen geregelten Gang mit den üblichen Tätigkeiten, mit Gebet und Gotteslob, in denen wir der österlichen Freude Ausdruck gaben. Nur einer hatte geschwiegen und ein betrübtes Gesicht gemacht: Bruder Karl.

Das Unheil setzte sich fort bei Bacharach.

Hier machten wir Halt, wie an den zahlreichen anderen Zollstationen des Rheins, um unsere Waren zur Prüfung zu deklarieren. Zwar waren die Eberbacher Schiffe durch alte Verträge seit langen Zeiten zollfrei auf der Strecke von Mainz bis Köln, doch galt dies nur für unsere eigenen Erzeugnisse sowie für Gegenstände, die wir für den Gebrauch in der Abtei selbst benötigten. An jeder Zollstation hatten wir anzuhalten und unsere Waren vorzuzeigen. War die Episode mit dem Abtskoch Gerhard noch heiter, ja ein Scherz gewesen, so geschah in Bacharach etwas, das uns aufschreckte und erschütterte. Als wir die Formalitäten erledigt hatten und die Zöllner von Bord gegangen waren, legte unser Schiff ab, und mein Blick schweifte in die Runde. Die Augen wanderten hinauf zur Burg Stahleck, betrachteten den Ring der Stadtmauer mit den Wehrtürmen, schauten über die Weinberge, von denen ein Teil unserem Kloster gehörte, und dann zurück zu den Zöllnern, die sich gerade dem Stadttor näherten, dann wieder zum Landungssteg. Da erblickte ich etwas, und ich erschrak …

Stockt mir doch jetzt noch während des Erzählens die Sprache! Es war ein Kerl, ein Bauer, ein Frevler, ein durch und durch verruchter Mensch! Der Widerling kam flussaufwärts daher und führte einen Ochsen an einem Strick. Mit dem braven Zöllner Friedrich, der uns eben noch abgefertigt hatte, wechselte er ein paar Worte, winkte uns zu, freundlich erst, ich machte unseren Bursenschreiber noch darauf aufmerksam und jener den Abt, kurzum, wir alle, Brüder und Knechte, sahen zurück auf jenen Unhold, der sich in diesem Augenblick umdrehte und … seine Hose herunterzog. Er zeigte uns – wie soll ich es anders sagen – den blanken Arsch!

Wir blickten uns an, auch hier grinsten die Knechte, und auf unserem Schwesterschiff *Sau* brach erneut ein schallendes Gelächter los, wir Mönche aber fühlten uns in unserer Würde verletzt.

Merkwürdigerweise wollte keiner von uns diese Begebenheit kommentieren, ein jeder fühlte Scham und Beklemmung, und so setzten wir sprachlos die Fahrt fort.

Ein paar Stunden später kam ich mit dem Abtskoch ins Gespräch.

»Wollen mal sehen, Bruder Clemens, was sie uns bieten für diesen lausigen Jahrgang«, sagte Gerhard, mit dem ich mich seit jeher ausgezeichnet verstand. Wir saßen zusammen am Bug des Schiffes und schauten hinaus. »Ob wir wohl zwölf bis vierzehn Gulden für das Fuder bekommen, was meinst du?« Er griff in einen Korb neben sich und reichte mir eine fingerdicke Scheibe seines vorzüglichen geräucherten Zanderfilets. »Ein schöner, zarter Fisch. Der tut dir nicht weh«, meinte er augenzwinkernd mit seiner tiefen, angenehmen Stimme.

Dankbar griff ich zu. »Wenn wir zehn oder elf bekommen, können wir zufrieden sein, lieber Bruder Gerhard«, entgegnete ich. »Der Steinberger hat eine Qualität, die annähernd in Ordnung ist, dafür können wir auch einen ordentlichen Preis verlangen«, fuhr ich kauend fort, »aber der Hattenheimer Eselfuß und die Sandgrub lassen in diesem Jahr zu wünschen übrig. Nenn sie getrost Rheinwasser, wenn nicht gar Spülwasser …«

»… wenn nicht gar Essig«, setzte er noch einen drauf, »diese Bezeichnung ist sicher nicht unpassend. Doch warte ab, was wir in Boppard zuladen, der Bopparder Königsgarten hat noch immer recht ordentliche Rote gebracht.« Er stemmte die Hände in die Seiten, streckte den Bauch heraus und blickte herausfordernd in Fahrtrichtung, wo wir einen Tag später Boppard erreichen würden. Dort lagerte im Keller unseres Klosterhofes der besagte Wein.

»Die Kellermeister dort sind auch keine Zauberer«, entgegnete ich.

»Gottlob stehen sie nicht mit der Zauberei im Bunde. Trotzdem hoffe ich, dass sie dort ein besseres Wetter hatten als bei uns im Rheingau. Wie gesagt, ich setze auf den Roten. Wenn ich für unseren Herrn Abt eine schöne, saftige Rinderroulade bereite oder eine Lammkeule, dann muss ein Roter her. Und unsere Rüdesheimer und Assmannshäuser Weingärten haben diesmal keine Qualität gebracht. Ach, so ein zartes Rind von unserer Wiese am Neuhof, hmmm, wenn wir Gäste haben …«

»Denk an den Frost am heiligen Pfingstfest«, gab ich zu bedenken, »der hat den Reben schon einen heftigen Hieb versetzt und für eine schlechte Blüte gesorgt. Doch den entscheidenden – ich möchte fast sagen: tödlichen – Stich hat ihnen der Sommer gegeben. Wochenlang Regen und dazu so kalt, dass wir die Wärmestube selbst im Juli nutzen mussten, erinnerst du dich nicht? Ja, meinst du denn, in Boppard sei es anders gewesen? Gib dich keinen Hirngespinsten hin, mein lieber Koch. Lass uns sehen, ob der Bopparder Königsgarten wenigstens in ausreichender Menge vorhanden ist.«

»Du hast schon Recht, dass du warnst. Wenn ich's mir so überlege, besteht eigentlich kein rechter Grund zum Optimismus, selbst wenn die

Bopparder einen ordentlichen Tropfen im Keller haben. Wissen wir doch gar nicht, was uns in Köln erwartet nach den vergangenen schwierigen Jahren. Wie wird man uns wohl empfangen? Und noch ein Weiteres: Es heißt, dass die Weinpreise in Köln sowieso nicht mehr stabil sind. Im Gegenteil: Man trinkt dort immer mehr Bier, die Zahl der Brauereien soll in den letzten Jahren sehr stark zugenommen haben. Aber warten wir's ab, gelobt sei der Herr«, beendete Gerhard die Unterhaltung, denn es war die Stunde der Sext und damit Zeit für unser Chorgebet, das wir auch während der Schifffahrt regelmäßig abhielten.

Gerhard war Mitte vierzig und damit schon einer der älteren Brüder. Welches Amt er bekleidete, konnte man an seiner Figur ablesen. Er entsprach in jeder Hinsicht dem Zerrbild, das die volkssprachliche Spott- und Schmähdichtung von uns Klosterbrüdern zeichnete. Sein rotes Gesicht glänzte stets, und er hatte die Angewohnheit, es sich mit dem Skapulier abzuwischen. Die Backen wirkten wie aufgepustet und verdeckten fast die listigen Ferkeläuglein. Kein Mann konnte den fetten Abtskoch umspannen.

Die vierundzwanziger Ernte, eine Katastrophe, ganz gewiss. Eine Katastrophe besonders im Hinblick auf den Dreiundzwanziger. Die beiden Jahrgänge waren verschieden wie Kain und Abel, wie Jakob und Esau, wie … wie zwei völlig verschiedene Brüder eben. Jener eine Blume und eine köstliche, Gaumen und Zunge schmeichelnde Frucht in einer herrlichen, Keller füllenden Menge, dieser dagegen – nun ja, alles, was zu sagen ist, wurde schon gesagt.

Wir übernachteten, wie wir es geplant hatten, in Heimbach.

Am folgenden Tag gelangten wir mit Gottes Hilfe kurz nach der Vesper nach Boppard. Und hier nahm das Unheil seinen weiteren Lauf. Im Heimatort des Abtes Martin Rifflinck und einiger anderer Brüder hatten wir besonders guten Kontakt zu den Zöllnern und nahmen nach althergebrachter Sitte mit ihnen stets ein gemeinsames Mahl in der Zollstube ein. Da die Sonne schien, schlugen die Zöllner vor, im Freien zu speisen, und wir akzeptierten den Vorschlag gern. Während sie Tische und Bänke nach draußen brachten, spürte ich etwas Weiches an meinen Beinen und zuckte zusammen. Eine einäugige Katze, deren Körper grau, der Kopf aber schwarz war, schlich um uns herum. Wir versetzten dem räudigen Biest, das zudem einen üblen Geruch ausströmte, der mir wie der Schwefelgestank des Bösen vorkam, einige Tritte, doch es buckelte, kreischte und wollte nicht weichen.

Als der Schmaus beendet war, begaben wir uns gemessenen Schrittes zu unserem Klosterhof. Dieser liegt im westlichen Teil Boppards, unmittelbar an der Stadtmauer. Zum Eberbacher Hof gehört, wie auch in Köln, eines der Stadttore mit Wehrturm, der im Volksmund das Ebertor genannt wird. Wir wählten den Weg außerhalb der Mauern am Fluss entlang, weil wir aus Tradition Stadt und Hof durch eben dieses Tor betreten wollten. Schon von weitem hatten wir den Leiter unseres Anwesens erkannt: Bruder Johannes von Kiedrich, der uns aus einem der Turmfenster beobachtet hatte, nun freundlich die Hand zum Gruß hob und uns mit seiner krächzenden Stimme das *Benedicite* entgegenrief.

In diesem Augenblick verspürte ich erneut eine Berührung an den Beinen, zärtlich und widerwärtig zugleich, und merkte, dass die Schwarzgraue uns gefolgt war. Sie blickte mürrisch, verdrehte den Kopf, und ich hatte den Eindruck, dass sie mich dreist fixierte, dabei hielt sie den Schwanz obszön aufgerichtet und ließ ihn hin und her gleiten. Da packte mich Karl, der Bursenschreiber, am Arm, und ich gewahrte seinen entsetzten Blick, seine aufgerissenen Augen. Jetzt fuhr mir erst recht ein Schreck in die Glieder.

Die Hofknechte nahmen uns am Ebertor in Empfang, Bruder Johannes eilte uns entgegen und die Katze wollte sogar mit uns zusammen hineinschlüpfen. Da versetzte ihr unser Herr Abt höchstpersönlich einen Tritt, sodass sie ein paar Fuß durch die Luft in Richtung des Flusses flog. Jaulend stob die Kreatur davon.

»Wäre sie doch in den Strom gefallen, jämmerlich ersoffen und bis in die Niederlande und dann ins große Meer geschwemmt worden!«, kommentierte Kaplan Paulus die Szene.

Als wir nach herzlicher Begrüßung unseren Hofkeller und die dort gelagerten Fässer inspizierten, diverse Proben machten und mit dem Bruder Kellermeister ins Gespräch kamen, mussten wir uns davon überzeugen, dass meine skeptische Prognose richtig war: Auch die Gewächse unserer Bopparder Hänge – immerhin nicht wenige Morgen an Fläche – blieben, was die Ernte 1524 nach der Menschwerdung unseres Herrn betraf, weit hinter unseren hohen Ansprüchen zurück.

Wir genossen bei den Brüdern von Boppard ein vorzügliches Abendessen, das aus erlesenen Rheinfischen in verschiedenen Marinaden bestand. Hier hatte ich Gelegenheit, mich über die Ess- und Trinkgeräte zu wundern. Die Brüder benutzten Gabeln, was ich noch nie in einem Klosterhof gesehen hatte. Wir in Eberbach lehnten diese zweizinkigen Geräte ab, so praktisch sie beim Essen zum Aufspießen eines mundgerechten Bissens auch sein mochten. Wenn sie sich in den Städten und zum Teil auch in anderen Klöstern durchgesetzt hatten – sogar in anderen Zisterzen, wie ich wusste –, wir in Eberbach wollten jenes Werkzeug des Fürsten der Welt nicht akzeptieren. In anderer Hinsicht jedoch waren die Bopparder weniger modern als wir beziehungsweise hatten weniger Kultur: Für den Wein standen auf dem Tisch nur Tonbecher, während wir längst dünnwandige Gläser in Tulpenblütenform benutzten, die wir über einen Frankfurter Händler direkt aus Venedig bezogen. Was gab es Besseres, als die Farbe des Weines in einem Glas funkeln zu sehen, sie mit Ruhe zu betrachten, das Glas zu schwenken und die Nase einzutauchen, schließlich mit gespitzten Lippen kleine Schlucke auf die Zunge zu nehmen und die Flüssigkeit dann im Munde zu verteilen? Nur Glas konnte das richtige Medium sein, um den kostbaren Inhalt allen Sinnen auf rechte Weise nahezubringen.

Nach dem Mahl ergriff Bruder Johannes erneut das Wort. »Wartet ab«, sprach er, und sein Blick wurde sehr ernst, »dieses Jahr wird es noch schlimmer.« Johannes war ein betagter Mönch mit von Falten zerfurchtem Gesicht, er stand schon seit über zwanzig Jahren unserem Bopparder Hof vor. Gleichsam hilflos hob er die von Altersflecken gesprenkelten Hände an seine Schläfe, als er fortfuhr: »Nachts ist es noch viel zu kalt, wir haben fast jede Nacht Frost. Wenn es so weitergeht – und glaubt mir, *confratres carissimi*, es wird so weitergehen … ist das die Strafe des Herrn für den bösen Geist der Zeit! Saurer Wein in geringen Mengen … Toben und Wüten allüberall. Jetzt hat es auch hier in der Stadt und der Umgebung erste Bauernerhebungen gegeben. Wo bleiben Zucht und Regel? Wie kann da etwas wachsen und wohl gedeihen? Wie ist unsere Zeit zu fürchten!«

Keiner von uns widersprach, und so gingen alle mit einem mulmigen Gefühl im Bauch zur Nachtruhe in den Schlafsaal. Es war bei uns Brauch, auf Reisen wegen der Strapazen die Vigilien wegzulassen, damit alle Brüder durch die Ruhe der Nacht frische Kräfte sammeln konnten. Ich jedoch schlief unruhig in dieser Nacht. Mir träumte, dass ich wie Gerhard vom Bug eines Schiffes ins Wasser fiel, aber als ich untertauchte, merkte ich, dass es kein Wasser war, sondern saurer Wein. Es war auch kein Fluss oder sonstiges Gewässer, sondern ein abgrundtiefes Fass ohne Boden. In diesem Moment erblickte ich oben am Rand des Fasses die höhnischen Gesichter der Bürger der Stadt Köln, allen voran die Weinkaufleute. Es wurden immer mehr und schließlich waren es sämtliche Einwohner, wohl an die zwanzigtausend, die sich da am Rand des Fasses auftürmten und mein immer tieferes Sinken verfolgten und mit Spottreden kommentierten. Und ganz an der Spitze thronten jene sieben Teufel der Todsünden und lachten höhnisch. Ich schlug um mich und versuchte strampelnd nach oben zu kommen. Schreien wollte ich, doch der Wein drang mir erstickend in Rachen und Nase. Da packte mich eine kalte Hand am Arm und rüttelte mich. Es war Bruder Gerhard, der mich aus den Qualen des Albtraums befreite.

Am nächsten Morgen hatte Bruder Johannes von Kiedrich wieder ein Strahlen auf dem zerfurchten Gesicht. Sofort nach den Laudes erteilte er die nötigen Befehle zum Verladen der Fässer. An Weißwein waren es lediglich achtzehn Stück, an Rotwein fünfzehn. Die Knechte und Konversen brachten sie zu unseren Schiffen, der Rote wurde komplett auf den *Bock* geladen. Währenddessen sammelten wir Chormönche uns zum Abschlussgebet um segensreiche Fahrt in der Kapelle unseres Hofes. Bei den Worten des 66. Psalms verschwanden dann auch bei mir der Albtraum und alle schlimmen Gedanken über die bösen Zeiten, über schlechten Wein und geringe Mengen. Wir sangen vereint mit unseren Bopparder Mitbrüdern zum Lob Gottes und baten um seinen Segen: *Terra dedit fructum suum, benedicat nos Deus, Deus noster, benedicat nos Deus.*

Doch dann trat die Katze wieder auf den Plan.

Als wir uns am Schiff verabschiedeten – Bruder Johannes hatte uns noch begleitet –, schlich erneut das böse Biest herum. Es war wie ein Spuk aus der Hölle und warf einen Schatten auf unsere Abfahrt. Wir waren gerade dabei, uns zu verabschieden, da sprang die Schwarzköpfige auf den Poller, an dem unser *Bock* mit zwei armdicken Tauen festgemacht war, und fauchte aggressiv. Und dann, als hätte der böse Geist vollends Macht über sie gewonnen, hechtete sie den Abt an, der wütend einen Schritt auf sie zumachte und sich bückte. Diesmal wollte er es wohl nicht durch einen Fußtritt versuchen, sondern vielleicht durch einen Fausthieb, oder er strebte an, das Untier zu packen und wirklich in den Fluss zu werfen.

In diesem Augenblick sprang ihm das Teufelstier ins Gesicht, fauchte, ja schrie noch lauter als zuvor, als würde ihr jemand glühende Eisen ins Fell treiben, und fuhr unserem Oberhaupt mit beiden Tatzen und ausgefahrenen Krallen zornig durchs Gesicht. Und noch bevor einer von uns reagieren konnte, hetzte das Biest davon.

Dem Abt blieben blutige Kratzspuren auf Wange und Nase. Und mit diesen Wundmalen erreichte er, erreichten wir unser Ziel. Was soll ich erzählen über Köln? Ich fühlte mich in dieser Metropole fremd. Die Ausdehnung, die gewaltigen dunklen Mauern, die unzähligen Märkte, das Gewimmel. Die Düfte, die Gerüche, der Gestank in den Straßen. Und eine merkwürdige, lallende, nur schwer zu verstehende Sprache, in der die Vokale komplett ausgetauscht schienen. Alles war anders, anders als in unserem beschaulichen Rheingau, aber auch anders als in unserem erzbischöflichen Mainz. Sogar die Weinkeller rochen anders als am Mittelrhein. Beklommenheit stieg in mir auf, als ich die dunklen Stadtmauern, Tore und Türme erkannte. Und es zeigte sich, dass offenbar der schwarze Mantel des Unglücks über uns gebreitet blieb.

Diesmal passierte das Missgeschick nicht erst während der Abreise, sondern bereits bei der Ankunft am Hafen. Wir hatten gerade die Formalitäten mit dem Hafenmeister erledigt und begannen die Fässer auszuladen, da machte einer der Kölner Kranführer einen Fehler. Es war der kleine, aber kräftige Wieland, ein gemütlicher und zuverlässiger Mann, dem immer ein lustiger Spruch von den Lippen sprang, den wir eigentlich als zuverlässig kannten, selbst in früheren Zeiten, als uns die ganze Stadt feindlich gesonnen schien. Offenbar war ein Halbstückfass nicht richtig verankert und stürzte nieder. Merkwürdig: So schnell wie ein Auge blinzelt, krachte das Fass auf den Boden. Mir aber war, als sähe ich es auf extreme Weise verlangsamt: die blauen, schreckgeweiteten Augen des Kranführers Wieland, dann seine aufgerissenen Lippen – die Zunge schnellte vor, der Mund klappte wieder zu, ein ruckartiges Zusammenkneifen seiner Augen – ich war sicher, dass er sich mit seinen schiefen Zähnen auf die Zunge gebissen hatte –, ein Seil, das mit einem schnappenden Geräusch riss, das Fass, das aus seiner waagerechten Haltung kippte, Übergewicht bekam und dann mit der Kante auf den Kai prallte und barst. All dies geschah rasch und langsam zugleich, und das erste, was mir wieder bewusst wurde, war die Säure des Weines, die uns in die Nase stieg, und das Blut.

Blut? Es war niemand verletzt, aber ich sah Blut. Ich sah es im roten Wein, der verschüttet war, und es schien mir wie eine Prophezeiung.

Dabei war es gar nicht so, dass unser Klebrot, unsere beste Rotweinsorte, von tiefdunkler Farbe war, wie wir es uns gewünscht hätten, keineswegs. Auch die Farbe war diesmal schwach und erinnerte an einen Hauch von blassem Abendrot vor einer Nacht voller schlechter Träume. Die fehlende Farbintensität war dann auch ein Hauptgrund für die harsche Kritik der Kölner Kaufleute.

»Was habt ihr da mitgebracht, ihr Eberbacher Brüder?«, spottete ein paar Tage später Jan van Straaten, einer unserer Handelspartner, bei der Verkostung. Van Straaten stammte aus Gent, war aber schon vor langen Zeiten Kölner Bürger geworden; sonst hätte er in der Stadt nicht Weinhandel treiben dürfen. Er war ein hagerer Kerl mit einem verschlagenen Fuchsgesicht, eigentlich äußerst gewöhnlich und von großer Geldgier, wie eben Kaufleute so sind, aber aus irgendeinem Grunde mochte ich diesen Burschen. Ich glaube, es war sein kehliger niederländischer Akzent, der mich ansprach. Unser Weinkeller, in dem die Verkostung und das Verkaufsgespräch stattfanden, trägt den schönen Namen *Sack*, und van Straaten ließ es sich nicht entgehen, ein schlaues Wortspiel erklingen zu lassen, von dem er meinte, es sei originell: »Gut, dass ich probiere und nicht die Katze im Sack kaufe«, lachte er und schlug sich auf die dünnen Schenkel. »Ha, die Katze im Sack! Bruder Clemens, was sagt Ihr, ist das nicht gut?«

Ich lachte nicht, hatte ich doch diesen Scherz schon früher oft gehört, im Gegenteil: Mir war mulmig zumute, weil ich an die Episode mit dem Katzenvieh in Boppard dachte.

»Für die Farbe und die Qualität können wir nichts, mein Herr Kaufmann, es hat unser Herrgott in seiner Güte so eingerichtet, dass nicht ein Weinjahr wie das andere ist. Doch ich rate Euch, verfahrt anders, als Ihr gewohnt seid. Verkauft diesen Wein nicht sogleich, sondern lagert ihn wenigstens ein oder zwei Jahre. Und wenn Ihr Langmut habt, dann wartet zwei oder sogar drei Jahre, dann wird die Säure harmonischer eingebunden sein und nicht mehr so in Zunge und Gaumen beißen.«

»Was redet Ihr, Bruder Clemens?«, entgegnete der Flame. »Ihr wisst doch: Der Markt in Gent verlangt nach Rheinwein! In den Niederlanden, in England und Schweden warten sie darauf. Also reden wir nicht länger, macht mir einen guten Preis! Ich denke, sechs Gulden sind angemessen, mehr könnt Ihr nicht verlangen, das wisst Ihr selbst. Dieser Trunk taugt allenfalls noch für Würzwein.«

Ich erschrak. »Ihr wisst genau, dass dies ein lächerlicher Preis ist, Kaufmann«, protestierte ich mit belegter Stimme. »Solch einen Preis hat es für einen Eberbacher Wein noch nie gegeben.«

»Solch einen Eberbacher Wein hat es auch noch nie gegeben. Immerhin versucht Ihr nicht, mich zu überlisten. So ist es mir vor zwei Tagen bei einem jungen Anbieter aus dem Fränkischen gegangen: Hat mir doch Nüsse vor der Verkostung angeboten. Ha, so ein alter Kniff! Das weiß hier jeder in Köln, dass dann jeder Wein süß schmeckt. So ein Jeck!«

»Ich lade Euren Genter Kollegen Drieß oder Godehard Sterzchen aus Köln ein. Auch Heinrich Hoch oder Heinrich Saß könnte ich nennen.« Ich machte eine wegwerfende Handbewegung, um selbstbewusst aufzutreten. »Leicht könnte ich noch ein Dutzend Kölner Kaufleute aufzählen, die mir einen anständigen Preis bieten!«, sagte ich ärgerlich.

Sechs Gulden für das Fuder waren ein Hohn, ich wusste es und dachte mit Schrecken, was für geringe Mengen wir zum Verkauf anboten, was für einen lausigen Gewinn die Abtei dabei machen würde, und ich wünschte mich in mein Krankenhaus im Kloster zurück.

»Mein Kollege Drieß«, sagte van Straaten spöttisch. »Drieß oder Driss. Wisst Ihr, Bruder Clemens, was man hier in Köln als ›Driss‹ bezeichnet? Ihr wisst es nicht? Driss, das bedeutet Scheiße. Und genau das ist er auch!«

In diesem Augenblick hörte ich ein Poltern: Die Tür des Kellers wurde aufgerissen, und eine Gestalt im Zisterzienserhabit eilte die Treppe zu uns herab. Der Mönch schwitzte und war außer Atem. Es war Bruder Karl, der Bursenschreiber. Ich fuhr zusammen, stand ihm doch das Entsetzen ins Gesicht geschrieben. Bruder Karl ist ein kleiner, dünner Mann mit Pickeln auf der Tonsur und im gramvollen Gesicht, der stets zu übertriebener Angst neigt.

»Höre, Bruder Clemens, höre … höre«, stieß er mit keuchendem Atem hervor. Er brach ab und holte tief Luft.

»Setz dich doch, was ist denn los, setz dich doch erst mal hin, Karl«, erwiderte ich, nun selbst auch nervös geworden, und zog einen dreibeinigen Schemel heran.

Karl folgte meiner Aufforderung und sank nieder. »Höre«, sagte er erneut und sein Blick ruckte hinüber zu dem Kaufmann, der sein Probierglas in der Hand hielt, es schwenkte, bei jedem neuen Schluck den Kopf schüttelte und nun offenbar merkte, dass es hier um etwas von vertraulichem Wert ging.

»Was ist denn los? Haben sie schon wieder eine neue Welt entdeckt?«, fragte er grinsend. »Ich sehe schon, wir müssen unsere Verhandlungen vertagen.« Und ohne ein weiteres Wort stieg er die Stufen des Kellers hinauf und verschwand.

Dankbar war ich ihm für diese Diskretion, die ich ihm gar nicht zugetraut hätte.

»Bruder Clemens«, sprudelte nun Karl, als der Kaufmann verschwunden war, »höre, höre, hast du es schon gehört ...«

Vorsichtig trat ich auf ihn zu, legte ihm die Hände behutsam auf die Schultern, um ihm Ruhe einzuflößen. Ich schaute über ihm ins Leere, weil ich wusste, dass ein direkter Blick in die Augen ihn nervös machen würde. Er biss sich auf die Lippen.

»Was ist passiert?«, fragte ich und bemühte mich, mit langsamer, tiefer Stimme zu sprechen.

»Aufruhr, Bruder Clemens«, stieß Karl hervor, »Aufruhr im Rheingau! Ein Bote ... der Konverse Christmann ... hat einen Gewaltritt hinter sich und sein Tier zu Schanden geritten! Die Liesel, unser schnellstes Pferd!« Er holte tief Luft und fuhr fort: »Das Kloster ist in Gefahr!« Er sank zusammen und legte die Hände vors Gesicht.

»In Gefahr? In Gefahr?«, wiederholte ich wie ein Echo, und dann musste ich mich vor Schreck gegen ein Fass lehnen. »Hat es uns nun auch getroffen?«

»Der Pöbel, Bruder Clemens! Unsere braven ... ha! Unsere ach so braven Rheingauer Bürger und Bauern, die haben sich zu einem Haufen in Eltville zusammengefunden. Elende Rotterei und Büberei! Das Pack will sich aufmachen ... zur Wacholderheide ... Womöglich wollen sie über Eberbach herfallen. Christmann ... hat Abt Nikolaus informiert. Der Abt ... er schickt sich gerade an aufzubrechen. O Schande über diese Strauchdiebe!«

Aufruhr bei uns im Rheingau! Hatte die Flamme, die durch die deutschen Lande loderte, nun auch unser Gebiet angesengt oder gar in Brand gesteckt – und war die Zisterze Eberbach in ernsthafter Gefahr? Mir kamen Schreckensvisionen in den Sinn; wir hatten von furchtbaren

Taten der aufgebrachten Bauernhaufen gehört, die altehrwürdige Klöster geplündert, die Mönche vertrieben oder aufgehängt und den Nonnen Gewalt angetan hatten.

»Ich will den Abt sprechen!«, rief ich erregt.

»Zu spät. In diesem Augenblick ist er schon unterwegs. Er hat die Kutsche genommen.«

Jetzt holte auch ich mir einen Schemel. Ich ließ mich einfach fallen, stützte die Ellenbogen auf die Knie, das Kinn in beide Hände, und zog instinktiv die Kapuze über den Kopf. »Das ist wahrlich eine Hiobsbotschaft, Bruder Bursenschreiber. Wie sollen wir nun zur Tagesordnung übergehen?«

Als wäre dies ein Stichwort gewesen, hörten wir rumpelnde Schritte auf der Treppe. Es waren die harten Stiefelabsätze des Kaufmanns, und plötzlich war ich mir keineswegs mehr sicher, dass er den Keller verlassen hatte. Hatte er vielmehr oben an der Tür unser Gespräch mitgehört?

»Seid mir nicht böse, lieben Patres«, schmeichelte van Straaten, und sein Grammatikfehler bereicherte seine Einleitung mit einem gewissen Charme. Wie gesagt, ich mochte diesen Flamen, Gott weiß weshalb, auch wenn er gelauscht hatte. Ich entschloss mich, den Stier bei den Hörnern zu packen, und sagte ihm auf den Kopf zu: »Van Straaten, waren Eure Ohren groß genug? Seid Ihr im Bilde? Gedenkt Ihr nun vielleicht, den Preis noch etwas zu drücken?«

Der Kaufmann lächelte hintergründig. »Mein Kollege Heinrich Saß hat ein gutes Herz und ist ein frommer Mann, der die Kirche liebt. Wahrscheinlich bietet er euch wirklich einen einigermaßen anständigen Preis, nur weil ihr Ordensleute seid. Dabei bedenkt er aber nicht, dass ihr aus einer der reichsten Abteien in den deutschen Landen kommt. Aber ich gönne Saß das Geschäft nicht. So lasst mich einen Handel vorschlagen, einen Handel mit eurer Fuhre, aber«, und hier senkte er vertraulich die Stimme, »ich habe auch noch einen anderen Gedanken – einen Vorschlag für zukünftige Geschäfte –, welcher der Abtei in diesen Zeiten von großem Nutzen sein wird.«

Ich horchte auf. Kloster Eberbach als eines der reichsten Klöster – ich hätte van Straaten einiges entgegnen können, hätte von unseren Schulden sprechen können, die immens waren, doch ging unsere finanzielle Situation diesen Mann gar nichts an.

Bruder Karl hatte sich unterdessen mit einer Handbewegung verabschiedet. Es war Zeit für die Komplet, die wir in der Kapelle mit den übrigen Brüdern zu zelebrieren hatten. Und so musste auch ich den Kaufmann auf den kommenden Tag vertrösten, obgleich er mich mit seinem Vorschlag eines besonderen Handelsgeschäftes neugierig gemacht hatte. Auch van Straaten hatte noch andere Pflichten: Er wollte sich nach schweren Süßweinen umsehen. Wir verabredeten uns für den folgenden Tag in einem anderen unserer Kölner Keller namens *Spay*, der sich in der Nähe des Heumarktes befand. Dort hatten wir vorwiegend die Weißen gelagert, zum Teil auch ältere Jahrgänge, die, wie ich glaubte, in einem guten, trinkreifen Zustand waren.

Als wir den Keller verließen, überlegte ich hin und her, was der Kaufmann mit seinen Andeutungen gemeint haben könnte. Doch bei der Komplet und dem *Salve Regina* vergaß ich wie immer im heiligen Chorgebet die Geschäfte des Alltags.

Am folgenden Tag hielten wir nach der Prim zunächst Rat im Kreise der Brüder. Begleitet wurde unsere Unterredung von einem Huschen und Trippeln, das aus dem Kornspeicher im Stockwerk über uns kam. Mäuse, wenn nicht gar Ratten, machten sich über unser Getreide her.

Die schlechte Nachricht hatte auch die Mönche und Konversen des Hofes aufgerüttelt. Der Abt war tatsächlich schon am Spätnachmittag des Vortags in aller Eile abgereist. Seine geplanten Gespräche mit dem Stadtrat waren auf unbestimmte Zeit verschoben. Zwei Brüder des benachbarten Hofes der Abtei Altenberg saßen bei uns und versuchten vergeblich, uns zu trösten. Uns Zurückgebliebenen hatte die Sorge Falten in die Stirn geschnitten. Der Kaplan berichtete, dass Abt Nikolaus Wert darauf gelegt hatte, die Verkaufsgeschäfte planmäßig und mit größtmöglichem Gewinn abzuwickeln. Ich dachte an die Worte des Kaufmanns vom »reichen Kloster Eberbach«. Ferner sollten wir unsere vorgesehenen Einkäufe tätigen. Die Kölner Kaufhäuser und Märkte boten alle jene Lebensmittel und Gebrauchsgegenstände, die wir im Rheingau und in Mainz und Frankfurt nicht bekommen konnten. So sollte sich der Abtskoch um den Einkauf von Salz, Seefisch, getrockneten Kräutern und Gewürzen kümmern, konnte er doch die Qualität der Ware am besten beurteilen. Ferner beabsichtigte er, nach Hausenblase Ausschau zu halten, die wir zum Veredeln des Weines benötigten. Ursprünglich wollte er sich auch um den Kauf von holländischem Käse kümmern, angesichts der

Kürze der Zeit hatte der Kaplan diese Aufgaben übernommen, der davon auch eine Menge verstand. Bruder Karl hatte Schiffstaue, Schiffsteer und Leder zu besorgen; ich selbst sollte mich – neben dem Weinverkauf – um den Einkauf von Heilkräutern und anderer Arznei kümmern.

So gingen wir alle ans Werk, jeder mit seiner Aufgabe und mit gemischten Gefühlen. Ich wollte mich zunächst unverzüglich zum Keller *Spay* begeben, um mit dem Genter über seinen ominösen Vorschlag zu sprechen.

Doch zuvor hatte ich eine seltsame Begegnung.

Der Weg führte mich über den Alten Markt, wo gerade reges Treiben herrschte. Laut ging es zu an den zahlreichen Ständen. Immer wieder faszinierte mich die Mischung aus verschiedenen Wohlgerüchen und Gestank: hier ein Duft nach Obst, da eine Nase voll Lauch, dort ein würziger Käse, übelriechend dagegen der Achselschweiß der Marktleute sowie der Knechte und Mägde, die Besorgungen machten. Zu allem Überdruss noch der alte, aufgekochte Schweiß und Dunst aus allen Körperöffnungen bei den Bettlern und verwahrlosten Gestalten, die es hier zuhauf gab.

Am Alten Markt kannte ich einen Bader, der mit Heilkräutern, durchaus auch seltenen, handelte. Ich beschloss, es könne dem Hochmut van Straatens nicht schaden, ihn noch etwas warten zu lassen, schließlich sollte er nicht den Eindruck haben, ich hätte es eilig, seinen Vorschlag zu hören. Und so wandte ich mich zum Haus des Baders und Apothekers Joachim, der, wie ich wusste, ein braver Mann war. An der eichenen Tür angekommen, klopfte ich. Wartete einige Augenblicke, klopfte stärker. Wartete. Hämmerte mit der Faust gegen die Tür. Die Betreiber der Marktstände und ihre Besucher, schon auf mich aufmerksam geworden, schauten mich vorwurfsvoll an, einige zeigten raunend auf mich. Da erst bemerkte ich, dass die dünnen Lederhäute, die die Fenster verschlossen, eingerissen waren. Ich erkannte, dass das Haus einen ganz und gar unbewohnten Eindruck machte. Ich drückte das beschädigte Leder ganz nach innen und rief ins Haus hinein nach Meister Joachim.

Da packte mich eine sehnige Hand hart am Oberarm, eine andere riss heftig an meinem Skapulier. Ich erschrak. Das Wesen, das mich derart dreist anging, war eine verlumpte, alte Vettel. Dunkles, filziges Haar, dessen Geruch nach altem Fett mir Übelkeit erregend in die Nase stieg, den Kopf nach vorn gebeugt, ein einstmals schwarzes, jetzt aber ausgebleichtes und mit Schmutzflecken übersätes Gewand, dabei die linke von einer kirschroten Narbe gezeichnete Schulter unzüchtig entblößt, so stand das Wesen vor mir, barfuß im Dreck des Marktplatzes. Die Frau war ungefähr sechzig Jahre. Sie war eine … ja, zweifellos: eine alte Hexe!

Ich sammelte mich und schüttelte den Schrecken ab. »Was hast du hier vor dem Haus des Baders Joachim zu schaffen, Alte?«, herrschte ich sie an.

»Ihr sucht den Bader, Zisterziensermönch«, sagte sie mit erstaunlich wohlklingender, hoher Stimme. Ich hatte bei diesem Wesen ein Krächzen wie von einem Raben erwartet. »Der Bader ist tot, Mönch. Er starb vergangenes Frühjahr. Der mit der Sense kam plötzlich, der Bader hat nicht leiden müssen. Fiel um und war tot. Seine Frau hat das Trauerjahr nicht abgewartet, sondern sich einen neuen Buhlen gesucht. Sie lebt jetzt drüben in Deutz, bei einem Schustermeister.«

Sie riss ruckartig wie ein Raubvogel den Kopf nach oben und ich bemerkte, dass sie grauweiße Barthaare am Kinn hatte, etwa so lang wie ein Fingernagel. Ich schluckte und zwang mich, der Alten in die stahlgrauen Augen zu blicken, um keine Schwäche zu zeigen. »Weib, was sagst du da?«, stieß ich hervor.

»Folge mir«, hauchte die Hexe und brachte ihr Gesicht dicht vor meines. Ich roch den Gestank ihres Atems, hungrig und faul, der sich mit den Fettdünsten ihres Kopfes mischte.

Statt das widerwärtige Wesen wegzuscheuchen, die Stadtknechte herbeizurufen und sie in Eisen legen zu lassen, fühlte ich mich seltsam angezogen und leistete keinen Widerstand. Sie ergriff mich am Ärmel und zog mich, hinkend, aber flink zugleich, in eine Seitengasse. Dort packte sie meine Hand mit ihren beiden trocken-schuppigen Händen, zog an den Fingern und breitete meine Handfläche aus wie einen Fächer. Hatte sie etwa die Absicht, mir aus der Hand zu lesen? Ich wollte den Arm zurückziehen, doch irgendetwas hielt mich davon ab, und es war nicht der feste Griff der Alten.

»Ihr seid auf der Suche. Heilmittel sucht Ihr, Mönch«, sagte sie mir treffend auf den Kopf zu. »Ihr werdet sie finden. Ihr werdet ein *remedium* finden, und zwar kein schlechtes.«

Dass ich Medizin kaufen wollte, ließ sich aus meinem Besuch bei Meister Joachim noch herleiten, das war ganz sicher keine Hellseherei. Woher aber kannte die Hexe das lateinische Wort für Heilmittel? So fragte ich mich verblüfft, verblüfft nicht zuletzt über mein eigenes Verhalten, weil ich ihr keinen nennenswerten Widerstand leistete. Ja, ich fühlte mich abgestoßen, zugleich aber auf seltsame Weise in den Bann gezogen von jenem Weib.

Sie blickte konzentriert in meine Hand, und plötzlich war es offensichtlich: Sie *las* in ihr. Sie fixierte die Handfläche, fuhr mit dem linken Zeigefinger, dessen schmutziger Fingernagel tief in entzündetes Fleisch eingewachsen war, die Linien entlang und murmelte unverständliche Worte.

Dann sah sie zu mir auf und sagte: »Auch noch etwas anderes sucht Ihr, Mönch. Es steht geschrieben in Eurer Hand. Ich kann es klar und deutlich lesen: Ihr sucht jemanden, und Ihr werdet finden.«

Die Worte unseres Herrn, überliefert in drei Evangelien, kamen mir in den Sinn, und ich konnte nicht umhin, mechanisch die Verse aufzusagen: »*Petite et dabitur vobis – quaerite et invenietis – pulsate et aperietur vobis.*«

»Ihr werdet finden und Ihr werdet wieder verlieren. Ihn.« Und nach einer Pause: »Oder vielleicht auch: sie. Oder vielleicht auch … beide. Hm, diese Linie«, sie fuhr mit dem Daumen eine Linie in meiner Handfläche entlang, »ist nicht ganz eindeutig, sie gabelt sich …«

Was sollte das nun heißen? Kryptisches Geschwätz, dunkel und hohl. Was meinte das Weib mit »sie«? Mein Verdacht, den ich ursprünglich hegte, wurde durch das Pronomen »sie« widerlegt. Wen sollte ich finden, mehrere Menschen, eine bestimmte Gruppe? Und wie um mich zu verhöhnen, wiederholte die Vettel nun, mich mit ihren stechenden Augen anblitzend, immer wieder: »Sie, sie, sie!«

Darauf stieß sie ein schrilles Gelächter aus, das mir eine Gänsehaut auf den Rücken trieb. Sie musterte erneut meine Hand. »Ich sage dir noch etwas, Klosterbruder, merke dir meine Worte: Einer wird dir gleichen, eine wird dir reichen. Einer wird leben, eine wird dir geben. Das muss für heute genügen. Mehr kann ich nicht sagen.«

Während ich über ihre rätselhaften Sätze nachdachte, hielt die Alte meine Hand immer noch im Griff ihrer Linken, die Rechte steckte sie nun in einen schmutzigen Sack, den sie geschultert trug, und nestelte daran herum. Dann zog sie etwas heraus und legte es mit einer überraschenden Sanftheit in meine Hand.

Ich betrachtete das Ding. Es war ein fünfzackiger Stern, der die Farbe von Sand hatte, im Durchmesser etwa so lang wie ein Finger. Die einzelnen Strahlen kamen mir vor wie Arme.

»Nimm und sieh, Zisterzienser«, sagte sie, und es schien mir, ein Triumph schwinge in ihrer Stimme mit. »Es ist dein Weg.«

Die Alte hatte mich geduzt, aber ich war seltsam gepackt und fühlte mich viel zu schwach, sie zurechtzuweisen. Immer noch schaute ich das Ding an, das Pentagramm, nahm es mit der anderen Hand auf, drehte es und inspizierte es. War es eine Pflanze? Ein Teil einer Pflanze? Ein Stück Holz etwa oder eine Frucht einer Pflanze, vielleicht aus der Neuen Welt, von der jetzt so viel geredet wurde? Es schien mir jedenfalls sicher, dass es nicht von Menschenhand gemacht war. Die Oberfläche wies eine warzige Struktur auf, auf der Unterseite war jeder Strahl oder Arm des Sterns noch einmal durch eine haarige Furche geteilt.

»Dein Weg, Mönch«, wiederholte das Weib, und nun packte mich endgültig ein Schaudern, ich verspürte einen Würgereiz in der Kehle, und ich riss mich los, den Gegenstand noch immer in der Hand. Ich wollte das Ding wegwerfen, in den Straßenschmutz schleudern – und hielt es dennoch vorsichtig, geradezu behutsam in meiner Hand.

Ich eilte davon.

»Ein Seestern«, klärte mich Jan van Straaten auf, »Ihr haltet einen Seestern in der Hand.«

Verwirrt war ich durch die Gassen geirrt, die Worte der Alten hallten in meinem Kopf nach, ich nahm nichts mehr wahr, dann endlich fiel mir die Verabredung mit dem Kaufmann im Keller *Spay* ein.

»Scheeschdern« hatte er in seinem nuschelnden niederländischen Akzent gesagt, und es klang weich und zart. »Ein Lebewesen aus dem Meer, Bruder Clemens, habt Ihr noch nicht davon gehört? Solche Tiere gibt es in allen Meeren. Dieser hier könnte aus der Nordsee stammen.«

Ein Seestern.

Was soll ich sagen? Ich wäre kein Zisterziensermönch, wenn mir bei diesen Worten nicht die Jungfrau Maria in den Sinn gekommen wäre. *Ave, maris stella, Dei alma mater.* Ich blickte auf den Seestern in meiner Hand, und von diesem Augenblick an waren mir die Geschäfte mit dem Kaufmann gleichgültig. Es hatte keine Bedeutung mehr, der Verkauf, der schlechte Wein, die Stadt Köln, der Handel, der Hof, der Aufstand des gemeinen Mannes im Rheingau oder anderswo. Nichts hatte in diesem Moment mehr Bedeutung. Ich war wie in einem Rausch. Ein seltsames Gefühl hatte mich gepackt. Ein Lebewesen aus dem Meer …

Ich weiß nicht mehr, wie es mir gelang, mich noch einmal zu konzentrieren, aber schließlich einigten wir uns auf neun Gulden für den Riesling und siebeneinhalb für den Roten. Ein Preis, mit dem ich, der Abt und unser Senat zufrieden sein konnten und mussten.

Am Ende kam der Flame auch auf seinen Vorschlag, den Eberbacher Weinhandel betreffend, zurück. Er sprach davon, wie wir Mönche einer weiteren Konfrontation mit der Stadt Köln in Zukunft aus dem Weg gehen könnten. Ein direkter Handel der Abtei mit einigen ausgewählten Kaufleuten unter Umgehung des Kölner Marktes, das war es, wovon er sprach. Die Kaufleute würden sich verpflichten, den Ertrag eines ganzen Jahres von Eberbach und einigen anderen exzellenten Weinorten komplett zu kaufen, ein Geschäft ohne Umweg also. So oder ähnlich schlug es van Straaten vor, und es war eine bemerkenswerte Idee, die mich unter anderen Umständen hätte aufhorchen und das Gespräch mit dem Abt suchen lassen. Zerstreut und Unwohlsein vorgebend verabschiedete ich mich von dem Kaufmann, der sich nun noch auf die Suche nach Elsässer Wein begeben wollte.

Zum Schluss machte van Straaten noch eine Bemerkung, die mir im Gedächtnis geblieben ist: »Guter Wein, lieber Bruder Clemens, ist wie eine schöne Frau. Lecker. Beide haben Duft, Geschmack, Biss und betören einem den Kopf. Aber davon versteht Ihr ja nichts.« Und grinsend ergänzte er: »Schade, Frater, schade.«

In der Tat war es so, dass wir Mönche wegen unseres Ordensgelübdes davon nichts verstanden. Ich konnte den Vergleich nicht nachvollziehen. Warum ließ ich mir eigentlich die freche Bemerkung gefallen und wies sie nicht scharf zurück?

Auf dem Weg zurück zum Klosterhof hatte ich das dringende Bedürfnis, einen heiligen Ort aufzusuchen und zu beten. So betrat ich jenes Bauwerk, das – wenngleich *in statu nascendi* – wohl einmal die herrlichste Kirche werden würde, die jemals zur Ehre Gottes errichtet wurde: den Kölner Dom, oder vielmehr seine Baustelle. Und zielsicher führte mich mein Weg nicht zuerst zum prachtvollen goldenen Reliquienschrein derer, die einst den neu geborenen Heiland mit ihren Geschenken verehrten, der Heiligen Drei Könige, sondern in das rechte Seitenschiff, in die Marienkapelle.

»*Salve, regina coeli, quam mirabilis es*«, murmelte ich, das wundervolle

Bild der Gottesmutter betrachtend. »*Ave, maris stella*«, und ich blickte auf den Seestern in meiner Hand. »*Stella maris, mater Domini nostri*, was geht hier vor? Was geschieht mit mir? *O dulcis virgo, ora pro me!*«

Bei der Rückfahrt, die wir am 28. April antraten, war ich benommen und unkonzentriert. Ständig blickte ich zurück, statt in Fahrtrichtung voraus, ich blickte nach Köln – oder darüber hinaus? Nach Zons oder noch weiter, immer weiter …

Meine Weingeschäfte hatte ich verrichtet, die Mittel für meine Klosterapotheke hatte ich nicht bekommen, mit Ausnahme von Kümmel und Gewürznelken. Von diesen wertvollen Ingredienzien, die mir in der Heilkunde von großem Nutzen waren, hatte ich kurz vor der Abfahrt noch jeweils zwei Säckchen bei einem Krämer erwerben können. Auch meine Mitbrüder hatten ihre Besorgungen erledigt. Bruder Gerhard war mit seinem Salzkauf nicht zufrieden. Statt des beabsichtigten halben Dutzends Sack Salz hatte er gerade einmal dreieinhalb erstehen können, zu einem – im wahren Sinne des Wortes – gesalzenen Preis von einem Viertelgulden pro Sack. Wie bei der Hinfahrt nahmen wir beide einträchtig beisammen am Bug Platz und unterhielten uns.

»Der Markt gab nicht mehr her«, klagte er über seinen Kauf. »Man könnte meinen, alle Welt wolle pökeln, was das Zeug hält. Ich hätte dringend mehr gebraucht. Dafür war der Safran in diesem Jahr besonders günstig, weil die Ernten in Italien und auf dem Balkan gut ausgefallen sind. Vier Beutel habe ich erstanden.«

Das war eine gute Nachricht. Safran war nicht nur ein wertvolles Gewürz, das die Köche zum Zubereiten erlesener und erlesenster Gerichte einsetzten, sondern das die Brüder auch für die farbliche und geschmackliche Verbesserung des Weines nutzten. Gerhard leckte sich die Lippen und sagte: »Mein Safranreis zu einem guten Hering, von dem wir jetzt ein paar schöne Fässer voll gekauft haben, der tut dir nicht weh. Und wenn erst das Gemüse wieder wächst …«

Ich schlug ihm vor, zusammen bald eine Fahrt zum Markt in Frankfurt zu machen, da auch ich meine Medizin nicht hatte finden können.

»Wenn die Umstände es zulassen«, brummte er nachdenklich, und in diesem Moment kam mir wieder in den Sinn, was ich halbwegs verdrängt hatte: Am Mittelrhein war der Aufstand in vollem Gange, und man musste befürchten, dass auch Frankfurt, Mainz, Bingen und andere

Städte von den Bauernrotten bedroht waren. Ich beobachtete die Treidelknechte, wie sie ihre kräftigen Rosse in die dicklederenen Geschirre spannten und die Seile befestigten, grobe Burschen, die stets knallende Kommandos und wüste Flüche auf den Lippen hatten. Schließlich wurden die Leinen von den Pollern losgemacht und die schweren Tiere nahmen, getrieben von den Stecken der Knechte, ihre Arbeit auf. Die Schiffe gegen die machtvolle Strömung des Rheinstroms ziehen, stromauf, Meile um Meile. Es war jedes Mal ein Phänomen: Stromab ging's leicht und hurtig, getrieben durchs Wasser, wie von selbst; stromauf mit Mühe und Schweiß, unendlich langsam. Sich anstemmen gegen die Fluten, hoffentlich würde uns das auch gelingen, unserem Kloster, gegen die Fluten des Aufruhrs …

So begann die Reise und nahm ihren Gang, und wir harrten voller Bangen der Ereignisse und Zustände zu Hause, die wir nicht abschätzen konnten.

Als wir bei Bacharach waren, erinnerte ich mich an die widerwärtige Szene auf der Hinfahrt und stieg gedankenverloren die acht Stufen der schmalen Stiege nach unten in den Laderaum, wo die Salzsäcke standen. Da ich nicht meinen Habit anhob wie sonst beim Treppensteigen, stolperte ich auf der vorletzten Stufe und fiel auf einen der Säcke. Er platzte an einer Naht unten in Bodennähe auf. Vielleicht war auch schon vorher eine kleine Öffnung da, angefressen von Mäusen, jedenfalls rieselte in diesem Augenblick etwas von dem kostbaren weißen Gewürz auf den Boden. Noch im Knien nahm ich eine Prise in die Hand. Es waren grobkörnige Kristalle mit leichten Verunreinigungen. Einem Impuls folgend, nahm ich einen großen Kristall zwischen die Lippen und dann auf die Zunge. Ich spürte seine Schärfe, merkte, wie der Speichelfluss angeregt wurde. Ihr seid das Salz der Erde, so sagt unser Herr Jesus in der Bergpredigt, und ich schmeckte die Kraft dieser Worte.

Und doch war da noch mehr. Ich schloss die Augen. Da waren andere Assoziationen, die ich nicht richtig einordnen konnte. Salz: Würze und Kraft. Leben und Liebe.

»O weh, es bringt Unglück, Pater, wenn man Salz verschüttet!«, erklang eine Stimme hinter mir. Es war einer der Schiffsknechte, der von mir unbemerkt heruntergestiegen war.

Ich wies ihn zurecht, er solle keinen Unsinn reden, empört über den Aberglauben des Volkes.

Erschrocken bat er um Vergebung, holte Nadel, Faden und ein Stück grobe Leinwand – wohl zum Ausbessern des Segels – und verschwand wieder nach oben.

»Es sind schon merkwürdige Dinge passiert, Bruder Clemens. Auf dieser ersten Fahrt seit langer Zeit nach Köln ...«, sprach mich tags darauf Bruder Karl an. Er sah verhärmt und niedergeschlagen aus.

»Was meinst du damit?«

»Nun ja, es fing an mit der Abreise. Erinnerst du dich: der Reinfall von Bruder Gerhard, ich meine ... der Fall in den Rhein.« Nur für einen kurzen Moment huschte ein Lächeln ob seines unbeabsichtigten Wortspiels über sein Gesicht.

»Eine harmlose Begebenheit, nichts weiter.«

»Und doch! Denk ferner an Bacharach! Der obszöne Bauer, der die Hosen herunterließ. Und darauf in Boppard die Katze, das freche Biest. In Köln dann das Weinfass, das zu Bruch ging. Das sind Vorzeichen, Bruder Clemens, böse Omen!«

»Vorzeichen? Vorzeichen wofür?«

»Dann das Salz«, fuhr er fort, ohne auf meine Frage einzugehen. Ich tadelte im Stillen die Klatschsucht des Schiffsknechts. »Verschüttetes Salz! Ja, nenn es Aberglauben, ich glaube daran, die Fahrt steht unter keinem guten Stern. Fünf Ereignisse sind Vorzeichen für das, was uns erwartet, Clemens. Und glaube mir, wenn es noch zwei mehr wären, würde ich nicht zögern, sie als Zeichen zu nehmen, dann sind es sieben, wie in der Offenbarung geschrieben steht: die sieben Siegel und die sieben Posaunen wie auch zuletzt die sieben Schalen des Zornes. So werden es sein die sieben Vorzeichen für unser Kloster ... für seinen Untergang in diesen bösen Zeiten des Aufruhrs und der Empörung!«

Karl hatte sich in den Ton eines leidenschaftlichen Predigers und Mahners hineingesteigert. Ich antwortete nichts, dachte aber an die Begegnung mit der Hexe in Köln. Ein sechstes Zeichen? Nein, das wollte ich Karl nicht sagen, dessen gramvolles Gesicht und seine Weissagungen mich ärgerten. Brüsk wandte ich mich ab, ließ ihn stehen. Später am Abend bat ich ihn um Vergebung.

Auf der weiteren Fahrt verhielt ich mich einsilbig, hatte aber selbst keine Erklärung dafür. Vielleicht war doch zu viel Merkwürdiges vorgefallen und auch meine Fantasie zu sehr angeregt worden. Natürlich hatte sich im ganzen Schiff zu viel Spannung aufgestaut, bange Furcht, was uns erwarten mochte im Rheingau.

In der Abenddämmerung erreichten wir das Binger Loch mit seinen gefürchteten Stromschnellen. Schon ein paar Meilen zuvor hatte mich ein ungutes Gefühl befallen, und in der Tat: Plötzlich erschütterte ein heftiger Ruck das Schiff. Ich befand mich gerade unter Deck, weil ich früh schlafen wollte, da riss es mich beinahe von meinem Lager. Als ich nach oben eilte – andere drängten neben mir in dieselbe Richtung –, spürte ich Panik unter meinen Mitreisenden. Aufgeregt gestikulierend hasteten unsere Schiffsknechte umher, doch was meinen Blick anzog, war einmal mehr Bruder Karl. Starren Blicks wies er auf das Ufer zur Rechten, den Arm waagerecht steif ausgestreckt wie das Querholz eines Galgens. Mit einem Mal wich der Schlaf aus meinem Körper, und ich erkannte, was sich dort ereignet hatte. Offenbar war eines der schweren Zugpferde auf dem Treidelpfad gestürzt; wir sahen, wie es Staub aufwirbelnd sich am Boden wälzte, hörten sein gequältes Wiehern, das Peitschenknallen und wüste Fluchen der Rossknechte. Vielleicht war das Tier gestolpert und hatte sich einen Fuß gebrochen. Doch nein, es kam noch schlimmer: Kraftvolle Wellen packten unseren *Bock*; das Schiff kam ins Schlingern, wurde ein Opfer der tanzenden Wellen und trieb ab. Nicht das Pferd war die Ursache, ein Treidelseil war gerissen. Sei es, dass es sich an einem scharfkantigen Schieferfels aufgescheuert hatte, sei es, dass es spröde und abgenutzt war, mürbe gemacht durch die dauernde Zugkraft, Wasser, Wind und Wetter. Auf jeden Fall sah ich es schlapp ins Wasser hängen, während wir immer weiter zurücktrieben, rheinabwärts.

Auch auf unserem Schwesterschiff *Sau*, das ungefähr dreißig Klafter hinter uns gegen den Strom ankämpfte, hatte man die Situation erkannt. Und noch mehr: Es drohte eine Kollision, denn ungebremst sausten wir nun auf die *Sau* zu. Was folgte, sehe ich noch vor mir, als wäre es gerade erst gestern geschehen. Die Besatzung der *Sau* brüllte ihren Treidelknechten Kommandos zu, mal sollten sie die Seile locker lassen, mal anziehen, um einen Zusammenstoß zu vermeiden. Einer überbrüllte den anderen, besonders stach eine hässliche Fistelstimme heraus, die nichts als vulgäre Beleidigungen schrie; jemand sang jammernd einen Marienhymnus; keiner hörte, was der andere rief, und das Ergebnis war ein heil- und ziellos Durcheinander. Mit der Steuerbordseite rasten wir auf die *Sau* zu, doch dann: Als wir noch einen Klafter entfernt waren, wurden uns von kräftigen Händen zwei lange Bootshaken entgegengestreckt, deren eiserne Enden sich in unsere Reling krallten. Ein anderes Besatzungsmitglied warf uns ein Tau zu, das einer unserer Knechte packen und um den Mast schlingen konnte; die beiden Schiffe waren sicher verbunden und wurden langsam an Land gezogen. Unsere rasende Fahrt war gestoppt, Schiff und Besatzung mit knapper Not gerettet worden.

Erst am nächsten Morgen, als das Seil ausgetauscht, ein neues Pferd eingespannt und alles einmal überprüft war, konnten wir unsere Fahrt fortsetzen. Einen solchen Vorfall hatte es in der Geschichte der Eberbacher Rheinschifffahrt noch nicht gegeben.

Septem omina.

So landeten wir am 4. Mai nach insgesamt sieben Tagen Fahrt in Reichartshausen. Als unsere Güter auf Wagen verladen waren und wir den Weg ins Kloster antraten, sahen wir, dass das ganze Land in Bewegung war. Auf der Strecke zwischen Hattenheim und dem Kloster überholten wir zahlreiche Menschen, die bepackt und mit Waffen ausgestattet waren. Ihr Ziel war die Wacholderheide, eine vom Eberbach durchzogene Talsenke rechts der Straße, die zur Abtei führte. Dort hatte sich, wie wir schon in Köln erfahren hatten, eine Menschenmenge versammelt. Zelte waren aufgebaut, fröhliches Stimmengewirr drang herüber zu unserer Kutsche, in der wir Mönche fuhren. Wenn wir nicht gewusst hätten, dass es ein Kriegsaufmarsch war, hätte man zunächst an einen Jahrmarkt denken können. Aufmerksam blickte ich hinaus und erkannte einige Einwohner aus Winkel, die gerade Fechtübungen abhielten. Andere machten sich mit Schaufel und Hacke offenbar daran, eine Befestigung aufzuwerfen. Lautstark wurden die neu Angekommenen begrüßt.

Da sah ich unter den Arbeitenden einen Mann, dessen Haltung und Gesicht mir bekannt vorkamen. Ich schaute genauer hin. Konnte es wahr sein?

Bei Gott, das musste *er* sein!

Kein Zweifel, er war es.

III. Rustica gens

»Kehren die Brüder von der Reise heim, so sollen sie sich noch am Tage der Ankunft bei der jeweils zutreffenden Gebetsstunde am Schlusse des Chorgebets im Gotteshaus auf den Boden niederwerfen und alle um das Gebet bitten wegen der Fehler, die sich während der Reise vielleicht durch Sehen oder Hören von etwas Bösem oder durch unnützes Reden eingeschlichen haben.«

So bestimmt es die Regel des heiligen Benedikt im 67. Kapitel, und so hielten wir es als getreue Diener des Ordens. Es war die Stunde der Vesper am Donnerstag, dem 4. Mai. Und während ich auf dem kalten Boden der Basilika in der Prosternation verharrte wie die anderen Mitreisenden, während mir dabei die Kälte der Bodenfliesen durch den Habit drang, empfindlich auf den Leib rückte und mich zittern ließ, machte sich Unruhe in mir breit. Statt, wie es sich gehörte, mich dem Gebet und der Dankbarkeit über die gesegnete Heimkehr zu widmen, hatte ich beständig einige Worte aus jenem Kapitel der Regel im Sinn: »Sehen oder Hören von etwas Bösem?«, so hallte es wider in meinem Kopf – und die Bilder der Reise stiegen erneut in mir auf. Ebenso die Eindrücke von der Ankunft. Von der Fahrt zum Kloster an der Wacholderheide vorbei. Das, was ich gesehen.

Nach dem Chorgebet verkündete der Abt, dessen Kratzer auf der Wange immer noch zu sehen waren, er wolle morgen früh im Kapitelsaal eine Erklärung abgeben und erwarte ferner unseren Bericht über die Geschäfte in Köln. Verständlich, dass im Kloster allenthalben Unruhe herrschte. Die Brüder zerstreuten sich und manche hatten ein verwirrtes Flackern im Blick. Ich suchte den Kreuzgang auf, um mich zu sammeln. Dort blieb ich vor einer Stelle stehen, an der, wie ich überrascht feststellte, eine Scheibe der bemalten Verglasung komplett herausgenommen worden war. Es war das Fenster, das die Berufung des Petrus und seines Bruders Andreas am See Genezareth zeigte. Erstaunt sah ich genauer hin.

Da lagen auf dem Boden noch einige kleine Glassplitter, blaue und goldene, Fragmente aus dem Gewand des Petrus und aus seinem Heiligenschein. Ein größeres Bruchstück gab einen Ausschnitt aus dem Gesicht des Andreas wieder, ein Stück seines Bartes. Das Fenster musste während unserer Abwesenheit Schaden genommen haben, sodass es der Bruder Glaser herausgenommen hatte. Was war da wohl vorgefallen?

»Auf ein Wort, Bruder Clemens!«

Ich zuckte zusammen und drehte mich um.

Es war die barsche Stimme Jakobs von Bingen, unseres Priors, der mir gefolgt war. Er genoss einen Augenblick das Moment der Überraschung und fragte mich dann unvermittelt nach der Reise. Der Stellvertreter des Abtes war ein kleiner, drahtiger Mann mit klugen, lebhaften Augen, die fast wimpernlos waren und tief im Schädel lagen. Man hatte es bei ihm mit einem äußerst scharfsinnigen Denker zu tun, dessen Wissbegier ihn zuweilen der Sünde der Neugier obliegen ließ, und so hatte er nicht bis zu meinem Bericht morgen warten wollen. In wenigen Worten erzählte ich ihm knapp und sachlich vom Ergebnis der Käufe und Verkäufe, erwähnte aber nichts von den Vorschlägen des Kaufmanns und ließ ferner die merkwürdigen Begebenheiten, jene bösen Vorzeichen, weg.

Jakob schüttelte nachdenklich den Kopf, als ich von dem ausgehandelten Erlös erzählte. »Neun Gulden pro Fuder beim Weißen, das ist natürlich nicht viel. Sieben für den Roten, na ja ... Aber«, und an dieser Stelle breitete Jakob die Hände aus, »ich denke, das ist zurzeit vielleicht nicht von allergrößter Bedeutung. Du siehst ja, was hier los ist. Auf der Heide draußen rotten sie sich zusammen, unsere Männer aus dem Rheingau. Wehe, wenn sich die Schafe gegen ihre Hirten erheben! Im Moment habe ich nicht das Gefühl, ein Mönch zu sein, sondern vielmehr ein Kriegsmann in einer Burg.«

Er sprach genau das aus, was auch ich unbewusst empfunden hatte.

»Wir sind im Belagerungszustand, Bruder Clemens«, spitzte er die Situation zu, »da draußen braut sich etwas zusammen, und wir können dem Herrn danken, wenn wir einigermaßen ungeschoren bleiben. In solchen Zeiten geht es nicht um neun Gulden oder neunzehn, in solchen Zeiten geht es um ...« Er sah mich ernst an und kniff Augen und Lippen zusammen; und seine Stimme war heiser, als er fortfuhr: »Es geht um ... um den Fortbestand des Klosters. So wie du hier die herausgebrochenen Scheiben siehst – ja, Bruder Infirmarius, ein heftiger Sturm war es, ein paar Tage nach eurer Abreise –, so sind unsere Bauern und Bürger aus dem Rheingau in der Lage, ein Loch in unsere Klostermauern zu brechen und uns bis zum letzten Malter Getreide, zum letzten Fuder Wein auszurauben.«

Er senkte die Stimme zu einem Flüstern und packte mich am Ärmel: »Es geht um die Abtei!«, wiederholte er mahnend. »Es geht um unsere Gemeinschaft. Ums Überleben.« Er räusperte sich, streckte die Brust heraus und machte sich zwei Zoll größer, indem er die Fersen anhob, blickte streng mit gerunzelter Stirn zu mir empor und sagte energisch und abrupt: »Jetzt geh und kümmere dich um deine Kranken!« Sprach's, wandte sich um, setzte die Kapuze auf und verschwand in Richtung Fraternei. Wie einen Schulbuben ließ er mich stehen.

Diesen scharfen Befehlston kannte ich zu gut und ich ärgerte mich jedes Mal darüber. Freilich wusste ich selbst, was meine Aufgaben waren. Ich wollte mich gerade auf den Weg zum Krankenhaus machen, um nach dem Bursar und seinem Subbursar zu sehen, als ich ein Kichern hörte.

»Hihihi, Bruder Infirmarius«, erklang eine kratzige, hohe Stimme, ein Greisendiskant, den ich unzweifelhaft zuordnen konnte: Bruder Eberhard.

»Jaja, Bruder Clemens, jaja, so ist das, schau mal nach deinen Kranken, hihi, hmhm.«

Es heißt, dass der alte Mensch wieder dem Kinde gleich wird: Je mehr er an Alter zunimmt, desto mehr entwickelt er sich zurück und nimmt seltsame, kindische Gewohnheiten an. Dafür war unser betagter Mitbruder Eberhard Katzmann von Geisenheim ein Exempel. Dennoch war er der einzige Mönch – mit Ausnahme des Abtes –, den kein Bruder zu duzen wagte. In seiner Jugend war er zunächst ein hervorragender Schreiber, dann ein Kenner der Kirchenväter und der scholastischen Lehrer gewesen; und dass man ihn nicht duzte, war neben dem Respekt vor dem Alter der letzte Rest jenes Ansehens, das er in alter Zeit im Kloster genossen hatte. Er musste schon über neunzig Jahre auf Gottes Erde verlebt haben, sein genaues Alter kannte niemand, vermutlich nicht einmal er selbst. Aber von Zeit zu Zeit blitzte sein einst scharfer Verstand immer noch auf wie ein Himmelsleuchten, völlig unvorhergesehen und unberechenbar. Dann war er wieder ganz wie früher, der Greis war – merkwürdiges Wortspiel, das mir da in den Sinn kommt – wieder ganz der Alte.

Ich blickte mich um und sah – niemanden.

Dann wusste ich, woher die Stimme kam: von jenseits des Fensters, vom Innenhof, dem Kreuzgarten. Der Alte musste sich dort befinden und hatte offensichtlich mein Gespräch mit dem Prior mitgehört. Ich stemmte mich auf die Brüstung und schaute durch die scheibenlose Fensteröffnung. Noch bevor ich etwas sah, bestätigte mir bereits ein Geruch, dass ich auf der richtigen Spur war. Bruder Eberhard, auch dies ein Zeichen seiner Infantilität, verfügte – nun, wie soll ich es ausdrücken – nicht mehr über die Beherrschung des Schließmuskels und musste deshalb Windeln tragen. Ich glaube, jedes Kloster hat so einen sonderbaren Alten, einen, der den ganzen Tag apathisch vor sich hin zittert, nicht mehr richtig am monastischen Leben teilnehmen und sich nur auf einen Mitbruder gestützt fortbewegen oder vielmehr dahinschleppen kann. Vielleicht auch einen Tauben, der sich ein Kuhhorn als Schallverstärker ans Ohr hält und bei jedem Gespräch brüllt, um seine eigene Stimme verstehen zu können. Die schlimmsten Geschichten erzählte man sich jedoch von denen, die ihr Augenlicht verloren hatten, verbitterte Greise, die mit ihren furchterregenden, leeren Augenhöhlen den ganzen Konvent terrorisieren und manchmal im Geheimen doch die Fäden in ihrer Abtei ziehen …

Aber unser Bruder Eberhard war nicht gefährlich, er war nur eben ein wenig infantil. Er redete bisweilen dummes Zeug, er rülpste, furzte und stank.

»Ehrwürdiger Frater Eberhard«, sprach ich ihn an, immer noch, ohne ihn zu sehen, »kommt, ich helfe Euch wieder in den Kreuzgang.« Ich raffte meinen Habit hoch und schwang mich durch die Lücke im Fenster hinaus. Halb saß, halb lag der Alte an die Mauer gelehnt, die Kapuze über die Augen gezogen, als wolle er mit seiner Umwelt nichts mehr zu tun haben.

»Lass mich hier liegen, Bruder Clemens«, sagte er mit schwerer Zunge, und mir drängte sich der Verdacht auf, dass er sich in der Küche einen guten Trunk Wein hatte geben lassen. »Hihihi … jaja«, sabberte er, und ich sah, dass sein Skapulier ganz mit Speichel und Speiseresten verschmutzt war. Ich nahm ihm die Kapuze ab und wischte ihm mit einem Taschentuch über den Mund. »Lass mich hier liegen«, wiederholte er.

»Kommt, Bruder Eberhard«, sprach ich auf ihn ein und ergriff seine spröden, von blauvioletten Adern durchzogenen Hände, »ich denke, es ist besser, wenn Ihr Euch ein wenig hinlegt.« Ich half ihm auf die Beine und stützte ihn. Während wir den Garten über den schmalen Zugang im Brunnenhaus verließen, nahm ich wahr, dass die Rosenstöcke, die hier standen, schon Knospen trugen, und ich freute mich auf die herrlichen verschiedenfarbigen Blüten, die das milde Wetter in Kürze heraustreiben würde.

Als wir wieder im Kreuzgang standen, öffnete Eberhard den Mund, in dem nur noch zwei, drei braune Zahnruinen standen, und legte langsam den Kopf in den Nacken. »Schau dir das an, Bruder Clemens.« Er deutete nach oben. »Die Blätter ... was ist das hier, ein Kreuzgang oder ein Wald? Bin ich in einer Gartenlaube oder einem Kloster? Und das Gras, o nein, das Glas, jaja, Clemens, all das hübsche, eitle Glas, *o tempora, o mores, o sancta simplicitas, o sancte Bernarde, ora pro nobis*«, murmelte er.

Dies war die andere Seite unseres alten Mitbruders. Die Unzufriedenheit. Die Klage. Das Erinnern an die alten Zeiten unseres Ordens. Heute waren die Ausmalungen im Kreuzgang sein Thema, ferner die Verglasung, die anlässlich des Heiligen Jahres 1500 von Abt Martin Rifflinck in Auftrag gegeben worden waren.

»Damals, zu Martins Zeiten, erinnerst du dich, Bruder Clemens – warst du damals schon bei uns? Damals habe ich schon gegen den bunten Tand protestiert, wieder und wieder habe ich an die Ursprünge unseres Ordens erinnert ...«

Jedermann im Kloster wusste, dass man Eberhard reden lassen musste, er hörte von selbst wieder auf. Dennoch antwortete ich, meinen Mund seinem Ohr nähernd: »Verzeiht, würdiger Mitbruder, aber das Glas: Ist es nicht Symbol von allerstärkster Kraft? Vielleicht noch von größerer Kraft als die Lilie oder die Rose. Drückt das Glas doch in vollkommener Weise die *virginitas* der heiligen Gottesmutter aus: Wie die Sonne durch das Glas hindurchdringt, ohne es zu verletzen ...«

»... so ward Maria Mutter und blieb dennoch Jungfrau«, führte er den Satz fort. »Natürlich kenne ich die Deutung, die so wunderbar im *Marienleben* von Bruder Philipp ausgeführt ist. Genau wie die Sonne durch ein Glas scheint und dies unzerstört bleibt, so empfing Maria ein Kind in ihrem Leibe. Und das Kind kam aus ihrem Leib, so wie der Sonnenschein aus einem Glas austritt, und so blieb unsere Ordenspatronin *semper virgo* – vor der Geburt, in der Geburt und nach der Geburt.«

»Fürwahr, amen, dies ist gute christliche Wahrheit, ehrwürdiger Eberhard.«

»Und doch, junger Mitbruder« – ich musste schmunzeln, dass er mich mit meinen knapp zweiunddreißig Jahren als jung bezeichnete – »und doch dachte Philipp an das reine Glas, das die Konzentration auf den Allmächtigen fördert, nicht an die schreiend bunten Fenster! Das reine Glas, Clemens, so wie es in Vorzeiten in der Kirche war, unser reines Glas, wie es der heilige Bernhard wollte, allenfalls mit einer leichten Tönung von Grau, denn reinstes Glas konnte zu seiner Zeit noch nicht hergestellt werden. – *Sed satis de hoc!*«, kürzte er selbst abrupt sein Lamento ab. »Die Kranken, mein junger Bruder Infirmarius«, wechselte er auch sogleich das Thema, »gedenke deiner Kranken, deiner kranken Klosterbrüder ... deines kranken Klosters ...« Er ließ einen Rülps folgen, und ich roch Rotwein.

Eberhard hatte Recht: Für mich war es höchste Zeit, mich um meine Aufgaben zu kümmern. Es fügte sich, dass gerade Bruder Arnulf Schwarz des Weges kam. Er trug einen Stapel schwerer Folianten, die, wie er mir sagte, umsigniert worden waren und von der alten, kleinen in die neue, große Bibliothek transportiert werden sollten. Arnulf war ein Mönch, der aus Kloster Heiligenkreuz bei Wien zu uns gekommen war, ein ganz und gar verschrobener Kerl – dazu will ich vielleicht an späterer Stelle mehr berichten. Ich bat ihn, Eberhard ins Dormitorium zu führen und dafür zu sorgen, dass er sich hinlegte.

Arnulf, der über eine gewaltige Körperstärke verfügte wie einst Samson, rümpfte die Nase, setzte seinen Bücherstapel ab, reckte sich kurz und hob dann Eberhard, der nur noch Haut und Knochen war, hoch wie ein Kleinkind. Ohne ein Zeichen von Anstrengung trug er ihn davon.

Der stechende Duft von Kampfer und die Würze von Salbei, Rosmarin und Minze mischten sich zu einer Wolke, die den Kopf benebelte und die Lungen reizte. Ich war wieder zu Hause, in meiner Thomaskirche, dem Infirmarium des Klosters.

Der junge Bruder Fulbert, mein Subinfirmar, eilte mir schon am Eingang entgegen und umarmte mich ungestüm zur Begrüßung. Einstmals hatte der Infirmar stets auch einen Konversen als Gehilfen, aber in unseren Zeiten, da die Zahl der Konversen immer weiter zurückging, war diese Stelle seit etwa fünfzehn Jahren nicht mehr besetzt worden. Ich glaube, es waren nur noch knapp dreißig Laienbrüder in unserem Konvent.

»Gepriesen sei der Herr für deine Rückkehr, Bruder Clemens«, sprudelte Fulbert lispelnd heraus. Er hatte die Angewohnheit, wie ein Wasserfall zu reden, oft ohne vorher zu denken, und auch wie ein solcher zu geifern und zu zischeln. Für ihn wäre das Schweigegebot unseres Ordens, würde es denn konsequent eingehalten, eine schier entsetzliche Prüfung, in der er immer wieder scheitern müsste. Doch auch auf das Schweigegebot will ich vielleicht an anderer Stelle zurückkommen ...

»Zwei neue Fälle von Influenza. Vier, wenn du die Konversen mit dazu nimmst.« Wir gingen zusammen hinein, ein mehrstimmiges Husten erklang und untermalte den Bericht Fulberts eindrucksvoll. »Vergangene Woche«, fuhr er fort, »hat es gestürmt, es war sogar ein wenig Hagel dabei. Wir hatten schon Sorge wegen der Rebblüte, aber der Schaden hält sich in Grenzen. Einige Brüder haben sich auf den Feldern erkältet. Es hat Robert erwischt und Beda, ebenso die Konversen Michael und Albert. Diese beiden sind aber wieder im Einsatz. Stationär sind nur die drei Chormönche hier. Die Symptome sind die gleichen: schwerer Husten mit Auswurf, gelb-grün. Halsschmerzen mit Reizung der Mandeln. Ich habe Umschläge gemacht und Tee gekocht zum Gurgeln.«

»Mein guter Fulbert«, sagte ich und freute mich über seinen Eifer, »meine Nase hat mir all das schon gesagt. Und was ist mit dem Bursar und dem Subbursar? Sind sie wieder gesund?«

»Der Bursar Emrich versieht wieder seinen Dienst, der Subbursar Wendelin liegt noch darnieder. Er ist ziemlich blass. Viel zu früh ist er wieder an die Arbeit gegangen mit Fieber, ich habe es an seinen Augen gesehen und an seiner Stirn gefühlt, aber er wollte nicht hören – ein Rückschlag.«

»Jetzt kümmere ich mich um sie«, kürzte ich seinen Redeschwall ab und wischte mir mit dem Handrücken übers Gesicht, da mein Gehilfe das Wort »blass« allzu feucht ausgesprochen hatte. »Hast eine gute Arbeit gemacht, Bruder Fulbert«, lobte ich. »Lass mich mal nach ihnen sehen.«

»Und dann, ja, halt, etwas habe ich noch vergessen«, ergänzte er hastig. »Bruder Johannes hat sich einen Arm gebrochen!«

»Johannes von Lorch oder Johannes von Eltville?«

»Von Eltville. Wir haben ihn geschient. Ich glaube, ein glatter Bruch, aber er hat starke Schmerzen. Vor allem kann er sich nicht mit der Ruhe abfinden. Du kennst ihn ja, ein unruhiger Geist …«

»So wie du, mein lieber Fulbert«, lächelte ich, und auch er schmunzelte. Dann wurde ich ernst. »Jetzt geh in die Kirche und bete für die Kranken. Und dafür, dass unsere Abtei vor dem Rheingauer Volk verschont bleibe«, fügte ich hinzu. »Ich übernehme wieder die Aufsicht.«

Ich war über mich selbst überrascht, dass ich ihn so brüsk abfertigte und wegschickte. Doch aus meiner heutigen Sicht erkenne ich, dass zu diesem Zeitpunkt schon etwas in mir vorging. In mir reifte eine Absicht, ein Plan …

Bruder Fulbert verließ das Krankenhaus, etwas betreten, und ich kümmerte mich nach Kräften um die Kranken. Johannes von Eltville verabreichte ich ein neues Wundermittel von erstaunlicher Kraft zur Linderung der Schmerzen. Der Stadtmedicus von Mainz hatte es mir vor zwei Monaten gegeben. Sein Name war Laudanum. Ich wartete, bis Johannes eingeschlafen war. Den Grippe-Geplagten sprach ich gut zu, ließ sie mit Salbeetee gurgeln, gab Thymiantinktur und heißen Quittenwein, wie es vor über hundert Jahren schon Konrad von Megenberg in seinem großen Buch der Natur empfahl. Ich rieb ihnen die Füße und Waden mit Essig ab – auch dies ein Rat des Megenbergers –, ich erneuerte ihre Brustwickel und kühlte ihnen die Stirn mit nassen Lappen.

Aber in Gedanken war ich woanders. Der Plan, der verhängnisvolle Plan reifte in mir, und nach dem *Salve Regina* und während der Nachtruhe konnte ich an nichts anderes denken. Spät schlief ich ein und verfiel in einen unruhigen Schlaf, der mir erneut einen üblen Traum bescherte. Die Hexe aus Köln. Sie war riesengroß wie ein Berg, ich und alle anderen Mönche dagegen klein wie Kieselsteine. Die Alte nahm einen gewaltigen Besen und kehrte uns auf eine gigantische Schaufel. Dann lachte sie entsetzlich, nahm die Schaufel hoch und fegte uns plötzlich mit einer lässigen Bewegung hinunter. Wir fielen unendlich langsam und tief und stürzten schließlich in ihren schmutzigen, alten Sack, der zu drei Vierteln mit grobem Salz gefüllt war. Die Alte band den Sack oben zu, nahm ihn auf und knetete ihn kräftig durch, damit wir Salz in alle Körperöffnungen bekamen. Es biss in der Nase, es reizte die Augen und verstopfte die Ohren, es brannte auf der Tonsur und auch im Anus und – im Genitalbereich. Merkwürdigerweise fühlte ich eine gewisse Erregung, während ich zur gleichen Zeit unter Atemnot litt.

»Der, den du suchst, Mönch, lebt hier nicht mehr!«, lachte die Hexe. »Lebt jetzt drüben auf der Wacholderheide, beim Volk.«

Ich spürte Körner in Augen, Ohren, Nase und Mund und ich versuchte das Gesicht freizumachen, konnte die Arme nicht bewegen, die im Salz feststeckten, und drohte zu ersticken.

Da erklang die Glocke, die zu den Vigilien weckte, und erlöste mich von Hexe, Salz und sündhafter Erregung.

»Sie kamen in Harnisch und Waffen. Es war am Mittwoch, dem 2. Mai.«

Mit diesen Worten leitete Abt Nikolaus am nächsten Tag nach der Lesung im Kapitelsaal seine Schilderung der Vorfälle um Kloster Eberbach ein. »Es waren die Einwohner von Winkel, wie man mir berichtet hat. Für uns alle, liebe Brüder, kam die ganze Sache mehr oder weniger überraschend.«

»Ehrwürdiger Vater, bedenkt, wir müssen noch früher einsetzen«, warf der Prior neben ihm ein, »sonst ist die ganze Geschichte für unsere Brüder, die von der Reise zurückkehren, unverständlich.«

»Ist gut, Bruder Prior, danke für den Hinweis. Natürlich hätte ich das selbst gleich gesagt.« Ärger kratzte in der Stimme des Abtes wie ein Schaben auf rostigem Eisen. »Erzähle selbst, Jakob, du warst ja dabei.«

Der Prior erhob sich und blickte eitel in die Runde, während der Abt wieder Platz nahm. »Es war am Sankt-Georgs-Tag, dem 23. April«, berichtete er. »Ausgerechnet am Sonntag nach der Auferstehung unseres Herrn. Wäre doch der Heilige Georg selbst dreingefahren mit Ross und Lanze! Ich war unten in Eltville, weil ich in der kurfürstlichen Burg noch einige Verhandlungen zu führen hatte. Da war ein Geschrei, wie ihr es nicht für möglich halten würdet. Die Bürger aus der Stadt haben sich am Nachmittag vor dem Schloss versammelt. Alle waren dabei: Männer, Frauen, Kinder, Alte. Die Männer trugen ihre Kettenhemden und Waffen, die sie zur Landesverteidigung zu Hause aufbewahren: Kurzschwerter, Messer, Hellebarden. Es war ein Spektakel, sage ich euch … wohl an die sieben bis zehn Dutzend Leute. Sie schrien nach dem Bürgermeister und dem Rat und wollten ihnen eine Schrift mit Artikeln übergeben. Diese Artikel enthalten Forderungen, wie sie ähnlich vor einigen Wochen unten im Schwäbischen als Manifest der Bauern niedergeschrieben und der Obrigkeit präsentiert worden sind.«

Der Prior machte eine Pause und kratzte sich an der Corona.

»Dann kamen die Herren vom Stadtrat. Einer der Räte wollte die Aufgebrachten beruhigen und sprach auf sie ein. Sie sollten ihre Harnische ablegen und unbewaffnet kommen, dann könne man verhandeln. Das Volk ließ ihn gar nicht ausreden: Niedergebrüllt wurde er. Auf einmal bemerkte jemand, dass ich dabeistand; es fielen ein paar unfreundliche Bemerkungen und plötzlich – ich weiß nicht wie – war ›Eberbach‹ in aller Munde und kurz drauf ›Hof Drais‹. ›Drais, Drais, auf nach Drais‹, skandierten sie und klatschten dazu in die Hände. Da wurde mir himmelangst, dass der aufgebrachte Pöbel unseren Gutshof plündern und brandschatzen könnte. Die Stimmung war aufgeheizt wie in einem Ofen. Ein großer Teil der Meute setzte sich schließlich schleppend in Bewegung; ich folgte ihr und hielt mich dabei diskret im Hintergrund.

Plötzlich geriet der geplante Marsch zur Grangie Drais aus irgendeinem Grund am neuen Rathaus in der Grabengasse ins Stocken, auf dem Platz davor setzten die Menschen sich nieder. Zwei von ihnen, Hans Schreiner und Werner Schumacher, ihr kennt sie, führten das große Wort. Da war die Rede von freiem Jagen und Fischfang, von den Steuern, die gefälligst die adligen Herren zahlen sollten wie auch der kleine Mann … All dies und noch vieles mehr stehe in den Artikeln, die sie niederschreiben und dem Domkapitel zu Mainz übergeben wollten. Im Übrigen solle das Domkapitel es sich nicht einfallen lassen, Bewaffnete zu schicken, um die Versammlung aufzulösen, man werde jeden Eindringling im Rheingau ohne Ausnahme und ohne Erbarmen töten. Die Möglichkeit zur Versammlung sei ein uraltes verbrieftes Recht und überhaupt: Jetzt sei endlich die Zeit des kleinen Mannes gekommen.

Zum Glück passierte nichts mehr an diesem Tag, es wurden, glaube ich, nur ein paar Kannen Wein geleert und sie haben kräftig gezetert und krakeelt. Soviel ich hörte, schlossen sich sogar zwei der Eltviller Ratsherren dem Volk an. Diese Hasenherzen! Anschließend zog der ganze Haufen wieder zurück zum Schloss.«

Er machte eine kleine Pause und räusperte sich. Im Kreis der Brüder erklang ein empörtes Murmeln. Ich selbst fühlte Furcht. Nun bekam ich die Informationen aus erster Hand, und es war offensichtlich, dass auch unsere Zisterze tatsächlich in höchster Gefahr war.

»Ich beschloss«, berichtete der Prior weiter, »diese Nacht im Hof Drais zu verbringen, um das Geschehen zu beobachten, und schickte einen Knecht mit ersten Informationen zum Kloster. Am folgenden Tag versammelte sich die Meute wieder vor dem Schloss, ansonsten passierte, soweit ich sagen kann, nichts Entscheidendes, zumindest in Eltville. Allerdings hatte ich den Eindruck, dass die Menschenmasse an diesem Tag noch größer geworden war; ich habe auch ein paar Leute aus Geisenheim, Winkel und Walluf erkannt.

An diesem Abend traf unser Herr Viztum Heinrich Brömser auf einem schäumenden Pferd ein. Er musste einen Gewaltritt hingelegt haben. Ich lud ihn ein, in Drais zu übernachten, was er dankend annahm. Auch ich übernachtete wieder auf der Grangie, aber glaubt mir, an Schlaf war für uns nicht zu denken. Am nächsten Morgen begleitete ich ihn schon vor Sonnenaufgang zum Schloss nach Eltville. Das Volk hatte, wie ich überrascht feststellte, größtenteils im Freien auf Strohlagern übernachtet, obgleich es nachts noch empfindlich kalt war. Alle Männer trugen immer noch Harnische und Waffen.

Auch Brömser gelang es wie tags zuvor dem Stadtrat nicht, die Menge zu beruhigen; als er ein paar Sätze gesprochen hatte, wurde er niedergebrüllt: ›Viztum, Schlitzohr!‹, rief eine besonders laute Gruppe und schlug sich mit den Fäusten rhythmisch auf den Harnisch oder Helm, sodass ein hässliches, infernalisches Scheppern und Klappern ertönte. Es waren Bürger von Frankfurt, wie ich später hörte. Bis heute wissen wir nicht, wieso die hier bei uns auftauchten!«

Er machte eine kleine Pause, da sich erneut ein Raunen auf den Bänken des Kapitelsaals erhob, und fuhr dann fort: »Da erachtete ich die Sache als so gravierend, dass ich beschloss, in die Abtei zurückzukehren. Dort angekommen, sandte ich sofort einen Boten zu unsrem Herrn Abt Nikolaus nach Köln, und wir sind dankbar, dass er sich unverzüglich auf den Rückweg machte, eine weise Entscheidung.«

Der Abt nickte geschmeichelt. Es war ihm jedoch anzumerken, dass er sich mit der Zuhörerrolle schlecht abfand; nicht er hatte hier die Fäden in der Hand, sondern der Prior.

»Über die weiteren Vorgänge, liebe Brüder«, fuhr jener fort, »sind wir durch den Viztum informiert, der in der Folgezeit wiederholt unser Kloster aufsuchte. Er hat im Übrigen auch dem Domkapitel in Mainz per Eilkurier Kunde zukommen lassen. Nun, was soll ich sagen? Die Unruhe unten in den Städten und Dörfern ging weiter. Es gab ein hektisches Rennen und Wühlen in den nächsten Tagen, als wäre der Fuchs in einen Gänsestall eingedrungen. Die Aufständischen haben in Niederwalluf die Fähre in Besitz genommen und den ›Backofen‹ besetzt. Immer mehr Volk strömte herbei und versammelte sich in und um Eltville.«

Der Prior wischte sich mit dem Ärmel Schweiß von der Stirn, ehe er seinen Bericht fortsetzte: »Der Viztum unternahm dann ein paar Tage später noch einen Versuch, der Sache Herr zu werden, indem er am Sonntag – am Gedenktag unseres Ordensgründers, des heiligen Robert von Molesme – eine Versammlung der Schöffen und Räte aller betroffenen Gemeinden ins Rathaus nach Winkel lud.

Was dabei herauskam? Nichts. Im Gegenteil, die Aufrührer hatten inzwischen ihre Positionen tatsächlich zu Papier gebracht und Brömser übergeben. Es sind neunundzwanzig Artikel, in denen sie ihre frechen Forderungen vortragen. Brömser hat sie nach Mainz geschickt. Das Domkapitel wolle prüfen, wurde verlautbart. Es war nichts mehr auszurichten, das Ganze war wie eine Flamme, die eine Scheune voll mit Stroh in Brand setzt in einem heißen Sommer. Alles fing Feuer, und in diesem Brand knisterte und knallte immer wieder ein Wort: Wacholder! Es waren die Einwohner von Winkel, die am 2. Mai, vor drei Tagen also, als erste ihr Bündel schnürten und in Wehr und Waffen hinaufzogen auf die Heide. Es folgten die Johannisberger und Eibinger. Gestern waren dann die Geisenheimer und Rüdesheimer im Anmarsch. Ihr Brüder, die ihr von der Reise zurückgekehrt seid, habt es ja gesehen. Auch von jenseits des Rheins, aus Bingen, ja sogar aus den Mainstädtchen Flörsheim und Hochheim sollen Leute hergezogen sein. Von den Nichtsnutzen aus Frankfurt habe ich ja schon gesprochen. Und da sind sie nun *ad portas nostras*, vor den Toren unserer Abtei, und niemand weiß, was noch passieren wird.«

»Wie geht es weiter mit den Artikeln der Aufständischen?«, meldete sich Bruder Pirmin Bär, unser Cellerar, erbost zu Wort. »Und was gedenkt das Domkapitel zu unternehmen? Überhaupt: Was steht denn in den Artikeln und welche Auswirkungen hat es auf Eberbach, auf uns?«, bellte er. Die Stimme des Cellerars wurde höher und schriller, und ein rotbraunes Feuermal, das ihn auf der Stirn verunzierte, schien noch flammender als sonst.

»Fangen wir mit deiner letzten Frage an«, riss nun plötzlich der Abt das Wort an sich und sprang auf. Auch er sprach erregt und kurzatmig. »Es steht nicht weniger darin, als dass alle Klöster im Rheingau«, er machte eine Pause und sein Blick schweifte in die Runde, »alle Klöster im Rheingau *aussterben* sollen. Es trifft Eberbach genauso wie Johannisberg, Zisterzienser und Benediktiner, Mönchs- und Nonnenklöster gleichermaßen. Im sechzehnten Artikel jenes Pamphlets heißt es, dass die Klöster keine neuen Personen mehr aufnehmen dürfen. Brüder und Schwestern, die den Konvent verlassen wollen, dürfen mit sofortiger Wirkung ausscheiden und sollen sogar noch einen stattlichen Geldbetrag bekommen.«

Ein empörtes Rumoren ging durch die Bänke.

»Ja, und die Schwestern in Kloster Tiefenthal haben ein besonders hartes Los. Der ruchlose Pöbel will das Kloster komplett dem Erdboden gleichmachen, und man glaubt es kaum! Den Schwestern dort haben sie nur eine ganz kurze Frist eingeräumt: Sie müssen Tiefenthal binnen zwei Wochen räumen …«

»Warum denn nur?«, rief Kaplan Paulus dazwischen, der seit langem als Beichtvater in Tiefenthal Dienst tat. Er rieb sich nervös die Hände, zog an den Fingern und ließ sie knacken. »Warum gerade Tiefenthal?«

»Es geht wohl um strategische Gesichtspunkte. Wenn es je zu einem Krieg mit den Truppen des Schwäbischen Bundes kommt, dann stellt Tiefenthal einen Schwachpunkt im Rheingauer Gebück dar. Ebenso soll auch der Mapper Hof geschleift werden. Tiefenthal und Mappen ließen sich im Ernstfall nur schlecht verteidigen. Ihr seht, hier handelt es sich nicht um ein kurzes Strohfeuer, das man rasch austreten kann; vielmehr haben die Kerle schon weit vorausgeplant und sich offenbar auf alles vorbereitet, sogar auf einen Waffengang …«

In diesem Augenblick wurde der Abt durch einen Zwischenfall unterbrochen. Bruder Pius, unser Pförtner, der nicht an der Versammlung teilnahm, weil der Abt angeordnet hatte, dass unter den derzeitigen Bedingungen ein Mönch und nicht ein Konverse oder Knecht an der Pforte Dienst tun sollte, stürzte herein und kniete nieder. In der Eile vergaß er den gebotenen Gruß, die Verneigung in Richtung Osten, zum Altar des Kapitelsaals.

»Um Vergebung, ehrwürdiger Vater«, stieß er hervor, »sie kommen!«

Wir alle fuhren zusammen. Was hatte das zu bedeuten?

»Es sind fünf Personen, Wein- und Ackerbauern, auch Bürger aus Eltville und Hattenheim«, erklärte der Pförtner. »Sie bitten um etwas Proviant. Drei, vier Kannen Wein begehren sie und einige Laib Brot. Dazu ein paar geräucherte Schweinswürste und einen Schinken, haben sie gesagt.«

Als er sah, dass sich auf dem Gesicht des Klostervorstehers Röte und Zornesfalten zeigten, fuhr er demütig fort: »Vergebt mir nochmals, Herr Abt, aber ich dachte … ich war unsicher und wollte Eure Erlaubnis einholen … beziehungsweise Euren Rat, wie wir verfahren …«

Nikolaus sah ihn an und blickte zunächst zu Boden. »Nun«, hob er an und folgte gleich darauf seiner Gewohnheit, die Säule zu umrunden und die Decke des Saales zu fixieren. Ganz offensichtlich wusste er nicht, wie hier angemessen und klug zu reagieren war. Ein paar Sekunden lang lehnte er sich mit dem Rücken an die Säule, als wolle er von ihr, der Zierlichen und zugleich Mächtigen, die das ganze Gewölbe und das Obergeschoss tragen musste, Kraft bekommen. Währenddessen redete ein Großteil der Mönche durcheinander.

»Meine Brüder, ich frage den Rat der Ältesten, ich frage die *seniores*, wie wir verfahren sollen. Normalerweise folgen wir als Diener unseres Herrn Jesus Christus seinem Gebot und geben den Bedürftigen, wie er es uns gelehrt hat, denn es steht geschrieben im Evangelium: *Quamdiu fecistis uni de his fratribus meis minimis, mihi fecistis*, und auch die Regel des heiligen Benedikt …«

»Und doch ist es eine Provokation!«, unterbrach ihn der Prior respektlos und fuhr von seinem Sitz auf. »Ihr wisst es. Es wird … es wird …«, erregt suchte er nach Worten, »es wird nicht bei ein paar Kannen Wein und einigen Bissen bleiben. Was wollen sie mit ein paar Ohm Wein? Das Volk, das da lagert, seine Zahl geht ja schon weit über hundert. Ihr werdet sehen, Brüder, bald wollen sie Fässer und ganze Schweine und Ochsen, ha! Und dann fallen sie über die Abtei her wie die Hunnen und Vandalen! Daher stimme ich dafür, diese Bitte, ach, was sage ich, diese dreiste Forderung abzulehnen! Beim Sakrament!«

»Auch ich bin keineswegs blind für die Gefahr, lieber Bruder Prior«, entgegnete ärgerlich der Abt, »ich erkenne sie sehr wohl und frage mich, ob wir uns wirklich dieser ›dreisten Forderung‹, wie du sie nennst, verweigern dürfen. Wenn wir sie reizen, passiert doch am ehesten, was du befürchtest.«

»Ich bin ganz der Meinung unsers Herrn Abtes«, fiel einer der Senioren ein, »wenn wir ihnen die geforderte Atzung überlassen, werden sie unseren guten Willen erkennen. Im Übrigen erweisen wir uns als getreue Diener unseres Ordens.«

»Heute ein paar Kannen – morgen das Große Fass!«, rief der Prior und spitzte mit diesem wütenden Votum seine Befürchtungen noch einmal zu.

Hatte Jakob von Bingen prophetische Fähigkeiten?

»Auch ich glaube an das friedvolle Gemüt unserer Rheingauer Bürger und Bauern«, unterstützte der Cellerar die Meinung des Abtes und streckte die Arme besänftigend aus, wie zum Segen. Das Feuermal, das wieder sein normales Rot angenommen hatte, zeigte, dass er sich beruhigt hatte. »Sie werden es nicht wagen, Hand an unser Kloster zu legen.«

Bei diesen Worten fiel mir die Geschichte aus Bacharach ein: jener Lump, der uns sein nacktes Hinterteil gezeigt hatte. Ich weiß nicht warum, es war weit hergeholt, denn Bacharach war nicht der Rheingau, aber dennoch hätte ich am liebsten dem Konvent die Geschichte erzählt und gewarnt: Wer es so an Respekt gegenüber Klosterbrüdern fehlen lässt, der ist zu allem fähig. Die Menschen landauf, landab sind von einem bösen Geist gepackt.

Doch kam es nicht dazu, denn mit der beschwichtigenden Rede des Cellerars war die Meinung im Kapitelsaal endgültig zugunsten der Ansicht des Abtes gekippt. Überall hörte man Zustimmung. Man konnte die Angst fast mit Händen greifen.

»Bruder Pförtner, Bruder Cellerar«, resümierte der Abt, »geht und gebt unserem Rheingauer Volk, was es begehrt. Nehmt vom einfachen Wein, nicht zu viel, gebt dafür ein Dutzend Brote und ein paar Würste, und ihr werdet sehen, wir werden in Frieden mit ihnen leben.«

»Ehrwürdiger Abt Nikolaus«, wandte Kaplan Paulus ein, »sagt, wäre es nicht ein Zeichen, wenn Ihr selbst mit den Abgesandten sprecht? Ein Zeichen von Selbstbewusstsein, ein Signal, dass wir Eberbacher Mönche keine Furcht kennen?«

»*Dixi!* Was ich gesagt habe, habe ich gesagt, und dabei bleibt es!«, versetzte der Abt. »Alle gehen nun an ihre Arbeit. Im Übrigen«, und hier räusperte er sich und fuhr sich kurz mit der Hand über den Mund, »im Übrigen hebe ich aufgrund der besonderen Umstände, in der sich die Abtei befindet, das Schweigegebot mit sofortiger Wirkung auf!«

Er sprach ein Schlussgebet, wir alle wendeten uns, wie es Brauch ist, nach Osten. Der Abt sprach: »*Adiutorium nostrum in nomine Domini*« – hoffentlich, so dachten wohl alle, würde uns der Herr wirklich beistehen in den nächsten Tagen; wir antworteten: »*Qui fecit caelum et terram.*«

Bei den letzten Worten unseres Vorstehers sah ich einige Brüder verstohlen grinsen. Das Schweigegebot: Auch dies war ein wichtiger Aspekt monastischen Lebens, das Brüder in früheren Zeiten ohne Einschränkung respektiert hatten, das aber wir hier in Eberbach – und nicht nur wir, auch andere Abteien und Orden, wie ich wusste – nun, wie soll ich sagen, das wir eben »stillschweigend« gelockert und den Bedürfnissen der Zeit angepasst hatten. Freilich waren wir Mönche in der Praxis unseres klösterlichen Alltags keineswegs geschwätzig, aber wir sprachen, wenn es denn notwendig war zu sprechen, und wir benutzten keineswegs nur, wie es in alten Zeiten üblich war, unser Parlatorium dazu. So legte der Abt mit seinen letzten Worten eben im Grunde nur einen Deckmantel der Legitimation über eine Praxis, die sich seit vielen Mönchsgenerationen etabliert hatte. Eine letzte Bastion des Schweigegebots war vielleicht noch das Refektorium: Beim gemeinsamen Mahl wurde im Allgemeinen kaum geredet.

Meine bescheidene Meinung zum Schweigegebot ist, dass der Allmächtige es sicher nicht als schwerwiegende Sünde anrechnen würde, wenn ein Mönch oder eine Klosterfrau das eine oder andere Wort zu viel redet, heißt es doch im Prolog des Evangelisten Johannes: *In principio erat verbum et verbum erat apud Deum et Deus erat verbum. Hoc erat in principio apud Deum, omnia per ipsum facta sunt et sine ipso factum est nihil quod factum est.* In der Tat, ein Gott, der im vornehmsten der vier heiligen Evangelien mit dem Wort gleichgesetzt wird, ein Gott, der die Welt geschaffen hat, indem er *sprach* – konnte dieser ein zu viel gesprochenes Wort verdammen?

In diesem Augenblick öffnete sich die Tür und der Wächter Kuno warf wortlos ein paar Kienspäne zu uns hinein.

»Hei, wie gut, dass wir hier kein Schweigegebot haben, hahaha«, lachte Peter, als sich die Tür wieder geschlossen hatte. »Doch halt: Du bist mir ja vorhin übers Maul gefahren, Mönch Clemens Körnlein. Das heißt, Peter muss schweigen, der Mönch darf reden, ja? Aber der alte Peter wird sich schon bei Gelegenheit zu Wort melden, wirst sehen …«

Über das rechte Verständnis des Wortes und weitere Fragen hatte ich früher unter anderem mit Eberhard diskutiert, vor vielen Jahren, und natürlich hatte der alte Mitbruder dazu eine andere Meinung vertreten: Streng und unerbittlich hatte er sich an den Worten der Regel ausgerichtet, und auch jetzt im Hinausgehen hörte ich ihn mürrisch vor sich hinmurmeln: »Die achte Stufe der Demut ersteigt der Mönch, wenn er nur tut, wozu ihn die gemeinsame Klosterregel und das Beispiel der älteren Brüder anhalten.« Er streckte die fünf Finger der linken und drei Finger der rechten Hand aus und dann auch den Ringfinger. »Die neunte Stufe der Demut ersteigt der Mönch, wenn er seine Zunge beim Reden bezähmt, im Schweigen verharrt und nicht redet, bis man eine Frage stellt … Ein geschwätziger Mensch hat keinen Bestand auf Erden.« Er grunzte und wiederholte: »Keinen Bestand auf Erden! Keinen Bestand. Das ist gewiss. Jaja.« Es waren Worte aus dem siebten Kapitel der Regel.

Der Abt hatte angeordnet, dass wir wieder an die Arbeit gehen sollten. Ich selbst beschloss, dem Befehl für den Moment nicht Folge zu leisten, sondern wollte mich mit eigenen Augen überzeugen, welchen Charakter der Vorstoß der Aufständischen hatte. So begleitete ich den Pförtner zum Eingang des Klosters, wo während dessen Abwesenheit ein älterer Laienbruder, der Konverse Albert, Dienst tat. Unterdessen ging der Cellerar, die genannten Lebensmittel zu besorgen. Albert öffnete die kleine Tür, die als Schlupfloch in das große, schwere Eichentor eingelassen war. Wir traten hinaus und sahen fünf Männer auf dem Boden sitzen. Drei von ihnen trugen die groben, knielangen Leinenkittel der Bauern, zwei andere waren wie Handwerker gekleidet. Waffen oder Rüstung führten sie nicht bei sich. Ich kannte keinen von ihnen. Einen Steinwurf entfernt in Richtung Wacholderheide stand eine weitere Gruppe, etwa ein Dutzend Männer und ein paar Frauen.

Neugierig hielt ich Ausschau, ob *er* vielleicht dabei war, jener, den ich auf der Fahrt von Hattenheim herauf zu sehen geglaubt hatte, ich konnte aber die Gesichter nicht erkennen. Bei unserer Ankunft standen die fünf Männer auf und senkten bescheiden die Köpfe. Auch Bruder Pius blickte zu Boden, als wollte er die Steine zählen; ich musterte die Gruppe in der Ferne. So standen wir eine Weile da, und keiner sprach ein Wort.

Dann hob einer an, ein großer, bulliger Kerl mit einem hageren, bleichen Gesicht, das nicht so recht zu seinem massigen Körper passen wollte: »Ehrwürdige Patres, gestattet mir die Frage, ob man unserer Bitte entspricht. Ihr seht, wir lagern auf dem Wacholder, Bürger aus Eltville, Walluf, Kiedrich, Winkel und vielen anderen Orten, wir zählen schon nach Dutzenden, und es werden bald noch mehr. Werdet Ihr uns gewähren, was wir verlangt?«

In diesem Augenblick weiteten sich die Augen des Bauern; er neigte sich zur Seite, schaute an mir vorbei und seine Miene hellte sich auf, die Mundwinkel hoben sich zu einem frohen Grinsen. Der Grund war, dass von hinten Bruder Pirmin, der Cellerar, herankam; in seinem Gefolge waren drei Knechte, die jeder einen Leiterwagen zogen. Auf zwei Wagen erkannte man jeweils ein Viertelstückfass – also war man hier deutlich über die Erwartungen der Bauern hinausgegangen –, der dritte war gefüllt mit großen, dunklen Brotlaiben sowie einigen Hartwürsten. Ich erkannte auch ein kleines Fässchen, wie wir sie zur Lagerung der gesalzenen Fische benutzen.

»Jaaaa, aaaah«, äußerte der Grobe, während die Wagen herbeirumpelten. Er glotzte mit großen Augen, musterte den Inhalt der Wagen und leckte sich die Lippen. Einer seiner Genossen, ein kleiner Dürrer mit strohfarbenem Haar, trug eine altmodische braune Gugel mit langer, geschwänzter Kapuze, die bis ans Gesäß reichte. Er trat an die Wagen heran und befühlte die Brote und Würste. Dann hob er eine Wurst an die Nase und schnupperte daran wie ein Hund. Schließlich klopfte er an eines der Weinfässer. »Habt Dank, werte Mönche von Eberbach, hehehe, habt Dank, dass Ihr uns Unwürdigen ein wenig Speise und Trank aus euren reichen Kellern gewährt. Ein hoffentlich guter Weißer –«, er deutete auf die Fässer, »vom Steinberg? Nein? Oder eine Kiedricher Sandgrube? Hm?«

Ich wollte meinen Ohren nicht trauen. Wagte der Kerl noch gar, von unseren vortrefflichsten Weinen zu verlangen. Doch schon sprach er weiter: »Verzeiht, ehrwürdige Patres, aber wie steht es mit dem Schinken?«

Da packte ihn der Dicke mit dem hageren Gesicht, der zuerst gesprochen hatte, erschrocken am Arm und raunte ihm hastig zu, er solle gefälligst den Mund halten. Auch wir Mönche sahen uns verblüfft an, sprachlos vor so viel Frechheit.

»Geht in Frieden«, sagte Bruder Pirmin, »aber geht uns aus den Augen! Packt euch fort!«

Die beiden erschraken und gingen rasch zu den Leiterwagen.

»Die Wagen bleiben hier!«, befahl ich, angesteckt vom Mut des Cellerars. »Speisen und Wein müsst ihr mit euren eigenen Händen davontragen.«

Einen Lidschlag lang überlegte ich, ob sie meinen Worten Folge leisten würden und was passieren würde, wenn nicht. Doch schon riefen sie ihre Gesellen herbei, die zögernd näher kamen.

»Die braven Mönche haben uns Atzung zur Verfügung gestellt, hehe«, säuselte der mit der Gugel in einem Ton, der mir gar nicht gefiel. »Auf die Wagen müssen wir freilich verzichten, also packt mit an.« Sie hoben eines der Fässer herab und rollten es probeweise einige Fuß weit. Ebenso wurde mit den beiden anderen Fässern verfahren. Ein paar der Leute packten gierig das Dutzend Hartwürste, andere nahmen die Brote.

»Habt noch einmal Dank, werte Klosterherren«, sagte einer der Fünfergruppe, der bisher geschwiegen hatte, »mein Name ist Hans. Ich komme aus Rauenthal und ich muss euch sagen …«

»Mach's Maul zu, Hans«, unterbrach ihn der mit der Gugel barsch, »wir haben, was wir wollen!«

Hans machte eine entschuldigende Geste, auch der Grobe zuckte mit den Schultern und schüttelte missbilligend den Kopf. Darauf setzte sich die ganze Gruppe in Bewegung und ließ uns einigermaßen ratlos zurück. Als sie etwa zehn Klafter entfernt war, wandte sich derjenige, der so frech gesprochen hatte, plötzlich noch einmal um und blickte uns herausfordernd an.

»Aber so ein saftiger Wacholderschinken wäre doch zu schön gewesen.« Er ließ eine meckernde Lache folgen, darauf nahm er die endlos lange Kapuzenspitze seiner Gugel in die Hand und wedelte damit herausfordernd im Kreis. Dazu ließ er obszön die Hüften kreisen. Die anderen zogen ihn davon und redeten beschwichtigend auf ihn ein.

Das war der erste Auftritt der Rheingauer, und es sollte nicht der letzte sein.

Ich wollte unverzüglich dem Abt Meldung machen, der Weg zum Krankenhaus führte ja an der Abtswohnung vorbei, doch Nikolaus von Eltville war nicht anwesend. So verging der Tag mit Arbeit und Gebet, und auch am folgenden Tag nahm das Klosterleben zunächst seinen gewohnten Lauf. Ich sprach und sang die Gebete und liturgischen Gesänge mit – und war in Gedanken bei meinem Plan. So vergaß ich letztlich auch, den Abt von den Vorgängen an der Pforte zu unterrichten. Bei der Sext war ich zerstreut und kam beim zweiten Psalm aus dem Text, sodass mich der neben mir stehende Mitbruder mit dem Ellenbogen in die Seite stieß. Dann verpasste ich den Einsatz beim *Kyrie eleison*. Der Kantor sah mich entgeistert an.

Nach dem Gebet ging ich nicht ins Krankenhaus an die Arbeit, wie es die Pflicht vorsah. Ich hatte das Bedürfnis nach frischer, klarer Luft und verließ die Kirche durch den Ausgang auf der Westseite. Ziellos schlenderte ich über den Friedhof, dann stieg ich, nur Gott weiß warum, hinauf zu den Stallungen. Die Knechte, die dort Dienst taten, grüßten mich respektvoll. Einer kümmerte sich gerade um ein Pferd, einen stattlichen Apfelschimmel, der wohl kurz vorher noch geritten worden war. Der Hengst war nass, Schweiß glänzte auf seinem scheckigen Fell, Schaum stand vor dem Maul. Der Knecht holte den Striegel und Stroh, um das Pferd trockenzureiben, ein anderer nahm ihm den Sattel ab. Ich kannte das Tier nicht, einen Apfelschimmel hatten wir nicht in Eberbach. Da sah ich das Wappen: im oberen Drittel weiß, unten schwarz mit sechs Lilien, oben drei, in der Mitte zwei und unten eine, und ich wusste, wer zu Gast in der Abtei war.

Ich wandte mich wieder um und ließ das Stallpersonal verwirrt zurück. Dieses Wappen, dachte ich, es ist doch eigenartig, dass es dieselben Farben hat wie unser Ordensgewand. Weiß und schwarz wie die Elster. So geriet ich ins Grübeln, und mir fiel eine Figur aus dem Sagenkreis um König Artus ein, von der wir uns manchmal als Novizen erzählt hatten, heimlich bei Nacht und manchmal auf der Latrine, wenn der Novizenmeister nicht zugegen war. Parzival, der Gralsritter – er hatte einen Halbbruder namens Feirefiz, der Sohn eines Weißen und einer Mohrin. Merkwürdigerweise erinnerte ich mich sogar noch an die Namen seiner Eltern: Gahmuret und Belakane. Von Feirefiz wurde erzählt, er sei schwarz-weiß gescheckt, eben wie eine Elster. Ich musste lächeln, dachte bei mir, wie töricht doch früher die Menschen waren, wenn sie sich ein Kind von Eltern verschiedener Hautfarben vorstellten. Zwei Brüder, dachte ich, einer einfarbig und einer schwarz-weiß, und ich erschrak.

Es war bereits höchste Zeit zurückzukehren zu meinem *labor*; die Kranken im Infirmarium harrten meiner. Ich trat den Rückweg an und ging dabei über den Friedhof. Als ich am Bach ankam, hielt ich an und schaute in das klare Wasser. Etwas ließ mich innehalten. Mein Eberbach, dachte ich. Das Volk nennt dich Kisselbach; keiner weiß so recht, wann der Name aufkam und warum, vielleicht um damit den Unterschied zum Abteinamen deutlich zu machen, aber wir Mönche halten an deinem alten Namen fest. Ich hob meinen Habit an, beugte die Knie und hielt eine Hand ins Wasser. Es war um diese Jahreszeit noch sehr kalt. Dieses Wasser, das meine Hand berührt, das fließt hinunter in den Rhein. Und dann an Köln vorbei.

Einer wird dir gleichen, eine wird dir reichen!
Einer wird leben, eine wird dir geben!

Und dann irgendwann in das große Meer. Alle Wasser laufen ins Meer, doch wird das Meer nicht voller, kamen mir die Worte des Predigers in den Sinn. Alles läuft zum Meer hin, auch dieses Rinnsal endet einmal dort. Aber vorher durchquert es die Wacholderheide. Und dort lagert vielleicht einer, den ich sehen muss. Oder war es eine Sinnestäuschung gewesen? Hatten mich meine Augen getrogen nach der anstrengenden Reise mit ihren seltsamen Ereignissen?

Ich fühlte Hitze auf Stirn und Wangen, schöpfte Wasser mit der hohlen Hand, schleuderte es mir ins Gesicht und nahm keine Rücksicht, dass das Skapulier nass wurde. Ich muss es wagen, dachte ich; wieder kam mir in den Sinn, was mich seit der Ankunft im Kloster begleitet hatte, und mein Plan nahm langsam Gestalt an. Bei Nacht musste ich ihn ausführen, bei Nacht, ja, nur so konnte es gehen. Aber noch nicht heute, ich war noch nicht bereit, auch war es unschicklich und gegen das Ordensgebot, überhaupt und doch … Erneut schöpfte ich Wasser, diesmal mit beiden Händen, und kühlte mir das Gesicht. Da fasste ich einen Entschluss. Ich musste meinen Plan in die Tat umsetzen.

Die Zeit bis zum nächsten Stundengebet, der Non, musste bereits knapp sein, dennoch beschloss ich, noch einmal zum Krankenhaus zu gehen. Auf dem Weg dorthin sah ich den Mann aus dem Hospital heraustreten, dessen Wappen ich zuvor oben im Stall erkannt hatte. Es war Heinrich Brömser, Ritter aus Rüdesheim, Viztum des Erzbischofs im Rheingau. Anscheinend war er heute Gast in der Abtei. Brömser war ein Mann Mitte dreißig, mit hoher Stirn und gepflegtem kurzem Vollbart. Heute jedoch sah ich Stoppeln auf Hals und Wangen, die die sonst so sauber ausrasierte Bartkante unscharf machten.

»Bruder Clemens!«, begrüßte er mich freudig schon von weitem und ging raschen Schrittes, aber ein wenig gebückt auf mich zu. »Ihr müsst mir helfen. Der Herr Abt hat mir für heute Gastrecht gewährt. Ich bin mit den ehrwürdigen Mitgliedern des Domkapitels hierhergekommen.« Er zog die Stirn in Falten.

»Helfen … des Domkapitels …?«, wiederholte ich verwirrt und machte dabei wohl nicht gerade den klügsten Eindruck.

»Habt Ihr es noch nicht gehört? Die Aufständischen haben das Domkapitel geladen und freies Geleit zugesichert. Ja, freies Geleit. Ihr schaut zweifelnd, Bruder Clemens, aber das habe ich schriftlich von Bernhard Wolff, dem Stadtschreiber zu Eltville, vor zwei Tagen erhalten. Ich habe die Botschaft nach Mainz überbracht und bin heute Mittag mit dem Domherrn, dem Domkantor und dem Domkustos nach Eltville geritten. Das Volk will dort morgen im Schloss mit den werten Herren über die Artikel beraten. Wisst Ihr es schon: Sie haben nach Art der Württemberger Bauern rund dreißig Artikel zu Papier gebracht. Lauter Forderungen nach mehr Freiheit, nach freier Jagd und freiem Fischfang; die Juden wollen sie komplett heraushaben aus dem Rheingau, und die Klöster sollen austrocknen …«

»Sind es nicht neunundzwanzig Artikel? So habe ich es gehört.«

Im Stillen wunderte ich mich über die Metapher, die Brömser benutzt hatte, die so gar nicht seiner sonst so nüchternen Art entsprach: »austrocknen« hatte er gesagt. Ein guter, ein treffender Ausdruck. Man wollte uns das Wasser abgraben und somit allen Lebens berauben.

»Oh, Ihr wisst ja gut Bescheid«, antwortete er und sah mich erstaunt an. »Ja, es sind ganz genau neunundzwanzig. Stellt Euch vor, sie haben auch die Adligen des Rheingaus aufgefordert, in Eltville zu erscheinen. Die ganze Stadt ist in der Hand des Pöbels – und dazu hier der Aufmarsch auf dem Wacholder!«

Ich sah Schweißperlen auf seiner Stirn. Er wollte fortfahren, zuckte aber plötzlich zusammen – der ganze Oberkörper kippte nach links – und griff sich an die rechte Lende. »Bruder Clemens, Ihr müsst mir helfen«, wiederholte er, zog ein Sacktuch aus seinem leichten Wams und fuhr sich über die Stirn. »Wegen Euch bin ich hier – und nicht unten in der kurfürstlichen Burg.«

Ich hatte schon bemerkt, was ihn quälte. Ein Hexenschuss musste es sein. Schon früher hatte der Viztum immer wieder über Schmerzen im unteren Rücken geklagt, Schmerzen, die ins Bein hinunterstrahlten und ihn wie einen alten Mann gebückt gehen ließen.

»Der Pfeil der Hexe, Bruder Clemens«, bestätigte er heiser meine Vermutung, und mir lief es kalt über den Rücken, dachte ich doch erneut an die Begegnung in Köln.

»Morgen verhandeln sie unten in der Stadt«, kam er wieder auf das Thema zurück, »es scheint, als halte in diesen Tagen das einfache Volk überall in den deutschen Landen das Schwert in der Hand. Was hört man nicht alles von Württemberg, von Franken und jetzt auch drüben vom Thüringischen! Der Müntzer, dieser tolle Hund, der sich selbst als den Hammer Gottes bezeichnet oder als neuen Gideon …«

»Kommt mit, Herr Viztum«, unterbrach ich ihn, »kommt mit ins Krankenhaus, und wir werden sehen, was wir für Euch tun können.«

Ich war ein wenig geschmeichelt, dass er sich meinen Heilkünsten anvertraute. Dankbar sah er mich an. Ich stützte ihn und brachte ihn langsam zur Thomaskirche. Auf dem Weg begegneten wir einigen Mönchen und Laienbrüdern, die neugierig schauten, aber keine Fragen stellten. Auch Bruder Fulbert machte große Augen, als wir beide herantrotteten wie zwei lahme Gäule.

Im Krankenhaus hieß ich Brömser, sich auszuziehen bis auf die Unterkleidung. Neugierige Blicke wurden uns auch aus den Krankenbetten der Brüder Beda und Johannes von Eltville zugeworfen. Der Viztum musste sich auf meinem Behandlungstisch niederlegen, auf den Rücken, und die Beine anwinkeln. In diesem Augenblick rief die Glocke zur Vesper. Normalerweise verhielt es sich so, dass entweder der Infirmar oder der Subinfirmar zum Chorgebet ging, der andere musste immer im Krankenhaus bleiben, sofern denn schwer erkrankte Mitbrüder oder Gäste zu versorgen waren. So war es guter und sinnvoller Brauch bei uns in Eberbach, seit wir keinen Laienbruder mehr als Gehilfen hatten. Fulbert machte keine Anstalten, das Hospital zu verlassen, und sah mich fragend an, der ich mich noch immer um Brömser kümmerte.

»Geh nur, Bruder Fulbert«, sagte ich, »ich bleibe hier. Unserem Gast muss rasch geholfen werden. Du weißt ja, wie ich bei Hexenschuss Hand anlege.«

Fulbert nickte. »Ich werde Euch in mein Gebet einschließen, Herr Viztum«, sagte er, hob grüßend die Hand und verschwand.

Brömser hatte sich in der Zwischenzeit in die entsprechende Position begeben. Ich hieß ihn, sich zu entspannen, ein Bein auszustrecken und das rechte Knie aufzustellen. Dann zog ich mit festem Griff meiner Linken das aufgestellte Bein am Oberschenkel zu mir und drückte mit der Rechten gegen seine Hüfte. Es gab ein lautes Knacken im Darmbeingelenk, und der Kranke stöhnte auf. »Heiliger Gott, Clemens!«, rief er. »Ihr sollt mich nicht umbringen! Ich werde noch gebraucht in den nächsten Tagen. Und auch mein Weib möchte noch etwas von mir …«

In diesem Augenblick bekam Bruder Beda, der an der Influenza litt, einen heftigen Hustenanfall, wohl vor Empörung. Ich konnte nicht erkennen, ob das verzerrte Gesicht des Viztums nur Schmerz oder nicht vielleicht auch ein Grinsen zeigte. »Verzeiht«, fuhr er fort, als ich ihm mit dem Finger drohte, »vergebt mir meine erotischen Gedanken hier an Eurem gottesfürchtigen Ort.«

»So schlecht kann es Euch gar nicht gehen, Herr Brömser«, sagte ich, »wenn Ihr schon wieder an die Nächte mit Eurer Herrin Apollonia denkt. Sie soll Euch ab und zu ein heißes Bad bereiten, besonders jetzt an den Frühlingsabenden, wenn es empfindlich abkühlt und Ihr erhitzt von einem scharfen Ritt oder einer Fechtübung kommt. Da seid Ihr in der Gefahr, Euch die Lenden zu verkühlen. Jetzt legt Euch auf den Bauch, damit ich Euch massieren kann.«

»Fürwahr, Bruder Clemens«, antwortete er und tat, was ich ihm geboten hatte. »Ihr seid ein weiser Mann. In der Tat, ich fühle mich schon freier im Rücken und kann das Becken und das Bein schon viel besser bewegen.«

»Ich weiß«, nickte ich lächelnd und stimulierte zunächst die verhärtete Muskulatur oberhalb des Gesäßes. Dabei merkte ich, wie Brömser sich entspannte. Ich gönnte es ihm von Herzen, wusste ich doch, dass ihm als verantwortlichem Vogt des Erzbischofs im Rheingau mit Sicherheit schwere Zeiten bevorstanden, bei Gott, schwere Zeiten, wie uns allen. Ich massierte ihn und sprach dabei in Gedanken drei Vaterunser.

»Nun zieht Euch wieder an und deckt Euch zu. Am besten ist, ich wickle Euch ein.« Ich holte zwei Decken und hüllte sie fest um den Kranken. »Legt Euch auf die Seite und winkelt die Beine leicht an. Wenn der Subinfirmar wieder da ist, wird er Euch ein warmes Bad mit dem Öl des Rosmarins bereiten. Ihr dürft auch ein Glas Wein trinken. Ist bis dahin der Schmerz noch nicht deutlich gelindert, kann er Euch noch mit einer wirksamen Salbe aus Arnika und Beinwell einreiben. Ich werde

Euch ein Töpfchen davon mitgeben«, sagte ich und ging zum Regal. Das Gefäß mit der Aufschrift »Arnica – Symphytum« war nicht an seinem Platz. Ich fand es ein Regal tiefer und nahm mir vor, Fulbert zurechtzuweisen, denn Ordnung musste sein, in der Krankenstation wie auch in allen andern Bereichen des Klosters. Auf den *ordo* war unser ganzes Leben aufgebaut, der *ordo* durchdrang unseren Tagesablauf, unsere Ernährung und alle Räume bis ins Kleinste.

Aus dem großen Gefäß strich ich mit einem hölzernen Spatel eine kleine Menge in ein Töpfchen und stellte es neben den Patienten auf den Behandlungstisch. Da kam auch schon Fulbert zur Tür herein. Er erhielt die nötigen Instruktionen und ich beschloss, einer plötzlichen Eingebung folgend, ihn nicht zu rügen und ihm das Verstellen des Salbengefäßes zu verzeihen. Ich nahm mir vor, die Zeit bis zur Komplet in der Kirche zu verbringen, befahl alle Kranken der Obhut Gottes und machte mich auf den Weg.

Ich weiß nicht warum, aber der Herr führte mich in die westlichste der neun Kapellen, die an das rechte Seitenschiff angebaut sind. Vor dem Altar der Maria Magdalena und der Agatha kniete ich nieder. Nein, heute Nacht konnte ich es nicht tun. Noch nicht, schon gar nicht, solange Heinrich Brömser Gast im Kloster war. Morgen oder übermorgen.

Warum so eilig? Wo war der *ordo*, wo die Ruhe, die Ausgeglichenheit, die *stabilitas*? Wenn nicht morgen oder übermorgen, dann an einem der folgenden Tage. Die Bauern blieben bestimmt noch lange auf der Heide. Aber würde *jener* dann noch da sein?

Gewissheit. Ich musste Gewissheit haben.

»*Et ne nos inducas in tentationem*«, murmelte ich, »*sed libera nos a malo.*«

IV. Porta patet – cor magis

Unruhe trieb mich um.

Sogar der Viztum, der nicht gerade zu den sensibelsten Menschen gehörte, merkte etwas und sprach mich am nächsten Morgen an, bevor er sich kurz nach der Terz verabschiedete. Was ich hätte, ich sei so nervös. Ich redete mich heraus, verwies auf die beklemmende Lage. Auf die Gefahr, in der sich das Kloster befand. Die böse Brut da draußen auf dem Wacholder.

Am Tor sah er mich nachdenklich an, bevor er vorsichtig einen Fuß in den Steigbügel setzte. »Bruder Clemens, Ihr habt mir geholfen, achtet jetzt auch ein wenig auf Euch selbst. Ihr seid aus dem Gleichgewicht.«

»Herr Viztum, kümmert Euch nur um Euren Rücken. Benutzt die Salbe und denkt an die Bäder«, versuchte ich abzulenken. Sacht klopfte ich auf den Hals seines prächtigen Apfelschimmels. Er begann zu schnauben und zu tänzeln.

»Ruhig, Waldo, ruhig«, redete Brömser besänftigend auf das Pferd ein. »Seht Ihr, sogar der Hengst merkt, dass etwas nicht in Ordnung ist. Manchmal haben die Tiere eben ein besseres Empfinden als wir Menschen. Und bisweilen vergisst der Arzt vor lauter Fürsorge um seine Kranken sich selbst. Lebt wohl, Bruder Infirmarius, denkt an meine Worte! Ho!«

Der Hengst stieg auf die Hinterbeine, wieherte freudig und sprengte mit seinem Reiter durch das Klostertor, der erzbischöflichen Burg in Eltville entgegen. Mit welchen Nachrichten würde Brömser wohl das nächste Mal bei uns eintreffen?

Gedankenverloren blickte ich ihm nach. Ich zuckte zusammen, als sich eine Hand auf meine Schulter legte. Es war Pius, der Pförtner, der den Abschied des Viztums beobachtet hatte.

»Fühlst du dich nicht wohl, Clemens?«

Ich fuhr herum und sah ihn gereizt an. Es ärgerte mich, dass offenbar alle meine Nervosität merkten. Vor allem aber ärgerte ich mich über mich selbst. Mein linkes Unterlid zuckte.

»Du bist blass«, fuhr Pius unbeirrt fort. »Fast möchte ich sagen, geh doch mal ins Infirmarium!« Er grinste blöd.

»*Verba vana non loqui!*«, zischte ich böse und wollte mich abrupt abwenden, wollte den Bereich des Pförtners, der offenbar heute zu besonderem Spott aufgelegt war, unverzüglich verlassen. Da nahm ich aus dem Augenwinkel etwas wahr, was mich innehalten ließ.

Da, wo vor zwei Tagen die Bauern und Bürger angerückt waren, näherte sich in demütiger Haltung eine Gestalt. Es war ein Mann in fortgeschrittenem Alter. In der Rechten hielt er einen langen Wanderstock. Sein Kopf war fast kahl, nur noch wenige kurze, graue Haare bildeten einen spärlichen Flaum im Nacken. Das Gesicht war bartlos.

Aber was war das? Die bulligen Schultern, der große Kopf und das breite Kinn, die O-Beine, die seltsam ausladende Art zu gehen. Kurz blitzte es in meinem Denken auf, fast wollten sich löchrige Fetzen der Erinnerung einstellen. Doch sogleich rissen mich die Worte des Pförtners aus meinen Gedanken.

»Wieder einer«, sagte er kopfschüttelnd. »Heute Morgen waren schon zwei Delegationen da und haben zu essen verlangt. Der Abt hat befohlen, allen reichlich zu geben.« Er zuckte mit den Schultern.

Inzwischen war der Mann näher herangekommen. Er blickte erst bescheiden zu Boden, dann hob er den Kopf und begann zu sprechen. Ich sah, dass die Haut rund um sein linkes Auge rötlich-blau verfärbt war. Es erinnerte mich an eine reife Pflaume.

»Ich bin ein Bürger aus Mainz«, sagte er. »Gottesfürchtige Mönche, ich sage es frei heraus: Ich habe nichts mehr mit der eitlen Welt zu schaffen. Ich will Mönch werden.«

Dann warf er sich auf die Knie und schließlich mit dem ganzen Körper zu Boden.

Bruder Pius und ich sahen uns an. Was war davon zu halten? Immer wieder gab es solche Szenen: Männer kamen zum Kloster, verharrten in Gebet und Demut vor der Pforte, bereit, ihr bisheriges Leben bedingungslos zurückzulassen. Sie begehrten, Gott unter Befolgung der drei Gelübde Armut, Keuschheit und Gehorsam zu dienen, wollten als Anwärter auf das Noviziat zugelassen zu werden. Doch jener hier – ein älterer Mann? Und das in diesen Zeiten, unter diesen Umständen?

»Wie ist dein Name, Mann?«, fragte ich mit belegter Stimme.

»Kunz nennt man mich.«

»Was bewegt dich, Mönch zu werden, Kunz aus Mainz? Hast du daran gedacht, dass schwerste Entsagung und härteste Disziplin deiner harren? Manch einer hat schon gute Vorsätze gehabt und ist gescheitert an den Vorschriften und Regeln des heiligen Benedikt.«

»Meine Frau ist vor zwei Wochen gestorben. Die Trauer zerfrisst mir das Herz, das Leben in der Welt ist mir ein Gräuel geworden, nur noch mein Seelenheil ist mir wichtig. Wie kann ich besser für eine Aufnahme in den Himmel sorgen, als bei den gottesfürchtigen Zisterziensern von Eberbach meinen Lebensabend zu fristen?«

Um seine Mundwinkel herum zuckte es verdächtig.

»Steh auf, guter Mann!«, forderte ihn Pius tröstend auf und beugte sich zu ihm nieder. Offenbar hatte er den Eindruck, dass Kunz zu weinen anfangen wolle, doch mir kam es eher vor, als werde der Mann jeden Augenblick in schallendes Gelächter ausbrechen.

»So ein dreckiger Frevler! Das war doch gelogen.«

Ich blickte zu meinem Mitgefangenen, der Tränen der Wut in den Augen hatte.

»Der wollte euch an der Nase herumführen! Na, hoffentlich seid ihr nicht drauf hereingefallen.« Peter schluchzte.

Ich war überrascht, dass ihn diese Begebenheit so mitnahm. »Hör nur zu, worauf es hinausläuft. Du liegst schon nicht schlecht mit deiner Einschätzung.«

Ich fuhr fort.

»Wenn du Mönch werden willst«, erklärte Pius, »musst du erst drei Tage vor der Pforte verweilen. Es führt kein anderer Weg daran vorbei: Es gilt auszuharren in Gebet und Beständigkeit; daran erkennen wir, dass du es ernst meinst. Erst dann wird der Abt entscheiden, ob wir dich zur Probe aufnehmen.«

Der Mann stand langsam auf und es schien, als richte er einen intensiven, begehrlichen Blick an Pius vorbei durch die geöffneten Torflügel ins Innere des Klosters.

Da war er wieder, der Fetzen Erinnerung: Auch dieser lauernde Blick war mir vertraut – es war, als würde irgendeine Glocke in meinem Gedächtnis angeschlagen. Ich war mir sicher: Diesen Mann hatte ich schon einmal gesehen!

Während ich noch nachdachte, hatte Pius dem Mann die Arme auf die Schultern gelegt und auf ihn eingesprochen.

»Drei Tage«, wiederholte Kunz leise und verfiel in einen merkwürdigen Hustenkrampf, den er nur mühsam unterdrücken konnte. »Drei ... Tage«, wiederholte er heiser, und es klang wie das Bellen eines tollwütigen Köters, »drei Tage, wie die Zeitspanne, die unser Herr Jesus Christus im Grabe lag, ha! Ha, kchhhhh!«

Da merkte ich: Der Mann hustete nicht. Er unterdrückte in Wirklichkeit ein Lachen!

»Drei Tage, ihr frommen Mönche, so lange können wir nicht warten. Euch geht es schon viel früher an den Kragen. Wartet nur ab, ihr Fettsäcke und Fresser. Hahaha, hahahahahaha!«

Bruder Pius und ich fuhren erschrocken zusammen, der Pförtner bekreuzigte sich.

»Was fällt dir ein, Elender!«, fuhr er ihn an.

»Auch der kleine Mann lag im Grabe wie unser Herr Christus, viel zu lange im Grabe!«, donnerte Kunz. »Und diese Zeit ist vorbei. Es naht die Auferstehung, und Bauer und Knecht werden sich erheben wider ihre Herren, und die Zeit der prunkenden Adligen und prassenden Kuttenträger wird der Vergangenheit angehören.« Erneut verfiel er in einen Lachkrampf. »Gebt mir ein Fass!«, rief er dann.

Wir schwiegen und sahen uns an.

»Gebt mir einen Schinken! Wenn ihr schon dem Henn keinen Wacholderschinken gegeben habt, dann mir! Seht, wir lagern auf dem Wacholder, da darf es doch am Wacholderschinken nicht fehlen, was meint ihr?«

Wir schwiegen.

»Gebt mir ein Schock Eier!«

Pius sah mich unsicher an. Ich machte Anstalten zu sprechen.

»Noch besser: Gebt mir ein Huhn!«

Ich räusperte mich.

»Ein Huhn, das goldene Eier legt, hahaha! Das ist es!«

Ich erinnere mich nicht mehr, mit wie vielen Sprüchen dieser Art der Mann uns verhöhnte, bevor er sich endlich trollte. Aber eines weiß ich noch: Als er schließlich ging, nicht ohne noch einmal neugierig-aggressiv einen Blick ins Klostergebäude zu werfen – wie der Fuchs, der sich an einen Gänsestall anschleicht –, da wusste ich Bescheid. Ich kannte den Mann; ich wusste, wer er war. Spätestens bei der Nennung seines Namens hätte es mir einfallen müssen. So schließt sich der Kreis, dachte ich, alles passt zusammen.

Damals. Er und der Bruder.

Ich beschloss, meinen Plan in der nächsten Nacht in die Tat umzusetzen.

Doch am Spätnachmittag setzte anhaltender Regen ein, und der graue Himmel war wie ein Symbol unserer Misere, unseres Ausgeliefertseins, unserer Angst. Ich beschloss, noch einmal zu warten. Schließlich war ich auf gutes Wetter angewiesen; im matschigen Gelände würde ich nicht vorankommen und zudem meinen Habit beschmutzen …

Über den Vorfall machte ich dem Abt Mitteilung, der scheinbar gelassen abwinkte. Doch ich sah auch, dass er die Fäuste ballte, als ich den Namen des frechen Gesellen nannte.

Auch am nächsten Morgen regnete es wie Schnüre vom Himmel herunter. Blitze rissen den Himmel auf, der graugelb wie Eiter war, und Donnerschläge ließen uns im Gebet und bei der Arbeit zusammenfahren. Alle liefen mit missmutigen Gesichtern und hängenden Mundwinkeln herum.

Bei der Versammlung im Kapitelsaal verkündete der Abt, dass er ein Schreiben verlesen wolle. Umständlich setzte er seine Brille auf und faltete ein handgeschriebenes Papier auseinander. Hin und wieder stockte er im Lesefluss, denn an einigen Stellen war die Tinte wohl nass geworden, vielleicht vom Regen, und daher schlecht lesbar.

»Brüder im Herrn, Folgendes haben die da draußen uns mitzuteilen – das Schreiben wurde heute am frühen Morgen an der Pforte abgegeben: *Andächtige und geistliche Väter! Die gemeine Bürgerschaft des Rheingaus bietet euch ihren Gruß und tut euch kund zu wissen, so doch die Heilige Schrift alle Herzen ermahnt, von dem Überfluss an Nahrung christlich auszuteilen, wo Mangel ist. Diesen Spruch haben wir uns zu Herzen*

genommen, auf dass Gerechtigkeit Gottes geschehe und die Liebe uns erwär-
me. So bitten wir, dass ihr das gemeine Lager versehen wollt mit Wein, Brot
und Fleisch, so lang, bis die Artikel, die wir formuliert haben, endgültig zum
Tragen kommen. Dies geben wir euch zu verstehen, auf dass weiterer Ärger
vermieden werde.

Gegeben auf dem Wacholder Dienstag nach Jubilate anno 1525.«

Der Abt blickte auf, nahm die Brille ab und hielt sie prüfend gegen das Licht, als wäre sie schuld an dem Inhalt des Schreibens.

»Wunderbar, nun haben wir es auch noch schriftlich«, sagte Prior Jakob von Bingen mit Galgenhumor.

»Jetzt müssen wir den Kerlen regelmäßig zu fressen geben, die uns belagern«, zischte der Cellerar zwischen den Zähnen hervor, und sein flammendes Mal auf der Stirn nahm wieder eine gefährliche Farbe an.

»Sie belagern uns ja gar nicht«, sagte Bruder Arnulf von Heiligenkreuz, »sie lagern halt auf dem Wacholder.«

»Wie naiv du bist, Arnulf!«, wies ihn der Abt zurecht. »Wie man mir berichtete, haben sie gestern damit begonnen, eine Schanze zu bauen. Das heißt, sie richten sich auf Verteidigung ein.«

»Verteidigung?«, wiederholte Arnulf begriffsstutzig. »Gegen wen sollen die sich denn verteidigen?«

»Schaf!«, fuhr ihn der Abt an. »Füge es Gott, der Allmächtige, dass der Truchsess von Waldburg mit seinen Truppen vom Schwäbischen Bund rechtzeitig anrücken wird, um auch hier im Rheingau für Ordnung zu sorgen und dem beelzebübischen *tumultus* ein Ende zu machen.«

»Pater Abt«, griff der Prior ein. »Ihr solltet Arnulf nicht so hart anpacken. Er hat ja manchmal das Hirn und das Gemüt eines Schafs – und manchmal eines wilden Ochsen«, fügte er hinzu.

»Hätte ihm der Schöpfer einen Teil seiner Muskeln als Verstand gegeben, dann würde Arnulf nicht solche Fragen stellen«, entgegnete Nikolaus stur.

»Ihr sagt es: Der Herr in seiner unendlichen Güte hat ihn so geschaffen. Doch auch geistig Schwache sind unsere Mitbrüder und verdienen Respekt«, lächelte der Prior hintergründig, und ich war sicher, dass er, der sonst Arnulf ebenfalls kujonierte, wo er nur konnte, diese Widerrede nur vorgebracht hatte, um mit dem Abt eine Machtprobe anzuzetteln.

Alle konnten sehen, dass es in Nikolaus gärte.

»Bruder Cellerar«, ging er wieder zur Tagesordnung über, »wir geben dem Volk, was es begehrt. Nimm deine Leute und stell noch ein paar Wagenladungen mit Lebensmitteln zusammen. Die Knechte sollen alles hinausbringen, wenn der Regen nachgelassen hat.«

Abt Nikolaus machte eine Pause, umrundete die Säule und kehrte zu seinem Platz zurück. »Liebe Brüder, eines muss ich euch noch mitteilen. Der Bruder Infirmar hat gestern …«, er hielt inne und sah mich an. »Berichte selbst, Clemens«, sagte er müde und setzte sich.

Ich erhob mich. Ich wusste nicht so recht, wie ich anfangen sollte.

»Nun haben wir es als offizielles Bittschreiben«, knüpfte ich an die Worte des Abtes an, »dass wir das Lager mit Nahrung versorgen müssen. Was sage ich, meine Brüder, Bittschreiben? Was sich da in so freundliche Worte kleidet, ist ein Befehl, das liegt auf der Hand. Ihr wisst alle, dass vorher schon einzelne Personen aufgetreten sind, um Nahrung zu erbitten. Gestern war ein Mann da, der uns verhöhnt hat. Er nannte sich Kunz und sagte, er sei ein Bürger aus Mainz. Tatsächlich jedoch war der Kerl einer, den wir …«

In diesem Augenblick hörten wir einen Lärm wie Hufschlag, der das leise Prasseln des Regens übertönte. Laute Rufe erschallten draußen, Unruhe machte sich unter uns breit. Ging das Volk auf dem Wacholder jetzt zum Angriff über? Fast alle schnellten wir von den Bänken auf und rannten trotz des Regens in Richtung Tor, von wo die Geräusche gekommen waren. Wir nahmen den schnellsten Weg: durch den Kreuzgang und die Kirche, dann durch das Friedhofsportal nach draußen zum Tor. Ich glaube, nur ein paar alte Mönche und der Abt, um Haltung bemüht, blieben zurück oder kamen gemessenen Schrittes nach. Im Hinauseilen hörte ich noch die verzweifelte Stimme unseres Vorstehers: »Mitbrüder, bleibt! Die Würde des Kapitels gebietet es …« Es kümmerte uns nicht. Die Anspannung ließ uns alle mönchischen Tugenden vergessen, ließ uns rennen!

Am Tor angekommen, merkten wir erleichtert, dass uns keine Gefahr drohte. Ich erkannte am Sattelzeug der Rösser das bunte Wappen Kratz von Scharfensteins, das Balkenwappen der Familie Hilchen von Lorch, die Raubvogelklaue des Herrn Friedrich von Greiffenclau, der auf Burg Vollrads residiert. Er war der Bruder des Kurfürsten von Trier. Im Gefolge dieser Mächtigen waren noch ein halbes Dutzend anderer niederer Adliger aus dem Rheingau angekommen. Ganz am Schluss erschienen die drei Domherren aus Mainz, jene, die laut der Aussage des Viztums vor drei Tagen in Eltville mit den Aufständischen hätten verhandeln sollen.

Vor Nässe triefend, boten die geistlichen und weltlichen Herren ein Bild des Jammers. Ihre Reisemäntel waren vollgesogen mit Wasser. In diesem Moment zerriss ein Blitz den dunklen Himmel, zwei Augenblicke später folgte ein Donnerschlag, der uns zusammenfahren ließ.

Jetzt nahte auch Abt Nikolaus, gefolgt von zwei der Ältesten. Seine Stimme passte nicht recht zu seinem um Würde bemühten Auftritt.

»Hohe Herren des Domkapitels, ich entbiete Euch meinen Gruß. Seid willkommen in Christo Jesu. Seid willkommen auch Ihr, edle Herren des Rheingaus. Was führt Euch zu uns?«

»Das Volk hat uns herzitiert«, stieß einer von ihnen finster aus seinem schwarzen Vollbart hervor. Ich erkannte Lorenz Truchsess von Pommersfelden, den Domdechanten. »Wahrlich verwirrte und gottlose Zeiten, in denen das Volk seine Herren einbestellt! Schlag neun Uhr sollten wir auf dem Wacholder erscheinen, aber bei diesem Wolkenbruch ...«

Er blickte nach oben und schlug mit der Faust auf den Sattelknauf. Es strömte noch immer vom Firmament herab; inzwischen waren auch wir Mönche bis auf die Haut durchnässt. Zum Glück war es mild an diesem 9. Mai.

»Gewährt uns Schutz vor dem bösen Wetter, werter Herr Abt«, fuhr der Domdechant knurrig fort. »Wir wollen abwarten, bis der Regen nachlässt, und dann hinausreiten zu dem wild gewordenen Haufen da draußen.«

»Der Bruder Gastmeister wird Euch ins Hospital geleiten«, brüllte der Abt, um einen in diesem Moment wieder heftiger einsetzenden Guss zu übertönen. Er gab Bruder Karl, der neben dem Amt des Bursenschreibers auch das des Hospitalars versah, einen Wink.

In diesem Moment steigerte sich die merkwürdige Situation noch einmal ins Groteske. Ein lauter Ruf erklang vor dem Tor, dessen Flügel sich wieder geschlossen hatten:

»Aufmachen, aufmachen!«

Zugleich hörten wir ein heftiges Pochen am Eichenholz: tock-tocktock und dann noch einmal im selben Dreitakt: tock-tock-tock!

Was hatte das nun wieder zu bedeuten? Wurden die edlen Herren verfolgt? Dürsteten die Bauern nach ihrem Blut, war das ein Sturmangriff auf die Abtei? Hob nun ein Rauben und Brandschatzen an?

Nicht bei Regen, überlegte ich, und ich konzentrierte mich auf diesen Gedanken, um meine überreizten Nerven zu beruhigen. Nicht bei Regen, sie greifen nicht bei Regen an, niemals!

Der Pförtner eilte zum Tor. Nicht öffnen, dachte ich, nicht öffnen; und da hörte ich die Stimme wieder: »Macht auf, Brüder von Eberbach, hier ist Heinrich Brömser von Rüdesheim!«

Das Tor schwang auf, der regennasse Apfelschimmel des Viztums preschte mit seinem Reiter herein ins Kloster.

Der Viztum, jubelte ich innerlich, unser Freund! Jetzt wird alles gut.

»Auf, auf!«, schrie Brömser und machte eine anfeuernde Armbewegung. »Ihr müsst hinaus auf die Heide, hohe Herren!« Er machte eine Pause, und Dutzende Augenpaare, Mönche und Edle starrten nur auf ihn.

»Sogleich hinaus«, wiederholte er und packte den Griff seines Schwertes, »sonst erschlagen sie uns alle!«

Doch es kam anders. Kurz darauf saßen wir im Hospital zusammen: die adligen Herren des Rheingaus, die drei Mitglieder des Domstifts zu Mainz, Abt Nikolaus, Prior Jakob, der Cellerar Pirmin und ich. Eine Mahlzeit war gereicht worden, Wein stand auf dem Tisch, die Herren hatten Handtücher erhalten, um sich wenigstens Haut und Haare abzutrocknen. Herr Friedrich von Greiffenclau legte sich das Handtuch über den Kopf, sodass es rechts und links herunterhing; er sah seltsam aus, orientalisch fast.

Wir erfuhren die Hintergründe: Der Viztum hatte mit den Domherren und den Adligen zu den Aufständischen reiten wollen. Als sie hinter Hattenheim den steilen Anstieg der Straße in Richtung Kloster und Wacholderheide gemeistert hatten, setzte das heftige Gewitter ein. Die Herren hatten daraufhin kurzerhand beschlossen, im Kloster Zuflucht vor dem Regen zu suchen. Lediglich der Viztum war zu den Aufständischen geritten, um diese zu informieren, dass sich die Ankunft der Herren noch etwas verzögern werde. Die Wortführer hatten ihm mitgeteilt, dass die Herren nicht mit Geduld und Nachsicht rechnen könnten, sie müssten vielmehr unverzüglich auf dem Wacholder erscheinen, unverzüglich, das heiße sofort und auf der Stelle.

»Ansonsten werden alle totgeschlagen«, wiederholte der Viztum.

»Der Teufel reitet diese Bauern!«, rief Lorenz Truchsess von Pommersfelden. »Wenn ich nur genügend Truppen zur Verfügung hätte, ich würde unter das Pack fahren wie König David unter die Amalekiter!«

Friedrich von Greiffenclau blickte, den Kopf in die Hände gestützt, mürrisch unter seinem Handtuch hervor. »Totschlagen sagt Ihr, Herr Viztum?«, brummte er mit seiner tiefen, sicheren Stimme »Das wollen wir doch erst mal sehen. Wir müssen raus, keine Frage.« Er pochte mit dem rechten Zeigefinger auf den Tisch. »Klar ist aber, dass wir bei diesem Regen nicht sofort losreiten konnten. Das wissen die da draußen auch. Werden selber sehen, dass sie noch ein paar trockene Fetzen am Leib retten können. Haben jetzt Besseres zu tun, als auf uns zu warten. Trotzdem sollten wir uns sputen, wenn der Regen nachlässt.« Er machte eine Pause und wandte sich an den Domdechanten, der seinen schwarzen Bart zwirbelte. »Nicht zu vergessen, Herr Truchsess von Pommersfelden, es war Saul, der die Amalekiter geschlagen hat.«

»Die sind vielleicht selber zu ihren Weibern an den warmen Herd zurückgekehrt – oder ins Bettchen, um sich das Gemächte und sonst was wärmen zu lassen, höhö«, lachte Hilchen von Lorch. Der kleine, dicke Ritter, der vor Jahren Franz von Sickingen im Kampf gegen die Geistlichkeit unterstützt hatte, grinste breit. »Ich jedenfalls lasse mich hier auch nicht aus der Ruhe bringen«, fuhr er fort und warf einen Blick auf seine fingerdicke Scheibe Hartkäse mit Roggenbrot und den Becher Wein.

»Mäßigt Euch, Herr Hilchen«, wies ihn der Prior zurecht, »Ihr seid hier nicht auf Eurer Burg, sondern an einem gottgeweihten Ort.«

»Im Übrigen ist ein großer Teil ihrer Weiber mit von der Partie«, stellte Brömser klar. »Von der Rückkehr an den eigenen Herd kann also keine Rede sein. Ich warne Euch, edle Herren, nehmt die Leute da draußen ernst, ich weiß, wovon ich rede. Habe ich mich doch von ihrer Entschlossenheit drunten in Eltville überzeugen können.«

»Was wollen sie eigentlich genau von uns?«, fragte Hilchen.

»Mit Euch wollen sie über die Steuern reden«, antwortete Brömser. »Es geht um nicht weniger als um die Besteuerung der adligen Güter. Sie empfinden es als ungerecht, dass sämtliche Höfe und Grundbesitze besteuert werden, die adligen Güter aber Sonderrechte genießen.«

»Mein Gut Vollrads ist seit jeher frei von Abgaben gewesen«, fuhr Greiffenclau auf. »Das ist wider Fug und Recht!«

Es erhob sich ein wilder Disput über Sinn oder Unsinn solcher Forderungen, über althergebrachtes Recht und neue Bestimmungen. Die Reden gingen wirr durcheinander.

Ein Satz schnitt plötzlich das Chaos ab: »Es ist Zeit!«

Der Viztum trat an den Tisch – keiner hatte bemerkt, dass er sich kurz entfernt hatte, wahrscheinlich nur, um sein Wasser abzuschlagen. »Lasst uns keine Zeit verlieren. Reiten wir hinaus, der Regen hat aufgehört.«

Und so geschah es. Mit einem Ruck stand der Domkantor auf und warf fast seinen Stuhl um. Friedrich von Greiffenclau riss sich entschlossen das Handtuch vom Kopf, warf es zu Boden und verließ dann grußlos entschlossenen Schritts den Raum. Die anderen folgten.

Der Himmel draußen zeigte schon wieder einige blaue Flecken; ein paar Hoffnung verheißende Sonnenstrahlen lugten um die Wolkenenden herum. Ich weiß noch, dass eine Amsel zu tirilieren begann. Hoffentlich singt die Schwarzgefiederte für die Herren nicht zum letzten Mal, dachte ich, und der Cellerar hegte ähnliche Gedanken: »Sie werden sie doch am Leben lassen da draußen …«

»*Oremus*«, sagte der Abt.

Wir falteten die Hände und begaben uns in die Kirche zur Sext. Ich ging neben Karl, der noch griesgrämiger als sonst dreinblickte. Halblaut murmelte er vor sich hin: »Und ich sah, und siehe: ein fahles Pferd«, zitierte er die Johannesoffenbarung, Kapitel 6, und fuhr dann auf Lateinisch fort: »*Et qui sedebat desuper nomen illi Mors …*«

Bevor er weitersprechen konnte, hielt ich ihm den Mund zu und bekreuzigte mich. Außer mir hatte es keiner der Brüder gehört.

An diesem Tage hörten wir nichts mehr, weder von Brömser noch von den drei Mainzer geistlichen Herren oder den Edlen des Rheingaus.

.

In der Nacht, die diesem ereignisreichen Tag folgte, hatte ich wieder einen bedeutungsschweren Traum: Ich war auf der Wacholderheide vor dem Kloster. Hinter einem Baum liegend beobachtete ich, was geschah. Man hatte die Herren gefangen genommen; sie lagen gebunden am Boden. Die Bürger des Rheingaus bildeten einen Kreis um sie. Der Dreiste, der heute Morgen am Kloster war, Kunz, ergriff ein Schwert, hielt es hoch und zeigte es dem Volk. Jubel brauste auf, schwoll ohrenbetäubend an. Dann zeichnete er mit der Spitze eine Figur in den Boden, deren Durchmesser wohl fünfzehn Fuß betrug: ein Pentagramm, einen Seestern! Er schritt dessen Arme ab und es ereignete sich – wie es oft im Traum geschieht – etwas Merkwürdiges: An jeder Spitze des Armes sprach Kunz eine heidnische Zauberformel, und aus dem Boden wuchsen an den fünf Enden des Pentagramms fünf Galgen. Dann brachten einige Schergen die fünf Gefangenen zur Vollstreckung des Urteils, und diese waren: die drei Domherren aus Mainz, Friedrich von Greiffenclau und Hilchen von Lorch, letzterer zu Pferd, und sein Balkenwappen bestand plötzlich aus drei Balken, nämlich denen des Galgens.

Ja, dachte ich, *sic transit gloria mundi*, und wunderte mich im Stillen, dass es fünf Galgen waren – fünf, die Zahl der Wunden unseres Erlösers! Sieben wäre passend, dachte ich, ohne zu wissen weshalb. Kunz ging gemessenen Schrittes in die Mitte des Sterns, sprach seltsame Worte, und die Zahl der Arme und der auf ihnen stehenden Galgen erhöhte sich – auf sieben!

Da nahten die vier apokalyptischen Reiter, und der auf dem fahlen Pferd zog an einem Seil auch schon den sechsten Gefangenen hinter sich her, der in wilder Verzweiflung an seinen Gürtel fasste und versuchte, sein Schwert zu ziehen. Die Hand war bestrebt, den Griff zu packen – doch man hatte ihm die Waffe abgenommen. Wer es war, konnte ich nicht erkennen. Kunz entrollte ein Papier und verlas die Todesurteile der sechs Gefangenen, dann schaute er sich um. »Ha, es fehlt einer!«, schrie er, schaute zornig um sich und erblickte – mich!

Aber noch bevor mich seine Schergen packen konnten, geschah etwas: Der Seestern, nur mit der Schwertspitze in Umrissen in den Boden gezeichnet, erwachte zum Leben! Ein dreidimensionaler Körper entstand, und er begann sich zu regen, er riss die Galgen nieder und bewegte sich in langsamen, gleichmäßigen Bewegungen zum Rhein, und mich, der ich gerade erspäht worden war, trug er auf seinem Rücken mit sich zum Strom. Wir schwammen stromab, durchs Binger Loch, an Köln vorbei, und dann strömten wir irgendwo im fernen Holland ins große Meer.

Am Morgen ging ich nach den Vigilien hinüber ins Krankenhaus und braute mir einen Sud aus Hopfen, Baldrian und Melisse.

Doch mein überreizter Zustand hielt mich nicht davon ab, in der kommenden Nacht, vom 10. auf den 11. Mai, das zu tun, was ich mir vorgenommen hatte. Der Regen war vorbei; es war Zeit. Zeit zu handeln, Zeit für Klarheit.

Nach der Komplet bat ich den Abt um eine kurze Unterredung.

»Die heutige Nacht werde ich im Infirmarium verbringen müssen, ehrwürdiger Abt.«

Er sah mich verwundert an. »Gibt es gewichtige Gründe?«

»Die gibt es, werter Vater. Beda und Johannes sind inzwischen entlassen. Aber Wendelin, unser Subbursar, liegt noch immer darnieder. Er kann nicht sprechen; sein Husten bringt fast die Mauern zum Einsturz.«

Nikolaus lächelte ob meiner groben Übertreibung.

»Das Fieber ist leider noch gestiegen, obwohl wir alles versucht haben: Thymian, Salbei und Wegwarte, um die Entzündung wirksam anzugreifen, Wadenwickel gegen die Temperatur ...«

»Er ist schon länger im Krankenhaus, nicht wahr?«

»Zwei Tage vor Eurer Rückkehr«, mischte sich schnarrend eine Stimme ein, »hat er sich ins Infirmarium zu einem zweiten stationären Aufenthalt begeben.« Es war der Prior, der sich unbemerkt genähert und unser Gespräch gehört hatte. Ich glaubte ein gewisses Gift, einen Vorwurf herauszuhören.

»Danke, Bruder Jakob«, sagte Nikolaus scharf, »lass mich einen Augenblick mit Clemens allein!«

Ärgerlich zuckte der Prior mit den Schulten, vergrub die Hände in den Ärmeln. »Ich rate dringend dazu«, fügte er noch hinzu, »dass alle Brüder, auch die Laienbrüder, sich ab sofort jeglichen Kontakts mit den Aufständischen enthalten. Wer dienstlich unterwegs ist, ignoriere das Lager da draußen und gehe friedlich seines Weges. Gespräche und sonstige Kontakte sind bei Strafe zu meiden. Herr Abt, schärft das den Brüdern ein.«

Nikolaus nickte und sagte, er wolle es nach der nächsten Hore bekanntgeben. Dann trollte sich der Prior.

»Höre, Clemens«, knüpfte der Abt wieder an unsere Unterhaltung an, »das ist ungewöhnlich. Was kannst du ausrichten, wenn du im Infirmarium bist bei Nacht?«

»Mir ist wohler dabei. Das hohe Fieber macht mir große Sorge. Einer muss bei ihm bleiben; und Fulbert ist nicht erfahren genug, um zu wissen, was er tun muss, wenn die Situation weiter eskaliert. Die Wickel sollten alle zwei, nein, besser jede Stunde erneuert werden. Ferner muss der Kranke regelmäßig trinken. Dafür werde ich sorgen, bester Vater. Lasst mich heute im Krankenhaus übernachten und«, ich sah ihn treuherzig an, »entbindet mich bitte auch von den Vigilien und den Laudes.«

Und mit einem Zitat aus dem 36. Kapitel der Regel untermauerte ich meinen Vorstoß: »Die Sorge für die Kranken gehe vor allem und über alles.«

So traf ich meine Vorbereitungen, und bat im Stillen um Vergebung für diese Sünde der Lüge. Denn eine Lüge war es allemal. Wendelin war zwar krank, er hatte Husten und Fieber, aber doch nicht so schlimm, dass ich ihn auch bei Nacht hätte betreuen müssen.

Der Abt gewährte mir die Bitte, und mehr noch: Er sagte mir zu, auch alle weiteren Nächte in der Thomaskirche verbringen zu dürfen, wenn sich der Zustand des Kranken nicht entscheidend bessern würde. Mit solch einem weitreichenden Zugeständnis hatte ich nicht gerechnet.

Das Glück war mir hold – so dachte ich damals, aber in Wirklichkeit nahm das Unglück seinen Lauf.

Ein paar Stunden später – es musste etwa eine und eine halbe Stunde vor Mitternacht sein, der Mond stand fast voll am Himmel – war ich auf dem Weg zur Wacholderheide.

Wie ich das angestellt hatte? Wie die Abteimauern passiert, ohne aufzufallen? Zunächst hatte ich mich nach der Komplet und dem *Salve Regina*, bei dem ich inbrünstig um Vergebung bat – *ad te suspiramus gementes et flentes … advocata nostra* –, ins Krankenhaus begeben, genau wie ich es dem Abt angekündigt hatte. Ich hatte Bruder Wendelin versorgt und neben der genannten Medizin für die Grippe noch Baldriantinktur mit einer kräftigen Dosis Laudanum verabreicht. Mein Bett hatte ich in einem kleinen abgetrennten Nebenraum hergerichtet und mich zur Ruhe gelegt. Das Herz klopfte wie ein Schmiedehammer und an Schlaf war natürlich nicht zu denken. Schlaf? Nein, ich hatte doch gar nicht vor zu schlafen. Gab es doch ein Ziel für diese Nacht!

———— • ————

»Sieh an, Laudanum!«, fiel mir Peter grinsend ins Wort. »Und auch noch eine kräftige Dosis. Hm!«, kritisierte er mich und griff sich einen der beiden vergammelten Äpfel, die uns der Wärter zugeworfen hatte. »Mein lieber Klosterbruder, da hast du aber große Schuld auf dich geladen!«, wurde er dann ernster. »Hei, du warst doch mit diesem Medikament noch gar nicht vertraut, der Mann hätte sterben können!«

Mein Mitgefangener hatte Recht. Mein Magen krampfte sich zusammen bei dem Gedanken, dass ich einen Menschen leicht hätte umbringen können, und ich bekreuzigte mich.

Da spuckte Peter geräuschvoll ein Stück Apfel aus. »Faules Obst, ha! Was kann man schon anderes erwarten in dieser noblen Herberge! Ist ja noch mal gut gegangen mit dem Laudanum, Herr Mönch. Haha. Der Herr hat dich bewahrt. So soll es bleiben, amen! Überhaupt, wo wir gerade beim Essen sind. Was ich noch wissen wollte: Wie steht es denn eigentlich mit euren Vorräten: Würste, Schinken und solche Sachen. Von Rinderroulade war vorhin gar die Rede!« Geräuschvoll zog er Speichel hoch. »Ich dachte, ihr Mönche esst solche Speisen gar nicht, sondern nur Fisch und allenfalls Geflügel?«

»Du hast Recht, laut der Benediktsregel ist das verboten. Es hat sich aber im Laufe der Zeiten herausgebildet, dass hin und wieder Wurst und Fleisch auf unserem Speisezettel stehen. Auch dies ein Punkt, den der alte Eberhard wiederholt kritisierte.«

»Kann ich mir vorstellen, hei, der alte Knotterer! Aber fahre doch fort! Ich bin begierig, vom nächtlichen Ausflug des frommen Vögelchens zu hören.«

———•———

So stand ich also ich eine halbe Stunde später wieder auf und zog mich an. Meinen Habit? Nein, ich hatte mir einen groben Kittel aus dunkler Wolle und eine Hose aus gleichem Tuch besorgt, wie sie unsere Knechte und die Konversen tragen, die auf den Grangien oder im Weinberg arbeiten. Auch eine speckige Kappe hatte ich gefunden, die die Tonsur perfekt bedeckte. Hinein in die grobe Kleidung und als Schuhe die *calcii nocturnales*, die weichen Nachtschuhe, die wir Zisterzienser zum Schlafen tragen, damit man meine Schritte nicht hören konnte. Noch einmal nach dem Kranken sehen, der süß und sediert schlummerte. Dann griff ich mir einen halb verkohlten Ast aus dem kalt gewordenen Kamin und schwärzte mir das Gesicht.

Langsam, leise öffnete ich die Tür und spähte vorsichtig hinaus.

Kein Laut in der Abtei bis auf das friedliche Murmeln des Baches. Ich trat ins Freie – und zuckte zusammen. Etwas Dunkles huschte an mir vorbei! Doch es war nur eine Fledermaus, die ihren taumelnden Zickzackflug vor dem hellen Mond fortsetzte. Ich schalt mich einen Narren ob meiner Schreckhaftigkeit und zwang mich zur Ruhe. Meine Nerven musste ich besser im Griff haben, wenn ich das ausführen wollte, was ich geplant hatte. Ich schnaufte zwei-, dreimal durch, zwang mich, so tief einzuatmen, wie ich konnte, und sehr, sehr langsam auszuatmen.

Dann wandte ich mich zur Hinterseite des Krankenhauses und stieg den mit Reben bepflanzten Hang hinauf, mich dabei immer wieder vorsichtig umblickend. Alles blieb still.

Das Kloster schlief. Es schlief tief und friedlich.

Oben kannte ich eine Stelle an der östlichen Umfassungsmauer, wo ein gewandter Mann relativ leicht empor- und auf der anderen Seite hinunterklettern konnte. Die Mauer war hier am höchstgelegenen Punkt der Abtei nicht allzu hoch, einen Klafter und einen Fuß vielleicht. Hin und wieder war – soviel ich wusste, sogar schon vom vorigen Abt Martin – angeregt worden, die Mauer aus Sicherheitsgründen an dieser Stelle zu erhöhen, doch es hatte immer wieder an Geld gefehlt. Hier standen auf der Innen- und Außenseite, wie es eine seltsame Fügung wollte, in halbwegs regelmäßigen Abständen Steine heraus und boten den Füßen Halt, oder es waren einladende Risse im Mauerwerk, wo der Jahrhunderte alte Mörtel herausgebrochen war.

Schon als Novize hatte ich einst diese Stelle entdeckt; damals war ich mehrere Male unentdeckt ins Freie geklettert. Ich warf noch einen letzten Blick zurück und griff dann einen Stein, der sich in Höhe meines Kopfes befand. Den linken Fuß in Kniehöhe auf einen Vorsprung setzen, dann mit einer Hand in einen Riss greifen, den rechten Fuß nachziehen, und schon war ich ein Stück weit geklettert. Es ging verblüffend leicht, die Steighilfen waren noch da. Man sagt, dass man das Schwimmen, einmal erlernt, nie wieder verlieren könne, und so war es auch hier. Hände und Füße fanden die Vorsprünge und Ritzen mit einer Sicherheit, die ich nicht für möglich gehalten hätte.

Als ich die Mauerkrone erreicht hatte, kam mir sogar noch das Glück zu Hilfe: Eine junge Eiche, die draußen gewachsen war, hatte sich geneigt; einer ihrer Äste war von der Mauerkrone bequem zu erreichen. Beherzt wollte ich ihn packen, um mich hinauszuschwingen – der noch biegsame Ast gab nach wie ein Bogen, und ich verlor das Gleichgewicht. Ich stürzte und konnte mich im Fallen gerade noch an dem Ast festhalten. Zitternd bemerkte ich, dass meine Füße nur zwei Ellen über dem

Boden schwebten, und ließ los. Wohl zwei Zoll tief sank ich in den vom Regen aufgeweichten Boden; es fühlte sich an wie der Hirsebrei, den uns der Koch an diesem Tag aufgetischt hatte.

Falls ich das wieder machen sollte, nahm ich mir vor, an der Mauer hinabzusteigen, das war auf jeden Fall sicherer. Dachte ich schon an ein nächstes Mal? Ja, ich war in Gedanken bereits so weit.

Ich schlich entlang der Mauer und kam nur langsam voran. Hin und wieder hakten sich Brombeerdornen in mein Gewand und hielten mich fest, als wären sie die Hüter der Klosterdisziplin und wollten meinen Ausbruch verhindern, oder das Gestrüpp wucherte zu nah an die Mauer heran, sodass ich einen kleinen Umweg wählen musste. Nach einer Weile machte die Umfriedung einen Knick und führte bergab. Hier wurde der Bewuchs lichter, und es galt vorsichtig zu sein. Gebückt, ja katzenartig bewegte ich mich weiter fort.

Als ich nach einem steilen Abstieg die Stelle erreichte, wo der Bach durch ein Gitter aus dem Klostergelände austrat, hielt ich inne. Aus der Ferne hörte ich johlende Stimmen, dann Gesang. Fetzen von Lautenmusik, das durchdringende Quäken einer Sackpfeife. Das Volk da draußen scheint ja ziemlich munter zu sein, dachte ich mir, und zugleich überfiel mich jäher Schrecken.

Was in Gottes Namen hatte ich denn eigentlich genau vor? Was wollte ich tun, wenn ich draußen war auf der Heide? Ich begann heftig zu schwitzen und wischte mir mit dem Handrücken die Stirn ab. Im Mondlicht erkannte ich die Schwärze auf dem Handrücken und erschrak: Es sah aus, als sei die Hand abgestorben. Dann fiel mir der Ruß des Holzscheits ein, den ich zur Tarnung im Gesicht verschmiert hatte. Er musste abgefärbt haben. *Macula*, dachte ich, jetzt haftet dir ein Schandfleck an!

Ja, was hatte ich mir vorgestellt, wenn ich ankommen würde auf der Heide? Nur eine ganz vage Vorstellung hatte ich gehabt. Ich wollte ihn suchen – *ihn*, den ich auf der Fahrt von der Kutsche aus zu erkennen geglaubt.

Sein Name war Konrad.

Kehr um, sagte eine Stimme in mir, doch eine andere übertönte sie: Geh weiter!

Kehr um, sei kein Narr!

Geh weiter, du musst ihn suchen! Du brauchst Gewissheit.

Und um mir selbst Mut einzuflößen, sagte ich schließlich laut: »Geh weiter, Clemens!«

Mit einem Satz sprang ich über den Eberbach. Ich hatte den Rubikon überschritten.

»Jetzt gibt es kein Zurück«, versuchte ich wieder, mich mit lauter Stimme zu beruhigen.

Dann zuckte ich erneut zusammen, denn ich hörte Stimmen, diesmal ganz in meiner Nähe. Ich hatte inzwischen den Fischteich erreicht, welcher direkt an der Mauer liegt.

»Horch, Henn, da hat jemand gesprochen!«

Ich duckte mich nieder auf die Erde.

»Was, Michel?«, erklang eine andere Stimme, die mir bekannt vorkam. »Spinnst du mal wieder?«

Ich kroch, so weit es ging, ins Schilf, das den Teich an dieser Stelle säumte.

»Nein, da war was! Henn, hör doch mal!«

»Gar nichts war da! Was du hörst, sind die Frösche, sonst nichts. Wer soll denn sonst hier um Mitternacht herumschleichen und palavern, kannst du mir das mal sagen, he?«

Ich hörte ein dumpfes Geräusch, als hätte der Sprecher seinem Kameraden unsanft auf den Kopf oder den Rücken geschlagen.

In diesem Moment wusste ich, woher ich die Stimme kannte: Es war das meckernde Organ des Bauern mit der Gugel, mit dem wir vor einigen Tagen Bekanntschaft gemacht hatten. Er hieß also Henn. Mir fiel ein, dass auch der angebliche Novizenanwärter den Namen genannt hatte.

»Schon gut«, gab Michel klein bei.

»Und jetzt halt's Maul«, schnarrte Henn. »Sonst wecken wir wirklich noch den Pförtner oder sonst jemanden. Vielleicht haben die Kuttenträger auch eine Art Wachtposten in diesen unsicheren Zeiten. Und bei der Helligkeit von diesem Mond, der da am Himmel hängt, prall wie dein Arsch! Nur strahlt dein Arsch nicht so.« Seine leise Meckerlache folgte.

»Egal. Jedenfalls können wir bei dem Licht leicht gesehen werden. Muss ja nicht jeder mitkriegen und hören, was wir hier tun. Auch die Unsrigen drüben brauchen's nicht zu wissen. Wenn der Greiffenclau Wind kriegt ... na ja, man weiß ja nie, der vornehme Herr ... Sind mir sowieso viel zu viele Leisetreter da im Lager. Vor lauter Furcht treibt's ihnen die Scheiße in die Hose. Wenn es nach mir ginge ...«

Der Rest war leider unverständlich, denn die beiden entfernten sich. Während die Schritte verklangen, vernahm ich noch einmal deutlich eine dritte Stimme, die ich nicht kannte:

»Meinst du nicht, dass das Tor viel zu gut gesichert ist, Henn? Und auch die Mauer bietet ...«

Der Angesprochene zischte ihm irgendeine wütende Bemerkung zu, mehr konnte ich nicht verstehen, so sehr ich auch die Hände an die Ohren legte.

Ich blieb einen Augenblick geduckt und bewegte mich nicht. Ein hohes Summen ertönte an meinem Ohr. Schnaken. Nur mit Mühe widerstand ich der Versuchung, um mich zu schlagen.

Was hatten diese Schleicher und Strauchdiebe vor? Es klang ganz so, als würden sie das Abteigelände ausspionieren. Mit welchem Ziel? Es konnte doch nur ein Angriff sein. Sie spähten aus, wo es Schwachstellen in der Mauer gab. Wenn sie ihren Rundgang gründlich versahen, mussten sie zwangsläufig auf die Stelle stoßen, an der ich das Kloster verlassen hatte. Ich konnte nur hoffen, dass Dornen und Unterholz sie abhielten.

Zurück, zurück, sagte erneut die Stimme in mir – doch die andere Stimme war stärker. Die Stimme des Blutes. Weiter, nur weiter!

Fortan nahm ich mich in Acht, dass ich nicht wieder leichtfertig vor mich hinplapperte. Wegen des nun heller scheinenden Mondlichts fand ich mich immer besser zurecht – oder hatten sich meine Augen schon so an die Nacht gewöhnt, dass ich mehr sah? – und ging weiter. Doch selbst wenn es dunkel wie in einem Sack gewesen wäre, hätte ich die Richtung gar nicht verfehlen können. Ich ließ mich einfach von den Stimmen, der Musik leiten.

Kurz darauf stand ich an der Wegegabel, wo links die Straße hinauf nach Kiedrich und rechts die Trasse hinunter nach Hattenheim führt. Beide Straßen laufen spitzwinklig aufeinander zu. Und zwischen ihnen erstreckt sich als große Talsenke die Wacholderheide, der alte Versammlungsplatz der Rheingauer. Der Geruch von Feuer und gebratenem Fleisch stieg mir in die Nase. Als ich ein Stück die Straße nach Hattenheim hinuntergegangen war, wurde ich stutzig. Die Heide zu meiner Linken sah anders aus, als ich sie kannte. Oder trogen mich meine Augen in diesem seltsamen Licht? Mondglanz mischte sich mit Feuerschein, ließ Bäume, Gräser und Wacholdersträucher tanzen und bizarre Schatten werfen.

Ich rieb mir die Augen. Es war, als würde ein Wall den Weg zur Heide versperren. Ich verließ die Straße, stieg den Damm hinunter und kroch auf allen Vieren heran. Nun konnte ich sogar Holzstücke hören, die im Feuer knallend zerbarsten, und einzelne Stimmen ausmachen. Was war das für eine seltsame Aufschüttung, die das Lager offensichtlich drei Fuß hoch umgab?

Mit einem Mal fiel es mir ein. Hatte nicht Prior Jakob vor ein paar Tagen erwähnt, dass die Aufständischen eine Art Schutzwall, eine Schanze errichteten? Das war es. In der Tat: In wenigen Tagen hatten sie es geschafft, solch einen Wall aufzuschütten. Das war nur mit vereinten Kräften und mit bester Koordination möglich. Allmählich begann ich zu verstehen, dass den Aktionen der Rheingauer wirklich ein ausgeklügelter Plan zugrunde lag.

Vorsichtig kroch ich näher. Wie wollte ich weiter vorgehen? Ich überlegte einen Moment und beschloss dann, mir eine Stelle zu suchen, wo ich mehr hören konnte. Vielleicht war es sogar möglich, ins Lager einzudringen. Was aber, wenn ich dabei entdeckt wurde?

Wie besessen war ich mittlerweile von dem Wunsch, mehr über das Vorhaben der Aufständischen zu erfahren. Ins Lager vordringen! Wenn ich den Wall an einer abgelegenen Stelle überkletterte und mich auf die Tarnung meiner dunklen Kleidung verließ?

Drinnen im Lager erklang ein vielstimmiges lautes Lachen. »Prosit, Genossen!«, hörte ich deutlich – und dann antwortete eine schwere Zunge: »Prosit, Volk vom Rheingau, Prosit, mein alter Friedrich!«

Es folgte ein schepperndes Geräusch: Schwere Kannen oder Krüge stießen aneinander. Unzweifelhaft war es Hilchen von Lorch. »Auf unsere Brüder hier auf der Heide! Auf unsere adligen Freiheiten! Keine Steuern, keine Abgaben! Ja, prost, ihr Lumpen! Hoch den Humpen! Wir, die Edlen des Rheingaus … ja, wir, die Herren und das Volk! Und dazu noch das ganze mächtige Erzbistum von Moguntia – *ein* Bund! Ha, der Götz und sein Odenwälder Haufen. Das haben die prima eingefädelt. Auf unsere freien adligen Güter und …«

Ab da konnte ich nicht mehr richtig verstehen, denn der Rufer wurde leiser und wurde zudem übertönt von einem vielstimmigen Jubel, anschließend setzten Trommeln und Pfeifen ein. Was hatte das alles zu bedeuten? Hilchen von Lorch im Lager? Friedrich? Was hatte der Hinweis auf das Erzbistum zu bedeuten?

Näher herankommen, mehr verstehen! Dann morgen dem Abt berichten …

Doch halt! War ich verrückt geworden? Niemals würde ich Abt und Konvent gegenüber meinen nächtlichen Ausflug rechtfertigen können, die Strafe würde mir gewiss sein, gleich, was ich auch erlauscht hatte und an wichtigen Informationen würde präsentieren können.

»Du bist nicht hier, um den Lagergesprächen zuzuhören, sondern um jemanden zu suchen«, flüsterte ich mir selbst zu.

Da kam mir ein Gedanke.

Gebückt schlich ich den aufgeschütteten Wall entlang. Mein Weg führte wieder hinauf, in Richtung Kloster. Gleichzeitig hatte ich darauf zu achten, nicht durch Henns zurückkehrenden Spähtrupp entdeckt zu werden.

Nun musste die kleine Birkengruppe kommen, an welcher der Bach ins Lager einmündete. Im Mondlicht konnte ich schon die weißen Stämme erkennen. Hier wollte ich mich hineinschleichen und meine Suche beginnen. War der Zugang frei oder hatten ihn die Bauern gesichert?

Ich hatte Glück: Rechts und links des Gewässers endete jeweils der Wall. Der Bach schien ungehindert ins Lager hineinzufließen. Näher schlich ich heran. Ich trat vorsichtig in den Bach und versuchte dabei, die Füße möglichst auf große Steine zu setzen, die über die Wasseroberfläche ragten. Es gelang nur teilweise. Nun war meine Hose nicht nur schmutzig vom Erdreich, sondern auch noch nass, ganz zu schweigen von den *calcii nocturnales*. Irgendwie musste ich morgen versuchen, die Kleidung zu verstecken. Wenn ich überhaupt noch einmal heil in mein Kloster kam.

Im sanft plätschernden Wasser passierte ich den Wall. Ich war im Lager, aber weit entfernt von den Aufständischen, von ihren Zelten und Hütten.

Plötzlich hörte ich unmittelbar neben mir am Boden ein grunzendes Geräusch. Ich fuhr zusammen. Einer der Bauern lag auf dem Boden und schnarchte friedlich vor sich hin. Er trug ein Kettenhemd und hatte ein Kurzschwert am Gürtel, wie es zur Ausrüstung der Rheingauer Landbevölkerung gehörte. Neben ihm steckte der Schaft einer Hellebarde in der Erde, daneben lagen ein umgefallener Krug und ein Becher. Schließlich gewahrte ich hinter dem Schläfer einen Stapel sauber aufgeschichteter Rundhölzer, etwa armdick.

Schlaf du nur deinen Rausch aus, mein lieber Wachtposten, dachte ich, wahrscheinlich hat dir unser Klosterwein den Kopf benebelt. Du hältst mich jedenfalls nicht auf.

Er nicht, aber ein Stein.

Mich immer noch im Bach fortbewegend, verlor ich für einen Moment das Gleichgewicht – ich war wohl auf einen allzu glitschigen, vielleicht bemoosten Stein getreten –, ich ruderte mit den Armen, allein es nützte nichts, ich fiel rücklings zu Boden. Mein Kopf prallte schmerzhaft auf etwas Hartes, dann wurde es dunkel.

Ich weiß noch, dass ich, obwohl alles so schnell ging, für einen Sekundenbruchteil den Eindruck hatte, jemand hätte ein schwarzes Tuch über den Mond geworfen. Ich fiel in Ohnmacht.

Als ich wieder zu mir kam, blickte ich in das Gesicht Evas.

Ja, es war Eva, die Versucherin. Eine Haut wie von Seide, die Gesicht und Körper umspannte.

Die innen nichts als Dreck verbarg!

———•———

»Hoppla«, meldete sich Peter, »das kennen wir. Das Weib – ein Seidensack voll Dreck, das ist beste frauenfeindliche Tradition, die sich von den Kirchenvätern herleitet. Mein lieber Mönch, bedenke, dass …«

Ich gab ihm mit einer Handbewegung zu verstehen, dass ich fortfahren wollte.

———•———

Doch diese harte Äußerung mache ich heute. In der Wirklichkeit jener Nacht aber erschien mir jene Nachfahrin des ersten Weibes zart und hold wie eine Frühlingsblüte. Ich blickte in das lieblichste Paar Augen, das ich je bei einem Mädchen gesehen, sie schienen mir strahlender als die Opale an unseren Messkelchen. Dass sie ein wenig zu weit auseinander standen, gab ihrem Gesicht etwas Geheimnisvolles. Ich blickte genauer hin, und mein Blick wurde allmählich klarer. Das freundliche Wesen hatte glattes, schulterlanges, dunkles Haar. Eine Strähne fiel ihr ins Gesicht, sie versuchte mehrere Male, sie zurückzustreichen, vergeblich. Ins Haar war ein buntes Band geflochten, das die vorwitzige Strähne jedoch ebenso wenig zu bändigen vermochte. In dieses Band schienen Glasperlen eingearbeitet, jedenfalls blitzte das Mondlicht von ihrer Stirn – und konnte doch nicht mit dem milden Leuchten ihrer Augen konkurrieren. Ihr Blick war – wie soll ich sagen – wie die erste wärmende Sonne im April.

»Du warst eine Weile bewusstlos. Bist böse aufgeschlagen«, sprach sie angenehm leise. »Ich habe dich von Weitem beobachtet. Wer bist du? Einer von uns?«, fragte sie. Aufmerksam durchforschten ihre schönen Augen mein Gesicht. »Ein Mohr aus dem Morgenland? Ein Türke gar? Dann gnade mir Gott.«

Sie musste auf mein geschwärztes Gesicht anspielen; in ihrem Ton lag Scherz, lag Koketterie.

»Warte, ich sehe nach deinem Kopf, ich lege dir etwas unter.«

Es war höchste Geborgenheit, es war Frieden und Glück, was mich durchströmte, innerlich wärmte und Nässe, Kälte und Kopfschmerz in den Hintergrund treten ließ.

Nicht den Kopf, stach ein Gedanke in das wohlig-weiche Glücksgefühl: nicht den Kopf!

Doch schon hatte sie ihre Hand unter mein Haupt geschoben – die Kappe hatte ich wohl verloren –, zögerte kurz, als sie die Tonsur fühlte, und vorsichtig fuhr sie die Corona entlang bis zu meinem linken Ohr.

Ich war verraten! Gleich musste sie Alarm schlagen.

»Ein Mönch«, sagte sie staunend und plötzlich fiel ein heller Schein auf mich und blendete meine Augen. Sie hatte nach einer Laterne gegriffen, die ich noch nicht bemerkt hatte, und hielt sie über meine Brust. Dann beugte sie sich herunter und betrachtete noch einmal intensiv meinen Kopf. »Kein Zweifel, du bist ein Mönch.«

Im Lichtschein erkannte ich, dass sich ihr Mund zu einem Lächeln öffnete und den Blick freigab auf eine Reihe kleiner, makelloser Zähne. Zwischen den beiden vordersten Schneidezähnen der oberen Reihe befand sich eine kleine, reizvolle Lücke, die, ich weiß nicht warum, immer wieder meinen staunenden Blick einfing.

»Bruder Clemens ist mein Name, ich bin Infirmar in Eberbach«, sagte ich matt. »Verrate mich nicht, denn ... ich habe hier eine ... Mission zu erfüllen.«

»Infirmar, was ist das?«

»Das heißt, ich bin der Siechenmeister.«

»Der Siechenmeister? Ihr kümmert Euch um die kranken Mönche? Mir scheint aber, jetzt habt Ihr selbst Krankenpflege nötig. Und eine ›Mission‹ habt Ihr zu erfüllen, aha«, sagte sie mit einer Prise Spott.

»Ich bin auf der Suche nach jemandem. Vielleicht kannst du mir ja helfen.«

»Einen Augenblick, Frater Clemens, ich hole Euch etwas zu trinken.«

»Nein, warte, Mädchen.« Ich ergriff ihre Hand und hielt sie fest. »Wo bist du her?«

»Aus Geisenheim komme ich.«

»Wie ist dein Name?«

»Marie.«

So lernte ich das Mädchen kennen, das den Namen der Gottesmutter trug. Sie hielt meinen Kopf in ihrem Schoß. Sie gab mir zu trinken und sie verriet mich nicht. Sie ließ mich ziehen.

Und sie gab mir Hoffnung auf ein Wiedersehen.

»Komm morgen Nacht wieder«, sagte sie und streichelte mein Gesicht zum Abschied.

Nie zuvor hatte ich so empfunden.

V. Vulnerasti cor meum

Ein strahlend blauer Himmel leuchtete am nächsten Morgen über dem Rheingau und tauchte Abtei und Wacholderheide in ein frühsommerliches Licht, das die Gesichter meiner Mitbrüder mit einem Hauch von Frohmut erfüllte. Gleichzeitig ging ein frischer Wind, der die Wäsche auf den Leinen trocknete, Bäume und Büsche kräftig durchrüttelte und altes Laub vom Vorjahr lustig tanzen ließ. Gierig sog ich die Luft ein. Sie hatte einen guten Geruch.

Es ist immer wieder erstaunlich, wie ein freundlicher Tag mit lachender Sonne die Gesichtszüge beeinflusst, auch bei uns Brüdern, die wir uns ganz dem kontemplativen Leben verschrieben haben und stets in heiterem Gottvertrauen durchs Leben gehen sollen: Sonne am Firmament, eine frische Brise dazu, das bewirkt Strahlen in den Augen wie blühende Frühlingsblumen; grauer, konturloser Himmel, Luft ohne Bewegung heißt dagegen Winter im Blick.

So zeigten auch heute die Konventsmitglieder eine entspannte Heiterkeit. Man hätte meinen können, einen ganz normalen Tag zu erleben, wäre nicht die Bauernerhebung gewesen. Es gab eigentlich nur einen Mönch, der mit einem Flackern im Blick herumlief, sich in Unrast die Hände rieb und den anderen auswich, wo es nur ging.

Das war Bruder Clemens Korn von Oppenheim. Ich.

Nach meiner Rückkehr hatte ich mich zunächst davon überzeugt, dass es Bruder Wendelin gut ging. Er atmete etwas röchelnd, aber regelmäßig, seine Stirn war noch recht warm. Die Dosis Laudanum hatte als Schmerz- und vor allem Schlafmittel gut gewirkt. Ich erneuerte die Wadenwickel, dankte Gott und sprach noch einmal ein Gebet um Vergebung. Schließlich betrat Fulbert das Infirmarium, um sich zum Dienst zu melden. Er bot an, die nächste Nachtwache zu übernehmen, was ich brüsk ablehnte. Mein Ton war wohl derart schroff, dass der Subinfirmar erschrak.

Das Mädchen ging mir nicht aus dem Sinn; ich konnte die Gedanken nicht verdrängen. Ich wollte es auch nicht. Immer wieder stellte ich mir vor, wie sie sich um mich gekümmert, meinen verwundeten Kopf liebkost hatte. Die Wärme ihrer Berührung, die zarten Gesten.

Selbstverständlich musste ich beichten. Mit meinem nächtlichen unbefugten Davonstehlen hatte ich mich schuldig gemacht, mehr noch durch meine Gedanken, die nur um jenes Mädchen kreisten. Mein Beichtvater war der Abt höchstpersönlich. Ich konnte, ich durfte Marie niemals wiedersehen. Und doch schmiedete ich bereits neue Pläne für die nächsten Eskapaden. *Quam pulchra es, amica mea. Quam pulchra!*

Im Kapitelsaal dann stand ich unerwartet im Mittelpunkt. Zunächst wurden wie immer allgemeine Klosterangelegenheiten besprochen. Ich musste Rapport geben von der Krankenstation und berichtete zerstreut, dass Bruder Wendelin weiterhin stationär behandelt werden müsse. Die Pflege des Kranken war nur ein Punkt von vielen, und ich glaubte, mich damit wieder ins hübsche Gebäude meiner Gedanken zurückziehen zu können. Da spürte ich plötzlich den durchdringenden Blick des Abtes, fast wie eine Berührung.

»Frater Clemens!«, ergriff er das Wort und wies mit dem ausgestreckten Arm auf mich. Seine Stimme kam mir scharf und anklagend vor. Oder war es nur eine Täuschung, hervorgerufen durch mein Schuldgefühl? Jetzt ist es so weit, dachte ich, jemand hat mich heute Nacht beobachtet.

»Frater Clemens, du bist uns noch eine Auskunft schuldig«, fuhr Nikolaus fort.

Mir wurde heiß, als stäke ich in einem Kessel auf einer Feuerstelle. Ich merkte, wie ein Rinnsal unter der rechten Achsel hinunterlief. Man musste mich wirklich bemerkt und verraten haben …

»Vorgestern wurden wir an dieser Stelle unterbrochen, als du uns erzählen wolltest, wer da an der Klosterpforte so anmaßend aufgetreten ist. Berichte uns bitte! Der Pförtner hat uns gestern, als du nicht am Kapitel teilnehmen konntest, schon einen Hinweis gegeben. Wir alle können es kaum glauben: Es soll Kunz aus Martinsthal gewesen sein. Sprich, verhält es sich wirklich so?«

»Ehrwürdiger Abt, liebe Brüder«, hob ich an, erleichtert – ich war gerettet! »Ja, es ist so. Ich bin sicher. An der Pforte war kein anderer als Kunz. Unser ehemaliger Laienbruder Kunz Feldmann, der uns einst unter – wie soll ich sagen – unwürdigen Umständen verlassen musste.«

Nervöses Murmeln erhob sich auf den Bänken, manche Brüder blickten einander besorgt an.

»Während des Gesprächs«, erzählte ich weiter, »hatte ich die ganze Zeit den Eindruck, den Mann zu kennen – zumal er sogar seinen Vornamen genannt hat –, aber kein Wunder, dass mir nicht sofort ein Licht aufging. Sein Kopf ist nahezu kahl, und auch sein Gesicht ist glatt rasiert; gerade dass er nicht mehr den dichten Konversen-Bart trägt, lässt ihn völlig verändert erscheinen. Und schließlich ist es ja schon einige Jahre her, dass ich ihn zuletzt gesehen habe. Zudem ist er durch ein blaues Auge im Moment etwas entstellt.«

»Kein Wunder, rauflustig war er ja schon immer«, warf der alte Bruder Hugo ein, der Konversenmeister. Neben ihm rutschte ein junger, schüchterner Mitbruder namens Theobald, der in der Küche Dienst tat, auf seinem Sitz herum, als wolle er eine wichtige Mitteilung machen. Andere Jüngere zuckten verständnislos mit den Schultern.

»Wie dem auch sei«, sagte der Abt, »wir wissen Bescheid, dass sich da draußen jetzt ein«, er hob den rechten Zeigefinger, »ein *homo malignus* aufhält, ein boshafter, gefährlicher Mensch, der dem Kloster ganz gewiss alles andere als wohlgesonnen ist, aber das sollte uns nicht …«

»Herr Abt«, unterbrach ihn Prior Jakob, »lass uns den Neuen im Konvent erklären, was es mit diesem Kunz auf sich hat.«

»Wohlan denn, Bruder Prior, erkläre du die Hintergründe«, lenkte Nikolaus ein, setzte sich aber nicht, sondern blieb an der Säule stehen und lehnte sich mit einer Schulter dagegen.

»Der Laienbruder Kunz Feldmann aus Martinsthal«, hob Jakob an, und seine Stimme klang, als wäre er ein Richter, der über den ehemaligen Konversen ein Urteil zu sprechen hätte, »hat vor einigen Jahren unseren Konvent verlassen müssen. Er hat sich in seinem Verhalten, in seinem gesamten Lebenswandel als unwürdig eines Zisterzienserbruders erwiesen.«

»Erlaube, dass ich dich unterbreche«, warf mit demütiger Stimme der Konversenmeister ein, »es war ziemlich genau vor sieben Jahren. Ich weiß es, weil damals die sogenannten Thesen jenes Doktor Martinus Luther neu und in aller Munde waren.«

»Vielen Dank für den wertvollen Hinweis, Bruder Hugo«, antwortete Jakob schneidend, »wenn du es so genau weißt, dann muss es wohl stimmen. Auch wenn es mir und uns allen wehtut und der Würde unseres

Klosters nicht zur Ehre gereicht, dass du den Namen jenes entlaufenen Wittenberger Mönches ausgerechnet bei unserem heiligen Kapitel im Munde führst. Das, Bruder Hugo, muss nicht sein.«

»Erfurter Mönchs, wenn schon!«

»Erfurt oder Wittenberg – das tut doch wohl nichts zur Sache. Was interessieren mich diese Städte?«, entgegnete Jakob gereizt. »Soviel ich weiß, vagiert der Doktor Lügner zwischen diesen beiden Orten der Häresie und des Lasters hin und her und ist mal hier, mal dort.«

»Fahre bitte jetzt mit dem fort, was du erzählen wolltest, Jakob«, meldete sich der Abt mit besänftigender Stimme zu Wort, sichtlich bemüht, die aggressive Stimmung nicht eskalieren zu lassen. »Zweifellos ist die Würde dieses Ortes über die Nennung des Namens jenes Ketzers erhaben.«

»Kunz Feldmann war immer ein unbequemer Mitbruder«, nahm Jakob den Faden wieder auf, »er hat sich beständigen Ungehorsams schuldig gemacht.«

»Was heißt das?«, wollte einer, der auf der Kreuzgangseite saß, wissen.

»Kunz war als Arbeiter in unserem Mainzer Stadthof und später auf der Grangie Neuhof eingesetzt. Doch sein ganzes Streben zielte darauf, sich in die Abtei versetzen zu lassen. Es ist ungewöhnlich, aber aus irgendeinem Grund konnte er von Haus aus ein wenig lesen und hat diese Fertigkeit in Mainz noch weiter entwickelt. Ein Bruder hat ihn darin unterwiesen. Kunz forderte Zugang zu den Büchern, zur Bibliothek. Ja, ich glaube, letztlich war es sein Anliegen, in den Stand der Chormönche aufgenommen zu werden!«

Der Prior machte eine kunstvolle Pause und ließ seine Worte wirken.

»Ihr wisst, Brüder, dass es so etwas nach unseren Ordensstatuten nicht geben darf und auch niemals gegeben hat. Die Aufgabe der Konversen ist es zu dienen und zu arbeiten, wie es unser Herr der Martha zugewiesen hat. Wir Herrenmönche dagegen lauschen dem Wort Christi wie *Maria*« – an dieser Stelle zuckte ich zusammen – »wir studieren das Wort des Herrn und legen es aus, und wir singen sein Lob siebenmal am Tage. Wir haben wie Maria das gute Teil erwählt und es soll nicht von uns genommen werden. Wo kämen wir hin, wenn die Schranke zwischen Laien und Mönchen fallen würde? In meinen schlimmsten Albträumen sehe ich sie, wie sie die Chorschranke in der Kirche niederreißen und uns überrennen, so wie die Frösche und Heuschrecken im alten Ägypten die

Paläste des Pharao!« Er hatte sich in Rage geredet und ruderte heftig mit den Armen hin und her.

»Lieber Bruder Prior, wir wollen bei der Realität bleiben«, fiel der Abt ein und löste sich von der Säule, »die Gefahr, die du da in derart apokalyptischen Ausmaßen skizzierst, besteht nicht, haben wir doch gerade mal noch an die vierzig Konversen. Wir sollten dankbar sein, wenn wenigstens diese bleiben und es nicht noch weniger werden.«

Der Abt hatte Recht. Die Zahl der Laienbrüder war seit Jahrzehnten rückläufig. Das lag weniger an der neuen Lehre der sogenannten Evangelischen, sondern einfach daran, dass andere Orden, etwa die Franziskaner und Dominikaner in den Städten, aber auch die Kartäuser mit ihrer rigorosen Strenge, die wir schon lange nicht mehr in dem gebotenen Maße aufbrachten, wesentlich attraktiver erschienen als wir Zisterzienser.

»Jedenfalls mussten wir damals Kunz aus dem Konvent ausschließen«, fasste Nikolaus zusammen. »Als wir ihn an seine Pflicht gemahnten, den Gehorsam einforderten, den er seinen Ordensoberen schuldig ist, da reagierte er verstockt. Er machte seine Arbeit nicht mehr richtig, ja der Grangienmeister hat ihn sogar einmal mit einer Magd erwischt – im Stall, wie ein … wie ein geiler Bauernknecht. Was für eine Schande! Heißt es doch im Kapitel 28 der *regula*: ›Will der Untreue gehen, so gehe er, damit nicht das eine räudige Schaf die ganze Herde anstecke.‹ Nun, Kunz ist nicht von selbst gegangen. Er musste gehen. Ich habe es verfügt und bestimmt kraft meines Amtes.«

Der Abt machte eine Pause und starrte zur Decke, wo eine verirrte Wespe bedrohlich summend umherflog. Der Prior hatte sich wieder hingesetzt.

»Es war keine gute Zeit damals. Kurz darauf haben wir noch Konrad verloren. Auch ihn musste ich des Klosters verweisen.«

Bei der Nennung dieses Namens zuckte ich erneut zusammen. Konrad!

»Fasse dich, Clemens«, flüsterte der neben mir sitzende Abtskoch Gerhard. »Nimmt dich die Sache so mit?«

Doch sofort wurde ich abgelenkt, denn der junge Mitbruder Theobald, der die ganze Zeit unruhig auf seinem Sitz hin und her gerutscht war, gab Handzeichen. Erstaunt erteilte ihm Nikolaus das Wort.

»Erlaubt, hochwürdiger Abt«, sagte Theobald. »Ich muss Euch informieren, dass ich diesen Kunz gesehen zu haben glaube.«

»Sprich!«

»Es war gestern am späten Nachmittag.« Theobald erhob sich zögernd und strich sich über seine zarten, mädchenhaften Wangen. »Ich kenne ihn zwar nicht, aber ich vermute, dass er es sein muss. Die Beschreibung von Frater Clemens war ja eindeutig: ein Mann mit Glatze und einem blauen Auge. Es sah irgendwie … bizarr aus, wie er da mit seinem Veilchen über die Mauer glotzte.«

Ich horchte auf.

»Über die Mauer, sagst du?«, rief der Abt erschrocken. »Wo war das?«

»Das war vorn, etwa auf der Höhe des Fischteichs. Wo das Gebüsch ist.« Erneut spürte ich Erleichterung. »Die Burschen müssen eine Leiter von außen angelegt haben.«

»Ja, anders ist das sicher nicht zu erklären«, riss Prior Jakob das Wort an sich. »Aber du sprichst von Burschen, waren es denn mehrere?«

»Erst hat der mit dem blauen Auge herübergeschaut. Dann hat er eine Handbewegung gemacht, als wolle er jemanden herbeiwinken. Und kurz darauf verschwand seine Fratze von der Mauerkrone und ein anderes Mordbubengesicht tauchte auf.«

»Konntest du etwas hören?«, schaltete sich der Abt wieder ein.

»Nein, ich war zu weit weg. Ohnehin wollte ich nur ein paar Kräuter im Garten abschneiden.«

Ein betretenes Schweigen trat ein. Theobald blickte unsicher den Abt an, dann den Prior, schließlich setzte er sich, als keiner ihm weitere Fragen stellte.

Anschließend wurden noch weitere Punkte des klösterlichen Lebens besprochen. Als alles gesagt und die Schlussformel gegeben war, ging der Konvent nicht an die Arbeit oder zur Lektüre im Kreuzgang, sondern begab sich gleich zur Terz und zur anschließenden Messe in die Kirche, weil die Versammlung diesmal außergewöhnlich lang gedauert hatte. Klar war, dass wir uns vor diesem Kunz zu hüten hatten, womöglich führte er einiges im Schilde.

Ich selbst hielt einen Hinweis zurück, den ich an dieser Stelle noch hätte geben können, geben müssen. Als damals Kunz unehrenhaft des Klosters verwiesen worden war, war er noch, kurz bevor er endgültig ging, im Infirmarium aufgetaucht.

Er bat mich, ihm noch einen frischen Verband anzulegen, da er sich im Stall von Neuhof die linke Hand gequetscht hatte. Diesen Dienst wollte ich ihm nicht verweigern. Während ich die Wunde säuberte, blickte er mich grimmig an, mit Augen wie Dolche.

»Eines Tages sehen wir uns wieder. Das werden dann andere Zeiten sein, wenn es mit euch sogenannten Herrenmönchen zum Teufel geht.«

»Geh in Frieden, Kunz, und lass auch uns in Frieden. Gott möge dir vergeben«, war alles, was ich, mich bekreuzigend, damals antworten konnte.

Das alles hätte ich schon zu jener Zeit dem Konvent berichten können, aber ich wollte die aufgeschreckten Brüder nicht noch mehr verunsichern. Und auch heute sagte ich nichts.

Kunz' Drohung, dass man sich wiedersehen werde, war eingetreten. Doch was lag mir an Kunz? Ein anderer war es, der mich interessierte. Sein Name war genannt worden: Konrad. Und nun, da Kunz aufgetaucht war, erschien es mehr als wahrscheinlich, dass auch Konrad in seinem Gefolge war, dass *er* es in der Tat war, den ich bei der Rückreise von Köln im Vorbeifahren gesehen hatte. Ich musste an Jakob und Esau denken, die einander wiederbegegnet waren, und hegte Hoffnung.

Im Stillen machte ich Pläne für meine nächste nächtliche Exkursion. Ich redete mir ein, dass ich Gewissheit über Konrad haben müsse, und wusste doch im Herzen, dass ich zugleich – vielleicht noch mit viel größerem Verlangen – eine andere Person wiedersehen wollte. Sie, die mir das Herz verwundet hatte.

Überall sah ich *sie*. Ich sah sie in den spitzbogigen Fenstern von Krankenhaus, Kreuzgang, Kapellen, Kirche. Ich hörte ihre Stimme im Chorgesang, im Zwitschern der Amseln, im Rauschen des Windes. Sie erfüllte meine Gedanken während der Horen, während der Ruhe, während der Arbeit. Marie.

Es war nicht die *caritas*, die heilige, die brüderliche, die auf Gott und das Wohl der Schöpfung ausgerichtete Liebe, es war der *amor*, die stets unter der Herrschaft der Sünde stehende Liebe zwischen Mann und Weib, die mich infiziert hatte wie eine Krankheit. Bemerkenswert, dass es für die Liebe in der Volkssprache nur einen Ausdruck gibt, im Lateinischen dagegen, der Sprache des Glaubens und der heiligen katholischen Kirche, zwei verschiedene, welche das jeweilige Phänomen präzise benennen.

Am Nachmittag ging ich durch den Klostergarten zu dem Ort, wo Bruder Theobald die beiden Männer gesehen hatte. Ich trat an das dichte Gebüsch heran, das an dieser Stelle die Mauer auf der Innenseite säumte. Immer noch blies der Wind heftig und ließ die Sträucher hin und her schwanken.

Plötzlich trat eine hagere Gestalt aus dem Gebüsch. Sie bewegte sich vorsichtig und schaute sich unsicher um; dann erblickte sie mich. Ich erkannte Bruder Emrich Reser, den Bursar, an seiner hoch aufgeschossenen Gestalt und seinem seltsam weichen Gang und trat noch näher heran. Was hatte der Finanzmeister der Abtei hier an der Mauer zu schaffen?

»Emrich«, sprach ich ihn an, »du hier?«

»Du bist ja auch hier, mein lieber Infirmarius«, konterte er, »was führt dich denn gerade hierher?«

Ich wunderte mich über seine Angriffslust. »Nun ja«, entgegnete ich, »ich wollte mal schauen, ob die Mauer hier ... ich weiß selbst nicht so genau, vielleicht wollte ich einmal nachsehen, ob ...«

»... ob die Mauer noch da ist, was?«

»... ob noch niemand die Mauer überstiegen hat.« Ich lächelte und gleichzeitig ärgerte ich mich, dass ich mich so hatte überrumpeln lassen. »Aber du, mein lieber Bursarius«, spielte ich den Ball zurück, »nach deiner schweren Erkältung solltest du besser nicht bei solch einem Wind hier herumschleichen. Rasch ist man ausgekühlt, und wenn so ein Rückschlag dich trifft, wird alles noch viel schlimmer und kann lebensgefährlich werden.« Als ich merkte, dass er unsicher wurde, setzte ich nach: »Wieso warst du denn überhaupt dort in dem Gebüsch? Hast du etwas gesucht?«

Emrich wurde bleich und wand die Hände. Zweifellos war er verlegen. Manchmal, und nicht nur, wenn er in die Defensive getrieben wurde, hatte seine hohe Stimme etwas Schlaffes, Jammerndes.

»Ich, ich ...«, druckste er herum, »ja, also, auch ich wollte hier mal nach dem Rechten sehen, an der Mauer ... eben. Und da, da überfiel mich plötzlich ein menschliches Bedürfnis, ich musste mich erleichtern. Durchfall, weißt du, Clemens. Durchfall! Es hat einfach voll durchgeschlagen ... und da gab es nur noch das Gebüsch.«

Um mich vollends zu überzeugen, legte er sich die Hände auf den Unterleib und krümmte sich ein wenig, als habe er heftige Leibschmerzen. »Geh dort nicht hin, Bruder, es stinkt entsetzlich.«

Ich war sicher, dass ihm eben spontan diese Lüge eingefallen war. Die Schauspielerei war offensichtlich. Weil ich ihn aber nicht brüskieren wollte, lenkte ich ein und empfahl ihm, binnen kurzem im Krankenhaus vorzusprechen: »Wie du weißt, haben wir dort ein paar gute Mittel gegen solche Darmprobleme. Wenn ich nicht da bin, wird dir Fulbert einen Tee aus Blutwurzel und Eichenrinde aufgießen. Er weiß Bescheid. Im Übrigen heute keinen Wein beim Abendessen!«

Die Erleichterung, dass ich auf seine Ausreden einging, war Emrich deutlich anzusehen.

»Und vor allen Dingen, mein lieber Bruder, musst du ...«

»... viel trinken, ich weiß, ich weiß.«

Die Mönche wussten ein Lied davon zu singen, dass ich ihnen immer wieder predigte, genügend Flüssigkeit zu sich zu nehmen, manchmal verspotteten sie mich oder äfften mich sogar nach.

»Viel trinken, ja«, wiederholte ich ernst, »gerade bei Durchfall ist das ganz besonders wichtig, damit du nicht austrocknest. Ich bestehe darauf, dass du gleich hinübergehst zu Fulbert; ich habe noch etwas zu erledigen.«

Emrich schlich von dannen, sichtlich froh, mich losgeworden zu sein.

Auch ich machte mich auf und ging in Richtung Kirche, um eine Privatmesse zu zelebrieren. Als ich das Friedhofsgelände am südlichen Seitenschiff der Kirche erreicht hatte, drehte ich mich noch einmal um und schaute zurück. Da huschte erneut, gewandt und hurtig, eine Gestalt im schwarzweißen Zisterzienserhabit aus dem Gebüsch! War es Emrich, der noch einmal zurückgegangen war? Doch nein, dieser Mann schien mir bedeutend kleiner. Ich schüttelte den Kopf und schloss die Augen. Als ich zum zweiten Mal hinschaute, war die Gestalt verschwunden. Hatten mich meine Augen getrogen, meine Fantasie mir einen Streich gespielt?

Der Wind schnitt unheilvoll wie ein scharfes Schwert.

In dieser Nacht wollte ich wieder aufbrechen. Ich legte meine noch etwas feuchte Kleidung bereit und begab mich nach der Komplet in das Infirmarium. Bruder Wendelin war offenbar noch sehr erschöpft von seiner Krankheit und schlief fest wie ein Säugling. Offensichtlich war er auch vom Laudanum noch immer sediert. Als ich den kranken Bruder sah, wie er mit offenem Mund vor sich hin schnarchte, wurde mir bewusst, wie müde ich selbst war, hatte ich doch mehrere Stunden meiner Nachtruhe einer Kraft raubenden Expedition geopfert. Dazu die Aufregung, ja Erregung – kurz, ich beschloss, mich eine halbe Stunde hinzulegen und dann mit frischen Kräften aufzubrechen und weiterzuforschen nach Konrad – und, wie ich mir eingestand, nach dem Mädchen.

Als ich aufwachte, zwitscherten die ersten Vögel. Ich hatte die Nacht verschlafen! Draußen erklang die Glocke zu den Laudes. Ich zog mich rasch an und eilte – immer noch voller Müdigkeit – der Kirche zu. Als der Gottesdienst vorbei war und wir hinausmarschierten, erhaschte ich einen verstohlenen Blick des Bursars. Sobald er mich bemerkte, schaute er zu Boden.

Nach der Prim begab ich mich in den Kreuzgang, um zu meditieren. Da hörte ich aus dem Konventskeller ein heftiges Rumoren. Der Konventskeller war in alten Zeiten der Arbeitsraum der Mönche gewesen, einstmals Skriptorium, dann auch Fraternei genannt; hier wurden kostbare Codices in mühevoller Handarbeit abgeschrieben. Doch seit etwa einem Menschenleben war dieser Raum zu einem Weinkeller umfunktioniert worden. Neugierig geworden, legte ich mein Ohr an die Tür. Vage konnte ich drinnen einen Wortwechsel wahrnehmen. Ich erkannte die Stimme des Cellerars und des Abtes, vernahm aber nur Wortfetzen:

»... noch zwei Fässer ...«

»... Leiterwagen ... nicht ...«

»... heute Morgen noch ...«

Darauf konnte ich mir keinen Reim machen und wurde noch neugieriger. Auf einmal tippte mir jemand auf die Schulter. Es war der alte Eberhard. Ich fuhr zusammen.

»Eberhard, Ihr habt mich erschreckt!«, rief ich.

»Junger Bruder! Lauschen an der Tür zum Skriptorium, das schickt sich aber nicht. Der Abt weiß schon, was er tut«, tadelte der alte Mitbruder und zog mich von der Tür weg. An seinen beiden Mundwinkeln floss Speichel. Es war kurios, dass der Greis den Konventskeller immer noch bei seinem alten Namen nannte.

»Eberhard, was wisst Ihr?«, fragte ich.

»Jaja, was weiß der alte Eberhard? Er weiß viel, was andere nicht wissen«, sagte der Alte schelmisch und legte den Kopf auf die Seite. »Hat schon eine Menge gesehen in seinen vielen Jahren, die ihm der gute Herr im Himmel geschenkt hat. *Beneficia et maleficia*, Wohltaten und

Sünden, jaja.« Er rülpste sanft, schaute selbstzufrieden drein und lächelte zahnlos.

Ich wartete, bis er fortfuhr. Inzwischen hatten sich noch drei oder vier andere Mönche um uns herum versammelt, die ihre Andacht im Kreuzgang der *curiositas*, der Neugier, geopfert hatten. Einer von ihnen war Karl, dessen mürrisches Gesicht mir heute besonders blass erschien. Aber seine Augen blickten erwartungsvoll unter der pickeligen Stirn hervor.

Eberhard schaute triumphierend in die Runde, stolz, ein Publikum für seine Ausführungen zu haben. »Jaja, meine Mitbrüder. Heute Morgen in aller Frühe, da war jener wieder am Tor, der über die Mauer geschaut hat. Ich kann mir den Namen nicht merken, hieß er nicht Hund? Oder Jud?«

»Er hieß Kunz, Bruder Eberhard«, antwortete Karl, »Ihr müsst ihn doch noch kennen. Hat er doch damals …«

»Jaja, damals«, fiel Eberhard ein, »das ist der Feuerteufel, der Brandstifter, welcher einst . . .«

»Nein, Bruder Eberhard, das war nicht der Brandstifter«, korrigierte ich, »die Brandstiftung, das ist doch schon über zwanzig Jahre her. Das gestern und heute war *Kunz*. Er hat …«

»Kurt, jaja, ich weiß. Der Konverse, ich kenne ihn, ich weiß, ich weiß.«

Wir schauten uns betreten an. Es war eine Mischung aus Respekt, wie man ihn dem hohen Alter entgegenbringt, und dem spöttischen Abscheu, dem peinlich berührten Sich-Abkehren vor der Senilität, eine Wanderung auf schmalem Grat.

»Kurt, ja, der Abt hat es gesagt«, fuhr der Alte fort. »Der Kurt jedenfalls war heute Morgen da, gleich nach Sonnenaufgang, und hat gefördert, nein, nein, gefordert …«

Eberhard neigte das Haupt und ächzte schwer. Sogleich waren hilfreiche Arme da, um ihn zu stützen und ihn zu einer Bank zu geleiten, die normalerweise als Sitzplatz zur frommen *meditatio* diente.

»Setzt Euch, Vater Eberhard«, sagte ich, »ruht ein wenig.«

Als der Greis sich gesetzt hatte, machte er Anstalten, weiter zu erzählen, doch erneut erschütterte ein Aufstoßen seinen ganzen Körper.

»Das Große Fass!«, platzte er schließlich unvermittelt heraus. »Unser Großes Fass im Skriptorium! Jetzt verlangen sie nicht mehr irgendeinen Wein, sondern sogar den besten, Brüder, den allerbesten …«

»Und der Herr Abt gibt der Forderung nach?«, fragte Karl und biss sich auf die Lippen. In diesem Augenblick öffnete sich die Tür zum Konventskeller und der Cellerar trat heraus.

»Ja, der Herr Abt gibt der Forderung nach«, sagte er grimmig. »Und auch ich gebe ihr nach«, ergänzte er traurig. »Ich muss ihr nachgeben. Was bleibt mir anderes übrig? Fünf Viertelstückfässer bekommen sie, wir haben eben abgefüllt aus dem Großen Fass.«

»Wenn das so weitergeht«, bemerkte ich, »saufen sie uns noch den ganzen Wein weg. Den ganzen Lagerbestand.«

»Und am Ende sind alle blau und werden erschlagen von den Truppen des Truchsess«, höhnte ein Mitbruder.

»Wenn das so weitergeht«, nahm der Cellerar streng meine Worte auf, und sein Feuermal glühte wie ein Fanal, »dann haben wir hier bald nichts mehr für uns selbst. Sie haben nicht nur unseren besten Wein bestellt, sondern auch ein Dutzend Gänse, vierzig Hühner, eine große Menge Käse und Butter und natürlich Brot in solchen Mengen, die das Volk Israel auf der Wüstenwanderung satt gemacht hätte. Die fressen uns arm!«

»Mein Gott, mich dünkt, es ist wie in der Offenbarung des Johannes«, sagte Karl mit krächzender Stimme und kaute auf der Unterlippe herum. »Die Heiden, die vom Wein ihrer Hurerei …«

Da öffnete sich erneut die Tür. Abt Nikolaus trat harten Schritts heraus und stemmte die Hände in die Seiten. Er schaute uns unnachsichtig an und fragte uns in mahnendem Ton, ob wir nichts Besseres zu tun hätten. Zwei Brüder trollten sich sogleich, auch der Cellerar verschwand wieder im Konventskeller. Eberhard, Karl und ich entfernten uns ebenfalls. Aber wie in stillem Einvernehmen gingen wir den Nordflügel des Kreuzgangs entlang, am Brunnenhaus vorbei und um die nächste Ecke in den Westflügel. Dort hielten wir inne und setzten uns. Eberhard war etwas außer Atem, ergriff aber als Erster das Wort.

»Ich sage euch, junge Fratres«, hob er an, dann nahm er ein paar tiefe rasselnde Atemzüge, »das ist ganz in Ordnung, jaja, dass die da draußen jetzt jenem *magnum vas* zu Leibe rücken! Geschieht uns recht, geschieht uns recht, liebe Brüder!«, und wie zur Bestätigung rülpste er erneut. Ich roch Apfel, säuerlich-vergoren, und trat einen Schritt zurück. Inzwischen hatte sich um uns wieder ein Grüppchen von Mönchen geschart.

»Einst wurden wir Zisterzienser noch *boni homines* genannt«, dozierte Eberhard und hob den mageren Finger der trockenen Rechten mahnend in die Höhe. »Ich sage euch: Wir hatten noch nicht den Dünkel. Die

Hoffart. Die Hybris. Wir folgten noch den *vestigia* des heiligen Benedikt, glaubt mir, Brüder, wir waren fest auf seinen Spuren und folgten ferner unseren Zisterzienserheiligen Robert von Molesme und Bernhard von Clairvaux, in Treue und Glauben fest und sicher. Jaja. Wir nannten noch ein Skriptorium unser Eigen, in dem die herrlichsten Codices der Christenheit zur Ehre des Allmächtigsten abgeschrieben und Bücher noch nicht im Schnellverfahren gedruckt wurden. *Et non erat magnum vas!* Wir lebten in der *sancta simplicitas*, und der Abt hatte noch kein eigenes Haus und …«

An dieser Stelle hielt ich es für ratsam, den in immer höherem Diskant vorgetragenen Redefluss des Greises zu unterbrechen. »Ehrwürdiger Mitbruder, erlaubt«, versuchte ich einzuhaken.

»Nein, nein«, fiel Karl ein, »Eberhard hat vollkommen Recht! Es ist so klar wie reines Quellwasser, dass unsere Ordensdisziplin am Ende ist. Schau dir diesen Laden an, Clemens. Schau dir auch das Kloster des heiligen Benedikt auf dem Johannisberg an. Sind das noch Mönche? Ist das noch Ordensdisziplin? Ist es erstaunlich, wenn der Herr uns jetzt straft mit den Kerlen da draußen, die uns belagern? Zahlreich sind sie wie die Heuschrecken in der Vision des heiligen Johannes. Wenn ich an die Vorzeichen auf unserer Reise denke …«

Ich hielt das ganze Endzeitgerede für unpassend und schweifte gedanklich ab. Immer wieder in der eineinhalb Jahrtausende währenden Geschichte unserer heiligen Kirche hatten Christen gewähnt, in der Endzeit zu leben, hatten den Antichrist geradezu hinter jedem Kellerloch lauern sehen. Schon wollte ich einschreiten, doch Eberhard kam mir zuvor.

»Vorzeichen, junge Brüder«, nahm er den Faden auf und legte eine geheimnisvolle Betonung in das Wort. »Vorzeichen«, wiederholte er mit rauer Stimme und bedeckte sein Gesicht mit den Händen. »Ich kann euch etwas von Vorzeichen erzählen.« Energisch wischte er sich den Mund und fuhr fort. »Damals, kurz nach der Jahrhundertwende, da geschahen wahrhaftig merkwürdige Dinge.«

Er machte eine Pause, um seine Worte wirken zu lassen. Ich muss zugeben, ich konnte mich dem magischen Sog seiner Rede nicht entziehen. Und wenn auch in diesem Moment das Glöckchen zur Terz läutete, Karl und ich verharrten an unserem Ort und hingen wie gebannt an den Lippen des Alten.

»Zuerst hat man es in den Niederlanden beobachtet«, sagte Eberhard und senkte die Stimme. »In der Gegend von Utrecht war's, glaub ich. Ein Bauer kam vom Feld und betrat seine Stube. Und siehe: Auf dem Gewand seines Weibes waren Flecken, auf der Schürze und auf dem Obergewand, ja sogar auf der Haube. Wie eingebrannt waren sie. Flecken, sage ich: braune Flecken wie getrocknetes Blut! Ja. Jaja. Aber was rede ich, es waren nicht irgendwelche Flecken, sondern sie wiesen eine ganz bestimmte Form auf.

Sie hatten – die Gestalt des heiligen Kreuzes unseres Erlösers!

Und diese Bauersfrau war nicht die Einzige. Allüberall in den Niederlanden hat man auf den Gewändern der Weiber diese *macula* beobachtet! Von Holland aus hat es sich in die westlichen deutschen Lande verbreitet, in Aachen, in Köln …«

Die Hexe, dachte ich und spürte einen Klumpen im Magen.

»Bruder Eberhard, auch bei uns hier im Rheingau?«, fragte ehrfürchtig Karl. Auf seiner pickeligen Stirn standen Schweißperlen.

»Jedoch«, fuhr Eberhard unbeirrt fort und erhob seine Stimme, sodass wir Umstehenden ehrfürchtig erstarrten, »nicht einen Aufruf zum Kampfe gegen die Türken bedeutete das Signum, wie manche sagten, auch nicht die Vergebung der Sünden, wie andere Dummköpfe behaupteten. Wahrlich, ich sage euch: Der Zorn des Allmächtigen war es, der sich in diesen Flecken offenbart hat. Es war das Zeichen, dass das Gericht über die Welt nicht mehr fern ist.«

Er blickte Karl an, dessen ehrfürchtig-erwartungsvolles Gesicht ihn gemahnte, dass er seine Frage noch nicht beantwortet hatte. »Nein, junger Bruder Karl, nicht hier bei uns im Rheingau, aber oben in Altenberg und ich glaube auch unten in … wie heißt die Abtei noch mal, ihr wisst, mein Gedächtnis … unten im Württembergischen, irgendwas mit Brunnen oder Wasser …«

»Maulbronn«, half ich.

»In Maulbronn, jaja, dort auch, da haben sie Knechte gehabt, auf deren Gewändern ebenfalls das Menetekel erschienen ist – wie die Schrift an der Wand bei Belsazar, dem Frevler – und bei manchen, bei manchen soll es sogar in die Haut eingebrannt gewesen sein!«

Der Schreck stand Karl noch ins Gesicht geschrieben, als wir uns wenig später unauffällig in den Strom der Brüder mischten, die aus der Kirche in den Kapitelsaal gingen. Mit keinem Wort wurde nach der Lesung die neue Forderung der Aufständischen erwähnt. Die Speisung des Volkes auf dem Wacholder, sie hatte sich etabliert, und keiner stellte sie mehr in Frage. Selbst als der Pförtner berichtete, dass einige Männer des Volkes jetzt draußen in unserem Fischteich die Angeln ausgeworfen und Netze gelegt hätten, wurde das als Tatsache hingenommen.

Wir gaben, sie nahmen.

Ich schluckte meinen Zorn hinunter und kämpfte gegen ein heftiges Darmstechen, ein Leiden, das ich genau kannte. Es befiel mich immer genau dann, wenn ich mich maßlos ärgerte und nichts ausrichten konnte. Fulbert sah mich besorgt an.

»Du bist ganz grün im Gesicht, Meister«, sagte er und betrachtete mich intensiv mit dem Blick des Arztes.

»Bereite mir nachher einen heißen Stein und halt den Mund«, zischte ich zurück. Sogleich war ich noch wütender, weil ich Fulbert schon wieder zu hart angefahren hatte. Meine Eingeweide führten im Inneren des Körpers einen wilden Tanz auf und rumorten laut. Obwohl es ein inwendiges Knurren war, klang es wie Darmwinde, und einige Brüder schauten irritiert drein.

Am Nachmittag konnte ich mich überzeugen, dass es das Volk nicht nur auf unsere Vorräte abgesehen hatte, sondern dass auch das Kloster selbst nicht mehr vor ihm sicher war. Ich lag im Infirmarium, den heißen Stein auf dem Leib, den mir der Subinfirmar bereitet hatte. Mein guter Fulbert, ich hatte ihn herzlich um Vergebung gebeten.

»... et nos dimittimus debitoribus nostris«, lispelte er strahlend. »Ich vergebe dir, Frater Infirmarius.«

Ich glaube, dieses sonnige Gemüt konnte wahrlich nichts auf der Welt kränken.

Als ich gerade so lag und die Wärme auf meinen Bauch einwirken ließ – Fulbert hatte sich zum Abendgottesdienst begeben und neben mir schnarchte friedlich der kranke Wendelin –, da schien für einen Augenblick die Welt in Ordnung. Ich schloss die Augen und empfand tiefe Ruhe.

Ein Krachen ließ die Stille platzen; kurz darauf barst eine Scheibe. Scherben fielen klirrend ins Innere des Krankenhauses und blieben vor dem Altar des heiligen Thomas liegen. Ein schwerer Stein war noch etwas weiter geflogen und lag neben dem Behandlungstisch. Kurz darauf erklang grölendes Stimmengewirr. Ich fuhr hoch und brachte rasch meine Kleidung in Ordnung.

»Hehehe«, erklang eine widerliche Lache, und der meckernde Ton machte mir sofort klar, mit wem ich es zu tun hatte, »das war ein guter Wurf, Heinz!«

Kein Zweifel, es war Henn, mit dem ich kurz nach meiner Rückkehr von Köln Bekanntschaft gemacht hatte.

»Mach's noch mal, Heinz!«, rief ein anderer, »es gibt noch mehr Fenster!«

»Joooh! Lieber sehen, wie wir reinkommen in die Bude«, entgegnete eine Stimme, der man anmerkte, dass der, dem sie gehörte, getrunken hatte.

»Das ist das Krankenhaus, hehe, da haben sie bestimmt noch was Gutes zu trinken. So ein Klosterlikörchen, rein zu medizinischen Zwecken …«

»Ha, ein Schnäpschen, das passt jetzt auf den guten Roten! Schnaps auf Wein, das muss sein!«

»Schnapsgesicht, altes! Drinnen finden wir doch nur kranke Kuttenträger!«

»Und Spinnenweb und Rattendreck! Selber Rindsgesicht!«

»Und Spiritus, ei, das kann man saufen! *Et Spiritus sancti – amen.*«

Der Sprecher intonierte seinen lästerlichen Spruch wie einen gregorianischen Choral und erntete wieherndes Gelächter seiner Spießgesellen.

Draußen wurde weiter durcheinander dummes Zeug geredet und geblödelt, wie es nur Betrunkene zuwege bringen können. Es mussten gut ein halbes Dutzend Kerle sein. Dann erschütterte ein hartes Klopfen die Eingangstür. Fieberhaft überlegte ich, wie ich mich verhalten sollte. Ich muss zugeben, es fehlte mir in diesem Augenblick an Mut. Halbherzig tat ich ein paar Schritte in Richtung Tür. Sie ist nicht verschlossen, fiel mir ein, und ein heißer Strom des Schreckens kochte durch meine Adern.

»Sie ist nicht verschlossen!«, rief ich einen Augenblick später, meinen ganzen Mut zusammennehmend, aber mit etwas brüchiger Stimme. Und dann noch einmal lauter: »Sie ist offen! Klopft an, so wird euch aufgetan«, fügte ich mit fester Stimme die Worte unseres Herrn hinzu, und auch wenn Christus die Worte gewiss anders gemeint hatte, schöpfte ich aus ihnen Kraft. »Klopft an, ihr Bande, aber höflich!«

»Pass nur auf, da drinnen«, erklang die Stimme von Henn, »wir können auch anders! Du hast noch Glück, Pfäfflein, anderswo in den deutschen Landen haben sie den Betbrüdern die Bude angezündet!«

Mich packte das Entsetzen. Ich presste die Zähne zusammen und überlegte. Sollte ich es wagen, die Tür zu öffnen? Hinauszutreten und ihnen energisch Paroli zu bieten?

Ich wagte es nicht, und der Herr vergebe mir meine Verzagtheit! Mein Gott, ich lasse mich von diesem rohen Henn einschüchtern wie … ja, wie eine ängstliche Henne, dachte ich. Bei anderer Gelegenheit hätte mir dieses kuriose Wortspiel gefallen.

Plötzlich wurde es still draußen. Nervös ließ ich meine Blicke im Raum schweifen, auf der Suche nach … nach was? Einer Waffe?

Langsam senkte sich die Türklinke, wurde halb heruntergedrückt und verharrte dann in ihrer Position.

Da hörte ich in der Ferne eine tiefe Stimme, leise zunächst, dann deutlicher werdend, als ob der Sprecher sich dem Krankenhaus nähere: »Hans! Michel! Heinz! Ach ja, und natürlich du, Gugel, wie kann es anders sein!«

Auch dieser Sprecher war mir bestens bekannt, es war kein Geringerer als derjenige, den ich schon neulich bei Nacht im Lager der Aufständischen gehört hatte: Friedrich von Greiffenclau, der Herr auf Vollrads – und nun offenkundig auch Herr des Wacholders.

»Was habe ich euch gesagt, Leute? Ihr kriegt ja euer Fressen und Saufen. Elende Prasserei! Euch entgeht doch nichts! Wir lagern da draußen in Sicherheit, wir sind in Verhandlung mit dem Domkapitel und unsere Sache geht ihren Gang.«

Unsere Sache? Ich hörte wohl nicht recht.

»Alles ist auf dem rechten Wege«, fuhr der Sprecher fort, »alles findet sich. Aber lasst das Kloster in Frieden, Männer. So haben wir's abgemacht, so habt ihr mir's zugesichert.«

Eine Pause trat ein, und ich konnte mir lebhaft vorstellen, wie Greiffenclau dastand, die Hände in die Seiten gestemmt wie ein strenger Magister, das Gesindel ihm gegenüber wie dumme Schulbuben.

»Gugel, das ist auf deinem Mist gewachsen, da bin ich mir sicher«, stellte Friedrich fest.

»Fürwahr, Herr Hauptmann«, antwortete Henn, und die Ironie war deutlich herauszuhören. »Und was befehlen Euer durchlauchtigste Gnaden nun? Sollen wir braven Männer, Bauern, Handwerker und alles Volk des erzbischöflichen Rheingaus nun auf die Knie sinken, die Pfaffen um Verzeihung anflehen? Am besten ihnen dann noch die Kutten lupfen und den Arsch küssen? Hehe! So wie es doch …«

»Genug! Halte ein. Ihr verzieht euch auf der Stelle. Nehmt den Weg zurück über die Mauer. Die Leitern nicht vergessen! Dann seht ihr euch morgen nach einem Glaser um, der das Fenster repariert!«

»Sehr wohl, Euer Gnaden«, säuselte Henn scheinbar unterwürfig. »Haben Euer Gnaden sonst noch Befehle, hochwürdigster Herr von Vollrads?«

Ich hörte nur noch einen scharfen Zischlaut, dann entfernte sich die Gruppe unter Gelächter. Das Krankenhaus, das Kloster blieben verschont. Für diesmal. Hastig stammelte ich ein Dankgebet.

Dann dachte ich nach.

Das aufständische Volk war also jetzt schon dabei, die Klostermauern zu übersteigen, ja in die äußere Klausur der Abtei einzudringen. Und der von Vollrads im Gefolge der Bauern! Nein, im Gefolge war sicherlich der falsche Ausdruck. Wie hatte ihn Henn genannt? Hauptmann. Das heißt, er führte das Regiment! Dass dich die Pestilenz ankomme, Herr Friedrich, dachte ich unfromm – und doch: Hatte der Adlige nicht das Schlimmste verhindert? Hatte er nicht Henn und seine Mordgesellen zurückgepfiffen wie ein Jäger einen allzu forschen Hund? Gerade so hatte der Zischlaut geklungen; bestimmt hatte der Adlige dazu eine energische Handbewegung gemacht, die keinen Widerspruch duldete. So kannte ich ihn, ich konnte es mir lebhaft vorstellen.

Der Tag hatte mich als unsicheren, furchterfüllten Menschen gesehen. Auch am Abend legte ich mich verzagt schlafen. Am nächsten Tag war ich wieder einigermaßen bei Kräften, und die darauffolgende Nacht sollte mir gehören. Erneut wartete ich, bis alles schlief, und legte meine Verkleidung an. Als ich das grobe Bauerngewand aus einem verschließbaren Schrank, der nur mir zugänglich war, holte, fiel mir ein vertrauter Gegenstand in die Hände: der Seestern. Ich hatte ihn an jenem verborgenen Ort deponiert wie einen Schatz. Einer Eingebung folgend, steckte ich ihn ein.

Dann verließ ich das Infirmarium und überstieg an derselben Stelle die Mauer wie neulich. Eigentlich hatte ich vorgehabt, die Umfriedung und den Platz außerhalb zu untersuchen und nachzuprüfen, ob jemand die Stelle entdeckt hatte. Doch leider war der Mond in dieser Nacht hinter den Wolken versteckt, sodass alles in tiefe Dunkelheit getaucht lag. Aber was spielte das noch für eine Rolle? Hatten die da draußen doch sowieso schon die Mauer überstiegen.

Vielleicht hätte ich mir eine Laterne mitnehmen sollen. Sie konnte mir den Weg gewiss erleichtern, doch man hätte mich schon von Weitem sehen können. Als Ortskundiger fand ich meinen Weg auch im Dunkeln. Was mich diesmal wieder zusätzlich leitete, war ein heller Schein, der über der Heide lag. Offenbar hatten die Aufständischen mehrere Feuer angezündet. Und so pirschte ich mich wiederum an das Lager auf dem Wacholder heran, das mich anzog wie der Magnet eine Messerspitze.

»Interessant, mein lieber Bruder, deine Metapher: eine Messerspitze«, hörte ich Peter sagen.

»Wieso?«

»Hei, du hättest doch auch sagen können: wie der Magnet das Eisen. Oder eine Nadel. Ein Messer, sogar eine Messerspitze, das ist schon aufschlussreich.«

»Was spielt das denn nun für eine Rolle?«

»Es klingt für mich so, als wolltest du jemanden ritzen? Oder stechen. Oder gar erstechen?«

»Bester Peter, verschone mich mit deinen Spitzfindigkeiten. Wahrscheinlich dachte ich einfach nur an etwas zu essen, einen saftigen Braten vielleicht oder wenigstens ein Stück Apfel. Bei der Kost hier im Kerker wäre das doch kein Wunder.«

»Ich glaube schon, dass du eher an eine Waffe gedacht hast. Der Mönch mit dem Messer, haha. So kurz nachdem die Rheingauer fast dein Krankenhaus gestürmt hätten, trugst du Wut in dir, das hast du selbst zugegeben. Um es klar zu sagen: Beinahe hätte es dich zerrissen vor Zorn. Vielleicht hättest du dem einen oder anderen Karsthans am liebsten das Messer in den fetten Wanst gerammt, meinst du nicht, Brüderlein?«

Peter grinste frech und gab erneut eine Kostprobe seiner närrischen Sangeskunst: »Der Mönch mit dem Messer – sagt, er wär' ein Fresser, hei!« Er riss den Schlund auf und machte die Geste des Hineinschaufelns.

»Lass mich fortfahren, Peter!«

»Der Mönch mit der Waffe – da fehlt mir doch glatt der Reim! Affe vielleicht oder Laffe? Na, Pfaffe – Affe? Der ist nicht so gut, über den haben wir schon vor hundert Jahren gelacht. Pfaffe? Aha, so vielleicht: Der Mönch mit der Waffe, mordgieriger Pfaffe …«

»Peter, hör auf!«

»Wohl dem, der nicht im Kreis der Spötter sitzt. Psalm 1. Aber was hältst du davon: Der Mönch mit dem Dolch, geil wie ein Molch!«

»Peter! Du närrischer Hund!«

»Molch, Lustmolch, ha! Da ist doch noch die Marie, nicht wahr? Die wolltest du wiedersehen. Ah, *la bella!*« Peter öffnete sein gewaltiges Maul zu einer dröhnenden Lache. Dann wurde seine Stimme wieder normal: »Und wenn ich an jenen Konrad denke, von dem du immer so geheimnisvoll gesprochen hast, dieser ehemalige Konverse; was hat es denn mit dem auf sich? Es klingt so, als hättest du mit diesem Burschen auch noch eine Rechnung offen.«

»Gleich, gleich, lass mich doch weitererzählen, nur der Reihe nach. Pass auf, der Kienspan ist gleich am Ende, halte einen neuen bereit.«

»Nicht ablenken, Brüderlein. Aua, meine Zahnlücke! Schön bei der Sache bleiben. Machst es ja ganz schön spannend, Mönch Clemens von Eberbach.«

»Na und? Wir haben ja auch Zeit hier unten. Hast du nicht selbst gesagt, dass wir hier verfaulen, vermodern, ein Schmaus für die Ratten werden? Du wirst es gleich erfahren.«

»Wohlan, so sei es. Hast Recht, Bruder, hm, hm, den alten Peter mit seinen eigenen Waffen geschlagen. Hier ist noch ein Schluck Wasser im Krug, öle die Stimme.«

Mein Mitgefangener zündete einen neuen Span an und steckte ihn in den Halter. Es fiel mir schwer, nach der Blödelei den Faden wieder aufzunehmen. Ich trank in einem Zug die Neige des Kruges aus, räusperte mich und überlegte, wo ich stehengeblieben war.

———•———

Ich schlich an der Mauer entlang, vorsichtig, um nicht wieder einem Spähtrupp beinahe in die Arme zu laufen. Bäume und Büsche nutzte ich als Schutz, um kurz zu verweilen und mich umzuschauen. Auf freiem Gelände und an anderen gefährlichen Stellen ging ich in die Hocke und kroch auf allen Vieren voran. Doch diesmal begegnete mir niemand, und so erreichte ich, wohl eine halbe Stunde vor Mitternacht, den Erdwall, der das Lager umgab. Er war inzwischen um einiges höher geworden, und an manchen Stellen bildete eine hölzerne Palisade aus gefällten Baumstämmen die Krone des Walls. Es war klar, dass die Aufständischen das Lager so gut wie möglich befestigen wollten, um gegen Angriffe gewappnet zu sein.

Und wie stand es mit Wachen? Ich näherte mich hier so sorglos – dabei musste ich doch gewahr sein, dass man Wachtposten rund um das Lager aufgestellt hatte, vielleicht sogar eine regelrechte Streife patrouillieren ließ. Nun, für den Fall, dass ich auf einen Posten stieß, würde ich mich für einen Weinbauern – sagen wir aus Lorch – ausgeben. So legte ich es mir zurecht und hoffte, dass man mir glauben würde.

Wie groß war überhaupt das Lager? Ich stand an der nordwestlichsten Ecke – es war der Punkt, der dem Kloster am nächsten lag – und beschloss, diesmal nicht hinunter zum Eintritt des Baches zu schreiten, sondern die andere Richtung einzuschlagen, das Lager also im Uhrzeigersinn zu umkreisen. Auch heute konnte ich deutlich verschiedene Stimmen aus dem Lager hören. Der von Gott wohl eingerichtete Rhythmus von Schlafen und Wachen – er war hier im Lager diabolisch durcheinander geworfen und auf den Kopf gestellt; ja, diabolisch, das ist der richtige Ausdruck, dachte ich, denn diabolisch kommt von *diaballein*, und das heißt durcheinander werfen. Und somit trug der Leibhaftige seinen Beinamen zu Recht, war es doch sein Hauptanliegen, die Ordnung des Herrn zu zerstören und die Menschen vom rechten Glauben abzubringen.

Und ich? So fiel es mir siedend heiß ein. Hat er nicht auch mich schon im Griff, wenn ich hier nachts herumwandle, die *regula* und den *ordo* nicht achte, ja geradezu darauf pfeife?

Mit einer Handbewegung wischte ich den quälenden Gedanken weg und beschloss, an den folgenden Tagen durch strenge Askese und Bußübungen Abbitte zu leisten.

So setzte ich meinen Weg fort. Ungefähr fünfundzwanzig Klafter weit bewegte ich mich voran, teils aufrecht schreitend, wo schon Palisaden errichtet waren, teils gebückt oder kriechend, wo es nur den brusthohen Erdwall gab und man mich hätte sehen können. Dann rundete sich der

Wall und bog nach Süden ab. Gegen den Schein der Feuer im Lager zeichnete sich plötzlich deutlich eine Erhöhung ab, eine Art Gerüst aus Balken. Merkwürdig, dachte ich, was soll das wohl werden?

Vorsichtig strebte ich weiter Richtung Süden, dem Rhein zu. Hier waren noch kaum Palisaden errichtet, sodass ich mich kriechend fortbewegen musste. Ein starker, stechender Geruch von Ginster stieg mir in die Nase, der hier in zahlreichen mannshohen Büschen zu finden war. Ich musste gegen einen leichten Schwindel ankämpfen. Doch sogleich mischte sich der betörende Duft der giftigen Pflanze mit dem Rauch der Feuerstellen, den mir der Westwind entgegenblies. Es roch herrlich nach verbranntem Holz und nach gebratenem Geflügel, vermischt mit Gewürzen und Knoblauch. Unsere Hühner aus der Abtei!

Als ich etwa den südlichsten Punkt der Umwallung erreicht hatte, musste ich mich vorsehen, denn hier trat der Eberbach aus dem Lager heraus. Ich sagte mir, dass dort mit Sicherheit ein Wachtposten stationiert war, und umging die Stelle weiträumig. Geduckt kroch ich einige Klafter nach Osten, wo Ginsterbüsche und Wacholder so dicht standen, dass man mich nicht sehen konnte. Als ich mitten im Unterholz war, hörte ich ein zartes Plätschern. Der Bach. Mit den Händen schöpfte ich Wasser und kühlte mir das von Anstrengung und Aufregung erhitzte Gesicht. Kurz darauf machte mein Körper noch einmal Begegnung mit dem Element, allerdings auf unangenehme Weise: Mein Sprung geriet etwas zu kurz, sodass ich mit einem Fuß im Bach landete. Sogleich packte die Kälte unangenehm zu und kroch das Bein empor. Dann hörte ich ein Schnauben und ein kurzes Wiehern. Weiter unten, bachabwärts, waren offenbar Pferde in einer kleinen Koppel eingepfercht worden. Es mussten die Tiere der adligen Herren sein.

Zügig strebte ich zum Wall zurück und ging nun wieder Richtung Nordwesten, dem Kloster zu. Es zeigte sich, dass das Lager etwa in Form eines Ovals von Nordwest nach Südost angelegt war, ein Oval, das seiner Länge nach vom Eberbach durchströmt wurde.

Als ich meinen Weg fortsetzte, bemerkte ich wieder eine Art von Gerüst aus Balken, das sich gegen den erhellten Nachthimmel abzeichnete. Dies hier war etwa zwei Mann hoch. Es sah aus, als wolle man ein Haus bauen. Hier loderte dem Lichtschein und dem prasselnden, knackenden Geräusch zufolge im Inneren ein großes Feuer, um das wohl einige Gesellen lagerten, die sich lautstark unterhielten.

Dann schlich ich weiter, der Einmündung des Baches entgegen, wo es mir vor einigen Tagen gelungen war, einzudringen. Kurz bevor ich den Bacheintritt erreichte, erkannte ich große hölzerne Torflügel – natürlich, irgendwo musste ja ein Eingang für das Lager vorgesehen sein. Mein Rücken schmerzte infolge der unnatürlichen, ungewohnten Fortbewegungsart, meine Füße waren nasskalt und meine Stimmung schlecht. Ich dachte an mein Lager im Dormitorium. Wie alle anderen könnte ich jetzt dort süß den Schlaf des Gerechten schlummern. Narr, nannte ich mich selbst in Gedanken. Schon zum zweiten Mal bist du bei Nacht ausgebrochen und schleichst hier herum, mit einem vagen Ziel, ohne jeden Plan. Schleichst? Nein, kriechst wie ein elender Wurm!

Ich war drauf und dran, meine Exkursion abzubrechen und in die Geborgenheit der Abtei zurückzukehren. Mir kribbelte die Nase vor Kälte, und ich griff in die Tasche, um ein Sacktuch herauszuziehen. Da ertastete ich den Seestern, der sich trocken und warm anfühlte, und fuhr nachdenklich mit den Fingern auf seinen warzigen Armen entlang. Es war, als würde dieses seltsame fünfarmige Etwas aus dem Meer mich erneut auf Kurs bringen.

Entschlossen wischte ich mir die Nase, dabei jedes Geräusch vermeidend, steckte den Stern in die Tasche zurück und fasste einen Entschluss. Ich wollte zunächst einmal lauschen und ging ein paar Klafter zurück. Dort legte ich mich flach auf die Erde. Anfangs hörte ich nur Klappern und ein Gemisch von Stimmen. Dann schloss ich die Augen, um besser hören zu können. Nach und nach unterschied ich einzelne Sprecher.

Die Gruppe, die hier lagerte, unterhielt sich über die Qualität der Speisen und des Weines.

»Wir leben wie der Sultan!«, rief einer.

»Wie die Maden im Speck«, fiel ein anderer ein. »Nicht wie der Sultan, der darf angeblich keinen Wein trinken, diesen Ungläubigen da im Orient verbietet es ihr heiliges Buch.«

»Kein Wein – ooooh! Wo du gerade vom Wein sprichst: Der, den wir jetzt haben, ist besser als der erste.«

Die Stimmen kamen mir nicht bekannt vor.

»Kein Wunder, du Dummkopf«, sagte der zweite, »ist ja auch vom Großen Fass. Gib mal noch einen Schenkel her, Ostermann!«

»Mann, der ist verbrannt, ganz schwarz. Der Bartel hat den schon wieder anbrennen lassen.«

»Wirf ihn halt ins Feuer und nimm von dem Ziegenbraten. Hm, so ein saftiges Zicklein!«

Der Sprecher machte ein Meckern nach und wurde mit Gelächter belohnt.

»Guter Vorschlag, ich hol mir drüben was vom Spieß! Aber nachher würfeln wir eine Runde! Haltet schon mal den Becher bereit.«

Ich kam zu dem Ergebnis, dass hier mit Sicherheit nur Banalitäten und nichts Interessantes zu erlauschen war. Schon wollte ich mich abwenden.

»Halt, warte!«, schaltete sich nun eine schnarrende Stimme ein, die ich sehr wohl kannte. Es war Kunz Feldmann. Ich hatte das Gefühl, dass nun etwas Wichtiges kommen würde, und blieb.

»Bevor du frisst: Kennt ihr schon die Geschichte von der Nonne und dem Ziegenbock?«, fragte Kunz.

»Ein neuer Witz? Nein, erzähl!«

»Leute, es ist wirklich geschehen. Es war vor einigen Jahrhunderten, oben irgendwo bei Trier hat sich's zugetragen. Da war ein Nönnchen, so ein hübsches, einfältiges Ding, die ist schon ganz blutjung ins Kloster gekommen und kannte kaum was von der Welt draußen.«

»Oho, ein Jüngferlein«, rief einer mit einer speziellen Betonung, und es war klar, an was für eine Fortsetzung er dachte.

»Also«, fuhr Kunz fort, »das Nönnchen wusste also weder was von normalen Menschen noch von Tieren. Und da kam eines Tages ein großer, weißer Ziegenbock mit hübschen, harten Hörnern und einem langen, weißen Bart auf die Mauer des Obstgartens dieses Klosters.«

»Wie kam der denn da hoch?«, fragte einer blöd.

»Weiß ich doch nicht, Strohkopf, darauf kommt es ja auch gar nicht an. Jedenfalls stand da dieser Bock und glotzte unsere kleine Nonne an. Die kriegte einen gehörigen Schreck und konnte sich gar nicht erklären, was das für ein Lebewesen sei. Sie sah die Hörner und dachte an den Leibhaftigen. Dann sprach sie hastig drei Paternoster. Als das nicht half, rief sie eine ältere Schwester, um sich Beistand zu holen. Und was glaubt ihr? Die ältere Schwester wusste natürlich, wie einfältig die Kleine war, und sagte: ›Keine Sorge, Schwesterlein, das ist nicht der Gottseibeiuns, sondern eine Frau von der Welt draußen. Weißt du, wenn die Weltweiber alt werden, dann wachsen ihnen Hörner und Bart.‹ Und unsere kleine Nonne freute sich, dass sie etwas über Gottes Schöpfung gelernt hatte, und bedankte sich herzlich. Na, was sagt ihr?«

»Was, das war alles?«

»Hast auch schon mal bessere erzählt.«

»Wann kommt den nun der Witz?«

»Du Pinsel!«, brüllte Kunz den letzten Sprecher nieder. »Du willst einen Witz? Da hast du ihn: Was die alte Nonne gesagt hat, trifft nämlich ganz genau zu. Wenn ich an deine Alte denke, Ostermann, die hat doch auch schon böckische Barthaare am Kinn. Und Hörner, na die hat sie wohl nicht – die hat sie eher dir aufgesetzt, das weiß doch jeder!«

Eine Pause trat ein. Man hörte nur das Prasseln des Feuers und aus der Ferne die Gespräche von anderen Lagerfeuern. Ich war gespannt, was jetzt passieren würde. Fast erwartete ich, dass sich der beleidigte Ostermann, den ich übrigens kannte, ein etwa fünfundvierzig Jahre alter Bauer aus Oestrich, auf den Sprecher stürzen würde. Doch ich hörte ein Schnauben und dann ein herzhaftes Lachen, in das alle einstimmten.

»Ich muss schon sagen, Kunz, ich bin immer wieder erstaunt: Für einen ehemaligen Klostermann hast du's doch faustdick hinter den Ohren.«

»Klostermann, nein, das war einmal«, versetzte Kunz grimmig. »Es hat sich ausgeklostert! Hat sich bald völlig ausgeklostert – mit denen da drüben, werdet sehen.«

Mir wurde bange. Was, wenn man mich als Spitzel entdeckte? Noch immer lag ich mit geschlossenen Augen an meinem Platz und lauschte. Dann öffnete ich die Augen und bemerkte, dass jetzt wieder der Mond, fast noch voll und rund, zu sehen war. Der immer noch in Böen auffrischende Wind hatte die Wolken vertrieben. Ich schaute um mich, bemerkte aber niemanden.

»Jaja, die Nönnlein«, ließ sich jetzt ein anderer vernehmen, »es heißt ja, dass die Eberbacher einen Geheimgang haben zum Kloster Tiefenthal, wo sie ihre Zisterzienserinnen treffen und wilde Dinge treiben.«

Ein erneutes Lachen begleitete diese freche Behauptung.

»Sag, Kunz, du kennst dich doch aus: Kommen die Nonnen runter nach Eberbach oder gehen die Mönche hoch nach Tiefenthal? Sag uns doch mal, wo und wie sie's treiben.«

Der impertinente, niederträchtige Hund! Ich spürte, wie sich alle

Muskeln meines Körpers anspannten, und fühlte Lust, über den Wall zu springen und dem Lästerer die geballte Faust auf sein Schandmaul zu schlagen.

———•———

Peter grinste mich triumphierend an. »So viel zum Thema Aggression«, bemerkte er süffisant.

———•———

»Ein unterirdischer Gang, Leute, ja, das wäre schön gewesen. Doch mir hätte der nicht viel genützt, ich war doch meistens auf Neuhof eingesetzt und habe dort auch die Nächte zugebracht. Aber die Mägde dort, die Grete … na, ihr wisst schon, habe ich ja schon oft erzählt …«

Ein wissendes Murmeln erklang.

»Aber, Männer, einen Geheimgang«, der ehemalige Laienbruder machte eine spannungsvolle Pause, »einen Geheimgang gibt es wirklich. Ein alter Mitbruder von den sogenannten Herrenmönchen« – er sprach, ja spuckte das Wort mit Abscheu aus – »hat mir davon erzählt. Der war so alt, der dürfte heute gar nicht mehr leben. Sei's drum.«

Ich horchte auf.

»Doch geht dieser Geheimgang nicht nach Tiefenthal, sondern zum Rhein runter. In alten Zeiten sollen auf diesem Wege Güter und Waren, ja sogar kleinere Weinfässer transportiert worden sein, unabhängig von Verkehrsverhältnissen, Wind und Wetter. Andere sagen, es sei ein Fluchtweg für Notsituationen, Krieg, Belagerung und so weiter, gewesen.«

In diesem Augenblick fühlte ich eine Hand an meiner Schulter.

Ich riss die Augen auf und rechnete damit, kurz darauf die Spitze eines Sauspießes oder eines Schwertes auf meinen Rücken zu spüren.

»Ruhig«, flüsterte mir eine Stimme zu. Ich drehte mich um und erkannte im Mondlicht – Marie.

Hatte eben im ersten Schrecken, überrascht und als Lauscher entlarvt zu werden, mein Herz gedröhnt wie ein Hammer, so schlug es nun einen wilden Trommelwirbel.

»Bleibt unten, Bruder Clemens!«

»Marie!«

»Leise!«

»Marie, ich …«

Ich konnte nicht mehr sprechen. Marie kniete neben mir. Sie blickte mich einfach nur an, und wieder waren es ihre ausdrucksvollen, strahlend grünen Augen, die mich bannten und zwangen mit sanfter Gewalt, stärker, als es eine Waffe vermochte.

»Marie, was machst du hier?«

»Wache schieben. Und auf Euch warten.«

»Wache schieben? Du, eine junge Frau?«

»Na ja, nicht richtig. Ich habe dem Posten, der am Eberbach stationiert ist, einen Krug Wein gebracht, und dann noch einen, und dann ist er eingeschlafen, so wie neulich. Ich bin dann außerhalb des Walls ein paar Schritte gegangen und habe Euch gesehen«, erklärte sie. »Ihr konntet mich nicht sehen, weil Ihr den Kopf auf dem Boden und wahrscheinlich die Augen geschlossen hattet. Ich kann mich sehr behutsam bewegen.«

Unnötig zu sagen, dass diese gesamte Unterhaltung flüsternd geführt wurde. Ich erklärte dem Mädchen, dass es mir gestern und vorgestern nicht möglich gewesen war, das Kloster zu verlassen. Sie nickte einfach, ohne ein Zeichen von Missverstehen.

Sie hatte auf mich gewartet!

Dann drückte sie meinen Kopf zu Boden und legte sich neben mich. Es war eine seltsame stille Übereinkunft, dass sie mich nicht verraten würde. Wir hörten zusammen zu, wie das Gespräch drinnen weiterging. Man war inzwischen zum Spiel übergegangen; im Becher rasselten die Würfel und wurden, von Ausrufen begleitet, auf ein Brett geknallt. Gleichzeitig sprach man dem Wein zu: Jeder, der den Becher bekam, musste einen Zug tun. Eine Weile hörten wir zu. Weiter hinten im Lager wurde es ruhiger, nur unsere Gruppe frönte noch dem Spiel und dem Trunk.

Dann übertönte sie eine befehlsgewohnte Stimme: »Geht schlafen, Männer, es ist Zeit! Wir können nicht jede Nacht zechen und prassen.«

»Warum nicht, Herr Hauptmann?«, maulte einer der Spieler.

»Gewiss weil wir bald die Klostermauern stürmen!«, rief ein anderer.

»Lasst das Kloster in Frieden, ich habe es euch schon gesagt. Wir haben unsere Bestimmungen und Verträge aufgesetzt, und so lange bleibt die Abtei unangetastet.«

Wie zur Bestätigung erklang in diesem Augenblick die Klosterglocke, die zu den Vigilien rief.

»Männer«, setzte der von Vollrads energisch nach, »wir müssen bereit zur Wehr sein. Dazu ist die erste Voraussetzung, dass wir wach und ausgeschlafen sind. Merkt euch das: Was im Moment wie ein sicherer Sieg aussieht, unsere Papiere, unsere Forderungen, kann uns wie Staub in den Händen zerrinnen, wenn erst die Truppen des Truchsess von Waldburg anrücken. Dann kriegt auch das Domkapitel wieder Aufwind. Letztlich haben sie auch unseren Artikeln immer noch nicht zugestimmt. Das bedeutet, wir haben immer noch keinen festen Vertrag. Im Übrigen, Leute, wartet ab, bis der Truchsess mit seinem Heer unten in Württemberg von Sieg zu Sieg eilt, dann kann er sich Zeit nehmen für den Rheingau, dann wird es rasch geschehen, dass er auch euch in Staub und Dreck verwandelt.«

»Der Bauernjörg«, stieß einer mit Ehrfurcht hervor.

»Genau der«, bestätigte Greiffenclau. Es gibt Gerüchte, dass unten in Württemberg eine große Schlacht bevorsteht. Möglicherweise hat sie sogar schon stattgefunden. Jedenfalls ist sicher, dass der Bauernjörg ein ganz anderes Spielchen treibt als ihr hier mit eurem Würfelbecher. Man erzählt, dass er mit den Köpfen erschlagener Bauern zu kegeln pflegt. Und ich glaube es auch. Nehmt euch also in Acht. Vielleicht erzähle ich euch ein andermal auch noch die Geschichte vom ungarischen Bauernaufstand. Vom Bauernkönig Dosza. Morgen oder übermorgen, heute ist es schon zu spät. Geht in eure Zelte, Leute, und ruht euch aus. Vielleicht ist in drei, vier Tagen schon der Truchsess im Anmarsch, wenn er da unten reinen Tisch gemacht hat. Doch wir wollen nicht Trübsal blasen. Hoffen wir, dass die Bauern gewonnen haben. Wichtig ist, dass wir die Palisade weiterbauen und die Wachttürme in die Höhe ziehen.«

Damit war erklärt, welche Funktion die Balkenkonstruktionen, die ich beobachtet hatte, erfüllen sollten.

»Und noch einmal«, setzte Friedrich energisch nach: »Lasst das Kloster und die Mönche in Frieden.«

Tatsächlich löste sich die Versammlung auf. Ein Zischen erklang, dann wurde es dunkel, und nur noch der Mond ließ sein Licht über uns leuchten. Jemand hatte einen Eimer Wasser über das Feuer geschüttet.

Entschlossen berührte ich Marie am Arm und bedeutete ihr mit Handzeichen, dass sie mir ein Stück weit vom Lager weg folgen sollte. Sie flüsterte mir ins Ohr, sie müsse zurück.

»Nur einen Augenblick, Marie«, insistierte ich.

Marie! Dieser Name. Ich hatte Freude daran, ihn auszusprechen, er schien mir eleganter zu klingen als Maria. Marie: So nennen die Franzosen die Gottesmutter. Ich zog das Mädchen mit mir. Gebückt erreichten wir die Straße nach Hattenheim und überquerten sie. Auf der anderen Seite stiegen wir ein Stück die bewaldete Böschung empor und setzten uns im trockenen, raschelnden Laub des Vorjahres nieder. Ruhig schaute sie zu Boden und umfasste ihre Knie mit beiden Händen.

»Marie, gibt es im Lager einen, der Konrad heißt?«, fragte ich plötzlich. Sie sah mich erstaunt an, wunderte sich wohl über meinen dringenden Ton.

»Konrad? Da gibt es, soviel ich weiß, einige. Lasst mich überlegen, ich kenne natürlich nicht alle. Da ist Konrad Schmied von Eltville, Konrad Sowieso von Hallgarten ...«

»Nein, die sind es nicht. Der Bursche, den ich suche, ist etwa Mitte zwanzig.«

»Warum sucht Ihr ihn? Er scheint von großer Wichtigkeit für Euch zu sein.«

Ich räusperte mich. »Nun ja, schon wichtig. Ich ... kenne ihn von früher. Vor ein paar Tagen sind wir – ein paar Mitbrüder und ich – von einer Reise nach Köln zurückgekommen. Bei der Fahrt vom Gut Reichartshausen hinauf nach Eberbach glaubte ich ihn zu sehen. Ein ... ein alter Freund.«

»Es gibt noch einen Konrad. So ein recht kräftig gebauter Kerl. Aber über den weiß ich nicht viel. Ich glaube, keiner weiß so recht was über ihn, woher er kommt, was sein Beruf ist. Der ist immer mit dem Kunz Feldmann zusammen, gewissermaßen sein Schatten. Sein Handlanger, könnte man auch sagen. Ihr glaubt nicht, wie Kunz ihn schikaniert. Und dann noch dieser Henn und noch ein anderer, wie heißt er doch gleich ...«

»Schikanieren, sagst du?«

»Ja, schikanieren. Seinen Namen kürzen sie ab: ›Rad‹ nennen sie ihn kurz und bündig, aber wenn du mich fragst, es klingt mehr wie Ratt'. Rad, mach mir den Schuh zu! Rad, hol mir noch Wein! Rad, massier mir die Schultern! Rad, tanz wie ein Bär! Rad hier, Rad da.«

Sie machte eine Pause und sah mir bittend in die Augen. »Frater Clemens, ich muss jetzt gehen. Dringend. Wenn ich nicht zurückkehre, werden sie mich suchen. Obwohl ich zu gern wissen möchte, welches Band Euch mit diesem Konrad verbindet.«

Widerstrebend und innerlich aufgewühlt stimmte ich zu und stand auf.

»Ich erzähle es dir … ein andermal. Können wir uns …« Ich zögerte, dachte an die Folgen. »Können wir uns wiedersehen? Nicht nur du möchtest etwas von mir wissen, auch ich bin begierig, dich kennenzulernen.«

»Morgen Nacht, wieder an derselben Stelle am Lager?«

»Das ist auf die Dauer zu gefährlich. Kennst du den Neuhof?«

»Euer Klostergut hier ganz in der Nähe? Freilich.«

»Es ist von einer kleinen Mauer umgeben. Dahinter, an den Steinberg angrenzend, steht eine große, alte Linde. Dort wollen wir uns wiedersehen. Was ist heute für ein Wochentag?«

»Samstag.«

Ich dachte nach. Ich konnte nicht jede Nacht, noch nicht einmal jede zweite, für einige Stunden das Kloster verlassen, der Schlafmangel würde mich auslaugen, mir die Kräfte rauben.

»Sagen wir in vier Tagen: in der Nacht von Mittwoch auf Donnerstag. Warte dort, wenn es dir möglich ist; zwei Stunden nach Sonnenuntergang bin ich da.«

Verlegen hob ich die Hand zum Gruß. Dann tat Marie etwas, was mein Herz endgültig aufriss wie der Pflug die Erde im Frühling. Sie legte mir die Hände um den Nacken und zog mein Gesicht zu sich heran.

Zurück, zurück! So rief mein Gewissen mit Donnerstimme.

Bleib, bleib! Das war die Stimme des Herzens, in welches das Saatgut fiel.

Und sie küsste mich – nicht wie eine Mutter ihr Kind küsst, nicht wie ein Klosterbruder dem anderen den Friedenskuss gibt, sondern wie eine liebende Frau einen liebenden Mann. Feucht und zärtlich, intensiv und lang.

Als Kind war ich einmal bei Oppenheim von einem Fischernachen in den Rhein gefallen. Das Wasser hatte mich mitgerissen, obwohl ich schwimmen kann, es gab keinen Widerstand. So war es auch hier. Voller Gewalt wie der mächtige Rheinstrom.

Als wir uns wieder voneinander lösten – der Kuss kam mir wie eine Ewigkeit vor –, langte ich in die Tasche und zog den Seestern hervor.

»Nimm dies als Geschenk. Ich weiß nicht ganz genau, was es ist, ein Seestern, sagte man mir, etwas, was im Meer lebt. Nimm es als Pfand«, stammelte ich unbeholfen und drückte ihr den Seestern in die Hand.

»Als Pfand?«, lächelte sie. Jedenfalls glaubte ich, dass sie lächelte, ich konnte es hier im Unterholz nicht genau erkennen.

»Dass wir uns wiedersehen. In vier Tagen.«

Was ich eigentlich hatte sagen wollen, wagte ich nicht auszusprechen.

VI. Perierat et inventus est

Müdigkeit.

Die Muskeln wie leere, nasse Beutel aus brüchigem Leder, die Knochen schwer wie Eisen, die Gelenke wie rostige Scharniere an uralten Kellertüren. So schleppte ich mich durch die nächsten zwei Tage.

Im Kloster ging jedermann seinen Beschäftigungen nach, die Gebetszeiten und Gottesdienste wurden regelmäßig und mit vertrauter Sicherheit zelebriert, und ebenso regelmäßig kamen die Rheingauer Bauern und Bürger und holten sich Nahrungsmittel. Vor allem dem Wein sprachen sie immer mehr zu.

Einige, die mich gut kannten, blickten mich wie ein Gespenst an; zu deutlich waren mir wohl die Spuren der schlaflosen Nacht ins Gesicht geschrieben. Als ich in den Spiegel schaute, sah ich schwere, dunkle Tränensäcke, wie sie mein Vater im Alter hatte, und Mattigkeit im Blick. Allen, die mich nach meinem Befinden fragten, erklärte ich, dass ich unter einem leichten Unwohlsein leide. Vielleicht habe Wendelin mich angesteckt, möglicherweise bahne sich nun auch bei mir die Influenza an.

Schon zwei Tage später wurde die Müdigkeit von pulsierender Nervosität abgelöst. Die Begegnung mit dem Mädchen im Steinberg stand bevor. Rastlos streifte ich nach dem Mittagessen durch die Abtei. Als ich am Haus des Abtes, das in unmittelbarer Nähe des Krankenhauses liegt, vorbeiging, sah ich Bruder Gerhard, den Abtskoch, am Fenster des oberen Stockwerks winken, dort, wo sich neben dem Schlafraum und dem Arbeitszimmer eine kleine Privatbibliothek des Abtes befindet, in der er auch Gäste empfängt.

»Bruder Clemens, komm mal auf einen Sprung herein!«

Ich wehrte ab, gab vor, ins Krankenhaus gehen zu müssen.

»Keine Ausreden, herein mit dir!«

Ich betrat das Abtshaus. Lockende Duftschwaden durchzogen das

Erdgeschoss. Ich ging ihnen nach und gelangte in die Küche. Es roch verführerisch nach Fleisch, gebratenen Zwiebeln und Gemüse. Neben dem Herd stand ein Korb mit frisch gebackenem, dampfendem Brot. Mir schoss das Wasser im Mund zusammen. Gerhard polterte die hölzerne Treppe herunter.

»Ist Nikolaus nicht da?«, fragte ich.

»Drüben in der Bibliothek, glaube ich. Er besorgt eine Handschrift für die Mutter Engel.«

»Mutter Engel Schweb? Die Äbtissin von Gottesthal?«

»Genau die. Kennst du sonst noch eine Mutter Engel?«

Ich staunte. Also deshalb gab es im Haus des Abtes ein solch köstliches Mahl. »Die Äbtissin von Gottesthal macht einen Besuch bei uns? Aus welchem Grund denn?« Ich wusste nicht, welche Neugier stärker war: die auf die Neuigkeit oder die, was genau wohl in den Töpfen auf dem Herd schmurgelte. Ich konnte dem Duft nicht widerstehen und hob einen Deckel. Es war Lauch, mein Lieblingsgemüse.

»Erst musst du etwas essen, Frater Infirmarius. Du siehst aus wie eine Leiche. Ich möchte wissen, was mit dir los ist. Krank! Ja, krank bist du, abgezehrt und angegriffen siehst du aus. Du, der Siechenmeister, musst mehr auf dich selbst achten. Die Nachtwachen im Infirmarium haben dir nicht gut getan.« Er nickte heftig mit dem Kopf, dabei schwabbelten seine dicken Backen und das Doppelkinn.

Es strapazierte meine Nerven: Schon wieder sprach mich jemand auf das Kuriosum an, dass der Infirmar selber krank sei und sich nun verarzten müsse. Zugleich jedoch war ich froh, dass Gerhard eine plausible Erklärung für meinen Zustand gefunden hatte.

»Das ist bald vorbei, Gerhard. Wendelin muss nicht länger das Bett hüten. Er hat das Krankenhaus heute Morgen verlassen«, entgegnete ich mürrisch.

Der Koch sah mich durchdringend an. »Mir scheint, es gefällt dir zu gut in deinem Reich da drüben. Fast könnte man meinen – nun ja, es scheint, als wollest du dich vom Konvent fernhalten.«

Er hatte mich durchschaut. Ich antwortete mit einer lässigen Handbewegung, die überlegenes Selbstbewusstsein demonstrieren sollte, doch Gerhard lächelte, als kenne er all meine Geheimnisse.

»Wo ist denn die Mutter Engel nun?«, fragte ich, um abzulenken.

»Zunächst probierst du eine Portion von meinem Gänsebraten. Der tut dir nicht weh. Damit du wieder zu Kräften kommst. Warte, ich schneide dir eine Scheibe ab.«

Ich wehrte mich nicht. Gerhard hob den Braten aus dem Topf auf ein Brett, ergriff ein Messer, wetzte es kurz an einem Stein und ließ dann die geschärfte Klinge durch das weiche, nachgiebige Fleisch gleiten. Er legte die dicke Scheibe auf einen Holzteller. Aus einer Pfanne häufte er gebratene Zwiebeln auf das Fleisch und tat einen großen Löffel voll Lauch dazu. Darauf streute er noch geraspelten Käse; dann brach er ein Stück des frischen Brotes ab.

Allzu köstlich mundeten mir die Gans und das Gemüse. Ich liebte das quietschende Geräusch des Lauchs an den Zähnen. Der Käse verschmolz auf dem heißen Gemüse zu einer durchgehenden Schicht, und beides harmonierte perfekt mit dem zwiebelgewürzten Fleisch. Mir fiel auf, dass Gerhard auch eine gute Portion Pfeffer zum Fleisch gegeben hatte. Als ich ihn darauf ansprach, sage er, genau so liebe es die Äbtissin. Dann teilte er mir mit, dass Mutter Engel den Abt in die Bibliothek begleitet habe. Sie habe um ein neues Graduale und ein Lektionar gebeten, da das ihre vom Zahn der Zeit, genauer gesagt: der Mäuse, stark angegriffen sei. Weiterhin wolle sie einen Band mit den Predigten des Augustinus ausleihen, die sie meditieren wolle.

»Zahn der Zeit – Zahn der Mäuse«, wiederholte ich und musste schmunzeln. »*Habent sua fata libelli.*«

»Der eigentliche Grund des Besuches jedoch«, fuhr er unbeirrt fort, »war wohl ein anderer.«

Neugierig horchte ich auf. Welchen Grund konnte es noch geben? War auch Kloster Gottesthal belagert und die Äbtissin suchte nun Schutz? Doch was konnten wir ihr bieten?

»Der ›schwebende Engel‹ hatte nämlich ein Schreiben dabei. Sie hat es Abt Nikolaus ausgehändigt.«

»Ein Schreiben? Welchen Inhalts?«

»Ich weiß es nicht genau. Jedenfalls hat es mit dem Aufruhr zu tun, so viel habe ich mitbekommen. Kann sein, dass Nikolaus morgen im Kapitel dazu etwas sagt, kann aber auch nicht sein. Doch jetzt lasse ich dich in Ruhe essen. Ich habe hinten im Vorratsraum noch einiges zu erledigen. Muss auch noch oben fertig decken.«

Er entfernte sich. Von Ruhe konnte keine Rede sein. Ich versuchte nachzudenken. Vielmehr schwirrten die Gedanken in meinem Kopf herum wie ein vom Bären aufgescheuchter Bienenschwarm. Natürlich dachte ich an Marie, an unser geplantes nächstes Stelldichein morgen Nacht. Jedes Mal, wenn mir das wundervolle Mädchen in den Sinn kam, schlug mein Herz schneller. Doch wie konnte ich zu diesem Treffen erscheinen, wenn ich die Nacht nicht im Infirmarium verbringen würde? Schließlich durfte ich ja nicht darauf hoffen, dass wieder jemand erkrankte und sich stationär behandeln lassen musste.

Auch die Sache mit Greiffenclau spukte mir im Kopf herum. Friedrich von Greiffenclau als Anführer, als Hauptmann der Rheingauer; der Adel und das Volk machten gemeinsame Sache, ein Gedanke, mit dem ich mich noch nicht vertraut machen konnte. Die zwei Wortführer Kunz Feldmann und Henn, pars pro toto »Gugel« vom Hauptmann genannt – ein Spitzname, der mir gefiel, denn er passte zu diesem kleinen Gauner. Ganz offensichtlich wurde Greiffenclau im Lager respektiert; er hatte seine Leute im Griff. Wer wusste, was die noch alles aushecketen, welche Anschläge auf die Abtei sie noch planten, hatte ich doch schon einige eindeutige Bemerkungen erlauscht.

Sollte ich nicht doch Abt Nikolaus Mitteilung machen? Und mich anschließend im Sakrament der Beichte erleichtern? Doch dann wäre eine weitere Begegnung mit Marie zunichte gemacht.

Und was hatte es mit dem Geheimgang auf sich? In meiner überreizten Fantasie sah ich vor meinem inneren Auge die Bauern vom Rhein her in Scharen, mit Fackeln ausgerüstet und schwer bewaffnet, durch einen unterirdischen Stollen ins Innere des Klosters vorrücken. Vage ahnte ich, dass dieser ominöse Gang, sofern er denn tatsächlich existierte, für mich einmal von Bedeutung sein könnte.

Ich zwang mich, mein Mahl möglichst langsam einzunehmen. Anschließend stieg ich, einer Eingebung folgend, die Treppe empor und blickte aus dem Fenster. Mein Blick schweifte umher und blieb am Tor der Abtei hängen. Dort bemerkte ich einen meiner Mitbrüder. Selbst aus der Entfernung erkannte ich Bruder Arnulf Schwarz an seiner herkulischen Statur. Er trug eine Tasche. Schließlich trat Pius, der Pförtner, aus seinem Häuschen und öffnete das Tor. Arnulf ging eilig hinaus und verließ die Abtei. Was hatte das nun wieder zu bedeuten?

Arnulf war ein merkwürdiger Bursche. Mit riesigen Muskeln und entsprechender Körperkraft ausgestattet, fehlte es ihm doch ein wenig an klarem Verstand. Er stammte aus Graz und war im Kloster Heiligen-kreuz im Wienerwald Novize und wohl auch einige Jahre Chormönch gewesen. Vor etwa fünf oder sechs Jahren war er bei uns aufgetaucht, verwahrlost und geistig verwirrt. Er behauptete, die Jungfrau Maria habe ihm befohlen, Heiligenkreuz zu verlassen und in Askese im Wald zu le-ben. So habe er ein paar Monate als Eremit zugebracht und sei dann auf Wanderschaft gegangen, immer donauaufwärts und dann in Richtung des Rheins.

Eines Abends kurz nach Ostern stand er dann bei uns vor dem Tor. Aus Barmherzigkeit nahm ihn Abt Nikolaus damals auf. Er fügte sich perfekt in unser monastisches Leben ein, die Gebete und Gesänge hatte er keineswegs verlernt und beherrschte sie noch immer perfekt. Jeder wusste, dass Arnulf ein Sonderling war, der bisweilen von Anfällen ge-plagt wurde; die Grenze zwischen übersteigerter, ekstatischer Trance und geistiger Umnachtung war bei ihm fließend. Einige wenige mochten ihn gern, viele andere aber konnten mit ihm nichts anfangen, und so hatte er bei uns in Eberbach nie richtig Fuß fassen können. Ein weiterer Grund war sein behäbiger österreichischer Akzent, den er nicht ablegte und den manche von uns Männern des Mittelrheins nur schwer verstanden. Viele machten sich lustig über ihn oder ließen ihn links liegen. Auch Abt Nikolaus verhielt sich ihm gegenüber keineswegs väterlich, ja, er lehnte Arnulf Schwarz fast offen ab, was sich zu einer gegenseitigen Antipathie gesteigert hatte; ein Beispiel war die Konfrontation vor einigen Tagen im Kapitelsaal.

Und was hatte Arnulf jetzt für einen Grund, die Abtei zu verlassen?

Als ich etwa eine Stunde später am Hospital vorbeiging, sah ich dort die Kutsche der Äbtissin. Gerade wurde ein Pferd herbeigeführt und ange-schirrt. Kurz darauf näherte sich die ehrwürdige Mutter in Begleitung von Nikolaus. Beide wechselten ein paar Worte, dann stieg die Non-ne ein und die Kutsche verließ langsam das Kloster. Ein paar unserer Knechte schritten rechts und links nebenher. Bestimmt hatte sie der Abt zu ihrem Schutz abgestellt, damit sie die Äbtissin vor eventuellen Belästi-gungen, etwa durch kleine marodierende Gruppen, beschirmten.

An diesem Tag sprachen alle vor und nach den Chorgebeten von die-sem seltsamen Besuch, doch keiner wusste etwas Genaues. Selbst der Bruder Bibliothekar, der dem Abt die drei Bücher ausgehändigt und die

Mutter Engel gesehen hatte, konnte nichts über jenes geheimnisvolle Schreiben sagen.

Und was am seltsamsten war: Bruder Arnulf kam an diesem Tage nicht wieder zurück. Sein Platz im Chor blieb leer.

Erst am nächsten Tag nahm der Abt nach der Lesung im Kapitelsaal dazu Stellung, nachdem er von Prior Jakob offen nach der Begebenheit gefragt worden war.

»Ja, die Mutter Engel Schweb von Gottesthal war hier bei mir zu Gast. Sie hat sich unter anderem zwei liturgische Bücher geben lassen«, sagte Nikolaus.

»Man erzählt aber auch etwas von einem Schriftstück, das die Äbtissin dabei hatte«, insistierte der Prior.

»Woher weißt du …?« Der Abt schien erschrocken. Er blickte in das Gesicht Jakobs, das Hochmut und Triumph ausstrahlte. »Ja, gewiss, eine Schrift. Sie hat mir ein Schriftstück übergeben, das ist richtig. Es handelt sich um ein Schreiben, nun … um einen Brief an Friedrich von Greiffenclau, der anscheinend da draußen mit dem Volk, dem *vulgus profanum* des Rheingaus, gemeinsame Sache macht und sozusagen als, wie soll man sagen, als eine Art Anführer fungiert.«

Stimmen wurden laut und schwollen verstört an.

»Der von Vollrads ist besessen!« – »Der Adel ist von Sinnen!« – »Vorlesen, das Schreiben!« – »Die Schwestern in Lebensgefahr!« – »Keiner mehr sicher!« – »Der Konvent muss informiert werden!«

Solche Ausrufe, die wild durcheinander gingen, ließen den Kapitelsaal erschallen und drangen hinaus in den sonnendurchfluteten Kreuzgang.

»Brüder, Brüder!«, rief der Abt, um die Ruhe wiederherzustellen, doch es brauchte eine Weile, bis er sich Gehör verschaffen konnte. »Brüder, ich habe das Schreiben bei mir.«

Nikolaus ging zu seinem Sitz und holte aus einer ledernen Tasche ein Blatt Papier. »Es ist eine Abschrift, die ich selbst erstellt habe. Das Original habe ich durch einen Boten, einen von uns, ins Lager bringen lassen.«

In diesem Augenblick war mir klar, dass Bruder Arnulf dieser Bote war. Warum nur hatte Nikolaus gerade ihn geschickt? Vielleicht, weil er hoffte, dass die Bauern dem Naiven nichts zuleide tun würden? Weil Arnulf so stark war und sich gut zur Wehr setzen konnte? Weil er ihm eine unangenehme Aufgabe zuteilen wollte? Ich nahm mir vor, nach dem ehemaligen Heiligenkreuzer Mönch zu fragen.

Der Abt sprach weiter, allerdings erkennbar verunsichert und in der Defensive, weil er einen vorwurfsvollen Blick des Priors auffing.

»Brüder, ich gebe zu, ich wollte von diesem Brief nicht zu euch sprechen. Der Grund ist … nun, es hilft nichts, die Lage ist ernst. Offenbar werden die Schwestern drunten in Gottesthal hart bedrängt. Das Volk hat die Türen …«

»Vorlesen!«, warf einer, der auf der Kreuzgangseite saß, respektlos ein, ich glaube, es war der Cellerar.

»Hört zu«, ging der Abt auf die Aufforderung ein, faltete das Blatt auseinander und las vor:

»*Das Kloster Gottesthal an Friedrich von Greiffenclau und den Rat der Landschaft des Rheingaus.*

Wir klagen euch mit jammervollem Herzen und Betrübnis den großen Frevel, Mutwillen und Schaden, den wir erleiden von jenen, die da vor unserem Kloster auf- und abgehen mit Essen und Trinken. Sie stoßen gegen unsere Türen und stechen mit ihren Spießen auf sie ein. Kein Mensch beschützt uns vor diesen Gewalttaten. Diesen Unfug, den sie treiben, können wir nicht mehr ertragen.

Ist es eure Absicht, das Kloster zu zerstören und zu verheeren, so sorgt dafür, dass wir Schwestern wenigstens unser Auskommen haben bis an unser Ende. Dann könnt ihr tun mit dem Kloster, was ihr wollt. Man gönnt Dieben und Mördern, dass sie sich bereiten zu ihrem Tode, also wollet gefälligst auch uns etwas Zeit geben, uns zu bereiten zu unserem Elend.

Hiermit befehlen wir euch dem Schirm des allmächtigen Gottes zu aller Zeit.

Datum auf Dienstag nach Cantate, Anno Domini 1525.

Engel, Äbtissin, und der ganze Konvent des Klosters Gottesthal.«

Kaum hatte der Abt geendet, rief einer: »Oh, heiliger Geist und alle Heiligen, beschützt uns vor diesem infernalischen Treiben!« Darauf wurde es still.

Eine ganze Weile sprach keiner ein Wort. Es hatte allen die Sprache verschlagen. Die Brüder blickten betreten zu Boden und baten in Gedanken den Herrn für das unter unserer Paternität stehende Kloster Gottesthal und die Schwestern dort.

Schließlich brach der Abt das Schweigen und teilte uns mit, dass der Viztum binnen Kurzem seinen Besuch angekündigt hatte. Er erwarte die Senioren zu einer Besprechung in einer Stunde im Hospital. Schließlich ermahnte er alle, auch weiterhin nicht im Gebet für die Schwestern nachzulassen.

Nach dem Schlusssegen hielt ich beim Ausmarschieren Ausschau nach Eberhard. Er war schon in den Kreuzgang gegangen und hielt die Hände fromm gefaltet.

»Bruder Eberhard«, sprach ich ihn an, eine Nuance zu laut, weil ich noch mehrere Schritte entfernt war. Einige Mitbrüder drehten sich überrascht um und blickten mich vorwurfsvoll an. Ich ging, so rasch es mit der Würde des Ortes noch vereinbar war, dem Greis hinterher, der nichts gehört hatte. Als ich ihn erreicht hatte, ergriff ich ihn am Ärmel. Er drehte sich um.

»Bruder Infirmarius! Betest du nicht für die Schwestern?«

Ich näherte meinen Mund dem Ohr, auf dem er besser hörte. »Doch, ehrwürdiger Eberhard. Jedoch: Darf ich Euch etwas fragen?«

»Ich habe euch von den Zeichen erzählt gestern oder vorgestern oder ... wann war das? Letzte Woche? Letzten Monat?«

»Eberhard, bitte, es ist wichtig.« Ich zog ihn mit mir ins Brunnenhaus, wo sich niemand befand. Das Wasser rauschte in die Brunnenschale und sang sein immerwährendes Lied. Wir steckten die Köpfe zusammen.

»Die *macula*«, fuhr er unbeeindruckt fort, »du weißt es, jaja, ich habe es erzählt. In Holland drüben und auch in unseren Landen. Das Gericht über die Welt, es ist nicht mehr fern, schau, Bruder Clemens, sind die Worte des Abtes nicht eine Bestätigung?«

»Jaja«, erwiderte ich ungeduldig und merkte, dass ich damit die Floskel wiederholte, die auch der Greis ständig im Munde führte. Da packte er mich am Arm. Die unerwartete Kraft erstaunte mich.

»Glaubst du, Clemens, dass die Bauern das Kloster Gottesthal in Frieden lassen, dass der von Vollrads die Lage unter Kontrolle hat?«

»Ich weiß nicht, ich kann es nur hoffen.«

»Bete, Bruder, bete zum Herrn, der Himmel und Erde gemacht hat, und zu unserer Patronin, der heiligen Jungfrau!« Er wischte sich eine Träne fort. »Beten, jaja, was können wir auch anderes tun, wir armen Fratres, in dieser schlimmen Zeit? Gibst du mir etwas gegen Magenschmerzen?«

»Bruder, gewiss, kommt mit mir ins Krankenhaus, ich gebe Euch Wermuttee, oder nein, noch besser, noch konzentrierter: die Wermuttropfen, die haben Euch doch immer gut geholfen. Sind auch gut gegen Blähungen. Gleich anschließend. Aber ich wollte Euch doch um eine Auskunft bitten: Es heißt, es gebe … nun ja, wir haben heute viel von den armen, bedrängten Schwestern unseres Ordens gesprochen, es gibt da ein Gerücht. Ein Gerücht unter dem Volk …«

»Ein Gericht? Ich sage doch, das Gericht ist nahe!«

»Ein Gerücht, bester Frater, mit ›ü‹. Gerücht!«

»Mit ›ü‹ wie Übel, jaja, gut. Oder vielmehr schlecht. Was besagt es?«

»Nun, es soll da zwischen Eberbach und den Tochterklöstern, wie soll ich sagen, unter der Erde einen Gang …«

»Woher weißt du das?«, unterbrach mich der Alte unerwartet schroff und richtete seinen Oberkörper streng auf. »Wer redet solch einen Unsinn?«

Der Ausbruch des greisen Mitbruders überrumpelte mich völlig. Er setzte seine laute Schimpfkanonade fort, und ich war froh, nicht auf seine Frage antworten zu müssen.

»Schon als ich ein Kind war«, bemerkte er schließlich, wieder ruhiger, »erzählten sich die Bauern draußen, dass die zu den Tochterklöster entsandten Beichtväter sich um alles kümmern, nur nicht um Seelsorge und Sakrament. Ja, noch schlimmer, es hieß, dass wir Mönche Gelübde und Gottesfurcht nicht mehr achten und durch einen unterirdischen Gang nach Tiefenthal oder gar hinunter nach Gottesthal gelangen, um dort der Sünde des Fleisches zu frönen.«

Erneut ergriff er meinen Arm, und seine sehnige Hand drückte zu wie eine Zange.

»Du darfst solchen Gerüchten niemals Glauben schenken, nein nein, niemals Glauben schenken! Antworte stets mit den Worten des Apostels aus dem Ersten Brief an die Korinther: Unzucht und Hurerei sei von euch fern.«

Der Alte begab sich zur Brunnenschale, schöpfte mit beiden Händen Wasser an die Lippen und trank schlürfend.

»Jedoch«, fuhr er nachdenklich fort und wischte sich mit dem Skapulier den Mund, er blickte mich direkt an, und in diesem Moment wusste ich, dass ich auf der richtigen Spur war, »mir bleibt nicht mehr viel Lebenszeit, und warum soll ich dir nicht sagen, was ich gehört habe, nicht wahr? Die Alten haben es erzählt: Es soll hier wirklich eine Art Stollen geben.«

»Zum Rhein hinunter«, platzte es aus mir heraus.

»Woher weißt du das?«, fuhr er mich erneut an, diesmal mehr zischend als laut, denn schon waren einige Mitbrüder auf uns aufmerksam geworden. Ich zog Eberhard noch weiter ins Brunnenhaus hinein.

»Bruder Eberhard, ich … ich glaube, der Viztum Brömser hat es einmal erzählt«, log ich, »irgendwann vor längerer Zeit. Aber woher er es gehört hat, ist mir unbekannt.«

Eberhard blickte mich intensiv an und setzte sich auf die Brüstung. »Jaja, ich erinnere mich dunkel. Als ich Novize war, hörte ich davon. Die einen sagten, dass der unterirdische Gang hinten bei den Werkstätten und Scheunen beginne und zum Strom hinunterführe. Andere erzählten, dass er als Fluchtweg für die Mönche in Kriegszeiten angelegt worden sei und in der inneren Klausur beginne, in der Fraternei vielleicht. Wie dem auch sei, auch damals war es nicht mehr als Gerede.«

»Aber beiden Versionen ist doch gemeinsam, dass der geheime Weg hinunter zum Fluss führen soll, nicht wahr?«

Er nickte stumm.

»Solch ein Gang könnte uns gerade jetzt von Nutzen sein«, dachte ich laut.

»Reden wir nicht von unnützen Dingen, die nicht existieren«, erwiderte Eberhard. Er stöhnte auf und setzte sich auf eine Bank. Das lange Gespräch hatte ihn sichtlich erschöpft. »*Vanitas est. Vanitas vanitatum omnia vanitas*, wie der Ekklesiast sagt. Jaja.«

Ich legte ihm die Hand auf die Schulter und wollte ihm aufhelfen, da ergriff er erneut meinen Arm und zog mich zu sich herab. »Junger Bruder, warum interessierst du dich denn so für den Geheimgang?«, flüsterte er.

Ich gab keine Antwort. Zum einen wusste ich selbst nicht, warum – allenfalls hätte ich die *curiositas* eingestehen können, die Sünde der Neugier –, zum anderen gingen gerade zwei oder drei Brüder draußen im Kreuzgang an uns vorbei und blickten interessiert in unsere Richtung. Mir fiel auf, dass sie ihren Schritt verlangsamten, um ein paar Worte zu erhaschen. Auch Eberhard hatte sie bemerkt. Da schnellte seine andere Hand empor und beide Greisenhände drückten noch einmal meinen Arm. Mein Gesicht befand sich direkt über seinem. Ich sah, dass die Nase des Alten lief; eine dünne Schleimspur zog sich bis zur Oberlippe.

»Bring mich ins Infirmarium«, befahl er mit einer Stimme, die keinen Widerspruch duldete. Zugleich hatte sie etwas Verschwörerisches. Dieser Mann wusste mehr, als er preisgegeben hatte!

Ich nickte mehrmals und schließlich ließ er mich los. Dann half ich ihm auf. Als wir das Brunnenhaus verließen, sah ich Fulbert um die Ecke des Kreuzgangs biegen. Er eilte uns entgegen.

»Meister!«, platzte er heraus. »Der Abt schickt mich. Der Viztum ist schon da. Du sollst dich sofort ins Hospital begeben. Anscheinend gibt es wichtige Mitteilungen.«

»Der Viztum soll von mir aus in die Latrine gehen!«, zischte ich unbeherrscht. Ich hatte das Treffen im Gästehaus ganz vergessen.

Der schwerhörige Eberhard hatte nichts verstanden, aber Fulbert schaute mich erschrocken an.

»Schau an, schau an«, meldete sich Peter, »unser Klostermann vergiftet nicht nur seine Mitbrüder, sondern stößt auch noch unbeherrschte Flüche aus. Wie viele Vaterunser hast du gebetet als Sühne?«

»Lass das meine Sorge sein. Unterbrich mich nicht laufend.«

»Na, von laufend kann keine Rede sein. Der alte Peter muss doch von Zeit zu Zeit mal zeigen, dass er auch noch da ist, haha. Noch atmet. Durch seine Nase, die trieft wie die vom alten Eberhard. Noch reden kann. Und noch rülpsen.«

Er ließ seiner Ankündigung die Tat folgen und lachte schelmisch. »Oje, ich habe ja gar nicht gewusst, dass man vom leeren Magen auch rülpsen muss.« Peter stand auf und drosch mit der flachen Hand auf die Kerkertür ein. »He, Cerberus! He! Bring uns noch Brot. Und vor allem Wasser! Der Mönch sagt, viel trinken ist wichtig!«

Nichts geschah. Peter setzte sich wieder.

»Als frommer römisch-katholischer Christ, der an Seine Heiligkeit den Papst, seine Herrn Rothüte und Bischöfe und seine überaus geliebten Ablassprediger, diese Landplagen, glaubt, hättest du ja für deine Verfehlungen ein hübsches Ablassbriefchen kaufen müssen«, kam er auf sein Thema zurück, »hätte wahrscheinlich gar nicht so viel gekostet für so einen schwachen Fluch. Nicht so viel wie eine arme Seele aus dem Fegefeuer freizukaufen, haha. Wie haltet ihr denn das im Kloster?«

»Wir sind durch Zucht und Regel, durch unseren frommen Wandel und ...«

»Frommer Wandel? Was soll's, interessiert mich doch nicht, eure Möncherei! Lass gut sein. Fahr lieber fort. Ich will wissen, wie's weitergeht.«

———— ·•· ————

Ich befahl Fulbert, Eberhard mitzunehmen und ihm etwas gegen Magenschmerzen zu verabreichen. Der Alte solle sich hinlegen, ich würde so bald als möglich nachkommen.

Im Hospital waren die Senioren, die älteren Brüder und Würdenträger der Abtei, zu denen auch ich gehöre, versammelt, dazu der Abt, der Prior und Heinrich Brömser. Wir nahmen am Tisch Platz, wo wir vor einigen Tagen schon mit Brömser, den Adligen und den Mainzer Domherren gesprochen hatten.

»Herr Viztum, was habt Ihr uns zu berichten?«, forderte der Abt den Gast zum Reden auf. Dieser stand auf und putzte sich erst einmal umständlich die Nase, ehe er zu reden anhob.

»Ich komme direkt aus Mainz. Die Dinge sind in Bewegung gekommen. Morgen wird Bischof Wilhelm von Straßburg höchstpersönlich in Begleitung der Domherren das Lager draußen besuchen und die Artikel der Aufständischen bewilligen. Alle einunddreißig.«

Der Abt hob ratlos die Hände, als wolle er sagen: So musste es kommen.

»Erlaubt, Herr Viztum«, sagte ich schmunzelnd und versuchte die ernste Stimmung aufzubrechen, »Ihr seid erneut unpräzise, wie schon vor einigen Tagen. Es sind neunundzwanzig.«

»Erlaubt Ihr, Herr Bruder Infirmarius«, entgegnete Brömser auftrumpfend, ebenfalls mit einem überlegenen Lächeln, »diesmal irrt der Mönch, nicht der Viztum. Das Volk hat den neunundzwanzig Artikeln noch zwei hinzugefügt und diese überarbeitete Fassung am 11. Mai dem Bischof zugeschickt. Ein neuer Artikel betrifft die übermäßigen Abgaben, ein anderer die evangelischen Prediger, die im Lande gefangen gehalten werden, unter anderem unten in Eltville, aber auch in Rüdesheim und Oestrich. Sie sollen freigelassen und zukünftig keiner mehr wegen seiner evangelischen Überzeugung und Verkündigung eingekerkert werden.«

Bischof Wilhelm von Straßburg höchstpersönlich! Das war in der Tat eine Nachricht. Weil unser Erzbischof Albrecht von Mainz in seiner Residenz im entfernten Halle an der Saale weilte, führte Wilhelm von Straßburg aus dem Geschlecht derer von Hohnstein als Stellvertreter die Geschäfte.

»Warum muss denn Seine Exzellenz höchstpersönlich im Lager erscheinen?«, fragte der Prior und zog die Stirn in Falten. Seine lebhaften Augen schienen noch tiefer als sonst in den Höhlen zu liegen.

»Er will noch einmal ein Zeichen setzen«, erläuterte Brömser. »In Miltenberg musste er ja schon klein beigeben und sich gleichsam den Bundschuh anziehen, aber nun denkt er, wenn er persönlich im Lager erscheint, sei es ein gutes Signal, den Aufruhr hier im Rheingau endgültig zum Abklingen zu bringen. Er hofft, und mit ihm das ganze Domkapitel, dass die Bürger und Bauern dann nach Hause zurückkkehren und sich die Wogen glätten.«

»Miltenberg? Was ist denn mit Miltenberg?«, fragte der Abt.

»Und was hat es mit dem Bundschuh auf sich?«, ergänzte der Abtskaplan Paulus.

Der Viztum zuckte verständnislos mit den Schultern.

»Ihr habt die Stadt vorhin erwähnt«, fuhr Paulus fort. »Aber Ihr spracht in Rätseln. Meint Ihr Miltenberg am Main?«

»Genau das. Sagt bloß, ihr Zisterzienser hättet noch nichts vom Vertrag von Miltenberg gehört?«

Wir sahen uns ratlos an. Ich bemühte mich, ein möglichst törichtes Gesicht zu machen, obgleich ich kürzlich bei Nacht schon gewisse Andeutungen im Lager gehört hatte, die ich freilich nicht hatte erklären können. So wartete nun auch ich begierig auf die Erläuterung.

Brömser lachte. »Ja, in diesen Zeiten muss man sich nicht wundern, wenn die Informationen nicht so fließen wie drunten der alte Rhein in seinem Bett. Aber, bei Gott, so lange ist es nun auch wieder nicht her. Es war am Sonntag Jubilate, also vor etwa zweieinhalb Wochen. Bischof Wilhelm von Straßburg hat in Miltenberg einen Vertrag unterzeichnet, der besagt, dass das ganze Erzbistum Mainz dem Bund der Bauern beitritt.«

»Unglaublich!«, platzte der Prior heraus, und alle am Tisch schauten betroffen drein. »Das kann er nur unter größtem Druck, ja unter Gewaltandrohung zugestanden haben. Warum hat uns das Domkapitel nicht informiert?«

»Ja, wartet nur, Herr Prior, bevor Ihr urteilt. Gewiss war ein Druck von Seiten der Bauernschaft da, insbesondere natürlich des großen Bauernhaufens vom Neckar und aus dem Odenwald. Ihr habt vielleicht gehört, dass Götz von Berlichingen, dieser alte Raubritter, da eine führende Rolle spielt. Aber auch hier bei uns im Rheingau sind Adlige mit von der Partie, doch davon später.«

Der Abt nickte. »Wir wissen, dass Greiffenclau und einige andere kräftig mitmischen. Ein wenig bekommen wir schon noch mit von der Welt dort draußen, Herr Brömser von Rüdesheim. Aber fahrt nur fort.«

»So, ihr wisst schon …? Nun gut. Was ich jedenfalls sagen wollte: So unklug war es nicht von Bischof Wilhelm, der Bauernvereinigung beizutreten. Bedenkt: Er konnte damit das gesamte Erzstift vor eventuellen Plünderungen der gewalttätigen Haufen schützen.«

»Ein kluger Schachzug«, bemerkte Pirmin, der Cellerar.

»In der Tat«, stimmte Brömser zu, »ein Zug, der kein Opfer kostete und den weißen Figuren fürs Erste eine gute, unangreifbare Stellung sichert. Zunächst hatte er Ruhe, konnte er doch nicht wissen, dass hier im Herzen des Erzstifts, im Rheingau, auch ein Aufruhr losbrechen würde. Doch wenn er selbst sich aufmacht, sich dem Volk zeigt, das ihn nicht kennt, und in eigener Person dessen Forderungen in einem offiziellen Akt nachgibt – auch dies ist ein kluger Schachzug. Nicht nur in seinem Sinne, sondern durchaus auch für unser Volk hier.«

»Was meint ihr damit?«, hakte der Prior nach.

»Damit meine ich, verehrter Prior Jakob, dass der Bischof ein Menschenfreund ist und seine Bauern und Bürger schützen will.«

»Schützen? Bauern und Bürger?«, bellte Jakob. »Soll er lieber seine Klöster schützen! Wir müssen die da draußen verköstigen, Tag für Tag kommen welche und fordern von unseren Vorräten!«

»Das ist mir bekannt.«

»Manche haben sogar schon die Mauer überklettert und sind in die äußere Klausur eingedrungen!«, warf Kaplan Paulus ein.

»Wartet nur, wenn es so weitergeht, ist auch bald die innere Klausur nicht mehr sicher«, spann Bursar Emrich Reser den Faden weiter.

Er wusste nicht – wir alle wussten nicht, wie Recht er mit dieser Prognose behalten sollte.

Ein Stimmengewirr entstand und keiner achtete für den Augenblick mehr auf den Viztum. »Brüder«, hob er an; da er aber nicht gegen die Lautstärke ankam, erhob er sich mit einem Ruck und warf dabei seinen Stuhl um. Die hölzerne Lehne krachte auf den Boden und sofort herrschte Stille.

»Brüder! Fratres von Eberbach! Ihr wisst nicht, was vorgeht da draußen in den deutschen Landen. Ihr fragtet, warum das Volk geschützt werden muss, Prior Jakob, und ich will es Euch erklären. Wisst ihr Mönche, was passiert, wenn die da draußen nicht heimkehren an ihre Herde, auf ihre Höfe, zu ihren Pflügen und Keltern, in ihre Katen und Handwerksbetriebe? Herr Georg Truchsess von Waldburg, seines Zeichens Hauptmann des Schwäbischen Bundes, wird anrücken und ein Ende machen. Ihn mit seinen geschulten Reisigen und Landsknechten wird unser Rheingauer Gebück nicht aufhalten. Und die bewaffneten Figuren auf dem Wacholder draußen erst recht nicht. Mauerbrechend' Geschütz führt er mit sich. Mächtige Feldschlangen und Kartaunen.«

»Herr Viztum, erlaubt, dass ich Euch unterbreche«, sagte der Abt, »es heißt doch, der Truchsess sei mit seinem Heer unten bei den Schwaben in Einsatz. Marschiert er nicht Richtung Bodensee?«

»Herr Abt, mit Verlaub, Ihr seid auch hier nicht richtig – was rede ich – *gar nicht* im Bilde. Ich sagte, dass große Dinge geschehen. Unten am Bodensee ist nichts mehr los. Da ist es so ruhig wie auf einer Kuhweide. Es hat jedoch eine gewaltige Schlacht gegeben unten bei Böblingen in Württemberg. Vor einigen Tagen war es, am zwölften Mai. Vor der Stadt traf der Bauernhaufen auf die Streitmacht des Truchsess. Er selbst war mit seiner Reiterei an vorderster Front. Mit erhobenem Schwert soll er selbst das Zeichen zum Angriff gegeben und die Schlacht eröffnet haben. Aber was heißt schon Schlacht? Es war keine Schlacht, es war ein Massaker, so haben Augenzeugen berichtet. Von frühmorgens ging das Hauen und Stechen, bis nachmittags Schlag zwei. Ein Abschlachten war es. Die Bauern gingen viel zu unkoordiniert vor, hier mal ein Vorstoß, da mal ein Rückzug, irgendwie fehlte auch der rechte Mut, und bald geriet der ganze Haufen in wilde Flucht. Was soll ich Euch sagen? Sechs- oder achttausend sind gefallen, heißt es, manche sprechen sogar von zehntausend.«

»Hat der Truchsess viele Verluste bei seinen Truppen gehabt?«, erkundigte sich der Cellerar.

»Nein, Gott und den Heiligen sei Dank, man kann es kaum glauben: Es waren wohl weniger als fünfzig Mann.«

Erstaunt blickten wir uns an. Der Truchsess setzte seinen beispiellosen Triumphzug fort; er eilte von Sieg zu Sieg, und das bei geringsten Verlusten in den eigenen Reihen. Er musste fürwahr ein großer Führer und Taktiker sein.

»Doch ich danke Gott«, sagte Brömser und rang die Hände, »dabei sollte ich mit dem Allerhöchsten hadern wie einst Hiob, wo so viele arme, irregeleitete Männer gefallen sind, brave Bauern, die ein paar mehr Rechte und wenig Freiheit wollten. Freiheit – dieses Wort führten sie auf ihren Bannern mit in die Schlacht. Neben dem Bild des Bundschuhs.«

Brömser hatte sich in Rage geredet, auch seine Hände sprachen mit. Hastig fuhren sie durch die Luft. Er kratzte sich im Bart, hob den Stuhl auf und setzte sich schließlich umständlich hin.

»Die gerechte Sache hat gesiegt«, schnarrte der Prior nach einer Pause. »Wer Wind sät, wird Sturm ernten, heißt es im Alten Testament beim Propheten Hosea.«

»Gewiss, Herr Prior«, erwiderte der Viztum und zuckte mit den Schultern. »Aber ich habe Mitleid mit den Verblendeten. Mit denen, die im Sturm umgekommen sind. Nicht nur mit ihnen, auch mit den Ehefrauen, die gute Männer und Söhne verloren haben. Jedenfalls seht ihr, dass das, was wir hier im Rheingau erleben, gegen die stürmischen Wetter dort unten in Württemberg ein mildes Lüftchen ist, um in Eurem Bilde zu bleiben, Herr Prior. Nebenbei: Drüben im Thüringischen braut sich wohl auch etwas zusammen. Unser Aufruhr hier ist doch harmlos – selbst wenn sie euch die Kutten vom Leib fressen und über eure Mauern steigen – seid froh, dass es nicht schlimmer ist!«

Er nahm einen tiefen Zug Wasser, schüttete sich den Rest in die hohle Hand und benetzte sich die Stirn. Dann lehnte er sich zurück und fuhr plötzlich zusammen. Ein unterdrückter Schrei entfuhr dem Munde Brömsers, der sich an die Lendenwirbel griff. Ich wusste sofort, was mit ihm los war. Sein Rückenleiden setzte dem Viztum noch immer zu.

Bittend blickte er mich an. Ich nickte. Wir verstanden uns und mussten nichts sagen. Nach der Besprechung würde ich neben Eberhard noch einen zweiten Patienten haben.

Ungeachtet seiner Schmerzen fuhr er fort: »Doch was auch immer hier geschieht, wie schlimm oder wie harmlos sich die Sache im Rheingau ausnimmt, einen wie Georg Truchsess von Waldburg interessieren Details der Revolte nicht. Ob hier Mönchen und Nonnen der Bauch aufgeschlitzt wird oder nur ein paar geklauten Hühnern und Gänsen, das ist dem Bauernjörg einerlei. Für den ist ein Bauernhaufen so gut oder vielmehr schlecht wie der andere. Aufruhr ist Aufruhr, egal wo. Und muss bekämpft werden. Sobald sich Bauern irgendwo zusammenrotten, ist der Truchsess zur Stelle. Kampf und Krieg, Streit und Sieg – das ist sein täglich' Brot, darauf versteht er sich.«

»Nun gut, Herr Viztum, dann gibt es ja Hoffnung, dass hier bald wieder Ruhe einkehrt«, schaltete sich der Prior ein. »So oder so: Wenn morgen Bischof Wilhelm den Rheingauer Artikeln zustimmt, kehren wohl alle erst mal heim. Aber was wird dann aus uns? Ihr wisst, es heißt doch darin, dass alle Klöster aussterben sollen! Uns gestattet man ja wenigstens noch, als Mönche weiterzuexistieren, wir dürfen nur keine neuen Brüder aufnehmen. Aber unsere Schwestern in Tiefenthal müssen binnen weniger Tage ihre Gebäude verlassen, das Kloster soll abgerissen und in eine Festung verwandelt werden. Und was geschieht mit dem Gewand der heiligen Elisabeth, das in Tiefenthal aufbewahrt wird? Insofern können wir nur beten, dass Truchsess Georg irgendwann auch in den Rheingau einmarschiert.«

»Wartet ab und bittet den Herrn um Geduld«, versuchte Brömser zu beschwichtigen, »vielleicht wird das doch alles nicht so heiß gegessen, wie es gekocht wird.«

»Wo wir gerade bei den Nonnenklöstern unseres Ordens sind«, unterbrach ihn der Abt. »Habt Ihr Neuigkeiten von Kloster Gottesthal? Die Mutter Engel war vor kurzem bei uns. Ich hoffe, sie ist wohlbehalten wieder zurück in ihrem Konvent. Es könnte ja sein, dass Ihr sie zufällig getroffen habt. Es ist wohl schon zu Randalen an der Klosterpforte gekommen.«

»Mir ist nichts bekannt. Ich werde aber, wenn ich heute Nachmittag heimkehre, einen Besuch dort machen. Doch zuvor bitte ich um Erlaubnis, Herr Abt, dass mich Bruder Clemens behandelt. Ihr wisst, mein Rücken.«

Nach dem Mittagessen, das Heinrich Brömser im Abtshaus eingenommen hatte, lag er wieder auf meinem Behandlungstisch. Ich machte die nötigen Handgriffe. In einem Nebengemach, durch einen Vorhang abgetrennt, hörten wir den alten Eberhard mit Fulbert im Gespräch. Von Zeit zu Zeit erklang ein Schlürfen; offenbar hatte ihm Fulbert statt der Tinktur doch einen Tee verabreicht.

»Ah, Bruder Clemens, wie gut das tut«, seufzte Brömser. »Wenn Ihr irgendwann einmal Euer Kloster verlassen müsst – man weiß ja nicht, wie die Dinge sich hier noch entwickeln –, stelle ich Euch als meinen Leibarzt ein. Unten in Rüdesheim lässt sich's auch gut leben.«

»Herr Brömser«, entgegnete ich, »Ihr wisst, dass es uns nicht um ein gutes, sondern um ein gottgefälliges Leben geht. Wir haben unser Dasein in Armut, Gehorsam und … Keuschheit zu verbringen.«

Hoffentlich hat er die kurze Pause nicht bemerkt, die ich vor dem Wort Keuschheit gemacht hatte, dachte ich. Da schaltete Eberhard sich laut ein: »Herr Viztum, Ihr also wart das Vögelchen, das dem Clemens von einem Geheimgang vorgesungen hat.«

»Geheimgang?«, fragte Brömser überrascht.

»Geheimgang?«, wiederholte auch Fulbert. Er zog den Vorhang zurück und sah mich fragend an.

Damit hatte mich meine Ausrede, meine Lüge von heute Morgen eingeholt. Ich stotterte, dass ich mich wohl geirrt haben müsse, wenn ich behauptet hätte, dieses Gerücht von Brömser gehört zu haben. Vielmehr könne ich mich nicht erinnern, wer davon erzählt habe, vielleicht ein Klosterknecht, vielleicht jemand auf einer Grangie. Jedenfalls, so versuchte ich die Sache herunterzuspielen, dürfe man solche dummen Bemerkungen nicht ernst nehmen. Überhaupt sei das Ganze wohl eher ein Scherz, von irgendjemandem erfunden, um sich wichtig zu machen.

Eberhard kam mir zur Hilfe: »Jaja, ihr wisst, Räume unter der Erde, Keller, Krypten und andere unterirdische *loci* waren uns Zisterziensern immer schon ein Gräuel. Unterirdische Gänge – so etwas gibt es hier nicht und hat es nie gegeben.«

Er blickte mich an und erneut spürte ich, dass der Alte mehr in petto hatte, als er verriet. Die vehemente Betonung, mit der er den letzten Satz gesprochen hatte, hatte es mir verraten, wahrscheinlich sogar verraten sollen.

Allmählich begann mich die Sache mit dem Geheimgang zu faszinieren.

»Ist doch einleuchtend, Brüderlein«, ließ sich Peter vernehmen. »Hei, das ist klar wie Brunnenwasser: Dieser unterirdische Gang war für dich von Interesse, weil du darin einen Weg sahst, zu Marie zu kommen. Unser kleines, sündiges Mönchlein! Von wegen Keuschheit, ha!« Er machte theatralisch die Bewegung des Umarmens, spitzte seine Lippen wie zum Kuss und ließ laute Schmatzgeräusche hören.

Ich dachte ein paar Augenblicke nach und starrte in den rußenden Kienspan. »Nein, Peter«, sagte ich dann. »Was du sagst, klingt plausibel, aber es stimmt nicht. Marie war immer in meinen Gedanken, ich wollte, ich musste sie wiedersehen, und mit brennender Ungeduld fieberte ich jener Stunde entgegen. Aber dieses Interesse für den ominösen Geheimgang hatte nichts mit dem Mädchen zu tun, da bin ich sicher. Es war … eher die Lust am Verborgenen, die Faszination, die ein geheimer, den anderen nicht bekannter Ort ausübt. Ein Ort, der vielleicht viele Jahre nicht betreten wurde. Und wie ich schon einmal sagte: Ich ahnte, dass dieser Gang irgendeine Bedeutung für mich bekommen würde. Eberhard hatte durch seine Stimme und Mimik angedeutet, dass er etwas darüber wusste; gerade sein hartnäckiges, übertriebenes Leugnen hatte mich aufhorchen lassen.«

»Sei's drum. Jedenfalls will ich endlich wissen, wie es mit Marie weiterging.«

»Es geht gleich weiter, nur Geduld.«

»Machst es ja immer noch spannend, Mönch.«

Als Brömser gegangen war, nicht ohne mir für die Behandlung herzlich zu danken, schickte ich Fulbert zum Vespergottesdienst und sagte, ich wolle Eberhard doch noch einmal selbst untersuchen.

Er musste sich auf den Tisch legen, und ich brachte mein Ohr an seinen Magen, um aus den Geräuschen Aufschluss über die Erkrankung zu gewinnen. Was ich aber eigentlich hören wollte, sollte aus seinem Mund kommen. Doch der Alte schwieg. Ich bemerkte, dass er sehr blass war. Wahrscheinlich hatte ihn das viele Reden angestrengt.

»Habt Ihr Schmerzen, Eberhard?«

»Ja, sehr.«

»Wo genau?«

»Hier oben. Es ist diesmal ziemlich weit oben und ungewöhnlich intensiv. Bring mich zum Gottesdienst«, stöhnte er.

»Bruder, wenn es Euch so schlecht geht, ist es besser, Ihr bleibt hier im Krankenhaus. Frater Eberhard Katzmann von Geisenheim, ich muss es Euch als Infirmar dieses Klosters befehlen!«, mahnte ich mit Nachdruck.

»Bring mich in die Kirche!«, insistierte er. »Ich will mich bereit machen.«

In seinem Blick war etwas Forderndes, unerbittlich Strenges. Ich wechselte noch seine Windel, dann half ich ihm auf und stützte ihn.

Als wir im Kreuzgang angekommen waren, hielt er inne. Aus der Kirche hörten wir den Chorgesang, gerade erklang wohltönend das Responsorium.

»Warte, ich muss eine Pause machen.« Etwa auf der Höhe des Kapitelsaals setzte er sich auf eine Bank. Er gefiel mir gar nicht, die Blässe hatte noch zugenommen. Eberhard blickte nach oben zu einer Gewölbekonsole, die einen betenden Zisterziensermönch vor der heiligen Mutter Gottes zeigt.

»Ja, schau ihn dir genau an, Clemens. So waren einst wir Mönche. Ein Leben in Anbetung und Kontemplation. Was ist aus uns geworden?«

Nicht schon wieder, dachte ich, hatte ich doch gehofft, etwas über den Geheimgang zu hören.

Stattdessen drohte wieder eine der Litaneien des Alten. Doch es kam anders.

»Mein lieber Bruder, jaja, wenn du etwas über diesen Gang erfahren willst, suche in der Bibliothek.«

Ich horchte auf. »In der Bibliothek?«

»Jaja. Genau dort.«

»Meint Ihr die neue, große Bibliothek oben im Westflügel? Das kann doch gar nicht sein, dass dort ein Geheimgang ist, der Raum ist ja noch gar nicht so alt. Ihr meint sicher das alte Armarium? Aber das kann ich kaum glauben.«

In der Tat war jener Teil der Klausur mit dem Bibliotheksturm im Westflügel erst gegen Ende des vorigen Jahrhunderts als neue, große Bibliothek unter Abt Martin Rifflinck eingerichtet worden. Daher konnte Eberhard eigentlich nur das Armarium, den kleinen, älteren Bibliotheksraum neben dem Eingang zur Kirche, meinen. Doch wie sollte sich in einer Kammer von so geringer Größe ein Geheimgang befinden?

»*Quaere in palmis quinque*«, ächzte Eberhard, leicht sabbernd. Seine Aussprache war schwach und unartikuliert.

Ich blickte ihn ratlos an. Meine Neugier kämpfte mit der Sorge um den Alten.

»Bruder Eberhard, Ihr müsst Euch schonen«, mahnte ich.

»Nein, so hat es mir damals ein alter Mitbruder gesagt. Er wusste von dem Gang. Jaja.«

»Gibt es den Gang, Eberhard?«, fragte ich. »Gibt es ihn wirklich?«

»Der alte Mönch, es war der damalige Bibliothekar, Bruder Jonathan, er wusste davon. *Quaere in palmis quinque*, so sagte er zu mir.«

»Warum hat er Euch davon erzählt?«

»Ich weiß es nicht mehr. Mein Gedächtnis …«

»Wurde denn damals der Gang noch benutzt?«

»Nein. Nein, damals nicht mehr, das hätte ich mitbekommen. Auch Bruder Jonathan – er war damals schon weit über sechzig, glaube ich – hat ihn nicht gekannt. Auch er hat nur davon gehört. Vielleicht ist doch alles nur ein Märchen, aber nein, ich glaube nicht … ich glaube nicht.«

»Was soll das bedeuten: in den fünf Palmen oder bei den fünf Palmen suchen?«, versuchte ich zu übersetzen. »Oder bei den Palmen fünf suchen. Fünf was? Menschen? Gegenstände? Wege? Das ergibt doch keinen Sinn. Und wie hängt das mit der Bibliothek zusammen?«

»Ich weiß es nicht. Ich bin schon so alt. Damals, du weißt, als ich jung war, vor über achtzig Jahren, jaja, da wurde das Schweigegebot noch respektiert, Clemens.«

»Gewiss, ehrwürdiger Eberhard, jedoch …«

»Es gab so viele Bereiche, in denen wir die Ordensdisziplin noch gewahrt haben, Clemens. Die Bibliothek, schau nur, ich habe sie erwähnt. Damals hatten wir nur *eine* Bibliothek, heute haben wir deren zwei, ach nein, der Abt hat ja in seinem Haus auch eine Privatbibliothek. Drei also! Und zahlreiche Mönche besitzen eigene Bücher, du weißt es. Sie tragen sogar ihre Namen vorne im Umschlag oder auf dem ersten Blatt ein! Als Zeichen des Besitzes. Nach der Regel ist das verboten, Kapitel … ich erinnere mich nicht genau …«

»Kapitel 33«, ergänzte ich, »*neque aliquid habere proprium, nullam omnino rem, neque codicem, neque tabulas, neque graphium, sed nihil omnino.*«

Es war an der Zeit, das Gespräch abzubrechen. Ich hatte erfahren, was ich wollte, und vor allem war der 'Alte sehr erschöpft. In diesem Augenblick war auch das Chorgebet zu Ende und die Brüder schritten aus der Kirche. Ich half Eberhard auf und brachte ihn mit Fulberts Hilfe zurück ins Krankenhaus.

Mir entging nicht, dass der Abt und insbesondere der Prior mir vorwurfsvolle Blicke zuwarfen.

Kurz darauf untersuchte ich im Infirmarium Eberhards Puls. Er ging schwach und langsam. Besorgniserregend langsam. Wir betteten ihn zur Ruhe und deckten ihn warm zu. Er schlief sofort ein, eine Hand am Herzen. Ich blieb bei ihm.

Fulbert erzählte mir, dass Arnulf bei der Vesper wieder an seinem Platz im Chor gewesen war. Doch es interessierte mich in diesem Augenblick nicht, warum Arnulf, der das Schreiben ins Bauernlager gebracht hatte, nicht sogleich zurückgekehrt war. In Gedanken war ich bei dem, was mir Eberhard mitgeteilt hatte. *Quaere in palmis quinque* – vielleicht war das Ganze ein Missverständnis. Im Rheingau gab es trotz des milden Klimas keine Palmen, und bei uns im abgeschiedenen Eberbachtal schon gar nicht. Und was hatte das Ganze mit der Bibliothek zu tun?

Ich fragte Fulbert, was ihm zu *palma* oder *palmae* einfiele, und er antwortete, der Palmsonntag natürlich. Natürlich, im kirchlichen Kontext hieß *in palmis* auch »am Palmsonntag«. Doch auch dies war eine Variante, die keinen Sinn ergab. Vor allem mit der Verbindung *quinque*, fünf. Vielleicht wenn der Palmsonntag auf den fünften Tag des Monats April fiel? Die Sache war und blieb ein Rätsel. Wahrscheinlich war das Ganze doch nur ein Märchen, eine falsche Information, ein Gerücht, das irgendein sensationslüsterner Mönch ausgesonnen hatte. Vielleicht sogar Eberhard selbst. Und doch schien er an die Sache zu glauben.

Ich beschloss, den Alten am nächsten Tag noch einmal zu fragen und mich nun angenehmeren Gedanken zuzuwenden: Die Begegnung mit Marie stand unmittelbar bevor.

In der Komplet sang ich beim *Salve Regina* inbrünstig mit und dachte an das Mädchen. Beim letzten Vers, *O clemens, o pia, o dulcis virgo Maria*, fiel mir zum ersten Mal die Doppelbedeutung auf. Hier wurden unsere Namen genannt: Clemens und Maria! Ein halb freudiger, zugleich auch schuldbewusster Schmerz durchfuhr mich, und ich bat die heilige Gottesmutter um Vergebung.

Nach der Komplet wollte ich Abt Nikolaus bitten, wegen des angegriffenen Gesundheitszustands des alten Mitbruders die Nacht erneut im Infirmarium verbringen zu dürfen. Ich konnte den Abt nicht finden, er hatte schon am Abendgottesdienst nicht teilgenommen. Prior Jakob bemerkte meine Unruhe und sprach mich an. Ich trug ihm mein Anliegen vor – und er lehnte ab.

»Bruder Clemens, diesmal lassen wir unseren jungen Subinfirmar auf den Kranken aufpassen«, bestimmte er. Eine gewisse Genugtuung, ja fast Schadenfreude war herauszuhören.

»Es wird dir gut tun, in der Gemeinschaft der Mitbrüder die Nachtruhe zu verbringen.«

»Aber Fulbert ist nicht erfahren genug«, protestierte ich.

»Er ist es«, widersprach Jakob, »schließlich steht er dir schon – wie lange? – drei Jahre zur Seite.«

Es waren in Wirklichkeit vier Jahre, doch das sagte ich natürlich nicht. Ich machte noch einen Versuch zu widersprechen, doch mit einer Handbewegung schnitt mir der Prior das Wort ab. Abrupt drehte er sich um und ließ mich stehen.

Was nun? Sollte ich mich der Anordnung widersetzen? Oder noch einen Versuch machen, vielleicht doch den Abt suchen und ihn überreden?

Was der Prior angeordnet hatte, war fahrlässiger Unsinn. Eine pure Machtdemonstration. Er war womöglich neidisch auf mich, weil ich Sonderprivilegien besaß, und wollte mir meine Grenzen aufzeigen. Vielleicht ahnte er sogar etwas? Oder hatte mich jemand bei Nacht gesehen und angezeigt?

Es war besser, sich der Weisung zu fügen, und so ging ich mit den anderen zu Bett. Ich begab mich also in meine Zelle im Dormitorium, doch an Schlaf war nicht zu denken. Zwei Stunden nach Sonnenuntergang, so hatte ich mit Marie ausgemacht.

Was würde passieren, wenn wir uns wieder begegneten? Ich würde erneut nach Konrad fragen – und dann? Würde sie mich küssen? Ich sie?

Unruhig ging ich auf Strümpfen auf und ab. Die Kälte des steinernen Zellenbodens kroch unangenehm in die Füße und stieg fast schmerzhaft in den Beinen empor. Gegen dieses Gefühl und zur Beruhigung der Nerven trank ich einen Kräuterschnaps, den ich mir aus dem Krankenhaus in einer kleinen Flasche mitgebracht hatte. Durch das Fenster beobachtete ich, wie die Dämmerung die Abtei einhüllte und es schließlich immer finsterer wurde. Ich versuchte die Zeit von etwa eineinhalb Stunden abzuschätzen, eine weitere halbe Stunde, so dachte ich, würde ich für das Hinausschleichen, das Überqueren der Mauer und den Weg zum Steinberg brauchen.

Als mir die Zeit gekommen schien, öffnete ich vorsichtig die Zellentür und schaute hinaus. Ich hörte nichts, nur vereinzelt Schnarchgeräusche und irgendwo ein leises Stöhnen. Offenbar hatte einer einen Albtraum. Ich trug meinen normalen Habit, den wir auch zum Schlafen nicht ablegen, darunter hatte ich bereits meine Bauernkleidung an.

Vom Dormitorium aus geht eine Treppe hinunter in die Kirche; eine andere führt in den Kreuzgang. Letztere stieg ich nun langsam hinunter. Leise öffnete ich die Tür und trat hinaus. Vorsichtig ging ich den Kreuzgang entlang und schaute mich besorgt um. Dann verließ ich die innere Klausur durch den Auslass und wählte den Weg bergan, schließlich über die Mauer hinaus. Draußen legte ich den Habit ab, rollte ihn sorgfältig zusammen und deponierte ihn unter einem Baum.

Ich hatte Glück: Es war abermals eine milde Nacht ohne Regen. Als ich die Straße nach Hattenheim erreicht hatte, hörte ich, dass im Lager wieder das Leben pulsierte. Wie neulich brannten Feuer, und Stimmen waren zu vernehmen, auch Gesang. Ich ließ das Lager links liegen und folgte der Straße. Nach wenigen Minuten verließ ich sie und bog rechts in Richtung der Grangie Neuhof ab. Dort begab ich mich zur verabredeten Stelle und hoffte, Marie wäre schon da.

Sie war es nicht. Ich setzte mich hin, lehnte mich an den Stamm der wohl schon einige hundert Jahre alten Linde und wartete. Irgendwo ließ eine Nachtigall ihren übermütigen, zwischen Schluchzen und Tirilieren wechselnden Sommergesang hören. Im Stall von Neuhof muhte eine Kuh.

Ich wartete eine Viertelstunde. Allmählich wurde mir etwas kühl.

Eine halbe. Warum kam sie nicht? Am Himmel stand der abnehmende Mond und schien spöttisch auf mich herabzublicken. Sollte ich mich so in der Zeit verschätzt haben? War es am Ende gar nicht der richtige Tag?

Ich beschloss, noch weiter auszuharren, und dachte an Eberhard. Hatte ich mich falsch verhalten? Wie mochte es dem Greis gehen? Ich hätte doch gegenüber Jakob insistieren und bei dem Patienten bleiben sollen. Es wurde mir bewusst, dass ich mich immer tiefer in Sünde verstrickte –

es war mir völlig klar und dennoch konnte ich nicht anders handeln. Derjenige ist wahrlich im Netz des Bösen, der die Sündhaftigkeit seines Handelns erkennt und nicht anders kann!

Dann kam mir wieder der Geheimgang in den Sinn. *Quaere in palmis quinque.* Ein rätselhafter Imperativ. Der Palmsonntag? Suche in den fünf Palmen? Warum war das Zahlwort nachgestellt? Üblicherweise hätte es heißen müssen: *Quaere in quinque palmis.* Oder vielmehr mit dem Akkusativ: *ad quinque palmas* – bei den fünf Palmen, in der Gegend der fünf Palmen. Palmen in der Bibliothek? Mir fiel kein Buch ein, das als Illustration fünf Palmen bot. Zahlreiche Codices enthielten florale Ornamente, Lilien und andere Blätter – aber Palmen?

Marie kam nicht. Ich blieb allein.

Entweder hatte sie mich vergessen, oder es war etwas dazwischengekommen. Doch so schnell wollte ich nicht aufgeben. Wieder pirschte ich mich an das Lager heran, wo mich das Mädchen vor vier Tagen überrascht hatte. Drinnen hörte ich zunächst eine Laute erklingen, Volks- und Trinklieder wurden gesungen. Ich konnte die Stimmen von Greiffenclau und Kunz Feldmann ausmachen. Irgendwo im Hintergrund glaubte ich auch die meckernde Lache von Henn zu hören. Dann erklang erneut ein Trinkgesang, den ich schon kannte: »Lassen wir uns doch nicht lumpen, trinkt, Gesellen, hoch den Humpen!« Diesmal wurde er ergänzt durch den Vers: »Klosterwein muss es sein, keiner sonst schmeckt uns so fein!«

Quäkend wurde eine Sackpfeife angeblasen; das Instrument gesellte sich zur Laute und die beiden bekamen schließlich noch Unterstützung durch eine Trommel, die mit ihrem dumpfen Bass wie ein Herzschlag die Musik vorantrieb. »Tanzt, Leute!«, schrie einer.

Auch wenn ich mit dem Gesicht auf dem Boden lag – ich sah alles vor meinem inneren Auge: Die Bauern führten einen ihrer wilden Sprungtänze auf, wie sie seit einiger Zeit in Mode waren. Ich sah sie um das prasselnde Feuer tanzen und hörte sie sich auf die Schenkel klopfen und in die Hände klatschen.

In diesem Augenblick kam mir ein merkwürdiger, ein verdammenswerter Gedanke: Ich wäre gern auf der anderen Seite des Walles gewesen! Auch ich hätte gerne mitgetanzt, hätte mit Vergnügen den Humpen erhoben und in die Hände geklatscht, hätte Marie eingehakt und wäre mit ihr ums Feuer gesprungen wie ein wild gewordener Bock, hätte ihr zugetrunken – auf dein Wohl, Marie! – und das, obwohl es doch unsere geraubten, abgepressten Naturalien der Abtei waren, die da verprasst wurden!

Ich war erregt. Was geschah da mit mir?

Erschrocken über mich selbst, erkannte ich, dass ich schleunigst den Rückweg antreten musste. Heute Nacht würde es ohnehin nichts mehr mit dem Treffen werden.

Unbemerkt und ohne Schwierigkeiten nahm ich denselben Weg zurück in die Abtei. An der Klostermauer streifte ich wieder meinen Habit über und reinigte die Nachtschuhe grob von Dreck und Erde. Dann durch den Auslass wieder in den Kreuzgang – die Treppe hinauf und leise in den Schlafsaal.

Ich lauschte.

Es war noch genügend Zeit bis zu den Vigilien, ich schätzte die Zeit auf eine Stunde vor Mitternacht. So würden mir noch circa drei Stunden Schlaf verbleiben. Sofern ich schlafen konnte …

Als ich das Dormitorium betrat und nach links in den nördlichen Teil des lang gestreckten Raumes schlich, bemerkte ich eine große Gestalt. Mir war auch, als hörte ich eine Tür ins Schloss schnappen. Die Gestalt stand im Mittelgang, etwa an der Stelle, wo die Zellen einiger jüngerer Brüder lagen. Ich erschrak, nahm mich aber zusammen und trat näher heran. Wenn einer zu dieser nächtlichen Zeit unterwegs war, dann wahrscheinlich nur, um den Abtritt aufzusuchen. Es sei denn, er hätte ebenfalls etwas vor, was niemand wissen durfte.

Es war Bruder Emrich Reser von Oestrich, der Bursarius, der erst zögerte, mir nun aber entgegenkam.

»Bruder Emrich, was tust du?«, sprach ich ihn halblaut an. Meine Stimme zitterte ein wenig vor Aufregung. Ich räusperte mich, so leise es ging.

Schon wieder der Bursar. Wieder standen wir einander gegenüber wie vor einigen Tagen, wieder in einer seltsamen, grotesken Situation. Und auch heute schien Emrich peinlich berührt zu sein. Trotz der Dunkelheit konnte ich seine Beklemmung spüren. Sein Gewand war durcheinander und nicht korrekt, das Zingulum hing ihm lose über der Schulter.

»Ich bin auf dem Weg zum *locus sordidus*«, erklärte er und seine Hände fuhren nervös hin und her. »Es plagt mich noch immer.«

Locus sordidus, der dunkle Ort, bezeichnete in unserem Sprachgebrauch die Latrine.

»Ist gut«, sagte ich. »Du hattest aber noch gar nicht das Infirmarium aufgesucht. Wenn du schon so lange Probleme mit dem Darm hast, solltest …«

Da erklang ein ärgerliches Zischen hinter einer der Zellentüren. »*Silentium* da draußen! Geht wieder zu Bett und haltet Ruhe!«

Wir waren zu laut gewesen. Die zornige Mahnung des Mitbruders, der schlafen wollte, kam mir gerade recht. So konnte mich Emrich nicht fragen, was ich hier bei Nacht zu schaffen hatte. Vielleicht hatte er sogar bemerkt, dass ich die Treppe heraufgekommen war. Und wenn schon? Ich hätte ebenfalls sagen können, dass mich die Blase oder der Darm plagte. Aber hätte er einen genauen Blick auf meine Schuhe geworfen, wären seine Augen über seiner großen Höckernase wohl aus den Höhlen getreten vor Erstaunen. So gingen wir beide unserer Wege, ich weiter in Richtung meiner Zelle, er nahm den Weg hinunter zum *locus*.

Ich war erschöpft und verstaute nur noch rasch das Bauerngewand neben der Pritsche in dem kleinen Schränkchen hinter meinen Büchern. Auch die schmutzigen *calcii nocturnales* versteckte ich und ersetzte sie durch neue, saubere. Gott sei Dank war der Schlaf schon im Anflug.

Doch in jener bizarren Zwischenphase, die noch nicht Schlaf und nicht mehr Wachen ist, fiel mir plötzlich etwas auf: Die Zelle von Emrich liegt vom Treppenaufgang gesehen rechts, also im südlichen Teil des Dormitoriums. Was hatte der Bursar also im entgegengesetzten Zellentrakt zu schaffen gehabt? War er ein Schlafwandler? Oder hatte auch er ein Geheimnis?

Am nächsten Tag ging es dem alten Eberhard noch immer schlecht. Sein Herz schlug schwach und unregelmäßig. Fulbert berichtete jedoch, dass er die ganze Nacht tief und gut geschlafen habe. Das beruhigte mich etwas. Wir richteten es so ein, dass zur Zeit der Chorgebete immer einer von uns Wache hielt. Eberhard sprach wenig. Einmal machte ich den Versuch, noch etwas aus ihm herauszubekommen, doch ich gab schnell auf. Der Alte war ernsthaft angegriffen; in seinem Alter konnte sich jede unnötige Strapaze lebensgefährlich auswirken.

Nachmittags bekamen wir Besuch. Bischof Wilhelm höchstpersönlich erschien in Begleitung des Domdechanten und einer kleinen Leibwache im Kloster. Es war so geschehen, wie Brömser tags zuvor angekündigt hatte. Der Bischof kam geradewegs vom Lager, wo er die einunddreißig Rheingauer Artikel bewilligt hatte. Im Kapitelsaal gab er vor dem ganzen Konvent eine Erklärung ab. Ich schickte Fulbert hin und nutzte die Gelegenheit, um im Krankenhaus auf dem Lager neben Eberhard etwas Schlaf nachzuholen.

Später berichtete mir mein Subinfirmar, dass der Bischof im Lager mit Johlen begrüßt worden sei und dem Volk mündlich eine Zusage gegeben habe. Nun müsse er am nächsten Tag noch in Eltville sein Siegel und seine Unterschrift unter das Dokument setzen.

In der Nacht zog ich noch einmal los, voller Unruhe. Eberhard war wieder in der Obhut von Fulbert, und diesmal war ich dankbar über diese Konstellation, denn es wäre nicht auszudenken gewesen, wenn ich vom Infirmarium aus aufgebrochen und dann in meiner Abwesenheit Eberhard etwas zugestoßen wäre. Zur Sicherheit ging ich zunächst in den Südflügel des Schlafsaales und lauschte an der Tür von Emrich. Ich hörte Geräusche, eine Art Seufzen und lautes Atmen. Gut so, der Bursar war in seiner Zelle. Vielleicht konnte er nicht schlafen, vielleicht hatte er einen bösen Traum, jedenfalls war er im Bett und wandelte nicht wieder draußen herum. Ich schlich mich aus dem Dormitorium und war sicher, dass mich niemand bemerkte.

An der alten Linde wartete Marie.

Und wie selbstverständlich umarmte sie mich zur Begrüßung, als wären wir … ja, als wären wir Vertraute seit jeher, Bruder und Schwester vielleicht oder auch mehr. Wir kauerten uns unter den Baum.

»Marie«, sagte ich, »gestern habe ich hier auf dich gewartet.«

Sie blickte in die Ferne, antwortete nicht.

»Ja«, sagte sie schließlich leise. »Ich war gar nicht hier. Ich … konnte nicht.«

»Wo warst du?«

»Zu Hause.« Es klang, als hätte sie es gerade erfunden. »Jetzt, da unsere Artikel so gut wie verabschiedet sind, gibt es immer mehr, die das Lager kurzzeitig verlassen und daheim nach dem Rechten sehen. Manche auch für länger. Vielleicht sind wir ja alle in ein, zwei Wochen hier weg und ein neues Leben beginnt im Rheingau.«

»Ein neues Leben? Weißt du auch, was das für Kloster Eberbach heißt?«, fragte ich.

»Ich weiß es: Das Kloster wird es nicht mehr geben.«

»Jedenfalls nicht mehr sehr lange. Wir dürfen keine neuen Brüder aufnehmen und der Konvent soll nach und nach aussterben. Aber wer weiß, was denen da drüben noch alles einfällt. Vielleicht haben sie ja inzwischen andere Pläne und uns ergeht es – zack! – so wie Kloster Tiefenthal. Weg, aus.« Mit der Hand machte ich die Bewegung eines Hammerschlags.

Sie strich sich eine Strähne aus der Stirn und schaute mich an. »Und – ist das so schlimm? Der Luther soll gesagt haben, dass es die Möncherei gar nicht braucht, um selig zu sein.«

Ich wusste nicht, was ich antworten sollte. Zu zerrissen war ich innerlich. Ich war ein Klosterbruder, der sich verbotenerweise mit einem Mädchen traf. Wenn meine Abtei nicht mehr bestehen würde – könnte ich vielleicht ein bürgerliches Leben führen, könnte Marie heiraten und mich als Medicus in Eltville verdingen. Oder in Rüdesheim, möglicherweise sogar in den Diensten des Viztums, wie jener vorgeschlagen hatte. Und doch: Ich war ein Zisterzienser. Mein Leben war die Anbetung. Mein Leben war der Dienst an Gott. Mein Leben war die Mutter Gottes. Maria.

Marie, Marie, Marie!

Ich erhob mich und packte den Stamm der Linde. Ich schaute hinauf zu ihrer Krone, doch der Baum rauschte nur und gab keine Antwort. Oder ich verstand ihn nicht.

»Marie, erzähle mir von Konrad«, wechselte ich das Thema.

»Was soll ich Euch erzählen? Der Rad ist unten im Lager. Heute hat er die Spieße gedreht am Feuer.«

»Marie, bitte sag nicht Rad!«, bat ich.

Sie schaute mich erstaunt an. »So nennen ihn aber die meisten.«

»Nein, es … es ist nicht richtig. Bitte sprich von ihm mit seinem richtigen Namen.« Und leiser fügte ich hinzu: »Konrad. Er heißt Konrad K…«

Marie stand auf und trat nahe an mich heran. Ich kratzte mit meinen Fingernägeln an der Rinde herum.

»Er bedeutet Euch viel, nicht wahr?«

Ich war unfähig, etwas zu sagen, nickte nur. Marie hob ihre Arme und führte die Handflächen sanft an meine Wangen. Mit einer zärtlichen Geste hielt sie mein Gesicht in ihren Händen.

»Erzähl *du* mir etwas von Konrad, Bruder Clemens. Ich glaube, du kannst mir mehr erzählen als ich dir.«

Sie wollte mich bei der Hand fassen, erwischte aber nur den kleinen Finger und zog mich daran wieder auf die Erde. Ich begann zu erzählen.

Ich erzählte, dass ich früher, vor vielen Jahren, am Rhein in Oppenheim kleine Schiffe gebaut hatte, der Rumpf und der Mast aus Weidenholz, ein paar Flusskiesel in den Kielraum zum Beschweren, das Segel aus einem Stück altem Leinen. Dass ich Konrad an der Hand genommen hatte, dass der Kleine sich das Schiff stolz unter den anderen Arm klemmte und wir es dann gemeinsam zu Wasser ließen. Wir wateten an einer seichten Stelle in den Rhein, so weit es nur eben ging, und dann schubste ich, der Größere, es mit einer langen Rute an, und wir beide sprachen gemeinsam ein kurzes, ein kindliches Gedicht:

Den Rhein hinunter
fahr wohl und munter
gen Niederland
zum fernen Strand
ins weite Meer
ohn' Wiederkehr.

So war es damals gewesen, vor vielen Jahren mit Konrad. Oft waren wir am Fluss, viele Schiffe hatte ich gebaut und mit ihm zu Wasser gelassen.

Marie griff nach meinen Händen, die ich zu Fäusten geballt hatte, und nahm mir behutsam ein Büschel Gras weg, das ich während des Erzählens ausgerupft hatte. Sie warf das Gras mit einem leichten Schwung nach hinten über ihre Schulter. Dann umfasste sie wie neulich ihre Knie mit beiden Händen und legte ihr Kinn in die Mulde, die ihr Rock zwischen den Knien bildete.

Eine lange Pause trat ein. Dann begann sie wieder zu sprechen.

»Er ist dein Bruder, nicht wahr?«

Ich konnte nicht antworten, die Stimme versagte, die Augen konnten das Wasser nicht mehr halten. Es störte mich auch nicht, dass sie mich duzte. Es war in Ordnung.

Das Mädchen sagte nichts, schaute mich nur an.

Ja, sie hatte Recht. Ich konnte weit mehr über Konrad erzählen als sie. Wie Konrad mir ins Kloster nachgefolgt war. Ich ein Chormönch, er ein Laienbruder. Ich ging zum Studium der Theologie nach Heidelberg; er war Bäcker. In den ersten Jahren versah er seinen Dienst in der Klosterbäckerei gottesfürchtig und ordentlich. Im Grunde war Konrad ein ruhiger, fast lethargischer Mensch, bereit, sich selbst zurückzunehmen, und für nichts zu begeistern. Eigentlich keine schlechte Voraussetzung für einen Klosterbruder.

Doch dann ließ er sich Dinge zu Schulden kommen. In sein phlegmatisches Temperament mischten hin und wieder sich jähzornige Ausbrüche. Im Zorn schlug er einmal in der Backstube einen Mitbruder und verbrachte anschließend einen Tag im Klosterkerker. Schon als Kind war er gelegentlich durch Unbeherrschtheit aufgefallen, die sich plötzlich und unerwartet entlud wie ein Gewitter, grundlose, maßlose Ausbrüche. So hatte er einmal nach einem Streit mit dem Vater einen Lachs, den dieser gefangen hatte, am Schwanz gepackt und mehrmals gegen einen Türbalken gehauen. Nach der anschließenden Tracht Prügel, die weitaus heftiger als sonst ausfiel, verschwand er für zwei Tage, damals war er neun Jahre alt. Vieles mehr wäre noch zu berichten.

Im Kloster dann häuften sich die Vorkommnisse. Der Konversenmeister musste Konrad regelmäßig mit Bußübungen und Strafe belegen. Es kam hinzu, dass mein Bruder immer mehr in den Bann von Kunz Feldmann geriet, der auf Neuhof Dienst tat. Wann immer Kunz im Kloster war, suchte er Konrad auf, und Konrad, der gelegentlich Brot nach Neuhof brachte, suchte die Gemeinschaft des älteren Kunz. Ein unseliges Gespann. Etwa einen Monat, nachdem Kunz gehen musste, überspannte Konrad den Bogen endgültig. Als er den Bursar bei einem Finanzgeschäft in Mainz begleitete – man wollte Holz, Leder und ein paar Handwerksgeräte kaufen –, war er am Abend spurlos verschwunden. Emrich suchte ihn zusammen mit einigen Knechten; man fand ihn schließlich in einer Schenke, wo er gerade das große Wort führte und den Würfelbecher krachen ließ. Er hatte bereits die Summe von einem Gulden und sechzehn Albus verspielt. Weitere zwei Gulden und acht Albus wurden bei ihm gefunden, macht zusammen vier Gulden, die Konrad bei sich hatte. Ein

Konverse besitzt normalerweise kein eigenes Geld, und woher der Betrag stammte, stellte sich rasch heraus. Der Bursar vermisste genau diese Summe. Der Fall lag klar, und Abt Nikolaus hatte nach all diesen Vorkommnissen keine andere Wahl, als Konrad auszuschließen. Ich wollte damals von ihm Abschied nehmen, wollte mit ihm zusammen in der Kirche beten. Als der vereinbarte Zeitpunkt gekommen war, kniete ich allein im südlichen Seitenschiff vor dem Altar des heiligen Nikolaus, des Schutzpatrons der Bäcker.

Einen Tag vor seinem unwürdigen Ausscheiden lud ich Konrad ein zu einem Gespräch im Infirmarium. Ich wartete auch hier vergebens. Wir schieden nicht im Zorn, unsere Trennung war viel schlimmer: Wir schieden ohne Abschied voneinander, in Gleichgültigkeit. So hatte ich ihn verloren, meinen Bruder, damals – wie Bruder Hugo sich genau erinnerte, als sich die Ablassthesen jenes Martin Luther verbreiteten – vor sieben Jahren also.

All dies erzählte ich dem Mädchen. Jener bezaubernden Fremden, die ich doch eigentlich gar nicht kannte. Nichts wusste ich über sie.

»Ist er jünger oder älter als du?«, fragte Marie.

»Jünger, deutlich jünger, gut fünf Jahre.«

»Das hätte ich nicht gedacht, wenn man euch so sieht.«

»Du hast mich doch nur bei Dunkelheit gesehen und kennst mein Gesicht ja gar nicht richtig.«

»Ich kenne es«, sagte sie, »und ich kenne auch seines. Ich habe es mir genau angeschaut. Ihr seht euch in den Gesichtszügen sehr ähnlich. Der Mund ist ähnlich. Das Lächeln. Die Nase. Die Augen. Er ist natürlich dicker …«

»Sprich weiter: Wie sieht er aus? Ich muss es wissen. Ist er … in Ordnung?«

»Nun, wie man es nimmt.«

»Was heißt das? Marie, du musst mir mehr erzählen.« Ich haute mit der Faust auf den Boden. »Marie, unser Herr Jesus erzählte ein Gleichnis, das Gleichnis vom verlorenen Sohn. Kennst du es? So etwa fühle ich mich: wie der Vater, als der Vermisste zurückkehrt. Schau, vor einigen Tagen bin ich von einer Reise nach Köln zurückgekehrt und glaubte, Konrad hier auf der Heide zu erkennen. Aber ich war nicht sicher. Und nun habe ich Gewissheit. Dieser mein Bruder war tot und ist jetzt wieder lebendig, er war verloren und ist gefunden worden.«

Im Überschwang des Gefühls hatte ich den letzten Satz aus dem Lukasevangelium ein wenig laut gesprochen, und Marie legte den Finger auf ihre Lippen. Ich erschrak. Wenn nun die Leute auf dem Neuhof wach würden!

Als ich mich ein wenig beruhigt hatte, sagte Marie: »Ich habe es ja schon neulich erwähnt. Rad, nein: Konrad ist immer mit dem Kunz Feldmann zusammen, und dabei ist auch dieser andere Rädelsführer, der Henn Metzger.«

»Gugel, ich weiß«, nickte ich.

»Richtig. So nennt ihn der Herr Friedrich von Greiffenclau. Kunz und Henn und noch ein paar andere planen Böses, das wollte ich dir sagen. Von Walluf der Leiendecker, von Kiedrich der Bender, von Eltville der Hartmann Spengler ...«

»Was heißt das, Böses?«, unterbrach ich ungeduldig. »Für Konrad?«

»Nein, für das Kloster.«

Ich erschrak erneut.

»Bruder Clemens, sie möchten am liebsten das Kloster stürmen. Die Klosterkasse plündern. Und sie haben es auf die Kirche abgesehen. Das ganze Inventar, die Heiligenbilder und Reliquien wollen sie ...«

»Rauben?«

»Nein, vernichten. Es braucht keine Heiligenverehrung, sagen sie, das Zeug sei wertloser Tand. Drüben in Thüringen, da gibt es einen Prediger, der das sagt.«

»Thomas Müntzer heißt er, dieser Elende.«

»Ja, der Müntzer. Sie haben auch Schriften von ihm, und angeblich soll auch ein Gefährte von Martin Luther das gefordert haben und alle Statuen und Bilder aus den Kirchen hinausgeworfen haben.«

Sie hatte Recht. Bei Gott, sie hatte Recht. Sie sprach von Müntzer, von dem in diesen Tagen viel erzählt wurde. Schon der Viztum hatte ihn neulich erwähnt, jenen »Propheten«, wie er sich selbst wohl nannte, der »Hammer Gottes«, der »neue Gideon«. Falschmünzer sollte er besser heißen, so wie er die gut katholische Lehre mit ketzerischem Prägestock in Falschgeld verkehrt!

Der andere, den das Mädchen nannte, war der Doktor Karlstadt, ein Weggefährte Luthers an der Universität in Wittenberg, so viel mir bekannt war. Aber es hieß, dass die beiden sich schon vor längerer Zeit zerstritten hätten, angeblich wollte Luther das nicht gutheißen, was Karlstadt und seine radikalen Gesellen in ihrer Zerstörungswut angerichtet hatten. Immerhin ein Pluspunkt, der für Luther sprach. Kirchen hatten sie gestürmt, Bilder und Statuen heruntergerissen und zerschlagen. Bei der heiligen Dreifaltigkeit, sie sollen sogar der heiligen Jungfrau den Kopf abgeschlagen haben! Wie dem auch sei, es war teuflisches Treiben da drüben in Kursachsen vor ein paar Jahren, das sich nun unter dem Regiment Müntzers fortsetzte. – Drohte dasselbe nun auch uns? Und mein Bruder – war er mit von der Partie bei diesem infernalischen Vorhaben? Wollte er vielleicht sogar den Ort, der ihm einst Heim und Geborgenheit gab, plündern? Dort die Heiligtümer zerstören?

»Konrad macht alles, was Kunz will«, fuhr Marie fort, als hätte sie meine Gedanken gelesen. »Aber der Herr von Greiffenclau, unser Hauptmann, der hat das Sagen und lässt es nicht zu. Auch die anderen Adligen sind sehr zurückhaltend, wenngleich sie mit dem Volk saufen und feiern. Der Greiffenclau hat gesagt, das Kloster stehe ausdrücklich unter seinem Schutz. Eher wolle er ... also ...«

»Was?«

»Nun ja, er hat sich drastisch ausgedrückt. Ich kann es nicht sagen. Vor etwa zehn Tagen, da geriet er in Streit mit Kunz und ein paar anderen Hitzköpfen ... also, es ging genau um dieses Thema: Wie soll man mit dem Kloster umgehen, ausrauben oder abwarten? Stürmen und dann in eine Festung verwandeln, genau wie Tiefenthal, fordern die einen. Nein, abwarten, unsere Artikel dem Bischof vortragen und genehmigen lassen, meinen die anderen. Also, es ging hoch her. Und der Greiffenclau hat klar Position bezogen und zu Kunz gesagt: ›Das Kloster steht unter meinem Schutz.‹ Er hat noch hinzugefügt – jetzt sage ich es doch: ›Eher will ich mir die Arschbacken abschneiden und wie Schweinshaxen gebraten verzehren, als dass das Kloster Schaden nimmt.‹ Dann ist Kunz aufgestanden und ganz dicht an Greiffenclau herangetreten. Fast berührten sich ihre Nasen, wirklich. Alle im Lager hatten sich zusammengefunden, es war wie ein Schwertkampf, den die beiden da austragen sollten. Kunz und Greiffenclau standen in einem Kreis, den wir gebildet hatten, und schauten sich an. Die Luft zwischen ihnen schien zu brennen. Und dann hat Kunz wohl irgendetwas gesagt, ich habe nur die Lippenbewegung erkennen können. Es muss etwas Rotzfreches gewesen sein.«

Mir kam eine Ahnung: »Das blaue Auge!«

»Genau«, bestätigte Marie, »der Hauptmann hat ihn einfach nur verächtlich und von oben herab angeblickt, und dann, dann hat er den Mund aufgesperrt, als wolle er gähnen, und die Hand hochgenommen vor den Mund, aber plötzlich riss er die Hand nach vorn, so schnell konnten wir kaum hinschauen, und sie landete im Gesicht von Kunz. Das Ganze geschah so rasch, wie wenn ein Armbrustpfeil abgeschossen wird. So war das.«

»Und Kunz Feldmann hat ein blaues Auge ...«

»... das jetzt schon grün und braun wird«, lachte Marie.

Ich stimmte ein, und dieses Lachen hatte etwas Befreiendes. Ich war froh, dass Kunz in die Schranken gewiesen worden war, ich freute mich, dass die Abtei einen Beschützer hatte, der – wiewohl im Bunde mit den Aufständischen – solchen Respekt genoss und so schlagkräftige Argumente hatte, und für den Augenblick hatte ich das Gefühl, dass alles gut werden würde. Marie lachte, ich lachte und beide mussten wir kämpfen, dass wir nicht laut herausprusteten in der Stille der Nacht. Ich dachte auch nicht mehr an meinen Bruder Konrad. Dann sah ich in Maries geöffnetem Mund die kleine Lücke zwischen den Vorderzähnen; einer Eingebung folgend, breitete ich die Arme aus und zog das Mädchen an mich. Sie ließ mich gewähren.

Welche böse Macht hielt mich gefangen? Diese Frage habe ich nun schon oft gestellt, und doch trifft sie meine Verwunderung, mein grenzenloses Erstaunen am besten. Etwas hatte von mir Besitz ergriffen.

Ich zog Marie an mich, und diesmal küsste ich sie. Sie ließ es geschehen, mit geschlossenen Augen, wie ich verwundert feststellte. Dann machte auch ich die Augen zu und merkte, dass der süße Genuss so noch größer wurde. Und so hielt ich das Mädchen mit der Linken an mich gepresst, und meine Rechte glitt unter ihr Gewand. Ich wusste nicht, wie mir geschah, es schien alles von selbst zu gehen.

Wahrlich, das Böse beherrschte mich: Ich, der Klosterbruder, war im Begriff, Sünde zu begehen. Sie ließ es zunächst geschehen. Ich fühlte die Rundung ihrer Brüste und merkte, dass es ihr gefiel. Dann schob ich ihr Gewand hoch und sie ließ mich mein Gesicht in ihrem Busen vergraben. Er fühlte sich weich und warm an, und ich erkundete ihn mit Händen und Mund.

»Nun ist es genug«, sagte sie plötzlich und wehrte mich sanft, aber bestimmt ab. »Ich muss gehen, mein Klosterbruder.«

Jäh ernüchtert und schockiert über mich selbst ließ ich ab. Mein

Rausch wurde mit einem Mal beendet, und das war gut so, sonst hätte ich mich noch tiefer in Schuld verstrickt.

Marie ordnete ihre Kleidung und stand auf. Dann griff sie in eine Tasche ihres Rockes und zog etwas hervor. Ich dachte, es sei der Seestern, den sie mir zurückgeben wolle, doch es war ein zerknitterter Zettel.

»Hier, schau dir das an. Diesen Zettel habe ich im Lager gefunden, neben einem Feuer. Vielleicht hat ihn ein Mönch geschrieben. Ich verstehe ihn nicht, aber ich glaube, es hat etwas zu bedeuten. Es ist nicht vollständig, wahrscheinlich ist das Papier zum Feuermachen verwendet worden. Studier es in Ruhe in deinem Kloster.«

Ich griff zu, noch immer verwirrt. Sie hob grüßend die Hand und lief eilends davon. Ich warf einen Blick auf das Papier. Es war so groß wie zwei Handflächen, aber oben, unten und rechts fehlte jeweils ein Teil, hier bildeten Brandspuren die Ränder.

»Marie«, rief ich ihr nach, viel zu laut, doch es war mir gleich. »Was soll das? Was ist das für ein Zettel? Kannst du denn lesen? Erzähle mir von dir. Wer bist du?«

Und im Davoneilen hielt sie noch einmal an, drehte den Kopf kokett über die Schulter, strich sich das Haar zurück und sagte: »Ich bin die Tochter meiner Mutter.«

Sie ließ mich zurück, unwissend, mit pochenden Lenden und – mit einem Fragment.

VII. Fruamur cupitis amplexibus

Als ich in meiner Zelle ankam, rief schon die Glocke zu den Vigilien. So konnte ich, ohne Aufsehen zu erregen, eine Kerze entzünden und hastig einen Blick auf das Papier werfen. Es war von einer schreibgewohnten Hand in einer sauberen Schrift verfasst worden. Während ich aus den Nebenzellen das Gähnen und Knarren der Pritschen hörte, versuchte ich, den Worten einen Sinn abzugewinnen. Das war aufgrund der fehlenden Stellen mühsam, zum Teil waren die Buchstaben auch etwas verwischt. Ich entzifferte Folgendes:

Was Ihr verlangt, Gesellen, ist ...
Doch ich will sehr bold ...
kann es gschehen, mit ein wenig ...
aus dem Infirmarium ...
laus in seinem Hause zum Sp...
war anno ... 61
andere besorgen.
Gott vergebe mir, ich bin ...
Euer Geselle, der Frater aus Oes...

Rasch stand ich auf. Die Augen zu kleinen Schlitzen zusammenpressend, täuschte ich Schläfrigkeit vor und ging mit den anderen hinunter in die Kirche. Erleichtert stellte ich fest, dass auch Eberhard wieder an seinem Platz im Chorgestühl war. Allerdings sah der Alte angegriffen aus. Seine Lippen waren blau, das faltige Gesicht von einer käsigen Blässe.

Doch meine eigene Hautfarbe sah wahrscheinlich kaum besser aus, bei diesen vielen schlaflosen Nächten. In meinem Kopf war ein Summen von Gedanken wie ein Schwarm wild gewordener Hornissen.

Im Sommer dauern die Vigilien eine volle Stunde, und diesmal wollte die Zeit nicht umgehen. Ich war Gott dankbar, dass es die Misericordien gibt, die dem Müden eine hilfreiche Stütze sind. Doch meine Gedanken schweiften ab. Beim Vers *Domine, labia mea* dachte ich nicht an das Gotteslob, das die Lippen verkünden sollten, sondern an zwei Münder, vereint zu einem innigen Kuss.

Ich schleppte mich durch den Tag. Am nächsten Morgen fühlte ich mich sehr elend und meldete mich beim Abt krank. Ich stotterte etwas von starken Magenschmerzen und einer schlaflosen Nacht und war insgeheim froh, dass nur der erste Teil eine Lüge war.

Hinlegen musste ich mich, musste schlafen. Doch nicht in meine Zelle im Dormitorium begab ich mich, sondern ins Infirmarium, wo ich mehr Ruhe hatte, weil dort zurzeit keine Kranken mehr zu behandeln waren. Gleichzeitig drängte es mich, über den ominösen Zettel nachzudenken. Fulbert, der mich mit sorgenvollem Gesicht begleitete, machte mir eine Wärmflasche, die er mir auf den Bauch legte.

»Vielleicht war eine der Speisen verdorben in den letzten Tagen«, meinte er. »Bruder Emrich Reser hatte Magen- und Darmbeschwerden, dann klagte Eberhard über Bauchgrimmen und nun du, Meister. Da stimmt doch etwas nicht.«

»So wird es wohl sein«, stimmte ich zu, erleichtert, dass meine Erkrankung plausibel schien und ernst genommen wurde.

»Lass mich ausruhen, Fulbert, ich glaube, ich werde zumindest den Vormittag im Bett verbringen, vielleicht sogar den ganzen Tag. Störe mich bitte nicht, allenfalls in Notfällen.«

Ich schickte ihn fort zu den bald beginnenden Laudes. Auf dem Lager, wo kürzlich noch Eberhard gelegen hatte, versuchte ich Ruhe zu finden. Doch der Schlaf wollte sich nicht einstellen. Zu viel hatte sich ereignet in den letzten Tagen und Wochen. Auch gut, sagte ich mir. Wenn ich nicht schlafen kann, will ich wenigstens etwas Ordnung in meine Gedanken bringen. Will mir noch einmal Rechenschaft ablegen, was an Aufregendem und Aufrüttelndem alles passiert ist.

Ich ahnte zu diesem Zeitpunkt nicht, dass dieser Tag, der 20. Mai, noch einen weiteren Schock bringen sollte.

Erstens: Da war die Fahrt nach Köln mit ihren kleineren und größeren Katastrophen. Sieben an der Zahl, die Bruder Karl als apokalyptische Zeichen sah. Vor allem die schlechte Nachricht, dass die Rheingauer Bauern und Bürger sich vor dem Kloster auf der Wacholderheide versammelten und ein Lager errichteten. Eine alte Vettel, die eine seltsame Prophezeiung aussprach und mir einen Seestern schenkte.

Zweitens: Bei der Rückkehr zum Kloster glaubte ich auf dem Wacholder von weitem meinen Bruder Konrad zu sehen, der vor vielen Jahren des Klosters verwiesen worden war.

Drittens: Das Volk auf der Heide war im Begriff, alle Vorräte des Klosters aufzufressen und leer zu saufen, inklusive des besten Weines aus dem Großen Fass. Bei den Aufständischen gab es einige, die offenbar schlimme Pläne mit dem Kloster hatten. Vor allem Kunz Feldmann von Martinsthal, ein ehemaliger Eberbacher Konverse und eine Art Wortführer, schien nichts Gutes im Schilde zu führen.

Viertens: Als Hauptmann des Lagers wurde seltsamerweise Friedrich von Greiffenclau genannt, Herr auf Schloss Vollrads. Auch andere Adlige machten gemeinsame Sache mit dem Volk.

Fünftens: Ich stahl mich mehrfach bei Nacht aus dem Kloster. Doch statt Konrad traf ich nur ein Mädchen, das mir seither nicht mehr aus dem Sinn ging. Das ich liebte. Nicht wie ein Bruder eine Schwester, sondern wie ein Mann eine Frau. Wir küssten uns und ich berührte unzüchtig ihren Leib. Doch wie sollte es weitergehen? Ich wusste nichts von ihr außer ihrem Namen: Marie. Und dass sie aus Geisenheim stammte. Ich war verliebt wie ein junger Kater.

Sechstens: Marie bestätigte mir, dass mein verschollener Bruder wirklich im Lager sei. Er war im Banne von Kunz Feldmann, offenbar wie ein Sklave.

Siebtens: Im Kloster verhielten sich einige Mitbrüder recht sonderbar. Arnulf Schwarz war geraume Zeit weg, obwohl er nur das Schreiben der Äbtissin von Gottesthal ins Lager bringen sollte. Der Bursar Emrich Reser benahm sich verdächtig, machte sich an der Mauer zu schaffen und wandelte bei Nacht außerhalb seiner Zelle herum.

Achtens: Der alte Eberhard bestätigte das Gerücht, es gebe einen unterirdischen Geheimgang, der vom Kloster zum Rhein führen sollte. Er gab einen dubiosen Hinweis, den er vor Dutzenden von Jahren als Novize von einem älteren Bruder aufgeschnappt hatte: *Quaere in palmis quinque.*

Als ich über diesen achten Punkt nachdachte, kam mir plötzlich noch eine andere Übersetzungsmöglichkeit in den Sinn: Das lateinische Wort *palma* ließ sich auch mit »Handfläche« übersetzen. Ja, bei den Dichtern im alten Rom konnte es sogar im übertragenen Sinne »Ruderblatt« heißen. Suche in den Handflächen? Wie die Hexe aus Köln! Suche in den fünf Rudern, den fünf Ruderblättern? Mit deprimierender Wucht wurde mir klar, dass mich auch diese Übersetzungsvarianten nicht weiterbrachten.

Neuntens: Marie hatte im Lager einen Zettel mit einem geheimnisvollen Schreiben gefunden, von dem ein Teil verbrannt war. Ein Frater aus Oes…, zweifellos aus Oestrich, hatte ihn vermutlich an jemanden im Lager geschrieben. Hieß das, dass die Aufständischen einen Spitzel in unseren Reihen hatten? Es schien offensichtlich: Einer unter uns war ein Verräter! Doch was hatte er vor? Ich widerstand der Versuchung, mir den Zettel noch einmal vorzunehmen, ohnehin hatte ich ihn in meiner Zelle liegen lassen. Brüder, die aus Oestrich stammten, gab es mehrere, vielleicht ein halbes Dutzend. Wer kam in Frage?

All diese neun Ereignisse beziehungsweise Beobachtungen störten, ja erschütterten den *ordo*, jeder Punkt für sich ein Schlag wie mit einem Schmiedehammer für unsere in Zeit und Raum geordnete Welt. Jeder Punkt war seltsam, verwirrend oder gefährlich für das monastische Zusammenleben beziehungsweise für mich. Zu keinem Punkt hatte ich eine Lösung oder Strategie, noch konnte ich vorhersehen, wie sich die Dinge weiterentwickeln würden. Und doch hatte ich das Gefühl, zumindest ein wenig Klarheit, ein wenig Struktur in meine Gedanken gebracht zu haben.

Ich stand auf, holte eine Flasche mit Melissengeist und nahm einen großen Schluck.

»*Tu formasti me et posuisti super me manum tuam, Domine*«, betete ich laut die Worte des 138. Psalms. Gütiger Gott, du wirst es schon richten.

Dann hüllte der Schlaf seinen wohltuenden Mantel um mich. Zunächst schlief ich einige Stunden tief und traumlos, später träumte ich von Eberhard, der mit Fulbert in ein Streitgespräch verwickelt war. Allmählich wurden die Stimmen so laut, dass ich davon erwachte. Auf einem Bett einen Klafter neben mir saß der greise Mitbruder und diskutierte munter mit dem Subinfirmar. Die beiden merkten zunächst nicht, dass ich aus dem Reich der Träume zurückgekehrt war.

»Ihr braucht Ruhe und Schonung, Bruder Eberhard! Und redet bitte leiser, ich habe es Euch schon gesagt, dort drüben schläft der Infirmarius, er ist krank.«

»Ich will in die Kirche. Lass mich vor dem Altar der Zwölf Apostel beten, junger Bruder.« Der Alte nahm in der Lautstärke keineswegs die Rücksicht, die Fulbert gefordert hatte.

»Ihr seid schwach, Eberhard. Legt Euch hin.«

»Hinlegen, ha! Da kann ich gleich in meine Zelle gehen und dort sterben. Jaja.«

Sterben? Ich horchte auf. Bei Gott, sollte die Zeit des Alten gekommen sein? Die wiederholten Schwächeanfälle? Der matte Puls, die fahle Gesichtsfarbe? Schon wieder suchte Eberhard Hilfe im Krankenhaus. Ich wollte mich aufrichten, doch Bleigewichte schienen meine Gliedmaßen und Augenlider zu lähmen.

»Wollt Ihr in Eure Zelle gebracht werden?«, fragte Fulbert.

»In die Zelle, Bruder? Ach nein. Ich wünschte, wir hätten noch unser altes Dormitorium wie in den alten Zeiten unseres Ordens. Du weißt, Fulbert, Papst Benedikt – der wievielte? – hat schon die Einzelzellen verboten, anno 1335 war das, denn nach der Regel sollen die Mönche zusammen schlafen. Zusammen schlafen, jaja.«

So schlecht konnte es dem Alten wohl doch nicht gehen, denn er war wieder bei seinem Lieblingsthema, dem Sittenverfall, und hatte die Stimme erhoben. »Aber ich sage dir«, fuhr er fort, »wenn du mich nachher in die Kirche zum Beten bringst, du weißt: Auch da ist nicht alles, wie es sein sollte. Weiß sollte die Kirche sein, schlicht wie auch einst *antiquis temporibus* die Fenster waren ...«

Ich hörte weg, versuchte unter der Decke alle Muskeln anzuspannen, mich zu recken und zu strecken wie eine Katze, um wach zu werden. Schließlich kitzelte mich etwas in der Nase und ich musste niesen. Überrascht hielten Fulbert und Eberhard inne.

»Meister, bist du wach?«, erklang die lispelnde Stimme meines Gehilfen.

»Von eurem Geschrei würde selbst ein Tauber aufwachen«, murmelte ich. »Wie lange habe ich geschlafen?«

»Ungefähr neun Stunden. Es ist jetzt kurz nach der Mittagszeit.«

Ich stand auf. »Bruder Eberhard«, befahl ich, »Ihr bleibt jetzt hier.« Und zu Fulbert gewandt verkündete ich mit fester Stimme: »Es geht mir besser. Ich werde jetzt hier den Dienst wieder übernehmen und Eberhard noch einmal untersuchen.«

»Meister, bleib bitte liegen und schone dich noch.«

An Fulberts Augen merkte ich sofort, dass etwas nicht stimmte, schließlich kannte ich ihn lange genug. Er schaute mich nicht an, sondern sein Blick wanderte unstet im Raum hin und her und blieb dann auf dem Thomasaltar hängen, als wolle er vom Bild des ungläubigen Apostels Hilfe erflehen.

»Fulbert Becker von Walluf, was ist los? Was geht hier vor?«

Fulbert schwieg.

»Gibt es neue Ereignisse?«

»Die gibt es: *Venit mors. Est super nos.*« Es war Eberhard, der mit Grabesstimme gesprochen hatte. Entsetzt trat ich an sein Bett. Schon wieder sprach der Alte vom Tode.

»Eberhard, wenn Ihr Euch schont, können wir doch etwas tun. Keiner kennt Zeit noch Stunde«, versuchte ich zu beschwichtigen. »Ich vermute, es ist Euer Herz. Wir müssen nach Medika…«

»Ich meine Eberbach. Das Kloster. Es ist so weit. Jaja. Das Kloster wird sterben. Wir unterschreiben unser Todesurteil. Heute Nachmittag kommt der Tod …«

»Fulbert, was geht hier vor?«, wiederholte ich meine Frage.

So in die Enge getrieben, erklärte mir der Subinfirmar, dass von den Aufständischen nun aus den einunddreißig Artikeln diejenigen Bestimmungen, welche das Kloster Eberbach betrafen, noch einmal eigens in Form eines Vertrages aufgeschrieben worden waren und heute Nachmittag auf der Wacholderheide vom Abt unterzeichnet werden sollten.

»Wer hat diese Nachricht überbracht?«

»Friedrich von Greiffenclau, heute Morgen. Auch der von Scharfenstein war dabei und noch ein paar Männer aus dem Volk.«

»Es steht alles darin«, meldete sich Eberhard krächzend. »Der Abt wird alles besiegeln: Das Kloster darf keine neuen Mitglieder aufnehmen. Es wird aussterben. Aber das werde ich nicht mehr erleben. Meine Zeit wird schon vorher kommen … nicht mehr fern … jaja.«

Ich musste schlucken. »Wieso kommt man nicht zu uns mit diesem Vertrag? Was soll das, die Unterzeichnung auf der Heide?«

Fulbert hob ratlos die Schultern. »Es kann nur eine Schikane sein. Eine weitere Demütigung.«

»Und der von Greiffenclau hat das so gewollt? Beim Sakrament, das kann ich kaum glauben!«

»Warum, Meister? Was ist daran jetzt noch von Bedeutung? Schließlich ist er ja wohl der Hauptmann dieser Strauchdiebe da draußen.«

»Ja, aber er hat doch immer das Kloster in Schutz …«

Erschrocken hielt ich inne. Hatte ich mich jetzt verraten? Denn dass der Greiffenclau immer für das Kloster eingetreten war, wusste ich ja nur von meinen nächtlichen Ausflügen. Die beiden blickten mich ratlos an.

»Ich meine«, versuchte ich die Situation zu retten, »dass gerade der Greiffenclau doch eigentlich kein Interesse haben kann … ach, egal!« Da merkte ich, dass ich mich doch nicht verraten hatte, denn Greiffenclau hatte ja auch die Aufständischen im Kloster gezügelt, als die militante Gruppe unter Führung von Henn den Stein ins Fenster des Krankenhauses geworfen hatte.

»Bruder Clemens«, erlöste mich Fulbert, »die Senioren sollen den Abt begleiten. Meinst du, du kannst …«

»Gewiss kann ich, das siehst du doch«, entgegnete ich unwirsch. »Doch jetzt sehe ich erst mal nach Eberhard.«

Der Greis hatte die Augen geschlossen und sein Mund stand weit offen. In Panik beugte ich mich über ihn. Doch der Atem ging regelmäßig. Eberhard war eingeschlafen. Ich wischte ihm den Rotz von der Nase, gab Fulbert den Befehl, noch einmal nach der Windel des Alten zu schauen, und machte mich bereit.

»Aha, es naht die Geizigkeit, hehe, wollte sagen: die Geistlichkeit!«

Mit diesen Worten empfing uns Henn vom Wachtturm des Lagers und schwang den langen Schweif seiner Gugel. Sein ganzes Gehabe strahlte überheblichen Triumph aus.

Nach der Non waren wir aufgebrochen: Abt Nikolaus, der Schreibzeug, Siegellack und das Klostersiegel mit sich führte, Prior Jakob und der Kreis der Senioren. Der Prior warf mir einen scheelen Blick zu, und ich bin sicher, er hatte wohl eine spitze Bemerkung auf den Lippen – rasch wieder auf den Beinen, lieber Herr Infirmarius, etwas in dieser Art –, aber er verkniff sie sich. Denn mein Gesicht war heiß und gerötet, der Schweiß stand mir auf der Stirn. Wenn mir Konrad über den Weg liefe, wie würde er sich verhalten? Und ich?

Noch schlimmer: Was würde passieren, wenn ich dem Mädchen begegnete? Um Himmels willen, hoffentlich zeigte sie mit keinem Blick, mit keiner Bewegung, dass sie mich kannte. Und auch ich musste mich beherrschen, musste meine neugierigen Augen im Zaum halten wie ein Herr einen gut abgerichteten Jagdhund.

Als wir uns dem Lager näherten, schritten wir langsam und gemessen voran, um wenigstens einen Teil unserer Würde zu bewahren. So gelangten wir also auf den Wacholder, und ich gab mir Mühe, mit den anderen Brüdern zusammen mein Erstaunen über die Befestigungsanlagen kundzutun. Es fiel mir auch nicht schwer, denn inzwischen waren die aufgeschütteten Wälle noch etwas höher, etwa mannshoch, und bei der krönenden hölzernen Palisade fehlten nicht mehr viele Stämme. Der Turm, der dem Kloster zunächst lag, war so gut wie fertig, nur ein Dach fehlte noch. Aus der etwa zwei Klafter hohen Aussichtsplattform ragten an den Ecken vier Stangen empor. Von dort oben begrüßte uns nun »Gugel« in seiner hämischen Art.

»Gestatten, Euer Geizigkeit«, wiederholte er frech und hielt den langen Zipfel seiner Kopfbedeckung in der Hand, »mein Name ist Henn Metzger, ich bin ein Bürger aus Bingen, und ich begrüße Euch werte Väter auf das Allerdemütigste, hehehe.«

Diese Lache! Es ist wahrlich die allerschlimmste Häme, die sich in einer solch meckernden Lache auf »e« kundtut. Und perverserweise passte der blechern-scheppernde Vokal auch noch perfekt zum Namen dieses Dünnscheißers. Henn Metzger und sein »hehehe«: eine abstoßende Kombination!

Henn forderte uns auf, am Wall entlang nach Süden zu gehen, dort würden wir ein Tor finden. Inzwischen wolle er im Lager Bescheid sagen. Das tat er dann auch sogleich, indem er brüllte: »Es nahen die Geistlosen – wollte sagen: die Geistlichen!«

Ich muss leider gestehen, dass wir eingeschüchtert waren. Eine solche Dreistigkeit hätten wir nicht erwartet, selbst nach allem, was vorgefallen war. Während wir am Lagerwall entlanggingen, kaute der Bursenschreiber wieder einmal auf seiner Unterlippe herum und sah dabei aus wie ein Kaninchen, das an einer Möhre knabbert.

»Die Kerle sind eine Landplage«, stieß er hastig hervor. »Ich habe es euch neulich schon gesagt: Es ist wie mit den Heuschrecken in der Apokalypse, welche die Menschen grausam quälen. Ihr werdet sehen, es wird Monate dauern. Ihr Gift ist wie das der Skorpione, und doch tötet es die Menschen nicht. Die Menschen werden den Tod suchen, ihn aber nicht finden.«

»Fünf Monate, um genau zu sein«, präzisierte der Prior. »Doch ich glaube, Karl, dass der Spuk vorher schon vorbei sein wird. Der Brömser hat es ja gesagt: Wenn erst Georg Truchsess von Waldburg anrückt … Ich glaube, er ist nicht mehr fern. Jetzt nach der Schlacht von Böblingen kann er sein Heer sicher in Eilmärschen herbeiführen. Mal sehen, was der Viztum demnächst für Nachrichten aus Mainz mitbringt.«

Schweigend gingen wir weiter und ich sah, dass der Eintritt des Baches, wo ich vor einigen Tagen eingedrungen war, nun mit Stämmen gesichert war. Die Birkengruppe war gefällt worden. Bald darauf hatten wir das Lagertor im Süden erreicht – eine lächerliche, unfertige Konstruktion aus zwei Torflügeln, die an groben Balken befestigt waren – und wurden von einer Art Komitee in Empfang genommen. Friedrich von Greiffenclau stand in vorderster Reihe, ihm zur Seite der korpulente Hilchen von Lorch, andere Adlige waren nicht zu sehen. Dahinter Kunz Feldmann; Ostermann von Oestrich und weitere Bauern und Bürger, die ich zum Teil kannte. Henn Metzger hatte seinen Beobachtungsposten aufgegeben, denn ich hörte sein loses Schandmaul und erkannte sein Spitzmausgesicht in der dritten oder vierten Reihe.

Greiffenclau trat ein paar Schritte vor.

»Liebe Brüder von Eberbach«, sagte er theatralisch, hob die Arme und ließ sie wieder sinken, als wolle er sich für das, was nun folgen sollte, entschuldigen. »Liebe Brüder«, wiederholte er, »werter Vater Abt Nikolaus, werter Herr Prior, ihr Herren vom Senat …«

Bei Gott, der Mann, den ich bei Nacht als souveränen Herrn des Lagers erlebt hatte, war er etwa unsicher?

»Wir bitten Euch herein. *Ich* bitte Euch herein.«

Er streckte dem Abt die Hand zur Begrüßung hin. Der Arm von Nikolaus zuckte kurz hoch, wie im Reflex, doch dann schlug er die dargebotene Hand aus. Er ließ den Adligen stehen und schritt an ihm vorbei ins Lager. Wir folgten. Seine selbstbewusste Geste führte dazu, dass wir Mönche nun den Kopf wieder etwas höher trugen als zuvor.

Wir gingen durch eine Gasse aus Schaulustigen, und ich schaute mich diskret um. Überall standen einfache Zelte, Gerüste aus Stangen mit darüber geworfenen Planen oder bescheidene Holzkonstruktionen, die den Namen »Hütten« nicht verdienten. Marie konnte ich nirgendwo erblicken, auch Konrad nicht.

Wir wurden zu einem Platz unweit des Tores geleitet, wo in Hufeisenform ein paar grob zusammengezimmerte Tische aufgestellt waren. An der Stirnseite lagen Schreibzeug und ein großes Pergament. Dort nahm Greiffenclau Platz, neben ihm Hilchen, Kunz Feldmann und Henn Metzger. An einem Flügel des Hufeisens saßen weitere Bauern und

Bürger. Man forderte uns höflich auf, uns am anderen Flügel niederzusetzen. Wir gingen direkt zu unseren Plätzen, nur Nikolaus strebte dem Platz von Greiffenclau zu und betrachtete über dessen Schulter das Schriftstück. Wohl eine Minute lang studierte er den Text, dann suchte auch er ohne Hast seinen Platz auf und ließ sich nieder.

»Ehrwürdige Väter, ich bitte ausdrücklich um Entschuldigung für die unhöfliche Begrüßung, die Ihr hier erfahren musstet«, leitete Greiffenclau das Gespräch ein.

Kunz grinste impertinent und Henn zog sich die Kappe seiner Gugel übers Gesicht.

»Wir haben Euch eingeladen, werter Herr Abt, werte Herren Senioren, um einen Vertrag aufzusetzen zwischen den Rheingauer Bauern und Bürgern einerseits und dem Kloster andererseits. Einen Vertrag, entsprungen und entstanden aus gutem evangelischem Geist und göttlichem Recht ...«

Der Abt ließ ein verächtliches Schnauben hören. »Hört, Herr von Greiffenclau, ein Vertrag, das ist eine gegenseitige Abmachung, eine Übereinkunft zwischen zwei Parteien. Was Ihr hier vorliegen habt«, der Abt wies mit dem Finger auf das Pergament, das vor dem Adligen lag, »das ist kein Vertrag, das ist ein elendes Diktat.«

»Richtig!«, schaltete sich Prior Jakob ein. »Es wird nichts Gutes für uns darin stehen. Was ist, wenn wir nicht zustimmen?«

Greiffenclau zuckte mit den Schultern und wehrte eine Fliege ab, die ihm ums Gesicht herum summte. Dann wendete er den Kopf zur Seite und schaute bedeutungsschwer auf Kunz Feldmann, der eben ein Messer herausgezogen hatte, und sich bewusst lässig die Fingernägel reinigte.

Es bedurfte keiner Worte.

Und so verlas Greiffenclau Punkt für Punkt des Vertrages. Genau gesagt nannte sich das Schriftstück »Verschreibung des Klosters Eberbach wider die Landschaft des Rheingaus«. Elf Artikel hatte man formuliert, die ich hier nicht alle wiedergeben will, nur die wichtigsten. Es traf tatsächlich zu, was wir vermutet hatten: Das Kloster durfte keine neuen Mitglieder aufnehmen und sollte aussterben. Alle klösterlichen Güter sollten der Landschaft des Rheingaus gehören, um Arme und Bedürftige zu versorgen. Die Abtei verzichtete mit sofortiger Wirkung auf die Schäferei und alles Gemeindegut. Der Mapper Hof, Klostereigentum, sollte ebenfalls sofort abgetreten werden. Das Kloster musste Steuern und Abgaben bezahlen wie alle anderen Körperschaften auch. Mönche, die austreten wollten, sollte der Konvent ziehen lassen und ihnen zusätzlich zweihundert Gulden und reichlich Kleidung geben. Darüber hinaus hatte das Kloster dafür zu sorgen, dass dem Volk zwei Notschlangen zur Verteidigung des Landes zur Verfügung gestellt wurden.

»Notschlangen, werte Brüder, das sind schwere, großkalibrige Kanonen«, präzisierte Kunz und schaute dabei nicht auf. Er schien sich mit aller Konzentration seinen schmutzigen Fingernägeln zu widmen.

»Fürwahr«, fiel der Prior mit Bitterkeit ein, »Not bringen sie über den Feind, wenn sie sprechen, die Kanonen. Und Not bringt auch diese eure Forderung über uns. Not und Elend bringen all eure Forderungen über Kloster Eberbach, das nunmehr seit fast vier Jahrhunderten besteht und wohl den runden Geburtstag nicht erleben wird, wenn es euer Wille ist. Und Schlangen, auch dieser Ausdruck trifft zu, denn die alte Schlange, ja, ich wiederhole es: Die *alte Schlange*, der Satan, *er* hat euch diese Forderungen eingegeben. Herr Abt«, wandte er sich an Nikolaus, der zusammengesunken zu seiner Linken saß, »Ihr werdet gewiss diesen ›Vertrag‹ nicht unterschreiben und besiegeln.«

Mit gedämpfter Stimme, wie beiläufig, aber dennoch so, dass es alle hören konnten und gewiss auch hören sollten, sagte Henn Metzger zu Kunz Feldmann: »Kann man eigentlich auch im schwarz-weißen Rock durch die Spießruten laufen oder geht das nicht?«

Kunz grinste und rieb sich sein Matschauge, dessen Farbe mittlerweile von Blau zu dem Braun eines fauligen Apfels gewechselt hatte. Greiffenclau warf Henn einen vorwurfsvollen Blick zu. Dem Adligen war die provokante Aussage sichtlich peinlich.

»Herr Abt, Herr Prior, es wird Euch nichts anderes übrig bleiben«, brachte er die Sache auf den Punkt.

Nikolaus sah ihn an und kratzte mit den Fingern auf der Tischplatte herum. »Herr von Vollrads, sagt uns bei den Heiligen: Wo sollen wir Notschlangen her bekommen? Wir sind Männer des Gebets, der Kontemplation. Geschütze, Kanonen – mit solchem Tand und Teufelszeug haben wir nichts zu tun.«

»Ich denke, in Mainz müssten sich Kanonen aller Art finden lassen. Fragt Euren Freund, den Viztum Heinrich Brömser, der wird schon Bescheid wissen. Auch in Frankfurt gibt es Gießereien, soviel ich weiß«, warf Kunz ein. »Oder schmelzt Eure Glocke ein.«

»Jedenfalls werden wir auf diese Forderung nicht verzichten, ganz sicher nicht«, ergänzte Ostermann von Oestrich.

»Gut geschossen ist halb gebetet, hehe«, fiel Henn ein. »Ihr erwähnt die Heiligen. Probiert es bei den Nothelfern, ihr altgläubigen Pfaffen, vielleicht helfen die euch aus der Not mit den Notschlangen!«

»Was nützen euch Geschütze, ohne dass ihr wisst, wie sie zu bedienen sind?«, gab ich zu bedenken. »Von euch weiß doch keiner, wie eine Kanone zu laden geschweige denn abzufeuern ist. Die Schlangen allein nützen euch nichts ohne die Geschützmeister.«

Und der Abtskaplan Paulus ergänzte: »Wenn erst das Heer des Truchsess euer Lager heimsuchen wird, nützen zwei Geschütze sowieso nichts. Die Reiterei ...«

»Gut, der Bruder Infirmarius hat Recht«, unterbrach ihn Kunz, süffisant grinsend. »Ihr werdet uns also auch die Geschützmeister mit dazu besorgen.« Endlich schaute er auf, richtete den Blick auf mich und rammte sein Messer in die Tischplatte.

Dann erhob Nikolaus sich mit einem Ruck. »Wir werden diese elf Artikel unterschreiben und besiegeln!«, verkündete er entschlossen. »Zum Wohle der Mitglieder des Konvents, der Chormönche und Laienbrüder und um Schaden von ihnen abzuwenden, müssen wir uns dem ketzerischen, aufrührerischen Geist beugen. Gebt Euer *scriptum* her, Herr Friedrich. Lasst eine Kerze bringen für das Wachs.«

»Lasst eine Kerze bringen!«, wiederholte Greiffenclau mit starrem Gesichtsausdruck. Es war ihm anzusehen, dass er von der plötzlichen Zustimmung überrascht war. Sicher hatte er nicht mit einer solch raschen Beendigung der Prozedur gerechnet.

»He, eine Kerze!«, rief nun auch Kunz laut. »Der *Konrad* soll eine Kerze bringen! Heda, Rad! Herbei!«

Ich verschluckte mich und musste husten.

»Rad!«, wiederholte Kunz. »Der Herr Infirmarius muss husten. Bring einen Krug Bier mit! Für den Infirmarius. Oder vielleicht Wein? Ein Klosterwein vom Großen Fass! Sollen doch auch etwas von ihrem eigenen Wein haben, die Herren. Ein Klosterwein für den Herrn Frater. Den Herrn *Bruder*!«

In diesem Moment starrten mich sämtliche anwesenden Mönche des Senats an. Da Kunz das Wort Bruder mit einer besonderen Betonung ausgesprochen hatte, wussten oder zumindest ahnten sie, um wen es sich bei Konrad handelte. Denn alle waren damals schon Mönche gewesen, als mein leiblicher Bruder Konverse in Eberbach war.

Kurz darauf näherte sich uns eine Gestalt, die Filzkappe tief in die Stirn gezogen, und trat näher. Sie trug in der Rechten eine Kerze und in der Linken einen Krug.

Ich sprang auf, trat rasch auf den Mann zu und riss ihm die Mütze ab. Es war nicht Konrad.

Natürlich war er es nicht. Ich hätte es, wäre ich nicht so aufgeregt gewesen, schon an der Statur erkennen müssen. Es war ein Handwerker aus Eltville, der mir vom Sehen bekannt war. Er schaute mich unsicher an und senkte dann den Blick. Irgendwo ließ eine Elster ihr krächzendes Keckern ertönen.

»Der Konrad ist doch draußen am Wall und arbeitet, wie du es angeordnet hast«, sagte der Mann zu Kunz. »Ich glaube, die bauen weiter am Wachtturm auf der Ostseite. Hier bringe ich den gewünschten Trunk.«

Ich setzte mich und rang um Fassung. Doch keiner achtete in diesem Augenblick auf mich, denn der Abt hielt eben, immer noch stehend, die Stange Siegelwachs in das Feuer der Kerze. Seine Augen hatten einen eigentümlich ergebenen, ich möchte sagen: weisen Ausdruck. Hier tat ein Mann das, was getan werden musste. So mussten die Märtyrer vor dem römischen Kaiser ihren Glauben bekannt haben und dann vor die Löwen getreten sein, mit genau diesem ergebenen, gefassten Gesichtsausdruck.

Die Flamme aus dem harzigen Holz züngelte und zischelte um die Stange herum, und aller Augen verfolgten, wie das heiße Wachs auf das Papier niedertropfte. Der Stempel mit dem eingeschnittenen Marienbild und dem Jesuskind senkte sich in das weiche Wachs. Abt Nikolaus besiegelte das Schicksal der Abtei.

Das Kloster, unsere mönchische Welt, unser Sinn würde zugrunde gehen.

»Gut«, stellte Friedrich von Greiffenclau fest. »Jetzt fehlt noch das Siegel des Domkapitels. Das werden wir bei nächster Gelegenheit besorgen.«

Mit einem Mal schoss die Hand des Priors vor, ergriff das Dokument, er hielt es hoch und haute mit der anderen, zur Faust geballten Hand auf den Tisch.

»Bei den vierzehn Nothelfern, die ihr blasphemisch im Munde führt, ihr ... ihr verbrecherischen, ketzerischen ... ihr ... ihr Strauchdiebe ... ihr ruchloser Gewalthaufen ...«

Jakob brach ab, schluckte, die Stimme kippte um, er kämpfte mit den Tränen. Dann hob er noch einmal an und schrie: »So wie dies Siegel das Wachs geformt und ihm seinen Willen aufgedrückt hat, so wird auch das Heer des Georg Truchsess von Waldburg euch Lotterbuben bald wieder in die rechte Ordnung zwingen!«

»Hütet Eure Zunge, Herr Prior«, drohte ein Bauer, der eine Hasenscharte hatte. Er sprach leise, fast sanft, aber unmissverständlich klar. »Mit den achthundert Landsknechten und vierhundert Reisigen werden wir schon fertig.«

»Täusch dich mal nicht, Wenz Hansen«, warnte ihn Greiffenclau. »Du solltest jeweils noch eine Null dranhängen.«

»Eine Null?«

»Der Herr Hauptmann will sagen, dass es alles Nullen sind«, meckerte Henn.

»Es sind Tausende«, präzisierte Greiffenclau ungerührt, »achttausend Fußsoldaten und viertausend Berittene, mein Lieber.«

»Ei, wenn schon!«, rief Hilchen von Lorch, der bislang noch nichts gesagt hatte. »Dann halt Tausende. Und nun weg mit dem Dünnbier! Wein her! Herr Abt, setzt Euch nieder. Volk vom Rheingau und Umgebung, Genosse Friedrich, ihr Herren Mönche, das ist einen Trunk wert.«

Der Abt erhob sich. »Adlige und Volk vom Rheingau, ihr zwingt uns zu einer unehrenhaften Verschreibung. Ihr verspottet uns. Wie könnt ihr erwarten, dass wir auch noch mit euch saufen? Noch dazu unseren eigenen Wein! Wir ziehen uns jetzt zurück. Wir haben getan, was ihr von uns verlangt habt.«

»Wir wollen ein Lied!«, rief plötzlich einer aus dem Hintergrund. »Becker, Ostermann, Rab, Hansen, Leiendecker, wer kennt eins?«

»Ein Mönch kam in ein Nonnenkloster«, schlug Ostermann vor.

»Nein, nicht das, ein neues Lied! Ein neues Lied wollen wir hören. Singt den Herren ein neues Lied.«

Nun trieben sie auch noch ein übles Wortspiel mit den Worten des vorletzten Psalms: *Cantate Domino canticum novum.*

»Das Lied heißt: Ein Mönch kam einst ins Badehaus«, höhnte Kunz und blickte uns dabei an. Mir schien es, als verweile sein Blick eine Spur länger auf mir als nötig. Wahrscheinlich wurde ich rot, und ich ärgerte mich darüber.

»Und unser Geselle, Herr Hilchen von Lorch, hat es gedichtet. Herr

Hilchen, darf ich bitten: Tragt es uns vor. Nein? He, wo ist er denn jetzt? Eben war er noch da. Ach, der pinkelt wohl gerade. Hört nur, hört, Gesellen, ich kann das Lied auch! Adlige und Mönche, höret die erste Strophe. Herbei, herbei, Volk auf dem Wacholder, Volk vom Rheingau, herbei, höret den Gesang vom Mönch im Badehaus!«

Eine Traube aus Menschen bildete sich um den Tisch, und wir Zisterzienser waren mehr oder weniger eingeschlossen. Und so waren wir gezwungen, den frechen, entwürdigenden Spottgesang anzuhören:

»Ein Mönch kam einst ins Badehaus,
zog sich ein wenig schüchtern aus,
da wartet schon die Bademagd,
die blickt ihn lachend an und sagt:
›Ei, lieber Mönch, nun mach dich frei,
ei, ei, ei, owei!
Ich gieß mit meiner Kanne
jetzt Wasser in die Wanne,
ich zeig dir meine Kunst,
denn unter deiner Kutte,
denn unter deiner Kutte
ist Dreck und übler Dunst!‹«

Dann stimmte er den Refrain an, und alle Umstehenden, mit Ausnahme von Friedrich von Greiffenclau, fielen ein:

»Ave, Kloster Eberbach,
ave, lieber Bruder.
Jajaja und fallera,
du bist ja solch ein Luder,
jajaja und fallera,
du bist ja solch ein Lu-u-der!«

Irgendwo in der Nähe hatte eine Flöte eingesetzt, eine Trommel kam hinzu, immer mehr Stimmen fielen ein und so entstand ein sich steigernder Gesang, zu dessen stummen Zeugen wir verdammt waren.

»So höret nun, verehrtes Auditorium, die zweite Strophe:

Der Mönch lässt sich nicht lange bitten,
vergisst Gesetz, Moral und Sitten,
geniert sich nicht und ziert sich nicht,
frohlockend heiter er nun spricht:
›Ei, Magd, so mach auch du dich frei,
ei, ei, ei, owei!
Nun gieß mit deiner Kanne
voll bis zum Rand die Wanne,
komm, zeig mir deine Kunst,
denn unter meiner Kutte,
denn unter meiner Kutte
da fühl ich wilde Brunst!‹

Ave, Kloster Eberbach,
ave, lieber Bruder.
Jajaja und fallera,
du bist ja solch ein Luder,
jajaja und fallera,
du bist ja solch ein Lu-u-der!«

Wieder artete der Refrain in Gegröle aus, und diesmal wurde er von Klatschen, Stampfen, jetzt auch von Trommeln auf Holzschüsseln und Kannen begleitet, ein wahrlich infernalisches Treiben! Uns Mönchen grauste, obgleich wir wussten, dass Spottverse auf geile Mönche und Nonnen im Volk kursierten und stets ein dankbares Publikum fanden. Einige von uns hatten auf Reisen oder bei Visitationen schon Sprüche und Lieder dieser Art kennengelernt, auch ich, doch was wir hier erlebten, übertraf alles bisher Gehörte. Es war, als würde man eimerweise kaltes Wasser über uns ausgießen.

An dieser Stelle wusste der Sänger offenbar nicht weiter. »Herr Hilchen!«, rief er. »Ihr seid der Dichter dieses Liedes, fahrt Ihr fort!«

Der feiste Adlige, der inzwischen wieder am Tisch saß, stand auf, nahm einen großen Schluck Wein und trieb mit seinem tiefen Organ den Gesang weiter:

»Die Wanne groß ist wie ein Fass,
hinein geht es ins warme Nass,

zuerst der Mönch, dann auch die Magd,
die taucht die Arme ein und sagt:
›Mein lieber Mönch, ich bin so frei,
ei, ei, ei, owei!
Ich drücke dich und knete dich,
berühre und massiere dich
vom Kopf bis hin zum Steiß.
Die Hände lass ich wandern
von einem Glied zum andern,
da wird's dir richtig heiß.‹

Ave, Kloster Eberbach,
ave, lieber Bruder.
Jajaja und fallera,
du bist ja solch ein Luder,
jajaja und fallera,
du bist ja solch ein Lu-u-der!«

»Doch was macht nun unser Mönch in der Badestube?«, unterbrach ihn
Kunz, höhnisch lachend, und Hilchen nahm den Faden auf, als spielten
sie ein Theaterstück: »So höret nun, was unser Mönch gemacht hat in
der heißen Wanne. Fürwahr, mächtig heiß war ihm, dem Mönchlein, als
hätte er ein Säckchen Pfefferkörner aus Indien zerbissen:

Dem Mönch behagt das Ganze sehr,
er setzt sich keineswegs zur Wehr,
fühlt himmlisch sich an diesem Ort,
ergreift nun wiederum das Wort:
›Ei, liebe Magd, ich bin so frei,
ei, ei, ei, owei!
Das ist dir wohl noch nicht bekannt:
Auch Klosterhände sind gewandt,
es geht gleich richtig los,
ich lass die Finger gleiten
von einer Brust zur zweiten,
setz dich auf meinen Schoß!‹

Ave, Kloster Eberbach,
ave, lieber Bruder.
Jajaja und fallera,
du bist ja solch ein Luder,
jajaja und fallera,
du bist ja solch ein Lu-u-der!«

Dieser Gesang! Einige von uns hielten sich die Ohren zu; ich war erstarrt und selbst zu dieser kleinen Bewegung nicht mehr in der Lage.

»Na ja«, meldete sich Henn zu Wort, als die letzte Strophe verklungen war, »so geht es eben zu bei den Herren Fratres. Hehehe! Für den gemeinen Mann ist das Baden – und alles, was dazu gehört, hehe – ja kaum noch bezahlbar seit zehn, fünfzehn Jahren. In Mainz soll es nur noch zwei Badestuben geben. Kein Wunder bei den Holzpreisen! Aber die Herren Mönche haben ja Geld. Hehe, *noch!* Wenn auch nicht mehr lang. Aber auch bei den Nonnen geht's deftig zur Sache, das könnt ihr glauben. Wenn ich an die Benediktinerschwestern denke, die früher drüben in der Georgsklause waren, die hatten ja auch eine Badestube für jedermann. Man erzählt sich heute noch die wildesten Geschichten, wie es da zuging ...«

Wildes Gejohle ließ seine Worte untergehen.

»... bis zu fünf in einer Wanne, hm! Wenn sich da die Leiber aneinander reiben ...«

»Es reicht!«, rief eine Stimme, die ich in dem allgemeinen Gewirr zunächst nicht zuordnen konnte. Erst als der Rufer – trotz der Behinderung durch seinen Habit – auf den Tisch sprang, war klar, wer es war: der Cellerar der Abtei, Bruder Pirmin Bär. Wie immer, wenn er erregt war, leuchtete sein Feuermal in flammendem Rot.

»Herr Abt, lasst uns gehen!«, rief er mit schneidender Stimme, scharf wie eine Glasscherbe. Er sprang herab, ergriff den Abt am Skapulier und zog ihn fort. Wir ahnten unsere Chance und schlossen uns sofort an. Ich weiß nicht, was passiert wäre, wenn der Cellerar nicht so energisch gehandelt hätte. Vielleicht hätten wir die Heide nicht nur mit seelischen, sondern auch mit handfesten körperlichen Blessuren verlassen. Wenn überhaupt.

Höhnischer Applaus begleitete unseren Auszug. Wie geprügelte Hunde trotteten wir zurück ins Kloster.

Ein trommelndes Schenkelklatschen ließ mich innehalten, holte mich zurück in die Gegenwart, den Kerker.

»Dieser Gesang!«, rief Peter. »Fürwahr ein famoses Gedicht. Ein Mönch kam in die Badestube, hei, das gefällt dem alten Peter Wagner!«

»So bist du genauso ein Frevler wie die Bauern auch!«, fuhr ich ihn empört an.

»Frevler? Willst du mir weismachen, Mönch Clemens Korn von Oppenheim, dass dich dieses Lied nicht auch angesprochen hat? Dich nicht erhitzt hat? Wer da nicht heiß wird bei diesen Versen, der … der ist kein Mann! Wie ein Säckchen Pfefferkörner aus Indien, hei! Die Hände lass ich wandern von einem Glied zum andern, ja, hm hm!«

Ich wollte Peter übers Maul fahren, doch – er hatte Recht! Ich starrte in die Flamme und schwieg.

Die Erregung, in der ich mich seit der Beziehung zu dem Mädchen befunden hatte, der fehlende Schlaf, all das hatte damals dazu geführt, dass mich der frivole Gesang einerseits – als Klosterbruder – abstieß und andererseits – als Mann, der eine Frau geküsst hatte und in Hoffnung auf mehr verharrte – mein Blut heftiger pochen ließ und mich bis aufs Äußerste berauschte. Auch jetzt spürte ich wieder dieselbe Aufwallung, und ich war froh, dass Peter meine Gedanken unterbrach: »Sag, wie hast du dir eigentlich die vier Strophen merken können? Du zitierst sie mir hier auswendig, als wärest du selbst der Dichter.«

»Ich hab' sie später noch einige Male gehört. Sie haben sich mir eingeprägt, dass ich sie bis zum Jüngsten Tag nicht vergessen werde. Es gibt sogar noch mehr Strophen.«

»Lass hören!«

»Nein«, lehnte ich ab. Ich musste gähnen. »Warum soll ich diese unseligen Schmähungen wiederholen? Zudem bin ich sehr erschöpft, Peter. Ich habe so viel erzählt, lass uns ein wenig ruhen. Wer weiß, wie viel Zeit vergangen ist, seit ich aus der Ohnmacht aufgewacht bin. Fünf Stunden? Zehn? Ein ganzer Tag oder noch mehr?«

Es drängte mich zwar weiterzuerzählen, die lustvollen und grauenvollen Höhepunkte, die noch kommen sollten, noch einmal im Rückblick zu durchleben, doch ich brauchte dringend eine Pause. Auch meine Stimme war schwach geworden; leichte Halsschmerzen kratzten in der Kehle und verursachten Schluckbeschwerden. In diesem Moment gähnte auch Peter.

»Scheint ansteckend zu sein, die Müdigkeit, Mönch Clemens. Ehemaliger Mönch. Aber mir scheint, du erzählst in der Tat schon ziemlich lange. Ich glaube, so lang wie von Sonnenaufgang bis Sonnenuntergang, wenn mich nicht alles täuscht. Aber hier unten verliert man ja jedes Zeitgefühl. Lass uns schlafen. In ein paar Stunden erzählst du dann weiter, wenn du kannst.«

»Peter, auf ein Wort noch«, sagte ich leise.

»Hm?«

»Wie lange bist du eigentlich schon hier unten?«

»Morgen, morgen«, murmelte er. »Erst erzählt der Mönch, dann der alte Peter.« Er hatte sich schon hingelegt. Ich glaube, er forderte mich noch auf, den Kienspan zu löschen, doch ich war schon in den Armen des Schlafs.

Irgendwann wachte ich auf. Nach meinem Gefühl mussten es viele Stunden sein, die ich geschlafen hatte. Ich fühlte mich erfrischt und es drängte mich, meine Reise durch die vergangenen Erlebnisse fortzusetzen. Da merkte ich, dass etwas anders war. Das Licht – es fehlte! Wieder war es dunkel, und nur der dünne Schimmer vom Fenster weit über uns, mehr eine Ahnung von Licht, drang herab. Wir hatten den Kienspan ausgehen lassen. Es war unser letzter gewesen. Ich weckte Peter, der nur müde abwinkte.

»Lass mal, Clemens«, meinte er beschwichtigend, »ich hatte da neulich so eine Idee, vielleicht funktioniert sie. Aber hör doch mal«, sagte er, »was ist das für ein Geräusch?«

Ich lauschte.

Wir schwiegen und hörten ein Scharren und Trippeln, dann etwas, das wie ein leises Schmatzen klang. Die Geräusche kamen aus Richtung der Tür. Peter schnellte empor und eilte darauf zu. Etwas huschte davon.

»Aha, unser Freund Cerberus hat uns etwas gebracht. Freundlich, wie er uns versorgt, unser Schutzengel. Ein Laib Brot, lang wie eine Elle, das lässt sich sehen. Oder vielmehr fühlen. Leider schon etwas angenagt.«

»Ratten!«, rief ich.

»Ja. Aber besser, sie fressen ein Stückchen von unserem Brot als uns!« Peter lachte schallend, dass das Kellergewölbe dröhnte. »Aber was soll's? In unserer Lage muss man froh sein über jeden Bissen. Irgendwie riecht es hier auch nach geräucherter Wurst ... ah, da! Die kleinen geschwänzten Biester haben noch was übrig gelassen. Und schau: Der Krug ist neu gefüllt.«

»Her damit!«, rief ich.

Das Wasser war frisch und gut. Ich nahm einen langen, kräftigen Zug, fühlte, wie es belebend und die schmerzende Kehle kühlend seinen Weg in den Magen fand, und musste mich beherrschen, nicht alles auf einmal auszutrinken. Dann ließ ich mir das Brot und einen Wurstzipfel geben.

Als wir uns gestärkt hatten, setzte ich meine Erzählung fort.

Ich war enttäuscht und froh zugleich, dass Konrad nicht aufgetaucht war. Enttäuscht, weil es wieder nicht zu einer Begegnung gekommen war. Froh, weil ich die Konfrontation scheute. Weil ich nicht wusste, wie Konrad reagieren würde. Wenn er ganz im Banne von Kunz und seinen Gesellen stand, konnte ich nicht ausschließen, dass er sich aggressiv verhalten würde.

Kurz gesagt, ich war auf einiges gefasst.

An den folgenden Tagen zerbrach ich mir den Kopf darüber, wie ich wieder mit Marie zusammentreffen sollte. Dummerweise hatte ich in meinem törichten Liebeswahn keinen weiteren Treffpunkt mit ihr ausgemacht. Ich wollte ohnehin mehr wissen. Ich hätte sie längst fragen sollen nach ihrer Familie, was ihr Vater für einen Beruf hatte und – dieser Gedanke kam mir irgendwann siedend heiß – ob sie vielleicht einen Liebsten habe.

Außerdem interessierte es mich, ob sie den Seestern bei sich trug.

Dieser Seestern! Was war es, dass er eine solche Faszination für mich besaß? Wirkliche magische Kräfte schrieb ich dem Seestern nicht zu, aber irgendwie schien es mir, dass dieser Fünfzack etwas zu bedeuten hatte, etwas, was mit Marie und mir zu tun hatte. Wie hatte die alte Vettel in Köln gesagt? »Es ist dein Weg.«

War es Aberglaube, der mich narrte? War es Teufelsspuk, der mich gepackt hatte?

Kranke waren nicht zu versorgen in diesen Tagen, und so verbrachte ich die Arbeitszeit zwischen den Gebeten im Infirmarium damit, die Kräuterbeete zu pflegen sowie Salben und Tinkturen herzustellen. Immer wieder, wenn Fulbert nicht hinsah oder abwesend war, nahm ich mir den seltsamen halb abgebrannten Zettel vor, dachte über den Absender nach und versuchte die fehlenden Worte zu ergänzen:

Was Ihr verlangt, Gesellen, ist …

Nun, was? Möglich? Unmöglich? Überhaupt: Was verlangten die »Gesellen«, in denen ich einige Leute im Volk draußen vermutete? Wahrscheinlich wurden hier die radikalen Anführer des Rheingauer Aufstands angeredet.

Doch ich will sehr bold …

In dieser Zeile hatte sich der Schreiber vertan, es musste sicher *bald* statt *bold* heißen. Doch was wollte er bald? Was konnte der Absender, ein Frater aus unserer Mitte, hier versprechen? Das Kloster verlassen? Vielleicht auch dem Volk etwas besorgen? Was konnte das sein, da sie doch schon wie die Fürsten von unseren Vorräten zehrten?

kann es gschehen, mit ein wenig …

Auch hier wieder ein Flüchtigkeitsfehler: *gschehen*. Etwas sollte geschehen, eine Aktion, eine Tat war geplant, das bestätigte diese Zeile.

aus dem Infirmarium …

Diese Zeile ließ mich stutzig werden. Was gab es an Wertvollem in meinem Krankenhaus? Kräuter? Ein Medikament? Verbandszeug? Schröpfköpfe? Alkohol? Chirurgische Instrumente? War jemand krank und brauchte etwas? Ich zerbrach mir den Kopf und kam auf keine Lösung.

laus in seinem Hause zum Sp…

Hier war am Zeilenanfang wohl kaum *laus*, das lateinische Wort für Lob gemeint, sondern ich vermutete, dass der Name unseres Abtes Nikolaus am Zeilenende zuvor getrennt worden war. Der Abt – warum nur wurde er hier genannt? Und *zum Sp…*? Zum Sprechen vielleicht? Es war einfach rätselhaft.

war anno …61

Vor der Zahl war ein kleiner Brandfleck, und somit war die Zeitangabe unvollständig. Anno 61 – hieß das im vorigen Jahrhundert? Was war 1461 von Bedeutung geschehen?

andere besorgen.

Noch etwas anderes sollte besorgt werden – von wem?

Gott vergebe mir, aber ich bin …

Eine Bitte um Vergebung, wahrscheinlich weil der Schreiber sich im Klaren war, etwas Verbotenes, etwas Sündiges zu tun. ... *aber ich bin ...* Auch dies blieb im Unklaren.

Euer Geselle, der Frater aus Oes...

Aus Oestrich, so viel war gewiss. Es gab die Chormönche Rutger Kost und Johann Wesel von Oestrich, die beiden Novizen Jakob Zimmermann und Eckbert Riedel ebenfalls aus Oestrich. Hatte ich einen vergessen? Gewiss: die Konversen. Da war ein Robert, sein Familienname fiel mir nicht mehr ein, ich wusste nur, dass er ebenfalls aus dem kleinen Ort stammte. Dann hatten wir noch einen relativ neuen Novizen, dessen Name mir entfallen war, und vielleicht hatte ich auch noch einen anderen vergessen. Traute ich einem der Genannten eine heimliche Aktion, einen Verrat zu? An sich nicht. Jedenfalls nahm ich mir vor, bei Gelegenheit den Novizenmeister unter einem Vorwand nach der Herkunft des Neuen zu fragen.

Die Abtei sollte sich in diesen Tagen eigentlich in freudiger Vorbereitung und Erwartung des heiligen Festes der Himmelfahrt unseres Herrn befinden. In unserem Jahr 1525 fiel dieses Hochfest sogar mit dem Gedenktag des heiligen Urban zusammen, des Schutzheiligen der Winzer, den wir Eberbacher Mönche außerordentlich verehren. Leider musste die Prozession zu seinen Ehren in diesem Jahr entfallen, so sehen es die Statuten vor, wenn der Gedenktag am selben Tag wie ein Hochfest ist. Am Donnerstag, dem 25. Mai, sollte der Tag der *ascensio* sein. Die Räume der inneren Klausur und besonders die Kirche wurden von den Novizen gründlich gereinigt, und auch die heiligen Geräte erstrahlten in neuem Glanz, der eigentlich die Vorfreude auf die himmlischen Wonnen im Jenseits hätte widerspiegeln sollen.

Doch von Vorfreude war nichts zu spüren. Nicht nur die Demütigung auf dem Wacholder lastete schwer auf uns, auch eine weitere Hiobsbotschaft sorgte für Erschütterung. Einen Tag vor dem Hochfest informierte uns Heinrich Brömser, dass am 20. Mai auch viele andere Klöster und Konvente im Rheingau ähnliche Verschreibungs-Urkunden hatten besiegeln müssen wie wir. Es handelte sich um die uns unterstellten Frauenklöster Aulhausen und Gottesthal, weiterhin die Brüder vom gemeinsamen Leben in Kloster Marienthal sowie aus dem *Ordo Sancti Benedicti* das Nonnenkloster Eibingen und die mächtige Abtei Johannisberg, die am 23. Mai ihr Siegel hatte setzen müssen. Auch diese Klöster sollten keine neuen Mitglieder mehr aufnehmen. Der Rheingau würde eine Generation später ein Gebiet ohne Ordensbrüder und -frauen sein! Einige der genannten Klöster mussten neben dem Verzicht auf zahlreiche Privilegien, Zinsen und Einkünfte ebenfalls Geschütze für das Lager auf dem Wacholder bereitstellen. Man rüstete sich zum Kampf.

Schon stellte ich mir den Kanonendonner draußen vor den Mauern der Abtei vor. Insgeheim hofften wir aber doch, dass die Vernunft noch siegen und die Leute abziehen würden, wenn denn das Heer des Schwäbischen Bundes erst einmal nahte.

Ich muss etwas gestehen.

Ein schlimmer Gedanke hatte sich meiner bemächtigt. Er war irgendwann aufgetaucht, wurde von mir heftig zurückgewiesen, kehrte zurück, wieder und wieder, ließ sich nicht mehr unterdrücken und wurde allmählich zur ernsthaften Überlegung: Sollte ich das Kloster verlassen? Nicht nur einfach bei Nacht verlassen, heimlich, wie ich es schon zweimal getan hatte, und dann zurückkehren, sondern *austreten*. Komplett und unwiderruflich. Das Mädchen, das mich liebte, ich, der sie liebte, war das nicht ein Grund, über den sich nachdenken ließ? Hieß es nicht, dass drüben in Kursachsen schon zahlreiche Mönche und Nonnen aus ihren Orden ausgetreten waren, sich dem jeweils anderen Geschlecht zugewandt hatten und als Ehemänner und -frauen ein neues Leben führten? Predigte doch jener Luther, dass die Klostergelübde keinen bindenden Charakter hätten. Er, der entlaufene Mönch. Ein Irrgläubiger, gewiss, ein Exkommunizierter! Ja, man munkelte, dass er selbst sich ein Liebchen zugelegt habe, eine ehemalige Nonne sogar. Wie mochte er sich nun fühlen, der Ketzer?

Man erzählte sich so manches, und wenn es so weiterging in den deutschen Landen, wenn alle Mönche und Nonnen austräten und heirateten, wären bald nicht nur hier am Rhein, sondern allüberall in deutschen Landen keine Menschen mehr, die ihr Leben in Armut, Keuschheit und Gehorsam verbrachten.

Und ich? Auch ich hatte mir ja schon ein Leben vorgestellt an der Seite Maries. Hatte sogar schon davon geträumt: ich als Medicus, bei Brömser in Diensten vielleicht – oder auch ein braver Winzer irgendwo in

Hallgarten oder Hattenheim, sie mein Weib, das die Haustiere versorgte, Butter bereitete, nähte, wob, spann, sich um die Kinder kümmerte …

Ja, kürzlich war mir sogar einmal der frevelhafte Gedanke gekommen, die zweihundert Gulden einzustecken, die der Vertrag vorsah für Brüder, die austreten wollten. Ein hübscher Batzen Geld. Diesen Betrag nehmen und ein neues Leben anfangen, ganz neu beginnen …

Doch immer wieder, wenn ich mir dies vorstellte, stand mir zugleich ein anderes Bild vor Augen. Es war mein Platz im Chorgestühl. Der tiefe Friede, der einen gottergebenen Klostermann oder eine Klosterfrau durchströmte beim Singen der Psalmen. Und nicht nur das. Es war ein rundum geborgenes, ruhiges Leben mit einer heiligen, seit Jahrhunderten überkommenen Ordnung, mit einem herrlich geregelten, göttlichen Zeitmaß, mit festen Tages-, Wochen- und Jahresabläufen, mit einer sinnvollen Arbeit und mit einer besonders nahen, intensiven Beziehung zu Gott und seinen Heiligen, ein Vorgeschmack auf die Ewigkeit, die kommende Herrlichkeit, wenn wir einst den Allmächtigen von Angesicht zu Angesicht schauen werden.

So traf ich vorerst eine Entscheidung, nein, ich traf zwei Entscheidungen: Ich wollte erstens ein Mönch bleiben, bis sich die Situation draußen auf dem Wacholder geklärt hatte. Zweitens würde ich die Abtei nicht mehr verlassen, schon gar nicht bei Nacht, denn nicht immer konnte ich mich so ungeschoren aus dem Kloster stehlen und meinen Mitbrüdern drinnen und den Wachtposten draußen verborgen bleiben.

Diese Entscheidung, sie war vorläufig, sie war halbherzig, das weiß ich heute genau, und im Grunde war mir das damals auch schon bewusst.

Jenes Glück, den tiefen Frieden des monastischen Lebens, empfand ich besonders intensiv wieder am Tag der heiligen Himmelfahrt. Schon als wir bei der Prozession im Kreuzgang den Introitus *Viri Galilaei* sangen, spürte ich eine heilige Ergriffenheit wie schon lange nicht mehr, ein Rieseln rann den Rücken hinunter. Die Brust wurde weit, der Schritt leicht und ich fühlte mich dem Auferstandenen nahe:

Viri Galilaei,
Quid admiramini aspicientes in coelum?
Alleluja!
Quemadmodum vidistis eum ascendentem in coelum, ita veniet,
Alleluja, alleluja, alleluja!

Als dann in der Kirche der Sakristan feierlich noch einmal die Osterkerze anzündete, wie es Brauch war, blickte ich in die Flamme und bat Gott um Vergebung für meine Sünden in Tat und Gedanken und um Frieden für mein gequältes Herz. Wenn der in den Himmel Aufgefahrene wiederkommen würde, würde ich bereit sein. In diesem Moment war ich sicher, dass alles wieder in Ordnung kommen musste.

Nach dem Gottesdienst ging ich nicht zur frommen Lektüre in den Kreuzgang, auch nicht ins Infirmarium, sondern schlenderte ziellos umher. Der Weg führte mich aus dem Tor zum Fischteich. Es war mir gleich, ob ich dort Bauern treffen würde.

Die letzten Tage waren warm gewesen, zu warm für die Jahreszeit, und so hatte sich eine lastende Schwüle aufgebaut. Der Schweiß stand mir auf dem Gesicht und rann am Körper herunter. Menschen, Tiere und Pflanzen warteten auf Regen. Es herrschte eine merkwürdige, drückende Stille. Selbst die um diese Jahreszeit zahlreich vorkommenden Libellen waren heute nicht zu sehen. Ich ließ mich am Teich auf einen Stein am Ufer nieder und blickte in das Wasser, das normalerweise klar war. Jetzt war es trüb und aufgewühlt. Sicher hatten die Bauern wieder im Teich gefischt. Ein paar Kaulquappen schwänzelten ziellos am flachen Ufer herum.

In der Kommemoration des Urban während der Vesper hatten wir den Heiligen um Niederschlag angefleht. Es gab eine Fülle von Bauernregeln, die sich auf den Urbanstag bezogen, die in ihm eine Vorbedeutung für die nächste Zeit sahen, ja sogar Prognosen für die Qualität des Weines und die Lese im Herbst daraus ableiteten. Die Witterung um den Sankt Urban zeigt des Herbstes Wetter an. Wie sich das Wetter an Urban verhält, so ist's noch zwanzig Tage bestellt. Wie der Urban sein Wetter hat, so findet's auch in der Lese statt.

»Heiliger Urban, bring uns Regen, aber ohne Hagel«, murmelte ich. Doch was hilft's, dachte ich sogleich. Was hilft es uns, wenn der Pöbel uns alles wegsäuft, maßlos wie verdurstende Rinder? Unter solchen Gedanken nickte ich ein wenig ein.

Als ich wieder zu mir kam, saß jemand neben mir. Es war Gerhard, dessen Vollmondgesicht mir entgegenstrahlte. Er legte mir die Hand auf die Schulter.

»Clemens«, sagte er einfach nur. Doch in diesem einen Wort, in dieser

Nennung meines Namens lag alles: Frage, Sorge, Aufforderung zu reden und Angebot zur Hilfe.

»Bruder Gerhard Helfrich«, antwortete ich, und weil mir nichts Besseres einfiel: »Wo kommst du denn her?«

»Fischen will ich. Diesmal nicht für den Abt, sondern auch für die große Küche.« Erst jetzt fiel mir auf, dass er ein großes Netz dabeihatte. »Wenn noch was drin ist im Teich. Wenn das Gesindel uns noch ein paar Karpfen übrig gelassen hat. Viele werden nicht herumschwimmen, sonst würden sich die Kaulquappen nicht so vermehren.«

Dann blickte er mich direkt und durchdringend an. »Ist es die Sache mit Konrad, die dich so sehr belastet?«, kam er auf den Punkt.

Froh, dass er nur einen Teil der Wahrheit erkannt hatte, nahm ich das von ihm gelieferte Stichwort dankbar auf und nickte heftig. Vielleicht etwas zu heftig, denn der Abtskoch sagte: »Und doch! Ich glaube schon lange, dass dich noch etwas anderes bewegt. Die Sache mit deinem Bruder ist schlimm, ich … wir verstehen alle, dass du aufgewühlt bist, doch denke ich, dass da noch mehr ist. Ich sehe es in deinen Augen.«

Ich beobachtete die schwarzen, schwänzelnden Kaulquappen, wühlte mit der linken Hand im Erdboden, bekam einen kleinen, scharfkantigen Stein zu fassen und schleuderte ihn ins Wasser. Ich blickte ihm nach, wie er versank, wie die kleinen Wellen sich ringförmig ausbreiteten, dann das Ufer erreichten und schließlich verschwanden. Noch immer lag Gerhards Hand auf meiner Schulter.

»Was rätst du mir?«, wich ich aus.

»Du musst dein Herz erleichtern in der Beichte«, mahnte er, »sofern du es noch nicht getan hast. Und du hast es nicht getan, das sehe ich. Sodann solltest du den Abt bitten, Konrad ins Kloster einzuladen. Und wenn er nicht kommt, bitte ihn um Erlaubnis, Konrad draußen im Lager aufzusuchen.« Und nach einer kurzen Pause fügte er hinzu: »Dort kennst du dich ja bereits aus.«

Kein Zweifel, Gerhard hatte zumindest einen Verdacht. Die letzten Worte hatte er quasi beiläufig gesprochen, aber es war deutlich, dass er etwas ahnte.

»Bruder Gerhard, ich danke dir für deinen Rat. Mach dir um mich keine Sorgen.« Ich stand auf. »Ich wünsche dir einen guten Fang«, sagte ich und umarmte ihn. »Möge dein Netz voll werden und reißen wie das des Petrus.«

»Wünsche es mir lieber nicht«, lächelte er. »Dann hättet ihr morgen nichts zu essen. Aber zu einem fetten Fang wird es sowieso nicht kommen. Vielleicht kann ich noch fünfzehn, zwanzig müde Fische rausholen, dann bin ich schon zufrieden. Die Zeiten sind schlecht, Clemens.«

Ein paar Tage später beschloss ich, Gerhards zweiten Rat in die Tat umzusetzen. Ich suchte Abt Nikolaus auf, jedoch nicht zur Beichte, sondern stattete ihm in seinem Haus einen Besuch ab. Ich stieg die Treppe hinauf, klopfte an und trat auf ein energisches »*Intra!*« ein. Doch unser Oberhaupt hatte bereits Besuch: Heinrich Brömser saß mit ihm am Tisch. Daneben hing in demütiger, ja zusammengefallener Haltung ein Mann auf einem Stuhl, dessen einfache, zerlumpte Kleidung irgendwie nicht zu ihm passte. Quer über die rechte Gesichtshälfte hatte er eine an den Rändern entzündete Wunde, die von einem Schwerthieb herrühren mochte. Auch die Arme waren von kleinen und größeren Schorfen übersät. Trotz des Schmutzes, der den Mann überall bedeckte, bemerkte ich, dass sein Gesicht fahl wie Staub und von tiefen Falten, wie eingemeißelt, durchzogen war. Wams und Hemd wiesen am Bauch braune Flecken von getrocknetem Blut auf. Der Mann musste viel Blut verloren haben. Auf dem Haupt waren noch Reste einer Tonsur zu entdecken, aber auch ohne dieses Zeichen hätte ich in ihm einen entlaufenen Klostermann erkannt.

»Herr Abt«, sagte ich, »entschuldigt, ich komme später wieder. Ich … ich habe ein Anliegen.«

»Nein, nein, Bruder Clemens«, beschwichtigte der Viztum, »ich werde mich sogleich entfernen. Wir sind ja schon fertig mit unserer Besprechung, nicht wahr, Abt Nikolaus? Das heißt, was geschieht denn nun mit Bruder Raimund?«

Er blickte auf den Tisch vor sich, wo leere Teller und halbvolle Krautstrünke mit Weißwein standen. Es fiel mir erst jetzt auf, dass es verführerisch nach Huhn und Salbei duftete.

Der Abt stand auf und betätigte einen Hebel. Unten im Küchengeschoss erklang eine Glocke. Kurz darauf klopfte es und ein sommersprossiger Novize stand in der Tür. War es eine Fügung, dass es genau jener Novize war, über dessen Herkunftsort ich noch vor kurzem Überlegungen angestellt hatte? Sofort waren meine Gedanken wieder bei dem Zettelfragment mit der geheimen Botschaft und dem potenziellen Verräter in unseren Reihen.

»Bring Frater … bring Raimund hinüber ins Krankenhaus«, befahl Nikolaus. »Falls der Subinfirmarius nicht dort ist, suche ihn.«

»*Frater* Raimund?« Der Novize blickte ratlos zwischen dem unbekannten Mann, dem Abt und mir hin und her.

»Raimund«, stellte Nikolaus klar.

Der Fremde stand von seinem Stuhl auf, fiel vor dem Abt auf die Knie und stieß stammelnde Worte des Dankes hervor: »Habt Dank, hochwürdiger Herr Abt von Eberbach, Dank, Dank, Dank. Der Himmel und die heilige Jungfrau werden es Euch lohnen.« An seinem Dialekt hörte ich, dass er nicht aus unserer Gegend war. Das Wort lohnen klang wie löhnen.

»Geht nun!«, kürzte Nikolaus die Rede ab. »Du, Novize, stütze den Kranken. Und ruhe nicht, bevor du Fulbert gefunden hast. Er soll sich um die Wunden kümmern.«

Im Hinausgehen drehte sich der Mann noch einmal um und schaute uns aus schreckgeweiteten Augen an. »Die Artillerie«, krächzte er mit einer leisen, angegriffenen Stimme. »Dann die Reiterei. Sie haben sie niedergemacht. Alle erschlagen.«

»Herr Abt, lasst mich ihn begleiten«, schlug ich vor. »Der Mann braucht Hilfe. Insbesondere die Kopfwunde muss sofort …«

»Das kann Fulbert auch«, fiel mir Nikolaus ins Wort. »Clemens, ich habe mit dir zu reden, du wirst anderweitig gebraucht.«

Ich erstaunte. War ich doch gekommen, um den Abt um ein Gespräch zu bitten, und nun hatte er mit mir zu reden? Nikolaus gab Brömser, der ebenfalls aufgestanden war, die Hand.

»Ich gehe hinaus ins Lager und rate zum Abzug, wie wir es besprochen haben«, bemerkte er. »Im Übrigen, Herr Abt, hat es wieder einmal vorzüglich gemundet. Ein Lob an Euren Koch. Am besten sage ich es ihm unten gleich selbst.« Er machte die Tür hinter sich zu und trampelte die Treppe hinunter.

»Artillerie, Reiterei?«, fragte ich, nachdem der Abt mich aufgefordert hatte, Platz zu nehmen. »Was hat das alles zu bedeuten? Wer ist der Mann? Wie kommt es, dass Ihr einen derart verdreckten, verwundeten Menschen in Eurem Hause empfangt? Der Mann sieht ja aus und redet, als käme er von einem Schlachtfeld.«

Der Abt nahm die Karaffe und stellte ein frisches Glas auf den Tisch. Dann schenkte er mir ein und forderte mich auf zu trinken. Ich hatte

Durst, trank aber wegen der Hitze nur einen Schluck, sonst wäre mir der Wein zu Kopf gestiegen.

»Er *kommt* von einem Schlachtfeld. Er war bei Frankenhausen dabei.« Dann erzählte Nikolaus die Geschichte jenes Verwundeten.

Es handelte sich um Raimund, einen ehemaligen Konversen unseres Ordens aus Kloster Volkenroda bei Mühlhausen in Thüringen. Als Thomas Müntzer, der Erzketzer und Revolutionär, vor einigen Monaten dort das Regiment übernommen hatte, schloss er sich diesem an und kehrte seinem Kloster den Rücken zu. Er nahm sogar an einem Raubzug durch das altgläubige Eichsfeld teil und half, Klöster und Schlösser zu plündern, wenn auch mit mäßigem Erfolg. In Mühlhausen und Umgebung zerschlug er mit Müntzers Leuten in Kirchen und Kapellen Heiligenbilder und Skulpturen, all das habe er frei und offen bekannt. Überhaupt seien im Gefolge Müntzers mehrere Geistliche gewesen, so auch sein Unteranführer und Spießgeselle, ein gewisser Heinrich Pfeiffer, ebenfalls ein ehemaliger Klosterbruder. Vor etwas mehr als zwei Wochen dann zog man mit einem Trupp von etwa hundertfünfzig Leuten los, weil man hörte, dass sich in dem kleinen Städtchen Frankenhausen, rund sechs Meilen östlich von Mühlhausen, ein großes Bauernheer sammle. Am 14. Mai traf man dort ein. Das Bauernlager war gut befestigt: Auf einem Hügel vor der Stadt hatte man eine riesige Wagenburg errichtet und mit Kisten, Brettern und Balken verstärkt. Man verfügte sogar über rund ein Dutzend respektabler Geschütze verschiedenen Kalibers. Auf den Hängen gegenüber lagerte das Heer der Fürsten; es hieß, Landgraf Philipp von Hessen sei persönlich vor Ort, ebenso Herzog Georg von Sachsen. Landsknechte und Reisige ohne Zahl führten sie ins Feld und ebenfalls mächtige, todbringende Kanonen aller Art: Kartaunen, Feldschlangen, Rothschlangen.

Schon einmal hatten die Bauern an diesem Tage nachmittags einen Sieg errungen: Die Truppen der Fürsten hatten das Lager angegriffen, wurden jedoch zurückgeschlagen. Man solle Müntzer und Pfeiffer ausliefern, so habe darauf die Forderung der hohen Herren gelautet, dann wolle man sämtliche Bauern in Frieden ziehen lassen. Die Bauern gingen nicht darauf ein. Schließlich tauchte am Himmel ein heller Schein auf, in vielen kräftigen Farben habe er geleuchtet wie der Regenbogen Noahs. Das interpretierte man als ein göttliches Zeichen und schöpfte Mut: Gott ist mit uns!

Dann eröffneten die Fürsten das Feuer.

»Was folgte«, sagte der Abt leise, »muss schlimmer als der furchtbarste Albtraum gewesen sein. Die Bauern verloren den Kopf, und wilde Panik bemächtigte sich ihrer. Eben hatten sie noch andächtig dem Müntzer gelauscht und Gott auf ihrer Seite geglaubt, ein paar Lidschläge später schlugen die Kugeln in ihrer Mitte ein und brachten Blut und Tod.«

Er schenkte sich Wein nach.

»Ich dachte, die Bauern hätten auch über Geschütze verfügt«, warf ich ein.

»Raimund hat erzählt, dass alle durcheinander liefen und keiner den Weg zu den Kanonen fand. Offenbar waren die Geschützbesatzungen gar nicht richtig abgeordnet oder zugeteilt worden, vielleicht hat man auch keine oder keine guten Geschützmeister gehabt; du hast dieses Problem ja vor ein paar Tagen draußen auf dem Wacholder schon angesprochen. Jedenfalls muss sich das Lager innerhalb kürzester Zeit aufgelöst haben, alles floh in wilder Hatz aus der Wagenburg den Berg hinunter in Richtung Frankenhausen. So Hals über Kopf auf der Flucht, waren die Armen eine leichte Beute für die Fußsoldaten und Berittenen der Fürsten. Hunderte sind gefallen, meinte Raimund. Tausende, erklärte der Viztum, und diese Zahl wird eher stimmen. Die Sache der Bauern ist verloren, Clemens. Von Böblingen haben wir es kürzlich gehört: Tausende Erschlagene. Der Viztum hat zudem von Zabern und Schlettstadt im Elsass erzählt: zwei schwere Schlachten mit insgesamt wohl bis zu zwanzigtausend Toten. Das Gericht der Fürsten ist hart; sie kennen kein Erbarmen. Bald gibt es keine Bauern mehr, wenn es so weitergeht. Du hast es gehört: Brömser reitet hinaus zu unseren Rheingauer Aufständischen und versucht, sie zum Aufgeben zu bewegen. Die Sache der Bauern ist verloren«, wiederholte er und stützte den Kopf in die Hand, »gebe Gott, dass sie jetzt nicht in Panik und letzter verzweifelter Auflehnung noch unsere Abtei stürmen.«

Ich trank mein Glas nun doch in einem Zug aus. Dann räusperte ich mich und fragte: »Der ehemalige Frater Raimund – wie hat er den Weg zu uns gefunden? Von Thüringen hierher sind es Meilen über Meilen.«

»Er hatte das Glück, nicht schon wie die meisten auf der Flucht den Hügel hinunter erschlagen zu werden. So konnte er sich in die Stadt Frankenhausen retten. Zwar durchkämmten die Landsknechte die Gassen und Häuser, um jeden Bauern, der sich versteckt hielt, sofort zu töten, doch er hatte sich wohl zunächst in einem leeren Fass versteckt, sich später totgestellt und schließlich zu einem Leichenhaufen gelegt. Diese Leichen sind dann vor die Stadt gekarrt worden. Bei Nacht gelang ihm die Flucht. Er sei immer nur gelaufen, hat er gesagt, immer bei Nacht; bei Tage habe er geschlafen, in Wäldern, unter Bäumen, am Wege, wo auch immer. Was er zum Leben brauchte, hat er gestohlen: Brot, Kohl, Früchte ... Er wollte nach Rüdesheim, sagte er, wo ein Vetter von ihm lebe, ein Tuchhändler. Unten bei Geisenheim hat ihn der Viztum aufgelesen, in ihm einen ehemaligen Mönch erkannt und einfach mitgebracht. Darüber bin ich natürlich nicht glücklich, doch das Gebot der Gastfreundschaft, nun ja, gegenüber einem Mitbruder, auch wenn er nur ein Konverse ist ... war. Bruder Raimund ... ich meine: Raimund bereut seine Sünden und hat um Aufnahme gebeten, wenn nicht als Konverse, so wenigstens als allergeringster Knecht.«

»Herr Abt, Ihr wisst, wir dürfen niemanden mehr aufnehmen. Gilt das nicht auch für Knechte? Ihr selbst habt vor kurzem die elf Artikel unterschrieben, die ...«

»*Certe*, Herr Infirmarius, wir wissen das. So schnell pflegen wir nicht zu vergessen«, versetzte Nikolaus gereizt. »Doch du hast ja gesehen: Die Bauernbewegung ist tot. Das Blutbad von Frankenhausen und der Untergang Müntzers – das wird sich in allen deutschen Landen herumsprechen. Die Bauernhaufen, die es jetzt noch gibt, werden allüberall heimziehen, auch bei uns.« Er nickte und holte weit aus, als wäre er im Kapitelsaal und wolle die Säule umgreifen. »Frankenhausen«, sagte er abschließend, »war die letzte große Schlacht.«

Er wusste zu diesem Zeitpunkt noch nicht, wie sehr er sich täuschen sollte. Und wenn ich geahnt hätte, was mich diesbezüglich noch alles erwartete, hätte ich mich augenblicklich in der Kirche vor dem Hauptaltar der Mutter Gottes und Johannes des Täufers im Gebet niedergeworfen und wäre vermutlich so schnell nicht mehr aufgestanden.

»Pater Abt«, lenkte ich zum Beginn meines Besuches zurück, »Ihr sagtet vorhin, Ihr wolltet mich sprechen. In welcher Angelegenheit denn?«

»Ah ja. Du gehst nachher hinaus auf den Wacholder.«

»Auf den Wacholder? Ich?« Das war ja genau das, was ich erhofft hatte.

»Herr Friedrich von Greiffenclau ist krank.«

»Krank? Kann er denn nicht ins Infirmarium kommen wie der Viztum, den ich gelegentlich behandle?«

»Herr Friedrich liegt in einem Zelt darnieder und hat um Hilfe gebeten. Wir werden sie ihm nicht versagen. Zum einen gebietet es unser Herr Jesus Christus, zum anderen«, er hob den Kopf und blickte selbstzufrieden-schelmisch zur Decke, »zum anderen ist das nicht ganz uneigennützig: Hoffen wir, dass wir uns das *vulgus profanum* ein wenig gefügig machen, wenn wir ihrem Anführer in leiblicher Not Abhilfe schaffen können.«

»Welcher Art ist denn sein Leiden?«

»Das weiß ich nicht. Mach dir selbst ein Bild. Geh bald. Vom Gottesdienst bist du dispensiert.«

»Kann ich nicht kurz drüben nach dem Thüringer sehen?«

»Nein. Begib dich auf die Heide. Tu alles, was medizinisch notwendig ist. Und versuche bei dieser Gelegenheit herauszubekommen, wie die Stimmung im Lager ist.«

Ich stand auf und grüßte. Als ich schon an der Tür war, fragte Nikolaus plötzlich:

»Clemens, was hast du eigentlich von mir gewollt? Warum bist du gekommen?«

»Nicht mehr wichtig«, sagte ich und wollte schon die Tür schließen. Doch dann wandte ich mich noch einmal um. »Herr Abt«, bat ich, »Ihr wisst, dass mein Bruder Konrad da draußen beim Volk ist. Wenn ich mich um den Herrn von Vollrads gekümmert habe – ich bitte Euch, dass ich dann meinen Bruder aufsuchen und mit ihm reden darf.«

»*Vade reconciliare fratri tuo*«, antwortete er mit den Worten des Herrn. »*Vade in pace.*«

Ich dankte und ging.

Als ich unten an der Küche vorbeiging, trat mir Gerhard in den Weg. Er sah mich erwartungsvoll an. Ich erklärte ihm kurz meinen Auftrag und drehte mich noch einmal um: »Gerhard, sag: Der Novize, der eben da war, wie heißt der noch mal?«

»Heißt der nicht Paul? Paul Zimmermann?«

»Und weißt du, woher er stammt?«

»Keine Ahnung. Oder doch, aus Oestrich.«

Die drückende Schwüle hatte noch zugenommen, als ich mich zur Zeit der Non in Richtung Wacholder aufmachte. Ich hatte eine Tasche mit den notwendigsten Instrumenten dabei und ein paar Salben und Tinkturen. Zielstrebig ging ich auf das Lagertor zu, wo mich ein Wächter begrüßte: »Der Herr Brömser von Rüdesheim hat uns schon informiert, dass Ihr kommt, Herr Pater Medicus. Kommt mit mir.«

»Ist der Viztum noch da?«

»Nein, vor wenigen Minuten ist er wieder aufgebrochen. Er war beim Hauptmann im Zelt und hat mit ihm und den anderen gesprochen.«

»Den anderen?«

»Ihr werdet sehen, kommt nur.«

Er geleitete mich ins Lager. Heute war keine Musik zu vernehmen. Überhaupt schien die Stimmung sehr gedrückt. Manche ließen die Köpfe hängen. Einer verneigte sich sogar höflich vor mir. Es war der grobschlächtige Bauer, der damals zusammen mit Henn bei der ersten Abordnung gewesen war, die von uns zu essen und zu trinken gefordert hatte. Hier herrschte zweifellos ein anderer Geist als vor einigen Tagen; dies zeigte auch die respektvolle Anrede des Torwächters.

Wir schritten durch die provisorischen Behausungen auf ein Zelt zu, das einzeln am Rande des Lagers stand. Es war ein stattliches Domizil, etwa eineinhalb Klafter lang und knapp einen Klafter breit. Ich trat ein; mein Begleiter ging zum Tor zurück.

Drinnen mussten sich meine Augen erst an die Lichtverhältnisse gewöhnen. Auf der linken Seite war auf dem Erdboden aus Schaffellen eine Lagerstatt errichtet. Greiffenclau lag dort, man hatte trotz der Schwüle eine Decke über ihn gebreitet. Sein Gesicht – der einzige Körperteil, der noch herausschaute – war erhitzt und von Schweißperlen bedeckt. Er hatte Fieber.

Auf der rechten Seite stand ein kleiner Tisch. Daran saßen drei Männer, ein vierter stand im Hintergrund. Einer der Sitzenden war Kunz Feldmann, der zweite Henn Metzger, der dritte Hilchen von Lorch.

Der vierte Mann im Hintergrund war mein Bruder Konrad.

Mir blieb für einen Augenblick das Herz stehen. Ich ließ meine Tasche fallen und trat mit offenem Mund auf den Tisch zu.

»Hierher, Herr Siechenmeister«, erklang es ein wenig matt vom Bett.

Doch ich konnte mich von Konrads Anblick nicht losreißen. Er war es, unzweifelhaft. Er trug den groben knielangen Kittel einfacher Leute. Sein einst gepflegter Konversenbart war filzig und mit schmutzigen Strähnen durchzogen. Die Enden des wild wuchernden Schnurrbartes hingen ihm über die Lippen. Auch das Haupthaar ließ keinen Schnitt mehr erkennen. Konrad war dicker geworden, sein Kopf schien halslos in den Rumpf überzugehen.

»Konrad!«, redete ich ihn mit heiserer Stimme an und ergriff seine rechte Hand. Er versuchte sie mir zu entziehen, doch ich war schneller. Die Hand fühlte sich hart an und war rissig. Ich griff fester zu und zog meinen widerstrebenden Bruder mit Gewalt ins Freie. Fassungslos musterte ich ihn von Kopf bis Fuß.

Die Fingernägel waren zum Teil mit Erde verschmutzt, zum Teil waren sie abgebissen, vielleicht auch abgerissen, was blutige kleine Wunden an den Fingerkuppen zeigten.

»Lass«, sagte er nur und zog seine Hand weg, dann blickte er verlegen zu Boden. Er schien ausgelaugt, krank und müde zu sein.

»Konrad«, sagte ich traurig, »was machst du hier? Und wie siehst du aus? Was ist aus dir geworden?«

»Bruder Clemens!«, rief es aus dem Zelt. Gleich darauf trat Henn Metzger heraus. »Schau an, die beiden Brüderlein, hchehe«, meckerte er spöttisch. »Die Ähnlichkeit ist doch verblüffend. Um die Augen 'rum, die gesamte Stirn, die Kopfform, die Nase ist genau gleich. Hättet Ihr einen Bart, Herr Siechenmeister, und ein paar Pfunde mehr, so könnte man euch fast verwechseln. Kommt bitte rein, der Hauptmann verlangt nach Euch.«

»Halt's Maul, Bube, sonst fliegt dir noch was rein!«, fuhr ich ihn an und wunderte mich über meine Grobheit. Seine Augen verengten sich zu Schlitzen, und wenn ich nicht seiner Aufforderung Folge geleistet hätte, wäre die Situation vor dem Zelt sicher eskaliert.

Der Zorn über Konrads Verwahrlosung gab mir die Kraft zu diesem Ausbruch. Auch die Tatsache, dass man hier meine Hilfe brauchte, hatte mich in eine starke, unangreifbare Position gebracht. Als ich das Zelt wieder betrat, sah ich aus dem Augenwinkel, dass Konrad mit gesenktem Kopf davonschlich.

Es stellte sich heraus, dass Friedrich von Greiffenclau einen üblen Wespenstich hatte, und zwar an einer äußerst gefährlichen Stelle: vorn am Kehlkopf. Der Hals war geschwollen, und zudem hatte der Herr von Vollrads noch durch heftiges Kratzen dafür gesorgt, dass sich der Stich entzündet und zu einer bösen rötlich-braunen Schwellung geworden war. So ließ sich auch das Fieber erklären.

»Könnt Ihr helfen, Bruder Clemens?«, fragte er und seine Augen glänzten.

»Bringt saubere Tücher und frisches Wasser«, ordnete ich an. »Die Sache ist ernst. Wir müssen erst einmal kühlende Umschläge machen. Sodann schickt jemanden ins Kloster«, sagte ich zu Kunz und Henn. »Er soll sich an der Pforte melden und Bruder Pius Bescheid sagen, dass ich frischen Spitzwegerich brauche. Normalerweise sollte man den Wegerichsaft direkt nach dem Stich auf die Wunde bringen, aber auch jetzt wird er noch eine ausreichende Wirkung entfalten. Ich brauche auch Ackerschachtelhalmkraut. Lasst euch beides geben, mein Gehilfe, Bruder Fulbert, weiß Bescheid.«

Kunz Feldmann wies draußen jemanden an, die Heilkräuter zu besorgen, und ich wartete am Krankenbett. Henn sang leise das Lied vom geilen Mönch; doch ich ließ mich nicht beirren. Kurz darauf brachte eine Frau eine Schüssel mit Wasser und einige Tücher. Ich bereitete einen feuchten Umschlag und legte dem Adligen auch ein Tuch auf die Stirn.

»Ihr dürft auf keinen Fall mehr kratzen, wenn Euch Euer Leben lieb ist«, befahl ich ihm streng. »Solche Bienen- und Wespenstiche sind am Hals besonders gefährlich. Leicht kann die Schwellung Euch die Luft abdrücken.«

»Die Luft abdrücken«, wiederholte er grimmig. Dann richtete er sich gegen meinen Protest halb auf und blickte Henn an. »Die Luft abdrücken, hörst du?«, herrschte er ihn an. »Das wird hier auch bald passieren!«, rief er unerwartet laut.

»Herr von Greiffenclau«, versuchte Kunz Feldmann, der wieder eingetreten war, zu besänftigen, »legt Euch bitte wieder hin. Ihr hört doch, was der Mönch sagt.«

»Wie kann ich ruhen, wenn uns Gefahr droht? Die Luft werden sie uns abdrücken, hast du's nicht gehört?«

»Ihr habt Fieber, ruht Euch aus.«

»Der Truchsess! Er ist bald da. Ich hab's euch doch schon gesagt. Unsere Sache ist verloren.«

Merkwürdig, dass der Adlige fast genau dieselben Worte gebrauchte wie am Nachmittag der Abt.

»Wir brechen das Lager ab, Leute, das ist die einzige Möglichkeit, uns zu retten. Sonst werden die Kugeln, Schwerter und Spieße in unseren Wanst fahren, ihr werdet sehen.«

»Herr Friedrich, wir haben unsere Ziele noch nicht alle erreicht. Unser Lager ist gut befestigt, der Wall ist erhöht, die Palisade in Arbeit und unsere Türme fast fertig. Wenn erst mal die Feldschlangen da sind, können wir auch dem Heer des Truchsess standhalten.«

»Einen Hundedreck könnt ihr! Mit euren paar blanken Harnischen könnt ihr die Regentropfen schön prasseln lassen und mit euren lumpigen Kurzschwertern mögt ihr euch die Zähne ausputzen! Die Kanonen sind noch lange nicht da, und wenn, werden sie auch nichts nutzen. Leute, ich habe euch doch die Geschichte von König Dosza erzählt. Ihr wisst also, was euch erwarten kann.«

»Ihr habt sie noch nicht erzählt. Aber legt euch erst mal wieder hin. Bruder Clemens, sagt Ihr als Arzt doch etwas!«

Ich versuchte ebenfalls, den Kranken zu beruhigen, aber schon fing der Adlige an: »Dosza«, presste er hervor, »Dosza war der Führer im ungarischen Bauernaufstand. Vor etwa zehn Jahren ist es gewesen. Mit seinem Heer ist er durch Siebenbürgen gezogen. Als man den Aufstand niedergeworfen hat – aua, mein Hals, das juckt ja wie der Teufel! –, da hat man ihm, dem sogenannten Bauernkönig, eine Krone und Zepter verpasst und ihn auf einen Stuhl gesetzt. Aber nicht auf so einen hübschen, prachtvollen Thron, sondern ein eisernes Ding war das, ja, aus hartem Eisen, aber vorher im Feuer rot glühend gemacht. Und nachdem man ihm dann den Arsch schön angeröstet hatte, Freunde, ja, dann haben sie ihn runtergezogen von seinem Thron und seinen Armen und Beinen wunderbare Ketten verpasst. Nein, nicht aus Gold, sondern ebenfalls aus Eisen. Und wisst ihr, was am anderen Ende der Kette war: ein paar kräftige Pferde. Und die haben gezogen, in alle vier Himmelsrichtungen. Und dann war der Dosza tot.«

»Wir sind für unsere Rechte und für die Freiheit angetreten«, fiel Henn ein und reckte sein spitzes Gesicht vor. »Von solchen Schauermärchen lassen wir uns nicht einschüchtern, nicht wahr, Kunz? Herr Hilchen von Lorch? So steht's im Neuen Testament, so hat's der Luther gesagt: Ein Christenmensch ist ein freier Herr und niemandem untertan.«

»Der Luther, ha! – Hast du seine neueste Schrift gelesen? Was er zum Krieg des kleinen Mannes sagt? Zu Aufruhr und Empörung? Natürlich nicht, Henn, du kannst ja nicht lesen. Sie liegt da hinten unter meinem Mantel. Ich habe sie kürzlich bekommen.«

»Sicher haben wir von der *Vermahnung zum Frieden* gehört. So neu ist das doch nicht«, sagte Kunz Feldmann.

»Schafskopf«, fuhr ihn Greiffenclau an. »Hol mal die Schrift. Nein, da unterm Mantel. Ja.«

Feldmann ging nach hinten und kam mit einem kleinen Büchlein wieder ans Bett.

»*Wider die mörderischen und räuberischen Rotten der Bauern*«, las er langsam und stockend vor. Stockend nicht, weil er nicht gut lesen konnte, sondern weil er maßlos erstaunt war über den Titel. Ihm blieb zunächst der Mund offen stehen.

»Der Luther hat euch längst verraten«, erklärte der Adlige. »Lies das mal durch, Kunz. Nein, noch besser, lies es draußen im Lager laut vor. – Aber zurück zu Dosza, ich war noch nicht fertig. Wisst ihr, was dann mit den Überresten seines sterblichen Leibes passierte? Nun, diejenigen unter seinen Anhängern, die bis zuletzt verstockt waren, die haben sie gezwungen, die Fleischreste der Leiche ihres Anführers aufzufressen. Selbst die Knochen mussten sie abnagen, wie bei einem Hühnchen. – Oh, mir ist schlecht.«

Er würgte und ich hielt ihm geistesgegenwärtig die Schüssel hin. Ein widerwärtiger, saurer Gestank machte sich im Zelt breit.

Selbst nachdem er sich übergeben hatte, fieberte Friedrich von Greiffenclau noch eine Weile und malte uns in grellen Farben die Folgen des ungarischen Aufstands vor Augen, bis endlich ein Bauer die gewünschten Medikamente brachte. Fulbert hatte gleich einen Sud aus beiden Arzneipflanzen bereitet, sodass ich den entzündeten Stich behandeln konnte. Ich war mir sicher, dass für Greiffenclau keine Lebensgefahr bestand. Zu deutlich hatte er seine Kraft unter Beweis gestellt.

»Ist doch klar«, meldete sich mein Mitgefangener lebhaft. »Der Henn hat keine Ahnung. Wie soll er auch, kleines Licht, das er ist.«

Ich brauchte eine Weile, um wieder in die gegenwärtige Realität zurückzufinden.

Peter sprach weiter: »Den Wittenberger Professor hat er schon richtig zitiert: Ein Christenmensch ist ein freier Herr über alle Dinge und niemand untertan. Er hat bloß den zweiten Teil vergessen.«

»Den zweiten Teil?«

»Ein Christenmensch ist ein dienstbarer Knecht aller Dinge und jedermann untertan.«

»Also, im Grunde kann doch nur eine der beiden Aussagen stimmen.«

»Beides. Beide Aussagen gelten. Die Antwort ist paradox. Genau so sagt es auch Sankt Paulus im Ersten Korintherbrief.«

»Ja, ich erinnere mich. Aber mir hat diese antinomische Antwort nie richtig eingeleuchtet.«

»Und doch ist sie wahr. Nur so kann man die Frage nach der Freiheit richtig beantworten.«

»Peter, wer und was bist du eigentlich?«, fragte ich erstaunt. Dieser Mann verfügte über ein erstaunliches philosophisch-theologisches Wissen. »So, wie ich dich bislang kennengelernt habe, musste ich dich für einen Spaßmacher halten, vielleicht einen Hofnarren. Oder gibt es die inzwischen an den Höfen der Adligen nicht mehr?«

»Es gibt sie noch. Nun ja, ich habe mich ein wenig mit der neuen Glaubenslehre befasst. Damals, als Luther in Worms vorgeladen war, anno einundzwanzig, bin ich hingezogen. Das Volk lag ihm zu Füßen, auch ich. Später erwachte mein Entschluss. Ich ging nach Wittenberg, um den wortgewaltigen Doktor Luther, den scharfsinnigen Melanchthon und andere kluge Leute zu hören, die sich mit der römischen Kirche angelegt haben.«

In diesem Augenblick knirschte der Schlüssel der Kerkertür und ein Wärter erschien in der Tür. Es war ein anderer als der, den ich kannte. In der Hand hielt er eine ellenlange, dicke Wachskerze.

»Stenz! Sei mir willkommen, mein Lieber. Komm an meine Brust. Endlich geht uns ein Licht auf.«

Der Wärter lachte. »Bleib mir bloß vom Leib, du verlauster Stinker! Na ja, das geht schon in Ordnung. Die Gänsekeulen und der Kuchen werden uns gut schmecken.«

»Sag deinem Kollegen, dem Kuno, einen Gruß. Aber verrat ihm nichts von unserem Handel.«

Als der Posten wieder zugeschlossen hatte, erklärte mir Peter die Sache. Als ich ohnmächtig gewesen war, hatte er mit Stenz einen kleinen Handel beschlossen: Der Wärter sollte Peters Oheim, einen Kerzenzieher, der hier in der Nähe wohnte, aufsuchen und um eine Wachskerze bitten, im Gegenzug solle er von ihm zwei Gänsekeulen und einen halben Kuchen bekommen.

»Mit dem Cerberus, dem Kuno, hättest du das nicht machen können. Aber der Stenz ist ein Mann, mit dem man Geschäfte machen kann. Mal sehen, vielleicht wird noch mehr daraus.«

Für einen Moment träumte ich davon, mit Stenz' Hilfe wieder in Freiheit zu kommen. Doch ich war zu sehr Realist, um das für möglich halten zu können.

———•———

Ich hatte Durst und ließ mir ein Glas Wein, mit Wasser verdünnt, geben.

Als ich aus dem Zelt trat, spürte ich die giftigen Blicke von Henn Metzger im Rücken. Draußen war von Konrad nichts mehr zu sehen. Der Himmel hatte die Farbe von Eiter angenommen. Es konnte nun nicht mehr lange dauern mit dem Regen.

Eine seltsame Erregung hatte sich meiner bemächtigt. Die Begegnung mit Konrad, die grausigen Erzählungen über König Dosza – all das hatte mich selbst in einen fiebrigen Zustand versetzt. Wind kam auf, die Lagerbewohner beeilten sich, alles festzumachen, was lose war, und flüchteten in ihre Zelte und primitiven Hütten.

Es musste um die Zeit der Komplet sein, als ich den Wacholder verließ. Es wurde immer dunkler, und im Nordwesten geisterte Wetterleuchten und warf ein geheimnisvolles Licht über die Lande. Erste Blitze zuckten zur Erde, noch in großem zeitlichem Abstand gefolgt von Donnergrollen. Als ich die Straße betrat, fielen die ersten Regentropfen. Dicke, einzelne Spritzer knallten wie abgeschossene Pfeile in den trockenen Boden, und es folgten immer mehr. So beschloss ich, nicht zum Kloster zurückzulaufen, das würde ich nicht mehr trocken schaffen, sondern in der Grangie Neuhof Schutz zu suchen. Als ich am Tor ankam, frischte der Wind heftig auf, mein Habit wurde wie ein Segel aufgebläht. Ich glaube, es fehlte nicht viel, und ich hätte abgehoben. Das Licht war inzwischen grünlich, wie Gift.

Da kam mir eine Eingebung. Ich kämpfte gegen den Wind an und eilte wie gehetzt die Mauer entlang, die die Grangie umgibt. Als ich mich der alten Linde näherte, stieg mir der betörende Duft der beginnenden Baumblüte in die Nase. Unter dem Baum stand ein Mensch, die Hände Schutz suchend um den Stamm geschlungen.

Es war die Gestalt einer jungen, schlanken Frau.

Sie hatte dunkles Haar, in dem der aufbrausende Wind rupfte.

Ich ging näher heran.

Sie war es: Marie!

Sie trug ein aus roten, blauen, gelben und grünen Fäden geflochtenes Band im Haar. Plötzlich ließ sie den Baumstamm los und schlang stattdessen die Arme um mich. So standen wir eine Weile zusammen und pressten Wange an Wange, Körper an Körper.

Dann übersprang das Gewitter endgültig den Fluss und der Himmel öffnete seine Schleusen. Ein Donnerschlag krachte auf uns nieder. Gegen das Lärmen anbrüllend, versuchte ich Marie zu erklären, dass ich in der Nähe eine Hütte kenne, wo wir Schutz vor dem Wetter suchen könnten. Sie hörte mich nicht. So nahm ich ihre nasse Hand in meine und zog sie in Richtung Weinberg.

Hastig rannten wir Hand in Hand einen schmalen Weg entlang. Als wir die Hütte erreichten, war unsere Kleidung zum Auswringen nass.

Die kleine Tür war nicht verschlossen.

Als ob es nichts Selbstverständlicheres gäbe, zogen wir beide unsere nasse Kleidung aus und hängten sie an einen Balken. Eine Weile standen wir uns einfach gegenüber, ich unsicher, und sie? Ich weiß nicht, was sie dachte.

Dann zog mich Marie auf den Lehmboden und begann mich zu liebkosen. Auch ich bedeckte ihren Körper mit Küssen. Ich begann mit ihrer wundervoll gerundeten Brust, die sie mir diesmal nicht verwehrte. Ich fühlte die Feuchtigkeit des Regens, der ihre Kleidung durchdrungen hatte, auf ihrer Haut, schmeckte Schweiß, schmeckte Salz. Dann erkundete ich die anderen Orte ihres Körpers. Und sie die meinen.

Draußen versank die Welt in Donner und Blitz. Drinnen schenkte das wundervolle Mädchen mir die Erfüllung im Fleische.

VIII. Magnum vas

Fast hätte ich es geschafft.

In einer Wolke aus Sand und Staub jagten sie heran. Sie hetzten mich mit Rossen, Wagen und Männern, dem ganzen Heer des Pharao. Eine waffenstarrende Streitmacht, die nur ein Ziel kannte: mich zu vernichten. Sie wollten mich einfangen, mich auf einen glühenden Stuhl von Eisen setzen, mir mit Zangen die Geschlechtsteile abreißen, mich dann zwischen vier Rosse spannen und zerreißen.

Fast hätte ich es geschafft. Bei Pi-Hahirot, jener kleinen Stadt in der Hitze, die aussah wie unsere Grangie Reichartshausen am Rhein, hatte ich das Meer erreicht, wo das Eberbacher Weintransportschiff *Bock* auf mich warten sollte. An einer kleinen Gruppe von fünf vertrockneten Palmen ließ ich mich nieder.

Die unermesslich weite Wasserfläche stand vor mir, eine letzte Barriere, ein Punkt ohne Wiederkehr, das Ende. Das Schiff – es war nicht zu sehen. Die Sonne brannte unbarmherzig vom Himmel. Ich glühte unter meinem Ordensgewand; die schwarze Kapuze mit dem Skapulier saugte die Kraft der Sonne auf und verstärkte sie noch.

Verzweifelt schaute ich zum Himmel und begann zu schreien: »Wäre nicht ein schönes, würdiges Grab für mich in Eberbach auf dem Friedhof bei der Klosterkirche gewesen? Warum hast du mir das angetan, dass du mich in die Wüste führen musstest? Lieber wollte ich im Kloster dem Pharao dienen, als hier in der Wüste umzukommen!«

Da erhob neben mir jemand seine Stimme. Es war Mose, doch er trug die Züge meines Mitbruders Gerhard: »Still, du Kleingläubiger! Wo ist dein Gottvertrauen? Der Herr wird für dich streiten!«

Die gewaltige Staubwolke, die am Horizont von den immer näher kommenden Verfolgern aufgewirbelt wurde, schien ihn Lügen zu strafen.

Da reckte Gerhard-Mose seinen gewaltigen Stab, an dem ein großes Fischnetz befestigt war, in die Höhe, und das Wasser des Meeres teilte sich; es stand vor mir, rechts und links, zwei gewaltig hohe Wände, anzusehen wie die Seitenschiffe im Dom zu Köln.

»Nun rasch, keine Zeit verlieren, du musst los«, forderte mich eine andere Stimme auf, die mir bekannt vorkam. Ich blickte zurück. Die Streitwagen der Ägypter stürmten in ungezügelter Jagd über Sand und Stein heran; so wild war die Fahrt, dass die Lenker manchmal senkrecht in die Höhe schossen, wenn ein Rad auf einen Stein traf. In vorderster Front erkannte ich den Pharao, der zu einem Zisterziensergewand eine Krone aus Edelsteinen trug, und er hatte die Gesichtszüge unseres Priors Jakob.

»Nur rasch«, wiederholte die vertraute Stimme, und ich eilte in einem solchen Tempo los, dass mir die Kapuze nach hinten wehte. Mit einem Mal erkannte ich, dass der Klang aus einer Wolkensäule im Korridor zwischen den Wasserwänden kam, und begann schneller auszuschreiten. Der Herr, dachte ich, der Herr Zebaoth ist mir doch gewogen! Er beschützt sein Volk Israel und die Männer seiner Kirche; er geht vor mir her bei Tag in einer Wolkensäule und bei Nacht in einer Feuersäule.

So fasste ich Mut und schritt zwischen den Wasserwänden hindurch, die vor mir lotrecht und stabil standen – hinter mir aber tosend zusammenstürzten. Ein Krachen und Schreien in höchster Todesnot erklang. Nicht zurückblicken, dachte ich, schon gar nicht umdrehen, sonst ergeht es dir wie Lots Frau, und nur im hintersten Augenwinkel, mehr ahnend als sehend, nahm ich wahr, wie das Heer des Pharao, Rosse und Wagen, in den Fluten unterging.

Da löste sich vor mir die Wolkensäule auf, und ich erkannte, dass es die alte Wahrsagerin aus Köln war, deren Umrisse sich aus den Nebelschwaden herausbildeten. Mein Schritt stockte, fast wäre ich hingefallen.

»Du Narr«, trumpfte die Alte höhnisch auf und entblößte obszön ihre Narbe auf der Schulter, »hättest du nicht gedacht, Mönchlein, dass wir Krüppel, Lahme und Aussätzige hier im Dom zu finden sind! Dies ist dein Grab! Ganz nahe bei den Gebeinen der drei Könige, die dem Neugeborenen huldigten.«

»Nein, kein Grab«, bat ich flehend, »um Gottes willen, ich bin doch noch nicht so weit! Das Mädchen«, rief ich, »hat es mir nicht den Kelch der Liebe in all ihren Facetten gereicht? Dies muss weitergehen! Kein Grab, bitte nicht, noch nicht!«

»Du Narr«, wiederholte die Hexe. »Einfältiger, sündiger Mönch! Ist dir jetzt endlich klar, was es bedeutet: Einer wird dir gleichen, eine wird dir reichen? Einer wird leben, eine wird dir geben?«

Verunsichert blickte ich mich um; ich rief laut nach Mose und meinte Gerhard. In diesem Augenblick stürzten die Wasserwände aus großer Höhe auf mich nieder, das Donnern machte mich taub, die Wassermassen stürzten herab wie Splitter, machten mich blind und zerschlugen mir die Glieder, die salzigen Fluten rissen das, was von mir übrig war, hinweg. Ich war verloren.

Laut um Hilfe rufend wachte ich auf. Doch ich hielt die Augen geschlossen.

Als ich mich ein wenig beruhigt und ein Gebet gesprochen hatte, begann ich über den Albtraum nachzudenken: »Eine wird dir reichen.« Warum war ich nicht längst schon darauf gekommen? Nicht »eine wird dir genügen« war die Bedeutung jenes Orakels, vielmehr war »reichen« im Sinne von »darreichen« gemeint. Das Mädchen – es hatte mir wirklich die Liebe *gereicht*: ihre Hände, ihre Lippen, ihre Brüste, ihren Schoß. Es hatte mir die Liebe *gegeben*.

Und als hätte man ein schwarzes Tuch vor meinen Augen weggezogen, wurde mir zugleich die andere Prophezeiung der Alten klar.

Einer wird dir gleichen, einer wird leben: Es war mein Bruder, der Gott sei Dank noch am Leben war. Das Mädchen hatte es ausgesprochen, der widerwärtige Henn ebenso, wie ähnlich Konrad und ich uns sehen.

Woher nur verfügte die Alte über solches Wissen? War sie eine von Gott mit seherischen Fähigkeiten ausgestattete Prophetin? Oder war es schlicht heidnische, satanische Zauberei?

Ich war aufgewacht – mit ebendieser Klarheit über die Prophezeiung –, doch völlig desorientiert, wo ich mich befand. Mühsam machte ich die Augen auf. Draußen war es hell und ich hörte die Glocke unserer Kirche, aber seltsam fern. Ich war allein in der Hütte.

Da wurden mir vollends noch einmal die Ereignisse der Nacht bewusst, alles stand plötzlich deutlich vor mir. Das Gewitter, das Mädchen, die Hütte. Die Liebe.

Nach unserem Liebesspiel hatte ich meinen Kopf auf ihre Brust gelegt, unterhalb ihres kleinen Kinns, und die wohlgeformte Rundung der

Brüste betrachtet. Sie hatte mit den Fingern auf meinem Haupt gespielt, war die Corona, den spärlichen Haarkranz, entlang gefahren und hatte dann lange und intensiv die Tonsur gestreichelt. Draußen ließ der Regen nach, der scharfe Trommelwirbel auf dem Holzdach unserer Hütte wurde schwächer und hörte schließlich ganz auf.

»Marie, ich muss gehen. Herrliche, wundervolle, geliebte Marie! Willst du mit mir leben? Wann sehen wir uns wieder? Wann ... willst du ... was ... Marie ... wann werden wir ...«

Ich weiß nicht mehr, was ich alles stammelnd in meinem Rausch hervorstieß und welchen Sinn oder Unsinn ich von mir gab, ich glaube, es war nicht besonders klug und ziemlich verwirrt. Ich weiß nur, dass sie plötzlich »Geh jetzt!« sagte, unerwartet barsch und fast unfreundlich.

Sie zog sich sehr schnell an. So blieb unser Abschied auch diesmal ohne eine Zusage auf ein Wiedersehen.

Auch ich legte meine Kleidung wieder an und klopfte, so gut es ging, mit den Händen den Staub ab. Marie verließ als erste die Hütte, nachdem sie die Tür eine Hand breit geöffnet und vorsichtig hinausgespäht hatte. Sie umarmte mich kurz zum Abschied. Als ich noch etwas sagen wollte, legte sie einen Finger auf meinen Mund. Ich ging zurück in die Hütte, legte mich nieder und muss wohl ein paar Stunden geschlafen haben. Der quälende Albtraum, das Hochschrecken in panischer Angst, doch keine beruhigende Stimme eines Mitbruders, die mir tröstende Worte zusprach. Traurige Einsamkeit.

Es war ein neuer Tag mit frischer und wohltuend kühler Luft. Gierig sog ich sie ein. Als ich mich anschickte, die Hütte zu verlassen – das Morgenlicht fiel schon schräg hinein –, bemerkte ich etwas auf dem Boden: Marie hatte ihr buntes, geflochtenes Haarband liegen lassen. Ich nahm es an mich und roch an ihm den Duft ihres Haares. Für den Rückweg wählte ich nicht die Straße, sondern ging durch Wald und Unterholz zurück zum Kloster, wo die Pforte schon besetzt war.

Es war Sonntag, der 28. Mai. Ich kam einige Minuten vor der heiligen Messe an und nahm meinen Platz im Chorgestühl ein. Vorsichtig schaute ich meine Confratres an. Der Abt zelebrierte, der Prior, der mich im Traum noch in der Gestalt des Pharao gequält hatte, war andächtig bei der Sache. Die meisten achteten nicht auf mich. Nur Fulbert schaute neugierig drein. Auch Abtskoch Gerhard hatte die Stirn gerunzelt und neigte den Kopf zur Seite, als er mich einmal intensiv musterte. Bursar Emrich wirkte misstrauisch und schuldbewusst. Der alte Eberhard bewegte die Lippen gar nicht und schien eingeschlafen. Fulbert musste ihn wohl aus dem Krankenhaus entlassen haben. Eberhards Gesicht hatte Gott sei Dank wieder mehr Frische als in den letzten Tagen.

Irgendwann merkte ich, dass ich die liturgischen Gesänge und Texte nicht mehr mitartikulierte. Ich war nicht mehr derselbe.

War ich noch ein Mönch – nach dem, was ich erlebt, was ich getan?

Mein Leben hatte sich verändert. Wie soll ich sagen? Es war, als hätte man einen Holzschnitt, schwarzweiß, hart konturiert, mit Farben gefüllt. Mit dem Gelb der wärmenden Sonne, den in verschiedenen Nuancen spielenden Grüntönen der Rebstöcke. Mit dem Blau des Himmels an einem wolkenlosen, warmen Tag, mit dem Rot von Blut, Rosen und Feuer. Ich fuhr mit der Hand unter den Habit, wo ich das Band Maries verborgen hatte. Dann zwang ich mich, wenigstens die Lippenbewegung zu machen.

Ich weiß nicht, wie ich diesen Zustand beschreiben soll. Es war eine Art seltsamer Mischung aus tiefer, sündenbewusster Zerknirschung und hoffnungsvoller Befriedigung.

Am Nachmittag erstattete ich dem Abt Bericht über die Behandlung Greiffenclaus und verschwieg auch nicht, dass ich die Nacht wegen des Unwetters im Weinbergshäuschen verbracht hatte. Nikolaus fragte nicht näher nach und ordnete an, dass ich den Sonntag im Kloster verbringen, im Laufe der nächsten Woche aber wieder nach dem kranken Adligen sehen sollte. Schließlich, so wiederholte er seine Absicht, wolle er das Verhältnis zum *vulgus profanum* verbessern. »Und vielleicht«, schloss er, »kann der Herr von Vollrads ja noch etwas bewirken, nämlich dass man demnächst schnell abzieht da draußen. Ja, mit der heiligen Jungfrau und Gottes Hilfe wird es vielleicht möglich sein, dass die unwürdige Verschreibung des Klosters – ich wage es kaum zu hoffen – außer Kraft gesetzt wird. Die Zeit arbeitet jedenfalls für uns.«

»Vater Abt«, gab ich zu bedenken, »die Lage auf der Heide scheint mir recht zwiespältig. Einerseits ist man mir durchaus mit gebührendem Respekt begegnet, was nach der Unterzeichnung der Verschreibung vor einigen Tagen kaum zu erwarten war. Die Stimmung im Lager ist auch nicht mehr so optimistisch. Wenn mich nicht alles täuscht, sind einige schon im Begriff, an ihren Herd zurückzukehren. Von der Herde an den Herd, sozusagen.« Ich musste schmunzeln ob des spontanen Wortspiels. Nikolaus jedoch forderte mich unwirsch auf weiterzusprechen, die Sache sei zu ernst, um Sprachspielchen zu betreiben.

»Andererseits scheint es mir«, fuhr ich fort, »dass der Herr von Greiffenclau nicht mehr so respektiert wird wie zu Beginn, als das Volk ihn zum Hauptmann gemacht hatte. Oder er sich selbst, wie auch immer.«

»Was du nicht sagst!«

»Aber vielleicht täusche ich mich auch, vielleicht sind es nur einzelne militante Burschen, die Wortführer, Ihr wisst, Kunz und Henn und noch ein paar andere Feuerköpfe.«

»Es bleibt nichts anderes übrig, als abzuwarten, Frater Clemens. *Fiat, ut dixi*: Du gehst, sobald es dir möglich ist, wieder hinaus und siehst nach dem Schlangenbiss.«

»Wespenstich.«

»Gewiss, Wespenstich. Was ist übrigens mit deinem Bruder? Deinem leiblichen Bruder, meine ich: Konrad. Hast du ihn noch einmal gesehen?«

Ich musste schlucken und schwieg. Als Nikolaus seine Frage wiederholte, berichtete ich ihm von der Verwahrlosung Konrads. Der Abt zuckte verdrossen mit den Schultern, und dabei blieb es. Ich hätte mehr Mitgefühl erwartet, war enttäuscht und verärgert zugleich.

Später im Infirmarium fragte mich Fulbert aus, und ich erzählte ihm dasselbe wie unserem Oberhaupt. Dann fiel mir der ehemalige Bruder aus Volkenroda in Thüringen ein.

Was war wohl aus ihm – wie war doch noch sein Name? Robert? Reinmar? – Raimund, ah ja! – geworden? Fulbert berichtete mir, dass er seine Wunden sehr gründlich versorgt habe; der Abt habe einstweilen angewiesen, dass er im Haus der Knechte untergebracht werden solle, bis er wieder ganz bei Kräften sei. Dann müsse er jedoch die Abtei verlassen und nach Rüdesheim zu seinem Vetter gehen.

Noch während der Subinfirmar sprach, öffnete sich die Tür und herein trat ein Mönch, der die Tür ganz ausfüllte: Bruder Arnulf Schwarz. Er sah etwas gequält aus.

»Tritt näher, Arnulf«, forderte ich ihn auf.

Er hob langsam einen Fuß und schien nicht recht zu wissen, ob er meiner Einladung Folge leisten sollte. Dann trat er einen kleinen Schritt zurück und fasste mit seiner tellergroßen Rechten die Tür an der Kante an; es sah so aus, als wolle er sie mit einem kräftigen Schwung zuwerfen. Als ich ihn nochmals aufforderte einzutreten, kam er zögernd näher.

»Arnulf, was führt dich ins Krankenhaus?«

Nervös schaute er zwischen mir und Fulbert hin und her; er schwieg und kratzte sich im Schritt. »Ah, ihr sand's do«, grinste er breit, als wäre es etwas Außergewöhnliches, im Infirmarium den Infirmar und Subinfirmar zu treffen.

»Du bist doch bestimmt nicht gekommen, um vor dem Altar des heiligen Thomas zu beten«, sagte Fulbert mit Spott.

Der Blick des muskulösen Bruders war inzwischen auf der immer noch kaputten Fensterscheibe hängen geblieben; die Aufständischen hatten entgegen dem Befehl von Greiffenclau keinen Handwerker zum Reparieren geschickt.

»Ah, wos isn do bassiert?«, fragte er in seinem behäbigen österreichischen Dialekt.

»Das siehst du doch«, meinte Fulbert, »die Scheibe ist zerstört. Das elende Pack vom Wacholder hat einen Besuch beim ungläubigen Thomas machen wollen. Vielleicht haben sie ihn mit dem heiligen Stephanus verwechselt und deshalb einen Stein geworfen.«

Arnulf grinste blöd. »A so wos. I glaab, i geh dann wieder.« Er machte Anstalten umzukehren.

»Hier geblieben!«, rief ich. Ich hielt ihn am Ärmel fest. Fulbert stand staunend daneben, wunderte sich über meinen lauten Ausruf.

»Arnulf«, mahnte ich, »was liegt an? Quält dich etwas? Hast du Schmerzen?«

Zögernd, als hätte er Gegenwind, kam er wieder näher. »Host a Pinzett'n?«, fragte er unsicher.

»Eine Pinzette?«

»Freilich, a Pinzett'n.«

»Wozu denn?«

Er kratzte sich die Tonsur, zuckte mit den Schultern, schwitzte sichtbar und schwieg.

»*Frater in Domino carissime*, dich plagt etwas und deshalb bist du hier. Warum verlangst du nach einer Pinzette? Hast du einen Holzsplitter im Fleisch? Wenn ja, zeig her.«

»Clemens, erst soll dei Adlatus … i maan«, er blickte zum Subinfirmar, »Fulbert, konnst uns allaan lossn?«

Ich gab Fulbert einen Wink, der noch stärker als sonst lispelnd und spuckend protestierte. Es nützte nichts, ich schickte ihn fort. Als Fulbert die Tür hinter sich geschlossen hatte, offenbarte mir Arnulf zögernd, dass er an einer etwas heiklen Stelle einen schlimmen Juckreiz verspüre. Sofort dachte ich an den Wespenstich des Herrn von Vollrads. Würde dies ein Wespenjahr werden? Ein Jahr, wie es Gott hin und wieder eingerichtet hatte, in dem die schwarz-gelben Insekten besonders gehäuft auftraten? Doch in solchen Jahren versprach die Ernte immer reich und gut zu werden, denn die Wespen und Bienen fanden in der Fülle an Äpfeln, Trauben, Pflaumen und Birnen reiche Nahrung. Der Nachteil war, dass sie dann sehr aggressiv die Menschen attackierten, insbesondere wenn diese, wie es Bauern und Handwerker im Sommer zu tun pflegten, Brot und Früchte im Freien aßen.

Doch als sich Bruder Arnulf auf den Behandlungstisch gelegt und ich ihn untersucht hatte, wurde offenkundig, dass es ein viel kleineres, heimtückischeres Insekt war, das hier zugestochen oder vielmehr zugebissen hatte: eine Zecke. Und die Stelle war wirklich besonders heikel, nämlich am oberen Rand des Oberschenkels, fast genau im Schritt, nahe den Genitalien.

»Die Zecken suchen meist dunkle und feuchte Stellen des Körpers auf«, brachte ich mein Wissen aus einem Lehrbuch zur Sprache, während ich eine Pinzette und ein kleines Skalpell holte. »Aber wo hast du das Tierchen nur her?«

Ich konnte mich nicht erinnern, dass wir im Kloster bei den Chormönchen und Laienbrüdern schon einmal einen Zeckenbiss zu behandeln hatten. Bei den Knechten, die draußen im Wald und auf dem Feld arbeiten, war das etwas anderes, da kam hin und wieder ein Zeckenbefall vor.

»I waaß net, jetzt dozier net, helf mer, mach wos!«, kürzte Arnulf meine Rede ab.

Ich räusperte mich und zwang mich, die Stelle genauer anzuschauen. Arnulf hatte den Habit und das Untergewand abgelegt und die Beine gespreizt. Der Anblick des bei der Körpergröße dieses Mannes recht beachtlichen Gliedes war obszön und erinnerte mich unangenehm an meine Sünde. Ich bemerkte, dass die Zecke sich schon eingegraben und Blut gesaugt hatte. Das Insekt war normalerweise mit bloßem Auge nur mit Mühe zu erkennen. Dieses Tier war allerdings fünfmal so groß.

»Ich muss die Zecke herausschneiden«, verkündete ich. »Hier hilft keine Pinzette mehr, damit kann ich nichts mehr ausrichten.«

»Schneiden?«, ächzte er und starrte mich mit großen Augen an.

»Es muss sein«, insistierte ich. »Es tut ein bisschen weh, aber ich gebe dir ein Stück Holz zwischen die Zähne.« Ich holte aus einem Schrank ein mundgerecht geformtes Stück weichen Weidenholzes, das wir zu diesem Zweck verwendeten. Arnulf beobachtete mich dabei genau.

»Du des, wos richtig is«, sagte Arnulf, »mach rasch, dass d'mi endlich befreist. Dei Holz brauch i net.«

Ich schnitt die Zecke heraus. Es war mir unangenehm, mit den Genitalien in Berührung zu kommen. Die Wunde war schon etwas vereitert und es blutete, wie erwartet, heftig. Arnulf zuckte nur einmal kurz zusammen und ertrug alles mit scheinbarem Gleichmut, aber grimmiger Miene.

»Arnulf«, forschte ich, während ich einen Druckverband anlegte, der die Blutung stillen sollte, »ich vermute, dass du dir die Zecke draußen auf dem Wacholder geholt hast, als der Abt dich zu den Bauern gesendet hat. Sag mal, warum bist du eigentlich neulich nicht gleich zurückgekehrt von deiner Mission? Du warst ja einen ganzen Tag weg.«

Er schien einen Augenblick verdutzt, dann entgegnete er heftig: »Kannst ja den Abt frogn!« Dann schwieg er.

Als ich ihn fortschicken wollte, fragte er, ob er nicht im Krankenhaus bleiben könne, die Wunde müsse schließlich richtig verheilen und es bestünde ja Gefahr, dass sie sich noch mehr entzünden könne. Ich wunderte mich über die Ängstlichkeit des ansonsten so tapferen, starken Mitbruders und versicherte ihm, dass die Wunde, die zwar entzündet, aber doch nur klein war, gut verheilen werde und nichts zu befürchten sei. Er könne heute getrost wieder an den Stundengebeten teilnehmen und in den nächsten Tagen wieder seinem Tagwerk nachgehen.

Als Arnulf ging, blickte er sich noch einmal eingehend und merkwürdig unzufrieden um, als suche er etwas. Dann dankte er mir knapp und im Hinausgehen gab er Fulbert die Klinke in die Hand, der mich zum Mittagsmahl abholen wollte.

Am Montag darauf regnete es seit dem frühen Morgen, sodass ich meinen vom Abt angeordneten Besuch auf dem Wacholder verschob. Missmutig versahen wir alle unseren Dienst. Am frühen Nachmittag bekam ich erneut einen Patienten. Es war – derselbe wie tags zuvor: Bruder Arnulf Schwarz!

»Ach ja, was hat er denn diesmal?«, warf Peter ein. »Vielleicht noch mehr von den kleinen Blut saugenden Biestern? Sag mir nicht, sündiger Ex-Mönch Clemens, dass er diesmal eine Zecke direkt am Gemächte hat!«

»Musst du mich laufend unterbrechen?«, fuhr ich ihn an. Zugleich war ich aber froh über die Störung. Zum einen bot sich die Gelegenheit, etwas zu trinken und die Kehle zu spülen – mein Hals war noch immer rau –, zum anderen musste ich meine Notdurft verrichten. Für diese Gelegenheit war in der Zelle ein bestimmter Winkel vorgesehen, eigentlich nur eine mit einem Holzdeckel abgedeckte kleine Öffnung im Boden. Aus diesem Loch stiegen nicht gerade die Wohlgerüche des Orients auf, und ich dachte mit Wehmut an unsere komfortablen Latrinen im Kloster, wo die Ausscheidungen sogleich vom Eberbach hinweggespült werden. Als ich fertig war, setzte ich mich wieder auf das Strohlager und aß von dem Brotrest. Dann fiel es mir schwer, mich wieder auf meine Geschichte zu konzentrieren, die langsam auf ihren Höhepunkt zusteuerte.

Versonnen blickte ich in die Kerzenflamme, die ein mildes Licht verströmte, ganz anders als die rußenden Kienspäne. Die Flamme brannte ruhig und gleichmäßig, doch plötzlich begann sie zu flackern. Ich sah, dass der Docht, der anfangs die Dicke eines Bindfadens gehabt hatte, jetzt, nachdem die Kerze schon einen halben Zoll heruntergebrannt war, sehr breit geworden war. Darüber machte ich mir aber zunächst keine Gedanken.

»Wo war ich stehen geblieben?«, fragte ich nach einer Weile, um den Faden wieder aufzunehmen.

»Arnulf hat eine Zecke am Zagel. Ho, ho! So recht am Gemächt, nicht schlecht, nicht schlecht. Gebt's mer a Pinzett'n!« Peter lachte schallend.

»Blödsinn! Lernt man das auch beim Luther, so ein dummes Zeug daherzuschwätzen?«, herrschte ich ihn an.

»Gemach, mein Lieber. Immer gemach. Du musst zugeben, das

wäre ein schöner Stoff für ein Lied. Der Klosterbruder, noch dazu so ein Muskelmönch, mit der Zecke am Zagel! Muss ich mir mal merken, falls ich hier rauskomme. Brüderlein, du hast wohl nicht zufällig ein Schreibtäfelchen da, hä?« Wieder erfüllte seine krachende Lache das Gewölbe. »Aber sprich doch weiter. Entschuldige, du kennst mich doch jetzt schon ein bisschen, mein Temperament geht manchmal mit mir durch. Dein Bruder ist ein Phlegmaticus, mit cholerischen Anklängen freilich, und ich bin halt ein Sanguinicus. Bei mir sprudelt der Geist wie ein Gebirgsbach und schwingt sich empor wie eine Schwalbe im Sommer. So ist das. – Na so was, was ist denn plötzlich mit der Kerze los? – Aber fahre ruhig fort.«

»Du wirst es nicht glauben, mit den Muskeln hängt es in der Tat zusammen.«

»Halt, warte, ich muss mich auch mal erleichtern.«

Als Peter seinen Gang beendet hatte, erzählte ich weiter.

Arnulf kam wieder ins Krankenhaus. Aber er ging nicht selbst. Er wurde getragen.

Fulbert arbeitete im Kräutergarten; ich selbst war gerade im Infirmarium, aber nicht an der Arbeit, sondern dabei, mir wieder Gedanken über den ominösen Zettel zu machen. Erneut versuchte ich, den Sinn der unvollständigen Botschaft zu erraten, als die Tür aufgestoßen wurde.

Der junge Theobald und ein anderer Mitbruder hatten, wohl aus einer unserer Werkstätten, zwei lange Stangen geholt und darauf wurde Arnulf mehr schlecht als recht herbeitransportiert. Er war ohnmächtig. Am Kopf hatte er eine Platzwunde, und sein linker Fuß sah übel zugerichtet aus: geschwollen und blutig.

»Um Gottes willen! Was ist passiert?«

»Ich war in meiner Zelle im Dormitorium«, stieß Theobald hastig mit hoher Stimme hervor. »Wie die anderen Brüder ruhte ich aus. Da hörte ich einen lauten Krach, so als ob etwas Schweres zu Boden fiele. Dann einen Schrei und schließlich ein … eine Art dumpfes Plumpsen. Sofort eilte ich hinaus auf den Gang und mit mir einige andere. Einer von uns glaubte gehört zu haben, dass das Geräusch aus seiner Nachbarzelle gekommen sei; dort war die Tür geschlossen. Es war die Zelle von Arnulf.

Wir klopften an und riefen nach ihm. Als wir keine Antwort bekamen, traten wir ein – und was bekamen wir zu sehen?«

»Nun, was denn, so rede doch«, forderte ich ihn ungeduldig auf.

Inzwischen war auch Fulbert zurückgekommen, mit ihm der Prior, der den Tumult bemerkt hatte und mürrisch dreinblickte. Zu fünft hoben wir den schweren Mitbruder auf einen der Behandlungstische. Während ich mir die Verletzungen ansah, rieb sich Theobald die weiche, bartlose Wange und fuhr fort: »Arnulf lag auf dem Boden und hatte das Bewusstsein verloren. Neben seiner Pritsche lagen – ihr werdet es nicht glauben, Steine und handliche Felsklötze, sauber der Größe nach aufgestellt.«

»Steine? Felsklötze?« Ich verstand nicht.

»Einer der größeren lag neben Arnulf, dieser große Wacker hatte wohl das krachende Geräusch verursacht, als er herunterfiel.«

»Warum sollte ein Mönch vom Orden des heiligen Bernhard von Clairvaux Felsstücke und Steine in seiner Zelle aufbewahren?«, fragte Fulbert. »Ist das eine besondere Form der Askese, der Selbstkasteiung?«

»Es sieht so aus«, schaltete sich schnarrend Prior Jakob ein, »als habe unser seltsamer Mitbruder diese Utensilien als Gewichte benutzt und mit ihnen seinen Körper ertüchtigt.«

»In der Tat«, sagte ich, »das scheint mir eine plausible Erklärung.« Wir hatten Arnulfs Gewand hochgeschoben und betrachteten die Ober- und Unterschenkel. Es war mir schon vor einem Tag aufgefallen und ich sprach es aus: »Eine derart kräftige Muskulatur bekommt man nur vom regelmäßigen Üben.«

»Es scheint …«, wollte der junge Theobald weiter von seinem Fund berichten, doch Prior Jakob unterbrach ihn. »Es scheint«, nahm er die Worte auf und sah Theobald streng an, »als habe Arnulf auch jetzt während der Ruhezeit wieder seine Gewichte gestemmt. Aber aus irgendeinem Grund hat er wohl seinen Klotz verloren, der ihm dann auf den Fuß gefallen ist.«

»Der Fuß ist zertrümmert«, murmelte Fulbert. »Sicher mehrere Knochenbrüche; der wird steif bleiben. Hoffentlich kommt nicht noch der Wundbrand hinzu.«

»Ein junger Bruder soll einen Älteren nicht unterbrechen, wenn er spricht«, mahnte Jakob. »Aber woher ist er ohnmächtig? Von der Fußverletzung?«

Ich zeigte auf Arnulfs Stirn. »Schau die Wunde an, Bruder Prior, wäre es nicht möglich, dass Arnulf den Klotz über seinen Kopf gehoben hat, um Arm- und Schultermuskulatur zu kräftigen, und dann ist ihm der Stein abgerutscht? Er konnte ihn nicht mehr halten, vielleicht weil ihn eine plötzliche Schwäche befiel – gerade gestern habe ich ihn behandelt wegen eines entzündeten Zeckenbisses am … in der Leistengegend. Vielleicht war er deshalb etwas geschwächt, vielleicht hatte er sogar ein leichtes Fieber. Ja, ich denke, das muss die Erklärung sein: Der Stein rutschte ihm aus der Hand, verletzte ihn an der Stirn, und dann fiel er auf seinen Fuß. Ob Arnulf sofort ohnmächtig wurde oder vom Fall auf den Boden, spielt eigentlich keine Rolle. Wir müssen ihn jetzt behandeln, und dazu sollten alle das Krankenhaus verlassen.«

So hatte das Infirmarium wieder einen stationären Patienten, und wieder wechselten Fulbert und ich uns in den kommenden Tagen ab mit den Wachen am Krankenbett.

Bruder Arnulf wachte nicht auf. Nicht an diesem Montag und nicht am Dienstag. Er blieb ohnmächtig, was sich vielleicht günstig für den Heilungsprozess auswirken würde. Doch was, wenn er nie mehr aufwachen würde? Die Wunde an der Stirn war harmlos, die Fußverletzung dagegen schwer. Wir gaben entzündungshemmende Salben und Tinkturen und richteten die Fußknochen, so gut es uns möglich war.

Doch Fulbert hatte Recht: Arnulf würde nie wieder richtig gehen können.

Am Dienstag vor Pfingsten erreichte die Belagerung nachmittags ihren grausamen Höhepunkt. Es ereignete sich etwas Gespenstisches, eine Tat von ungeheurer Niedertracht. An jenem Tag stand nach dem Kapitel für alle Chormönche das Ausrasieren der Tonsur und das Scheren des Haarkranzes im Kreuzgang an. Die Statuten unseres Ordens sehen diese Prozedur innerhalb der sechs Tage vor Weihnachten, Ostern, Pfingsten und einigen anderen hohen Festen vor. Die Köche und ihre Gehilfen hatten Wasser in der Küche erhitzt und es in Bottichen in den nördlichen Kreuzgangflügel, wo auch das Refektorium und das Brunnenhaus liegen, gebracht. Das Scheren und Rasieren musste wegen der großen Zahl der Mönche in drei Gruppen vor sich gehen. Nur die kranken Brüder, in diesem Falle Arnulf allein, waren separat im Krankenhaus zu scheren. In einer langen Reihe saßen die Mönche der ersten Gruppe auf den

Bänken. Die restlichen hielten sich jeweils meditierend und betend in den anderen Teilen des Kreuzgangs auf, bis sie an der Reihe waren. Ich selbst gehörte zur ersten Gruppe und wartete wie alle anderen auf diejenigen, die vom Abt als Tonsoren ausgewählt worden waren. Dies waren heute vier Fratres, darunter der Bursenschreiber Karl und Fulbert. Es nahte nun der Bruder Sakristan, Hertwig von Bacharach, welcher die Kämme, Scheren und Rasiermesser in seiner Obhut hatte, und übergab diese Werkzeuge feierlich an die vier Tonsoren.

Das Scheren soll schweigend vorgenommen werden, und wir hielten uns daran. Die Bestimmungen sehen ferner vor, dass jeder Bruder dem, der ihn rasiert, ein Handzeichen gibt, wenn er bereit ist und die Prozedur beginnen soll. Ohne dieses Zeichen darf der andere nicht anfangen. Bei uns in Eberbach ist dieses Zeichen dreigeteilt: Zuerst hebt der zu Rasierende beide Hände flach rechts und links über beide Ohren und berührt kurz die Corona. Anschließend bekreuzigt er sich und nickt dann dem Tonsor kurz zu. Dann beginnt das Scheren, indem der Tonsor ein Tuch ins heiße, mit Seife versetzte Wasser eintaucht und es dem Mönch aufs Haupt legt, damit die Haarstoppeln weich werden. Zu guter Letzt kann er das Rasiermesser zücken und sein Werk vollbringen. Da nicht alle Brüder gleich geschickt sind im Scheren, geht der Vorgang oftmals nicht ohne leichte Schnittwunden vonstatten.

Als die Reihe an mich kam, blickte mich mein Tonsor an – es war Karl – und wartete auf das Zeichen. Ich berührte also kurz die Corona und – hielt inne. Karl wartete und schaute ungeduldig drein.

Als ich den Haarkranz berührte, wurde ich von Erinnerungen überwältigt, Erinnerungen an jene Gewitternacht. Marie hatte all diese Stellen berührt, hatte ihre Finger spielen lassen auf meinem Haupt, hatte die Corona liebkost und die kurzen nachwachsenden Haare auf der Tonsur gestreichelt, gegen den Strich, sodass ich eine Gänsehaut bekommen hatte. Nein, dachte ich, unmöglich kann ich mich jetzt scheren lassen. Karl nickte mir aufmunternd zu und wartete auf den zweiten Teil des Zeichens. Ich hielt die Hände weiter über den Ohren am Haupt und fuhr dann rechts und links jeweils mit Zeige- und Mittelfinger die Corona entlang. All die schönen Gefühle stiegen wieder auf und mischten sich mit den bangen Fragen, die mich seit Tagen und Wochen begleiteten. Meine Haut fühlte sich am ganzen Körper heiß und kribbelnd an. Wann würde ich Marie wiedersehen? Wie sollte es weitergehen? Wo war sie wohl jetzt? Würde sie auch das Lager verlassen und wieder nach Hause gehen? Warum hatte ich sie immer noch nicht gefragt, ob sie zu mir gehören wollte, für immer?

Wann? Wie? Wo? Warum?

Marie!

Inzwischen hatte mich der alte Eberhard, der neben mir saß und an die Reihe kommen wollte, mit dem Ellenbogen in die Seite gestoßen, und Karl zischte mich leise an: »*Da mihi signum tandem!*«

Da ließ ich die Hände sinken und ergab mich der Prozedur. Bruder Karl ging behutsam vor und arbeitete sauber, so kam ich ohne Verletzung davon. Nachdem auch Eberhard fertig war, stieß er mich erneut an und raunte mir zahnlos ins Ohr: »Bist du noch müde oder träumst du vom Geheimgang?«

»Lasst mich in Ruhe«, gab ich unwirsch zurück. Den Geheimgang hatte ich in den letzten Tagen fast ganz vergessen; das Interesse daran war in den Hintergrund getreten, durch die sündige Nacht in der Weinbergshütte.

»Frag den alten Eberhard noch mal«, flüsterte er, »wer fragt, bekommt Antworten, jaja.«

Mit einem Schlag war mein Interesse wieder geweckt. »Eberhard, Ihr wisst mehr, als Ihr mir …«

Ein barscher Ruf des Abtes, der etwa zehn Plätze neben uns saß, rief uns zur Ordnung: »*Silentium!*«

Wir verstummten, doch schon hörte man von anderswoher Gemurmel, das rasch lauter wurde. Wütend sprang der Abt auf.

»*Silentium*, habe ich gesagt! *Oportet tacere in rasura!*«

Doch diejenigen, welche diesen Lärm machten, ließen sich keineswegs befehlen. Aus der Richtung des Auslasses auf der östlichen Kreuzgangseite ertönte ein Grölen, das in unartikulierten Gesang überging.

»Fremde Leute sind in der Abtei!«, rief entsetzt mit hoher Stimme Bruder Karl, der sich gerade anschickte, den Bruder zur Rechten Eberhards zu rasieren. In der Tat stellte sich seine Befürchtung sogleich als wahr heraus: In den Kreuzgang traten oder vielmehr stolperten Kunz Feldmann, Henn Metzger, Hubert Ostermann und Johannes Rab, ein Bauer mit einem einfältigen Gesicht aus Geisenheim. Alle vier hatten offensichtlich kräftig getrunken und waren berauscht.

Was das Schlimmste war: ihr Geschrei. Der Kreuzgang in unmittelbarer Nachbarschaft der Kirche war ein Ort, an dem wir zwar sprachen, doch leise und gedämpft. Wenn auch das Schweigegebot nicht mehr so respektiert wurde wie früher, der Kreuzgang bildete nach wie vor einen besonderen Ort des Gebets und der frommen Andacht, wie die gesamte innere Klausur.

Schon von weitem hatte ich erkannt, welche Art von Gesang die drei angestimmt hatten; es war das unverfrorene Trinklied. Und nun kamen die vier heran, Kunz Feldmann wankte schon beträchtlich. Henn Metzger stimmte die erste Strophe an und die anderen fielen ein, sich gegenseitig an Lautstärke überbietend. Neben mir war Eberhard auf der Bank zusammengesunken, doch ich achtete nicht auf ihn. Viele von uns wurden rot vor Scham oder Wut. Auch wir, die Senioren, die auf dem Wacholder vor Tagen schon den rotzfrechen Text hatten anhören müssen, erschraken zu Tode, dass wir nun hier an heiliger Stätte mit einem solch boshaften Treiben, für das es keine Worte gab, überrumpelt wurden.

Niemand von uns schritt ein. Niemand fasste sich ein Herz. Niemand gebot Einhalt.

Die anderen Brüder der zweiten und dritten Gruppe waren näher gekommen, doch auch sie standen da wie Statuen. Karl, auf dessen Hände ich wie gebannt starrte, nur um irgendwohin zu blicken, hielt das Rasiermesser wie eine Waffe fest gepackt, tat aber nichts. Ich schaute auf die schwarzen Haare auf seinen Handrücken, ich versuchte mir den Fluss des Blutes in den Adern vorzustellen, fragte mich, wann Karl die etwas zu langen Fingernägel zuletzt geschnitten hatte. Doch es nützte nichts. Wieder hörte ich alle Strophen des Liedes über den geilen Mönch im Badehaus und – fühlte mich abgestoßen und entsetzlich schuldig und elend.

Schließlich ergriff einer von uns das Wort. Es war der Abt. »Respektiert die Klausur!«, donnerte er, als nach der vierten Strophe der Refrain verklungen war.

Da trat Kunz bis auf eine Nasenlänge an ihn heran und maß ihn lange mit einem gefährlichen Blick. Wohl eine Minute lang geschah nichts. Der Abt schwieg und hatte Mühe, dieser Provokation durch seinen ehemaligen Laienbruder standzuhalten.

Dann lächelte Kunz plötzlich böse und hob mit einem Mal den Arm. Nikolaus zuckte zusammen, als erwarte er einen Schlag. Kunz grinste nun erst recht triumphierend. Er strich dem Abt, der sich angewidert wegduckte, über das frisch geschorene Haupt. Seine Spießgesellen lachten höhnisch.

Dann brüllte er los: »Wir respektieren doch die Tonsur!«

Der Kreuzgang hallte wider von dieser ungewohnten Lautstärke, fast hatte ich das Gefühl, als klirrten die Scheiben. Für einen Moment fragte ich mich, ob das wieder einer meiner üblen Träume war.

»Karl, ist das ein Albtraum?«, ließ ich meine Gedanken Worte werden. Er antwortete nicht, und so blieb mir die Hoffnung, dass ich vielleicht irgendwann fröhlich erwachen würde. Doch vorerst ging der gespenstische Spuk weiter.

»*Silentium!*«, rief nun Hubert Ostermann und schaute, wer von uns da gesprochen hatte.

»Ach ja, der Herr Krankenpfleger«, meckerte Henn. »Einen schönen Gruß von unserem Hauptmann im Übrigen, es geht ihm wieder besser. Bald kann er wieder greifen und klauen, hehehe!«

Dann hielt er inne, denn Kunz riss das Wort wieder an sich: »Bringt uns was zu trinken, Herr Abt. Ihr persönlich und der Herr Prior am besten auch gleich mit. Ich habe es nicht vergessen, dass Ihr mich damals hinausgeworfen habt, alter Mann. Na los, bedient mich.«

Dem Abt hatte es die Sprache verschlagen, er setzte sich hin und starrte ins Leere. In seinen Kiefermuskeln arbeitete es.

»Nein?«, lauerte Kunz scheinbar freundlich. »Ihr seht ganz blass aus, Pater Abt Nikolaus. Friert Ihr etwa an diesem«, er rülpste heftig, »schönen Sommertag? Dann wollen wir Euch noch eins singen, nicht wahr, Gesellen? Damit dem Abt gleich wieder wärmer wird. Wo waren wir stehen geblieben? Unser bocksgeiler Mönch sitzt im Badezuber – und hui! Da geht es auf und ab! Jetzt geht es weiter, jetzt kommt die fünfte Strophe:

Es wurde heiß, nicht nur vom Wasser,
der Boden nass und immer nasser.
Doch jäh man eine Stimme hört,
sie klingt erbost, sie klingt empört:
›He, Bruder Pius, bist du da?
Ah, ah, ah, aha!‹
Der Mönch sogleich vor Schreck erstarrt:
›Ist es ein Traum, der mich jetzt narrt?

Der Abt ist hier im Haus!
Ich kenne wohl die Stimme,
ich kenne wohl die Stimme,
jetzt ist es mit mir aus!‹

Ave, Kloster Eberbach,
ave, lieber Bruder.
Jajaja und fallera,
jajaja und fallera,
du bist ja solch ein Luder,
du bist ja solch ein Lu-u-der!«

Es war unglaublich. Der Teufel war leibhaftig in unserer Abtei! Ich sah, dass Karl sich mit dem Rasiermesser in den Finger geschnitten hatte, so tief, dass das Blut zu Boden tropfte. Vorsichtig griff ich nach seiner Hand und nahm ihm das Messer weg.

»Und es wurde ihm ein Maul gegeben zu reden große Dinge und Lästerungen«, murmelte er eine Stelle aus der Johannesoffenbarung, in der von dem großen Tier die Rede war.

Doch es kam noch schlimmer.

»*Silazium ... Silo ... Silentium!*«, haspelte Kunz. »Wein her! Gibt's denn keinen Wein mehr in diesem Schweinekloster? Hä? Ich singe jetzt weiter.«

Leider ließ er seinen Worten die Tat folgen, und unsere Hoffnung, dass der Alkoholgenuss ihm die Sprache verschlagen würde, bewahrheitete sich nicht.

»Vom Kloster Eberbach der Abt,
er hat den armen Mönch ertappt.
Der zieht den Vorhang fort und schaut,
doch kaum er seinen Augen traut:
›Ei, lieber Abt, was seh ich da?
Ah, ah, ah, aha!
Ihr sitzt ja selbst im Zuber, sagt,
wie heißt denn *Eure* Bademagd?
Ihr seid ja selbst ein Sünder!
Auch Ihr habt Euch gelabt,

habt großen Spaß gehabt.
So sind wir Menschenkinder!‹«

Schon fielen seine Spießgesellen ein und stimmten den verruchten Refrain an: »Ave Kloster Eberbach, ave, lieber …«

»Haaaalt!«, unterbrach sie Kunz und rülpste erneut. »Haltet ein, Freunde. Jetzt, Leute, passt auf, der Kehrvers, der ist diesmal anders. Habt ihr's nicht gehört? War doch schon in der letzten Strophe anders, nicht ei, ei, ei, owei, sondern ah, ah, ah, aha! Hört her, ihr Hohlköpfe:

Auch beim Abt das Wasser schwappt,
ave, liebe Kinder,
auch der Abt hat sich gelabt
und hat großen Spaß gehabt,
so sind wir Menschenkinder,
wir sind ja alle Sü-ün-der!

Na, Herr Abt, wie gefällt Euch das? Hä? Ja! Auch der Abt hat sich gelabt und hat großen Spaß gehabt! Ja, du Sünder! Und jetzt zapf mir Wein ab. Aber aus dem Großen Fass! Denn mimberwerdi… minderwinder… ich meine: Schlechteren Wein nehmen wir nicht mehr. Klar?«

Vielen von uns stand heiß die Wut, die Scham oder beides ins Gesicht geschrieben.

Da sprang mit einem Satz – wie schon vor kurzem draußen auf der Heide – der Cellerar auf und eilte wieselflink auf Kunz zu.

»Hör auf zu lallen und halt dein Schandmaul, du Wicht! Was fällt dir ein, dass wir Mönche dich bedienen sollen? Reicht es nicht, dass wir euch das Zeug rausbringen lassen? Du … du Ungeziefer! Du elender Säufer und Frevler! Du bist besessen, das ist es! Der T… – der Gottseibeiuns hat dich fest im Griff, du, pass nur auf, du bist verdammt! Verdammt in alle Ewigkeit! Du bist nicht mehr zu retten! Gut, dass wir dich damals losgeworden sind. Nimm deine Kerle und verschwinde! Für euch Pack gibt es keinen Wein mehr!«

»Halt du selbst das Maul, Rotgesicht!«, konterte Kunz, indem er auf Pirmins Feuermal anspielte. Er wollte ihn grob zurückstoßen, verfügte aber wegen seines Rausches nicht mehr über genügend Kraft. »Jetzt ist es Zeit, dass die Herren Pfaffen uns mal bedienen! Jawohl!«

»Lass die Glühfratz, Kunz«, fiel Henn ein. »Kommt, Leute, wir besorgen uns selbst einen guten Trunk. Hehehe! Kunz, wo geht's lang zu den Fässern?«

»Folgt mir, Leute. Hier geht's zum Konventskeller. Dort stand das Große Fass. Und steht es hoffentlich noch.«

»Ja, warum soll's auch woanders sein?«, fragte Johannes Rab einfältig und alle vier lachten roh.

Sie torkelten grölend und singend in Richtung der ehemaligen Fraternei. Keiner von uns hinderte sie daran, wir waren wie gelähmt. Merkwürdigerweise erinnere ich mich an ein unbedeutendes Detail jenes Nachmittags: Eine Schwalbe flog in diesem Augenblick gewandt und völlig unbeeindruckt von dem Tumult über unsere Köpfe hinweg zu ihrem Nest, das sie im Ostflügel, etwa zwischen dem Eingang zum Konventskeller und dem Aufgang zum Dormitorium, gebaut hatte. Sie fütterte die Jungvögel und verschwand dann durch die Fensteröffnung, wo noch die Glasscheibe fehlte, ins Freie.

Endlich löste sich unsere Erstarrung. Eine Hand voll Mönche, darunter auch ich, folgte den Unholden in den langgestreckten, dunklen Raum. Dumpfe, drückende Luft umgab uns, einige Kerzen spendeten spärliches Licht, denn die Fenster waren damals zugemauert worden, als man den Raum zu einem Weinkeller umfunktioniert hatte. Jetzt bedeckte schon seit Jahrzehnten dick das Schwarze Kellertuch, ein Schimmelpilz, die Wände und gab dem Raum etwas Düster-Gespenstisches. Und gespenstisch war auch das bizarre Schauspiel, das im Kreuzgang begonnen hatte und sich nun vor dieser grandiosen Kulisse fortsetzte.

»Hoppla«, entfuhr es Henn, »hier sind ja mehrere große Pötte – und das hier, bei Gott, ein Riesending, beim prallen Arsch meiner Großmutter, hehe, so ein Ding habe ich mein Lebtag noch nicht gesehen!«

Er verstummte andächtig, und auch Rab und Ostermann stand der Mund offen.

Das Große Fass – es war in der Tat Ehrfurcht gebietend. Aus den insgesamt sieben überdimensionalen Fässern im Konventskeller ragte es deutlich heraus. Unter Abt Martin Rifflinck gegen Ende des letzten Jahrhunderts errichtet, war es zum ersten Mal mit dem Wein des Jubeljahres 1500 und seither immer wieder mit erlesenen Kreszenzen befüllt worden. Andere Orte hatten versucht, mit uns zu konkurrieren: Straßburg, Meißen, die Kestenburg in der Pfalz und einige weitere, keiner konnte es mit den Abmessungen unseres Riesenweinfasses aufnehmen. Unseres war größer. Unseres war majestätischer. Unseres war *das Große Fass*.

Wenn man den Konventskeller betritt, sieht man gleich zur Linken die gewaltige Vorderfront mit dem Spundloch. Das Fass hat an der dicksten Stelle seines Bauches eine Höhe von neun Fuß, also so wie etwa zwei erwachsene Menschen übereinander. Noch beeindruckender ist jedoch seine Länge, die mehr als das Dreifache der Höhe beträgt, nämlich achtundzwanzig Fuß. Das Fass insgesamt ruht auf einer Art Sattel, einer kräftigen Konstruktion aus dicken Eichenbalken, deren Abschluss verzierte Leisten mit kunstvollen Schnitzereien aus weicherem Holz bilden. Die unteren Bohlen sind verstärkt, um den immensen Druckverhältnissen standzuhalten.

»Ist überhaupt noch etwas drin?«, fragte mich der Bruder Bibliothekar, der neben mir stand.

»Viel wahrscheinlich nicht«, murmelte ich. »Soviel ich weiß, haben wir in den knapp vier Wochen, seit der Aufstand im Gange ist, schon drei Viertel abgefüllt und auf den Wacholder bringen lassen.«

»So ist es«, pflichtete der Cellerar, der zugehört hatte, mit bitterer Miene bei.

Da wankte Kunz auf den Zapfhahn zu und griff sich eine zinnerne Kanne, die in der Nähe stand. Er drehte auf und heraus strömte unser guter gelber Wein, der im Kerzenlicht funkelte. Als die Kanne voll war, ließ Kunz den Strahl einfach weiter herauslaufen und soff in gewaltigen Zügen. Dann gab er die Kanne weiter, und auch die anderen stürzten sich den hervorragenden Dreiundzwanziger in die Kehlen. Erst nach einer Weile sprang der Cellerar, der das Schauspiel nicht mehr ansehen konnte, hinzu und drehte den Hahn ab.

»Was fällt dir ein, Glühwurm?«, fuhr ihn Kunz an. »Ich bin jetzt am Zug, merk dir das!«

Er stieß Pirmin zurück, drehte den Hahn wieder auf und ließ sich fallen, vielleicht war ihm auch schwindlig geworden. Er kam genau unter dem Zapfhahn zu liegen – war es ein Zufall oder trotz des Suffs noch gezielte Körperbewegung? –, sperrte sein Schandmaul weit auf und versuchte, so viel wie möglich von dem Weinstrahl zu schlucken. Natürlich ging das Allermeiste daneben, sodass innerhalb kurzer Zeit sein Gesicht und Gewand durchnässt waren. Wenn er doch ersaufen würde, dachte ich unfromm. Inzwischen hatte die Kanne die Runde gemacht.

»Begrabt mich mit dem Mund am Spund!«, blökte Kunz.

»Schütt's ihm in den Schlund, dem Hund!«, erklang es wie ein Echo von oben. »Vergiss beim Saufen nicht das Schnaufen!« Von oben?

Auf dem Fass taumelte tatsächlich Henn Metzger herum und versuchte das Gleichgewicht zu halten. Er hatte wohl, als wir alle nur auf Kunz achteten, im hinteren Bereich des Fasses eine Leiter angelegt und war unbemerkt hinaufgeklettert. Jetzt kam er vorsichtig balancierend, die Arme zur Seite gestreckt, nach vorn. Er legte sich auf den Bauch, blickte zufrieden auf seinen Kumpan und fixierte schließlich triumphierend uns Zisterzienser. Dann stand er vorsichtig auf, tat wieder ein paar Schritte zurück, setzte sich rittlings auf das Fass und schaukelte mit dem Oberkörper vor und zurück, als säße er auf einem Pferd.

»He, Reiten macht durstig. Meine Kehle ist trocken wie Stroh. Ostermann, bring mal eine Kanne hoch! Hehehe!«

»Soll der Abt machen!«, plärrte Kunz böse.

»Ist nicht da«, entgegnete Henn, »Ostermann, herbei! Oder hast du nichts mehr übrig gelassen, Kunz? Dreh doch mal ab, damit auch in ein paar Tagen noch was da ist!«

Als Ostermann eine Kanne abgefüllt hatte, drehte Kunz selbst, noch immer am Boden liegend, den Zapfhahn zu.

»Hasse Recht, Henn Metzger aus dem schönen Bimmen ... äh, Bingen!«, lallte er. »Komm runter da, jetzt gehen wir in die Weihrauchbude! Dort sind ja auch die ollen Knochen.«

Doch nicht etwa in die Kirche! Wir stöhnten auf.

»Wir müssen sie irgendwie festnehmen«, sagte Prior Jakob, der in meiner Nähe stand, leise.

»Festnehmen?«, entgegnete Bruder Pius, der Pförtner. »Hast du nicht gesehen, dass sie Waffen tragen?«

Erst jetzt erkannte ich, dass Kunz ein kurzes Handbeil am Gürtel trug; Ostermann und Rab hatten Kurzschwerter umgeschnallt. Der Prior trat ein paar Schritte nach vorn, auch der heißblütige Cellerar schickte sich an, sich den Kerlen in den Weg zu stellen, doch wir anderen hielten die beiden zurück. Henn Metzger stieg vom Fass herab, half seinem Spießgesellen auf, und die vier bahnten sich ihren Weg durch uns Mönche, die wir im Konventskeller und draußen standen, in Richtung Kirche. Nur

Johannes Rab von Geisenheim schien mir ein wenig zurückhaltend zu sein. Zwar hatte auch er dem Wein kräftig zugesprochen, doch als es nun daran ging, die Basilika zu betreten, wirkte er schüchtern.

»Was ist eigentlich mit Herrn von Greiffenclau?«, fragte ein Bruder laut. »Ich dachte, er sei der Hauptmann dieser Kerle und schütze das Kloster!«

Ostermann, der es gehört hatte, blickte den Sprecher an und trällerte mit schwerer Zunge: »Wo ist denn nur der Greiffenclau, das weiß er selber nicht genau.«

Der plumpe Reim wurde wieder von Gelächter begleitet, und blöd lachend verschafften sich die vier Frevler Zugang zu unserem heiligen Gotteshaus.

»Halt«, rief Henn plötzlich am Eingang, »die Kanne muss her!« Er rannte im Zickzack zurück zum Weinkeller und kam eine Minute später mit der gefüllten Kanne, aus der der Wein überschwappte, zurück in die Kirche.

»Wie sagte die Bademagd, hä? Ich gieß mit meiner Kanne jetzt gleich ganz voll die Wanne, lalala …«

»He, Rab, trink auch weiter!«, meckerte Metzger.

»Nein, ich … ich glaub, ich trink nichts mehr, Henn.«

»Trinkst nichts mehr? Ei, dann sauf's halt! Hehehe!«

Erneut machte das Getränk die Runde. Immer noch hielten sich fast alle Chormönche des Konvents betroffen und sprachlos im Kreuzgang auf, manche hatten ebenfalls die Kirche betreten und umstanden die vier steif. Ein Bild der Hilflosigkeit. Nach wie vor schritt keiner ein.

»*Rustica gens optima flens, pessima gaudens*«, murmelte Bruder Hugo, der Konversenmeister leise eine alte Weisheit über den bäuerlichen Pöbel, dem es zu gut geht.

»Ha, da haben wir ja den wertlosen Tand!«, faselte Kunz. »Die ganzen Altäre und Heiligenstatuen, das muss raus, ihr Mönche, hört ihr? Raus! Die Heiligen sind Götzenbilder, die bringen nichts für einen Christenmenschen, verstanden? Wemmir … wenn wir das Wort Gottes klar und deutlich vernehmen wollen, dann … oh, mir ist nicht gut. Henn, sprich du doch mal weiter! Da fällt mir ein: Wir brauchen ja auch noch die Bücher und Urkunden.«

Statt einer Antwort ließ der Angesprochene wieder seine Lache hören und wankte dann auf den Hauptaltar zu, der der heiligen Jungfrau und dem heiligen Johannes Baptista gewidmet ist. Henn stellte sich in Pose, als wolle er eine Rede halten, und hob an: »Es ist nach lutherischem Glauben so, liebe Herren Patres ...«

Plötzlich schwankte er, griff Halt suchend um sich, drehte sich einmal um die eigene Achse und fiel mit dem Körper gegen den schweren Ständer der Osterkerze. Mit der rechten Hand wollte er sich an der Kerze festhalten, konnte sie nicht fassen, dann kippte der ganze Ständer um und die Kerze fiel zu Boden, ebenso wie der, der ihren Sturz verursacht hatte.

»Wieso ist denn die Osterkerze noch nicht weggeräumt?«, zischte Prior Jakob.

»Frag den Bruder Sakristan«, entgegnete jemand.

»Das wird eine Strafe nach sich ziehen!«

»Bruder Prior«, fragte ihn der Abt streng, »hast du keine anderen Sorgen als die nicht weggeschaffte Osterkerze?«

Der Prior hatte Recht: Die Kerze hätte nach unseren Bestimmungen schon nach Himmelfahrt aus der Kirche entfernt werden müssen.

———— • ————

»Ein blöder Kerl, euer Prior«, unterbrach mich Peter wieder einmal. »So ein harter, humorloser Hund. Aber wo du die ganze Zeit schon von der Osterkerze erzählst, schau doch mal auf unsere Funzel hier.«

In der Tat, das Rußen hatte zugenommen, die Flamme züngelte unregelmäßig. Dort, wo der Docht sein sollte, zeichnete sich inmitten der nur noch ungleichmäßig blakenden Flamme deutlich etwas Dunkles ab, das oben spitz war und sich nach unten verbreiterte.

»Da hat man nun eine Wachskerze, und das Licht ist noch schlechter als bei den Kienspänen. Was soll das? Aber hoppla, sollte mein Oheim ... ah ja, sieh nur, Clemens.«

Peter nahm die Kerze in die Hand und starrte in die Flamme. Er näherte sich mit dem Gesicht der Lichtquelle so dicht, dass ich Sorge hatte, er würde sich verbrennen. Ich stand auf und betrachtete die Flamme. Kein Zweifel, etwas ragte im Inneren parallel zum Docht empor. Etwas Schwarzes.

»Ein zweiter Docht?«, fragte ich ratlos. »Das kann doch nicht sein. So etwas gibt es nur bei ganz dicken Kerzen, dass man zwei oder gar drei Dochte einzieht.«

»Kein Docht, mein Lieber«, erklärte Peter mit einem Leuchten in den Augen. »Aber etwas, was so ähnlich klingt. Na?«

»Was so ähnlich klingt? Ich habe keine Ahnung.«

»Naaaa?« Peter zog mich zu sich heran, ergriff meinen Ärmel und kippte plötzlich die Kerze zur Seite, sodass ein Schwall heißen Wachses auf meine Hand lief.

»Du Narr«, rief ich aus und zuckte zurück. »Was soll das? Spann mich doch nicht auf die Folter!«

»Es ist etwas, was uns hier weiterhelfen kann, teurer *Frater Concaptus*.«

»Wenn du schon Lateinisch sprichst, musst du auch den Vokativ verwenden, also *Frater Concapte*«, versuchte ich zu kontern.

»Ja, Schulmeisterlein. Los, rate. Nein, nicht raten. Erschließe es dir mit deinem Verstand! Etwas, was so ähnlich klingt wie Docht, das kann doch für einen klugen Mönch, sogar einen studierten, nicht schwer sein. Im Übrigen haben wir schon gestern – oder wann war es? – darüber gesprochen. Ich habe einen Scherz draus gemacht.«

»Scherz? Na, das kannst du ja bestens. Etwas mehr Ernst würde dir gut tun in unserer misslichen Lage.«

»Gib erst mal unsere Kanne her, von der ganzen Schilderung dieser Trunkenbolde kriegt man ja Durst. Ach, fast leer! Komm, ich einen Schluck und dann du den Rest, bald sind wir sowieso draußen, wenn alles gut geht. Von wegen beschissene Lage!«

»Draußen? Spinnst du jetzt?«

»Der Docht, Clemens, der Docht!«

»Was weiß ich? Docht – pocht? Docht – Loch? Koch? Das ergibt keinen Sinn.«

»Hei, Clemens Korn von Oppenheim! Dein Verstand ist wohl schon verfault hier unten.«

»Lass mich in Ruhe!«

Da! Mit einem Mal hatte ich die Lösung.

In der Kerze war ein kurzer, schmaler *Dolch* versteckt, eine Art Stilett, das senkrecht in die breite Wachskerze eingearbeitet war. Was wir sahen, war die extrem schmale Spitze, die von der Kerzenflamme schon rußig geworden war und deshalb aussah wie ein zweiter Docht.

»Ich hab's«, sagte ich nicht ohne Stolz, »es ist ein Dolch.«

»Schlauer Fuchs«, spottete Peter.

»Und was machen wir jetzt?«

»Was machen wir jetzt – hei, weiß ich auch noch nicht. Wir lassen erst mal die Flamme weiter brennen, solange es noch geht. Wahrscheinlich geht sie sowieso irgendwann aus. Dann müssen wir die Waffe rausholen. Was wir dann machen, werden wir sehen. Erzähl erst mal weiter, schlage ich vor.«

»Peter, ich weiß nicht, dieses kleine Stilett, was kann uns das hier nützen?«

»Lass den alten Peter mal machen, er wird schon eine Idee haben. Mit Gottes Hilfe. Fahre fort. Amen.«

Die Osterkerze war schwer beschädigt: Das obere Drittel war weggebrochen und wurde nur noch durch den Docht mit dem unteren Teil zusammengehalten. Henn war ohne Besinnung, entweder vom Sturz oder vom Suff. Ostermann eilte hinzu und versuchte ihm aufzuhelfen.

»He, wir haben doch noch eine Mission«, ließ sich Kunz vernehmen. Die Bücher des Klosters, die Urkunden … die Re…« Dann sackte sein Kopf schwer auf die Brust und er gab keinen Laut mehr von sich.

Und jetzt geschah etwas Merkwürdiges. Johannes Rab und Hubert Ostermann, die mit einem Schlag ernüchtert schienen, eilten hinzu und schauten besorgt nach Kunz und Henn. Sie griffen Kunz unter die Arme, hoben ihn hoch und trugen ihn aus der Kirche in den Kreuzgang, wo sie ihn niederlegten. Die beiden, die nicht so sturzbetrunken waren wie ihre Gesellen, wirkten plötzlich peinlich berührt, besonders Johannes.

»Johannes Rab und Hubert Ostermann«, sprach sie der Abt an, der sie ebenfalls kannte, »packt euch fort und bringt eure Leute raus. Ich will gar nicht wissen, wie ihr hereingekommen seid. – Bruder Pius«, wandte er sich an den Pförtner, »lass einen kleinen Wagen holen und ladet die beiden darauf. Dann hinaus aus dem Tor. Bringt sie nach der Heide und lasst euch mit niemandem ein. Alle anderen begeben sich wieder zur Rasur. Sie wird fortgesetzt, sobald hier wieder Ordnung eingekehrt ist. Die Köche sollen neues heißes Wasser bereiten.« Er winkte dem Sakristan, Bruder Hertwig. »Räume in der Kirche auf! Sieh zu, dass die Kerze wieder repariert und weggeräumt wird.«

Hertwig wollte das Weite suchen, doch er wurde vom Prior unsanft an der Kapuze gepackt und zurückgehalten. »Wir sprechen uns noch. Nach der Vesper«, zischte Jakob übertrieben streng.

Als sich die Gruppe zerstreute, hielt der Abt Johannes Rab noch einmal zurück, und ich bekam mit, was er zu ihm sprach, weil ich noch kurz nach Henns Verletzung sehen wollte. Auch der Prior, der Cellerar und der Novizenmeister standen noch dabei.

»Johannes«, sagte Nikolaus im Ton eines gütigen Vaters, »du warst doch immer ein braver Mann. Sag mir, was geht da draußen vor?«

Rab hatte eben schnaufend zusammen mit Ostermann ihren Genossen Henn gepackt und emporgehoben, jeder hatte sich einen von Henns Armen über die Schulter gelegt, so standen sie da, eine merkwürdige Gruppe, die mich absurderweise vage an ein Altarbild mit einer Golgatha-Szene erinnerte.

»Was meint Ihr, hochwürdiger Abt?«, fragte er schnaufend und mit rotem, verschwitztem Gesicht.

»Was bedeutet das«, mischte sich der Prior ein, »was da vorhin von diesem Elenden gesagt wurde: die Bücher des Klosters und die Urkunden?«

»Überlass die Befragung mir, Bruder Jakob!«, wies ihn Abt Nikolaus zurecht.

»Ich weiß es nicht genau«, antwortete Johannes Rab, »soviel mir bekannt ist, wird ein neues Dokument vorbereitet, das Ihr unterzeichnen und besiegeln müsst: eine weitere Verschreibung, in der Kloster Eberbach sich verpflichtet, alle Bücher, Briefe und Urkunden an die Landschaft und den Adel des Rheingaus herauszugeben.«

Betroffen sahen wir uns an.

»Was ist mit eurem Hauptmann, dem Herrn Friedrich von Greiffenclau?«, fragte Nikolaus. »Warum lässt er zu, dass ihr hier in die allerheiligste innere Klausur eindringt und sie – *frevlerisch entweiht?*« War er zuvor ganz der freundliche Vater, so hatte Nikolaus die letzten beiden Worte mit einer ganz besonderen Schärfe und Lautstärke gesprochen. Hubert und Johannes fuhren zusammen.

»Der Herr Hauptmann ist auf seinem Schloss Vollrads. Ich glaube aber, er wollte heute Abend mit dem Dokument kommen, das ich eben genannt habe.«

»Johannes Rab«, riss erneut Prior Jakob das Wort an sich, »für das, was ihr hier getan habt, werdet ihr im Fegefeuer büßen. So viel Geld habt ihr gar nicht, dass ihr euch für solche Sündenstrafen genügend Ablass verschaffen könnt.«

Der Abt drängte ihn beiseite und sagte: »Zieht von dannen und geht nach Hause, Leute. Sage dem Herrn von Greiffenclau, wenn er es noch nicht weiß, ja, sage es allen da draußen, dass überall in den deutschen Landen die Fürsten die Sieger über die Bauernhaufen sind. Ströme von Blut sind geflossen in Württemberg, in Thüringen, im Elsass und anderswo. Wenn ihr weiter Aufruhr schürt, kann euch niemand schützen vor den Landsknechtsheeren des Schwäbischen Bunds.«

»Viele von uns sind schon abgezogen, hochwürdiger Herr Abt, und es werden immer mehr, die zweifeln an unserer Sache. Andere hoffen auf die Kanonen, die uns die Klöster vertragsgemäß zur Verfügung stellen werden. Bei dieser Gelegenheit, erlaubt, Herr Abt, möchte ich untertänigst fragen, wie weit Eure Bemühungen sind, die zwei Notschlangen für uns ...«

»*Satis! Tace, homo improbe!*«, schrie Nikolaus, nun außer sich vor Zorn, und trotz des für sie unverständlichen Lateins merkten die beiden Bauern, dass sie den Bogen überspannt hatten. Erschrocken packten sie Henn noch fester, am liebsten hätten sie wohl das Weite gesucht, jedoch trauten sie sich nicht, ohne Erlaubnis zu gehen. Die Machtverhältnisse hatten sich komplett umgekehrt, seit die beiden Wortführer Kunz und Henn ausgefallen waren. Jetzt waren die Bauern die Kleinlauten.

»Geht jetzt, möge der Allmächtige euch vergeben«, sagte Nikolaus, seine Stimme mühsam beherrschend.

Hastig machten sich die beiden Eingeschüchterten auf den Weg und brachten erst Kunz nach draußen. Als sie zurückkehrten, um auch Henn aufzuheben, machte Ostermann eine seltsame Bemerkung: »Hast *du* ihn irgendwo gesehen?«

Es schien, als hätten sie jemanden vermisst. Sein Genosse schüttelte wortlos den Kopf.

Ich wunderte mich, dachte mir aber nichts dabei.

Als die Kerle sich davon gemacht hatten, wurde die Rasur fortgesetzt, und keiner sprach mehr ein Wort über die peinliche Begebenheit. Niemand wollte reden, jeder glaubte wohl insgeheim, dieser Sache durch Schweigen die schmerzende Schärfe nehmen zu können.

Ich kehrte zu meinem Platz zurück und sah den alten Eberhard, der noch immer unverändert zusammengesunken dasaß wie eine Statue.

Mir stockte der Atem.

Um Gottes Willen, dachte ich, das Schlimmste befürchtend, und eilte auf ihn zu. Ich nahm sein Haupt in beide Hände und richtete es auf. Gott sei Dank, der Alte war am Leben! Er weinte stumm.

»Noch nie seit der Stiefelrevolte vor Hunderten von Jahren gab es einen solchen Frevel, Bruder Infirmarius!«, klagte er leise. »Noch nie! Womit haben wir den Zorn des Herrn verdient? Ich sage dir, es ist unser Lebenswandel. Es ist nicht nur das Große Fass, es ist vor allem der Charakter, jaja, der Charakter unserer Gemeinschaft: Eberbach, ich sage dir, Eberbach ist kein Kloster mehr, sondern ein Wirtschaftsunternehmen. Nicht Gott und fromme Andacht herrschen hier. Das *Geld* regiert. Schau dir nur an, wie viele Weinberge und Grangien wir verpachtet haben in den …«

»*Silentium!*«, unterbrach ihn der Ruf des Abtes. »*Rasura continuetur!*«

Was in den nächsten Tagen der Stimmung ihren Stempel aufdrückte, waren eben diese entwürdigenden Vorgänge in der inneren Klausur. Es war, als hätte jeder von uns ein zentnerschweres Gewicht zu tragen.

So war auch von der Freude, mit der uns das Pfingstfest am ersten Wochenende im Juni erfüllen sollte, wenig zu spüren, und auch die für die Jahreszeit schon sehr warme Luft und das Licht der Sonne konnten uns kaum aufmuntern. Wir brannten darauf, Neuigkeiten von draußen zu erfahren. Wie ging es weiter mit dem Lager auf dem Wacholder? Würden die Aufständischen jetzt abziehen oder planten deren Anführer erneut Böses? Einen Überfall gar? Zu allem Überdruss war das eingetreten, was Johannes Rab schon angedeutet hatte: Am Abend des 30. Mai erschien Ritter Kratz von Scharfenstein vor dem Kloster, um ein Schreiben zu übergeben. Noch am selben Tag musste Abt Nikolaus besiegeln, alle Zinsbücher und Besitzurkunden des Klosters auszuliefern. Merkwürdigerweise war von Friedrich von Greiffenclau nichts mehr zu sehen und zu hören. Im Stillen hatte ich gehofft, ihn noch einmal auf dem Wacholder aufsuchen zu können, doch letztlich nur, um Marie zu treffen.

Auch unser Freund, der Viztum Heinrich von Brömser, machte sich rar. Man erzählte, er stelle einen Trupp Reiter zusammen, um gegen einen aufständischen Bauernhaufen, der irgendwo bei Alzey oder Worms lagern solle, vorzugehen. Es war offensichtlich: Der Krieg rückte näher an unseren Rheingau heran.

Bruder Arnulf im Krankenhaus war wieder zur Besinnung gekommen. Seine Kopfverletzung heilte leidlich, aber an Gehen war noch lange nicht zu denken. Wir hatten versucht, die Fußknochen, so gut es ging, zu richten, das Gelenk geschient und machten jeden Tag lindernde Salbenverbände, doch Arnulf klagte über große Schmerzen. Möglicherweise hatte sich durch einen Knochensplitter eine Entzündung gebildet. Die Verletzung schien den ehemaligen Heiligenkreuzer Mönch zu verbittern. Sein Gesicht war stets angespannt und oft knurrte er Fulbert oder mich unfreundlich, ja sogar wütend an, wenn wir uns um ihn kümmerten. Er blieb im Krankenhaus; die wenigen Schritte, die er mit Krücken machte, reichten einstweilen noch nicht, dass er am Chorgebet teilnehmen konnte.

So kamen uns die Tage zäh wie Leder vor. Wir versorgten noch immer die Aufständischen mit Lebensmitteln und Wein, und allmählich leerten sich unsere Vorräte und Fässer. Alle paar Tage wies der Cellerar im Kapitelsaal darauf hin, dass wir demnächst nichts mehr zu essen haben würden, wenn das Ganze noch ein paar Wochen andauerte. Der Abt mahnte uns regelmäßig zur Geduld und verwies auf die Hilfe Gottes. In diesen Tagen wurden von vielen Mitbrüdern die Psalmen, die um Hilfe in Bedrängnis bitten, mit einer besonderen Inbrunst gesungen.

Die Kerze war ausgegangen und ich hielt inne. Nur der schmale, schwache Lichtschimmer aus dem Fenster drang jetzt noch hinab in unser Verlies.

»So, jetzt haben wir kein Licht mehr«, verkündete Peter mit der gleichen Fröhlichkeit wie immer. Schau doch mal, ob wir noch einen Span haben. Nein? Wozu auch? Das bringt nichts, wir könnten ihn ja sowieso nicht entzünden. Warten wir halt, bis wir wieder Besuch von einem Wächter kriegen.«

Ich nickte.

»He, Bruder Clemens, bist du noch da? Sag doch was.«

»Ich habe genickt. Aber klar, du kannst ja nichts sehen.«

»Erzähle weiter. Aber bitte Schluss jetzt mit den allgemeinen Zusammenfassungen!«, mahnte Peter. »So ein belangloses Blabla. Der Abt, das Kloster, Bruder Arnold und sein Gemächt ...«

»Arnulf.«

»Wegen mir auch Arnulf. Wie es *dir* ergangen ist, will ich wissen. Was ist mit dem dubiosen Zettel? Wer war denn nun der Mönch, der an die Aufständischen geschrieben hat? War es etwa ... doch nein, das kann nicht sein. Und der Geheimgang? Gibt es ihn wirklich? Und vor allem: Was ist mit Marie? Hast du sie wiedergesehen? Dich wieder mit deinen *calcii nocturnales* hinausgeschlichen bei Nacht? Bei der Gelegenheit: Was hat es denn mit diesen Nachtschuhen auf sich? Habt ihr Mönche eigentlich auch ein Nachtgewand oder so etwas?«

»Wir haben nur die weichen Nachtschuhe. Es gibt strenge Vorschriften über das Zu-Bett-Gehen. Wichtig ist vor allem, dass wir bekleidet schlafen, damit die Hände keine Gelegenheit haben, am nackten Leib etwas Anstößiges zu tun«, zitierte ich aus einer Anleitung für Novizen.

»Ach ja«, spottete Peter, »das leuchtet mir ein. Wenn das keine gute Überleitung zu Marie war ...«

———— •• ————

Ja, wie sah es in mir selbst aus? Wie fühlte ich mich? Was war mit Marie?

In mir neigten sich noch immer die beiden Waagschalen auf und ab. In der einen lag das klösterliche Leben, der Friede, die Ordnung, das Regelmaß. In der anderen die Liebe zu dem Mädchen, an die ich jeden Tag erinnert wurde durch das bunte Band, das ich stets unter dem Ordensgewand verborgen trug. Und noch etwas erinnerte mich an sie und ließ die Sehnsucht immer neu aufleben. Es war der süße, betörende Duft der Linden, der in diesen Tagen durch die Landschaft wehte und auch vor den Klostertoren nicht Halt machte. Der Duft, der in jener Nacht, bevor der große Regen kam, die Luft erfüllt hatte. In meiner Erinnerung vermischte sich der Geruch der Lindenblüten mit dem von Marie, beide verschmolzen, waren identisch.

Diese beiden Waagschalen kämpften miteinander, mal neigte sich die eine zur Erde, dann wieder die andere, und keine konnte den Sieg davontragen. Ich überlegte einige Tage lang, wie ich es am besten anstellen könnte, Marie wiederzusehen. Da auch Greiffenclau im Moment nicht präsent war, musste ich die Hoffnung aufgeben, dass mich der Abt noch einmal zu seiner Behandlung hinausschicken werde. In Gedanken machte ich mir Vorwürfe, dass ich mit Marie keinen neuen Zeitpunkt für ein Wiedersehen ausgemacht hatte. Inzwischen waren seit jener Nacht schon eineinhalb Wochen vergangen.

Nach der Sext am Mittwoch nach Pfingsten beschloss ich, während sich die meisten Brüder zur Ruhe begeben hatten, den Stier bei den Hörnern zu packen. Mit der durchaus glaubwürdigen und auch keineswegs ganz und gar erlogenen Bitte, ich wolle morgen meinen Bruder aufsuchen und ihm ins Gewissen reden, ging ich zum Abt und erbat die Erlaubnis, das Kloster bis zur Komplet verlassen zu dürfen.

Nikolaus überlegte eine Weile und stimmte dann zu. »Wohlgemerkt, bis zur Komplet und nicht darüber hinaus«, betonte er und spielte auf meine damalige nächtliche Abwesenheit an. Dann trug er mir auf, draußen im Lager meine Dienste den Kranken zur Verfügung zu stellen, mich aber gleichzeitig unauffällig umzusehen und die Lage zu sondieren. Ich solle zu einer Einschätzung gelangen, wie gefährlich die Situation für uns noch war.

So befahl ich am nächsten Tag Arnulf der Pflege meines Subinfirmars und verließ wieder einmal die Mauern der Abtei – mit gemischten Gefühlen. Ich nahm den direkten Weg in Richtung Lagertor. Der Wehrturm, so nahm ich im Vorbeigehen wahr, war noch immer ohne Dach, es ließ sich auch kein Wachtposten oben sehen. Der Wall, der das Lager umgab, war nach wie vor nicht hoch und stabil genug, um einer Bestürmung durch geübte Landsknechtstruppen standzuhalten. Als ich das Lager betrat – der Posten, der einsam am Tor stand, ließ mich auf meinen Wunsch, Konrad Korn aufsuchen zu wollen, ohne Widerstand eintreten –, hielt ich im Verborgenen Ausschau nach Artillerie, konnte aber keine entdecken. Unser Kloster wie auch die uns unterstellten Frauenklöster hatten die Verpflichtung, Geschütze für das Volk zu besorgen, stillschweigend ignoriert beziehungsweise auf die lange Bank geschoben.

———— • ————

»Was ist denn eigentlich mit eurem Nonnenkloster Tiefenthal?«, knüpfte Peter an.

Ich hörte, dass er an der Kerze herumschabte. »Tiefenthal?«, wiederholte ich.

»Ja, Tiefenthal: Das Kloster sollte doch geschleift und eine Festung draus gemacht werden.«

»Im Hinblick auf Tiefenthal verfuhr der Abt genauso wie bei den Geschützen«, antwortete ich. »Er wies die Schwestern an, sich reisefertig zu machen, gab aber noch nicht den Befehl, Tiefenthal zu verlassen. Die Zuversicht war von Tag zu Tag größer geworden, dass für uns alles gut ausgehen werde.«

Ebenso waren offenbar die Benediktinerbrüder und -schwestern ihren Verpflichtungen dem Volk gegenüber nicht nachgekommen, wahrscheinlich hofften auch sie in Kenntnis der allgemeinen politischen Lage, dass der Aufstand hier im Rheingau wie überall bald ein Ende nehmen werde.

Eine brütend-schwüle Mittagswärme lag wie eine Dunstglocke über dem Lager und lähmte alles Leben. Ich sah kaum einen Menschen. Doch es konnte nicht allein die Mittagsruhe und die Hitze sein, offenbar war wirklich schon ein Teil der Leute abgezogen, wie es Rab im Kloster gesagt hatte. So wandelte ich einsam, zunächst ohne bestimmtes Ziel, durch das Lager, nichts bemerkend und von keinem bemerkt. Oder starrten mich Augenpaare aus den Zelten und Hütten an? Böse Augen?

Zwei braungescheckte Schmetterlinge taumelten durch die Luft, näherten sich einander, flogen hoch, fielen im Zickzack wieder ab. Eine Weile beobachtete ich ihr munteres, leichtes Spiel. Dann schritt ich, einer Eingebung folgend, wie schon vor etwa zwei Wochen auf das Zelt von Greiffenclau zu. Vielleicht hatte ich Glück, und der sogenannte Hauptmann war wieder zurückgekehrt und konnte mir Informationen geben. Das große Zelt stand jedenfalls noch da, und die Plane, die den Eingang bildete, war hochgeklappt. Das war ein gutes Zeichen. Ich hörte aus dem Inneren kein Geräusch und trat forsch ein.

Da erklang ein scharfes Zischen, und einen Lidschlag später spürte ich links an der Kehle eine Klinge und rechts an der Flanke einen Stich. Sofort hielt ich inne und bewegte mich nicht mehr. Vor Schreck wagte ich nicht zu atmen.

Zwei bewaffnete Knechte hatten mich abgefangen. Der eine, ein junger Mann mit tiefen Narben von Pickeln im Gesicht, hielt eine Hellebarde in der Hand, deren Schneide er mir an den Hals gesetzt hatte. Der andere, ein Älterer mit einem Ziegenbart, der penetrant nach Schweiß stank, bohrte mir die Spitze eines Schwertes in die Seite. Es war eines jener kurzen Schwerter, wie sie Landsknechte verwendeten, ein sogenannter Katzbalger, und nur die abgerundete Spitze verhinderte, dass die Waffe mir ins Fleisch drang. An einen Tisch gelehnt stand aufrecht eine Arkebuse. Auf einen Wink des Adligen, der mit ernster Miene auf einem Stuhl gesessen hatte, jetzt aber lachend aufstand, ließen sie von mir ab.

»Herr von Greiffenclau«, raunzte ich ihn erbost an, »wollt Ihr Euren Arzt umbringen lassen?«

»Pater Clemens!«, sagte er, ehrlich erfreut, mich zu sehen. »Verzeiht den Ungestüm meiner Leute. Seid Ihr gekommen, um nach meinem Wespenstich zu sehen? Es geht schon wieder. Ich bin noch etwas matt, aber … nun ja … Doch das kann ja nicht der Grund Eures Kommens sein.« Dann wandte er sich an die Wächter: »Lasst uns allein!«

Als die beiden sich entfernt hatten, lud er mich ein, mich zu setzen, und bot mir einen Becher Bier an, den ich dankend nahm. Er erzählte mir, warum er nun bewaffneten Schutz hatte. Die einst beschworene Eintracht zwischen den Anführern der Bauern und Bürger auf der einen Seite und dem Adel auf der anderen Seite – sie sei nicht mehr »das Gelbe vom Ei«, so erklärte Greiffenclau. »Ja, sie ist nicht mal mehr das Weiße vom Ei!« Der Adlige lachte grimmig und kratzte sich das stoppelige Kinn. »Ich hatte mit Kunz Feldmann eine kleine Auseinandersetzung«, fuhr er fort und erzählte mir die Begebenheit, die ich schon von Marie gehört hatte, wie er vor einigen Wochen Feldmann das Auge blau geschlagen hatte.

»Seither herrscht eine Rivalität zwischen uns. Ich war der Hauptmann, aber Kunz hatte viele im Volk auf seiner Seite. Sie wollten radikal Ernst machen mit den Forderungen der Reformation und im Kloster reinen Tisch machen. Ja, in der Tat: ›Abräumen‹, so nannten sie es. Das bedeutet, alle Bilder und Statuen aus der Kirche zu entfernen, ja überhaupt sollten nach ihren Vorstellungen möglichst rasch alle ›Kuttenträger‹ vertrieben werden. Ihr wisst, Clemens, ich wollte immer das Kloster schützen. Eine Weile gelang es mir, eine Erstürmung und Plünderung zu verhindern. Doch dieses Ziel war immer schwerer im Blick zu behalten, das könnt Ihr mir glauben. Im Gegenteil, es galt vielmehr, mich selbst zu schützen. Kunz ist mir nicht mehr wohlgesonnen, nicht erst seit jenem Zwischenfall. Ein Bauer aus Hallgarten, der Kunz und diesen Daherge-laufenen aus Bingen, wie heißt er doch gleich …«

»Metzger. Henn mit Vornamen.«

»… der Kunz und diesen Henn belauscht hat, hat mir verraten, dass die beiden Übles planen, auch gegen mich. So bin ich zu meiner Burg Vollrads zurückgekehrt; ich habe mich ein paar Tage dort aufgehalten und nachgedacht. Dann beschloss ich zurückzukehren, denn Verstecken ist nicht etwas, das einem Herrn von Greiffenclau geziemt. Doch es kann nicht schaden, ein wenig vorsichtig zu sein, und so habe ich mir die beiden Wachhunde mitgebracht. Wahre Meister mit Waffen aller Art, versteht Ihr?«

So war das also. Auf dem Wacholder herrschte Zwietracht zwischen Adel und Volk.

Ich fragte, der Weisung des Abtes folgend, den Adligen, ob er wisse, dass der Kampf der Bauern überall in den deutschen Landen verloren sei und es auch hier keine Hoffnung gebe; das Heer des Schwäbischen Bundes sei im Anmarsch.

»*Ich* weiß es wohl«, antwortete er, verzog die Stirn in seltsam schiefe Falten und massierte sich die Schläfen. »*Mir* ist das schon lange klar. Vor zwei Tagen war der Viztum bei mir auf Vollrads und bat mich inständig, alle hier im Lager zum endgültigen Abzug zu bewegen. Bruder Clemens, ich bin im Zwiespalt: Ich will der evangelischen Sache zum Durchbruch verhelfen. Mit Rom und der Korruption muss endlich Schluss sein und alle Christenmenschen sollen die Schrift selbst lesen können. Was brau-chen wir die Vermittlung durch die Pfaffen? Verzeiht, aber hier hat der Luther Recht. Endlich kommt ein frischer Wind in die verstaubte, ein-einhalb Jahrtausende alte Kirche, und diesen Wind müssen wir nutzen für eine Reformation der Kirche an Haupt und Gliedern!«

»Wo kämen wir hin«, gab ich zu bedenken, »wenn jeder Bierkutscher und Schweinehirt die Heilige Schrift nach seinem Gutdünken auslegte?«

»Wie dem auch sei«, sagte Greiffenclau achselzuckend, »Ihr seid ein Klostermann der Römischen Kirche und habt Eure Meinung, ich habe meine. Jedenfalls, ich sage es noch einmal, gehöre ich nicht zu denen, die die Klöster mit Gewalt abschaffen wollen wie Kunz, Henn und ein paar andere. Aber habt Ihr gesehen, was hier los ist? Viele haben schon das Lager verlassen.«

»Das ist nicht zu übersehen. Also hat es sich wohl herumgesprochen, dass die Landsknechtsheere der Fürsten allüberall die Bauern besiegt haben? Was heißt besiegt? Niedergemetzelt, abgeschlachtet, vernichtet.«

»Nein, keineswegs. Die meisten Leute hier glauben, sie hätten schon einen Sieg errungen. Es werde dem kleinen Mann bald besser gehen im Rheingau. Schließlich haben wir die einunddreißig Artikel, die Bischof Wilhelm bewilligt hat.«

»Das heißt gar nichts. Der Bauernjörg mit seinen Soldaten wird bald da sein.«

»Es geht außerdem hier im Lager das Gerücht, dass die Schweizer Bauernheere von Süden her gegen den Schwäbischen Bund vorrücken und schon manche Schlacht gewonnen hätten. Ich glaube zwar nicht, dass das stimmt, aber Ihr wisst, wie das mit Gerüchten ist: Sie entzünden Hoffnung wie der Funke einen Heuhaufen, und nur allzu leicht ist man bereit, ihnen zu glauben. Aber Ihr habt schon Recht, Bruder Clemens, der Aufstand der Bauern in den deutschen Landen ist gescheitert. Es ist wie hier mit dem Eberbach: ein Rinnsal, das durch das Lager plätschert und durch Euer Kloster. Die Bauern haben verloren, weil sie ihre Kräfte nicht bündeln konnten. Sie sind wie einzelne Bäche. Würden alle Bauernhaufen dagegen sich zu einem großen Strom vereinigen, mächtig wie der Rhein, der alles mit sich reißt, dann hätte der Kampf Aussicht auf Erfolg. Aber so sind sie in einzelne Haufen zerteilt, und die Fürstenheere haben leichtes Spiel, diesen Bächlein das Wasser abzugraben.«

So diskutierten wir noch eine Weile. Dann fragte ich ihn direkt: »Herr Friedrich, wisst Ihr, ob Kunz und Henn einen Verbindungsmann im Kloster haben?«

»Wie kommt Ihr denn auf die Idee?«

Ich gab keine klare Antwort, sondern murmelte vage, ich hätte so einen Verdacht. Greiffenclau erklärte, er wisse von nichts, ein Verbindungsmann habe doch im Übrigen gar keinen Sinn, könnten sich doch die Aufständischen nehmen, was immer ihnen beliebe.

Er hatte Recht, zweifellos. Vielleicht hatte ich mich in einen dummen Gedanken verrannt.

Um abzulenken, fragte ich ihn nach Konrad. Greiffenclau antwortete, ich solle am Nordrand des Lagers nahe beim Wall suchen. Dort sei er in einem Zelt mit zwei anderen untergebracht, und ganz in der Nähe sei auch die Behausung von Kunz. Dann steckte er mir noch eine Geldkatze zu. »Für Eure ärztliche Kunst«, lächelte er, »bitte nehmt es an. Gebt es den Armen, die an die Klosterpforte kommen.«

Ich dankte, grüßte kurz, mahnte ihn noch einmal, seinen ganzen Einfluss auf das Volk geltend zu machen, und ging.

An dem Ort, den Greiffenclau mir bezeichnet hatte, bot sich das gleiche Bild wie überall: Niemand war zu sehen. Ich rief laut: »Heda!«

Dann: »Konrad!« Laut. Lauter.

Schließlich kroch aus einer kleinen Holzhütte, vor der die Reste eines Feuers schwelten, ein älterer Bauer mit wirrem, weißem Haar und großer, roter Nase hervor.

»Was ruft Ihr, Herr Mönch?« fragte er ein wenig verdrossen, aber nicht unfreundlich.

»Guter Mann, kannst du mir helfen?«, schöpfte ich Hoffnung. »Ich suche Konrad. Er ist … mein Bruder.«

»Weiß schon, weiß schon.«

»Er soll hier sein Zelt haben, ist dir bekannt, wo genau?«

Der Alte machte eine Faust und wies mit dem Daumen auf das Zelt zu seiner Linken. »Vor einer halben Stunde war er noch da. Dann ist er verschwunden. Ich glaube, er hat Euch gesehen, Herr Pater.«

Ich erschrak. Der Bauer merkte, dass er mich zutiefst getroffen hatte, und bat um Entschuldigung. »Es tut mir leid, Herr.«

»Wohin ist er gegangen?«, fragte ich.

Der Alte wusste es nicht. »Vielleicht zu den Pferden draußen, da ist er öfter, glaube ich«, stieß er lustlos hervor.

»Sag, bist du sicher, dass Konrad mich gesehen hat?«

Der Alte zuckte mit den Schultern und blickte zum Himmel, als wolle er Gott als Zeugen für seine Aussage anrufen.

Grußlos ging ich weiter. Ohne Ziel schlenderte ich durch das Lager. Mit einem Mal befand ich mich am südöstlichen Ende, wo ebenfalls ein noch nicht vollendeter Wachtturm stand. Ich kletterte die aus jungen Stämmen gezimmerte Leiter empor. Auf der Plattform angekommen, beschattete ich mit der Handfläche die Augen und schaute hinaus in die Mittagshitze. Draußen, wo ich vor Wochen noch bei Nacht herumgekrochen war, sah ich nur zwei Pferde weiden.

Dort saß Konrad im Gras.

Soweit ich sehen konnte, schnitzte er mit einem Messer an einem Stück Holz herum. Laut rief ich seinen Namen.

Akedía nannten sie die Griechen, so kam es mir in den Sinn; *acedia* oder *accidia* hieß sie in der lateinischen Tradition unserer heiligen Kirche: das untätige Zaudern und Zögern, die Trägheit, die Gleichgültigkeit, und sie war eine der sieben Todsünden.

Doch nein, es war nicht die *accidia*. Hier war der Begriff fehl am Platz. Denn mein Bruder hörte meinen Ruf und – wandte sich ab.

Unsicher stand er auf, blickte kurz zu mir. Dann setzte er sich langsam in Bewegung und ging fort, hinunter in Richtung Rhein. Mein Rufen blieb vergeblich.

Doch dies sollte nicht die einzige Enttäuschung sein, die ich an jenem Nachmittag zu erleiden hatte. Als ich das Lager durch das Tor verlassen wollte, kam mir – das Mädchen entgegen.

»Marie!«, wollte ich ihren Namen rufen und brachte doch nur ein »Mmm…« zustande. Ich glaube, ich war tiefrot im Gesicht. Widerstrebende Gedanken schossen mir durch den Sinn: Sollte ich mit ihr reden? Was machte das für einen Eindruck: Ein Mönch kennt ein Mädchen aus dem Volk! Sollte ich weitergehen? So tun, als wäre nichts gewesen? Am liebsten hätte ich sie umarmt, hätte meine Wange an ihre gedrückt und ihre weichen, herzförmigen Lippen auf meinen gespürt.

Das Mädchen nahm mir die Entscheidung ab. Sie blickte zu Boden. Dann sagte sie etwas, womit ich überhaupt nicht gerechnet hätte. »Gib mir mein Band zurück.« Sie sagte es nicht laut, aber bestimmt und trotzig, wie ein kleines Kind, dem man ein Spielzeug weggenommen hat.

»D… dein Band?«, stammelte ich töricht. »Marie, komm mit, ich will mit dir sprechen. Was soll ich sagen? Wie soll ich es sagen? Ich … ich denke immerzu an dich, ich verzehre mich nach dir …«

Ich verstummte, denn die Worte waren leer. Leer wie die Spelzen von gedroschenem Korn, unfähig, das Gefühlte auszudrücken. Das Mädchen schaute immer noch zu Boden. Da erst fiel mir auf, dass sie ein anderes Band im Haar trug: Nein, es war kein Band, es war ein hellbrauner Reif aus dünnen, geflochtenen Weidenzweigen, der vorn auf dem Kopf saß und das lange, dunkle Haar zurückhielt.

»Dein Band, ich trage es immer bei mir, Marie. Bitte lass es mir.« Ich wollte sie am Arm nehmen, doch sie trat einen Schritt zurück. Der Torwächter, der am Tor zusammengesunken gekauert hatte, richtete sich neugierig auf.

»Nicht!«, sagte Marie. »Ich darf Euch nicht … Ihr dürft … du darfst mich nicht kennen.«

Jetzt ergriff ich doch ihre Hand und zog sie ein paar Schritte am Wall entlang, bis wir außer Sichtweite des Wächters waren.

»Marie«, sagte ich, »wunderbare Marie, komm mit mir und sei meine Geliebte. Meine Frau. Für immer!«

»Clemens, das geht doch nicht«, sagte sie mit seltsam ausdrucksloser Stimme, aber dass sie meinen Namen genannt hatte, erfüllte mich mit Hoffnung. Dennoch sah ich ein, dass ich das Mädchen hier nur in Schwierigkeiten bringen konnte, und gab auf. Auf meine Fragen, wann und wo wir uns wiedersehen würden und ob ich Hoffnung haben dürfe, fuhr sie sich nervös durchs Haar und streifte dabei den Reif ab, der zu Boden fiel. Sie hob ihn auf und bog die beiden Enden nach außen.

»Gib mir mein Band zurück. Das bunte Band.«

»Auf keinen Fall«, stellte ich klar. »Du hast von mir den Seestern, ich habe von dir das Band. Es riecht nach deinem Haar, verliert aber langsam den Duft. Marie, mich verlangt es nach deinem Haar, deinen Küssen, deinem Körper.«

»Ich muss wieder ins Lager. Gib mir mein Band. Ich hänge daran.«

»Wieso?«, widersprach ich. Und dann lauter, als es sich geziemte und ratsam war: »Vermisst dich jemand? Wer vermisst dich?« Widerstrebend zog ich das Band unter meinem Gewand hervor. Es lag auf meiner offenen Hand.

Marie nahm es, ohne meine Hand zu berühren. Sie schaute sich um, vergewisserte sich, dass uns niemand sehen konnte, berührte kurz meinen Unterarm, ein schaler Gruß, und eilte dann ins Lager.

Auch ich ging meines Weges.

Ratlos und verletzt.

Im Kloster ging ich in den nächsten Tagen mechanisch meinen Aufgaben nach. Um die Sehnsucht nach dem Mädchen zu verdrängen und auf andere Gedanken zu kommen – was mir nur zum Teil gelang –, beschäftigte ich mich nach wie vor mit den beiden Rätseln: dem Geheimgang und dem Entschlüsseln des seltsamen Zettels. *Quaere im palmis quinque*: Eine Variante fiel mir dazu ein, die jedoch auch nicht plausibel war: Sollte es statt *palmis* vielmehr *palmes* heißen, das lateinische Wort für Zweig oder auch Weinstock? Unmöglich, denn grammatisch korrekt musste es dann heißen: *Quaere in palmite.* Es machte mich ganz verrückt, dass ich hier nicht weiterkam. Genauso ominös der Zettel. Was zum Henker sollte mit dem Abt passieren in seinem Haus? Sicherlich nichts Gutes. Und wer, wer, wer nur hatte den Zettel an die Aufständischen abgeschickt?

Ein paar Tage später sollte ich unerwartet der Lösung des zweiten Problems ein großes Stück näher kommen. Es war der Montag nach Trinitatis, der 11. Juni, als ich mit dem Cellerar gleichzeitig auf der Latrine war. Im Hinausgehen kamen wir ins Gespräch. Wir sprachen erst ein paar allgemeine Worte, dann ging es um die Aufständischen, unser Hauptthema seit Wochen.

»Bruder Pirmin«, sprach ich ihn an, »ich wundere mich über dich, wie du neulich, als das Pack hier in der inneren Klausur war, so mutig aufgetreten bist. Respekt, du bist ein Mann von Charakter! Während wir anderen nur herumgestanden haben wie die Vogelscheuchen, hast du dich erhoben und Widerstand geleistet. Und ein paar Tage vorher, auf dem Wacholder, wie du da auf den Tisch gesprungen bist, und das in deinem Alter! So temperamentvoll kannte ich dich gar nicht. Was ist da nur in dich gefahren?«

»Ja, mit mönchischer Demut hat das nichts zu tun«, gab Pirmin zu. »Ursprünglich glaubte ich mal an die Friedfertigkeit unserer Rheingauer. Ich habe mich falsch verhalten, zweifellos. Aber hat nicht Christus auch die Händler und Geldwechsler aus dem Tempel getrieben? Er wird mir verzeihen, denn ich tue nichts anderes, als ihm nachzufolgen.«

»Cellerar, gib zu, die Wut ist mit dir durchgegangen«, beharrte ich, obwohl ich zugeben musste, dass Pirmin eine schlagfertige und passende Antwort gegeben hatte. Er schmunzelte, und plötzlich war ein freundschaftliches Band zwischen uns.

»Ich kann dir gerne ein Mittelchen gegen zu viel cholerisches Temperament verabreichen. Schon Hildegard von Bingen wusste ein paar gute Kräuter gegen ein Zuviel an gelber Galle. Wenn du mal ins Infirmarium kommst ...«

So hatte die Unterhaltung einen heiteren Ton angenommen, mit einem Mal nahm unser Gespräch Fahrt auf, und wir ließen uns von unseren Pflichten abhalten. Dann kamen wir auf einzelne Mitbrüder zu sprechen, was soll ich sagen? Klosterklatsch. Wir redeten über den törichten Arnulf, der sich mit seinen Gewichten selbst schachmatt gesetzt und zum Krüppel gemacht hatte, über den alten Eberhard und sein ewiges Nörgeln, über die peinlichen Rivalitäten zwischen Abt und Prior. Kein Zweifel, wir klatschten wie Waschweiber, doch wer tut das nicht hin und wieder, wenn er in Klausur mit zig Gleichgeschlechtlichen lebt? Dann horchte ich auf, als Pirmin auf Emrich Reser zu sprechen kam.

»Stell dir vor, unser Bursar scheint ja auch nicht ganz rein zu sein, habe ich den Eindruck.«

Sofort fiel mir ein, dass ich Emrich neulich an der Klostermauer gesehen hatte, ebenso hatte er sich ein paar Tage später bei Nacht verdächtig gemacht. Doch ich ließ mir nichts anmerken. »Wie kommst du darauf?«, fragte ich scheinbar naiv zurück.

»Vor ein paar Tagen hatte ich hinten bei den Werkstätten zu tun. Später, auf dem Rückweg fiel mir ein, dass ich im Wagenstall ein paar Notizen habe liegen lassen. Da habe ich ihn an der oberen Pforte herumschleichen sehen. Kein Zweifel: Es war Emrich! Er kam wohl gerade herein. Der Konverse Christmann versah wie üblich seinen Dienst als Pförtner. Es war schon nach Komplet. Erst kam Bruder Theobald durch die Pforte hereingeschlüpft und verschwand dann in Richtung innerer Klausur, ein paar Minuten später dann unser Bursar. Jetzt frage ich dich: Was haben Theobald Herrmann von Rüdesheim und unser Bursarius Emrich Reser von Oestrich da draußen so kurz vor dem Einbruch der Nacht zu suchen? Was? Bestimmt hat er nicht den Zins draußen im Wald bei den Rehen und Wildschweinen eingetrieben! Was meinst du?«

Da! Warum war ich nur nicht selbst darauf gekommen?

Der Schreiber des Zettels. Der Frater aus Oestrich, den ich suchte! Natürlich: das auffällige Verhalten an der Klostermauer. Das Herumirren bei Nacht. Und jetzt das, was der Cellerar berichtete. Der Frater aus Oestrich – ausgerechnet auf denjenigen Mitbruder, der von allen aus Oestrich Stammenden das höchste Amt bekleidete, war ich nicht gekommen. Ja, ich hatte ihn seltsamerweise schlicht vergessen. Emrich Reser von Oestrich, Bursar des Klosters Eberbach, er musste der Verbindungsmann der Aufständischen sein!

Doch was genau führte er im Schilde? Und was hatte der junge Bruder

Theobald mit der Sache zu schaffen? Ich nahm mir vor, die hintere Pforte und das Gelände dort draußen einmal einer Prüfung zu unterziehen.

Während mich diese Erkenntnis durchzuckte, sprach Pirmin weiter, sichtlich enttäuscht, dass ich nicht auf seinen Scherz einging. Irgendwann merkte er, dass ich geistesabwesend war. Unser Band war mit einem Mal zerschnitten, wir tauschten noch ein paar belanglose Bemerkungen aus und gingen dann unserer Wege.

IX. Beati mortui qui in Deo moriuntur

Ich hielt inne.

Da war etwas. Etwas, das mich davon abhielt, den Erzählfaden weiterzuspinnen. Es war, als nähere sich die Erzählung einem schwarzen Strudel.

Als Nächstes würde etwas Schlimmes kommen. Der Tod. Der Tod in tausendfacher Gestalt – so viel wusste ich noch. Was ich erlebt hatte und nun erzählen musste, war grauenvoll. Es war im Grunde mehr, als ein Mensch ertragen kann. Insbesondere mehr, als ein Mönch ertragen kann. Doch das war es nicht, was mich hemmte. Was war es dann, das mich stocken ließ?

Verwirrt schaute ich im Dreivierteldunkel nach Peter. Der schien mit irgendetwas beschäftigt; ich hörte ein Schaben und Ächzen.

»He, Peter!«, rief ich ihn an. »Noch da?«

»Hei, unser Mönchlein geht dazu über, Witze zu machen. Wo soll ich denn sonst sein? Doch halt, so witzig war das gar nicht. Während du vor dich hin salbaderst, habe ich schon unsere Flucht geplant.«

»Salbaderst?«, schnauzte ich ihn an. »Das heißt, du hörst gar nicht mehr zu?«

Er reagierte nicht.

»Peter Wagner, ich rede mir hier den Mund schartig, und du ... was soll das? Die ganze Zeit warst du doch an meinen Erlebnissen interessiert wie, nun, wie ein Kind, wenn ein Gaukler seine Kunststücke vorführt.«

Weiter erklang das Schaben und Kratzen.

»Habe alles vernommen und verstanden, lieber Bruder Clemens. Marie ist unnahbar und ruppig. Barsch. Der leibhaftige Bruder – ebenfalls barsch. Barsch wie der Arsch, hahaha! Der Frater aus Oestrich ist der Bursar, Emrich Reser. Das war mir schon lange klar. Dass du das nicht früher gemerkt hast.«

»Jaja, der schlaue Peter weiß natürlich alles. Schlau wie eine ganze Fuchsfamilie. Aber warte nur ab …«

In diesem Augenblick fiel mir ein, woran mein Mitgefangener da so lebhaft arbeitete. Natürlich – wir hatten eine Kerze mit einem Dolch darin.

»Wie weit bist du mit dem Dolch?«, fragte ich.

»Nicht mehr lang. Habe ihn schon aus der Kerzenummantelung befreit. Muss nur noch ein paar Wachsreste abstreifen, sonst kann ich die Waffe nicht so gut packen. Und auch die Klinge muss sauber sein.«

»Peter, was hast du eigentlich genau vor? Willst du etwa … den Wächter … einen der Wächter …«

»Nein, das wirst du tun, teurer Clemens, hahaha!«

Ich erschrak. »Ich? Ich bin … ich *war* ein Mönch, *bin* im Herzen immer noch ein Mönch, auf jeden Fall ein Christenmensch, für den die Zehn Gebote gelten wie auch das Wort unseres Herrn: Liebet eure Feinde, segnet …«

»Hahaha«, unterbrach mich schon wieder die dröhnende Lache, die in unserem Verliesgewölbe schaurig widerhallte und an meinen Nerven sägte. »Spaß versteht ihr nicht, ihr frommen Brüder. Lachen verboten, hei, ja. *Verba vana aut risui apta non loqui*, ich weiß, ich weiß. Der alte Peter weiß Bescheid.«

»Also jetzt bitte wieder im Ernst: Was willst du machen?«

»Wenn der Cerberus hereinkommt, springe ich ihn an wie eine Dogge und schneide ihm die Gurgel durch.«

»Das wirst du nicht tun.«

»Dann schneide ich sie eben dir durch, hahaha! Irgendjemand muss dran glauben, ich bin eben gerade mal aggressiv und muss jemandem das Licht ausblasen.«

Mir war mulmig zumute. War das Scherz oder Ernst? Würde Peter den Wächter wirklich kaltblütig ermorden?

»Hier, nimm«, unterbrach Peter meine Gedanken. »Schöner, fester, kühler Stahl. Könnte direkt aus Spanien stammen. In Toledo sollen sie die besten Klingen machen.«

Er drückte mir den Dolch in die Hand, den ich vorsichtig und widerstrebend annahm. Der Griff hatte Rillen, damit die Waffe besser in der Hand lag. Mit dem Fingernagel fuhr ich die Struktur entlang und merkte, dass in den Rillen noch Wachs klebte. Dann prüfte ich mit Daumen und Zeigefinger die schmale, zweischneidige Klinge.

»Woher kommst du eigentlich, Peter? Dein Oheim wohnt hier, aber du – ich weiß gar nichts von dir.«

»Später, später, erst der Beter, dann der Peter«, reimte er und lachte.

»Also gut, ich will weitererzählen«, kam ich zurück auf meine Erlebnisse. »Die Geschichte nähert sich ihrem Ende, aber … irgendetwas stimmt nicht, irgendwie, irgendwo gibt es, wie soll ich sagen, einen dunklen Punkt. Ich bin ganz wirr im Kopf, ich weiß nicht …«

»Wenn du nicht weiter weißt, dann gibt es nur eines«, versetzte Peter, »du musst der Reihe nach vorgehen. Immer hübsch eines nach dem anderen. Glaub mir. Vertrau dem alten Peter. Immer erst das Nächste erledigen. So hat es auch unser Herr gesagt: Sorgt nicht, was morgen ist. Der morgige Tag wird für das Seine sorgen. Amen.«

»Du kennst dich gut in der Schrift aus«, staunte ich einmal mehr. »Aber kein Wunder, du bist ein Lutheraner.«

»Ja, gewiss. Ich lege die Schrift aus, wie du vorhin sagtest: wie ein Metzger und Stallknecht – oder was pflegtest du zu sagen?«

»Bierkutscher und Schweinehirt.«

»So ist es. *Amen iterum*. Da sehe ich mich doch lieber als Bierkutscher. Hm, so ein dunkles, malziges Bierchen, wie es in Wittenberg im ›Schwarzen Schwan‹ ausgeschenkt wird, das würde mir jetzt auch schmecken.«

»Unser Klosterbier ist auch nicht zu verachten«, entgegnete ich. »Ob ich es jemals wieder kosten werde?«

»Erzähl einfach weiter«, mahnte mich Peter, inzwischen schon zum wiederholten Male, und unterbrach damit meine trüben Gedanken. »Was bedeutet der geheime Zettel? Was hat Emrich vor? Und was ist mit dem Geheimgang? Gibt es ihn wirklich – oder hat der alte Eberhard dir einen feisten Bären aufgebunden? Und wenn es ihn gibt, hast du ihn gefunden?«

Ich zögerte.

»Los, fahre einfach an der Stelle fort, wo du stehen geblieben warst.«

Ich warf den Dolch neben mir ins faulige Stroh, legte mich auf den Rücken und dachte nach.

Auf Eberhard komme ich später zu sprechen. Doch zuvor will ich berichten, was sich sonst noch zugetragen hatte. Bruder Arnulf wurde ein paar Tage später aus dem Krankenhaus entlassen und bewegte sich mühsam mit Krücken fort. Er hatte aber starke Schmerzen, und leider besaß ich nichts mehr von dem Wundermittel Laudanum.

Seit den Enthüllungen des Cellerars beobachtete ich Emrich scharf. Ich begab mich mehrmals täglich zur hinteren Pforte, ging außen ein Stück ins Feld hinein und an der Mauer entlang. Ich konnte nichts Verdächtiges finden. Ja, einmal suchte ich sogar noch die Stelle der Südmauer auf, wo ich ihn vor einigen Wochen ertappt und er vorgegeben hatte, Durchfall zu haben. Ich zerteilte das Gebüsch, sah mich um – ohne Erfolg. Im Gegenteil, ich machte mich selbst verdächtig, denn der Abtskaplan Paulus und ein weiterer Mitbruder gingen vorbei und schauten mich befremdet an.

»Hat es nicht mehr gestunken?«, spottete Peter.

»Nein. Es war auch nichts zu sehen. Und jetzt schweig!«

Eberhard, der alte Schelm.

Er hatte mir keinen Bären aufgebunden, so viel war sicher. Am Freitag darauf begegneten wir uns wieder unter vier Augen bei der *meditatio* im Kreuzgang, nach dem Kapitel. Es war im Brunnenhaus, wo wir uns neulich schon angeregt unterhalten hatten. Ich war gerade dabei, ein Gebet für meinen Bruder Konrad zu sprechen, als ich den Alten über die Brunnenschale geneigt fand. Es schien, als habe er auf mich gewartet, denn als ich vorbeigehen wollte, schaute er mich lauernd an.

»Clemens, Bruder Infirmarius«, zischelte er. Ich trat näher und erkundigte mich nach seinem Gesundheitszustand, nach den Schmerzen in seiner Brust.

»Mir geht es gut, lieber junger Bruder, jaja«, erklärte er in seinem senilen Singsang, und dann noch einmal: »Jaja«, doch diesmal mehr geseufzt.

Dann wurde er still und schien sein Spiegelbild im Wasser anzublicken.

»Clemens, hast du das Rätsel schon gelöst?«

Ich wusste sofort, was er meinte, bemühte mich aber, überrascht aus-
zusehen. »Das Rätsel, Frater Eberhard?«

»Ja, das Rätsel. *Enigma.* Ich sehe dir an, dass es dich beschäftigt. Ja, du
denkst daran Tag und Nacht, Bruder Infirmarius, es beschäftigt dich so
sehr, dass du abgezehrt aussiehst.«

Ich zog die Brauen zusammen. Schon wieder wies mich jemand auf
mein ungesundes Aussehen hin. Doch die Ehrfurcht gegenüber dem alten Mitbruder gebot mir, nicht unwirsch zu werden.

»Ich gebe dir einen Rat«, fuhr der Greis fort, »lass es bleiben. Lass ab.
Solche unterirdischen Orte – sie sind des Teufels«, sagte er und sprach
das letzte Wort sehr leise. Er bekreuzigte sich und ich tat es ihm nach.
Eberhard stützte sich auf den Rand der Brunnenschale und blickte ins
Wasser. »Und wer weiß, ob es überhaupt wahr ist, vielleicht ist das alles
nur eine Mär, die sich jemand ausgedacht hat, um die Brüder zu foppen
und dumme, dämonische Spielchen zu treiben.«

»Eberhard«, setzte ich enttäuscht nach, »ich glaube Euch nicht. Ihr
selbst habt davon gesprochen und es klang nicht so, als wäre es ein
Hirngespinst. Vielmehr hatte ich den Eindruck, als wisset Ihr etwas. Ja,
freilich: Ihr wisst mehr, als Ihr sagen wollt. Ihr habt es mir angedeutet.
Durch Betonung, durch Mimik. Helft mir weiter. Vielleicht … vielleicht
ist dieser Gang einmal für uns alle von Nutzen. Helft mir und redet!«

»*Quaere in palmis quinque*«, wiederholte der Alte müde.

»Das habt Ihr schon gesagt, damit kann ich nichts anfangen.«

»Forsche in der Bibliothek«, sagte der Alte und plötzlich blitzte der
Schalk in seinen Augen auf.

Ja, ohne Zweifel, dieser Greis wusste etwas. Es war nur die Frage, ob er
etwas verraten würde. »Auch dies habt Ihr mir schon gesagt.«

»*Palmis, almis, salmo, salmoni …*«

»Was meint Ihr?«

»*… Salomonis, calamus, calamitas, palmus, palmis*«, lächelte er.

»Wie bitte?«, fragte ich. Ich war überzeugt, dass Eberhard in ein kindliches Lallen verfallen war.

In diesem Augenblick betrat Bruder Karl das Brunnenhaus. »Erlaubt«,
bat er höflich, ich möchte euer Gespräch nicht stören, will mir nur eben
die Hände waschen.«

Es war klar, dass das ein Vorwand war: Karl war einfach neugierig.
Ich ärgerte mich über die Unterbrechung, konnte aber nichts tun. Karl

trat näher und wusch sich übertrieben sorgfältig die Hände, als wäre er gerade von schwerer Feldarbeit gekommen.

»Das Ganze ist ein Spiel«, sagte Eberhard leise und lächelte. »Doch irgendwann endet das Spiel.«

Wieder völlig ernst geworden, deutete er auf die Widerspiegelung seines Greisengesichtes und wandte sich an mich: »Schau«, sagte er, und dann zu Karl: »Schau auch du, Bruder Bursenschreiber. *Mundus senescit.* Was vorgestern noch grün und frisch erschien, war gestern braun und matt. Und heute« – auf einmal berührte er mit der flachen Hand die Wasserfläche und zerstörte damit das Spiegelbild – »und heute geht's zugrunde und fällt in Gottes Arme. Clemens, Karl, ich sage euch, es ist gut, dass wir unser Leben dem Herrn geweiht haben. Hm hm, jaja. Eine gute, eine weise Entscheidung. Wenn jetzt die Klöster abgeschafft werden von den Häretikern, so können wir doch sagen: Wie waren unser ganzes Leben Fratres, haben dem Herrn gedient in Demut und Anbetung. Dann wird der Richter zu uns sagen: *Mecum eritis in paradiso. In paradiso*, jaja.«

Wir blickten uns betroffen an. »Ehrwürdiger Bruder Eberhard«, sagte der Bursenschreiber, und ich glaube, er wollte die Peinlichkeit der Situation überspielen, »erlaubt mir eine Frage. Ihr habt kürzlich, als wir hier im Kreuzgang miteinander ins Gespräch vertieft waren, von einem Brandstifter erzählt. Was hat es damit auf sich, könnt Ihr mir das erklären?«

»Der Brandstifter, das hätte ich gesagt? Oh ja, jaja, der Feuerteufel, das liegt schon lang zurück, glaube ich. Es war … es war …«

»Es war im heiligen Jahr 1500, ehrwürdiger Eberhard.«

»Jaja, Clemens, du hast Recht, woher weißt du das?«

»Ihr habt mir die Geschichte schon einmal erzählt.«

»Jaja, nun Bruder Karl, du kennst sie also noch nicht, die meisten kennen sie nicht, jaja, hm.« Er machte eine Pause und sah verträumt hinaus in den Kreuzgarten. »Es war … es war so ähnlich wie das, was wir heute erleben. Eine Empörung gegen das Kloster. Zuerst von *einem* Mann, und dann …«

Und so erzählte der Alte die merkwürdige Begebenheit, die sich vor einem Vierteljahrhundert zugetragen hatte.

Im Dorf Hattenheim gab es damals einen Bauern namens Koichen Cles, einen großen, feisten Burschen mit strohblondem Haar, das ihm nach allen Seiten vom Kopf abstand. Es war schwer zu sagen, welches seine herausragendste Charaktereigenschaft war: seine Faulheit oder die mit Dummheit gepaarte Frechheit. Am 5. April des Jubeljahres 1500 setzte er einem unserer Klosterhöfe bei Mainz, wo er Dienst tat, den roten Hahn aufs Dach. Kein Zweifel, dass er es war, wurde er doch bei Ausführung der Tat von einer Magd beobachtet. Man versuchte, seiner habhaft zu werden, doch er versteckte sich.

Knapp eine Woche später schlug der Feuerteufel erneut zu, diesmal in unmittelbarer Nähe des Klosters. Er legte auf einem Feld ein großes Lager mit Heu und Stroh in Asche, gleichzeitig brannte auch eine Scheune mit ab. Auch hier wurde er nicht gefasst, und ihm gelang die Flucht, wohl mithilfe einiger Komplizen. Vermutlich hielt er sich in den Wäldern auf, denn am 21. April wurde er von Friedrich Salle, dem Gewaltboten des Rheingaus, in der Nähe von Kloster Tiefenthal erkannt und gestellt. Als er sich der Verhaftung entziehen wollte, rannte der Gewaltbote ihm nach und stieß ihm sein Schwert in den Rücken. Kurz darauf starb Cles. Man setzte ihn, den Frevler, der unterdessen exkommuniziert worden war, nicht auf einem Friedhof bei, sondern verscharrte ihn auf einem Feld.

Was folgte, war nicht vorherzusehen. Es war schlicht grotesk. Mitten in der Nacht, nachdem man Cles verscharrt hatte, wurden die Mönche durch ein Geschrei geweckt. Draußen war es hell und es erklang wüstes Brüllen. »Mörder, Mörder!«, war immer wieder herauszuhören. »Wir brennen das Kloster nieder.« – »Rache für Cles!« In einem Fackelzug waren die Bauern und Bürger von Hattenheim und wohl auch einige aus Hallgarten, Rauenthal, Kiedrich und Eltville vor die Abtei marschiert. Gottlob setzten sie ihre Worte nicht in die Tat um, was allein ein Verdienst unseres braven Abtes Martin war, der sich eine Laterne geben ließ und unerschrocken vors Tor trat. Mit beruhigenden Worten sprach er auf die Leute ein und traf dabei den richtigen Ton. Das Volk hätte ihn genauso gut zerreißen und das Kloster stürmen können.

Doch das Ganze hatte noch ein Nachspiel: Der dem Kloster wohlgesonnene Mainzer Erzbischof Berthold von Henneberg ließ die Sache untersuchen. Viele der Aufrührer wurden in Ketten gelegt und in den Kerker geworfen, wo einige von ihnen starben. Andere, die als Rädelsführer galten, wurden dem Scharfrichter vorgeführt und zum Tode verurteilt. Sie erhielten ihren verdienten Lohn.

»Gebe Gott, dass die Bande da draußen nicht auf dieselbe Idee kommt«, schloss der Alte seine Erzählung.

»Schon vor einem Vierteljahrhundert solche Ausbrüche gegen ein Kloster, das habe ich nicht gewusst. Das war ja – wie soll ich sagen – eine Art grausames Vorspiel zu den Ereignissen unserer Tage«, bilanzierte Karl mit nervöser Miene.

»Jaja«, stimmte Eberhard zu. »Das war es.«

Am Eingang zum Brunnenhaus bemerkte ich einige Mitbrüder, die neugierig die Erzählung des Alten verfolgt hatten. Kein Wunder, denn wir sprachen eindeutig zu laut.

»Es ist doch immer wieder dasselbe«, tadelte Eberhard. »Die Sünde, sie schleicht sich überall ein, selbst im Kloster. Die *curiositas*, die unfromme Neugier, Brüder, seht zu, dass ihr der *curiositas* nicht mit Haut und Haaren verfallt!« Dabei blickte er mich eigentümlich an und hob dann mahnend den Zeigefinger in Richtung der Gaffer, die sich eingeschüchtert entfernten.

Er zog mich zu sich heran, neigte seinen Mund zu meinem Ohr und flüsterte: »Hast du noch nicht verstanden, Einfältiger?«

Karl blickte irritiert drein und trat unruhig von einem Fuß auf den anderen.

In diesem Augenblick wurden wir unterbrochen. Ein Novize trat ins Brunnenhaus. *Benedicite*«, grüßte er respektvoll, und dann richtete er sogleich das Wort an mich: »Bruder Infirmarius, Ihr möget unverzüglich zum Hospital kommen.«

Ich war irritiert über diese Unterbrechung. Zu gern hätte ich noch weiter mit dem Alten gesprochen. Was konnte nun schon wieder passiert sein? Wir kamen einfach nicht zur Ruhe.

»Was gibt es?«, fuhr ich den Novizen eine Spur zu scharf an.

»Ich weiß nicht«, entgegnete der Junge schüchtern, »ich weiß nur, dass der Herr Viztum da ist. Alle Senioren sollen ins Hospital kommen.«

»Ist gut«, sagte ich, und dann zu Eberhard gewandt: »Verweilt hier. Ich denke, es wird nicht so lange dauern. Ich komme wieder hierher.«

»Warte nur, wenn alle weg sind«, sagte der Greis leise, »dann gebe ich dir noch einen Hinweis. Jaja. Aber du sollst mir zum Dank eine Rose pflücken im Kreuzgarten. Die duften so süß. Jaja.«

»Es geht zu Ende«, verkündete Abt Nikolaus, als der Kreis der Senioren am Tisch im Hospital Platz genommen hatte. »Brüder, *venit liberatio, venit finis tumultus.*«

»Was meint er?«, raunte mir der Cellerar zu, der neben mir saß. Ich zuckte mit den Schultern.

»Herr Viztum«, wandte sich der Abt strahlend an unseren Gast, »bitte wiederholt für die Senioren, was Ihr mir bereits berichtet habt.«

»Herr Abt, ich wäre vorsichtig, schon das Ende des Aufruhrs zu verkünden«, wandte dieser ein. »Aber es gibt Hoffnung. Bischof Wilhelm von Straßburg, Stellvertreter unseres Herrn Erzbischofs Albrecht in Mainz, hat ein Schreiben an die Landschaft des Rheingaus weitergeleitet, ihr werdet nicht glauben, von wem.«

Der Viztum machte eine Spannungspause und sah uns erwartungsvoll an. Als keine Antwort kam und er sich genügend an unseren neugierigen Gesichtern geweidet hatte, verkündete er selbst die Antwort.

»Es ist kein Geringerer als Georg Truchsess von Waldburg höchstpersönlich. Der Bauernjörg. Er hat einen Brief an den Rheingau verfasst – übrigens auch an die Stadt Mainz – und die aufständischen Bürger und Bauern aufgefordert, sich auf Gnade und Ungnade zu ergeben. Andernfalls«, er nahm ein großes Blatt in die Hand, das vor ihm lag und suchte umständlich eine Stelle, »andernfalls, so heißt es, *sind wir vermögend der Vereinigung des Schwäbischen Bundes verordnet, euch, damit ihr wieder zu gebührendem Gehorsam gebracht werdet, mit Heereskraft zu überziehen.* Und so weiter und so weiter. Sodann steht da: *Darum ermahnen wir euch hiermit, ihr wollet euch zum Förderlichsten den Anordnungen von Frowin von Hutten, Ritter etc. fügen und euch gehorsam in Gnade und Ungnade des Schwäbischen Bundes begeben.* Hm, ich überspringe wieder ein Stück, da heißt es noch einmal: *Denn wir haben den genannten Frowin von Hutten, Ritter etc., zum Hauptmann des Bundes gemacht und ihn ermächtigt, euch mit Heereskraft zu überziehen, zu strafen und zum Gehorsam zu bringen. Wisset, euch danach zu richten. Datum zu Würzburg auf Sonntag nach Trinitatis, anno 25 Georg Truchsess per manum propriam.*«

»Dieser Frowin von Hutten«, schaltete sich der Prior ein, »das ist doch der Hofmeister am Domkapitel.«

»Gewiss, er ist Hofmeister am Mainzer Domkapitel, Ritter, wie ich schon verlesen habe, und ein Mann, mit dem nicht gut Kirschen essen ist. Wenn er hier im Rheingau mit dem eisernen Besen kehren wird, dann werden manche Köpfe rollen, so viel ist sicher. Der Bauernjörg wird ihm ausreichend Truppen zur Verfügung stellen.«

»Auf jeden Fall eine gute Nachricht für Eberbach und die anderen Klöster der Landschaft«, verkündete der Abt. »Danken wir dem Herrn und den Heiligen, dass die Sache nun gut ausgehen wird.«

»Seid nicht so sicher, Herr Abt«, warnte Brömser noch einmal und strich sich den Bart. »Man weiß nicht, ob die da draußen darauf eingehen werden.«

»Bei Gott, sie werden wieder in das Kloster eindringen und diesmal die Kirche plündern.«

»Wieso das? Was heißt ›wieder‹?«, fragte der Viztum.

Der Abt erzählte knapp von den Ereignissen vor einigen Tagen, als die vier Gesellen in die innere Klausur eingedrungen waren.

»Daran seht Ihr«, sagte Brömser, »dass Ihr noch vorsichtig sein müsst. Auch unser Herr Wilhelm von Hohnstein traut seinen Rheingauern nicht, denn er hat dem Schreiben des Bauernjörg noch einen Begleitbrief beigegeben, in dem er sich höchstselbst eindringlich mahnend an die Bauern und Bürger wendet.«

Der Viztum griff nach dem zweiten Schreiben, welches das bischöfliche Siegel trug. »Ich lese vor: *Wilhelm von Gottes Gnaden Bischof zu Straßburg und Landgraf im Elsass, Statthalter im Erzstift Mainz.* Hm, ich fasse besser wieder zusammen: Er schreibt also, er habe vernommen, dass des Schwäbischen Bundes Heeresmacht sich auch dem Erzstift Mainz genähert habe. So habe er sich nach Würzburg zu dem Heer begeben und solchen Vormarsch abzuwenden versucht, aber nach vielen Verhandlungen nichts ausrichten können, weil die Herren und Landesfürsten, der Erzbischof zu Trier und der Pfalzgraf Ludwig, beide Kurfürsten, dann auch Herzog Ottheinrich von Bayern den beiden Feldherren Frowin von Hutten und dem obersten Feldhauptmann Georg Truchsess Befehl gegeben haben, einen Heereszug durch das Stift Mainz in Bewegung zu setzen. Aber es gibt Hoffnung: Zum Schluss schreibt er, wenn die Rheingauer fünf oder sechs Leute als Abgesandte nach Steinheim am Main schicken, um ihm kundzutun, ob sie auf die Kapitulation eingehen werden und sich gütlich vertragen, könne der Einmarsch vielleicht noch abgewendet werden. Schlussformel: *Gegeben in Eile zu Miltenberg auf Freitag nach Fronleichnam anno 1525.*«

Nach einer Weile fragte der Cellerar: »Weiß das Volk auf dem Wacholder schon Bescheid?«

»Ein Bote reitet heute von Ort zu Ort. Er fing heute Morgen in Walluf an und wird spätestens übermorgen überall gewesen sein. Die wenigen, die noch draußen im Lager sind, werde ich nachher selbst informieren. Ich bin gespannt, ob sie der Aufforderung Folge leisten und die Boten nach Steinheim schicken.«

»Tragt Ihr deswegen den Harnisch?«, wollte der Prior wissen. »Weil Ihr Furcht hegt, dass man Euch angreift?«

Erst jetzt fiel mir auf, dass der Viztum Brustpanzer und Waffenrock trug.

»Nein, gewiss nicht. Ich selbst bin sozusagen bereits im Aufbruch. Heute Abend werde ich nach Mainz reiten. Dort übernehme ich den Befehl über eine hundert Mann starke Einheit berittener Söldner, die bei Nieder-Olm lagern. Dann brechen wir auf Richtung Worms, irgendwo dort unten soll ein großer Bauernhaufen lagern.«

»Herr Viztum«, ergriff der Abt das Wort, »wir beten für Euch. Bitte setzt nachher alles daran, dass die da draußen wirklich die Boten zu Bischof Wilhelm senden. Ich bin aber doch zuversichtlich, dass selbst die Hartgesottenen nun endlich ablassen von ihrem törichten Wahn. Das walte Gott.«

»Uns liegt nichts daran, dass der Krieg hier Einzug hält«, ergänzte Prior Jakob. »Uns reicht es schon, dass wir drei Viertel aller Lebensmittel den Aufständischen in die gierigen Rachen schleudern mussten und noch müssen. Wenn die Lumpen nicht klein beigeben und es zur Schlacht auf dem Wacholder kommt, wer weiß, was uns noch blüht. Man kennt ja die Landsknechte: Am Ende sind *sie* es, die über Kloster Eberbach und die anderen Abteien herfallen. Ich denke dabei auch an unsere armen Schwestern in Tiefenthal und Gottesthal.«

Der Viztum versprach, sein Möglichstes zu tun, und empfahl sich.

Wir Mönche begaben uns zur Terz und zum Hochamt, das wir aufgrund des Zeitverzugs direkt anschlossen, in die Kirche.

Dort, so bemerkte ich, blieb der Platz des alten Eberhard leer. Doch ich dachte mir nichts Außergewöhnliches dabei, vielleicht hatte der Alte sich im Dormitorium hingelegt, was er öfter tat. Danach ging ich sofort ins Krankenhaus, um mir eine lang aufgeschobene Aufgabe vorzunehmen. Wegen der turbulenten Ereignisse der vergangenen Wochen war ich noch nicht dazu gekommen: Ich wollte die Regale mit den Medikamenten vom Staub befreien und neu ordnen.

Als ich just damit anfing und mit einem Lappen eine Spinnwebe entfernte, klopfte es an die Tür. Ich öffnete und traute meinen Augen kaum: Vor mir stand Emrich Reser. Was konnte der Bursar wollen? Vielleicht hatte er in den letzten Tagen gemerkt, dass ich ihn beobachtete, und fühlte sich nun verpflichtet, meinen Verdacht zu zerstreuen.

»Clemens ... Bruder Infirmarius«, druckste er herum.

Ich überlegte, ob ich ihn brüsk damit konfrontieren sollte, dass ich etwas wusste. Doch ich wollte hören, was er zu sagen hatte. Gewiss war auch eine Prise sündiger Bosheit im Spiel, wollte ich mich doch an seiner Hilflosigkeit weiden. »Nur zu«, forderte ich ihn auf.

»Ähm – Bruder Arnulf«, lenkte er ab und sah sich um, »ist er nicht mehr hier?«

»Gestern habe ich ihn entlassen. Du weißt es doch; er liegt jetzt im Dormitorium und kann sogar unregelmäßig an den Horen teilnehmen. Was soll die Frage? Ganz bestimmt wolltest du *nicht* Arnulf besuchen. Du hast ihn doch auch heute in der Kirche gesehen. Also«, ergriff ich die Initiative, »lenke nicht ab und sage mir, was dich zu mir führt.« Ich hatte mich in Rage geredet. »Du willst mir weismachen, du kämest wegen Magen- und Darmbeschwerden. Durchfall, ha! Und nachts? Was passiert da nachts? Nachts schleichst du herum!« Dann wurde ich noch mutiger. »Ich kenne dein Geheimnis«, klopfte ich auf den Busch.

Emrich wich das Blut aus dem Gesicht. »Wie ... was ... du ...?«, wand er sich.

Getroffen! Wie ein Schütze, der in der Dunkelheit auf Jagd geht, hatte ich blind einen Pfeil abgeschossen – und ins Schwarze getroffen. Für den Moment sagte ich nichts mehr, um ihn nicht merken zu lassen, dass ich in Wirklichkeit keine Ahnung hatte. Das Merkwürdige war, dass der Bursar buchstäblich völlig zusammenbrach. Er fiel vor mir zu Boden und umklammerte meine Knie.

»Bruder Clemens, ich bin ein Sünder«, rief er. »Verrate mich nicht! Ich ... ich ...«

»Ich weiß, dass du etwas Schlimmes vorhast, Bruder Bursarius. Das Böse hat dich in seiner Gewalt. Es gibt nur eine Lösung: Lass ab von deinem üblen Plan und erleichtere dich im Sakrament der Beichte.«

Ich habe selten ein dümmeres Gesicht gesehen als das von Emrich in diesem Augenblick.

»Übler Plan?«, wiederholte er unsicher und kratzte sich am Kopf. »Was … wieso …« Er sah ehrlich erstaunt aus.

Plötzlich begann ich, an mir selbst zu zweifeln.

»Du stehst mit den Aufständischen im Bunde«, setzte ich ihm das Messer auf die Brust, »du bist für die Sache der Bauern, du bist ihr Verbindungsmann im Kloster und hast hier eine Aufgabe übernommen. Gib es zu und spiele nicht den Unschuldigen!« Ich knüllte meinen Putzlappen mit der Faust zusammen und warf ihn auf einen Tisch.

Wieder schaute er mich mit Schafsaugen an. Plötzlich begann er zu grinsen.

»Du bist verrückt!«, lachte er. »Du wandelst selber zu viel nachts herum. Die Schlaflosigkeit hat dich verwirrt, dich irr gemacht …«

Ein Krachen ließ seine Rede abbrechen. Die Tür war aufgestoßen worden und der Sakristan stand mit bleichem, ernstem Gesicht da. »Bruder Infirmar«, stieß er hervor. »Komm schnell … im Brunnenhaus …«

Mit einer dunklen Ahnung folgte ich Hertwig eilig in die innere Klausur. Der gesamte Kreuzgangnordflügel war voller Mönche. Im Brunnenhaus lag der alte Eberhard auf dem Boden, dort, wo ich vor kurzem noch mit ihm geredet hatte. Ich beugte mich über ihn. Sein Gesicht zeigte einen entspannten, ja friedlichen Ausdruck.

Unser greiser Mitbruder war heimgegangen zu seinem Schöpfer.

Sein Leichnam wurde in der Kirche aufgebahrt und am selben Nachmittag noch vor der Non, wie es die Statuten vorsehen, auf dem Friedhof bei der Kirche begraben. Der gesamte Konvent war in tiefer Trauer.

Als wir das Requiem sangen, ging mir Verschiedenes durch den Kopf. Eberhards letzte Worte waren seine Floskel, die fast jeden seiner Sätze naiv und senil klingen ließen. Sein »Jaja«, es war nun *sub specie aeternitatis* wie eine letzte Zustimmung, ein Sich-Ergeben in die Unvermeidlichkeit des Todes, in die Arme des Allmächtigen.

Du alter schlauer Fuchs, dachte ich, während mir eine Träne aus dem rechten Auge hinunter in den Mundwinkel lief. Spieltest mit mir, Eberhard Katzmann aus Geisenheim, wie die Katze mit der Maus. Ganz gewiss wusstest du etwas. Du warst ganz sicher nicht so senil, wie wir immer glaubten. Möglicherweise machtest du uns manchmal etwas vor. Ja, vielleicht war dies überhaupt der Gegenpol zu deiner sonst zur Schau getragenen Rigorosität. Das Verweisen auf die goldenen alten Zeiten, verbunden mit deinem ewigen Nörgeln über den Status quo, den Niedergang des Ordens, den Verfall der Sitten. Dein Ernst, deine Strenge, vielleicht brauchten sie eine Art Ausgleich – eben in Form des Spiels. Nun wirst du mir nicht mehr sagen können, was du über den unterirdischen Gang weißt.

Dann zwang ich mich zur Ordnung und sang mit den anderen den Text des Offertoriums: »*Domine Jesu Christe, rex gloriae, libera animas omnium fidelium defunctorum de poenis inferi et de profundi lacu. Libera eas de ore leonis ...*«

»*Libera me a palmis quinque*«, dachte ich.

Zu diesem Zeitpunkt wusste ich noch nicht, dass ich binnen kurzem die Lösung dieses Rätsels kennen sollte.

Am nächsten Tag, während ich meine begonnene Arbeit fortsetzte und endlich die Flaschen, Schachteln und Dosen mit den Medikamenten aufräumte wie auch die Regale säuberte, dachte ich wieder an Marie. Gab es kein Mittel gegen die Liebeskrankheit? Ich beschloss, einmal in den Büchern zu forschen, welche Lehren die weisen Autoren den von diesem Leiden Befallenen geben.

Während ich die Regale mit den toxischen und gefährlichen Medikamenten aufräumte, merkte ich, dass eine Phiole mit einem Extrakt des Blauen Eisenhuts fehlte. Ein Gift. Ich beschloss, Fulbert danach zu fragen. Vielleicht war die Flasche schon länger weg, vielleicht war sie leer geworden, und Fulbert hatte sie mit einem anderen Inhalt neu gefüllt.

Als ich mich nach dem *Salve Regina* in meiner Zelle niederlegte, dachte ich noch einmal über diesen Tag nach. Emrich und mein Verdacht. Was hatte der Bursar vor? Aus der Zelle nebenan kam ein Schnarchen, gemischt mit einem Quieken, das an ein Ferkel erinnert.

In Gedanken ging ich noch einmal die letzte Begegnung mit Eberhard durch. Seine seltsamen Worte. Die unverständliche Aneinanderreihung von Substantiven. Was hatte er doch gleich gesagt? *Palmis, almis, salmo, salmonis, Salomonis?* So oder ähnlich. Vorausgesetzt, das Ganze hatte einen Sinn und war nicht einer extremen geistigen Verwirrung *in aspectu mortis* entsprungen, was wollte der Alte mir signalisieren? In den Palmen, den gütigen, der Lachs, des Lachses, Salomons? Ein hanebüchener Unsinn, zweifellos.

Da blitzte etwas auf. Ein Spiel!

Es musste ein Spiel sein, und es passte zu meiner neuen Erkenntnis über Eberhard. Wenn es schon inhaltlich keinen Sinn ergab, dann doch den, dass es ein Spiel war, ein Spiel mit der Sprache, mit Wörtern. Mein Kopf fühlte sich heiß an, und ich richtete mich von meiner Pritsche auf. Nebenan schnarchte der Mitbruder immer noch. Ich stand auf und klopfte mit der Faust an die Zellenwand. Keine Reaktion.

Palmis, almis, psalmis, salmis, Salomonis, was hatte der Alte noch gesagt? *Calamus, calamitas ...*

Halt!

Ich hatte es. Ich hatte memorierend und assoziierend ein Wort hinzugefügt, das der Alte nicht genannt hatte. Es war das Wort *psalmis*, Dativ oder in diesem Fall Ablativ des Ortes von *psalmi*.

Die Psalmen!

Warum war ich nicht früher darauf gekommen? Jene Literaturgattung aus dem Alten Testament, mit der wir Mönche jeden Tag, ja beinahe jede Stunde konfrontiert waren!

Suche in den Psalmen fünf. Nicht ganz einfach ausgedrückt, zweifellos. Gemeint war aber wohl: Suche in den Psalmen die Nummer fünf. Den fünften Psalm. So ergab auch der Hinweis auf die Bibliothek Sinn.

Nach dieser Erkenntnis konnte ich nicht mehr einschlafen. Am liebsten wäre ich aufgestanden und hätte gleich in der Bibliothek die Psalterien und Bibelausgaben durchforscht. Was würde mich erwarten? Eine Notiz? Eine Geheimschrift – passend zum Geheimgang?

Als ich mich ungefähr zwei Stunden auf meinem Lager herumgeworfen hatte, erhob ich mich. Ich hielt es nicht mehr aus. Leise verließ ich einmal mehr mitten in der Nacht den Schlafsaal und ging hinunter. Diesmal wählte ich die Nachttreppe, die direkt in die Kirche führt. Ich warf mich vor dem Altar nieder und bat Gott um Vergebung. Dann sprach ich in Eile noch einmal ein Gebet für Eberhard und schlich hinaus in den Kreuzgang.

Ich sah mich um. Hier und da blinkten ein paar Sterne am Himmel, das Sirren von Grillen war zu hören. Als ich niemanden bemerkte, ging ich in den Westflügel. Dort kann man durch eine Pforte einen Treppenturm betreten, der im Inneren des Kreuzgartens, an den Kreuzgang angrenzend, erbaut wurde und direkt in die große Bibliothek führt. Mich immer wieder vorsichtig umschauend, strebte ich der Pforte zu, die, wie ich natürlich wusste, niemals verschlossen wird. Mein Herz klopfte heftig. Ich atmete tief ein und versuchte, mich zu beruhigen.

Diesmal wandelte ich verbotenerweise nicht außerhalb des Klosters, sondern innerhalb der Klausur herum. Ein wilder, ein verrückter Gedanke kam mir in diesem Augenblick: jetzt den Hinweis auf den Geheimgang finden, eine Laterne entzünden und dann hinuntersteigen und viele Klafter weit durch unterirdischen Stollen hinunter zum Rhein – direkt zu Marie! Ihr distanziertes Verhalten war bestimmt ein Missverständnis. So etwas gibt es ja bei Frauen, wenn sie ihre unreinen Tage haben oder kurz davor sind, das weiß ich als Arzt, und ein paar Tage später sind sie dann wieder anschmiegsam und lieb. – Ich verwarf den Gedanken.

Aber ich musste es wagen, wenigstens eines der Rätsel der letzten Zeit zu lösen. Das Rätsel der Bibliothek, das Rätsel um Psalm 5. Doch ohne Licht ein sinnloses Unterfangen. So ging ich zurück in die Kirche und holte in der Sakristei eine Laterne. Das Talglicht darin entzündete ich am Ewigen Licht des Altars. Auf dem erneuten Weg zum Bibliotheksturm nahm ich die Laterne unter mein Skapulier, um den Schein zu verbergen. Die Türklinke drücken und – halt! Es ging nicht weiter. Die Tür war unerwartet verschlossen. Unmöglich, dachte ich und wischte mir mit dem Ärmel den Schweiß von der Stirn. Wer hatte die Tür verschlossen und warum?

Noch einmal fasste ich mit klopfendem Herzen die Klinke an und stemmte mich mit meinem ganzen Gewicht darauf. Die Tür sprang mit einem trockenen Knacken auf und öffnete sich einen Spalt nach innen. Ich erschrak. Das Geräusch kam mir in der Dunkelheit wie ein Schuss aus einer Feuerwaffe vor. Dann trat ich rasch ein, machte die Tür zu und verbarg die Laterne wieder unter meinem Gewand. Ich glaube, ich hatte beim ersten Mal die Klinke einfach nicht weit genug hinuntergedrückt, vielleicht wegen der Aufregung, vielleicht, weil meine Hand feucht war. Stufe für Stufe stieg ich die Wendeltreppe hinauf.

Ich hatte von Bibliotheken gehört, die sich selbst vor unbefugtem Zugang schützen, indem sie als Labyrinthe angelegt sind, Irrgärten, deren undurchschaubaren Plan nur der Bibliothekar kennt. Orte der Gelehrsamkeit, der Weisheit von Jahrhunderten, die eigentlich jedem wissbegierigen Klosterbruder zu demütigem, gottesfürchtigem Studium zur Verfügung stehen sollten, pervers umgekehrt in hermetisch verschlossene, kryptische Orte, Gräber für Bücher. Solche Geschichten erzählte man sich, finstere Geschichten, Klostertratsch sicherlich und zweifellos ohne jeglichen Bezug zur Realität.

Doch unsere *libraria maior*, die große Eberbacher Bibliothek im Westflügel der Abtei, gehört keineswegs zu jener Art von dunklen, labyrinthischen Orten. Gott sei Dank ist sie ein Muster an Klarheit und Übersichtlichkeit. Gegen Ende des vorigen Jahrhunderts unter unserem großen Abt Martin Rifflinck erbaut, dient sie als Hauptaufbewahrungsort für unsere umfangreichen Bestände an theologischen und philosophischen Handschriften und mittlerweile auch Druckwerken.

Wenn man von der Turmtreppe her kommt, betritt man einen großen, langgestreckten Raum. Man hat sich nun nicht etwa Bücherschränke oder Regale vorzustellen, wie sie in anderen Bibliotheken in Gebrauch sind. Unsere Bücher sind vielmehr auf etwa zwei Dutzend hölzernen Pulten aufgestellt, die an den Wänden und auch frei im Raum stehen. Jeder Band ist mit dem Pult durch eine fingerdicke eiserne Kette verbunden. Die Bücher der großen Bibliothek sind mit einer Kombination aus einem Großbuchstaben von A bis Z und einer Zahl geordnet. Der Buchstabe gibt das Fachgebiet an, beispielsweise stehen A und B für Kommentare zu den Sentenzen des Petrus Lombardus; C bis F bezeichnen Bibeln und Bibelkommentare, bei F beginnen auch die Schriften der Kirchenväter Hieronymus, Augustin, Ambrosius und anderer; sie reichen bis zum Buchstaben I. P steht für die Abteilung Medizin, Teile davon sind allerdings ins Infirmarium ausgelagert.

Ich hatte also auf den Pulten zu suchen, die die Bände mit den Signaturen C enthalten, das Alte Testament. Eine lösbare Aufgabe, wenn meine Schlussfolgerung zutraf, dass es sich um Psalm 5 handelte. Dann musste ich lediglich die Bände untersuchen, die die Psalmen enthalten.

Es sei denn, kam es mir in den Sinn, dass ich in der falschen Bibliothek suchte, denn in Eberbach gibt es noch deren zwei: die *libraria minor*, die kleine Bibliothek unten im Kreuzgang neben der Kirche, und die etwa drei Dutzend Bände umfassende Abtsbibliothek, mehr ein Handapparat, eine private Zusammenstellung im Hause unseres Vorstehers.

Mit einem raschen Griff nahm ich den schweren Band mit der Signatur C 1 zur Hand, eine gedruckte vollständige Bibel. Die Kette klirrte laut.

Ich blätterte hastig, schlug das Buch der Psalmen auf. *Verba mea auribus percipe, Domine, intellege clamorem meum,* las ich, *intende vocis oratoris meae, rex meus et Deus meus quoniam ad te orabo.* »Ja, höre auf meine Worte, Herr, merke auf mein Schreien, achte auf meine Rede, mein König und mein Gott, denn ich flehe dich an.«

Leise murmelte ich die Worte des fünften Psalms und richtete sie als echtes Gebet zu Gott. Doch außer dass er auf meinen Gemütszustand passte, war nichts Besonderes an dem Text. Ich las ihn, ohne dass mir etwas auffiel. Weder war etwas als Randglosse dazugeschrieben – was ich insgeheim gehofft hatte – noch war etwas unterstrichen.

Ich zwang mich zur Ruhe und stützte mein Gesicht in beide Hände. Leise stellte ich den Band wieder zurück und ging zum Fenster. Ich blickte hinaus auf die Konversengasse. Draußen war alles friedlich und still. Vorsichtig öffnete ich ein Fenster und atmete die kühle Nachtluft.

Was machte ich denn hier schon wieder? Abermals war ich bei Nacht unterwegs und unternahm etwas, was für einen Mönch nicht angemessen war.

Doch ein starkes Verlangen hatte sich meiner bemächtigt. Ich wollte das Geheimnis lüften, wollte alle Bände durchblättern. Ruhig, sagte ich mir, ruhig, Clemens. Wenn du Erfolg haben willst, dann nur mit Ruhe. Ich zog, mich zur Langsamkeit zwingend, den Band C 2 heraus, ebenfalls eine vollständige Bibelausgabe. Auch hier überflog ich den gesamten fünften Psalm. Das ganze Gebet Davids war ein einziges Flehen um Hilfe und Beistand Gottes im Angesicht der Feinde. Ich dachte an die Bauern auf dem Wacholder. Wie gut passte dieser Psalm auf unsere bedrängte Situation. Doch auch hier konnte ich nichts Außergewöhnliches entdecken, keinen Hinweis, kein Zeichen.

Die gleiche Enttäuschung bei C 3.

»Eberhard, Eberhard«, murmelte ich leise vor mich hin. »Führst du mich in die Irre? *Was* hast du gewusst?«

Dann nahm ich mir C 4 und 5 vor, eine vollständige Bibel in zwei Bänden. Nichts. Doch halt: In den Text der Bitte *Dirige in conspectu meo viam tuam* hatte jemand etwas hinzugefügt. Ich betrachtete den Anfangsbuchstaben D. Hier war in groben Zügen ein mit Tinte gemaltes rundes Gesicht zu erkennen, die Augen zu Schlitzen zusammengezogen, die Mundwinkel spöttisch nach oben weisend. Um das Gesicht herum hatte der Zeichner die Umrisse des D zu einer Art Kapuze verziert, die an jene unserer Ordenstracht erinnerte. Die Miniatur eines grinsenden Mönches! Ebne vor mir deinen Weg, übersetzte ich den Satz. War das etwa ein Hinweis? Das Gesicht starrte mich höhnisch an, und ich blickte ratlos zurück. Abermals enttäuscht schlug ich den Band zu und stellte ihn wieder hin. Wärest du nicht an der Kette, würde ich dich zu Boden werfen, dachte ich wütend.

Was ich gesehen hatte, war so ungewöhnlich nicht. Immer wieder kam es vor, dass Brüder in alten Zeiten, als Kodices noch stets von Hand abgeschrieben wurden, kleine Kommentare zu dem zu kopierenden Text hinzusetzten. Oft drückten sie Müdigkeit, schlechte Stimmung und Qual oder Hunger und Durst des Schreibers aus, beispielsweise das sprichwörtlich gewordene *Tres digiti scribunt, totumque corpus laborat.* Und manche, die gut zeichnen konnten, nicht nur die Illustratoren, malten hin und wieder auch etwas Freches dazu. Dies kleine, an sich harmlose Bildchen in dem Psalm machte mich nur zornig, weil meine Nerven wieder einmal überreizt waren.

Die folgenden Kodices ab C 6 waren Kommentare zur Bibel oder Ausgaben von einzelnen Büchern der Heiligen Schrift. Dennoch blätterte ich sie grob durch.

Nichts. Nichts. Nichts.

Einen Moment überlegte ich, ob auf dem Nachbarpult in der Abteilung Neues Testament, ab Buchstabe D, etwas Brauchbares enthalten sein konnte. War hier vielleicht doch eine vollständige Bibelausgabe oder ein Psalterium hineingerutscht?

Nein, natürlich nicht. Die Ordnung der *libraria major* war über jeden Fehler erhaben. Blieb nur ein Gedanke: Ich musste in der *libraria minor*, der kleinen Bibliothek, suchen. Dort – in unmittelbarer Nähe des Eingangs zur Kirche – waren auch die Psalterien untergebracht. Oder gar in der Abtsbibliothek. Das würde ich heute Nacht nicht mehr schaffen.

Doch ich brannte vor Neugier, hatte auf einmal wieder das Gefühl, der Lösung ganz nahe zu sein. Ich schwitzte. Wie lange war ich nun schon am Suchen? Eine Stunde? Weniger? Mehr? Ich hatte jedes Zeitgefühl verloren. Hoffentlich bemerkte mich niemand. Was sollte ich tun, wenn zur Matutin gerufen würde? »Mist!«, fluchte ich halblaut.

Dann ging ich noch einmal zu dem Pult zurück und schlug abermals den Band C 4 auf. Es verlangte mich, noch einmal die kleine Zeichnung zu betrachten. Gedanken der Rache erfüllten mich. Ich hatte Lust, das Buchstaben-Gesicht, das mich genarrt und meiner gespottet hatte, mit dem Fingernagel auszuradieren. Ich schlug die Seite auf und stellte die Laterne neben das Buch.

»Du widerwärtige Fratz', du narrst mich nicht mehr!«, zischte ich und strich prüfend mit der Seite des Daumens über die Stelle. »Warte nur, du narrst bald niemanden mehr!«

Doch halt! Als ich über das Blatt strich, spürte ich etwas. Die Oberfläche war seltsam rau. Dabei war es doch kein Pergament, bei dem Unregelmäßigkeiten, durch die Struktur bedingt, normal waren. Dies war ein Druck auf Papier. Ich rückte die Laterne näher und schaute genauer hin. Gab es denn an diesem Ort nicht eine Lupe? Ja, gewiss, auf dem Schreibtisch des Bibliothekars wurden gewöhnlich ein paar Lupen von unterschiedlicher Stärke aufbewahrt. Ich holte mir eine und hielt sie über das Blatt. Welch segensreiche Erfindung! Die Buchstaben wurden größer und mit ihnen auch das Grinsgesicht. Dann entdeckte ich, was die Rauheit des Papiers verursachte: Unter manchen Buchstaben des Psalms waren winzige Löcher. Jemand musste sie mit einer Nadel hineingestochen haben, und zwar von der Rückseite her, sodass man mit der Hand winzige Erhebungen spüren konnte.

Heureka, dachte ich, das muss es sein. Ich las den Psalm noch einmal von Beginn an und achtete auf die Löcher. Das erste war in der Einleitung unter dem *i* von *finem*, das zweite unter dem *n* von *consequitur*, das dritte unter einem *l*, das vierte … Halt, so konnte ich nicht weitermachen. Ich musste die Buchstaben aufschreiben. Wieder eilte ich zum Tisch des Bibliothekars und holte mir ein Schreibtäfelchen. Irgendwann entdeckte ich, dass ich die markierten Buchstaben besser erkennen konnte, wenn ich das Papier vor die Laterne hielt. Mit dem Stilus schrieb ich die Buchstaben in der Folge auf, wie sie mir die Löcher im Papier anzeigten.

IN LOCO INCRED hatte ich bereits notiert.

Dann ging meine Laterne aus.

»*O quam incredibilis est*«, sprach Peter. »*In loco incredibili* – an einem unglaublichen Ort. Hei, das ist ja wieder ein hübsches Rätsel. Deine

Geschichte wird immer verworrener, mein lieber Bruder. Frater Eberhard – hat er dich also doch nicht zum Narren gehalten! Hältst du es für plausibel, dass er das Gesicht gezeichnet hat?«

»Ich weiß es nicht«, sagte ich, einmal mehr rüde in die Gegenwart zurückgeholt von meinem Mitgefangenen. »Möglich wäre es. Möglich ist auch, dass er, genau wie er es gesagt hat, die Geschichte von einem Mitbruder hörte. Sicher scheint mir nur, dass er über den Psalm 5 Bescheid wusste. Wahrscheinlich hat er mich absichtlich in die Irre geführt, hat mit mir gespielt.«

»Und was geschah dann? Du standest dumm herum in der Bibliothek – hast du dir eine neue Laterne besorgt? Doch warte mal, inzwischen müsste doch eigentlich die Zeit des Nachtgebets gekommen sein, die Matutin, nicht wahr.«

»In der Tat. Es nahte die Matutin, wir Zisterzienser bezeichnen sie eher als Vigilien. Ich hatte lange mit der Recherche in der Bibliothek zugebracht und nun kam die Zeit des Gebets. Ich musste also schleunigst zurück. Der *locus incred…* – ich weiß bis heute nicht, was damit gemeint ist. Doch wo du mich schon wieder einmal unterbrochen hast: Was hast du eigentlich vor, du sprachst davon, den Dolch bald einzusetzen. Ich glaube gar, du sagtest etwas von ›frei sein‹. Wo ist denn die Waffe?«

»Wenn du sie nicht in den Abtritt geschmissen hast, liegt sie noch hier irgendwo im faulen Stroh«, lachte Peter. »Warte nur ab. Mir wird schon etwas einfallen.«

»Konkret?«

»Konkret, konkret«, äffte er mich nach, »lass den alten Peter doch mal machen. Wird schon richtig improvisieren, der Peter, wenn's so weit ist. Und jetzt …«

»… erzähl weiter, Mönch Clemens«, setzte ich seinen Satz fort.

Peter rückte an mich heran und näherte mir sein Gesicht. Dann zog er den Mund zu seinem breiten Grinsen, das mich ein wenig an die Zeichnung in der Bibel erinnerte. »Recht so«, sagte er süffisant. Ich roch unangenehmen Mundgeruch und wich etwas zurück. »Wir haben uns schon fein aneinander gewöhnt, wir kennen uns jetzt gut, fast wie Brüder. Apropos Bruder, wie geht es denn weiter mit dem sauberen Konrädchen? Geht es überhaupt weiter? Von Marie will ich ja gar nicht reden, weißt du …«

Ich war gezwungen, eine Weile zu warten, bis sich meine Augen an die Dunkelheit gewöhnt hatten. Dann nahm ich den Zettel mit meiner Notiz, stellte im Dunkeln das Buch zurück an Ort und Stelle, legte auch die Lupe zurück auf den Tisch des Bibliothekars und schlich mich vorsichtig hinaus und hinunter.

Ich wusste nicht, wie spät es war, fühlte mich aber hellwach. Es war völlig klar, dass ich es am nächsten Tag würde büßen müssen. Um mich ein wenig zu beruhigen, trank ich einen Schnaps und legte mich auf meine Pritsche. Ich glaube, ich fiel in einen kurzen, unruhigen Schlaf, dann wurde zu den Vigilien geweckt.

Wieder einmal stolperte ich müde durch die folgenden Tage. Vielleicht würde ich später noch einmal in die Bibliothek zurückkehren, um die restlichen Buchstaben zu ergänzen. So viel hatte ich jedenfalls schon gemerkt, bevor die Laterne ausgegangen war: Die Nadelstiche, deren Buchstaben ich nicht notiert hatte, waren nur sehr wenige. Wieder einmal schien es, als hätte ich einen Schritt nach vorn und zwei zurück gemacht. IN LOCO INCRED – das konnte nur heißen *in loco incredibili*, an einem unglaublichen Ort, so dachte auch ich damals. Ein unglaublicher Ort, an dem der unterirdische Gang beginnt, das konnte so ziemlich alles sein: die Mühle, das Abtshaus, das Torhaus, ein Altar in der Kirche, eine Stelle an der Klostermauer, die Latrine …

In loco incredibili, eine Übersetzung ohne Inhalt, ohne Lösung. Oder doch noch einmal andere Handschriften wälzen, durchsehen, prüfen?

Nein! Ich ließ dieses Problem innerlich los. Es war auch gut so, denn am Nachmittag geschah etwas, was mich auf andere Gedanken brachte.

Gerade widmete ich mich im Klostergarten neben dem Infirmarium der Pflege der Heilkräuter, ich häckelte Unkraut, schnitt vor allem die wild wuchernde Melisse zurück, die sich überall ausbreitete. Auch hatte ich eine Kanne zum Gießen bereitgestellt, denn der Boden war von dem warmen Wetter der letzten Tage trocken und hart. Da näherte sich der Konverse Albert, ein dünner, griesgrämiger Mann, der am Tor zusammen mit Bruder Pius Dienst tat. Um einen Finger hatte er ein schmutziges Taschentuch gebunden. Als er es abwickelte, kam eine Schnittwunde zum Vorschein. Ich sah mir die Verletzung an, die nicht schlimm war. Dabei erzählte er mir, dass gerade wieder eine Gruppe vom Wacholder am Tor eingetroffen sei und mit Pius verhandle. Auch der Abt sei schon dort.

»Nanu? Was liegt denn diesmal an?«, fragte ich erstaunt und richtete mich gequält auf. Seit ein paar Tagen hatte auch ich, wie der Viztum, Schmerzen im Kreuz. Die Gartenarbeit war Gift für den Rücken, ich nahm mir vor, nächstes Mal Fulbert diese Aufgabe zu übertragen.

»Komm mit hinein ins Krankenhaus«, gebot ich ihm, »der Subinfirmar wird sich drum kümmern. Und nimm in Zukunft ein sauberes Tuch, wenn du eine Wunde hast.«

Ich zog die blaue Gartenschürze aus grobem Leinen aus, wusch mir im Krankenhaus kurz die Hände und begab mich neugierig auf den Weg.

Das Tor stand offen und Bruder Pius war, wie es Albert gesagt hatte, im Gespräch mit einigen Rheingauern. Als ich näher kam, sah ich Hubert Ostermann, Johannes Rab und einen Mann, der mir bekannt vorkam. Wegen meiner Übermüdung erkannte ich ihn nicht sogleich. Auch der Cellerar und der Abt standen dabei, letzterer rieb sich nervös an der Nase. Mir fiel auf, dass die Wunde von den Katzenkrallen noch immer nicht ganz verheilt war. Wahrscheinlich kratzte Nikolaus sie immer wieder auf und verzögerte so den Heilungsprozess. Ich nahm mir vor, ihn später darauf anzusprechen und ihm eine Heilsalbe zu geben. Der Cellerar gab gerade einem Novizen einen Auftrag. Ein Leiterwagen stand dabei, offenbar waren die Aufständischen wieder einmal auf Beutezug.

Die beiden grüßten mich höflich, Ostermann verneigte sich sogar leicht.

»Ihr Leute, wie ist die Lage da draußen?«, erkundigte ich mich. »Ist wieder einmal jemand krank?« Dann fuhr ich mit einer gewissen Bitterkeit fort: »Oder wollt ihr noch einmal in unserer Kirche … singen und beten? Die Fässer im Konventskeller inspizieren? Wo ist denn heute euer großartiger Fassreiter?«

»Herr Pater«, sagte Ostermann und zog das Gesicht in gramvolle Falten, »es tut uns leid und die heilige Jungfrau ist unsere Zeugin. Wir möchten wieder Lebensmittel holen. Nichts anderes.«

»Es tut uns leid«, wiederholte Johannes Rab, »wir bitten aufrichtig um Vergebung. Und Vergebung erheischen wir insbesondere für unsere Verfehlung neulich. Wir haben große Schuld auf uns geladen und werden in Kürze eine Bußleistung vollbringen, die Ihr bestimmen sollt. Es wird heute vielleicht das letzte Mal sein, dass wir von Euch Atzung begehren. Morgen früh brechen wir auf. Wir reisen so schnell wie möglich nach Steinheim am Main. Es ist nämlich so, dass unser gnädiger Herr Bischof …«

»Wir wissen Bescheid«, unterbrach der Abt. »So hat der Viztum Heinrich Brömser euch also davon überzeugen können, dass ihr euch fügt und ergebt?«

»So ist es, hochwürdiger Abt«, stimmte Ostermann zu. »Wir bitten Euer Gnaden noch einmal um Lebensmittel, nicht zuletzt als Wegzehrung für uns als Boten, die die Reise zum Bischof antreten.«

»So reist ihr selbst nach Steinheim?« Misstrauisch blickte Nikolaus die beiden an. Der dritte Mann, der mir bekannt vorkam, schwieg.

Rab nickte. »Ostermann und ich werden reisen, dazu noch drei andere Männer von uns. Wir nehmen auch zwei Frauen mit, die für uns kochen und uns versorgen.«

»Wohlan, es sei.« Der Abt gab dem Cellerar einen Wink, der sich mit dem Novizen und dem Leiterwagen in Richtung Klausur entfernte. »Lange wird der Spuk hier sowieso nicht mehr dauern. Aber eine Frage noch«, wandte sich Nikolaus an die Bittsteller, »euer Vorhaben ist sehr lobenswert. Es ist jetzt wirklich an der Zeit, auf die weißen Tauben zu hören. Aber was ist denn mit den Falken unter euch? Den Hartgesottenen? Eure Anführer? Die Adligen, Greiffenclau, Hilchen und andere? Und insbesondere die beiden« – fast war es, als spucke der Abt die Namen aus – »Kunz und Henn? Nehmen die das alles so hin und geben auch Frieden?«

»Das Lager auf dem Wacholder ist inzwischen so gut wie aufgegeben. Die Meinung ist geteilt. Die große Masse von uns befürwortet eine Unterwerfung, fest davon überzeugt, dass wir keinerlei Aussichten gegen die geschulten Landsknechtsheere der Fürsten haben. Die stolzen Herren eilen von Sieg zu Sieg, warum sollten gerade wir, der kleine Rheingau, sie bezwingen können? Viele sind zurückgekehrt in ihre Dörfer und Städte. Eine kleine Gruppe jedoch, insbesondere die aus Walluf und einige aus Eltville und Oestrich, ist entschlossen, der Aufforderung des Truchsess und des Bischofs nicht Folge zu leisten. Sie sammeln sich unten in Walluf, haben den ›Backofen‹ besetzt und die Befestigungen verstärkt. Kunz und Henn sind natürlich auch darunter.«

»So ist das also.« Nikolaus kniff die Lippen zusammen und kratzte sich erneut im Gesicht.

Dann ergriff Ostermann noch einmal das Wort: »Und wir bitten Euer Gnaden, wenn es gestattet ist, um ein paar … nun ja …«

»Was?«, fragte der Abt, hob das Haupt und die Stimme.

»Um ein paar schnelle Pferde, damit wir umso rascher …«

»Seid ihr verrückt?«, schrie der Cellerar, der aus einigen Schritten Entfernung die Bitte noch vernommen hatte. Wie vom bösen Geist gehetzt, rannte er auf die Gruppe zu, fast hätte er sich auf sie gestürzt. »Erst fresst ihr uns … ihr fresst uns das Brot weg, Dutzende, ach was: Hunderte Hühner, Kapaunen, Gänse, Tauben. Schinken … ihr Wichte … ihr Diebe! Ochsen, Kühe und sechshundert Scheffel Mehl habt ihr geraubt und fassweise Wein weggesoffen, ihr … ihr Vandalen, ihr Unholde!«

Dem Cellerar liefen Tränen über die Wangen. Allzu sehr hatten die Ereignisse der letzten Wochen seinem impulsiven und sensiblen Gemüt zugesetzt. Wir drei Mitbrüder, Abt, Pförtner und ich, schauten uns an. Die beiden Aufständischen schwiegen betreten.

»Lass nur, Bruder Pirmin«, beschwichtigte Nikolaus. »Gch nur, es ist schon gut. In ein bis zwei Jahren werden wir unsere Vorräte wieder aufgefüllt haben. Geh nur und gib ihnen, was sie begehren.«

Pirmin wischte sich mit dem Skapulier die Tränen ab und ging mit dem Novizen von dannen.

Dann wandte sich Nikolaus streng an die Aufständischen.

Ich war gespannt, ob er die Bitte erfüllen werde. Die Bauern hatten wochenlang die Oberhand gehabt. Sie hatten gefordert, bekommen und genommen. Entweder der Abt gab noch einmal nach, wenn auch die Klosterpferde ein Statussymbol waren – oder aber er hatte gespürt, dass der Wind sich gedreht hatte und von den Rheingauern keinerlei Gefahr mehr ausging.

»Wie könnt ihr es wagen, unsere edlen Pferde zu verlangen?«, fragte er ernst. Kälte war in seiner Stimme. »Nehmt eure eigenen Ackergäule, wenn ihr schon reiten oder eine Kutsche anspannen wollt. Oder geht auf Schusters Rappen, wie es dem Volk ziemt. Genug jetzt. *Dixi!*«

Die Bauern duckten sich und deuteten eine Verbeugung an. Der Abt würdigte sie keines Blickes mehr; ohne zu grüßen schritt er würdevoll davon.

Nikolaus' selbstbewusste, klare Absage überraschte mich. In der Tat, der Wind hatte sich gedreht in den letzten Tagen. Jene beiden, die noch vor kurzem in der inneren Klausur krakeelt und gewütet hatten, gaben sich jetzt lammfromm und unterwürfig. Redeten uns sogar mit ›Herr‹ an, wie es sich seit jeher gehörte. War das etwa eine Finte, eine List?

Als der Wagen mit einigen Broten und einem Laib Käse gebracht wurde, sahen Rab und Ostermann zu, dass sie Land gewannen.

Nur derjenige, der mir bekannt vorgekommen war, blieb zurück und suchte Blickkontakt zu mir. Er hatte die ganze Zeit über kein Wort gesprochen. Pius wies mit dem Arm auf ihn und sagte: »Dieser Bauer hat ausdrücklich nach dir verlangt, Clemens. Ich wollte es abschlagen, aber er war hartnäckig. Ich weiß nicht, was er will.«

Ich schaute den Mann genau an und plötzlich fiel mir ein, woher ich ihn kannte. Es war der Alte mit den weißen Haaren und der großen Nase, den ich bei meinem letzten Besuch im Lager nach Konrad gefragt hatte. Ich hatte ihn nicht gleich erkannt, weil er diesmal eine Kappe aus dünnem grauem Filz trug. Die anderen, die schon ein paar Klafter weit weg waren, winkten ihm, er solle kommen, doch er gab ihnen ein Zeichen, dass sie schon einmal gehen sollten.

»Herr«, sprach er mich an. »Ich muss Euch etwas sagen.«

»Ja, was denn?«, gab ich freundlich zurück.

»Neulich, draußen auf der Heide, an jenem heißen Tag ...« Der Alte zögerte.

»Ja«, nickte ich ihm ermunternd zu.

»Ich war es, den Ihr nach Konrad gefragt habt. Eurem Bruder.«

»Ich weiß. Ich habe dich nur im ersten Moment nicht erkannt.« Ich schaute mich um und sah den Pförtner, der noch in der Nähe war und scheinbar eifrig die Torscharniere ölte, in Wirklichkeit aber versuchte, jedes Wort zu verstehen. Was konnte dieser Bauer mir über meinen Bruder erzählen?

»Komm«, sagte ich zu dem Alten. Wir gingen ein paar Schritte hinunter zum Klosterteich. Pius sah uns neugierig nach.

»Wie ist dein Name, Mann?«

»Heinrich«, antwortete er. »Ich bin ein Weinbauer aus Lorch.«

Versonnen blickte ich auf die Wasserfläche, wo in Ufernähe gerade zwei Wasserläufer scheinbar miteinander um die Wette liefen. Wo die grazilen Insekten mit ihren Beinen die Fläche berührten, entstanden konzentrische, sich verbreiternde Ringe.

»Was wolltest du mir sagen?«, kam ich wieder zum Thema zurück. »Was macht mein Bruder? Was weißt du von ihm?«

»Herr, ich wollte Euch nur sagen: Er nimmt an dem Zug nach Steinheim teil. Rab und Ostermann haben es nicht gesagt, aber ich meine, das solltet Ihr wissen.«

Nun war ich es, der nachdenklich auf das Wasser blickte. »Warum nimmt er teil an der Reise? Wer hat das bestimmt?«

»Kunz Feldmann hat es bestimmt. Er hat ... also ...«

»Nun, was denn?«

»Kunz hat zu Konrad gesagt: ›Ich will dich nicht mehr sehen.‹«

»Wieso, haben sie sich gestritten?«

»Nein, ich hatte den Eindruck, als sei Kunz seiner überdrüssig. Euer Bruder, verzeiht, ist ein seltsamer Mensch. Ein Eigenbrötler, dabei ohne eigenen Willen und völlig unter der Knute dieses Kunz. Der macht mit ihm, was er will. Ich dachte, es interessiert Euch. Ihr ... Ihr habt neulich so einen ratlosen, ja verzweifelten Eindruck gemacht im Lager, an jenem heißen Tag.«

»Ich danke dir«, sagte ich traurig.

»Euer Bruder, er tat mir immer leid«, rechtfertigte Heinrich sich weiter. »Ich weiß nicht, vielleicht ... vielleicht könnt Ihr etwas für ihn tun, ihn noch einmal sehen vor seiner Abreise.«

»Ich danke dir«, wiederholte ich und kämpfte mehrmals schluckend gegen die Tränen an.

»Herr ... Pater, noch etwas«, druckste er herum.

»So rede schon!«, entfuhr es mir unwirsch.

»Das Mädchen ist auch dabei.«

»Marie?«, rief ich aus, lauter, als ich wollte.

»Ja. Sie nimmt als eine Art Marketenderin an der Fahrt teil.«

Es war, als würde eine kalte Hand mein Herz umfassen. Für einen Moment blieb mir der Atem weg.

Was erzählte mir dieser Bauer aus Lorch da? Konrad geht weg, Marie geht weg? In mir jagten sich die Gedanken. Der Alte merkte, dass er mich getroffen hatte, und schwieg.

»Erlaubt, Herr, ich habe nur gesehen, dass Ihr mit dem Mädchen gesprochen habt. Ich hatte den Eindruck, Ihr kennt sie.«

Der Alte war ein guter Mensch ohne Falsch. Wenn er ahnte, in welcher Beziehung ich zu dem Mädchen stand, so ließ er es sich nicht anmerken. In diesem Augenblick sprang ein Fisch aus dem Wasser und schnappte nach einem Insekt, möglicherweise einem der Wasserläufer, der eben noch sorglos über die Oberfläche gewandert war.

»Ja«, antwortete ich zerstreut, »ich kenne sie. Und ich danke dir abermals, Heinrich aus Lorch. Geh nun am besten heim zu deiner Frau. Der Kampf im Rheingau ist bald vorbei. Ich nehme nicht an, dass du dort unten in Walluf dich verschanzen willst wie Henn und die andren Hitzköpfe.«

»Nein, gewiss nicht. Ich dachte, hier können wir etwas erreichen. Ich war begeistert, als ich hörte, dass der kleine Mann nun das alte Joch abschüttelt ... Ich habe damals auch von Martin Luther gehört, wie er hier im Rheingau auf der Rückreise von Worms gepredigt hat. Er sprach die Sprache des Volkes und hat uns Mut gemacht. Aber dann hörten wir von den Niederlagen der Bauern in ganz Deutschland, und mir wurde klar ...«

»Geh jetzt, Heinrich aus Lorch«, unterbrach ich ihn.

»Herr, betet für mich«, raunte er beschwörend und fasste mich am Ärmel.

»Ich bete für dich«, sagte ich, »und ich danke dir.«

Noch lange saß ich am Teich. Ich versäumte das nächste Chorgebet, die Sext. Erst zur Zeit der Komplet kehrte ich zurück in die Klausur. Pius sah mich fragend an. Ich erwiderte seinen Blick nicht. Es war, als würde ich durch alle Brüder hindurchblicken wie durch Glas.

Der nächste Tag war der 21. Juni. Schon fast zwei Monate bedrängten uns nun die Aufständischen. Die große, die unmittelbare Bedrohung für unseren Konvent schien vorüber. Wie hatte Henn neulich gesagt: »Woanders in deutschen Landen haben sie den Betbrüdern die Bude angezündet.« Leider traurige, entsetzliche Realität. Doch die Gefahr war nicht ganz gebannt. Noch immer war eine Gruppe von Revolutionären drunten aktiv und kampfbereit. Wie leicht konnten sie auf die Idee kommen, Eberbach noch einmal heimzusuchen. Dass die Mauern für sie kein Hindernis bildeten, hatten sie schon bewiesen.

Doch all das kümmerte mich wenig. Ebenso wenig hatte sich schlagartig mein Interesse an dem Geheimgang verloren, auch wenn ich auf einen Hinweis gestoßen war und es den unterirdischen Stollen wirklich zu geben schien.

Und was war mit dem Zettel und dem Plan von Emrich Reser, unserem Bursar? Unserem Verräter – allem Anschein nach? Auch das war mir in diesem Augenblick gleich. Es war, als hätte der Eberbach es mit sich fortgeschwemmt.

Was zählte, waren die beiden, die mir lieb und teuer waren.

Konrad. Verloren, wiedergefunden.

Marie. Das Mädchen, das ich erst seit kurzem kannte. Ich brannte. Brannte lichterloh.

Und jetzt waren sie beide weg. Beide gingen denselben Weg.

Ein Mönch entsagt der Welt und allen menschlichen Bindungen.

Doch ich war im Inneren schon lange kein Mönch mehr.

Wahrlich, das Böse hatte mich in seiner Gewalt.

In der folgenden Nacht stand ich nach langer Grübelei auf. Es musste etwa eine halbe Stunde vor den Vigilien sein. Ich zog meine grobe Kleidung an und setzte die Kappe auf, die ich versteckt in meiner Zelle aufbewahrte, steckte die Geldkatze ein, die mir Greiffenclau gegeben hatte, dann schlich ich mich in den Stall. Ich war kein guter Reiter, daher wählte ich Martha, eine gutmütige, schon etwas ältere Stute. Doch als ich den Sattel auflegte, schüttelte das Tier unwillig den Kopf und trat nervös mit den Hinterläufen an die Stallwand. Ich beruhigte es durch leise Worte und streichelte seinen Hals.

»Martha, braves Ross, brav!« Ich gab dem Tier ein paar Möhren, die es dankbar nahm.

Wann die Rheingauer Delegation aufgebrochen war, wusste ich nicht genau. Sie hatte maximal einen Vorsprung von einem dreiviertel Tag. Das Tor war unbesetzt, die Nachtwache im Torhäuschen, die hier in den letzten Wochen eingerichtet war, war wieder abgeschafft, weil der Abt – anders als ein Großteil der Senioren – fest davon überzeugt war, dass keine unmittelbare Gefahr mehr drohte. Ich führte das gesattelte Pferd zum Tor und öffnete den schweren eichenen Riegel.

Martha schnaubte kurz, sonst war alles still. Jetzt klopfte mir das Herz bis zum Hals. Was war ich hier im Begriff zu tun? War das ein Abschied auf immer?

Einen Moment lang überlegte ich, das Pferd wieder zurückzuführen. Dann schwang ich mich hinauf und drückte ihm die Hacken in die Flanken.

Hinter mir blieb das Tor offen stehen.

Etwa eineinhalb Stunden später – ich zwang mich, auf dem Treidelpfad am Rhein langsam zu reiten, damit das Tier bei der Dunkelheit nicht strauchelte – erreichte ich den kleinen Ort Kostheim, wo der Main in den Rhein mündet. Es war noch ganz dunkel. Über dem schabenden Sirren der Grillen ließen einige Rotschwänzchen schon ihr fröhliches Tirilieren hören. Seltsam, dachte ich, wie es unser Herrgott eingerichtet hat. Kaum ein Tier ist vor Sonnenaufgang wach, nur ein paar Vogelarten. Und die Mönche. Aber das war für mich wohl vorbei. Ich stieg ab, ließ die Stute grasen. Mit Behagen rupfte sie die saftigen Grashalme ab. Auch ich fühlte mich hungrig und müde zugleich. Als das Pferd im Fluss getrunken hatte, band ich es mit dem Zügel an einen Baum fest und legte mich ins Gras. Im Osten hinter den Ausläufern des Taunus war allmählich der neue Tag zu ahnen, ein Hauch eines Lichtes, nicht mehr. Die Sterne begannen zu verblassen.

Ich muss etwa zwei Stunden geschlafen haben. Als ich erwachte, war ein vielstimmiges Konzert aus allerlei Vogelstimmen um mich herum. Ich reckte und streckte mich. Es war bereits angenehm warm. Der Hunger war jetzt sehr stark. Ein paar Steinwürfe flussaufwärts kehrte ich ein in einem kleinen Gasthaus direkt am Main, das erstaunlicherweise schon geöffnet hatte, aß drei gebratene Eier mit Speck und Brot, dazu ließ ich mir ein Dünnbier bringen.

Ob er ein paar Leute gesehen habe, fragte ich den Wirt, einen kleinen, feisten Mittvierziger mit Stiernacken. Drei oder vier Männer und eine junge Frau, die flussaufwärts gezogen seien. Er sah mich misstrauisch an. Ja, gestern Morgen. Was ich mit den Leuten zu tun habe. Und wer ich sei. Ich zuckte mit den Schultern, zog meine Geldbörse und gab ihm einen Albus, deutlich mehr, als das einfache Mahl kostete.

Der Dicke setzte ein Grinsen auf. »Wenn ich es mir so recht überlege – ich glaube schon.«

»Waren sie zu Fuß unterwegs?«

»Einen einfachen Wagen hatten sie – mit zwei müden Gäulen davor. Alte Mähren.«

»War denn wirklich auch die Frau dabei?«

»Ja, genau. Es waren zwei. Eine ältere und eine junge, sehr hübsche mit dunklen Haaren.« Er grinste anzüglich und leckte sich die Lippen. Wer ich denn sei, fragte er noch einmal, und ob ich etwas mit dem schönen Mädchen zu tun habe.

Ich legte noch ein Geldstück auf den Tisch und ging wortlos. Innerlich brodelte es in mir.

So ritt ich weiter flussaufwärts, hin und wieder Bauern auf dem Feld oder Dorfbewohner nach der Gruppe fragend. In Offenbach bekam ich glücklicherweise noch einmal eine positive Auskunft von einem Schiffer, der an seinem Segel flickte und die Gruppe mit dem Wagen gesehen hatte.

So gelangte ich schließlich um die Mittagszeit nach Steinheim. Dort sprach ich mit einem Wächter am Maintor. Der Mann wollte erst nicht mit der Sprache heraus, aber ein paar Geldstücke brachten auch ihn zum Reden. Ja, die Leute habe er gesehen. Er selbst habe sie ein paar Stunden zuvor in die Stadt eingelassen, mehr wisse er nicht.

Doch innerhalb der Mauern verlor sich ihre Spur. Ich lief zur kurfürstlichen Burg, fragte am Wachhaus einen Soldaten nach Bischof Wilhelm von Straßburg. Seine fürstlich-bischöfliche Gnaden Graf Wilhelm von Hohnstein, Bischof zu Straßburg und Statthalter des Erzbischofs Albrecht von Mainz, sei schon vor kurzem mit seinem Gefolge abgereist, hieß es. An den Rhein. Irgendwo dort unten zwischen Oppenheim und Worms versammle sich ein großes Bauernheer.

Enttäuscht streifte ich noch einmal durch die Stadt. Es war gerade Markttag und buntes Treiben erfüllte die Straßen. Ich fragte nach der kleinen Gruppe der Rheingauer. Sprach mit Bäuerinnen und Händlern auf dem Markt. Wandte mich an Bürger, Bettler und Kinder. Keiner wusste etwas.

Die Spur von Marie und Konrad hatte sich verloren.

Es gab nur einen Grund: Die Gruppe musste in Erfahrung gebracht haben, dass der Bischof abgereist war, und sofort aufgebrochen sein. Doch seltsam, dass ich sie nicht gesehen hatte. Ich ließ mein Pferd noch einmal ausgiebig trinken, kaufte mir ein halbes Brot und zwei lederne Flaschen, die ich am Marktbrunnen mit Wasser füllte, und ritt noch in der Mittagshitze denselben Weg zurück, den ich gekommen war. Doch auch jetzt konnte ich die Gesuchten nirgends erblicken. In Mainz wandte ich mich rheinaufwärts. Später in meinem Heimatort Oppenheim erfuhr ich, dass der Bischof weiter nach Worms abgereist war. Westlich der Stadt lagere der Bauernhaufen, bei Pfeddersheim.

So gelangte ich am 22. Juni, dem Gedenktag der zehntausend Märtyrer, nach jenem kleinen Ort.

Pfeddersheim. Reichsstadt. Blutstadt.

Als ich von Worms her kommend über einen Bach auf das südliche Stadttor zuritt, sah ich überrascht, dass es am Stadtgraben zuging wie in einem Bienenkorb. Vor dem Tor lagerten bewaffnete Männer in Zelten oder einfach ohne Schutz vor Wind und Wetter auf dem Erdboden. Als ich ungehindert durchs Tor ritt, erkannte ich, dass es innerhalb der Mauern nicht anders war. Pfeddersheim war überfüllt.

Was sage ich? Hoffnungslos überfüllt. Mit Betonung auf dem ersten Wort.

Aufmerksam sah ich mich um und trieb das Pferd durch Mengen von bewaffneten Bauern und Bürgern die Straße hinauf. Im Vorbeireiten bemerkte ich, dass viele von ihnen – anders als unsere Rheingauer Bürgerwehr – nur mit einfachen Waffen ausgerüstet waren: Dreschflegel und Sensen, Sauspieße, lange und kurze Äxte, Mistgabeln und Messer. Nur etwa die Hälfte der Leute trug Schwerter und Harnische. Ziellos schlenderte ich durch ein paar Seitengassen, mir immer wieder durch Zurufe mühsam Platz schaffend. Ich war zum ersten Mal in Pfeddersheim und kannte mich nicht aus. Wie sollte ich in diesem Gewimmel die kleine Rheingauer Gruppe finden? Vor allem hier im südlichen Stadtviertel, das nicht so dicht bebaut war und viele Äcker und Gartenflächen aufwies, herrschte reges Treiben. Manche blickten mich seltsam an, mich, den neu Angekommenen in grober Kleidung auf einem edlen Pferd.

»Heda, Kamerad«, rief ein junger Bursche mit roten Haaren, sehr blasser, sonnenverbrannter Haut und Sommersprossen. »Von welchem Haufen stammst *du* denn? Und hoch zu Ross? Ein Adliger bist du wohl nicht, in deinen verstaubten, elenden Lumpen!«

Ich stieg vom Pferd. Er hatte wohl Recht. Durch den langen Ritt war meine Kleidung vom Straßendreck bedeckt. Eine neugierige Gruppe hatte sich um den Jungen gebildet. Ich blickte in entschlossene, mutige Gesichter.

»Haufen?«, fragte ich, »ich bin von keinem Bauernhaufen, ich bin … und ihr?«, versuchte ich plump abzulenken.

Jemand fing an zu lachen, andere stimmten ein.

»Mann, vom Bockenheimer Haufen. Sag bloß, du hast von uns noch nicht gehört?«

»Komischer Vogel«, plärrte ein anderer, stoppelbärtiger Mann mit Hasenscharte. »Ist dir nicht warm da mit deiner Mütze?«, rief er mir zu und trat näher.

»Warte nur, bald wird's ihm noch wärmer«, lachte ein anderer.

»Bockenheimer Haufen«, wiederholte ich. »So seid ihr Bauern aus der Pfalz?«

»Gewiss. Und auch die vom Nussdorfer Haufen sind da. Die sind mehr in der Oberstadt, am Marktplatz und an der Stadtmauer, in der Judengasse und so.«

»Was soll das heißen, bald wird es noch wärmer?«

»Bald spielen wir auf zum Tanz«, lachte der Rothaarige. »Wir spielen den Truppen des Kurfürsten Ludwig von der Pfalz auf. Aber statt Flöte, Fiedel und Trommel machen Scharfmetze, Nachtigall und Falkonette die Musik!« Er klatschte in die Hände.

Ich erschrak, dass die Schlacht unmittelbar bevorstand. Die Nachtigall war, wie ich wusste, ein großes Geschütz. Scharfmetze musste entsprechend ein anderer Geschütztyp sein.

»Hä, aber nicht die Wittenbergische Nachtigall«, brüllte einer.

»Die schon gar nicht, mit deren Schriften kannst du dir den Arsch wischen.«

»Und du hergelaufener Vogel? Bist du für uns oder gegen uns?«, rief jemand. »Für die gut reformatorische Lehr' oder dagegen? Am Ende gar ein Pfaffenknecht, ho?«

»Na, wie ein Pfaff sieht er ja nicht aus. Es sei denn, er trägt unter seiner Mütz' eine hübsche Tonsur. Wollen gleich mal sehen …«

Es begann, gefährlich für mich zu werden.

»Halt, Leute«, rief ich, bemüht, meiner Stimme Festigkeit zu geben. Dann beschloss ich, den Stier bei den Hörnern zu packen, und lüftete die Mütze. »Ja, ihr Bauern, ein Pfaff bin ich – oder vielmehr war ich! Seht her!«

Überraschte, zum Teil auch giftige Blicke trafen mich wie Wurfgeschosse.

»Aber«, fuhr ich fort, »ich bin aus meinem Kloster entlaufen, woran ihr erkennen könnt, dass ich für euch bin.«

»Er ist für uns, na gut«, maulte der Stoppelbärtige, und dann an mich gewandt: »Aber wie willst du kämpfen, bester Bruder? Wo sind deine Waffen? Ich glaube kaum, dass die Landsknechtsheere der Fürsten Reißaus nehmen, wenn du dein *Kyrieleis* anstimmst! Wir haben selbst ein paar schöne Klöster ausgeplündert und die Brüder vertrieben, dazu braucht es mehr als nur das Wort.«

Erneutes Gelächter. Ein Älterer trat herzu und reichte mir in einer Schöpfkelle Wasser. »Hier«, sagte er, »wasch dir erst mal dein Gesicht und trink einen Schluck. Siehst ganz verstaubt aus. Frisch gewaschen kämpft sich's besser, haha. Von wo kommst du denn? Hattest sicher einen weiten Weg?«

»Aus dem Rheingau bin ich. Aber zum Kämpfen bin ich nicht gekommen. Es ist so: Ich suche jemanden. Leute von uns, eine Gruppe aus dem Rheingau. Sie könnte vor einigen Stunden eingetroffen sein.«

»Verstärkung ist immer willkommen«, blökte einer.

»Guter Mann«, lachte der Rothaarige und machte eine ausholende Bewegung mit beiden Armen, »schau dich um, was hier los ist. Es kommen ständig Leute. Aus der Umgebung. Nachzügler aus der Pfalz. Männer aus Worms. Und sogar entsprungene Pfaffen, haha. Wie sollen wir uns da einzelne Personen merken?«

»Gibt es hier ein Gasthaus, in dem man übernachten kann?«

Zum dritten Mal erntete ich Gelächter.

»Gasthaus?«, rief einer. »Gewiss gibt es Gasthäuser. Der ›Rote Löwe‹ oben am Marktplatz. Oder der ›Wilde Mann‹ in der Propsteigasse. Es gibt noch eins …«

»Nur wirst du da kein Glück haben, Mönchlein«, fiel jemand ein. »Die Gasthäuser sind überfüllt. Versuch dein Glück doch mal in der Badestube. Dort, den Mühlbach aufwärts, im Westen.« Er grinste anzüglich. »Dort kannst du dich im Zuber so richtig verwöhnen lassen.«

Nicht schon wieder. Es fehlte nur noch, dass jemand das Spottlied vom geilen Mönch sang.

»Hört«, rief ich laut. »Ich bin für euch, das habe ich schon gesagt. Aber ich will nicht kämpfen. Und ich rate auch euch, nicht zu kämpfen.«

»Was?« – »Hört den Miesmacher!« – »Ein Pfaffenarsch und Fürstenknecht!« Solche und noch mehr Beschimpfungen musste ich mir anhören.

»Sprich mir nach, ehemaliger Mönch«, kommandierte der Rotblonde forsch, »*Christus amator, papa peccator!*«

»Gar nichts werde ich, Männer. Ich fordere euch auf, klug zu sein! Hört mich doch an! Wisst ihr nicht, dass alle Bauernhaufen besiegt worden sind? Zu Tausenden liegen sie erschlagen, erstochen, geblendet, geköpft!«

»Dann wird Pfeddersheim der erste Bauernsieg seit langem sein und die Wende bringen«, rief der Rote. »Hier«, brüllte er und klopfte sich auf die Brust, »hier lagert der unbesiegbare Bockenheimer Haufen!«

»Und noch dazu die tapferen Einwohner von Pfeddersheim an eurer Seite!«, gellte ein Hitzkopf aus einem Fenster und reckte die Faust. »Die Stadt hat gute Mauern, eiserne Geschütze und genügend Munition!«

»Hört mich an«, wiederholte ich unbeirrt, kam jedoch mit der Stimme nicht durch. Da merkte ich, dass ich immer noch die Schöpfkelle mit dem Wasser in der Hand hielt und ein lächerliches Bild bot. Ich trank einen tiefen Zug und warf die Kelle zu Boden. »Leute! Bauern aus der Pfalz und Einwohner von Pfeddersheim! Seid klug«, versuchte ich es erneut. Ich war erstaunt über meinen Mut, hier so selbstbewusst aufzutreten. »Ihr wollt kämpfen? Sagt, wie lange dauert es, bis die Heere der Fürsten da sind?«

»Ei, morgen doch, Herr Pfaff!«

»Ei, morgen doch, Herr Aff!«, plärrte einer albern nach. »Und kämpfen werden wir! Wir fallen über sie her, dass es ihnen die Scheiße in die Hosen treibt! Das ist gewiss wie das Weihwasser in der Kirche.«

Nun fuhr mir der Schreck erst recht in die Glieder. Morgen schon! Und ich war mitten drin in der Stadt und hatte meinen Bruder und meine Geliebte noch nicht gefunden. Waren sie überhaupt hier? Oder waren sie zurückgekehrt in den Rheingau? In aller Deutlichkeit wurde ich mir der Torheit meines überstürzten Aufbruchs von Eberbach bewusst.

Ich schwang mich aufs Pferd, wollte weg, wusste aber nicht, wohin.

»Da kneift er den Schwanz ein, seht nur!« Wilde Rufe und Beschimpfungen prasselten auf mich ein. Einer, der schräg hinter mir stand, so sah ich aus dem Augenwinkel, näherte sich leise. In den Händen hielt er einen Dreschflegel.

»Leute«, sagte ich beschwichtigend, hob die Hand und ließ das Pferd hochsteigen. »Wenn ihr klug seid, holt ihr alle, die sich außerhalb der Mauern befinden, herein und ergebt euch den Fürsten auf Gnade und Ungnade. Bei uns im Rheingau … ach was, das interessiert euch ja nicht. Sie werden ein hartes Strafgericht über euch verhängen, aber das ist immer noch besser, als den Kopf zu verlieren. Haben nicht viele von euch Weib und Kind und wollen gerne gesund und mit dem Kopf auf den Schultern zu ihnen zurückkehren? Kommt zur Besinnung und ergebt euch, ihr Narren, solange noch Zeit ist!«

Noch einmal riss ich das Pferd hoch und sprengte davon, gerade noch rechtzeitig. Der Schlag mit dem Dreschflegel zischte durch die Luft.

»Ihre Pflugscharen machen sie zu Schwertern und ihre Winzermesser zu Spießen! Genau umgekehrt, wie es der Prophet Micha verkündet hat, handeln sie, die Törichten.«

Ein treffendes Wort, das der Pfeddersheimer Nachtwächter Hans Schenkel zwischen einem Schluck Wein und einem Bissen Käse aussprach.

Ich war nach dem Zwischenfall mit den Bockenheimer Bauern verstört und ziellos durch die Stadt geritten, hier und da jemanden nach der Rheingauer Delegation fragend, bis ich es aufgab. Es dämmerte schon und ich überlegte, ob ich die Stadt verlassen sollte. Da erblickte ich über mir einen Ausleger mit einem aufrecht stehenden roten Löwen, der kampfeslustig seine Zähne zeigte und die Klauen vorstreckte. Doch an einigen Stellen blätterte die Farbe von dem Bild ab.

Mir wurde bewusst, wie müde ich war. Ich führte das Pferd in den Innenhof und trat in die Schankstube. An den langen Tischen saßen Bauern und Bürger. Würfelbecher rasselten und krachten, Spielkarten flappten auf die Tische. Manche diskutierten, andere gaben sich dem Trunk hin. Bier, Wein und Branntwein machten die Runde, viele hatten rote Gesichter. Kaum einer nahm Notiz von mir.

Der Wirt, der gerade ein paar Krüge abtrocknete, und seine pausbackige Frau standen hinter dem Schanktisch. Ich ging auf sie zu. Das Paar musterte mich von Kopf bis Fuß.

Auf meine Frage, ob es noch ein Zimmer gäbe, zuckte der Wirt die Schultern. Vielleicht, wenn ich gut zahlen könne. Alles voll im Moment, ich könne doch selbst sehen, was los sei.

Ich zückte meine Geldkatze und ließ die Münzen darin klimpern. Die Miene des Mannes hellte sich auf. Er nahm drei Albus, ein unglaublich hohes Entgelt, und alles, was ich dafür erhielt, war ein Schlafplatz auf dem Dachboden im Heu. Für einen weiteren Weißpfennig bekam ich noch eine alte Decke dazu.

Besser, als auf der Straße zu schlafen, dachte ich und folgte dem Fingerzeig des Wirtes in Richtung Dachboden. Dort ruhte ich mich ein wenig aus und ärgerte mich, dass ich die Decke genommen hatte. Bei der zu erwartenden warmen Nacht würde ich sie nicht brauchen. Später – die Sonne ging im Westen rot und drohend unter – sah ich noch einmal nach der Stute, die ich im Stall des Gasthauses unterbrachte, und begab mich dann in die Gaststube, um zu essen. Ich ließ mir ein Glas Wein, Brot mit Kraut und ein Stück Hartkäse bringen. Das Brot war trocken wie Stein und das Kraut war versalzen. Mehr sei nicht zu haben, der Fisch und die Würste seien schon aufgefressen, sagte der Wirt. Wider Erwarten war der Weißwein recht gut, und ich sprach ihm kräftig zu. Da hörte ich draußen den monotonen Singsang des Nachtwächters:

»Hört ihr Leut' und lasst euch sagen,
unsre Glock' hat zehn geschlagen,
zehn Gebote setzt' Gott ein,
gib, dass wir gehorsam sei'n.
Lobet Gott, den Herrn!
Menschenwachen kann nichts nützen,
Gott muss wachen, Gott muss schützen.
Herr, durch deine Güt' und Macht
schenk uns eine gute Nacht!«

Wenig später betrat der Sänger die Schankstube. Einige Gäste schauten unfreundlich drein. Da ich etwas abseits an einem kleineren Tisch saß und bei mir noch ein Platz frei war, bat er, sich setzen zu dürfen, was ich mit einer Handbewegung gewährte. Der Nachtwächter war ein Mann Ende vierzig mit graumeliertem Haar und Vollbart. Über dem linken Auge trug er eine Augenklappe. Er setzte seinen spitzen Hut ab, nahm auch seinen dünnen Mantel von den Schultern, löschte die Laterne und stellte sie neben sich auf den Boden.

So saßen wir beide da, er der Vertreter eines unehrlichen Berufs und ich ein Heimatloser. Nach ein paar neugierigen Blicken beiderseits stellten wir uns einander vor und kamen ins Gespräch. Ich erzählte ihm offen von mir, leider musste ich wegen des Lärms in der Schankstube recht laut reden, um nicht zu sagen schreien. Aufmerksam hörte er zu. Ich berichtete auch von dem Zusammentreffen mit den Pfälzer Bauern in der Südstadt, der sogenannten Wormser Pfortenletze, und er blickte nachdenklich in seinen Weinhumpen. Dann gab er seine Einschätzung der Lage mit der Umdeutung des Spruches des Propheten Micha. Fürwahr ein kluger Spruch.

»Woher kennt Ihr diese Stelle aus dem Alten Testament?«, fragte ich.

»Vergesst nicht, Bruder Clemens ... äh, es steht mir zwar aufgrund meines bescheidenen Standes nicht zu, aber bitte lasst uns Du zueinander sagen, ja? Ihr seid so liebenswürdig.« Auf mein Nicken fuhr er fort: »Clemens, du darfst nicht vergessen, dass wir hier viele evangelische Prediger haben. Vor einigen Wochen hat einer vom Propheten Micha gesprochen: Schwerter zu Pflugscharen und Spieße zu Winzermessern, so hat es Micha damals vorausgesehen. Aber schau selbst: Ist es zurzeit nicht genau umgekehrt?«

»Du hast Recht, Hans. Ein treffenderes Wort ist, glaube ich, schon lange nicht mehr gesprochen worden zu diesem Aufstand der Bauern gegen Fürsten und Kirche.«

»Vieles muss verbessert werden, das ist gewiss. Der kleine Mann ist zu sehr bedrückt durch Lasten und Abgaben und Fronen. Diese schweren Ketten müssen zerrissen werden, ein für alle Mal. Auch der Luther hat vieles in Bewegung gesetzt mit der Forderung nach Abschaffung des Ablasses und dann? Dann hat er die Bauern verraten. Das werfen sie ihm auch hier vor.«

Er machte eine Pause und rief nach dem Wirt, weil er nichts mehr zu trinken hatte. Als jener nachgefüllt hatte, trank Hans mir zu und wir ließen die Humpen knallen. Kurz darauf stülpte er sein Gefäß umgekehrt auf den Tisch zum Zeichen, dass er ausgetrunken hatte. Sogleich winkte er wieder dem Wirt.

»Angeblich«, fuhr er fort »soll der Luther in seiner schlimmen Schrift *Wider die mörderischen und räuberischen Rotten der Bauern* gesagt haben: ›Der Esel will Schläge haben und der Pöbel will mit Gewalt regiert sein.‹ Diesen Satz habe ich hier schon öfter gehört. Die Leute sind empört, wie überall in den deutschen Landen. Sie sind enttäuscht von Luther. Und in derselben schändlichen Schrift fordert der Doktor Martinus tatsächlich die Fürsten auf, sie sollen die Bauern würgen und abstechen, wo immer sie sie antreffen, oder so ähnlich. Ich habe Bücher von jenem anderen Reformator gesehen, dem aus Thüringen, wie heißt er doch gleich? Müller?«

»Müntzer. Thomas Müntzer.«

»Natürlich. Müntzer. Der kommt bei den Leuten besser an. Der wettert gegen die Fürsten, dass es nur so donnert und blitzt.«

Wie zur Bestätigung stand plötzlich ein großer, bulliger Mann an unserem Tisch, rotwangig und offensichtlich angetrunken. Bei der Lautstärke unserer Unterhaltung war es kein Wunder, dass er etwas gehört hatte. »Luther: Fürstenknecht – Müntzer: Fürstenhammer!«, brüllte er mit sich überschlagender Stimme. Für einen Moment herrschte Ruhe im Gasthaus, dann fielen einige ein und skandierten dasselbe.

Und wieder kehrte einen Augenblick Stille ein. In das Schweigen hinein sprach jemand überraschend leise: »Der Doktor Luther, ihr Leut', das ist gewiss, der Doktor Luther kriecht den Fürsten ins große, schwarze Arschloch hinein.«

Tosender Applaus und Gelächter, dann setzte die vorherige Geräuschkulisse wieder ein.

»Du siehst, wie die Stimmung hier ist, die Leute wollen kämpfen«, sagte der Nachtwächter traurig und nahm noch einen Zug.

»Hör mal, Hans«, sagte ich, noch einigermaßen klar im Kopf, »wenn der Müntzer ein Fürstenhammer gewesen sein soll, dann ist dieser Hammer aber auf einen härteren Amboss geprallt und – zerschellt. In tausend Stücke geborsten. Prosit.«

Erschrocken ließ der Nachtwächter seinen Humpen sinken. »Du meinst …«

Ich klärte ihn auf, dass der Aufstand in Thüringen niedergeschlagen worden war, berichtete ihm von dem Bruder aus Volkenroda, der bei uns im Kloster um Aufnahme gebeten hatte.

»Davon wissen wir nichts«, sagte Hans, merklich deprimiert. »Wir haben gehört, dass die Schlacht verloren wurde. Wir dachten aber, der Müntzer habe sich retten können und stelle jetzt einen neuen Haufen zusammen. Bist du sicher?«

»Ganz sicher. Müntzer hat bereits den Kopf nicht mehr auf seinen

Schultern. Da sieht man, wie das Volk sich seine Gerüchte macht und weiterverbreitet.«

»Wenn ich nicht längst gewusst hätte, dass der Aufstand zum Scheitern verurteilt ist, jetzt wüsste ich es«, seufzte Hans. »Komm, lass uns trinken, der Wein ist gut. Und wenn's zum letzten Mal ist. Das war auch ein guter Vergleich, mit dem Hammer und dem Amboss. Sehr treffend. Prosit!«

So tranken wir noch ein paar Humpen zusammen, er aus Traurigkeit, dass man seine Stadt morgen angreifen würde, ich niedergeschlagen ob meiner Einsamkeit. Und vor Scham, dass ich aus dem Kloster davongelaufen war wie ein Dieb in der Nacht. Mich den Bauern angebiedert hatte und gesagt hatte, ich sei einer der Ihren.

Gegen Mitternacht suchte ich meinen Schlafplatz auf, dabei über ein paar andere Schläfer stolpernd, die hier ruhten. Ich glaube, ich versuchte noch ein *Salve Regina*, brach aber ab. Der Rausch hatte mich im Griff.

Mein Kopf war leer.

Ein summender Ton. Dann ein, zwei, drei Donnerschläge kurz hintereinander. Ein Splittern und Krachen, als würde ein Gebäude zusammenstürzen. Benommen erwachte ich. Schon wieder diese Kerle im Kloster wie neulich, als sie das Fenster des Krankenhauses eingeworfen hatten? Kunz und Henn und ein paar andere Aufrührer?

Menschen schrien laut um Hilfe, Kinder jammerten, eine schrille Frauenstimme stach aus dem akustischen Inferno heraus.

Frauenstimme? Wo war ich?

Langsam zogen dunkle Wolken aus meinem schmerzenden Kopf ab und allmählich fiel mir ein, dass ich keineswegs in Eberbach war. Ich hatte schwer gezecht gestern – mit wem, ach ja, mit dem Schenkel-Hans. Dem Nachtwächter von Pfeddersheim.

Noch ein Donnerschlag und noch einer. Dann wieder ein Krachen und Bersten ganz in der Nähe. Mit einem Mal war ich hellwach. Angst saß in der Kehle, drückte mir den Hals zu. Ich fürchtete um mein Leben. Die Decke beiseite werfend sprang ich auf. Wo waren die anderen, die hier auf dem Dachboden übernachtet hatten? Keiner mehr da. Ich öffnete eine Dachluke und blickte blinzelnd hinaus. Die Sonne stand schon hoch am Himmel, es musste gegen elf Uhr sein. Ich sprang die Treppe hinunter, bei jedem Schritt tat mir der Schädel weh. Das viele Trinken war ich nicht gewöhnt. In der Gaststube – niemand. Dann bemerkte ich, dass der Wirt und seine Frau mit ängstlichem Gesichtsausdruck hinter der Theke kauerten. Von der Straße draußen war immer noch die schrille Frauenstimme zu hören.

»Was ist hier los?«, fragte ich den Wirt.

»Wir müssen in den Keller«, sagte er heiser, mehr zu seiner Frau als zu mir.

Da erklang noch ein Schuss, dann ein Zischen und ein paar Häuser weiter ein widerliches Geräusch, als würden Balken zerbersten. Ich riss die Tür auf. Die Straße war voller bewaffneter Menschen; die Luft war von Staub und Dreck geschwängert.

»Was ist los?«, herrschte ich noch einmal töricht den Wirt an, der in einem Kasten nach etwas suchte. Warum ich das fragte und was ich hören wollte, weiß ich nicht, ich wusste doch selbst, was geschah.

Er drehte sich mit einem Ruck um. »Was los ist?«, blaffte er zurück. »Siehst du das nicht selbst? Kanonendonner! Die Stadt liegt unter Beschuss! Vom Georgsberg herunter feuern sie! – Weib, wo ist der Kellerschlüssel?«

»Ich hab ihn doch nicht, er muss da in der Kiste sein«, keifte sie.

Ich riss die Tür auf und rannte hinaus auf den Marktplatz. Eine Frau hielt ein kleines, etwa vierjähriges Kind in den Armen und schrie sich fast die Stimme aus dem Leib. Das Kind hatte einen blutigen Armstumpf und auch der Körper war über und über von Blut befleckt. Wie kann so ein kleiner Mensch so viel Blut in sich haben, dachte ich. Das Kind gab keinen Laut mehr von sich. Es war tot.

Wie der Platz, so waren auch die Straßen ringsum verstopft von Menschen. Es gab fast kein Durchkommen. Überall versuchten die Bewaffneten vorwärts zu eilen, und aus den Häusern kamen immer noch mehr hinzu. Am Marktbrunnen schöpfte ich mir Wasser mit dem Zieheimer und trank gierig. Wenn nur das strenge Kopfweh nicht gewesen wäre! Ich brüllte einen Geharnischten neben mir an, ob es noch eine Möglichkeit gäbe, heil aus der Stadt zu kommen.

»Die Stadt ist schon fast ganz umstellt! Ein Stadtknecht hat's von oben vom Kirchturm aus gesehen. Sie sind im Norden auf dem Georgsberg, dort stehen ihre Geschütze. Die Brut!«

»Elende Fürstenbrut!«, fluchte ein anderer. »Sie sind mit dem Beelzebub im Bunde!« – »Verbrecherische Widerchristen!« – »Wartet nur, die erschlagen wir mit unseren Filzhüten!« – »Bundschuh, Bundschuh!«

»Sie sind auch im Süden auf der Anhöhe beim Heiligen Kreuz!«, schrie mich einer an. »Und im Westen sowieso! Verschaff dir eine Waffe, Kamerad! Der Kampf beginnt bald!«

»Was ist mit dem Osten?«, brüllte ich zurück. Plötzlich kam die ganze riesige Menschenmenge in Bewegung. Wir wurden geschoben, und es gab keinen Widerstand mehr. Alles drängte voran, ich wurde mitgerissen.

»Was ist mit dem Osten?«, fragte ich einen anderen Mann neben mir, »gibt es da ein Durchkommen?«

»Was willst du?«, versetzte er. Er trug eine Mistgabel über der Schulter, in seinem Gürtel steckten ein Messer und eine Sichel.

»Der Osten der Stadt – kann man da noch aus dem Stadttor kommen?«

Der Mann antwortete nicht, vielleicht hatte er mich nicht verstanden. Die Straßen waren verstopft, aber es ging unaufhaltsam vorwärts, soweit ich sehen konnte, in Richtung Obere Pforte im Westen. Viele hatten ihre Waffen schon gezückt, und in dem Gedrängel blieb es nicht aus, dass einige von den Schneiden der Messer, Sensen, Schwerter, Hellebarden und was sonst noch an Hieb- und Stichwaffen vorhanden war, leicht verletzt wurden.

Unterdessen ging die Beschießung weiter. Viele Kugeln schlugen wohl in die Stadtmauer im Norden ein, andere fanden ihr Ziel in der Stadt. Dächer wurden von den Stein- und Eisenkugeln durchschlagen, Häuser getroffen, Menschen allenthalben schwer verwundet und getötet.

Für einen Moment dachte ich an Marie und Konrad und hoffte, dass sie nicht in der Stadt waren. Noch nicht. Oder nicht mehr.

Der ganze Pulk, der sich durch die Straßen bewegte, schien führerlos. Es fehlte jemand, der das Sagen hatte, der die Befehle gab. Die Bewaffneten schienen blind mitgerissen im Strom, viele machten sich selbst Mut durch Ausrufe. »Los, voran! Drauf und dran!« – »Wir sind der Bockenheimer Haufen und woll'n mit Fürstenschweinen raufen!«, skandierten sie und noch einige andere deftige Rufe ertönten.

Da schlug zwei Klafter vor mir eine Kugel ein und riss einige Menschen in den Tod. Dreck spritzte auf. Die Straße war rot von Blut. Der süßliche Geruch des Lebenssaftes mischte sich mit dem Gestank nach

Erbrochenem und nach Scheiße. Geistesgegenwärtig nutzte ich die Verwirrung; ich sah eine Lücke, die entstanden war, und rannte eine kleine Gasse nach links hinunter. Ich gelangte an eine Brücke, welche über den Mühlbach führte, der mitten durch die Stadt verlief. In unmittelbarer Nähe war eine der Stadtmühlen, doch ihr Rad stand still. Hier suchte ich Schutz und drang, ohne anzuklopfen und ohne zu rufen, in das Gebäude ein. Ein trockener Geruch nach Mehlstaub hing in der Luft; es war keine Menschenseele zu sehen. An einem Haken hing die Arbeitskleidung der Mühlenknechte. Aus einer Tasche ragte ein Stück Brot heraus, das ich mir gedankenlos griff. Ich sank auf einen Stuhl nieder und biss zu. Was sollte ich tun? Ich legte den schmerzenden Kopf auf die Tischplatte. Eine Fliege ließ sich neben mir nieder und krabbelte auf mein Gesicht zu. Ich scheuchte sie fort und wünschte mir von Herzen, in meiner Chorstalle zu stehen. Doch hatte ich es anders verdient?

Da hörte ich draußen Schritte und Waffenklirren. »Heda, noch jemand da?«, rief eine barsche Stimme.

»Mir war, als hätte ich hier jemand reingehen sehen«, sagte ein anderer.

Die Tür wurde aufgerissen.

»Noch so eine feige Maus, die sich drücken will! Haben wir dich erwischt«, trumpfte der, den ich zuerst gehört hatte, auf. Der Mann trug ein gelb-blaues Wams, das nach Landsknechtssitte an den weiten Ärmeln geschlitzt war, ein Barett und einen Brustpanzer, wahrscheinlich ein Mann der Stadtwache. Mit ihm kamen ein halbes Dutzend schwer bewaffneter Männer, teils wohl Bauern, teils Bürger.

»Raus mit dir zum Ausfall!«

»Ausfall?«, fragte ich ängstlich.

»Ausfall!«, bestätigte er. »Aber hurtig! Kneifen gibt es nicht, wir brauchen jeden Mann!«

»Ich kann nicht kämpfen«, protestierte ich, »ich bin … ich war bis vor kurzem ein Mönch.«

»Dann bist du ab jetzt ein Soldat! Bertram, gib ihm ein Messer oder sonst was.«

»Das ist Wahnsinn«, wehrte ich mich, »ihr werdet alle niedergemetzelt!«

»Maul halten! Gar nichts werden wir!«, brüllte er mich nieder. »Wir stürmen jetzt die Geschützstellungen. Dort oben hinter den Schanzen, wo ihre Kanonen stehen, sind kaum Fußtruppen geschweige denn Berittene. Wenn wir erst mal die Artillerie zum Schweigen gebracht haben … ach was, genug gequakt!«

Er packte mich am Kragen, warf einen kurzen Blick auf meine Tonsur, dann zog sein Kamerad einen Morgenstern aus dem Gürtel und drückte ihn mir in die Hand. Der hölzerne Stiel fühlte sich klebrig-feucht an. Was konnte ich tun? Hatte ich mich nicht schon genug versündigt? Musste ich jetzt auch noch zum Mörder werden?

Da brach ich zusammen. »Ich bin ein Mönch«, rief ich aus, »ich will wieder ein Mönch sein!«

»Nimm dich zusammen!«, schnauzte der Anführer.

Sie rissen mich mit. Und so erlebte ich ein Szenario, wie es in der Hölle nicht schlimmer sein kann. Mit vielen anderen drängten wir und wurden gedrängt aus der Oberen Pforte, dem Westtor der Stadt, nach draußen. »Hinauf, hinauf!«, wurde gerufen und »Dran, dran!« – »Drauf und dran!« – »Jagt sie davon!« – »Bundschuh, Bundschuh!«

Wir rannten ein Stück die Landstraße entlang und dann nach rechts, einen Weinberg hinauf in Richtung der gegnerischen Schanzen. Blätter und zarte Traubenknospen wurden in dem Ansturm rücksichtslos abgerissen, viele Rebstöcke schlicht niedergetrampelt.

Dann begann erneut das Geschützfeuer. Diesmal war es nicht auf die Stadt, sondern auf uns gerichtet. Die Fürsten setzten jetzt kleinkalibrige Geschütze ein, mit denen sie genauer zielen konnten. Dazu ertönte vom Berg her auch verstärkt das Knattern von Arkebusenschüssen. Die Kugeln der Geschütze und Handfeuerwaffen pfiffen und peitschten durch die Weinblätter und Menschenleiber. Ihre Ernte war fürchterlich. Dutzende, wenn nicht gar Hunderte schrien, weinten, fluchten, beteten und fielen vor mir, hinter mir, zu meiner Linken, zu meiner Rechten. Neben mir wurde einem Mann das Gesicht weggerissen, ein anderer erhielt einen Bauchschuss und wand sich in Krämpfen. Ihm traten fast die Augen aus dem Kopf. Ich rannte weiter und sprang über abgerissene Körperteile und Leichen.

»Weiter, weiter!« Fallen, Sterben. »Drauf und dran!« – »Schlag zu, Kamerad, schlag doch zu!« – »Die evangelische Freiheit!«

Schreien, Weinen, Jammern.

Schüsse, Knallen, aufspritzender Dreck, strömendes Blut.

Ein grausiger Reigen, und der Tod strich die Fiedel.

Ich hatte längst kein Gefühl mehr, rannte mit, meinen Morgenstern fest umklammernd. Morgenstern! Ich weiß noch, dass mir absurderweise der Stern von Bethlehem einfiel. »Mein Erlöser, lass mich hier nicht sterben!«, schrie ich in völliger Verzweiflung und hielt an.

Unser Vormarsch, bemerkte ich, war durch den Beschuss ins Stocken geraten. Schon war hinter uns ein neues Geräusch zu vernehmen. Pferdetrappeln.

»Die Reiterei!«, überbrüllte einer das infernalische Getöse.

In der Tat, es waren die berittenen Truppen der Fürsten, schwer bewaffnete Reisige, die mit ihren Reiterlanzen und Schwertern in unseren großen, aber schon stark dezimierten Haufen einfielen. Im Norden das Geschütz- und Arkebusenfeuer, im Südwesten die Reiter.

Wir waren zwischen zwei Fronten geraten.

»Zurück zum Tor!«, wurde gerufen und das Kommando aus Dutzenden verzweifelter Kehlen wie ein Echo wiederholt. Und so stürzte alles, was noch am Leben war – immer noch Hunderte Bauern und Bürger – in heilloser Flucht, verfolgt von den Reitern und in atemlosen Wettlauf mit ihnen, zurück zum Stadttor. Auch ich, der ich mich immer noch im Weinberg befand, hetzte mit, die Todesangst im Nacken.

Die richtige Taktik wäre vielleicht gewesen, weiter bergauf zu rennen, den Hügel zu stürmen und die Geschützstellungen zu erobern. Zu spät.

Da hörte ich hinter mir ein Trappeln und Schnauben und Zischen. Im Rennen blickte ich mich um und sah den Reiter sein Schwert zum tödlichen Schlag schwingen. Ich lief weiter, die Angst verlieh mir Flügel – dann schlug ich einen Haken nach links, wich zwei Flüchtenden aus, und das Pferd schoss an mir vorbei. Ich holte mit dem Morgenstern aus und versetzte dem Hinterteil des Tieres einen gewaltigen Hieb. Das Pferd wieherte schrill, stieg auf und warf seinen Reiter ab. Trotz des Lärms vernahm ich deutlich ein knirschendes Geräusch. Ich eilte zu dem abgeworfenen Krieger. Packte meine Waffe fester. Der Kopf mit dem Helm stand in einem extremen Winkel vom Rumpf ab. Der Mann hatte sich das Genick gebrochen.

In der Ferne tauchten auf dem Hügel nun auch Landsknechte in rotgrün gestreiften Gewändern zu Fuß auf. Ich rannte weiter, immer weiter, wahllos und unkontrolliert mit dem Morgenstern um mich schlagend. Ich glaube, drei-, vier-, fünfmal oder noch öfter traf ich ein Pferd am Körper oder einen Reiter am Bein. Rechts und links neben mir fielen die Aufständischen in Scharen, doch es war, als hielte ein Engel seine Hand über mich. Dann sah ich das Tor etwa einen Steinwurf entfernt und stürzte darauf zu. Rannte, rannte, rannte.

Noch zwei Klafter – noch einen – noch zwei Fuß – noch einen. Hinein.

Mit mir zusammen gelang es noch einer Hand voll, sich zu retten. Wenig später wurden die schweren Flügel geschlossen. Erstaunlicherweise machten die Truppen keinerlei Anstalten, das Tor zu stürmen.

Als ich innerhalb der Mauern war, schöpfte ich kurz Atem, dann erklomm ich stracks die Stadtmauer. Mit mir zusammen blickten zwei Stadtknechte nach unten. Der Blick zurück war grausig. Zu Hunderten lagen die Toten oder Sterbenden. Die Soldaten der Fürsten streiften herum und erschlugen erbarmungslos jeden noch Lebenden. In der Nähe des Tores spielte sich eine widerwärtige Szene ab. Ein Landsknecht stand breitbeinig über einem Sterbenden, öffnete seine Schamkugel, holte sein Glied heraus und urinierte vor unseren Augen auf den Mann. Dabei blickte er höhnisch zu uns herauf.

»Kommt doch herunter, hier unten ist es herrlich!«

Ich warf meinen Morgenstern hinunter, doch in der Wut war der Wurf zu ungezielt.

»Warte, ich hole die Armbrust«, sagte der Stadtknecht auf der Mauer neben mir grimmig. »Dem Bruder Veit werde ich es zeigen.« Er lief im Laufschritt zum nächsten Wehrturm. Der Mordbube unten ließ sich nicht beirren. Als er sein Gemächte wieder eingepackt hatte, wandte er sich dem Sterbenden zu, sagte laut und betont langsam: »Ich bring dich um, du Bauernschwein!« Dann zog er einen Dolch und rammte ihn dem Mann in den Hals. Ich fiel auf dem Wehrgang zu Boden und übergab mich.

Als der Stadtknecht mit der gespannten Armbrust zurückkam, war der Frevler schon hohnlachend verschwunden.

Tausende waren gefallen. Am Nachmittag, am Abend und in der Nacht ruhten die Kampfhandlungen. Ich schleppte mich durch die Straßen, die sich merklich geleert hatten, zurück zum Gasthaus und sah nach meinem Pferd. Das arme Tier war ganz verstört von dem Lärm, aber unverletzt. Es rieb seinen Kopf freudig an meiner Schulter.

Man erzählte sich, dass die Stadt nun komplett umstellt war. Selbst im Osten, wo keine Ausfallmöglichkeit bestand, weil es dort gar kein

Stadttor gibt, wie ich erst jetzt erfuhr, hatten die Fürsten ein Truppen-kontingent postiert. Ihr Hauptlager befand sich allerdings im Westen, im sogenannten Wiesengrund, eine halbe Meile von der Stadt entfernt. Von dort waren die Reiter gekommen und hatten ihre grausige Ernte gehalten.

Zum Glück hatte der ›Rote Löwe‹ keinen Treffer abbekommen, und so verbrachte ich die Nacht wieder auf meinem Dachboden. Offenbar gab es in der Nacht keine Kampfhandlungen, auch die Kanonen schwiegen. Ich sank in einen tiefen Schlaf der Erschöpfung.

Am nächsten Morgen setzten die Fürsten die Beschießung fort. Zaghaft wurde von den Wehrtürmen an der Nordmauer, dem Johannisturm, dem Hohen Turm und vom Stadttor Herrnsheimer Pforte das Feuer aus kleinen Geschützen erwidert. Den ganzen Vormittag dauerte das ungleiche Artillerieduell. Das Donnern, Splittern und Krachen nahm kein Ende. Oben an der Stadtmauer, die an die Judengasse grenzte, war angeblich schon eine Bresche in die Mauer geschossen.

Zu viele waren gefallen. Zu kraftlos war der Widerstand.

Um die Mittagsstunde ergab sich die Stadt.

———•———

»Jetzt weiß ich fast nicht mehr weiter«, unterbrach ich meine Erzählung. »Ich habe es dir ja vorhin schon gesagt: Es ist, als ob die Erinnerung an einen Punkt gerät, wo es nicht mehr weitergeht. Alles Folgende scheint wie düsterer Nebel zu sein.«

»Erzähl weiter, was du noch weißt«, sagte Peter. »Ich helfe dir dann schon.«

Peter war keineswegs schockiert von dem, was ich kundgetan hatte. Während mich selbst noch einmal ein Schauder überlief ob der grausigen Erlebnisse, schien Peter nicht überrascht, er wirkte erstaunlich gefasst.

Ich redete weiter, obgleich ich die dunkle Leere kommen fühlte. Was hatte Peter gesagt? »Ich helfe dir schon.«

Was auch immer das heißen mochte – mein Mitgefangener machte einen sehr sicheren Eindruck. Er schien zu wissen, wovon er sprach.

———•———

Am Nachmittag unterwarfen sich der Stadtrat und die Anführer der Bauernhaufen den Fürsten unter Führung des Kurfürsten Ludwig V.

Als alle Waffen der Aufständischen auf einem Feld im Westen der Stadt abgegeben und auf einem großen Haufen gesammelt waren, wurde von einem Landsknechtsoffizier verkündet, dass man alle Nichtpfälzer gegen die Zahlung einer Strafgebühr in ihre Heimat entlassen werde. Fürwahr eine erstaunlich großzügige und milde Entscheidung, die die Fürsten getroffen hatten. Wer also nicht aus der Pfalz stamme, solle sich vor dem Wormser Tor auf dem freien Feld einfinden. Wie viele andere begab ich mich dorthin. Zahlreiche Männer waren verletzt, einige sogar schwer.

Es begann leicht zu regnen. Wir standen herum und warteten auf einen Befehl zum Abmarsch.

Da näherte sich von der Wormser Landstraße her ein Wagen. Er wurde von zwei müden Gäulen gezogen.

Wer darin saß, konnte ich nicht erkennen, wegen des schlechten Wetters hatten die Insassen eine Plane übergezogen.

Traurig rumpelte das Gefährt im Regen langsam näher heran.

Als er unseren Platz erreicht hatte – etwa zehn Klafter von mir entfernt –, öffnete sich die Plane, und zwei Männer kamen heraus. Staunend sahen sie sich um und fragten uns, was hier los sei. Ein paar Wächter wollten sie zurückstoßen. »Weiterfahren, nicht stehen bleiben«, hieß es, die Angekommenen leisteten jedoch nicht Folge.

Dann stiegen zwei weitere Männer aus. Es waren Rab und Ostermann.

Der Wagen war der unserer Rheingauer Gruppe!

Wieder stieg ein Mann aus. Ich vermochte ihn jedoch nicht zu erkennen, weil er mir den Rücken zukehrte und eine Mütze trug. Konnte das Konrad sein? Auf die Entfernung sah ich schlecht, und der Regen verschlechterte zusätzlich die Sicht. Ich ging ein paar Schritte näher, langsam, um die Wächter nicht zu provozieren. Doch schon blickten zwei Landsknechte, die auf einer Trommel Würfel spielten, misstrauisch auf. Der Mann, der ausgestiegen war, hob seinen Arm in Richtung Wagenverschlag, und eine weitere Person stieg aus. Die Würfel fielen auf die Trommel und schlugen einen leisen Wirbel.

Mir blieb das Herz stehen.

Es war Marie.

Meine Marie. Meine Geliebte. Sie nahm die Hand des Mannes, der mir noch immer den Rücken zuwandte, und stieg aus. Am Boden angekommen, umarmte sie den Mann. Der strich ihr liebkosend übers Haar und drehte sich dann um.

Es war nicht mein Bruder Konrad. Es war Kunz Feldmann.

Ich rannte los.

———— ⋆ ————

»An diesem Punkt versagt meine Erinnerung. Der Rest ist verborgen, wie mit einem schwarzen Tuch verhüllt. Ich weiß nicht mehr weiter, Peter.«

»Ich habe dir eins auf die Rübe gegeben.«

X. Locus horroris et vastae solitudinis

Es schauderte mich ob der grausigen Ereignisse, die ich im Prozess des Erinnerns, des Erzählens noch einmal durchlebte. Der Kanonendonner, das tödliche Hauen und Stechen. Die Schreie aus Hunderten Kehlen, das viele Blut. Und Marie in den Armen eines anderen. Ausgerechnet jenes lausigen Kunz Feldmann.

Da merkte ich, dass ich zitterte, und spürte den Drang, mich zu bewegen. Ich stand auf, reckte und streckte mich, schüttelte mich, als wolle ich alles Geschehene abwerfen. Wie ein gefangenes Tier im Käfig lief ich herum.

Doch halt! Was hatte Peter da gesagt?

Als könne er meine Gedanken lesen, wiederholte er: »Hei, ja, ordentlich eins auf die Rübe gegeben. Das war ein saftiger Schlag, so, wie du ihn am liebsten diesem Kunz gegeben hättest.«

»Auf die Rübe? Was? Wieso?«, fragte ich. »Was heißt das?«

»Ich – habe – dich – niedergeschlagen! Das heißt es, du Kuttenkacker!« Peter hatte langsam gesprochen und jedes Wort betont, als spräche er zu einem geistig Gestörten.

»Was soll die Beleidigung?«, fuhr ich auf. In einem Anfall von Zorn ließ ich mich zu Boden fallen und suchte den Dolch, den ich vorhin achtlos ins Stroh geworfen hatte.

»Halt, Bruder«, mahnte mich Peter mit sanfter Stimme. »Nicht so ungestüm.« Er zog aus seinem Ärmel die Waffe und hielt sie mir entgegen. »Du bist doch nicht im Ernst darauf erpicht, den alten Peter umzubringen? Oder?«

»Wieso hast du den Dolch wieder?«, herrschte ich ihn an.

»Vorhin, als du im mitten im Erzählfluss warst, habe ich mich noch mal kurz erleichtert. Man muss sich ja wundern, dass wir immer noch pissen können, wo wir doch nichts mehr zu saufen haben. Hahaha! Auf dem Rückweg habe ich das spitze Nädelchen dann an mich genommen.

Wollte mir mal eben die Fingernägel reinigen, haha! Du hast nichts bemerkt. Vor lauter Bauernschlacht. Vor lauter Marie.« Er machte eine Pause und fuhr dann fort: »Clemens, verzeih mir. Ich wollte dich nicht kränken. Es ist wohl einfach die Dunkelheit und das Eingesperrtsein hier unten, das an den Nerven zerrt. Komm an mein Herz, Bruder *Concaptus*! *Concapte*, meine ich. Vokativ, Vokativ, hei, ja! Ich hoffe, wir sind bald frei. Lange halte ich das auch nicht mehr aus hier unten.« Er gab mir die Hand, zog mich zu sich empor und umarmte mich.

Was war das? Peter, der Mann mit der gewaltigen Lache. Peter, das Großmaul. Peter, der Spötter. Nun zeigte auch er Anzeichen von Nervosität, von Gereiztheit und Beklemmung. Aber auch von Rührung.

Ich erwiderte die Umarmung und murmelte: »Vergib auch du mir, Bruder Mitgefangen. Die Todsünde des Zorns hatte mich kurz in ihren Klauen. Aber ich hätte doch niemals auf dich eingestochen.«

Peter steckte den Dolch wieder in den Ärmel seines weiten, schmutzigen Hemdes.

»Pass auf, dass du dich nicht verletzt«, warnte ich. Ich sah, dass er um das Handgelenk einen Lederriemen gebunden hatte, in den er die Waffe hineingeschoben hatte. Wir streckten uns wieder im Stroh aus.

»Also«, bemerkte ich nach einer Weile resigniert, »wie ich schon gesagt habe: Ich weiß nicht weiter. Ich lief los, als ich Marie und diesen elenden Wicht sah, und dann … Doch du hast etwas von Niederschlagen gesagt? Wie war das? Du hättest mir einen Schlag versetzt?«

»In der Tat«, antwortete er mit Stolz. »Sonst wärest du wohl nicht mehr unter den Lebenden.«

»Also warst du dabei! Du warst mit in Pfeddersheim! In der Schlacht? Mittendrin?«

»Gewiss doch«, lachte er.

Jetzt war mir klar, warum Peter bei meinem Bericht über das Gemetzel so kühl und gelassen geblieben war. Er war mitten im Geschehen gewesen. »Erzähle«, bat ich. Als Peter nichts von sich hören ließ, forderte ich ihn noch einmal auf: »So sprich doch! Machst es ja ganz schön spannend«, gebrauchte ich seine Worte.

»Da siehst du, wie es ist, wenn man auf die Folter gespannt wird«, grinste Peter. »So erging es mir mit deiner Erzählung. Immerzu musste ich dich drängen, wie man ein störrisches Maultier drängt.«

Und dann berichtete er, weshalb er und ich im Kerker von Pfeddersheim schmachteten.

»An dieser Stelle, ehrenwerter Mönch, gestatte, dass ich mich endlich ausführlich vorstelle. Ich bin Peter Wagner aus Alzey. Buchdrucker von Beruf. Ich habe von klein auf bei meinem Vater in der Werkstatt gearbeitet. Wir haben die fünfundneunzig Thesen von Luther gedruckt, du weißt, damals. Was da geschrieben stand, hat mich fasziniert. Dass sich Missstände im Ablasswesen eingeschlichen haben. Dass Ablass, wie er von den marktschreierischen Predigern verkauft wird, den Gläubigen eine falsche Sicherheit gibt und keineswegs vor Strafe und Buße schützt. Dass vielmehr unser ganzes Leben Buße sein soll. ›Wer glaubt, durch einen Ablassbrief seines Heils gewiss sein zu können, wird auf ewig mit seinen Lehrmeistern verdammt werden‹; an diese These erinnere ich mich noch genau. Und: ›Ein jeder Christ, der wahre Reue und Leid empfindet über seine Sünden, hat die völlige Vergebung von Strafe und Schuld auch ohne Ablass allein durch die Gnade Gottes.‹ Und so weiter, ich will nicht ins Detail gehen. Mit goldenen Lettern hätte man solche Sätze an alle Kirchturmspitzen nageln sollen! Als es dann hieß, dass der Luther nach Worms zum Reichstag vorgeladen wird, das war vor vier Jahren, bin ich wie zahlreiche andere hingegangen. Viele waren dort und haben ihn gehört: Bauern, Bäcker, Fischer, Bader, Juristen, Ratsherren, Mägde, Drucker – Klein und Groß, Alt und Jung, Herrschaft und Dienstvolk. Wir haben Luther predigen gehört und ihm zugejubelt. Seine Worte waren klug und einfach und überzeugten alle. Aber das weißt du ja schon. Auch dass ich in Wittenberg beim Luther die Heilige Schrift studiert habe, habe ich das schon erzählt? – Ja? Was soll ich? Zur Sache kommen? Gemach, gemach.

Nach meinem Studium bin ich zurückgekehrt nach Alzey, habe ein liebes Weib gefunden und bin mit ihr den heiligen Bund eingegangen. Im Herzen überzeugt von den Gedanken Luthers, bin ich ein Prediger der guten evangelischen Lehre geworden. Aber eigentlich mehr nebenher, denn hauptsächlich arbeitete ich in meinem alten Beruf. Dank sei der ›schwarzen Kunst‹, denn nur durch sie konnten sich die wichtigen Gedanken des Wittenbergers verbreiten. Nun, also, dann kam es so: Vor vier Wochen sollte endlich … unser Kind auf die Welt kommen.«

Peter machte eine Pause und zog geräuschvoll den Rotz hoch.

Ahnend, worauf es hinauslief, rückte ich näher an ihn heran und legte ihm eine Hand auf die Schulter.

»Danke, Freund«, sagte er, strich sich den Spitzbart und wischte sich über die stoppligen Wangen. »Viele Tage lang fühlte sich meine Frau schon nicht wohl. Sie meinte, sie könne keine Bewegungen mehr im Leib spüren. Als die Hebamme das Kind dann holte … nun ja, es war … tot. Die Leibesfrucht hat wohl auch den Organismus der Mutter vergiftet. Kurzum, meine liebe Frau ist nur einen Tag später gestorben.«

Ich wusste nicht, was ich erwidern sollte. Aber dass ich etwas sagen musste, war klar.

»Deine Frau, wie hat sie geheißen?«

»Elisabeth«, seufzte Peter und weinte nun hemmungslos.

Ich nahm seine Hand. Peter – dieser lustige Kerl, der mich mit seinem frechen Maul hier unten im Kerker bisweilen provoziert, jedoch zumeist bei Laune gehalten hatte, er, der Schwätzer und Sprücheklopfer, hatte einen schmerzlichen Verlust erlebt, wie er niemandem zu wünschen ist. War nun die Fröhlichkeit seine wahre Natur – oder versuchte er damit, die immense Trauer zu bewältigen?

»Ich war voller Verzweiflung!«, sagte Peter, wieder etwas gefasster. »Ich bin es noch. Manchmal beneide ich tatsächlich euch Altgläubige, die ihr meint, für die Verstorbenen Ablass kaufen zu können. Wenn ich nur die Gewissheit hätte, dass meine Frau … dass es ihr gut geht im … da drüben. Es hat schon etwas für sich, wenn man weiß, dass man durch Ablassbriefe seinen Lieben, die von uns gegangen sind, noch etwas Gutes tun kann. Aber objektiv betrachtet, hat der Luther natürlich Recht. Unsinn ist das. Das hat er ja auch in seinen Thesen gegen den Ablass mit guten Gründen zurückgewiesen, damals, als er den Stein ins Rollen gebracht hat, wann war das eigentlich genau, vor sechs, sieben Jahren – oder noch früher?«

»1517 war es, im Herbst, damals fing es an.«

»Ja, damals fing es an mit Luther und mit der neuen, der evangelischen Lehre.« Peter blickte versonnen zu Boden.

»Willst du nicht weitererzählen mit deiner, mit unserer Geschichte?«, bat ich.

»Ja, gewiss. Aber lass mich noch einen Augenblick bei Luther bleiben. Wie du weißt, gab und gibt es im Zuge der neuen Bewegung allüberall Feuerköpfe, die der eigentlich guten Sache mit Faust und Feuer zur

Durchsetzung verhelfen wollen. Luthers eigene Freunde haben sich von ihm abgewandt, haben seine Ideen in Gewalt verkehrt und alle Bilder aus den Kirchen hinausgeworfen, zerstört und verbrannt. Das Ganze passierte, als Luther sich einige Monate lang zurückgezogen hatte. Dann kam der Müntzer in Thüringen und Sachsen. Du selbst hast es erzählt; dein Mitbruder aus Volkenroda hat es erlebt. In ganz Deutschland kennt man seine Schriften – auch ich habe sie gedruckt – und seinen erbitterten Hass gegen die großen Hansen, die ihr Leben mit tierischem Fressen und Saufen auf Kosten des kleinen Mannes führen. Die gelte es zu zerschmettern. Wie Tonkrüge sollten sie am Boden zerschellen.«

»Aber Luther hat die Waffen geschmiedet, die andere dann zum Zwecke der Zerstörung in die Hände genommen haben«, gab ich zu bedenken.

»Du irrst«, widersprach Peter scharf. »Luther war immer gegen gewaltsamen Umsturz. Er sagt, man muss der Obrigkeit stets Respekt schulden und gehorsam sein. Ein wahrer Christ muss in jedem Fall alles erdulden wie unser Herr Jesus Christus und greift nicht zum Schwert.«

Ich erinnerte mich an eine Szene im Gasthaus zu Pfeddersheim, als die Zecher ihre Wut über den Wittenberger geäußert hatten. »Hat er das in seiner Schrift *Wider die mörderischen und räuberischen Rotten der Bauern* gesagt?«, fragte ich.

»Ja, darin hat er es geschrieben, aber auch schon früher immer wieder gepredigt. Damals, als ich in Wittenberg war, war das bereits seine feste Überzeugung. Dem Thomas Müntzer und seinen Spießgesellen hat das natürlich nicht gepasst, die wollten das Reich Gottes hier auf Erden durchsetzen, und so sind aus Weggenossen bald erbitterte Gegner geworden. Was sage ich, Gegner? Todfeinde! Müntzer spottete über das sanft lebende Fleisch zu Wittenberg, den gottlosen Schelm und Vater Leisetritt, den stinkenden Atem teuflischer Schriftgelehrter, und der Luther wetterte über den verfluchten, vom Satan angestifteten Unruheschürer.«

»Aber was hat das alles mit Pfeddersheim und unserer Lage zu tun?«

»Hei, der Mönch ist wie immer ungeduldig!« Peter verfiel wieder in seine donnernde Lache, was mich nach den ernsten Ausführungen mit Erleichterung erfüllte.

»Sehr viel hat es damit zu tun. Wie du schon gehört hast, teurer Bruder, bin ich ein Anhänger von Martin Luther und seiner Lehre. Ich bin im Grunde auch gegen Gewalt.«

»Gegen Gewalt, ha! ›Ich schneid' dem Cerberus die Gurgel durch‹, sagte mal jemand!«

Peter lachte, diesmal bitter. »Man redet so manches, besonders wenn man verzweifelt ist. Glaubst du im Ernst, ich hätte einem der beiden Wächter Gewalt antun können? Allenfalls hätte ich die Waffe zur Drohung benutzt, damit man das Schloss aufschließt. Ich bin kein Mörder.«

»Aber«, fuhr er nach einer langen Pause fort, »damals, vor drei Wochen, als meine Frau und mein ungeborenes Kind sterben mussten, da war ich von Sinnen. Als die beiden beerdigt waren, habe ich mich betrunken. Ein paar Tage später ließ ich alles stehen und liegen und lief einfach los. Ich wusste erst nicht, wohin. Ich steckte mein gespartes Geld ein und verließ Alzey durchs Südtor, ohne Ziel. Ich ging einfach nur die Landstraße weiter. Ich weiß nicht genau, irgendwann hatte ich in Wittenberg auch mal von der sogenannten Neuen Welt gehört, die irgendwo im Westen hinterm weiten Meer liegen soll. Ich glaube, dieser Gedanke schwirrte mir vage im Kopf herum wie Fliegen um den Honig. Einen Seehafen aufsuchen wie Hamburg oder gleich noch weiter westlich, Antwerpen oder Brest … Doch schon nach ein paar Meilen traf ich eine Gruppe Bauern aus der Gegend von Wörrstadt, ein halbes Dutzend, die ebenfalls Richtung Süden marschierten. ›Komm, schließ dich uns an, Geselle‹, schlugen sie vor. Sie gaben mir zu essen und zu trinken, und wir schlossen Freundschaft. Was sie im Sinn hatten, merkte ich wohl: Sie waren auf dem Weg in den Kampf. Es hieß, in Pfeddersheim bei Worms stehe eine große Schlacht an. Ich blieb bei ihnen, indem ich mich selbst belog: Ich habe einen Oheim, der in Pfeddersheim wohnt und den ich lange nicht gesehen hatte. Ich gab vor, ihn besuchen zu wollen. Doch in Wirklichkeit war es so, dass mich die Schlacht anzog und mit Faszination erfüllte. Die Erregung ließ Kummer und Gram zwar nicht verschwinden, aber doch deutlich in den Hintergrund treten. So kamen wir vier Tage vor Johannis in Pfeddersheim an. Ich wusste nicht, wie es weitergehen sollte, ich glaube, es war mir ganz recht, zu kämpfen und unterzugehen. Ja, ich suchte den Tod. Ich war verwirrt. Ich wollte niemanden töten, vielmehr wollte ich selbst sterben. Mein Oheim wohnt im Osten der Stadt nahe der Zehntscheune, und da quartierten wir uns ein, die ganze Gruppe.

Doch als es endlich losging, als die Geschütze aufbrüllten und die ersten Kugeln einschlugen, da rutschte mir das Herz in die Hose. Während die Kameraden losstürmten, war mir zumute wie einem ängstlichen Rotkehlchen. Ich machte mich davon und versteckte mich in einem Schuppen. Ja, so war das. Die Feigheit hat gesiegt. Aber auch die Friedfertigkeit.«

»Und dann?«, forschte ich, als er erneut abbrach und das Gesicht in den Händen verbarg. Ich war noch immer überrascht: Peter, mein fröhlicher, lauter Mitgefangener, das Großmaul, war ein Mensch mit Gefühlen, mit Trauer und Angst.

»Als der Spuk am nächsten Tag vorbei war und die Stadt sich ergeben hatte, wurde befohlen, dass sich alle, die nicht aus der Gegend waren, vor dem Wormser Tor versammeln sollten. Gegen Zahlung eines Geldbetrags sollten sie – sollten wir – wieder in die Heimat entlassen werden. Aber auch das weißt du ja selbst. Nun, wir standen so da, steif wie die Rebstöcke, hei, und es fing an zu regnen. Mönch Clemens stand da und wurde nass, und ein paar Schritte hinter ihm, nur durch zwei, drei Männer getrennt, stand der gute Peter Wagner. Ja, Clemens, du bist mir aufgefallen. Vielleicht war es deine Haltung, dein jammervoller Blick. Du wirktest nicht wie ein Bauer. Schon gar nicht wie ein Kämpfer. Vielleicht habe ich gespürt, dass du genauso verloren warst auf dieser Walstatt wie ich. Dann wurde ich aber vollends aufmerksam, als sich der Wagen näherte. Es war, als hätte dich ein Blitz getroffen. Mit einem Mal kam Spannung in deinen Körper, und in dem Nieselregen traten dir die Augen wohl einen Zoll weit aus dem Kopf. Hahaha! Wie ein Frosch hast du ausgesehen! Also, du hast mein Interesse geweckt.«

»Und dann?«, hakte ich wieder nach.

»Du setztest dich in Bewegung, als die wunderschöne, dunkelhaarige Frau ausstieg, dann diesem Lumpen die Hand gab und ihn umarmte. Schon vorher haben die Landsknechte recht nervös zu dir hingeschaut, und als du dann losranntest wie von Furien gehetzt, standen einige der Bewacher auf und griffen zu ihren Waffen. Ich, nicht faul, sprang ebenfalls hurtig auf wie ein Hase – zuvor habe ich noch einen Ast gepackt, der da auf dem Boden lag. Als ich dich erreichte, griff ich dich beim Kragen und riss dich zurück. Die Mütze fiel zu Boden; dabei kam deine stoppelige Tonsur zum Vorschein und bildete eine hübsche Zielscheibe für meinen Ast. So habe ich dir eins draufgegeben. Hart und trocken über die Rübe. Hei, da ging der verliebte Mönch zu Boden und verlor das Bewusstsein.«

So war das also. Das erklärte, warum ich eine Blutkruste am Hinterkopf hatte und warum meine Erinnerung an einem bestimmten Punkt abbrach.

»Ich bin dir dankbar«, sagte ich. »Glaubst du, die Söldner hätten mich sonst niedergestochen?«

»Ganz gewiss. Ein Feldwebel war auf dich aufmerksam geworden und hatte schon die Hand am Schwertknauf. Als ich dich dann zu Boden geschlagen hatte, gab er einigen Soldaten einen Wink, uns festzunehmen. Sie bahnten sich ihren Weg durch die Wartenden und ergriffen mich. Was hier los sei, brüllten sie mich an. Ob wir den Verstand verloren hätten, ich und mein Geselle. Was der Kerl hier überhaupt loszurennen hätte und wieso ich auf ihn eingeschlagen. Sie rissen mich zu Boden und legten mir Handfesseln an. Ich wollte ihnen erklären, dass ich nur für Ruhe hatte sorgen wollen, kam aber nicht zu Wort. Zwei packten mich hart, nahmen mich in die Mitte. Einer holte aus und gab mir tüchtig eins aufs Maul, daher die Zahnlücke, Mist, tut immer noch weh. Zwei andere hoben dich auf. So wurden wir in die Stadt gebracht. Im Zurückschauen sah ich noch, dass draußen vor dem Tor eine Bewegung unter der Masse entstand. Eine Trommel wurde geschlagen und immer mehr Kriegsleute eilten im Laufschritt herbei, mehr kann ich nicht sagen. Uns beide hat man jedenfalls ohne viel Federlesens in den Kerker des Rathauses geworfen. *Sic sumus hic. Hic sumus sic.* Aber ohne Schluckauf. Hahaha, hihi, hahaha!«

Wieder sah ich im Halbdunkel Tränen auf seinen Wangen blinken, diesmal vor Lachen. Doch ist es nicht so, dass manchmal Lachen und Trauer nahe beieinander sind? Dass ein wildes, unkontrolliertes Lachen oft sogar ein Ausdruck von Schmerz und Kummer ist?

»Sag mal«, knüpfte ich nach einer Weile an, »hast du eigentlich eine Zeitvorstellung? Wie lange sind wir denn jetzt schon hier unten? Und hast du bemerkt, dass schon lange kein Wächter mehr gekommen ist?«

»Hast Recht. Die wollen uns doch wohl hier nicht verschmachten lassen! Soll ich mal an die Tür pochen?«

»Lieber nicht. Das könnte sie gegen uns aufbringen. So allmählich habe ich aber wirklich Hunger und Durst. Wenn uns die Ratten nicht die Hälfte weggefressen hätten …«

»Wir können ja versuchen, eines von den geschwänzten Tierchen zu jagen und dann roh zu essen. Heda, wo seid ihr denn, ihr kleinen Nager?

Nein? Aber besser, sie fressen unser Brot als unsere Zehen an. Wenn die Ratten dich benagen, hüte dich vor vollem Magen!«

Wieder eine schallende Lache, von der ich mich diesmal anstecken ließ, dann kam Peter ernst auf meine Frage zurück: »Wie lange sind wir hier unten? Vielleicht drei Tage? Hier unten verliert man ja das Zeitgefühl. Wir beide sind hier zusammen reingeworfen worden und du warst etwa einen halben Tag bewusstlos. Vielleicht auch mehr, zwanzig Stunden? Jetzt sind wir zwei arme Hunde, die ihre Frauen verloren haben. Ich mein Eheweib für immer und du dein Liebchen – auch für immer, wie es aussieht. Wie soll es denn nun mit dir weitergehen? Wenn du jemals hier rauskommst, was wirst du tun? Wirst du dir Kunz vorknöpfen und versuchen, ihm Marie abzujagen? Oder wirst du als reumütiger Sünder nach Eberbach zurückkehren, Abt und Konvent um Vergebung bitten? Was passiert dann mit dir? Was machen sie mit dir? Vielleicht habt ihr auch einen Kerker im Kloster, in den sie dich stecken?«

»Es gibt einen Kerker. Aber was soll das? Ich komme ja doch nicht …«

»Haha, du hast ja bereits Erfahrung mit Gefangenschaft. Dann wird dir dort die Zeit nicht schwer.«

»Peter, ich weiß nicht, was passieren wird. Das liegt in Gottes Hand. Es sieht nicht gerade so aus, als würden wir hier herauskommen.«

»Aber noch besser schließt du dich der evangelischen Lehre an. Die Möncherei hat keine Zukunft. Was sage ich? Die ganze römische Kirche, dieses Sündenbabel, hat keine Zukunft. Der Papstesel in Rom und seine roten Hüte – das alles wird morgen weggefegt sein. Dann gilt nur noch Christus und die Heilige Schrift und die Gnade.«

»Ich habe es doch schon gesagt, ich halte nichts davon, wenn jeder gemeine Mann die Heilige Schrift lesen kann. Was soll daran gut sein?«

»Dass jedermann die befreiende Wahrheit lesen kann, das Evangelium von Christus Jesus! Ihr Altgläubigen meint, euch die Huld Gottes durch gute Werke und durch Geld verdienen zu können. Der Luther hat's gezeigt anhand einer Aussage aus dem Neuen Testament, im Kapitel 1 des Briefs an die Römer. Da ist ihm dank des Heiligen Geistes die rechte Auslegung, das wahre Verständnis eines bestimmten Satzes gekommen, und mit einem Mal war ihm klar, was er bedeutet. Nämlich nichts anderes, als dass wir Menschen durch Glauben gerecht werden. Das heißt, die Gerechtigkeit Gottes wird dem Menschen geschenkt. *Geschenkt*, verstehst du, Clemens, du ehemaliger Mönch? Und der Christenmensch nimmt dieses

Geschenk an allein im Glauben. Vergiss eure frommen Bußübungen, euer Chorgebet, vergiss auch die Fürbitte der Heiligen! Übrigens heißt es, ha-haha, das nur am Rande, dass dem Luther diese Offenbarung auf dem Scheißhaus zuteil wurde. Aber ich glaube, das ist nur ein Gerücht.«

»Auf dem Scheißhaus also? Jetzt wundert mich nichts mehr«, spottete ich.

»Ja, lächle nur. Überheblicher Mönch! Ich sage dir noch ein anderes Beispiel. Lukas 15. Nun?«

»Ein Gleichnis?«

»Das Gleichnis vom verlorenen Sohn, genau. Der Luther hat oft davon gesprochen, dass das eine der wichtigsten Stellen in der Schrift sei. Lies es dir noch mal durch, falls du hier herauskommst. Denk dabei an deinen verlorenen Bruder, vielleicht verstehst du dann besser, wie Gott ist und wie er handelt!«

Ich schluckte. Peter sprach noch weiter, aber ich war plötzlich in Gedanken. Konrad: Was war wohl aus ihm geworden? War er doch noch bei der Rheingauer Gruppe gewesen, hatte er noch im Wagen gesessen? Würde ich meinen Bruder jemals wiedersehen?

In diesem Augenblick hörten wir ein metallisches Knacken. Ein Schlüssel wurde in die Kerkertür gesteckt und Kuno, der unangenehmere der beiden Wärter, mit dem ich schon nach meinem Aufwachen Bekanntschaft gemacht hatte, trat ein. In der Linken hielt er eine rußende Fackel, die Rechte hatte er am Knauf seines im Gürtel steckenden Schwertes.

»Heiliger Cerberus!«, rief Peter mit gespielter Demut und fiel auf die Knie. »Hast du unser doch nicht vergessen, o mächtiger Herr der Schlüssel? Was ist dein Begehr?«

»Halt's Maul«, quäkte Kuno mürrisch mit seiner hohen, öligen Stimme. Er trat näher und blickte uns an. Dann versetzte er Peter einen Fußtritt. Gequält verstummte der Getretene. »Ein Gestank hier unten! Und deine Sprüche vergiften die Luft noch mehr! Wenn du nicht schweigst, Bauernschandmaul, dann überlege ich es mir noch mal, ob ich dich wirklich freilasse.«

Ich traute meinen Ohren nicht. Peter sollte freigelassen werden?

Da hörte ich wieder Schritte von draußen. Stenz, der zweite Wärter, betrat den Kerker, er war ausgerüstet mit einer Laterne und einer Hellebarde. Über die Schulter trug er eine gefüllte sackleinene Tasche.

»Gibt's Schwierigkeiten?«, fragte er seinen Kollegen.

»Das Bauernschwein hat ein freches Maul«, entgegnete jener. »Muss mir mal überlegen, ob wir ihn hier nicht noch ein paar Tage schmoren lassen.«

Stenz trat näher, warf mir einen mitleidigen Blick zu; dabei bemerkte ich, dass er nicht wenig schielte. Er stellte seine Hellebarde an die Kerkermauer. Dann nahm er seine Tasche von der Schulter und schüttete sie vor mir aus. »Hier, Kerl«, sagte er nicht unfreundlich. Aus der Tasche purzelten ein kleiner Laib Brot, ein übel riechendes Stück Weichkäse und ein paar alte Walnüsse.

»Den Kleinen, Hageren können wir rauslassen«, sagte er halb zu mir, halb zu Kuno. »Du dagegen musst noch ein wenig bleiben.«

»Hei, *jubilate!* Der alte Peter kommt frei!«, rief mein Mitgefangener. »Aber wieso denn?«

»Sei doch froh und frag nicht so blöd!«, wies ihn Kuno zurecht.

»Der Kerzenzieher Michael Wagner, dein Oheim, bei dem du gewohnt hast, hat für dich gebürgt. Außerdem ist er bei einem Leutnant der Landsknechte vorstellig geworden. Der hat wohl beobachtet, dass du nichts zu dem Aufruhr vor dem Tor beigetragen hast, sondern eher den Tumult verhindern wolltest, indem du deinen Kameraden da«, er wies auf mich, »niedergeschlagen hast. Aufgrund dieser Beobachtung und nach Zahlung einer gewissen Geldsumme kommst du frei. Aber leider hat deine Tat nichts genützt und das Hauen und Stechen ging weiter.«

»Hauen und Stechen?«, wollte ich wissen. »Wovon redest du? Was für ein Tumult? Die Schlacht war schon vorbei. Pfeddersheim und die Bauern waren doch längst besiegt.«

»Eben nicht«, belehrte mich Stenz. »Das habe ich dir doch schon gesagt, dass Unruhe in die Gruppe der zum Abmarsch bereiten Nichtpfälzer kam. Ausgelöst wahrscheinlich durch dein ungestümes Losrennen! Deswegen bleibst du auch noch hier. Eine große Gruppe ließ sich anstecken, wollte fliehen und die Landsknechte griffen ein. Kurzum: Ein paar Hundert wurden niedergemacht.«

Um Gottes willen, dann hatte die Schlacht also noch ein Nachspiel gehabt. Noch mehr Menschen mussten sterben. Und ich sollte schuld sein? Doch ich hatte keine Zeit nachzudenken, denn schon meldete sich Peter laut zu Wort.

»Wärter, du redest Stroh! Das kann mein Gefährte doch gar nicht wissen«, wandte er ein, »das hast du mir erzählt, als Clemens noch im Reich der Träume war.«

»Pass nur auf, du kecke Elster«, mahnte Stenz ernst und drohte mit dem Finger. »Besser du schließt deinen vorlauten Schnatterschnabel mal für eine Weile zu, sonst könnte ich wirklich auf meinen Kollegen hier hören und dich auch noch eine Weile behalten.«

»Bauernschandmaul!«, fügte Kuno zischend hinzu.

»Mit Verlaub, werte Herren, Druckerschandmaul, wenn schon«, korrigierte Peter frech. »Druckerschandmaul oder auch gerne Predigerschandmaul.«

Ich warf ihm einen warnenden Blick zu und legte den Zeigefinger auf die Lippen. Mit Erfolg, denn Peter sagte nichts mehr. Durch eine Handbewegung forderte Stenz Peter auf, sich zu erheben, und der leistete stumm Folge. Die beiden Wärter nahmen ihn in die Mitte und gingen Richtung Tür.

»He!«, rief ich laut. Die Angst, allein bleiben zu müssen, schnürte mir den Hals zu. »Ich habe nichts mit dem Tumult zu schaffen. Mit der ganzen Schlacht hier habe ich nichts zu schaffen!«

»Ach ja?«, fragte Kuno hämisch und rasselte mit seinem Schlüsselbund. »Das behaupten alle Aufrührer und Verräter.«

»Ich bin kein Aufrührer und schon gar kein Verräter. Ich bin ein Mönch aus dem Kloster Eberbach im Rheingau! Schickt einen Boten zum Kloster, der Abt bürgt für mich!«, rief ich verzweifelt und wusste zugleich, dass meine Worte keinen Erfolg haben würden. Die beiden Wärter lachten hell auf.

»Ein Mönch, ja?«, grinste Kuno.

»Das stimmt«, mischte sich Peter ein. »Er hat mir seine Geschichte erzählt. Er ist Bruder Clemens aus Eberbach, Infirmarius im Kloster, das ist der Bruder, der für die Kranken …«

Stenz hob die Hand. »Vorsicht«, mahnte er leise, aber eindringlich. »Habe ich dir nicht vorhin etwas gesagt? Also halte dich daran. Oder bist du erpicht darauf, hier unten zu verfaulen?«

Peter verstummte. Kuno hob seinen Schlüsselring empor und zeigte ihn mir theatralisch. Dann rasselte er noch einmal und hob den Bund auf Augenhöhe. Durch den Ring hindurch blickte er mich spöttisch an und streckte mir die Zunge heraus. Dann traten sie den Rückweg an.

Kuno und Stenz waren schon draußen. Peter blickte noch einmal zurück und zuckte hilflos mit den Schultern. »Lebe wohl, Freund«, sagte er traurig. »Ich fürchte, ich kann nichts mehr für dich tun.«

Ich fiel zu Boden, völlig niedergeschlagen. Hoffnungslosigkeit breitete sich in meinem Kopf und meinem Körper aus wie Eiseskälte. Peter schickte sich an zu gehen.

Doch bevor die Tür sich hinter ihm schloss, rief er mit lauter Stimme den Wärtern zu: »Halt! Gewährt mir eine letzte Abschiedsgeste!« Er stürmte wieder in die Zelle, zog mich empor und umarmte mich herzlich. »Greif zu«, raunte er mir ins Ohr und fuhr dann mit lauter Stimme fort: »Lebe wohl, Freund! Gott schütze dich!«

Da die beiden Wärter mit ihren Lichtquellen schon außerhalb der Zelle waren, konnten sie nicht sehen, was Peter machte. Er packte meine Hand und schob mir einen Gegenstand zu. Es war der Dolch. Ich griff zu – und wusste in diesem Augenblick nicht, wohin damit. Ängstlich blickte ich nach den Wärtern, doch sie unterhielten sich draußen halblaut und schienen keinen Verdacht zu hegen. So ergriff ich die Stichwaffe und steckte sie mir seitlich in den Hosenbund.

Dann war ich allein.

Mauern, Kälte, Dunkelheit.

Mauern, Kälte, Dunkelheit – und niemand, mit dem ich reden konnte. Ich weinte wohl eine Stunde lang in mich hinein. Dann aß ich von dem Brot und den Nüssen. Mit den leeren Nussschalen zielte ich auf das Fenster oben, doch die Holzstückchen flogen nicht gut. Ich begann zu überlegen, was ich anstellen sollte. Ich betete.

Die Nacht brach herein, das konnte ich an dem schwächer werdenden Lichtschein oben am Fensterkreuz ausmachen. Aus Einsamkeit begann ich mit den Ratten zu reden, die ich herumhuschen hörte. Dann nahm ich den Dolch zur Hand, fuhr die Rillen und die scharfe Doppelklinge entlang. Ich stellte ihn senkrecht auf den Boden. Mit der Spitze nach unten, den Zeigefinger oben am Knauf. Mit dem Knauf nach unten, den Finger an der Spitze. Ich brachte den Dolch zur Rotation, ließ ihn Pirouetten drehen. Ich nahm die Spitze in die Hand und ließ ihn hopsen. Ich liebkoste ihn und begann mit ihm zu sprechen. Ich nannte ihn Peter, bat ihn, etwas zu sagen, fragte, was er vorhatte mit mir.

Kein Zweifel, ich verlor allmählich den Verstand.

Irgendwann am nächsten Tag beschloss ich zu handeln. Am Nachmittag aß ich den Rest vom Brot; ich hatte es bei Nacht unter meinem Gewand verborgen, der Nagetiere wegen. Dann packte ich den Dolch und trat auf die Kerkertür zu. Mit der flachen Hand haute ich wild gegen das Holz. Von draußen hörte ich den dumpfen Widerhall meiner Schläge. Es geschah nichts, auch nicht, als ich laut rief. »He!«, brüllte ich und immer wieder »Heda! Hört mich jemand? Wächter! Ich habe euch etwas zu sagen! Es ist wichtig! Heda! Hört mich an!«

Ich schrie, ich schlug gegen die Tür. Dann merkte ich, dass ich mehr Lärm machen konnte, wenn ich mit dem Knauf des Dolches gegen die Tür hämmerte. Ich glaube, ich versuchte es wohl eine halbe Stunde lang. Dann hörte ich etwas. Waren das Schritte da draußen? Oder waren es die Ratten? Oder meine knurrenden, vor Hunger und Nervosität verkrampften Eingeweide?

Es waren Schritte.

»Was ist los da drin?«, rief Stenz von draußen.

Mir klopfte das Herz. »Wärter«, rief ich, »höre mich an, ich habe dir etwas zu sagen!«

»Sprich!«, entgegnete er durch die geschlossene Tür.

»Kannst du nicht aufschließen?«

»Du kannst sprechen, ich verstehe alles. Dazu brauche ich nicht zu öffnen.«

»Ich bitte dich, Stenz«, versuchte ich es, »ich habe schon fast keine Stimme mehr. Ich brülle schon seit geraumer Zeit.«

»Das kommt mir wie eine Falle vor. Ich will ein Türke sein, wenn du nicht etwas ausheckst, du falscher Mönch.«

»Was fürchtest du von einem geschwächten Gefangenen?«, gab ich zurück. »Du bist doch bewaffnet.«

»Was hast du denn für Informationen für mich?«

»Ich kann dir und den hohen Herren sagen, wo hier in Pfeddersheim noch Aufrührer sind«, log ich.

Offenbar hatte ich seine Neugier geweckt, denn kurz darauf erklang das mir inzwischen vertraute metallische Scheppern des Schlüsselbundes. Rasch huschte ich an die Mauer, wo die Tür gleich aufschwingen würde.

Der Schlüssel drehte sich im Schloss. Stenz trat im Halbdunkel ein, offenbar hatte er kein Licht bei sich. Das kam meinem Vorhaben entgegen.

Wenn ich daran zurückdenke, was jetzt geschah, bin ich selbst überrascht. Denn ich agierte wie ein geübter Kämpfer oder professioneller Halsabschneider. Aber hatte ich eine andere Wahl?

Ich packte den überraschten Stenz, der in der Dunkelheit nach mir Ausschau hielt, von hinten hart an den Haaren und hielt ihm die Spitze meines Dolches an die Kehle. Es kam mir entgegen, dass er einen Kopf kleiner war als ich.

»Keinen Laut, Wächter«, befahl ich mit erstaunlich fester Stimme. »Sonst fahren dir zwei Zoll Stahl in den Hals!«

Stenz ließ ein hilfloses Gurgeln hören und hörte auf der Stelle auf, sich zu bewegen.

»Finger weg vom Schwertgriff!«, zischte ich ihm zu. Er ließ die Hand langsam sinken. Ich zog mit der Linken sein Schwert aus der Scheide und klemmte es mir umständlich unter die Achsel; mit der Rechten bedrohte ich weiter seinen Hals.

»Und jetzt gib mir den Schlüsselbund!«, befahl ich.

»Was hast du vor? Was …«, stieß er mit knarrender Stimme hervor und reichte mir den Bund nach hinten, ohne sich umzudrehen.

»Welcher Schlüssel ist der richtige?«, schnitt ich seine Rede ab.

»Für diese Tür? Der ganz außen.«

Ich hob den Fuß und gab ihm einen Tritt in den Hintern, sodass er ein paar Schritte in die Zelle hineinstolperte und hinfiel.

»Liegen bleiben«, befahl ich. »Dass du es weißt, Stenz, du warst ein anständiger Kerl und hast uns gut behandelt. Aber nun muss ich dich leider einschließen. Und außerdem merke dir: Ich bin wirklich ein Zisterzienser. Sei froh, dass ich einer bin, denn sonst würde ich dich vielleicht für immer zum Verstummen bringen. Sieh hier meine Tonsur – beziehungsweise die Reste davon.«

Ich trat zurück, machte die Kerkertür leise zu und steckte den linken äußeren Schlüssel ins Schloss. Er ließ sich hineinschieben, aber nicht drehen. Dann probierte ich den Schlüssel rechts außen. Erleichtert merkte ich, wie er griff und im Inneren des Schlosses etwas in Bewegung setzte.

Tief atmete ich durch. Mit dem Ohr horchte ich an der Tür, doch Stenz gab keinen Laut. Das Schwert legte ich zu Boden und steckte den Dolch wieder in den Hosenbund. Auch den Schlüsselring hängte ich mir an den Unterarm, für den Fall, dass es noch weitere Türen zu öffnen gab. Vor mir lag ein langer gemauerter Gang, der in etwa fünf Klaftern

Entfernung endete und, soweit ich sehen konnte, nach links abbog. Von dort kam schwacher Lichtschein. Ich ging den Gang leise entlang und spähte vorsichtig um die Ecke. Dort hing auf beiden Seiten etwa mannshoch je eine Laterne an einem Haken. Zum Glück war kein Mensch zu sehen.

Ich schritt voran. Links befand sich eine Tür, angelehnt, aber nicht verschlossen, hinter der ich ein Schnarchen hörte. Wahrscheinlich eine Wachstube. Es war wohl Kuno, der sich ein Nickerchen gönnte. Leise schlich ich vorbei und gelangte am Ende des Weges an eine Wendeltreppe, die mich nach oben führte. Hier war es ganz dunkel. Vielleicht hätte ich mir doch eine Laterne greifen sollen. Doch dann hätte ich auch leicht entdeckt werden können. Oben versperrte mir eine Tür den Weg. Ich musste drei Schlüssel ausprobieren, bis ich den richtigen hatte.

Mir klopfte das Herz im Hals. Würgte mich. Was würde mich draußen erwarten? Ich öffnete die Tür, deren Angeln zum Glück gut gefettet waren. Fast geräuschlos schwang sie auf, und ich befand mich in einer kleinen Stube im Erdgeschoss des Rathauses. Das Glück blieb mir treu: Es war niemand anwesend, denn draußen stand die Abenddämmerung am Himmel. Die Sonne musste schon vor einer Stunde untergegangen sein.

Und jetzt? Ich hatte mich mit Gewalt befreit, verfügte jedoch über keinen Plan, wie es weitergehen sollte. Der Herr in seiner unendlichen Güte hatte es so eingerichtet, dass mich niemand aufhielt. Offenbar verhielt sich Stenz, der nun an meiner Stelle im Kerker saß, weiterhin ruhig. Braver Mann. Gute Bedingungen. Ich öffnete eines der Butzenfenster und setzte mich auf die Fensterbank. Draußen war niemand zu sehen. Tief einatmend genoss ich die frische Luft.

Da! Von irgendwo erklang die Stimme des Nachtwächters. Der Schenkel-Hans! Er konnte, ja musste meine Rettung sein. Ich ließ Schwert und Schlüssel zurück und schwang mich aus dem Fenster. Mit einem kleinen Sprung landete ich im Straßendreck. Der Singsang des Nachtwächters entfernte sich. Ich versuchte, die Richtung auszumachen, als sich über mir ein Fenster am Nachbarhaus öffnete. Soweit ich erkennen konnte, war es ein alter Mann mit einem Gefäß in der Hand. Neben mir platschte etwas auf der Straße, Flüssigkeit spritzte auf meine Hosen. Ein ausgeleerter Nachttopf!

»Kannst du nicht rufen, Kerl?«, zischte ich nach oben. Verhaltenes

Gelächter erklang, traf mich nach dem Guss Urin wie ein Schwall Hohn. Dann ging ich die Straße hinunter in Richtung Stadtmitte. Von dort, glaubte ich, war der Gesang gekommen. Plötzlich hörte ich den Marschtritt harter Stiefel von rechts, aus der Richtung des Westtores. Bewaffnete durchstreiften die Stadt! Es mussten kleine Abordnungen von Landsknechten sein, die die Ordnung aufrechterhalten, vielleicht auch nach versteckten Aufständischen suchen sollten. So drückte ich mich hinter ein Regenfass und wartete, bis die Streife vorbei war. Ich musste vorsichtiger sein. Wie leicht hätten sie mich ergreifen können! Hier war jeder verdächtig, der bei Nacht herumschlich, und ganz besonders, wenn er so abgerissen aussah wie ich.

Weiter unten glaubte ich, links von mir einen Lichtschein wahrzunehmen, und folgte ein Stück dem munter plätschernden Mühlbach. An einem Steg stand der Nachtwächter, der erstaunt innehielt und nach seinem Verfolger ausspähte.

Doch die Augenklappe fehlte! Es war gar nicht Hans Schenkel. Vor mir stand ein anderer Nachtwächter, ein junger Mann mit dünnem Oberlippenbart. Meine Enttäuschung legte sich, als mir der Mann das Haus nennen konnte, in dem Hans wohnte. Es war nicht weit, im Osten der Stadt an der Unteren Mühle. Verwundert blickte er mir nach.

Im Dunkeln suchte ich mir den Weg, wich erneut einer Streife aus, und wenig später klopfte ich meinen Zechgenossen vom Vorabend der Schlacht, so leise es eben ging, aus dem Bett.

»Wenn ich dich nicht an der Stimme erkannt hätte«, sagte er, nachdem seine Frau mir Brot, Butter, Eier und eine heiße, versalzene Kohlsuppe aufgetischt hatte, »hätte ich nicht aufgemacht.«

Kein Wunder, allzu verwahrlost sah ich aus. Ich beschloss, Hans vollständig zu vertrauen, und gab ihm einen Kurzbericht meiner Erlebnisse und meiner Flucht. Er kam aus dem Staunen nicht mehr heraus.

»Wie kann ich die Stadt verlassen?«, fragte ich, nachdem ich mich gestärkt hatte.

»Die Stadt verlassen«, lächelte Hans. »Du bist verrückt. Gerade wärst du fast einer Patrouille in die Arme gelaufen, und jetzt willst du schon wieder raus? Wo willst du denn hin? Meinst du etwa, dein Pferd ist noch im Gasthof? Das haben die Landsknechte ganz bestimmt konfisziert. Du glaubst nicht, was sie alles geplündert haben in den letzten Tagen.«

Martha, meine Stute – ich hatte sie tatsächlich ganz vergessen. Das arme Tier, an bedächtige Klosterbrüder gewöhnt, musste nun ein Soldatenpferd werden.

»Ich will nach Dienheim«, sprach ich einen Gedanken aus, der mir in der letzten halben Stunde gekommen war. »Eberbach unterhält dort eine Grangie, einen Klosterhof. Die Brüder in Dienheim werden mir weiterhelfen. Der Ort ist in Reichweite, die Strecke kann ich zu Fuß gehen.«

»Doch nicht bei Tag? Sicher gibt es noch Truppenbewegungen auf den Landstraßen; was, glaubst du, werden sie mit einem Dahergelaufenen machen, der ihnen verdächtig vorkommt?«

»Nicht bei Tag. Heute Nacht noch will ich weiter.«

»In der Tat, du müsstest bei Nacht reisen, und ich will sehen, wie ich dir helfen kann«, sagte Hans, »aber ich bitte dich, warte noch ein, zwei Tage.«

»Ihr habt matte Augen. Ihr seid müde und erschöpft«, stimmte seine Frau zu. »Und erlaubt, Herr, Ihr stinkt.« Ich musste lächeln. »Wir machen es so«, sagte sie mit fester Stimme, »ich bereite Euch ein Lager auf dem Dachboden und Ihr bleibt zwei Tage bei uns. Dann ist hier etwas Ruhe eingekehrt, und wir werden sehen, wie wir Euch hinausbringen.«

Ein böser Gedanke blitzte in mir auf: Der Nachtwächter und seine Frau Anne wollen mich an die Patrouillen ausliefern und eine Belohnung kassieren. Doch ein Blick in die ehrlichen Augen dieser Menschen belehrte mich eines Besseren. Wie konnte ich nur auf derart misstrauische Ideen kommen?

Als auch Hans noch einmal auf mich einredete, für zwei Tage unterzutauchen, gab ich mich geschlagen. Ich wusch mich und begab mich auf den Dachboden, wo mir Anne Schenkel in einem Winkel ein gemütliches Lager bereitete. Ich war in Sicherheit. Hier oben unter dem Dach roch es muffig, doch nicht unangenehm nach Staub und altem Sackleinen. Ich überlegte kurz, ob ich am nächsten Tag Erkundigungen nach der Rheingauer Gruppe und Marie einziehen sollte. Dann umfing mich bleischwere Müdigkeit, lähmte meine Glieder und mit ihnen den Geist. Ermattung und Schlafmangel von fast sechs oder sieben Wochen forderten erbarmungslos ihr Recht.

Ich schlief etwa dreißig Stunden durchgehend, nur kurz unterbrochen von einzelnen Gängen zum Eimer. Dann blieb ich noch einen Tag.

Mehrmals ging ich hinaus in den Garten und freute mich über das flutende Licht der Sommersonne.

Einen Tag nach Sankt Peter und Paul, am 30. Juni, verließ ich, vom Nachtwächter mit der sauberen Kleidung eines Bürgers ausgestattet, die Stadt. Hans begleitete mich. Wir fuhren in einem Wagen, den er von seinem Schwager, einem Karrenmacher, ausgeliehen hatte. Ich war hinten auf der Ladefläche versteckt, lag unbequem unter einer Fuhre Holzstöcke für Weinberge, über die noch eine Plane gedeckt war. Die Truppen, die in der Stadt gelagert hatten, waren weitgehend abgerückt, und auch außerhalb der Stadt bereiteten sie ihren Abmarsch vor. Das Feldlager der Landsknechte war in Auflösung begriffen. Niemand hielt uns auf oder fragte uns nach dem Weg. Hans brachte mich nach Dienheim. Als wir außer Sichtweite der Stadt waren, befreite er mich von der drückenden Last, und ich kletterte zu ihm auf den Bock.

Auf der Dienheimer Grangie staunten sie nicht schlecht. Doch hier erkannte man mich wenigstens, da ich inzwischen sauber rasiert war und auch meine Tonsur wieder hergerichtet hatte. Bruder Gisbert, ein Konverse, der die Leitung des Hofes innehatte, wollte natürlich wissen, weshalb ich in bürgerlicher Kleidung so unvermittelt auf dem Hof auftauchte. Ich gab ihm keine Auskunft, tat geheimnisvoll und sagte, ich dürfe nicht darüber sprechen, es hänge mit dem Aufstand der Bauern zusammen. Dann befahl ich ihm, dem braven Hans Schenkel zwei Hühner und ein kleines Fässchen Wein mitzugeben. Den Preis für die Kleidung, großzügig geschätzt vier Albus, ließ ich dem Nachtwächter aus der Grangienkasse bezahlen.

Der Abschied fiel mir schwer. Ich umarmte Hans und versprach, für ihn zu beten. Schon wieder verlor ich einen Menschen, der mir ein Freund geworden war. Peter war der erste gewesen, und ich hatte kurz überlegt, ob ich ihn bei seinem Oheim in Pfeddersheim, vielleicht sogar in der Werkstatt in Alzey aufsuchen sollte. Doch ich verwarf den Gedanken. Es war zu gefährlich in diesen Tagen. Ich hatte Peter verloren, wie ich Marie verloren hatte. Vielleicht gelang es mir, Konrad zu gewinnen oder zu retten, falls er im Rheingau geblieben war. Einen Versuch war es wert.

Es traf sich gut, dass am folgenden Tag sehr früh ein Schiff bei Dienheim mit einer Ladung Mist und Heu rheinabwärts nach Eberbach aufbrechen sollte. Das Heu, das im vorderen Teil des Schiffes lagerte, war als Viehfutter für unsere klosternahen Grangien Neuhof, Mappen und Drais bestimmt; im hinteren Teil lagerten bergeweise die übel riechenden Exkremente, die von Kühen und Schweinen stammten und als Dung für die Weinberge dienen sollten. Wir selbst setzten den Mist ein, ohne den die Reben kein gutes Wachstum und reiche Erträge bringen, und verlangten auch von unseren Pächtern, dass sie in regelmäßigen Abständen düngten. Wegen der Fliegen und des Gestanks waren die Haufen mit ledernen Häuten und Sackleinen abgedeckt, was jedoch nicht viel nützte.

Mit mir gingen zwei Schifferknechte, die ich nicht kannte, und ein Konverse an Bord des Transportschiffes. Ich freute mich herzlich, den Rhein wiederzusehen, beugte mich über die Bordwand und hielt eine Hand ins Wasser.

Zackige Rufe der Knechte erschollen: »Leinen los!« – »Stakt!«

Da sah ich, dass einer der Knechte in der Bewegung innehielt und die Brauen zusammenziehend Richtung Ufer schaute. Eine Gruppe von etwa zwanzig berittenen Söldnern sprengte Staub aufwirbelnd heran. Alle trugen Harnisch, Helm und Reiterlanze.

»Heda, halt!«, rief der Anführer mit befehlsgewohnter Stimme, ein kräftiger Mann, der kleine Zöpfe in seinen Rauschebart geflochten hatte. »Habt ihr Verdächtige gesehen? Hier sollen sich noch versprengte Bauern herumtreiben!«

Ich hörte keine Antwort, vielleicht zuckten die Schiffer mit den Schultern. Würden sie sprechen? Würden sie mich, den sie nicht kannten, verraten? Ich befand mich an Steuerbord, der dem Rhein zugewandten Seite, sodass sie mich wegen der Heuberge nicht sehen konnten. Ich legte mich nieder und kroch leise unter das intensiv duftende Heu.

Als das Schiff nach einer mir endlos scheinenden Zeit ablegte, kam ich wieder hervor. Es hätte nicht viel gefehlt und ich wäre sogar unter den Mist gekrochen.

Fürwahr, der Herr wusste mich zu demütigen.

Am 1. Juli kamen wir am späten Vormittag in Reichartshausen an. Hier hatte vor fast genau zwei Monaten alles angefangen. Damals war ich noch ein gottergebener Mönch und als solcher auch äußerlich zu erkennen gewesen. Heute war ich – ja, was war ich eigentlich? Und warum war ich zurückgekehrt? War es, um im Kloster demütig um Vergebung zu bitten – oder war ich auf der Suche nach Marie? Oder Konrad? Oder beiden?

Bis zu diesem Zeitpunkt hatte ich mir meine Motive nicht richtig klargemacht, sondern war mehr einem Instinkt gefolgt. Wo sollte ich auch sonst hin? Allenfalls hätte ich nach Oppenheim zu den Eltern gehen können. Von Dienheim wäre es nur ein Katzensprung gewesen.

Als die Konversenbrüder mich auch hier in Reichartshausen zu meiner seltsamen Verkleidung ausfragten, zuckte ich nur mit den Schultern. Ich wollte mit niemandem sprechen, zumindest jetzt noch nicht. An die Brüstung des Landungsstegs gestützt, blickte ich gedankenverloren ins Wasser. Es war mir gleich, dass die Brüder hinter mir einander ratlos ansahen und sich an die Stirn tippten. Wie schnell die Strömung hier war! Schmutzteilchen, Blätter und Äste wurden mitgerissen, flussabwärts, wer weiß, wohin.

Erst nach einer Stunde setzte ich mich langsam in Bewegung, ging ohne Eile am Ufer entlang nach Hattenheim und dann die Trasse hinauf nach Eberbach. Es war sehr warm an diesem Nachmittag, und die immer steiler ansteigende Straße brachte mich ins Schwitzen, aber auch die wiederkehrenden Erinnerungen: links der Steinberg, rechts die Wacholderheide. Die Palisade auf dem halbhohen Erdwall war teils umgefallen, die Wachtürme unvollendet. Durch das offene Tor betrat ich das Lager. Es war verlassen. Was hatte sich hier wohl in der Zwischenzeit ereignet? War der alte Mainzer Hofmeister Frowin von Hutten mit seinen Truppen angerückt? Spuren eines Kampfes waren nirgends zu sehen. Aber vielleicht war unten in Walluf gefochten worden, wo sich die letzten Revolutionäre versammelt hatten, wie ich wusste. Für den Moment überlegte ich, die eine Meile hinunter nach Walluf zu gehen und nachzuforschen. Doch dann kehrte ich zur Landstraße zurück, mit unsicheren, stelzigen Schritten, und klopfte wenig später um die Zeit der Non an die Klosterpforte.

Bruder Pius schaute mich an wie ein Gespenst, als er merkte, wer da in völlig ungewohntem Gewand Einlass begehrte. Seine Augen und sein Mund standen weit offen. Zehn Tage war ich fort gewesen. Was hatte man wohl in der Zwischenzeit über mich gedacht? Gewiss musste man bemerkt haben, dass ein Pferd fehlte. Vielleicht hatte man geglaubt, ich wäre entflohen, hätte mich den Bauern angeschlossen, wäre in einer Schlacht gefallen.

»*Benedicite*«, sagte ich mit holziger Stimme.

»Bruder Clemens, Gott zum Gruß«, erwiderte Pius und zog die Stirn in Falten. »Woher … wieso … was …«

Was sollte ich sagen? Ich hatte mir auf dem Weg hinauf zum Kloster eine kleine Erklärung zurechtgelegt, die ich Abt Nikolaus vortragen wollte. Eine schwache, eine fragwürdige Erklärung, die mich nicht vor Strafe schützen konnte. Freilich verspürte ich im Augenblick keine Lust, auch dem neugierigen Pförtner Rede und Antwort zu stehen. Unwirsch schob ich ihn beiseite und steuerte auf die innere Klausur zu. Niemand begegnete mir, da alle zum Chorgebet in der Kirche waren. Ich suchte meine Zelle auf, wo ich alles unverändert vorfand. Dort legte ich mein Ordensgewand an, das mir fremd und viel zu weit vorkam – wie an einer Vogelscheuche schien es herunterzuhängen –, und legte mich auf meine Pritsche.

Dann kämpfte ich gegen die Tränen und verlor.

Ich blieb jedoch nicht lange, sondern wollte noch während der Gebetszeit das Abtshaus aufsuchen und dort auf Nikolaus warten. Es gelang mir, dort vor Ende der Non einzutreffen. Ich trat ein und stieg die Treppe hinauf. Vor dem Arbeitszimmer des Abtes wartete ich unschlüssig. Binnen weniger Minuten musste Nikolaus erscheinen, und dann würde ich reden müssen. Ich würde alles damit begründen, dass ich erneut meinen Bruder Konrad aufsuchen wollte und dann in die Schlacht von Pfeddersheim geraten war. Das war immerhin ein großer Teil der Wahrheit und keine reine Lüge. Freilich musste ich mit einer empfindlichen Bestrafung rechnen.

Unten ging die Tür, schwang auf und fiel wieder zu. Ich wartete auf das tappende und zugleich knarrende Geräusch von Schritten auf der alten eichenen Holztreppe, doch ich hörte etwas ganz anderes: Jemand brummte unten wie im Selbstgespräch, dann erklangen Fetzen eines einfachen Liedchens und Fragmente von Psalmmelodien. Zweifellos war es der sonore Bass von Bruder Gerhard, dem Abtskoch. In den Singsang mischte sich das metallische Klappern von Zinngeschirr und Töpfen. Ich trat ans Treppengeländer und horchte. Gerhard sang weiter und murmelte vor sich hin.

Auch dem Abtskoch, diesem lieben Menschen, wollte ich lieber noch nicht begegnen, und so versuchte ich mich leise die Treppe hinunterzuschleichen, um dann unbemerkt das Haus wieder zu verlassen. Allein die

Treppe verriet mich. Als ich die dritte Stufe von unten erreicht hatte, gab es ein trockenes Knacken, und sofort erschien das glänzende Mondgesicht Gerhards am Eingang zur Küche.

»Bei allen Heiligen! Du bist es, Bruder Clemens!« Mit einer Flinkheit, die man ihm gar nicht zugetraut hätte, rannte der feiste Mitbruder auf mich zu und umarmte mich, dass mir die Rippen schmerzten. »So erzähl doch!«, drängte er. »Wo bist du gewesen?«

»Gerhard«, bat ich, »lass mich erst mit Abt Nikolaus reden.«

»Nikolaus? Der ist nicht da. Er ist gestern Morgen weggefahren. Eine größere Reise. Kaplan Paulus ist mit dabei. Nikolaus hat Verschiedenes zu erledigen, was er wegen der Ereignisse hier immer wieder verschoben hat. In Mainz will er bei den Schwestern von St. Agnes Novizinnen zur Profess einkleiden. Ferner steht das Kloster St. Johann in Alzey wieder einmal zur Visitation an. Deshalb ist auch Bruder Lorenz, der dort als neuer Beichtvater eingesetzt werden soll, mit dabei. Und dann möchte sich Nikolaus auch vom Zustand der Weinberge überzeugen in … wo war das doch gleich, na, egal. Jedenfalls ein immenses Pensum. Ob er das alles schafft?«

»Und der Aufstand hier?«

»Ist vorbei. Aber erzähl doch von dir! Wo warst du?«

»Nein, Gerhard, erzähl du erst, was hier vorging. Sind denn alle Bauern abgezogen? Auch unten in Walluf? Dort hatten sie doch den ›Backofen‹ besetzt und sich verschanzt, der harte Kern der Rheingauer. Waren sie nicht entschlossen, Widerstand bis zum Letzten zu leisten?«

»Sie sind alle brav nach Hause gegangen wie die Schafe in ihren Stall. Soviel wir gehört haben, haben die Rheingauer Gesandten – du erinnerst dich doch sicher –, die nach Steinheim geschickt worden waren, den Bischof Wilhelm dort nicht mehr angetroffen, sondern mussten wieder die ganze Mainstrecke zurück und ihm über Oppenheim nach Pfeddersheim nachreisen. Sie haben eine große Schlacht erlebt; ein dort lagernder Bauernhaufen aus der Pfalz wurde völlig vernichtet. Ich weiß nicht, ob du davon gehört hast, es muss wie die anderen Schlachten ein totaler Triumph der Fürsten gewesen sein. Jedenfalls hat die Delegation sofort einen Eilboten mit einem Schreiben in den Rheingau geschickt, in dem sie die letzten Widerständler aufforderten, sie zur Unterwerfung zu bevollmächtigen, sonst drohe Unheil. Daraufhin haben die Räte von fast allen Rheingaustädten den Verteidigern in Walluf befolen abzuziehen; und so geschah es dann auch. Aber höre nur, was sich hier im …«

Ich horchte auf. So war das also. Die Erklärung, die ich mir in Steinheim zurechtgelegt hatte, war zutreffend gewesen: Die Rheingauer Gesandten hatten Bischof Wilhelm von Straßburg nicht mehr in dem Mainstädtchen angetroffen, sondern waren wie ich in Richtung Pfeddersheim aufgebrochen. Wieder brach der Schmerz in mir auf und ich hatte das ernüchternde Bild vom Johannistag vor Augen: Marie in den Armen dieses elenden Unholds und Säufers.

Ich merkte, dass meine Gedanken abgeschweift waren. Gerhard hatte die ganze Zeit weitergesprochen und endete gerade mit dem Ausruf: »Wenn das der alte Eberhard noch erlebt hätte!«

»Eberhard, wieso?«, erkundigte ich mich.

»Na, Eberhard: ›Liebe junge Brüder, erinnert euch an die glorreichen Zeiten unseres Ordens. Wir hatten noch die Disziplin des heiligen Bernhard; Frevel und Unzucht hatten keinen Platz bei uns. Widerwärtige Unzucht, jaja, Unzucht.‹« Der Abtskoch hatte die Stimme des Alten recht gut nachgeahmt, ich aber blickte ihn fragend an.

»Was ist los, hast du überhaupt begriffen, was ich da gesagt habe? Du warst eben geistig abwesend. Schon vor deinem Weggang hattest du dich so … anders benommen. Du gefällst mir nicht, Clemens. Du bist in irgendwelchen Nöten. Bete und beichte, das rate ich dir.«

»Entschuldige, Bruder«, lenkte ich ein, »ich war in Gedanken. Was hast du gesagt?«

»Ja, was geht nur in dir vor? Du hast überhaupt nicht zugehört. Ich fasse zusammen: Erst sprach ich von dem Bruder aus Volkenroda: Er ist wieder rückfällig geworden und hinunter zum ›Backofen‹, zu den Aufständischen. Ein sonderbarer Kerl. Armer Sünder. Dann habe ich von Emrich erzählt. Wir haben einen Fall von perverser Sünde im Kloster!«

Mit einem Mal fiel mir alles zugleich wieder ein, was durch die erlebte Schlacht, den Kerkeraufenthalt und meine waghalsige Flucht in den Hintergrund getreten war. Jene merkwürdigen Begebenheiten in der Abtei. Das verdächtige Verhalten des Bursars Emrich Reser. Der seltsame fragmentarische Zettel mit der ominösen Botschaft des Bruders aus Oestrich. Der Hinweis auf den Geheimgang, dem ich nachgegangen war, die Nadelstiche in dem Bibeldruck, die markierten Buchstaben IN LOCO INCRED, die auf einen unglaublichen Ort hinwiesen.

Emrich Reser – ich hatte ihn fast vergessen.

»Sünde?«, fragte ich. »Auch ich hatte Emrich im Verdacht, die Kontaktperson der Aufständischen im Kloster zu sein. Er hat sich wiederholt sehr auffällig benommen. Auch der Cellerar hat an der hinteren Pforte gesehen, wie Emrich sich dort verdächtig verhalten hat. Aber was genau hatte er vor?«

»Was er vorhatte? Kontaktperson der Aufständischen? Was redest du da? Das ergibt doch keinen Sinn. Ich spreche von der Sünde der Sexualität, der *luxuria*, Wollust! Aber ins Perverse verkehrt.«

»Pervers? Wie meinst du das?«

»Das bedeutet«, Gerhard senkte seine Stimme, sodass er fast flüsterte, »dass er sich widernatürlichen Trieben hingab und dabei ertappt wurde, *in flagranti*, im wahrsten Sinne des Wortes. Er brannte in sündiger Liebe zu ...«

»Theobald!«, entfuhr es mir.

»Ja«, nickte der Abtskoch heiser. »Woher weißt du das?«

»Ich sprach neulich mit dem Cellerar, er erzählte mir von seinem Verdacht, einem Verdacht, der freilich diffus und ohne konkreten Inhalt war.«

»Ja, er hat die beiden ertappt im schändlichen Liebesspiel. Es ließ ihm wohl keine Ruhe. Sie sündigten in unserem Dormitorium. Sie trafen sich in milden Sommernächten außerhalb der Klostermauern zu ihren widernatürlichen ... Aktivitäten. Und wenn es regnete, trieben sie es hinten im Wagenstall. Dort hat sie Pirmin erwischt, eines Spätabends.«

Jetzt wurde mir alles klar. Die Begegnung bei Nacht, die Geräusche im Dormitorium hinter der Zellentür, die ich gehört hatte. Das verdächtige Verhalten an der Klostermauer.

Gerhard schimpfte noch eine Weile weiter, und ich fühlte mich unbehaglich. Auch ich hatte das Keuschheitsgebot übertreten. Wie würde er über mich denken, wenn er von meiner Verfehlung erfuhr? Ich beschloss, die ganze Sache abzukürzen, und fragte, wann der Abt wieder zurück sein werde.

Gerhard wischte sich das Gesicht mit dem Skapulier ab, wie er es immer tat, wenn er schwitzte, und sagte, er wisse es nicht. Vielleicht in einer Woche. »Aber erzähl doch von dir«, nahm er noch einmal einen Anlauf und ergriff mich hart am Arm. »Komm, ich mache dir ... was möchtest du gern? Mager siehst du aus. Ich habe noch ein paar schöne Stücke kalter Hühnerbrust da, dazu könnte man ...«

»Lass, Gerhard«, wehrte ich ab, »vielleicht ein andermal. Bitte versteh, dass ich jetzt nicht reden kann. Ich bin ja gerade erst gekommen. Erst muss ich im Infirmarium nach dem Rechten sehen.«

Der dicke Koch umarmte mich noch einmal und sagte: »Im Infirmarium wirst du nicht viel zu tun haben. Der Sommer ist da, und alle sind gesund. Alle sind wieder optimistischer, nachdem der Aufstand so glimpflich verlaufen ist, auch wenn wir einen großen Teil der Vorräte verloren haben. Nur Arnulf von Graz humpelt missmutig mit seinem Klumpfuß herum. Fulbert hat ihm eine Krücke angefertigt. Du wirst schon sehen.« Und dann wiederholte er noch einmal die Worte, die er vor Wochen schon zu mir am Teich gesagt hatte: »Pass auf dich auf, Clemens.« Er packte mein Zingulum, zog mich zu sich heran und raunte: »Du wirst es jetzt nicht leicht haben im Kloster. Der Prior ist dir nicht wohlgesonnen. Ich bin gespannt, was du ihm für eine Erklärung gibst. Mir kannst du die Auskunft verweigern, aber er wird dich als Ordensvorgesetzter zur Rede stellen, und dann …«

Er führte den Satz nicht zu Ende. Ich drückte ihm die Hand und ging hinaus ins Sonnenlicht.

Wer zum Henker war denn nun wirklich der Bruder aus Oestrich, fragte ich mich. Wer war der Verräter, wenn nicht Emrich? Oder hatte der vermaledeite Zettel doch eine ganz andere Bedeutung? Hatte er gar nichts mit dem Kloster zu tun? War es gar ein Scherz? Aber eine innere Stimme sagte mir, dass hier eine ernste Sache zugrunde lag.

Im Infirmarium fand ich Fulbert auf einem Krankenbett schlafend. Als ich ihn leicht anstieß und seinen Namen nannte, fiel er fast aus dem Bett. Unerwartet flink sprang er auf und lispelte erschrocken: »Meister – Bruder Clemens!« Noch schlaftrunken, begann er zu schwanken und setzte sich wieder auf das Bett.

»Ja, Herr Subinfirmar«, spielte ich den Strengen, »schöne Sitten hier im Krankenhaus: Wenn der Siechenmeister weg ist, verschläft der Untersiechenmeister den Dienst!«

»Verzeih, ich … ich schlafe schlecht. Du musst verstehen: die Sorge um dich, die Trauer, wir dachten, du seiest … tot. Aber was ist nur passiert? Keiner wusste, wo du bist. Ein Pferd hat gefehlt. Hast du es genommen? Wenn ja, warum? Und überhaupt: Du siehst erschöpft aus und dünn bist du geworden. Man sieht ja fast die Schädelknochen. Durch die Haut. Die Kopfhaut.«

Das Stakkato von Fulberts Sätzen erinnerte mich unangenehm an das Schusswaffenfeuer in der Schlacht. Ich gab ihm in aller Knappheit die Erklärung, die ich auch dem Abt vortragen wollte.

»Du wirst nicht ohne Bestrafung davonkommen«, meinte der junge Mitbruder besorgt. »Der Abt ist nicht da, vielleicht wird Prior Jakob schon eine Strafe verhängen. Aber wo wir beim Thema Strafe sind: Stell dir vor, was hier in der Zwischenzeit entdeckt wurde …«

Ich unterbrach ihn und sagte, dass ich bereits durch Gerhard über alles informiert sei. Fulbert ergänzte, dass die Entdeckung der beiden in Liebe einander zugetanen Mönche erst kurz vor Abreise des Abtes gemacht worden war. Nikolaus hatte bestimmt, dass er nach seiner Rückkehr mit den Senioren über eine Strafe verhandeln wolle. »Prior Jakob wollte durchsetzen, dass sie sofort in den Karzer überstellt werden, doch Nikolaus wies ihn in die Schranken. Diese Rivalität zwischen Abt und Prior, das merke ich schon lange, schadet der Gemeinschaft, schadet dem Kloster immer mehr. Das Ganze erinnert mich an einen Kampf zweier aufgeblasener Hähne.«

Zweifellos hatte der Subinfirmar Recht. Wir sprachen noch eine Weile über die politische Situation; Fulbert hatte gehört, dass der Viztum wieder zurück im Rheingau war, im Kloster selbst habe er sich jedoch noch nicht blicken lassen. Auch über den Heerführer Frowin von Hutten habe man noch keine Information, überhaupt habe man noch keinen einzigen Landsknecht der Fürsten hier im Rheingau gesehen, so berichteten zumindest die auf den Grangien Beschäftigten. Dann kamen wir auf die Angelegenheiten des Krankenhauses zu sprechen.

»Ich habe«, begann Fulbert, »die Reinigung der Regale und Fächer, die du begonnen hattest, in den letzten Tagen fortgesetzt und bei der Gelegenheit festgestellt, dass ein Fläschchen mit dem Extrakt vom Blauen Eisenhut fehlt. Nach unseren Bestandslisten müsste es noch da sein. Weißt du etwas darüber?«

»Es fällt mir ein, dass auch ich vor meiner … Abreise schon danach gesucht hatte. Es scheint verschwunden.«

»Das ist umso bedauerlicher, als es sich um ein starkes Gift handelt«, stellte Fulbert mit wichtiger Miene fest. Ich zuckte mit den Schultern. Es ging in diesem Augenblick über meine Kräfte, mich schon wieder mit irgendwelchen Rätseln zu beschäftigen. Viel zu angegriffen fühlte ich mich nach den grausigen Erlebnissen.

Am Vespergottesdienst und am Abendessen im Refektorium nahm ich wieder teil, als wäre nichts geschehen. In der Kirche waren alle mehr auf meine Person fixiert, als dass sie sich einem wohlgeordneten und gottgefälligen Psalmengesang hingegeben hätten. Und wie zu erwarten, zitierte mich der Prior zu einem Privatgespräch nach dem Abendessen zu sich. Er tat es öffentlich nach vollendeter Mahlzeit, er tat es mit lauter Stimme, damit es auch jeder mitbekommen sollte.

»Frater Infirmarius Clemens«, jedes der drei Worte war wie ein Hieb, »ich möchte dich in zehn Minuten im Parlatorium sprechen.«

Das Parlatorium ist in Zisterzienserklöstern ein Raum, in dem gesprochen werden darf. In Eberbach befindet es sich im Ostflügel des Kreuzgangs, zwischen dem Auslass und dem Konventskeller. Da jedoch das Schweigegebot bei uns nicht mehr so streng genommen wurde, hatte der Raum seit Jahrzehnten an Bedeutung verloren und wurde kaum noch genutzt. Somit wollte Jakob wohl auch mit der Wahl des Ortes die außergewöhnliche Bedeutung dieses Gesprächs – oder Verhörs? – verdeutlichen, und zwar *coram publico*.

Ich fand mich ein, und wie zweitens zu erwarten, wollte der Prior alle Einzelheiten wissen. Ich berichtete, was ich berichten musste. Und wie drittens zu erwarten, stellte der Prior »strengste Bestrafung« in Aussicht, sobald Abt Nikolaus wieder im Hause sein würde. Einstweilen solle ich regelmäßig am gesamten Gottesdienst teilnehmen und den Herrn um Vergebung bitten.

Seltsamerweise berührte mich der ganze Sermon des Priors nicht. Vielleicht war es auch hier die Erschöpfung, die mich gelassen reagieren ließ. Womöglich war mir der komplette Klosterbetrieb inzwischen gleichgültig geworden. Hatte mir etwa Peter das Gift der lutherischen Häresie verabreicht? Ein Gift, gegen das der Blaue Eisenhut ein Nichts war? War mit meiner verlorenen Liebe auch mein gesamtes Dasein als Mönch vergeblich und nichtig geworden? Vielleicht traf auch beides zu.

Der Montag darauf, es war der 3. Juli, stand ganz im Zeichen des heiligen Thomas. Im Krankenhaus hatten wir alle Zimmer einer gründlichen

Reinigung unterzogen und den Altar des kleingläubigen Apostels mit Blumen geschmückt. In der Messe las der Subbursar Wendelin von Boppard aus dem Johannesevangelium die entsprechende Stelle vor.

»*Thomas autem unus ex duodecim qui dicitur Didymus ...*«

Ich hörte nicht richtig zu, die Gedanken schweiften ab. Das verschwundene Giftfläschchen kam mir in den Sinn. Fulbert hatte Recht: Es konnte eine Gefahr bedeuten.

»*Et post dies octo iterum erant discipuli eius intus et Thomas cum eis ...*«

Was war mit dem Gift? Wer konnte es genommen haben? Im Grunde jeder.

»*... infer digitum tuum huc et vide manus meas ...*«

Ich musste dringend mit Fulbert sprechen, musste ihm klarmachen, dass wir das Infirmarium fortan immer zu verschließen hatten. Der Schlüssel war vorhanden und hing ungenutzt an einer Schnur neben der Tür.

»*... et noli esse incredulus, sed fidelis ...*«

Seit ich vor vielen Jahren Subinfirmar geworden war, war das Infirmarium niemals verschlossen gewesen, und jeder ...

Halt!

Was hatte der Lektor gerade gesagt? *Et noli esse ...*

»Was hat er gesagt?«, zischte ich dem neben mir sitzenden Fulbert zu, eine Spur zu laut, denn böse Blicke wurden aus allen Richtungen des Chorgestühls wie Speere auf mich gerichtet. Fulbert schwieg und warnte mich mit den Augen und hochgezogenen Brauen, doch ich wusste selbst die Antwort auf die Frage, die ich in großer Erregung herausgezischt hatte. Das war es: *et noli esse incredulus.*

Ich hatte die Lösung!

IN LOCO INCRED – die Buchstaben, die ich in der Bibliothek notiert hatte, das war nicht der Beginn von *in loco incredibili*, wie ich in trügerischer Sicherheit angenommen hatte, ebenso wie der des Lateinischen kundige Peter Wagner im Kerker zu Pfeddersheim. Es hieß vielmehr *in loco increduli*: am Ort des Ungläubigen. Und der Ungläubige – wer konnte das im Zusammenhang unseres Klosters anders sein als der heilige Thomas! Die Thomaskirche, jene alte Kirche, welche die hier im Eberbachtal einst ansässigen Augustinerbrüder errichtet hatten, die ihnen zum Gottesdienst diente und die wir Zisterzienser, nachdem wir anno

1136 die Anlage in Besitz genommen, ausgebaut, erweitert und später zum Infirmarium umfunktioniert hatten!

Nun hörte ich überhaupt nicht mehr zu und sang auch die Psalmen nicht mehr mit. Ich tat, als sei mir übel, klappte den Sitz in der Chorstalle herunter, setzte mich einfach hin und lehnte die Stirn auf meine über dem Pult verschränkten Arme. Unbändige Lust überfiel mich, sofort in die Bibliothek zu stürmen und meine Erkenntnis anhand der Nadelstiche in dem Psalmentext zu überprüfen.

Überprüfen? Nein, im Herzen hatte ich die untrügliche Gewissheit, dass ich mich nicht irrte, nicht irren konnte. Es gab bei uns keine echten Keller. Die Weinkeller, der Schwarze Keller, der Konventskeller und das umfunktionierte Laienrefektorium, das ebenfalls zur Weinlagerung genutzt wurde, sie alle waren oberirdische Lagerräume. Denn uns Zisterziensern waren unterirdische Orte immer schon zutiefst verdächtig. Dies hat sich in der jahrhundertelangen Geschichte unseres Ordens nicht verändert, mögen sich auch sonst viele Abweichungen von den altehrwürdigen Richtlinien eingeschlichen haben. Der einzige unterirdische Ort in unserem Kloster war die Krypta in der Thomaskirche, dem Krankenhaus. Nur hier konnte ein Geheimgang seinen Anfang nehmen.

IN LOCO INCREDULI, am Ort des Ungläubigen! Ich musste gegen einen heftigen Anfall von Lachen kämpfen, was sich im Chorgestühl nun wirklich nicht ziemte. Es gelang mir weitgehend, ihn zu unterdrücken, heraus kam ein Glucksen, das die Brüder aber auch als ein Aufschluchzen interpretieren konnten. Dieser Eberhard! Zum wiederholten Male kam mir der Gedanke, ob vielleicht er der Urheber dieses Rätsels gewesen war. Hatte er die Nadelstiche in dem Bibeldruck angebracht, oder wusste er nur davon? Im Grunde hatte es keinerlei Bedeutung, gleichwohl interessierte es mich. Aber noch brennendere Neugier erfasste mich, den unterirdischen Stollen zu erkunden. Das konnte ich nur in Ruhe, in einem unbeobachteten Moment.

Ich atmete tief durch und richtete mich auf, als die Messe gerade zu Ende war. Ich täuschte weiterhin eine Übelkeit vor und begab mich mit gesenktem Kopf mit den anderen auf den Auszug.

Im Infirmarium spielte ich die Rolle des Kranken weiter. Dem Subinfirmar, der sich um mich kümmern wollte, erklärte ich, dass mir wohl die

Überanstrengung der letzten Tage und Wochen auf den Magen geschlagen sei, und bat ihn, mich in Ruhe zu lassen. Er nickte ergeben.

An der Sext und am Mittagessen nahm ich nicht teil, sondern begab mich fieberhaft auf die Suche, ob meine Entdeckung stimmte. Der Eingang zur Krypta war schwer zugänglich. Nach den Umbauarbeiten befand er sich in einem Seitengemach, einer Art Kammer, die der Aufbewahrung von Gefäßen, Verbandsmaterial und anderen Vorräten für das Krankenhaus diente. Die alte, mannshohe Holztür war halb hinter einem Schrank verborgen, der Bettwäsche enthielt. Mein Vorgänger im Amt des Infirmarius hatte mir einmal erzählt – es musste bei der Amtsübergabe gewesen sein –, welche Bedeutung diese Tür in alten Zeiten hatte. Danach hatte ich sie vergessen, bis zum heutigen Tag, dem Tag des *incredulus* Thomas.

Staubige Spinnweben und Mäusedreck kamen zum Vorschein, als ich den Schrank ächzend zur Seite schob. Zu allem Überdruss war die Tür verschlossen. Allerdings waren die Bretter, aus denen sie geschreinert war, teilweise schon recht morsch. Vielleicht konnte man einige herausbrechen …

Aus einem Schuppen holte ich eine Hacke und führte die Spitze durch eine Ritze im Türholz ein. Die Hebelwirkung ausnutzend, arbeitete ich mit Leichtigkeit ein altersschwaches Brett heraus. Dann setzte ich den Stiel des Gartengeräts an und hebelte rechts und links der Lücke ein zweites und ein drittes Brett heraus. Beim dritten gab es ein kreischendes Geräusch von den uralten rostigen, sich biegenden Nägeln, die nur widerwillig ihr Holz, das sie so lange festgehalten hatten, freigaben. So konnte ich fast genau in der Mitte der Tür eine Öffnung schaffen.

Dunkelheit gähnte mir entgegen, modriger Geruch. Treppenstufen aus gemauerten Steinen führten in eine unbekannte Tiefe. Es fehlte noch eine Laterne, dann konnte ich den Gang antreten.

Ich wagte es nicht.

Plötzlich schreckte ich vor dem zurück, was ich entdecken würde. Vielleicht hatte seit Jahrhunderten, seit den Zeiten der Augustinerbrüder, niemand mehr den Gang betreten. Oder war es etwa doch so, wie man auf der Wacholderheide gespottet hatte: Führte der Gang womöglich nicht zum Rhein hinunter, sondern zu einem unserer Frauenklöster? Kannte der alte Eberhard den Gang aus eigener Anschauung? Oder derjenige, der ihm davon erzählt hatte?

Mich beschlich mit einem Mal Furcht vor meiner eigenen Entdeckung. Wenn ich hinabstieg, was konnte alles passieren! Ein Sturz in der rabenschwarzen Dunkelheit. Das Erdreich konnte nachgeben und mich unter sich begraben. Womöglich lauerten dämonische, ja satanische Mächte in den Tiefen des unterirdischen Schachtes.

So schob ich den Schrank zurück und legte mich mit klopfendem Herzen wieder hin. Als Fulbert vom Gottesdienst kam, bemerkte er natürlich den Schmutz auf meinem Habit. Ich erzählte, dass ich in der Kammer gewesen sei und festgestellt habe, dass man dort wieder einmal reinigen müsse.

»Du bist doch krank, Meister«, wunderte er sich. »Clemens, ich staune immer mehr über dich. Was ist nur mit dir los?«

Ich wusste nicht, was ich sagen sollte, und winkte ab. Für einen Moment spielte ich mit dem Gedanken, Fulbert ins Vertrauen zu ziehen und ihm alles zu erzählen. Nicht nur die Sache mit dem Geheimgang, sondern meine ganze Geschichte, einfach alles. Vom ersten nächtlichen Ausflug an über meine Verfehlung, die Schlacht, den Geheimgang – bis heute. Doch ich verwarf diese Idee und schwieg. Vielleicht würde ich Gerhard ins Vertrauen ziehen, aber nicht Fulbert. Er war zu jung; ich hätte ihn mit meinen konfusen Geschichten nur unnötig verwirrt und vielleicht sogar in gefährliche Erregung gebracht.

Fulbert schaute ratlos drein. Er ging in die Küche; ich hörte, dass er Wasser zum Kochen brachte. Eine Viertelstunde später stand eine dampfende Tasse mit Tee vor mir. Duftende Schwaden von Fenchel und Melisse stiegen mir in die Nase. Dankbar richtete ich mich von meinem Krankenbett auf und drückte ihm die Hand.

Schon am selben Abend nahm ich wieder am Klosterleben teil. Der Prior musterte mich missmutig. Es war mir gleich.

So nahmen die Tage ihren Lauf. Mit der immer stärkeren Sommerhitze war eine Art Lähmung im Kloster eingetreten. Alle gingen mehr oder weniger schweigend und schwitzend ihren Tätigkeiten nach. Der Cellerar mit besonders mürrischer Miene wegen der stark zusammengeschrumpften Vorräte der Abtei. Abt Nikolaus ließ sich Zeit mit der Rückkehr, und ich harrte meiner Bestrafung. Das Arzneifläschchen blieb verschwunden. Ich machte nach wie vor keinen Versuch, in den Geheimgang einzudringen. Die Neugier kam zwar zurück, wurde aber einstweilen noch durch die Furcht in Schach gehalten. Auch musste ich darauf achten, dass ich mich nicht auffällig benahm. Wenn ich denn nun wieder ein korrekter, gottesfürchtiger Klosterbruder sein würde, durfte ich nicht ständig Anstoß erregen. Meine Verfehlungen, mein Abschweifen, all das musste ein Ende haben.

Ich bat den Herrn um Vergebung, nicht nur in den regulären Gottesdiensten, Chorgebeten und Privatmessen, sondern immer wieder auch im Kreuzgang, im Infirmarium, im Garten. Die beiden der Sünde überführten Brüder Emrich und Theobald hatten es nicht leicht, wurden sie doch von vielen ausgegrenzt und mit strengen Blicken bedacht. Emrich, den ich ja mehrfach in verfänglichen Situationen ertappt hatte, ging mir aus dem Weg und ich ihm.

Träge rannen die Tage dahin wie das immer spärlicher fließende Wasser unseres Baches.

Eine gute Woche später trug ein beständiger Ostwind den entfernten Klang von Trommeln und Pfeifen zu uns, auch zackiger Gesang war zu hören, wie aus militärischen Kehlen. Kein Zweifel: Landsknechte waren unterwegs im Rheingau. Dem Schall nach zu urteilen, mussten sie sich irgendwo bei Eltville oder Kiedrich aufhalten. Unruhe befiel uns Mönche. Wir alle waren sicher gewesen, dass dem Aufstand hier die Kraft ausgegangen war und sich die Bauern und Bürger zurückgezogen hatten. Wir besaßen kaum Informationen, zumal sich Viztum Heinrich Brömser, der uns sonst immer auf dem Laufenden gehalten hatte, nicht mehr bei uns gezeigt hatte. Der Prior erklärte im Kapitelsaal, dass er auch keine Erklärung habe. Vielleicht gebe es doch noch irgendwo ein Widerstandsnest, wenn nicht unten in Walluf, so vielleicht flussabwärts, im Norden des Rheingaues, im Wispertal. All das blieb Spekulation.

Am Abend desselben Tages – es war eine Stunde nach dem Vespergottesdienst – befand ich mich im Infirmarium, als Fulbert hereinkam. Er hielt einen kleinen blauen Stoffbeutel in der Hand, den er mir hinstreckte.

»Hier«, sagte er, »das hat mir gerade der Bruder Pförtner in die Hand gedrückt. Ich soll es dir geben.«

»Der Pförtner? Pius? Für mich?«

Er nickte und hob zugleich ratlos die Hände. »Ich hatte gerade oben bei den Scheunen zu tun, als ich sah, wie Pius mit jemandem am Tor sprach. Ja, es ist wohl für dich. Anscheinend hat jene Person es eben für dich abgegeben. Es fühlt sich seltsam an, eine merkwürdige Form, die ich nicht kenne.«

Ich nahm den Beutel und zog die Lederschlaufe auf. In einer Mischung aus Überraschung und Spannung überlegte ich, wer für mich etwas an der Pforte abgeben konnte. Als ich den Inhalt des Beutels auf den Tisch schütteln wollte, klappte es nicht. Das Ding darin leistete Widerstand. Ein verrückter Gedanke bemächtigte sich meiner: Jemand schickt mir ein gefährliches Tier. Vor meinem inneren Auge entstand ein Käfer, ein giftiger Skorpion, eine Schlange ...

Doch der Inhalt des kleinen Beutels lebte schon lange nicht mehr. Als es mir schließlich gelungen war, ihn herauszuschütteln, lag – der Seestern auf dem Tisch.

Mein Seestern! Oder vielmehr das, was davon übrig war: Einer der fünf Arme war nahe dem Zentrum abgebrochen. Mein Herz fühlte sich an, als hätte man es mit einer Nadel durchbohrt. Ich hörte noch Fulberts erstaunte Frage: »Was ist denn das für ein Tand?« Dann war ich schon zur Tür hinaus.

Am Tor stand Pius und grinste mich an. »*Pax tecum*, Clemens, ich habe gerade deinem Subinfirmar ...«

»Wer hat den Beutel für mich abgegeben?«, brach es aus mir heraus.

»Eine junge Frau. Was hat sie denn mit dir ...«

»Wie lange ist das her?«, rief ich.

»Weiß ich nicht. Nicht so lange. Den dritten Teil einer Stunde vielleicht. Aber ...«

Ich schob ihn beiseite und eilte hinaus auf die Straße, die in Richtung Wacholder führt. Nach wenigen Schritten verfiel ich in einen Laufschritt, der mich jedoch schon nach zehn, zwölf Klaftern keuchen machte bei der Hitze dieses Abends. Auch war mein Habit für diese Art der Fortbewegung denkbar ungeeignet. An der Abzweigung, wo es links hinauf nach Kiedrich und rechts hinunter nach Hattenheim geht, hielt ich an.

Aus dem Augenwinkel nahm ich wahr, dass sich eine Gruppe Landsknechte an dem Turm auf dem Wacholder und an den Befestigungsanlagen zu schaffen machte. Ich eilte weiter. Marie, Marie, Marie, so hämmerte mein Herz und trieb mir das Blut in den Kopf.

Nachdenken. Wohin konnte sie gegangen sein? Ich wusste ja fast nichts von dem Mädchen. Doch halt. Hatte sie nicht einmal gesagt, dass sie aus Geisenheim stamme? Also nach rechts hinunter. Ich lief wieder los. Ein Landsknecht zeigte auf mich und schwenkte sein mit Pfauenfedern besetztes Barett, seine Kameraden hielten mit ihrer Tätigkeit inne und schauten argwöhnisch auf. Erst schienen sie kurz alarmiert, dann merkten sie, dass sie es mit einem Klostermann zu tun hatten, und riefen mir irgendwelche spöttischen Bemerkungen zu.

Ich fand Marie auf halber Strecke nach Hattenheim. Als sie bemerkte, wer ihr nacheilte, wurde ihr Schritt schneller, und ihr langes, dunkles Haar wehte ihr wie eine Fahne hinterher. Ich bemerkte, dass sie wieder ein Haarband trug, doch es war nicht das bunte, das sie mir gegeben hatte. Dieses Band war von weißer Farbe, wie der Schnee im Winter.

»Warte!«, rief ich ihr mit keuchendem Atem nach.

Sie beschleunigte ihren Schritt noch mehr.

»Marie! Warte doch, ich muss mit dir reden!«

Da strauchelte das Mädchen und fiel hin. Sie war auf den Saum ihres Rockes getreten. Kurz darauf beugte ich mich zu ihr hinab. Marie blutete an der Stirn und am Ellenbogen. Ich wollte sie in die Arme nehmen, doch sie wehrte mich mit schmerzverkrampftem Gesicht ab.

»Was willst du?«, fuhr sie mich an.

War das noch das Mädchen, das mir so viel Wonne geschenkt hatte? Wie vor den Kopf geschlagen blickte ich ihr ins Gesicht. Ich weiß nicht mehr, was ich alles hervorstieß. Ich stammelte, dass ich nun endgültig Eberbach verlassen würde, ich wolle nur noch mit ihr zusammenleben, sie habe mich verzaubert und besitze mich nun bis ans Ende des Lebens. Mein Denken war verwirrt, ich war von Sinnen. Ihre Wunden weckten in mir den Instinkt, sie zu versorgen, zu verbinden, aber mehr noch, daran zu lecken. Ja, der rote Lebenssaft ließ in mir die Begierde erwachen.

Mit einem Mal fiel mir schmerzlich ein, dass ich sie in Pfeddersheim im Arm von Kunz Feldmann gesehen hatte. Ich richtete mich auf, reichte Marie die Hand und zog sie hoch. Sie ließ es geschehen. Erst jetzt merkte ich, wie klein sie war, wohl eineinhalb Kopf kleiner als ich. »Kunz«, spuckte ich den verhassten Namen aus, »was ist mit ihm? Bist du seine Geliebte?«

»Was willst du?«, wiederholte sie mit kühler Stimme. »Ich habe dir den Seestern zurückgegeben. Er war … ist dein Eigentum. Was willst du also mehr?«

Er ist zerbrochen, wollte ich sagen, doch was aus meinen Lippen kam, war: »Es ist zerbrochen.«

Sie betastete ihre blutende Stirn und nickte.

»Bist du die Geliebte dieses Kunz?«, insistierte ich.

»Ich war es. Woher weißt du das?«

Eifersucht schnürte mir die Brust ein. Doch ich schöpfte Hoffnung: »Dann ist es vorbei? Marie, könnten wir nicht … zusammen … wieder, so wie in jener Nacht? Du hast mir das Herz verzaubert. Ich will nur mit dir …« Ich ärgerte mich über mein unsicheres Stottern, brach ab und zwang mich, ruhig zu atmen. »Marie, ich bin dir den halben Main hinauf und dann wieder zurück nachgereist, bis nach Pfeddersheim. Dort habe ich das Gemetzel erlebt; ja, ich war mittendrin, und um ein Haar wäre ich getötet worden. Alles deinetwegen. Dann habe ich nach der Schlacht euren Wagen bemerkt und dich an der Seite dieses Widerlings gesehen.«

»Es ist zerbrochen«, wiederholte sie meine Worte und blickte ins Leere. Wir waren beide wie erstarrt.

»Und was war das dann neulich?«, rief ich wütend. Die Wut tat gut, denn sie ließ den Schmerz in den Hintergrund treten. »Erst Bruder Clemens, der Zisterzienser, den du in die Freuden der Liebe eingewiesen hast, und kurz darauf dieser Tunichtgut, dieses Schwein!« Dann fragte ich mit leiser, aber eisiger Stimme: »Warum hast du dich mit mir eingelassen?«

Sie zögerte. »Ich … es war halt … wie soll ich sagen, etwas Neues, etwas Aufregendes für mich, mich einmal mit einem Mönch einzulassen«, antwortete sie tonlos. »Du suchst eine Geliebte, eine Frau in mir, doch das bin ich nicht. Kehre um und geh in dein Kloster zurück.«

»So bist du eine … eine …« Ich sprach es nicht aus. »Dann geh zurück zu diesem Verbrecher. Du wirst schon sehen, dass das ein gefährlicher Mensch ist.«

»Der Herr von Hutten hat ihn verhaften lassen«, sagte sie tonlos. »Wahrscheinlich droht ihm der Tod.«

»Frowin von Hutten ist hier? Was weißt du noch?«

So erfuhr ich, dass der Rheingau auf einem Feld zwischen Eltville und Walluf in einem feierlichen Akt dem Mainzer Hofmeister Frowin von Hutten, der mit einem beträchtlichen Truppenkontingent angerückt war, hatte huldigen und Unterwerfung leisten müssen. Jetzt wurde mir klar, warum wir Trommeln und Pfeifen gehört hatten. In der gesamten Landschaft waren die Söldnerabteilungen unterwegs.

Herr von Hutten habe angekündigt, alle Rädelsführer unnachgiebig zu verfolgen, zwei oder drei seien schon verhaftet, und man verhöre sie gerade in der kurfürstlichen Burg. Kunz sei einer von ihnen. Henn habe sich wohl nach Bingen abgesetzt.

Ich konnte eine gewisse Genugtuung nicht verbergen. Zugleich war ich mit Bitterkeit erfüllt. »Weißt du, wo sich Konrad befindet?«, fragte ich.

»Ich weiß es nicht. Eigentlich sollte er mit zum Bischof. Doch dann ist aus irgendeinem Grund Kunz an seiner Stelle mitgefahren. Konrad war erst noch unten in Walluf, später hat man ihn nicht mehr gesehen.«

»Überlege: Hat er nichts gesagt? Was er für Pläne hat? Weißt du, wo er all die Jahre zugebracht hat? War er … immer im Gefolge von Kunz?«

Sie dachte nach. »Wo er sich aufgehalten hat, weiß ich nicht. Aber irgendwann hat er mal gesagt, dass er nach Oppenheim gehen will.«

Ich schwieg und dachte nach. Die Gedanken jagten einander in meinem Kopf. Vielleicht wollte Konrad zu unseren Eltern. Marie schwieg ebenfalls.

»Lebe wohl«, würgte ich nach einer Weile mit geborstener Stimme heraus. Und dann noch ein letztes Mal ihren Namen: »Marie.«

»Lebe wohl«, antwortete sie, mich nicht anschauend. »Verzeih …«

Ich widerstand dem Wunsch, mich noch einmal umzudrehen. Langsam und mit gesenktem Kopf trottete ich wieder die Straße hinauf zur Abtei. Als ich an der Gruppe der Landsknechte vorbeiging, nahm ich Melodiefetzen wahr. Ich blieb stehen und hörte zu. Die Kerle sangen ein Spottlied über die unterworfenen Rheingauer:

»Da ich einmal ein Kriegsmann was,
und auf dem Wacholder saß,
trank zu Eberbach aus dem Großen Fass,
wohl schmeckt' mir das.
Sieben Gulden die Zeche was.
Wie bekam mir das?
Wie dem Hund das Gras.
Der Teufel segnete mir das!«

In dieser Nacht entfloh ich. Wie schon vor Wochen kletterte ich in meiner einfachen Bauernkleidung über die Mauer. Am Gürtel trug ich eine Lederflasche mit Wein aus dem Großen Fass. Draußen wartete das Mädchen und ihr Haar wehte im Wind. Meine Geliebte! Sie war zu mir zurückgekehrt. Sie trug das bunte Band, das ihre Stirnwunde verdeckte. Aus ihrem Ellenbogen rann frisches Blut, das ich ableckte. Es schmeckte nach Liebe, Leben und Salz. Hand in Hand gingen wir hinunter zum Rhein. Gegenseitig schmeichelten wir einander die Kleider vom Leibe, immer abwechselnd ein Kleidungsstück. Ihre weiße Haut schimmerte im Licht des Mondes. Ich schüttete ihr Wein in den Mund, über ihren Busen, ihren Schoß und schlürfte ihn mit Lippen und Zunge. Und am Fluss in den Auen taten wir das, was ich so sehr ersehnt, auf das ich so lange hatte warten müssen.

Doch noch während wir uns bewegten, heiß und feucht, sah ich unter ihrer linken Brust ihr pulsierendes kleines Herz. Es war grün und hatte die Form eines Efeublatts. Efeu ist in reiner Form Gift, fast so giftig wie Eisenhut, dachte ich, und dann erkannte ich graue Haare auf dem Kopf der Geliebten. Auch schien es, als seien die Brüste nicht mehr so fest wie einst, eher wie faulende Birnen. Runzeln durchzogen das Gesicht, und es wurden mehr und sie gruben sich tiefer in die matter werdende Haut. Aus dem Flaum am Kinn und am Übergang zum Hals sprossen einige kräftige dunkle und graue Haare. Als ich mich in ihr Haar vergrub, um nichts mehr von diesem Spuk zu sehen, blieb an meiner nassen Wange ein Büschel Haare hängen. Die Schweißtropfen auf ihrer Haut wurden zu Warzen.

Ich hielt eine alte Frau im Arm.

Dank sei Gott, der mich erwachen ließ.

Bitterkeit lähmte mich. Ich war wie ein Gefäß, das mit Wermut gefüllt war. Ich fühlte ich mich wie jemand, der ein Körperteil verloren hatte, einen Arm oder ein Auge.

Tags darauf besuchte nach längerer Zeit wieder einmal der Viztum die Abtei und berichtete im Hospital dem Kreis der Senioren, was ich schon wusste: Frowin von Hutten, der das Regiment über mehrere hundert Bewaffnete führte, durchkämmte nach der Unterwerfung der Landschaft den gesamten Rheingau. Alle Rädelsführer wurden verhaftet. Und jeder Haushalt musste eine Buße von sieben Gulden bezahlen, eine gewaltige

Summe, die viele gar nicht aufbringen konnten. Jetzt verstand ich den Spottgesang der Söldner.

Als die Versammlung sich auflöste, bat Brömser mich, noch einen Augenblick zu bleiben. »Auf ein Wort, Bruder Infirmarius«, sagte er freudestrahlend. »Mein Rücken ist so gut wie noch nie. Das war bestimmt Eure gute Behandlung. Auch meine Frau Apollonia ist begeistert, habe ich doch …«

»Herr Brömser von Rüdesheim«, entgegnete ich verdrossen, denn so sehr ich mich freute, ihn zu sehen: Das Letzte, was ich hören wollte, waren des Viztums schlüpfrige Bemerkungen. »Glaubt mir«, fuhr ich fort, »es ist vielmehr die Erleichterung, dass nun alles so glimpflich zu Ende gegangen ist. Ihr habt die Schlacht von Pfeddersheim siegreich bestanden und hier im Rheingau ist der Aufstand vorbei. Ihr habt wahrlich Grund, zufrieden zu sein. Und deshalb habt Ihr keine Rückenschmerzen mehr. Ein fröhliches Herz tut dem Leibe wohl, aber ein betrübtes Herz lässt das Gebein verdorren, wie es im Buch der Sprichwörter steht.«

Wir plauderten noch eine Weile, obgleich ich gern allein gewesen wäre. Es war offenkundig, dass der Viztum bei allerbester Laune war. Um nicht unhöflich zu sein, erkundigte ich mich, was er von der Lage in den übrigen Gebieten gehört habe, in denen die Bauern wider ihre Herrschaft aufgestanden waren. Ob es denn dabei geblieben sei, dass die Herren die endgültigen Sieger waren. Oder ob es noch einzelne Strohfeuer gebe.

»Soweit man im Domkapitel erzählt«, verkündete Brömser mit zufriedener Miene, »ist alles vorbei. Pfeddersheim war wohl die letzte große Schlacht. Überall ziehen die Fürsten mit Hunderten von Soldaten durch die Lande und halten ihr Strafgericht. So wie hier im Rheingau auch; ich habe es ja vorhin berichtet. Nur aus den österreichischen Landen, besonders aus Tirol, hört man nichts Gutes. Da sollen die ketzerischen Bauern noch ihre Widerstandsnester halten, begünstigt durch die Berglandschaft. Aber in Franken und Kurpfalz, in Thüringen, am Bodensee und in Wittenberg, da schlagen die Fürsten erbarmungslos zu.«

»Wittenberg? Dort, wo der Doktor Luther lehrt, gab es auch Bauernaufstände?«

»Unsinn«, lachte Brömser und schlug sich gegen die Stirn, »ich habe mich versprochen. Württemberg meine ich natürlich. Die beiden Namen klingen ja sehr ähnlich; sie fangen gleich an und hören gleich auf;

und manche Leute sprechen und schreiben ja auch ›Wirttemberg‹ für die schwäbischen Lande. Seltsam, wie sich manchmal Ortsnamen ähneln.«

Da ging mir ein Licht auf.

Mit einem Schlag wusste ich, wer der Frater aus Oest… war. Und was immer er vorhatte, es galt, ihn aufzuhalten.

XI. Omnia flumina intrant mare

Die Flammen züngelten und leckten.

Sie tanzten um die Scheite, sprunghaft und wild – wiegend und sanft.
Sie umschmeichelten das Holz, liebkosten es, küssten es mit gelben Lippen und roten Zungen. Und das Holz ließ es willig geschehen, ließ sich
erhitzen; es seufzte, zischte, knisterte, stöhnte, es knackte wie im Liebesspiel ekstatisch überdehnte Gelenke. Es nahm die Hitze an, um dann
zu lodern, zu brennen und schließlich zugrunde zu gehen. Was bleiben
würde, war ein Glühen, ein Glimmen, dann kalte Asche.

Ich verscheuchte die schwülstigen Gedanken der Erotik und dachte an
das Fegefeuer, jenen Läuterungsort, das *purgatorium*, das nach dem Tode
folgt, damit der Mensch gereinigt und für die Liebe Gottes vorbereitet
werde. Der Leib in Flammen, aber anders als das Holz ohne Aussicht,
rasch zu zerfallen. Für Wochen, Monate, Jahre, Jahrzehnte.

Aber war das nicht das Fegefeuer auf Erden – wenn wir mit dem Menschen, den wir innig lieben, nicht zusammen sein können?

In dieses grandiose Schauspiel starrend, hatte ich mich in Gedanken
verloren. Das Feuer, das mich faszinierte, prasselte im Kamin des Infirmariums, und an einer eisernen Schiene darüber hing an einem Haken
ein großer kupferner Bottich mit Wasser. Feuer und Wasser – Antipoden, Feinde, die einander Schaden tun können wie Bauern und Fürsten,
wie Mann und Frau …

Ich war dabei, mir ein Bad zu bereiten. Es war nach der Komplet,
als ich mich noch einmal ins Krankenhaus zurückgezogen hatte. Alle
großen Gelehrten der Medizin empfehlen Bäder, wenn der Geist erregt
ist und der Körper nach Ruhe lechzt. Ich fasste mit der Hand ins Wasser – und zog sie rasch zurück. Fast hätte ich mich verbrüht. Heiß. Sehr
heiß. Dann schob ich den Kessel mit einem eisernen Haken aus der direkten Hitze zur Seite, zog zwei lederne Handschuhe an und nahm ihn
ab. Ich brachte ihn in die Badekammer nach nebenan und leerte ihn

in einen großen Zuber. Viel Kraft musste ich aufwenden, denn es war bereits der fünfte Kessel mit heißem Nass – vorher hatte ich eine große Menge kaltes Wasser eingefüllt –, den ich auf diese Weise für mein Bad bereitete. Es sollte der letzte sein. Ich kleidete mich aus und legte mein Ordensgewand sauber auf einen Stuhl. Darauf holte ich eine Schachtel mit Lavendelblüten, nahm eine Hand voll, rieb die Blütendolden ein wenig zwischen den Fingern und warf sie ins Wasser. Ein angenehmer Duft stieg mit den Dämpfen auf.

Mithilfe eines Schemels kletterte ich in die etwa zwei Ellen hohe Wanne. Hitze nahm Besitz von meinem Körper, kam von den Zehen in die Füße, kroch die Waden und die Oberschenkel hinauf, fast unerträglich an den Genitalien; Brust und Rücken überströmte ein wohliger Schauer. Dann tauchte ich ganz ein, auch mit dem Kopf. Prustend kam ich hoch und rieb mir das Gesicht. Mein erstes Bad seit Monaten. Ich dachte an den Viztum Heinrich Brömser, dem ich mit heißen Bädern und mit manuellem Geschick hatte helfen können. Dann fiel mir der Spottgesang der Bauern ein: »Ein Mönch kam einst ins Badehaus …« Eine aufkommende sexuelle Erregung irritierte mich, doch ich zog meine Hand zurück und zwang mich erneut zu anderen Gedanken. Ich erhob mich und trat triefend zu meinem Gewand. Aus der Innentasche holte ich den Seestern, danach stieg ich wieder in die dampfende Flüssigkeit. Der Seestern – zum ersten Mal roch ich an ihm. Wenn ich ihn ganz nah an die Nase hielt, nahm ich den Geruch trockenen Sandes wahr, etwa so, wie es am Rhein im Sommer bei großer Hitze riecht. Auf der flachen Hand hielt ich ihn über das Wasser, dann drehte ich die Hand um. Der vierarmige, verstümmelte Meeresbewohner sank langsam zu Boden, lag zwischen meinen Oberschenkeln. Ich blickte ins milde Licht zweier Kerzen, die ich in einer Halterung an der Wand entzündet hatte, und dachte nach. Noch einmal ließ ich innerlich an mir vorüberziehen, was sich seit gestern ereignet hatte.

Der Frater aus Oest… – nun hatte ich endlich herausgefunden, wer er war. Der gestrige Versprecher Heinrich Brömsers hatte es an den Tag gebracht, hatte mir mit einem Schlag die Augen geöffnet. Und wenn es noch einen ganz kleinen Rest an Zweifel gab, so war ich bemüht, ihn bald vollends zu zerstreuen. Heute Morgen war ich nach dem Kapitel, als fast alle sich betend oder lesend im Kreuzgang aufhielten, in die Zelle dessen gegangen, den ich nun in Verdacht hatte. Dreist durchforschte ich das Schränkchen neben seiner Pritsche und fand, was ich suchte: die Phiole mit dem Extrakt des Blauen Eisenhuts.

Ich nahm das Fläschchen an mich, verbarg es unter meinem Habit und nahm es mit ins Krankenhaus. Es passte alles zusammen, und ich fragte mich, warum ich so blind gewesen war in den vergangenen Wochen. Doch die Erklärung lag auf der Hand. Zu viel war geschehen in der Abtei und um sie herum. Zu viel auch, was mich beschäftigt und meine Verstandeskräfte gebunden, ja gelähmt hatte. Doch nun war ich frei, zumindest frei von Marie. Frei? Nein, frei war ich nicht, ich brannte immer noch. Aber der Liebesschmerz, die grenzenlose Enttäuschung bewirkten doch, dass ich voller Tatendrang war. Das Rätsel des verräterischen, scheinbar aus Oestrich stammenden Mitbruders – es kam mir gerade recht. Ich wollte es lösen, wollte Gewissheit.

Im Infirmarium nahm ich mir noch einmal das Zettelfragment vor.

Was Ihr verlangt, Gesellen, ist ...

Doch ich will sehr bold ...

kann es gschehen, mit ein wenig ...

aus dem Infirmarium ...

laus in seinem Hause zum Sp...

war anno ...61

andere besorgen.

Gott vergebe mir, ich bin ...

Euer Geselle, der Frater aus Oes...

Alles ergab nun einen Sinn: der scheinbare Schreibfehler *bold* statt *bald*. Ja, ich war wirklich blind gewesen. Aus dem Infirmarium – das Gift! Und was der intrigante Mitbruder damit anstellen wollte, war ebenso klar, wenn man den verstümmelten Text genau las und die richtigen Ergänzungen vornahm. Überhaupt: verstümmelt ...

Ich stellte die wiedergefundene Phiole zurück an ihren Platz im Regal und legte das Blatt auf einen Stuhl. Danach begab ich mich rasch in den Kreuzgang und mischte mich unter die Mitbrüder.

Und hier beging ich einen Fehler.

Ich hielt Ausschau nach dem betreffenden Bruder und – wider meinen Willen – fixierte ich ihn scharf. Zu scharf. Schau nicht so hin, sagte ich mir, doch noch immer fasziniert von meiner eigenen Entdeckung, konnte ich gar nicht anders. Da merkte ich, dass der Betreffende unsicher wurde. Es war deutlich zu erkennen, wie sich seine Muskeln unter der Kutte spannten, er hielt meinem Blick nicht stand und ging ein paar Arkaden weiter. Dort stellte er sich ans Fenster und schien durch eine unbemalte Stelle im Glas blinzelnd hinaus in den hellen Kreuzgarten zu starren, wo die Rosen in sommerlicher Blüte standen.

Als ich mich abwandte, sah ich Bruder Karl Pfeffer neben mir auf einer Bank sitzen. Er hatte die Hände gefaltet und murmelte ein Gebet. Nachdem er es mit einem unerwartet lauten Amen abgeschlossen hatte, schaute er, wie üblich mit verdrossenem Gesicht auf der Unterlippe kauend, zu mir hoch.

»Bruder Karl«, sprach ich ihn leise an, »geht es dir gut?«

Er blickte traurig drein und kratzte mit dem Fingernagel an einem entzündeten Pickel auf dem Kopf herum.

»Nun«, sagte ich und bemühte mich, möglichst zuversichtlich zu klingen, »lieber Karl, ich glaube, deine düsteren Vorahnungen über das Kloster haben sich nicht bewahrheitet. Deine Kommentare auf der Rheinfahrt. Die Apokalypse. Wir sind noch einmal mit dem Schrecken davongekommen, nicht wahr? Das Kloster existiert noch, und die Endzeit ist noch nicht angebrochen.«

Karl blickte zu Boden und sagte missmutig: »Und ich sah ein Tier aus dem Meer steigen, das hatte zehn Hörner und sieben Häupter. Das Tier, Bruder Clemens, das kommt noch, ganz gewiss. Wir erleben es noch. Aber es wird besiegt werden. Und das Meer wird nicht mehr sein, wenn der neue Himmel und die neue Erde errichtet werden und das himmlische Jerusalem in Herrlichkeit erstrahlt.«

Bei seinen Worten über das Tier aus dem Meer, den Antichrist, dachte ich an meinen Seestern und war insgeheim beruhigt, dass von der Zahl Sieben bei ihm keine Rede sein konnte, da er fünf beziehungsweise jetzt nur noch vier Arme besaß.

»Denk dir nur«, stieß Karl hervor, »die sechs Vorzeichen auf der Reise, weißt du noch? Du musst beachten, dass es sich genau wie in der Offenbarung verhält: Nach der Öffnung des sechsten Siegels gibt es eine Pause. Später, viel später das siebte Siegel. Und dann erst passiert das Entscheidende: Donner, Blitze und Erdbeben. Ebenso nach der sechsten Posaune: eine Unterbrechung. Die Ruhe vor dem Sturm.« Er nickte mehrmals heftig. »Und nach der siebten Posaune … du wirst schon sehen. Mit all diesen lasterhaften Vorgängen hier in der Abtei würde es mich nicht wundern, wenn bald noch etwas Schlimmes geschieht.«

»Karl«, sagte ich und legte ihm den Arm über die Schulter, »wir haben unser siebtes Siegel schon hinter uns und unsere siebte Posaune auch. Preise den Herrn und sei ganz ruhig.«

Immer noch unglücklich dreinschauend, wechselte er unvermittelt das Thema und erkundigte sich nach Konrad. Nun war es an mir, ein betrübtes Gesicht zu machen. Ich erklärte ihm, dass Konrad wohl verloren sei, verschwunden irgendwo in den Wirren des Bauernaufstands. Vielleicht, dachte ich, sprach es aber nicht aus, vielleicht ist Konrad ja auch im Gefängnis gelandet.

»Bei der Gelegenheit, Bruder Infirmarius«, unterbrach mich Karl, »ich muss mich, glaube ich, doch einmal in Behandlung begeben.« Er wies auf sein pickliges Haupt und schaute mich mit Hundeaugen an. »Kann man da was ausrichten?«

»Die paar Pickel sind doch nicht so schlimm. Es handelt sich um entzündete Haarwurzeln. Das kommt wahrscheinlich von der Rasur.«

»Es ist nicht so sehr der Kopf«, sagte er traurig. »Du solltest mal meinen Rücken sehen, da habe ich einige schmerzende Stellen. Manchmal versuche ich, selbst mit den Händen daran herumzudrücken, aber erstens bin ich nicht mehr gelenkig genug, und wenn ich die Stellen erreiche, mache ich alles noch schlimmer. Es scheinen richtige Furunkel zu sein, die mich dort martern.«

»Lass mich mal kurz sehen, am Hals auch? Du solltest den Kragen ein wenig weghalten, dann ...«

»Eigentlich mehr ... nun ja, äh ... auch am unteren Rücken, am Gesäß.«

In diesem Augenblick rief die Glocke zur Terz, und wir standen auf.

»So komm später ins Infirmarium«, sagte ich. »Vielleicht kann ich mit Thymian- und Kamillentinktur etwas ausrichten. Im schlimmsten Fall müsste ich die Furunkel mit dem Skalpell aufschneiden.«

Merklich blasser trat Karl mit mir zusammen den Weg in die Kirche an.

Als ich am Nachmittag wieder im Infirmarium arbeitete, fiel mir noch eine Alternative ein: Ein heißer Breiumschlag aus Bockshornkleesamen, wie es Albertus Magnus schon vor dreihundert Jahren empfohlen hatte, galt ebenfalls als ein probates Mittel bei Ekzemen und Entzündungen der Haut. Auch Brunnenkresse, bereits im Lorscher Arzneibuch erwähnt, konnte helfen. Ich hatte dem armen Bruder Bursenschreiber mit der Erwähnung des Skalpells einen gewaltigen Schrecken eingejagt.

In Erwartung Karls suchte ich nach den Medikamenten im Kräutergarten. Wie ich vermutet hatte, besaßen wir keine Brunnenkresse. Sie musste erst frisch gepflückt werden. Ich beschloss, gleich morgen Fulbert, der derzeit unten in Drais einen erkrankten Konversen behandelte, mit dem Pflücken zu beauftragen. Die Dose mit Bockshornklee war dagegen noch fast voll. Mit einer kleinen Schaufel nahm ich eine Hand voll der Samen heraus, setzte sie mit Wasser an, um sie aufquellen zu lassen, und bereitete Verbandsmaterial vor.

Ich wartete vergebens; der Bursenschreiber kam nicht.

Im mild flackernden Licht der Kerze betrachtete ich den Seestern, der zwischen den Lavendelblüten auf dem Boden der Wanne lag. Dann tauchte ich noch einmal mit dem Kopf unter und öffnete die Augen. Nur mit Mühe erkannte ich die Pentagramm- oder vielmehr die Tetragrammform. Schon als Kind hatte ich mich gefragt, warum man im Wasser schlechter sieht als in der Luft, was genau es sei, das zur optischen Beeinträchtigung führt. Es musste die Dichte des Elements sein, welche den Augen Probleme bereitet. Abtauchen, dachte ich, ins warme Wasser, sanft und schmeichelnd umhüllt – der Blick wohlig getrübt wie im Rausch des Weines – und dann nie wieder auftauchen. Ich griff nach dem Seestern und umfasste ihn mit beiden Händen. Erst als ich in Atemnot war, stieß ich wieder zur Oberfläche vor. Den Seestern legte ich behutsam auf den Wannenrand.

Erneut dachte ich an Karl. Offenbar hatte er sich doch geschämt zu kommen. Es gibt tatsächlich Menschen, die lieber leiden, als ihre Scham zu überwinden und zum Arzt zu gehen.

Plötzlich fiel mir Peter ein. Was hätte wohl er, mein Mitgefangener mit dem frechen Maul, dazu gesagt? Bestimmt hätte er einen seiner losen Sprüche von sich gegeben. Fast konnte ich seine Stimme hören: ›Ein Furunkel am Arsch, das ist harsch, das ist barsch. Sind es zwei oder drei, dann …‹ Peter wäre bestimmt noch ein vernünftiger Reim dazu eingefallen, ich suchte und suchte wohl zehn Minuten nach einer Ergänzung: ›… dann ist's einerlei‹ war alles, was mir einfiel; jedenfalls brachte ich den albernen Vers nicht vernünftig zu Ende. Aber ich musste lachen.

Ja, Peter Wagner. Was war wohl aus ihm geworden? Frau und Kind verloren, in die Schlacht geraten, Kerkerhaft, befreit – und dann? Bedauerlich, dass ich diesen Mann nie wiedersehen würde. Die zwei, drei Tage in Gefangenschaft, diese extreme Situation, sie hatte uns einander nahe gebracht. Peter fehlte mir.

Ich wusch mir den Haarkranz mit Seife, tauchte erneut unter und blieb lange unter Wasser. Als ich auftauchte, hörte ich ein Geräusch. War das die Klinke der Eingangstür? Weil ich noch Wasser in beiden Ohren hatte, war ich nicht ganz sicher.

Plötzlich rann mir ein Rinnsal Seife in die Augen, die ich heftig zukniff. »Komm nur herein, Bruder Karl!«, rief ich laut. »Ich bin hier im Nebenraum und nehme ein Bad.«

Durch mein heftiges Blinzeln hindurch sah ich, wie eine Gestalt im schwarzweißen Ordensgewand sich der Wanne näherte. Warum hat er so einen seltsam schleppenden Gang, wunderte ich mich.

Der Mitbruder sagte leise etwas, was ich nicht klar verstand. Doch Karl war es nicht, das hörte ich am Tonfall und an der Stimmlage.

Der Mönch, der jetzt vor der Wanne stand, war groß und athletisch.

In diesem Augenblick wusste ich, mit wem ich es zu tun hatte. Und dass mir Gefahr drohte.

Instinktiv ließ ich mich noch einmal unter Wasser sinken.

Ein Traum. Wenn ich auftauchte, würde er verschwunden sein, der Besucher. Überreizte Fantasie, Einbildung. Ein Traum, ein Traum, ein Traum!

Als ich wieder hochkam, zeigte es sich, dass ich keineswegs träumte. Wie neulich im Kreuzgang, als die Frevler in die innere Klausur eingedrungen waren, handelte es sich um die nackte Realität. So nackt, wie ich selber war.

Um das Wasser aus dem Ohr zu befördern, aber auch um meine Angst und Unsicherheit zu überspielen, neigte ich den Kopf nach links und schüttelte ihn kräftig, dasselbe Spielchen machte ich dann auf der anderen Seite. Fieberhaft dachte ich nach, was zu tun sei.

Da sprach mich der Mitbruder an. Er redete anders als sonst. Nicht im Dialekt seiner Heimat. Sondern hochdeutsch, wie ich es nicht gewöhnt war. Es klang seltsam und fremd.

»Ich bin nicht Bruder Karl. Friede sei mit dir, Bruder Infirmarius.«

Ich räusperte mich und richtete meinen Oberkörper in der Wanne auf. »*Et cum spiritu tuo*, lieber Bruder. Was führt dich ins Krankenhaus? Kommst du wieder wegen einer …«

»Naa«, kam für einen Augenblick sein Idiom durch, doch sogleich schwenkte er um in ein klares Deutsch. »Nein, heute nicht. Heute komme ich wegen etwas anderem.«

Wenn mir nicht sowieso schon warm gewesen wäre, in diesem Augenblick hätte ich zu schwitzen begonnen. »So, wegen was denn?«, versuchte ich Zeit zu gewinnen. Dass es nichts Gutes war, was der Eindringling im Schilde führte, lag auf der Hand. Wie konnte ich der Situation entrinnen? Mich erst einmal dumm stellen und weitersehen.

»Ich will holen, was mir gehört«, sagte er. »Und dann noch was erledigen.«

Er trat nahe an die Wanne heran und musterte mich mit starrem Blick. Darauf streckte er beide Arme über den Wannenrand. Gleich musste er meinen Kopf packen und mich untertauchen. Wenn er mich dann festhielt mit seinen Riesenkräften, hätte ich keine Möglichkeit mehr zur Gegenwehr. Zu Boden gedrückt, musste ich in meinem Badewasser ersaufen wie eine Ratte im Kielraum eines sinkenden Schiffes, irgendwo weit draußen im Ozean.

»Ich verstehe nicht genau, was dein Begehr ist«, wich ich weiter aus und merkte, dass meine Stimme schrill-heiser wurde, »aber lass mich erst mal aus der Wanne steigen.«

Da streckte der Bruder die Hände vor – doch anstatt sie mir aufs Haupt zu legen und mich niederzudrücken, hielt er sie ins Wasser und plätscherte harmlos darin herum wie ein spielendes Kind. Es schien ihn überhaupt nicht zu kümmern, dass die Ärmel seines Gewands triefnass wurden.

»Freilich«, sagte er schließlich. »Zieh dich an.«

Ich fühlte mich wie eine Maus, die, von einer Katze gepackt, deren grausamen Spielen hilflos ausgeliefert ist. Ungehindert stieg ich aus der Wanne, mein Gegenüber trat ein paar Schritte zurück und schaute mir interessiert zu. Intensiv musterte er mich von oben bis unten. Die wildesten Gedanken schossen mir durch den Sinn. Vielleicht hatte ich mich getäuscht und er war auch einer von den Mönchen, die der Sünde des Fleisches nicht widerstehen können und sich zum gleichen Geschlecht – in diesem Fall zu mir – hingezogen fühlen.

Da reichte er mir ein Handtuch, das ich mir schon bereit gelegt hatte.

Ich trocknete mich ab, nahm mein Gewand und ging nach nebenan, um mich anzuziehen. Er folgte mir hinkend, doch relativ rasch. Wie gut er schon wieder gehen kann, fiel mir auf. Ohne Krücke! Ich zog langsam meine Unterwäsche und die Sandalen an und dachte so angestrengt nach, wie es weitergehen sollte, dass ich Kopfschmerzen bekam. Das heiße Bad, dem ich rasch entsteigen musste, tat ein Übriges: Bevor ich meinen Habit anlegen konnte, war ich so benommen, dass ich mich hinsetzen musste. Ich zog einen Stuhl vom Tisch zurück und sah erschrocken, dass der halb verbrannte Zettel mit der obskuren Nachricht auf der Fläche des Stuhles lag. Unvorsichtigerweise hatte ich ihn gestern dort abgelegt und liegen lassen. Doch anscheinend hatte der, der ihn geschrieben hatte, nichts bemerkt. Er ging auf und ab, um dann vor dem großen Regal mit den Arzneien stehenzubleiben. Sein Blick wanderte über die Bretter und fixierte schließlich die Phiole mit dem Extrakt des Eisenhuts. Er nahm die Flasche in die Hand und trat mit triumphierendem Gesichtsausdruck zu mir an den Tisch.

»Also«, sagte er eisig und blickte mich erwartungsvoll an.

»Was?«

Er zog sich ebenfalls einen Stuhl heran. »Also«, wiederholte er und schob mir das Fläschchen hin. Wir setzten uns langsam.

»Blauer Eisenhut, ein Extrakt aus den Wurzelknollen«, dozierte ich. »Auch Mönchshut genannt. Oder Wolfskraut. Es hat viele Namen.«

»Aber auch Reiterkappe oder Venuswagen. Venuswagen, ja, interessant. Taugt das Elixier nicht auch als Aphrodisiakum?«

Ich staunte. Woher kannte er diese anderen Bezeichnungen für das Gift, das schon Albertus Magnus bei Lepra und Aussatz eingesetzt hatte? Es hieß, dass der berühmte Paracelsus in unseren Tagen damit Experimente als Abführmittel machte.

»Heißt er nicht auch Würgling?«, fragte mein Gegenüber leise. »Oder Ziegentod?« Er streckte die Hand vor und schob mir die Flasche noch näher heran.

Ich sprang so heftig auf, dass der Stuhl zu Boden fiel. Jetzt wurde mir klar, was er vorhatte. Gleichzeitig stieß ich mit dem Oberschenkel gegen den Tisch, der einen heftigen Stoß bekam. Die Phiole kam ins Wanken, drohte zu kippen, doch seine Hand schoss vor und umschloss die Flasche.

Dann bemerkte er den Zettel, der durch mein ungestümes Aufspringen zu Boden gesegelt war. Ich trat darauf zu, wollte ihn aufheben, doch der andere war schneller. Mit der Faust stieß er mich gegen die Brust. Ich prallte zurück. Umständlich bückte er sich – es war offensichtlich, dass seine schwere Verletzung ihm noch Schmerzen bereitete. Seine Augen flogen über die Zeilen, und ungläubiges Staunen huschte über sein Gesicht, er zog die Brauen zusammen und blickte mich an.

Spätestens jetzt gab es keine Geheimnisse mehr.

Da ergriff mich – Gott sei Dank – der Mut der Verzweiflung. »Du wolltest *deine* Flasche zurückholen«, stellte ich fest. »Und jetzt hast du auch noch deinen Zettel gefunden. Es ist *deine* Handschrift, nicht wahr? *Du* hast den Zettel geschrieben. Du stehst – oder standest – mit den Aufständischen im Bunde. Du wolltest einen Giftmord an Abt Nikolaus begehen: Während er in seinem Haus zum Speisen ist, sollte er etwas mit dem Eisenhut-Elixier Vergiftetes essen oder trinken, *in seinem Haus zum Sp...* Ist es nicht so? Ist es nicht so, du verräterischer Mitbruder? Bruder Arnulf Schwarz aus Graz, ehemaliger Mönch in der Abtei Heiligenkreuz im Wienerwald! Du bist es: Du bist der Frater aus *Österreich*!«

Eine lange Pause trat ein wie die täuschende, drückende Ruhe vor einem Gewitter. Wir kreuzten die Blicke wie Klingen. Schwer hing die Stille im Raum. Kaum noch hielt ich das Schweigen aus, wusste nicht, was jetzt zu tun sei.

»Wo hast du diesen Zettel her?«, fragte er.

»Das tut nichts zur Sache. Ich habe ihn gefunden, vor Wochen.«

»Nun, wenn du den Zettel schon länger hast, was bist du so erstaunt? Wer sonst soll denn der Bruder aus Österreich sein, wenn nicht ich? Oder gibt es hier sonst noch einen Österreicher?« Er lachte, doch ohne Heiterkeit.

»Ich war ein Narr. Das Papier ist doch halb verbrannt, es fehlt die rechte Hälfte, sodass ich nur *Der Frater aus Oest...* lesen konnte. Ich ging natürlich von Oestrich aus. Und hatte einen bestimmten Mitbruder im Verdacht. Nun ja, auch das spielt keine Rolle. Jedenfalls bin ich dir nun auf die Spur gekommen und habe dich gefunden.«

»Oder ich dich«, erwiderte er kalt, trat zum Tisch und schob das Fläschchen wieder in meine Richtung. »Hinsetzen!«, befahl er.

»Was hast du vor?«, zischte ich erschrocken und leistete Folge.

»Ich, ich habe gar nichts vor. Aber du. Du solltest einen schönen Trunk nehmen. Du predigst uns doch immer, es sei wichtig, viel zu trinken.«

»Bist du verrückt? Ich soll vom Blauen Eisenhut trinken? Und wenn ich es nicht mache? Was willst du tun?«

Da schnellte seine Rechte vor und packte meinen Unterarm. Sein Griff war unerbittlich. »Du wirst!«, entgegnete er mit absoluter Sicherheit in der Stimme. »Es ist an der Zeit.« Er griff mit der Linken nach der Flasche, hielt mit drei Fingern ihren Hals umklammert; geschickt öffnete er mit Daumen und Zeigefinger den Glasverschluss und ließ ihn seitlich auf den Tisch fallen.

»Du willst mich umbringen, wie du den Abt umbringen wolltest? Nicht wahr, so ist es doch?«

Sein Grinsen und ein Zucken der Schultern bedeuteten wohl Zustimmung. Mein Blick fiel auf den Zettel. Das war die Rettung. Der Zettel – er konnte mir Zeit und Hoffnung bringen. Ich musste alle Zeilen mit Arnulf durchgehen und ihn befragen. So oft hatte ich den Text schon gelesen, dass ich den Wortlaut auswendig kannte.

»Warte!«, rief ich. »Gib mir wenigstens eine Erklärung. Was bedeutet die erste Zeile? *Was Ihr verlangt, Gesellen, ist ...*«

»Habe ich das so geschrieben? *... nicht leicht,* so heißt die Fortsetzung.«

»*Doch ich will sehr bold ...,* ja, völlig klar, *sehr bold,* das hielt ich erst für einen Schreibfehler. Doch es ist dein Dialekt. Warum bin ich nicht früher darauf gekommen? Nur du konntest es sein. Fast alle anderen Mönche sind hier aus der Gegend, vom Mittelrhein, keiner sagt *bold* für *bald.* Also was wolltest du bald?«

»Mich um das kümmern, was wir besprochen hatten, draußen auf der Heide.«

»Ja, richtig, auf der Wacholderheide. Du bist vom Abt mit dem Schreiben der Äbtissin Engel nach der Heide gesandt worden und hast dort Kontakt zu den Bauern bekommen, nicht wahr? Du warst lange weg, über Nacht wohl. Und beim Lagern im Gras hast du dir die Zecke geholt. Oh, ich Narr, ich vermaledeiter Hohlkopf!«

»Freilich, so war es.«

»Auch im nächsten Satz die Mundart: *kann es gschehen, mit ein wenig ...*«

»Das weiß ich nicht mehr, was ich da geschrieben habe, mach weiter.«

»*... aus dem Infirmarium ...*«

»Ah ja, mit ein wenig Gift aus dem Infirmarium halt.« Er hielt mir die

Flasche unter die Nase, mit der anderen hatte er immer noch meinen Arm gepackt.

Rasch fuhr ich fort. »Und dann: *laus in seinem Hause zum Sp...*«

»Das hast du doch schon selbst erklärt, du schlauer Infirmarius.«

»Gewiss, und durch die nächste Zeile, *war anno ...61*, wird es noch klarer. Es muss 1261 heißen, nicht wahr? In jenem Jahr gab es hier im Kloster die sogenannte Stiefelrevolte. Die Laienbrüder probten den Aufstand, weil sie sich ungerecht behandelt fühlten. Sie mussten die benutzten Schuhe und Stiefel der Herrenmönche auftragen. Und schließlich ermordeten sie den Abt. Den armen Abt Werner, der nach nur drei Jahren Amtsführung zu seinem Schöpfer gehen musste. – Doch warum, Arnulf, warum?«

»Abt Nikolaus«, spuckte Arnulf den Namen aus, »seit ich hier bin, behandelt er mich wie Dreck. Damals, als ich angekommen war, stellte sich rasch heraus, dass er mich ablehnte. Anfangs wollte er mich sogar nur als Laienbruder aufnehmen. Er sagte: ›In deinem Blick ist etwas Unheimliches, Bruder Arnulf. In deinem Körperbau ist etwas Unmönchisches, Bruder Arnulf. Du musst arbeiten, du gehörst aufs Feld, Bruder Arnulf.‹ Außerdem hat er mir gesagt, dass er meinen Dialekt nicht mag: ›Deine Aussprache ist so schwarz wie dein Name. Sprich deutlich, Bruder Arnulf, damit ich dich verstehen kann. Sprich einfach deutsch, Bruder Arnulf.‹ Bruder Arnulf, tu dies, Bruder Arnulf, tu das. Immer, wenn ich etwas gesagt habe, hat er spöttisch gelächelt. Ich habe ihn gehasst. Gehasst, ja, freilich, freilich, gehasst! Was heißt ›gehasst‹? Ich hasse ihn immer noch. Einen Hund behandelt man besser. Und du siehst, ja, lieber Infirmarius, dass ich durchaus richtiges Deutsch sprechen kann!« Er hatte jetzt wirklich ein unheimliches Flackern im Blick.

»Und gehasst hat ihn auch ein anderer, nicht wahr?«, unterbrach ich bitter. »Kunz Feldmann, unser ehemaliger Konverse, dieser Tunichtgut.«

»So ist es. Als ich das Schreiben im Lager auf dem Wacholder übergeben habe, an Greiffenclau persönlich, haben mich ein paar Kerle angerufen. ›He, Mönch, trink mit uns‹, brüllte einer. Es war Kunz. ›Es ist ja euer Wein, sollst auch einen Schluck haben.‹ Ich bin zu ihnen hingegangen und wir kamen ins Gespräch. Wir haben schnell gemerkt, dass wir beide keine Freunde des Alten sind.«

»Aber da stimmt doch etwas nicht: Wenn Kunz plante, den Abt zu ermorden, hätte er es doch selbst tun können. Er hatte doch die Leiter angelegt und über die Mauer geschaut, und ein paar Wochen später ist er mit seinen Gesellen sogar bei uns im Kreuzgang aufgetaucht und sie haben gesoffen wie die Böhmen.«

»Zu diesem Zeitpunkt haben sie es noch nicht gewagt, offen gegen das Kloster vorzugehen. Der Greiffenclau führte doch das Regiment, und alle tanzten nach seiner Pfeife. Einmal hatte es wohl eine Auseinandersetzung gegeben, wer der Stärkere sei, der von Vollrads oder Kunz, und der große adlige Herr hat ihm eine Watsch'n verpasst. Sie hatten alle Respekt vor Greiffenclau und trauten sich nicht, dem Kloster schwereren Schaden zuzufügen. Daher fragten sie mich. Später dann im Kreuzgang waren Kunz und Henn wohl zu blau, wie ich gehört habe. Und Rab und Ostermann rutschte das Herz in die Unterhosen. Pah!« Er machte eine wegwerfende Handbewegung.

So war das also. Rachegefühle eines ehemaligen, bösartigen Konversen und Rachegefühle eines beleidigten, vom teuflischen Irrsinn befallenen Chormönches.

»Und was heißt das noch: *andere besorgen?*«

»Kunz war mit einigen Leuten in Verhandlung, aus Sachsen. In diesem Land hat er sich wohl früher eine Weile aufgehalten und kannte dort ein paar dubiose Kerle. Die wollten eine Reliquie haben, angeblich für die Sammlung ihres Landesfürsten. Sowieso hatten einige da draußen vor, alle Heiligenbilder und Reliquien rauszureißen und zu zerstören oder zu verschachern. Bei diesem geplanten Handel ging es um eine unserer Reliquien, vielleicht sogar die berühmteste. Die sollte ich besorgen.«

»Doch nicht etwa den Schädelknochen des heiligen Bernhard?«

»Genau den.«

»Arnulf, du bist …«, fuhr ich empört auf und suchte nach Worten, die meinen ganzen Abscheu zum Ausdruck brachten, »… ein niederträchtiger Verräter!«, war alles, was ich resigniert hervorbringen konnte.

Er grinste unverschämt. Wahrlich, dieser Mann hatte den Verstand verloren.

»Doch wie geschah es, dass euer frevlerischer Plan nicht zur Ausführung kam?«, forschte ich weiter.

Er schien nachzudenken. »Ja, wieso?«, murmelte er. »Es is' halt alles anders kommen«, fiel er kurzzeitig in seinen Dialekt zurück. »Genau weiß ich's nicht. Irgendwann war der große Geist des Widerstands raus, so wie der Wein irgendwann einmal aufhört zu gären. Je länger die auf dem Wacholder lagen, desto schlaffer wurden sie, manche waren auch nur noch betrunken. Ein Teil der Leute zog ab, weil sie glaubten, sie hätten schon alles erreicht. Es hat ja auch immer wieder geheißen, dass der Schwäbische Bund kommt. Dann haben die, die das Lager halten wollten, sich um die Verstärkung der Türme und Wälle gekümmert und die Pläne mit dem Kloster, der Kirche und der Reliquie aus dem Blick verloren. Schließlich hat sich anscheinend alles runter nach Walluf verlagert. Mit der Zeit habe ich auch gar nichts mehr von Kunz gehört.«

»Kein Wunder. Er war bei der Delegation, die zum Bischof Wilhelm geschickt wurde.«

»Wieso … ach so, du musst es natürlich wissen. Man erzählt sich ja wunder was von deinem Ausflug nach Pfeddersheim. Es wird auch gemunkelt, dass du ein Liebchen da draußen hattest. Ist da was dran, sag?«

Neugierig, fast lüstern hatte er die letzte Frage gestellt und sich zurückgelehnt. Es hatte auch sein Gutes: Arnulf hatte mein Handgelenk losgelassen. Doch wie war es nur bekannt geworden, dass ich das Gelübde der Keuschheit verletzt hatte?

»Und letztlich war es ja von entscheidender Bedeutung«, lenkte ich ab, »dass der Verräter im Kloster, der Mordbube« – ich schaute ihm direkt in die Augen – »seinen Plan wegen einer schweren Verletzung nicht ausführen konnte, nicht wahr?«

Wieder grinste er und setzte meine Erklärung fort: »Und als er dann endlich wieder einigermaßen laufen konnte, war der Herr Abt nicht mehr da. Der Herr Mordbube hofft, dass der Herr Abt bald zurückkommt.«

»Was ist eigentlich mit deinem zertrümmerten Fuß?«

»Grimmige Schmerzen immer noch. Du musst mir was geben. Hol was von deinem neuen Medikament; der Bruder Wendelin hat mir erzählt, wie gut das wirkt. Zack, die Schmerzen gehen weg und man kann wieder gut schlafen. Das brauche ich. Genau das.«

Da witterte ich meine Chance. Doch vorerst musste ich das Spielchen weiter mitspielen, musste ihn in Sicherheit wiegen.

»Ja, ich hole dir das Laudanum«, versicherte ich, obgleich ich wusste, dass es längst aufgebraucht war. »Aber was hast du eigentlich vor? Du willst mich umbringen? Und warum?«

»Weil du über mich Bescheid weißt, Bruder Infirmarius. Ganz einfach.«

Ich erschrak, denn in seiner Stimme war kalte Entschlossenheit, ohne eine Spur von Zweifel oder Gewissen.

»Überleg doch mal, Arnulf. Fulbert wird genau wissen, wer hier war«, klopfte ich auf den Busch. »Ich habe ihn ins Vertrauen gezogen.«

Mein schwacher Trumpf stach nicht, Arnulfs überhebliches Grinsen stand ihm wie ins Gesicht gemeißelt. Er glaubte mir nicht. Dieser Mann war zwar wahnsinnig, aber nicht der Tölpel, für den wir ihn jahrelang gehalten hatten.

»Und was willst du mit mir machen, wenn ich … wenn du mich …«

»Erst nimmst du einen schönen Trunk, ja? Aber lass noch was übrig für Nikolaus.« Er wies mit beiden Zeigefingern zugleich auf die Phiole. »Dann warte ich, bis es vorbei ist, ich lege dich wieder in die Badewanne und tauche dich unter. Die Flasche stelle ich neben die Wanne. Jeder wird denken, du hättest deinem Leben ein Ende bereitet, nach allem, was du mitgemacht hast. Der leibliche Bruder Konrad. Ein Liebchen. Hast dich ja schon die ganzen letzten Wochen mehr als merkwürdig benommen! Ziemlich verrückt.«

»Das sagt gerade der Richtige«, stieß ich trotzig hervor, konnte aber nicht verhindern, dass in diesem Moment Panik in mir aufstieg; ich fühlte mein Herz rasen, spürte unangenehme Rinnsale unter den Achseln. Langsam atmen, dachte ich und legte instinktiv die Hand auf mein Herz. Arnulf sah es und fragte: »Brauchst gar keinen Trunk net?«

Ich zwang mich weiter ruhig zu atmen und wischte mir mit dem Ärmel den Schweiß von der Stirn. Vorhin hatte ich doch eine Idee, wie ich mich retten könne, jetzt war sie weg. Da nahm Arnulf die Flasche wieder in die Hand und stellte sie mit wild funkelnden Augen genau vor mich.

»Arnulf«, versuchte ich wieder abzulenken, »warum bist du eigentlich damals aus Heiligenkreuz zu uns gekommen? Niemand hat das je erfahren. Außer vielleicht Abt Nikolaus.«

Er schien zu überlegen, und ich redete hastig weiter. »Es heißt, du seist weggelaufen, hättest eines Tages das Kloster verlassen, dann wochenlang im Wald gelebt, du seist durch alle süddeutschen Lande vagabundiert, bis du endlich …«

»Die Heilige Jungfrau ist mir erschienen«, stieß er grimmig hervor. »Aber zuvor war ich Subinfirmarius und habe ein paar Kranken die falschen Medikamente verabreicht. So, ja. Überhaupt sprach mein Abt von ›beständiger Insubordination‹.«

Ich horchte auf. Arnulf – ein Subinfirmarius! Daher also kannte er sich so gut mit Medikamenten aus.

Dann stieß er das Wort noch einmal mit zusammengepressten Zähnen hervor: »Insubordination!«

»Was heißt das?«, plapperte ich weiter um mein Leben. »Willst du dich mir nicht anvertrauen?«

Da ballte er die Faust, und wieder und wieder stieß er das Wort hervor. Beim achten oder zehnten Mal haute er sich mit der Faust auf den Schenkel – und sogleich zuckte er mit schmerzverzerrtem Gesicht zusammen. Sein verletzter Fuß! Im selben Augenblick fiel mir mein Rettungsplan wieder ein.

»Deine Verletzung!«, spielte ich den besorgten Arzt. »Das Medikament. Das Laudanum, das Wendelin geholfen hat. Ich hole es dir.«

Er stand auf, um mir den Weg zu versperren. »Du bleibst hier.«

»Gewiss bleibe ich hier. Ich habe es ja hier – im Infirmarium. Wo auch sonst? Ich ha-habe es … da hinten … hinten in der Kammer«, stotterte ich und wies mit dem Daumen über die Schulter nach hinten in Richtung des Eingangs zur ehemaligen Krypta der Thomaskapelle.

»Halte mich nicht für blöd. Wieso nicht dort im Regal, bei den anderen Flaschen?«

»Es ist ein starkes Medikament, in Überdosierung tödlich. Nach dem Diebstahl des Eisenhutextrakts habe ich es weggestellt, damit es keiner so leicht findet«, log ich.

Diesmal schien er mir zu glauben. »Da hinten sind ja keine Fenster, durch die du türmen kannst. Also geh schon«, befahl er.

Unsicher stand ich auf und blickte ihn an. Er nahm die Flasche in die Hand und hielt sie sich an die Nase. Wenn er sie doch mit seinen Bärenkräften in seiner Pranke zerbrechen würde, dachte ich. Er schnüffelte mit halb geschlossenen Augen. »Aphrodisiakum … Ziegentod«, murmelte er und noch ein paar Worte, die ich nicht verstehen konnte.

Bemüht, mir keine Hast anmerken zu lassen, holte ich eine kleine Handlaterne und zündete sie an einer der Kerzen an. Mit zittrigen Knien ging ich nach hinten in die Kammer. Ich tat, als wühle ich in den Regalen, schob den Schrank beiseite und betrachtete mit brennenden Augen die Tür zur Krypta. Zum Geheimgang. Gut, dass ich schon Tage zuvor die Öffnung herausgebrochen hatte. Doch wohin führte der Weg? Oder anders gefragt: Gab es überhaupt noch einen Weg? Was wäre, wenn der

Gang schon vor Jahrzehnten eingestürzt war? Oder just in dem Moment einstürzte, wenn ich schon ein paar Klafter weit gegangen war?

Offenbar hatte ich zu lange gezögert und nachgedacht, denn ich hörte schwere, schlurfende Schritte, die sich langsam näherten.

Da sah ich die Hacke, die neben der Tür stand, packte sie mit der Linken, legte sie mir über die Schulter, duckte mich und kletterte durch die Öffnung. Vorsichtig, doch so schnell ich konnte, huschte ich die Treppe hinunter in die Dunkelheit.

»Clemens!«, erklang es oben. »Was ist los? Komm her!«

Ich eilte hinab, drei, vier, acht, zehn, zwölf Stufen. Dann stand ich in einem gemauerten Raum, dessen Decke von einigen Säulen gestützt wurde. Die ehemalige Krypta der Thomaskirche war etwa drei Klafter im Quadrat groß. Wo befand sich der eigentliche Gang? Wo zweigte er ab von diesem Raum? Ich hielt inne und hörte oben den schleppenden Schritt von Arnulf, der die Kammer erreicht hatte und jeden Augenblick den Eingang zur Krypta entdecken musste. Er schimpfte etwas Unverständliches vor sich hin.

Rasch hob ich die Laterne hoch und untersuchte die gemauerten Wände, die zum Teil durch Feuchtigkeit arg in Mitleidenschaft gezogen waren. Der Mörtel hatte sich an vielen Stellen aufgelöst, Steine waren herausgebrochen und lagen auf dem Boden, Erdreich war nachgesickert. In einer Ecke stand kurioserweise, die Rückseite bündig mit einer Wand abschließend, ein sehr altes, modriges Stückfass.

Wo war der Gang? Wo?

Da hörte ich, dass Arnulf weitere Bretter aus der Tür brach und sich dann stöhnend seinen Weg durch das Loch bahnte. Es war mein Vorteil, dass der große, athletische Mann infolge seiner Verletzung so langsam war. Doch wenn es mir nicht gelang, den Gang zu finden, musste es hier unten zum Kampf mit dem Verrückten kommen. Vorsichtig kroch ich mit meiner Laterne in das Fass hinein. Da entdeckte ich in einer Ecke hinten im Fass eine schmale Tür, in der ein alter, rostiger Schlüssel steckte. Wie selbstverständlich ging ich davon aus, dass die Tür verschlossen sei, und versuchte den Schlüssel zu drehen. Er bewegte sich aber nicht. Kurios: Der Geheimgang – er begann in diesem alten Fass!

Noch einmal lief ich zurück in die Krypta, um meine Hacke zu holen, die ich an einer Wand abgestellt hatte. Da kam schon der Österreicher mit stelzigen Schritten die Treppe herunter. Die Zähne bleckend, fixierte er mich mit maskenhafter Fratze, ein Bild wie ein Dämon. Zurück ins Fass!

Ich riss an der Klinke der Tür und tatsächlich: Über Erde und kleine Steinchen knirschend schwang die Tür auf. Sie war gar nicht verschlossen. Ich hastete voran, und da ich keine Hand frei hatte, versuchte ich die Tür mit dem Fuß hinter mir rasch zuzuziehen. Es gelang nur halb. Vor mir im schwachen Licht meiner Laterne tat sich ein niedriger, etwa vier Fuß breiter Gang auf, dessen Boden aus Lehm bestand, in den hin und wieder flache Steine eingelassen waren. Vor Hunderten von Jahren musste dieser Stollen angelegt worden sein, doch auch hier hatte der Zahn der Zeit genagt. Die Angst trieb mich voran, und ich eilte weiter. Der Weg schien ein leichtes Gefälle aufzuweisen. Die Laterne ausmachen, dachte ich, dann sieht er mich nicht. Doch nein, wenn es ein Hindernis gab, konnte ich straucheln oder im schlimmsten Fall, wenn sich ein Loch auftat, in die Tiefe stürzen. So ließ ich das Licht brennen und umklammerte meine Hacke fester. Irgendwann hielt ich inne und horchte. In der Ferne, aber näher kommend, konnte ich das Stöhnen meines Verfolgers hören. Er musste Schmerzen haben, aber die gönnte ich ihm. Zügig ging ich weiter.

Auf einmal gabelte sich der Gang.

Was tun? Der linke Weg sah schmaler aus, zudem war in ein paar Schritten Entfernung Erdreich heruntergebrochen und häufte sich zwei Fuß hoch auf dem Boden. Es zeigte mir warnend, wie gefährlich es war, sich hier unten zu bewegen. Der rechte Weg schien einladend geradeaus und ohne Behinderung weiterzuführen. Arnulf kann nichts sehen, dachte ich. Und was bedeutet das für die Wahl meines Weges? Jedenfalls kann er meine Fußspuren im Erdreich nicht sehen. Vielleicht stolpert er auch darüber. Ich nahm also den linken Weg und stieg vorsichtig über den Haufen. Nach etwa zehn weiteren Schritten, die ich so leise wie möglich zurücklegte, blieb ich stehen. Der Gang machte eine Linkskurve und gleich dahinter tat sich seitlich eine kleine Nische auf, in die genau ein Mann passte. Ich schmiegte mich, so dicht und eng es ging, hinein, beschloss zu warten und zu horchen, ob mir mein Verfolger noch auf den Fersen war. Mein Zingulum löste ich, nahm das schwarze Skapulier ab und hängte es als Abdeckung über die Laterne, die ich in den äußersten Winkel stellte, damit kein Licht in den Gang schien.

Ich versuchte, zur Ruhe zu kommen.

Geräuschlos zu atmen.

Zu lauschen.

Nach ein paar Minuten war ich mir sicher: Der Verräter musste den anderen Gang genommen haben. Ich hörte noch sein Keuchen, aber es schien ganz weit weg. Welche Schlüsse daraus ziehen? Ihn weitergehen lassen, noch weiter, und dann zurückkehren? Aber er konnte inzwischen auch wiederkommen, wenn er überzeugt war, die falsche Abzweigung genommen zu haben. So beschloss ich zurückzukehren. Die Laterne ließ ich stehen, mit dem Skapulier als Tarnmantel. Ich überzeugte mich, dass kein Lichtschein auf den Weg schien, als ich zurückschlich.

Langsam, langsam, leise atmen. Am besten gar nicht atmen. Extreme Bewegungen vermeiden, damit kein Gelenk knackt. Die Spitze der Hacke setzte ich beim Gehen auf meinen Schuh, damit ich nirgendwo anstieß. Als ich die Weggabel erreichte, duckte ich mich hinter den Erdhaufen und horchte noch einmal in die Dunkelheit hinein. Ich hörte nichts. Arnulf musste weit weg sein. Vielleicht hatte sich der Weg, den er genommen hatte, weiter verzweigt, und er hatte sich verirrt. Sei's drum. Ich war ihn los.

Ich richtete mich auf, stieg über den Erdhaufen und kam an die Wand, die die beiden Wege teilte.

Da spürte ich einen Schlag im Gesicht und gleich darauf wurde mein Hals gepackt.

Narr, Obernarr, König, Kaiser der Narren, du hast schon wieder einen Fehler gemacht! So fuhr mir der eiskalte Schrecken durch alle Glieder. Du hast ihn unterschätzt. Dann dachte ich gar nichts mehr und handelte instinktiv. Ich riss die Hacke mit der Linken hoch und versuchte mit dem Metall mein Gegenüber, das ich nicht sah, am Kopf zu treffen. Ohne Erfolg. Der Griff ließ nicht nach, wurde sogar noch fester. Panik stieg in mir auf. Ich ließ das Gartengerät fallen und versuchte, mit den Händen die eiserne Klammer um meinen Hals zu lockern. Doch den Bärenkräften des Österreichers war ich nicht gewachsen; jetzt verstärkte offenbar der Wahnsinn seine Energie noch.

Die Luft wurde mir knapp. Plötzlich erinnerte ich mich an seine Verletzung. Meine Chance! So heftig es mir möglich war, trampelte ich dorthin, wo ich seinen kaputten Fuß vermutete. Zweimal, dreimal, viermal. Mit dem fünften, mit letzter Kraft geführten Stoß traf ich, und sofort stellte sich der Erfolg ein. Schrill schrie mein Peiniger auf und ließ meinen Hals los. Ich rang nach Luft und trat sofort weiter wahllos um mich. Was nun passierte, kann ich nicht mehr genau sagen. Die Aufregung ließ das Blut in meinem Kopf rauschen, und die Dunkelheit tat ein Übriges, dass ich die Dinge nicht mehr klar wahrnehmen konnte. Ich glaube, Arnulf ging zu Boden, und während er fiel, verpasste er mir noch einen Hieb, der mir erneut die Luft nahm und mich zurückprallen ließ. Es war ein grotesker, dämonischer Kampf in diesem engen Gang, unser Stöhnen, Zuschlagen und Toben in der Dunkelheit, in der beide Kämpfer nicht das Geringste sahen. So musste die Hölle sein! Ich sprang hin und her, um seinen Griffen und Hieben zu entgehen, gleichzeitig versuchte ich weiter mit Tritten seinen schlimmen Fuß zu treffen, ich weiß nicht, wie lange. Plötzlich spürte ich einen Riss in meinem Habit, offenbar hatte er mich gepackt, ich taumelte und fiel hin. Da ertastete ich etwas Langes, Glattes. Den Stiel der Hacke. Ich riss sie an mich, rappelte mich auf, nahm das Gerät so hoch, wie es ging, und schlug mit aller Kraft zu.

Ich traf etwas. Kurz bevor die Hacke den Boden erreicht hätte, schlug das Metall auf etwas Hartes. Ein trockenes Knirschen und der unmittelbar darauf folgende Schrei zeigten mir, dass es ein Körperteil war. Dann ein plumpsendes Geräusch, als wäre ein Sack aus großer Höhe gefallen. Mein Verfolger musste nun vollends am Boden liegen, und ich eilte los.

Leider in die falsche Richtung. Statt in Richtung Ausgang zu laufen, rannte ich kopflos weiter in den Gang hinein, wo ich schon vorhin verharrt hatte. In Panik kauerte ich mich in die Nische, wo noch meine Laterne stand. Einige Zeit tat ich nichts. Ich zitterte.

Es war nur ein Stöhnen und Röcheln zu hören. Nach einer Weile fasste ich Mut, packte meine Hacke mit der Rechten und befreite die Laterne vom Skapulier. Mich vorsichtig aus der Nische wagend, blickte ich um die Ecke, jederzeit bereit, mich schnell wegzuducken. Ich nahm die Laterne und schritt voran.

Arnulf lag bäuchlings auf dem Boden. Erst dachte ich, er sei tot, doch als ich bedachtsam näher trat, hob er den Kopf. »Ich komme wieder«, stieß er grimmig hervor. Sein linkes Auge war rot; Blut rann über die Wange. Der rechte, gesunde Unterschenkel stand in einem ungewöhnlichen Winkel ab. Ich musste das Bein mit meinem verzweifelten Hieb getroffen haben, vielleicht war die Kniescheibe gebrochen. Er blickte mich wuterfüllt an, stützte sich auf und begann, langsam auf den Ellenbogen nach vorn zu robben, auf mich zu.

Ich musste an ihm vorbei, und ich hatte dabei vor allem vorsichtig zu sein. Seine Arme schienen unverletzt, und er verfügte noch über genügend Kraft, vor allem über Hass.

Langsam wie eine Schildkröte kam er herangekrochen. Was konnte ich tun, um zu entrinnen? Ich musste über ihn hinwegsteigen, wenn ich hinaus wollte, und er lauerte bestimmt darauf, mich zu packen und hinunterzuziehen. Schrittweise wich ich zurück, langsam, ein paar Minuten lang, immer in Sichtweite von Arnulf, ihn nicht aus den Augen lassend, die Hacke fest gepackt, bereit zuzuschlagen. Vielleicht würde er ja ohnmächtig werden vor Schmerzen, so wie damals bei seiner schlimmen Fußverletzung. Und wenn nicht?

Die Gedanken jagten mir durch den Kopf. Wenn es nun noch stundenlang so weiterging? Wann würde Fulbert wieder das Infirmarium, die Kammer betreten? Er musste eigentlich sehen, dass die Wanne gefüllt war und die Kerzen brannten. Ganz sicher musste er mich suchen. Doch wie lange konnte das noch dauern? Wie spät war es inzwischen? Ich hatte kein Zeitgefühl mehr, so wie damals im Kerker. Es war die Dunkelheit und der unbeschreibliche Auftritt des Österreichers, Bruder Arnulf Schwarz, der zu einem Wesen aus der Apokalypse mutiert schien.

Ich verlegte mich aufs Reden, versuchte ihn davon zu überzeugen, dass er keine Möglichkeit mehr habe, mir gefährlich zu werden. Ich war der Stärkere, ich war unverletzt – zumindest spürte ich in all der Aufregung keine Verletzung – das konnte später noch kommen –, und ich verfügte über eine Waffe. Ich redete. Redete beschwichtigend. Redete langsam. Redete immer weiter.

Arnulf kroch näher. Zäh und verbissen.

Irgendwann beschloss ich zu handeln. Ich stellte meine Laterne ab, ließ Arnulf auf zwei Schritte herankommen und hob die Hacke. Da stützte er sich auf seinen linken Ellenbogen und streckte den anderen Arm weit aus, um mein Fußgelenk zu ergreifen.

»*Super aspidem et basiliscum ambulabis et conculcabis leonem et draconem*«, sprach ich laut Worte aus dem neunzigsten Psalm. Mit einem Satz sprang ich, so schnell es ging, nach vorn, landete mit einem Fuß auf seinem Rücken, um von dort weiterzustürmen – und knickte mit dem

Gelenk auf seinem Gewand, unter dem ich die feste Muskulatur spürte, halb ab. So landete ich mit dem anderen Fuß nicht wie geplant hinter dem liegenden Mitbruder, sondern genau zwischen dessen Beinen. Und schon schlossen sich seine Oberschenkel um meinen Knöchel, sein Oberkörper richtete sich auf, die Arme schossen nach oben, um mich wo auch immer zu packen und herunterzuziehen. Mein Stand war instabil, der linke Fuß fixiert zwischen seinen Beinen, mit dem rechten war ich abgerutscht und stand auf dem Weg, die Beine weit gespreizt, Muskeln und Sehnen schmerzhaft gedehnt. Arnulf hatte mein Gewand gepackt und zog mit aller Kraft. Ich war in einer extrem schlechten Position. Verzweifelt riss ich erneut die Hacke hoch und schlug zu: auf die Rückseite seiner Oberschenkel, in die Kniekehlen, damit der Schraubstock seiner Beine sich lockern möge. Vergeblich. Bereits schwankend drehte ich mich um und zielte auf den Kopf. Ich besaß noch genügend Geistesgegenwart, den Schlag abzumildern; ich will ihn nicht erschlagen, dachte ich fieberhaft. Zwei Hiebe landeten auf Arnulfs Nacken, mit dem dritten Hieb traf das Holz, nicht das Metall, seine Tonsur. Arnulfs Kopf prallte nach unten auf einen Stein.

Er rührte sich nicht mehr.

Auch ich sackte zusammen wie eine Marionette, der man die Fäden zerschnitten hat, dankte hastig stotternd Gott und fühlte dann Arnulfs Puls. Ich hatte das erreicht, was ich wollte: Er lebte und war nur ohnmächtig. Ich ergriff mein Licht, und dabei kam mir eine Idee. Wieder löste ich mein Zingulum und band ihm die Hände auf dem Rücken mit einem festen Knoten zusammen. Dann hetzte ich hinaus. Den Gang entlang, zurück ins Fass. Zur Sicherheit drehte ich noch den Schlüssel im Schloss um. Oben im Infirmarium rückte ich den Schrank vor die Tür und brach zitternd zusammen.

Arnulf war ohnmächtig, gebunden und eingeschlossen.

Als ich wieder bei Kräften war, ging ich kurz zur Wanne und wusch mir in aller Eile den Schweiß vom Gesicht. Ich sah den Seestern und steckte ihn ein. Dann hastete ich zur Kirche. Es war noch dunkel und drinnen sah ich Licht. Die nächtlichen Vigilien waren im Gange. Während die zweite Strophe des Hymnus *Iam lucis orto sidere* erklang, betrat ich mehr taumelnd als schreitend den Chor, wankte und fiel ermattet zu Boden. Sogleich hörte der Gesang auf und ein Dutzend Mönche eilten zu mir.

Dabei bemerkte ich, dass auch der Abt anwesend war. Er musste in der Nacht zurückgekehrt sein.

»Bruder Arnulf«, begann ich mit schwacher Stimme, »er ist im Geheimgang.«

Ein Stimmengewirr prasselte auf mich ein wie Hagelkörner. Fragen, Unsicherheit, Vorwürfe. Ich hörte heraus, dass niemand etwas verstand. Natürlich nicht. Es wusste ja keiner etwas von dem unterirdischen Gang. Ich richtete mich auf und lehnte mich mit dem Rücken ans Chorgestühl. Dann versuchte ich, so ruhig und konzentriert wie möglich zu beschreiben, wo der Geheimgang sich befand. In groben Zügen erzählte ich stammelnd, was vorgefallen war. Dabei konnte ich die Tränen nicht zurückhalten. Ich merkte, dass einige mir keinen Glauben schenkten. Sie blickten sich an, und es war klar, dass sie mich für betrunken, wenn nicht gar verrückt hielten.

»Schaut nach!«, rief ich lauter, als es sich an diesem Ort geziemte, und befahl Fulbert, nach Arnulfs Verletzungen zu sehen, gegebenenfalls das Bein abzubinden. Plötzlich wurde mir bewusst, dass der Österreicher, ob verletzt oder nicht, immer noch eine Gefahr darstellte, für den Abt und für mich. Letztlich für den ganzen Konvent. »Und ihr müsst ihn bewachen!«, ächzte ich. »Er hat ein Attentat auf Euch, Abt Nikolaus, geplant. Seht Euch den Zettel an, das halb verbrannte Blatt Papier im Infirmarium. Es liegt ... ich zeige es ...« Erschöpft brach ich ab. »Nicht ich bin der Wirrkopf, Arnulf ist es. Schaut nach, schaut nach! – So schaut doch nach, ich bitte euch!«

Prior Jakob murmelte etwas von Buße und Bestrafung, und es war unklar, ob er Arnulf oder mich meinte.

Gerhard beugte sich zu mir nieder und nahm mein Gesicht in seine Hände. So hat es einst Marie gemacht, erinnerte ich mich und eine warme Welle flutete durch meinen Körper. »Warum hast du mir nichts gesagt?«, fragte er vorwurfsvoll und schaute mich aufmunternd an. Es war offensichtlich, dass wenigstens er mir Glauben schenkte.

»Fulbert!«, hörte ich den Abt befehlen. »Geh und kümmere dich um Arnulf. Nimm dir ein paar Knechte. Sie sollen sich mit Messern und Äxten ausrüsten. Halt, warte! Ich komme selbst mit. Bruder Prior, du auch.« Dann wies er auf zwei Mitbrüder. »Nehmt ihr beide Clemens mit, er soll ...«

»Nein«, fuhr ich auf. »Ich gehe nicht mehr hin!«

»Wohin?«

»Ins Infirmarium.«

»Ruhig«, sagte Gerhard. »Du begibst dich mit mir in die Küche.« Er legte mir die Hand auf die Schulter. »Komm mit, wir gehen nicht ins Abtshaus, sondern in die Hauptküche.« Er reichte mir die Hand und zog mich empor. Nikolaus nickte.

»Ansonsten kein Grund, den Gottesdienst zu vernachlässigen«, schaltete sich, noch missmutiger als sonst, der Prior ein. »Die Vigilien werden fortgesetzt«, sagte er mit einem unsicheren Blick auf Abt Nikolaus.

»So geschehe es«, bestätigte dieser. »Fulbert, du holst drei oder vier Knechte; Jakob, wir gehen schon mal hinüber; Gerhard, du kümmerst dich um Clemens.«

Allmählich kehrte wieder Ordnung ein.

In der Küche ließ sich Gerhard von den Köchen ein paar Zutaten geben, und nach einer halben Stunde hatte ich eine große Schale mit duftender Hühner- und Gemüsebrühe in der Hand. »Die tut dir nicht weh«, lächelte der Abtskoch.

Die Suppe war köstlich, doch ich löffelte ohne großen Appetit.

»Was machen wir jetzt mit dir?«, wollte Gerhard wissen.

»Ich muss schlafen«, sagte ich.

»Ich bringe dich ins Dormitorium.«

»Nein, nicht ins Dormitorium. Da findet er mich.«

Gerhard verzog kurz die Mundwinkel, dann sah er, dass es mir ernst war. »Gut, dann nehme ich dich mit ins Abtshaus. Dort bist du in Sicherheit. Du legst dich in die Speisekammer und ich bleibe bei dir.«

Während die Mitbrüder ihr Gotteslob wieder aufnahmen, brachte mich der Abtskoch hinüber und bereitete mir ein Lager in der Speisekammer. Nach anfänglichem Herumwälzen an diesem ungewohnten Ort stürzte ich in die Abgründe eines von Albträumen verseuchten Schlafes.

Irgendwann wurde ich von der Glocke geweckt, die zum Gebet rief. Dämmerung und eifrige Vogelstimmen deuteten darauf hin, dass es immer noch früher Morgen war. Was war passiert? Ich rieb mir den Schlaf aus den Augen und trat in die Küche. Da saß Gerhard auf einem Stuhl, sein Kopf lag auf der Tischplatte. Ein Speichelfaden rann ihm aus dem Mundwinkel. Ich weckte ihn.

»Gerhard, ich habe den Eindruck, ganz lange geschlafen zu haben. Und doch ist es gerade die Zeit der Laudes oder der Prim. Nicht wahr?«

»Du hast lange geschlafen«, murmelte er und wischte sich den Mund. »Über vierundzwanzig Stunden, um genau zu sein. Die Glocke ruft zur Prim, aber einen Tag später.«

Es stellte sich heraus, dass der Abtskoch die gesamte Zeit neben mir ausgeharrt hatte. Er hatte mit ausdrücklicher Erlaubnis des Abtes seinen Platz nicht verlassen.

»Geht es dir wieder besser?« Gerhard nahm einen kleinen Eimer mit Wasser, schöpfte mit der hohlen Hand und wischte sich den Schlaf aus den Augen.

Ich nickte und tat es ihm nach.

»Kannst du mit zum Chorgebet kommen?«

Mit einem Mal stand alles vor mir, was ich erlebt hatte. »Bete du für mich, Bruder. Ich habe etwas zu erledigen.«

Während der Abtskoch in die Kirche ging, wurde mir in einem intensiven Gebet vollends klar, was ich zu tun hatte. Als er zurückkam, fand mich Gerhard angezogen und reisefertig. Er schüttelte den Kopf. »Willst du uns schon wieder verlassen?«, ahnte er, was ich vorhatte. »Komm mit, Clemens«, bat er inständig und ergriff mich am Skapulier, »bleib an dem Ort, den dir die heilige Jungfrau bestimmt hat.«

»Ich kann nicht.«

Er seufzte. »Ist es das, was du erlebt hast, mit Arnulf? – Sie haben ihn übrigens gefunden und in den Karzer gebracht. – Und … all das andere, über das du nicht gesprochen hast. Man munkelt …«

Ich hob die Hand zum Zeichen, dass ich nicht sprechen wollte. Dann stand ich auf und umarmte ihn. »Lebe wohl, Gerhard«, sagte ich. »Du warst mehr als ein Bruder für mich.«

Wir weinten beide.

Ich ging in meine Zelle, zog das bürgerliche Gewand an, das mir der Pfeddersheimer Nachtwächter gegeben hatte, und brach auf. Der Pförtner schaute mir kopfschüttelnd nach. Ein letztes Mal betrat ich die Wacholderheide. Es fiel mir leicht, über den unfertigen Wall zu klettern. Dann schritt ich quer durchs Lager. Hoffte ich, Marie noch einmal zu begegnen? Ja, das hatte ich wohl im Sinn. Wie gern hätte ich das Rad der Zeit zurückgedreht. Vor wie vielen Wochen hatte ich die Nacht mit dem Mädchen verbracht, die Nacht des Gewitters? Sechs? Sieben? Mehr?

Ich wusste es nicht. Als ich hinunter zum Tor ging, raschelte es vor mir im Gras. Gleich darauf sprang ein paar Schritte von mir entfernt etwas auf. Ich schrak zusammen. Aber das Reh, das davonlief, hatte noch mehr Angst.

Dann ging ich hinunter zum Rhein und nahm meinen Weg. Wie vor zwei Wochen wanderte ich flussaufwärts.

»Erst Konrad, dann du!«

Die Eltern waren alt geworden. Das einstmals schwarze Haar des Vaters war nun fast weiß, er hatte ein paar Zähne verloren und hörte schlecht. Die Mutter hatte dünnes Haar und harte, blaue Hände bekommen; sie ging gebeugt und hinkte. Die Eltern hatten beide die Mitte fünfzig überschritten und waren gebrechliche Leute geworden. Wie lange hatte ich sie jetzt nicht mehr gesehen? Vor fünfzehn Jahren war ich ins Kloster eingetreten und seither nur sporadisch nach Oppenheim gekommen, im Rahmen von Visitationen, ein paar Mal in unserem Klosterhof, zweimal als Beichtvater für die Nonnen von Kloster Mariacron. Ich glaube, vor vier oder fünf Jahren war ich das letzte Mal bei Vater und Mutter gewesen. Georg Korn hatte den Beruf des Kellermeisters auf der Burg ausgeübt, die Mutter ein paar Pfennige als Hebamme dazuverdient. Vor zwei Jahren, erzählten sie, hatten sie genug gespart und sich unweit des Franziskanerklosters ein Häuschen kaufen können. Ein kleines Gärtchen war dabei mit Hühnern und zwei Ziegen, gelegentlich ging der Vater noch auf Fischfang im Rhein, sodass die beiden alten Leute ihr Auskommen hatten.

Ich umarmte beide, und erst dann wurde mir bewusst, was der Vater gesagt hatte, als ich nach kurzem Anklopfen das Haus betreten hatte.

»Erst Konrad, dann du – was heißt das?«, fragte ich wissbegierig.

»Konrad war hier. Vor einer Woche ist er hereingeschneit. Dein Bruder.«

»Konrad ist hier! In Oppenheim! Bei allen Heiligen! So hat sich mein Weg doch gelohnt!«, freute ich mich.

Ich hatte Marie verloren und wollte wenigstens Konrad wiedergewinnen. »Wo ist er? Vater, habt Ihr ihm eine Stelle auf der Burg verschafft? Wo ist er im Augenblick?«

»Hörst du nicht: Ich sagte, er *war* hier. Und was tauchst du jetzt auf? Du trägst ein weltlich' Gewand. Bist du nicht mehr im Orden?«

»Vater, ich kann es Euch nicht erzählen. Viel Schlimmes habe ich erlebt. Zu viel, um es mitteilen zu können. Aber Ihr habt Recht: Ich habe den Orden verlassen müssen.«

»Müssen?«

»Nun, das ist eine lange Geschichte …«

Keineswegs konnte ich den Eltern die ganzen Hintergründe und Details zumuten. Mit der Kölnfahrt. Der Prophezeiung. Mit Konrad. Mit dem Zettel, dem Geheimgang, Arnulf – und vor allem mit Marie. So verfiel ich auf eine lapidare Ausrede, eine simple Information, die die wenigsten Nachfragen erwarten ließ: Ich erklärte, dass ich ein Anhänger Luthers geworden sei und mit dem Klosterleben abgeschlossen hätte.

»Vater, erzählt doch von meinem Bruder. Wann war er hier? Und was macht er nun? Ist er noch da? Wo ist er? Wo steckt er, Vater? So redet doch.«

Der Vater wischte sich über die Augen. »Magda, gib mir auch einen Becher heiße Milch!«, rief er. Als die Mutter das Gewünschte gebracht und auch mir nachgefüllt hatte, begann der Vater zu erzählen.

Zunächst erfuhr ich etwas, was ich noch nie gehört hatte. Konrad war schon damals, nachdem ihn Abt Nikolaus des Klosters verwiesen hatte, bei den Eltern aufgetaucht und hatte vom Vater Geld gefordert. Als es ihm verweigert wurde, sei er wütend geworden, habe Drohungen ausgestoßen und sogar die Hand erhoben, als wolle er zum Schlag ausholen. »Ich glaube nicht, dass er wirklich gewalttätig geworden wäre. Aber ich habe nachgegeben und ihm drei Gulden gegeben«, sagte der Vater. »Daraufhin forderte er mehr. Die Mutter bat mich einzulenken. Also legte ich noch zwei Gulden drauf und befahl ihm, das Haus zu verlassen.«

Eine unangenehm im Raum lastende Pause entstand, bevor er fortfuhr.

»Vor zwei Wochen ist er dann plötzlich wieder nach Oppenheim gekommen.« Der Vater hatte sich mittlerweile einen starken Schnaps geholt und goss auch mir einen halben Tonbecher voll ein. »Er war wortkarg, verwildert und unruhig. Erneut bat er um Geld. Ich fragte ihn, was er all die Jahre gemacht habe. Widerwillig und erst nach mehrmaligem Nachfragen rückte er mit der Sprache heraus. Stallknecht sei er gewesen bei irgendeinem adligen Herrn, später kurze Zeit Knecht bei verschiedenen Abdeckern und schließlich Hilfsbursche bei einer Gauklergruppe. Mit diesem fahrenden Volk ist er wohl herumvagabundiert und irgendwann wieder bei euch im Rheingau mitten im Aufstand der Bauern und Bürger gelandet. Stimmt das?«

Ich bejahte, erzählte, dass ich ein paar Mal auf der Heide vor dem Kloster im Einsatz gewesen war – Einzelheiten verschwieg ich natürlich auch hier –, und erwähnte schließlich, dass ich Konrad dort gesehen hatte, er mir jedoch stets ausgewichen sei.

Plötzlich wurde mir bewusst, dass ich mit meinem Bruder seit dem Wiedersehen nur ganz wenige, nichtssagende Worte gewechselt hatte.

»Ja, ausweichend hat er sich auch hier verhalten«, ließ sich die Mutter hören. »Sein Blick war freudlos und unstet, er war nicht in der Lage, mich gerade anzusehen. Und euren Vater auch nicht.«

»Man konnte erkennen, dass er getrieben war und uneins mit sich selbst«, fügte der Vater hinzu.

Eine Weile sagte keiner etwas.

»Und dann?«, forschte ich, »habt Ihr ihm wieder Geld gegeben?«

»Das Geld, das ich ihm diesmal ausgehändigt habe, war eigentlich für dich bestimmt. Oder vielmehr für das Kloster. Es waren ganze zehn Gulden. Ich wollte sie ihm nicht geben, aber die Mutter hat mich überredet. Ich sage dir, Clemens, dein Bruder war mir unheimlich. Er war schon als Kind so schwierig. Ich … ich hatte plötzlich Angst. Mich grauste vor seinem Jähzorn. Ich erinnerte mich, dass er schon vor Jahren die Hand erhoben hatte, und … nun, so habe ich ihm das Geld gegeben. Er dankte, aber mit einer seltsamen Stimme, ohne Herzlichkeit. In den nächsten Tagen wurde er in den Schenken gesehen. Er trank, als die Schenken aufmachten. Er trank noch, als sie spät in der Nacht zumachten. Irgendwann hat er anscheinend eine Schankmagd belästigt und dann auch die Tochter eines Fischers in der Unterstadt, Jakob Dingler heißt er. Ein unangenehmer Kerl. Der hat ein paar Freunde gerufen, die Konrad unten am Rhein eine üble Abreibung verpasst und ihm das Geld abgenommen haben. Du weißt ja, mit der Fischerzunft ist nicht gut Kirschen essen. Wen die mal in der Mangel haben, dem geht's nicht gut. Ich habe mit Dingler gesprochen und ihn gebeten, mein Geld zurückzugeben; erst hat er nur gelacht, mir dann aber etwas mehr als acht Gulden übergeben, der Rest sei ›beim Teufel‹, sagte er. Stolz verkündete er, er habe mit seinen Freunden Konrad ordentlich durchgebläut und ihm eingeschärft, sich nie wieder in Oppenheim blicken zu lassen. Falls er wieder auftauchte, würden sie ihn noch einmal durchwalken, dann jedoch würde er nicht wieder aufstehen. Jedenfalls haben sie ihn am Rhein liegen lassen. Kein Mensch hat Konrad mehr gesehen.«

Gut einen Monat lang wohnte ich bei den Eltern und suchte die Gegend am Fluss ab, wo wir als Kinder die Schiffe hatten schwimmen lassen. Einmal ließ ich mich sogar mit der Fähre ans andere Ufer fahren. Ich durchforschte auch die Stadt, achtete aber darauf, dass ich mich nicht in der Nähe unseres Eberbacher Stadthofes blicken ließ, ebenso mied ich das Zisterzienserinnenkloster Mariacron, wo meine Tante gelebt hatte und man mich ebenfalls kannte. Der Vater hatte erzählt, dass sie im vergangenen Winter an der Wassersucht verstorben sei.

Nach ein paar Tagen verdingte ich mich vormittags bei dem Medicus unten in der Stadt, an manchen Nachmittagen arbeitete ich als Schreiber auf der Burg Landskron. Einmal begab ich mich in die Burgkapelle und ließ mir vom Kaplan eine Bibel geben. Ich schlug das fünfzehnte Kapitel im Lukasevangelium auf und las das Gleichnis, das mir Peter Wagner genannt hatte. Die Worte waren mir wohlbekannt, ergaben aber einen neuen Sinn für mich.

Ein Vater hatte zwei Söhne. Eines Tages wandte sich der jüngere an den Vater und bat diesen, er solle ihm sein Erbteil ausbezahlen. Er erhielt es, ging fort in ein fremdes Land und verprasste es mit Dirnen und Glücksspielen. Er musste sich als Schweinehirte verdingen. Dann kehrte er zurück zu seinem Vater und bat um Vergebung. Und der Vater nahm ihn wieder mit Freuden auf, ließ ihn prächtig einkleiden, lud Freunde und Bekannte zu einer großen Feier ein und schlachtete sogar ein gemästetes Kalb.

Zornig über diese Ungerechtigkeit, protestierte der ältere Bruder. Doch der Vater beschwichtigte ihn. Du bist immer bei mir und alles, was mein ist, gehört auch dir, sagte er. Dann las ich laut: »… *quia frater tuus hic mortuus erat et revixit, perierat et inventus est.*«

Denn dein Bruder war tot und wurde wieder lebendig, er ging verloren und wurde wiedergefunden.

Mein Bruder – ich hatte ihn erneut verloren.

Doch wenn er Recht hat, der Peter, dachte ich nach einer Weile, dann gibt es Hoffnung. Wenn Gott so ist wie der Vater im Gleichnis, dann gibt es Hoffnung für alle, die große Schuld auf sich geladen haben.

Als ich drei Gulden zusammen hatte, nahm ich Abschied von den Eltern. Es war mühsam; die beiden Alten wollten mich nicht ziehen lassen, doch mittlerweile wusste ich, welchen Weg ich zu nehmen hatte. Dem Vater trug ich auf, vier Albus zur Grangie nach Dienheim zu bringen, die Summe, die ich damals der Klosterhofkasse entnommen hatte, um sie dem braven Hans Schenkel auszubezahlen.

Dann folgte ich dem Weg des Wassers. Zu Fuß ging ich nach Mainz. Mittlerweile war es schon Mitte August. In Mainz hatte ich wenig Mühe, ein Frachtschiff zu finden, das mich binnen drei Tagen nach Köln brachte. Es hatte Taue, Pfähle und Bretter geladen und sollte nach Xanten fahren. Ich bezahlte einen halben Gulden inklusive Kost. Ein hoher Preis, aber man stellte an Bord keine Fragen und ließ mich in Ruhe.

Ich glich dem Salm.

Hildegard von Bingen unterscheidet in ihrer *Physica* zwischen dem Lachs und dem Salm. Derselbe Fisch, und doch zwei Namen, zwei Erscheinungsweisen. Der kräftige Lachs, der im Frühjahr hurtig die Flüsse gegen die Strömung emporschwimmt, hat ein festes, rötliches Fleisch. Der Lachs liebt den Tag. Der matte Salm dagegen lässt sich im Sommer oder Herbst mit der Strömung flussabwärts treiben; sein Fleisch ist mager und weißlich. Der Salm zieht den Mond vor, er liebt die Nacht.

In Köln angekommen, suchte ich als Erstes das Haus des Apothekers und Baders Joachim auf, wo ich damals die wahrsagende Hexe getroffen hatte. Es war inzwischen wieder bewohnt; ein neuer Apotheker hatte sich dort niedergelassen. Ich ging ein paar Mal ziellos auf dem Alten Markt auf und ab und hielt Ausschau nach jener seltsamen Person, die mir den Seestern gegeben und so genau über mein Schicksal, meinen Weg Bescheid gewusst hatte. Ich fragte Händler, Passanten. Ich stellte eine Belohnung in Aussicht. Ich fragte Krüppel, Bettler, Lahme. Ich fragte den neuen Apotheker, einen spindeldürren, unfreundlichen Kerl, obwohl mich sein feindseliges Gesicht abschreckte. Ich kaufte ihm ein Pülverchen gegen Kopfschmerzen ab, einerseits, weil mir wirklich der Kopf wehtat, andererseits, um ihn zu besänftigen und zu einer Auskunft zu bewegen.

Es nützte alles nichts. Die Alte blieb verschwunden.

Am Rhein wanderte ich in der Nachmittagssonne ein Stück flussabwärts, setzte mich auf einen angeschwemmten Baumstamm und starrte in die Fluten. War es richtig gewesen, so Hals über Kopf das Kloster zu verlassen? Jetzt hatte ich doch alle verloren. Meine Mitbrüder, allen voran Gerhard und Fulbert. Peter. Marie. Und zuletzt auch meinen leiblichen Bruder.

Mein Leben – es war arm geworden.

Ich warf einen Stein ins Wasser, beobachtete seinen Flug, wie er mit einem schwachen Plopp eintauchte, warf noch einen und noch einen, versuchte meine Weiten zu übertreffen. Ich warf und warf, und irgendwann wurden die Augen trüb. Tränen liefen mir über die Wangen und in die Mundwinkel. Ich schmeckte Salz und beobachtete die Ringe, die die Steine auf dem Wasser hervorzauberten.

Am Abend kehrte ich bei Toresschluss zurück in die Stadt. Die Brüder im Eberbacher Hof in der Servasgasse staunten nicht schlecht, als ich nach dem Abendessen anklopfte. Groß waren die Verblüffung, die Fragerei und schließlich – natürlich – die Vorwürfe. Der Leiter des Hofes war offensichtlich unsicher und überfordert, als ich um ein Nachtlager bat. Er murmelte etwas von »Apostat« und »Schande«. Als ich sechs Albus bot, willigte er ein. Im Hauptschiff der Hofkapelle, nicht im Chorgestühl, nahm ich an der Komplet und am *Salve Regina* teil.

Jan van Straaten fand ich am nächsten Morgen in Geschäften in seinem Kontor. Es lag in der Südstadt, in der Nähe von Sankt Georg. Er sprach gerade mit einem feisten Mann, der ein Wirt zu sein schien und widerlich sauer nach Schweiß und Knoblauch stank. Es dauerte paar Sekunden, bis der Kaufmann mich erkannte. Dann lachte er. »Bruder Clemens aus Eberbach, Ihr hier, und in Zivil! Nicht zu fassen! Wartet noch ein Viertelstündchen.«

Tatsächlich dauerte es eine Dreiviertelstunde, bis er sein Gespräch mit dem Dicken beendet hatte. Nachdem er mich hineingebeten hatte, erklärte ich ihm, dass ich nicht in monastischen Angelegenheiten hier sei, ja überhaupt das Kloster verlassen habe. Einzelheiten und Hintergründe ließ ich auch hier weg. Dann sprach ich es aus. Es kam mir auf die Zunge und über die Lippen, das, was sich in den letzten Tagen und Wochen herausgebildet hatte. Vielleicht sogar schon seit dem letzten Besuch in Köln.

»Ich brauche Eure Hilfe, Herr Kaufmann. Ich will alles hinter mir lassen. Ich will das Meer sehen. Mehr noch: Ich will zur See fahren. Es zieht mich in die Neue Welt.«

Verblüfft starrte er mich an. »In die Neue Welt?«, wiederholte er langsam und betonte jedes Wort. »Viele wollen das.« Er leckte sich mit der Zungenspitze über die trockenen Lippen, und nach einer Weile Nachdenkens winkte er einem Bediensteten, der eine hübsche Glaskaraffe mit Weißwein und zwei geschliffene Gläser brachte. »Viele Verrückte!«, ergänzte er und lachte. »Elsässer, ein ganz guter. Auch mit ordentlicher Säure, wie euer Vierundzwanziger aus Eberbach.«

Als wir uns zugeprostet hatten, wurde er wieder ernst. »Wenn Ihr wirklich in die Neue Welt wollt, müsst Ihr nach Spanien. Von dort ist es am leichtesten. Sevilla heißt das Zauberwort. Im Süden der iberischen Halbinsel. Dort werden Expeditionen geplant, die dann meist in Cadiz ihren Ausgang nehmen. Es gehen jetzt immer öfter Schiffe ab. Aber über den Seeweg kommt Ihr schneller nach Spanien als über Land. Hm, lasst mich überlegen … Ja: Ihr geht von hier zunächst nach Antwerpen. Der Hafenmeister dort ist mir bekannt. Er heißt Richard van Lente und ist ein kauziger Typ, aber mit einem goldenen Herzen. Wendet Euch an ihn. Er weiß, wann welche Schiffe wohin gehen. Auch nach Spanien. Vielleicht auch nach England oder Frankreich. Ich hörte, dass jetzt alle begierig darauf sind, in der Neuen Welt Gold und Silber zu finden. Ob das alles so stimmt, was man hört von den sagenhaften Reichtümern … Wer weiß? Aber überlegt noch einmal, Bruder Clemens. Clemens vielmehr, ohne ›Bruder‹. Überlegt, ob das zu Euch passt. Ihr seid ein Mann des Glaubens. Gibt es keinen Weg mehr zurück für Euch? Und wenn Ihr tatsächlich mit dem Klosterleben gebrochen habt – mit Eurem Weinverstand könnte ich Euch auch hier in meinem Kontor brauchen.«

Van Straaten bot seine ganze Überzeugungskraft auf, um mich für eine Tätigkeit in seinen Diensten zu gewinnen. Ich bat um eine Bedenkzeit von drei Tagen.

Doch schon am nächsten Abend teilte ich ihm meine Entscheidung mit.

XII. Stella maris

Weite, Wärme, Licht.

Hinter mir in Sichtweite die kleine Fischerstadt Vlissingen. Vor mir das Ende der Welt.

Tief, tiefer atmete ich ein, machte meinen Brustkorb weit, reckte die Arme zur Seite, nach oben und nach vorn, um mich ganz zu füllen mit dem Odem des Ozeans. Es herrschte Ebbe.

Dieser unbeschreibliche Geruch, einzigartig und mit nichts vergleichbar. Ich überlegte, wie ich ihn jemand Vertrautem beschreiben würde, Gerhard vielleicht oder Fulbert. Oder Peter. Wie also?

Ich sog die Luft ein mit Nase und Mund, wieder und wieder, versuchte zu atmen im Rhythmus der anrollenden Wellen. Frisch und salzig, nach Fisch und Schalentieren. Aber auch nach bitteren Kräutern – das mussten die Meerespflanzen sein, Algen und Tang. Was geschah eigentlich mit all dem Verfaulenden, Verwesenden, Sterbenden im Meer, toten Tieren, dahinmodernden Pflanzen, verunglückten Fischern und Seeleuten? Waren auch sie für den leicht bitteren Geruch verantwortlich?

Frisch und uralt zugleich, dachte ich, das trifft es. Ein Paradoxon und doch wahr, wie der dreieinige Gott.

Weite, Wärme, Licht.

Die Weite. Der Blick ließ die anbrandenden Wellen los, schwebte nach oben über die wenigen Fischerboote, die in der Mündung der Westerschelde Heringe, Schollen, Kabeljau und anderes zu fangen suchten, und wurde dann magisch angezogen vom Horizont, jener klar abgegrenzten Linie, die in der Ferne messerscharf Himmel und Wasser zerschnitt. Das Ende der Welt und dahinter die Unendlichkeit.

Die Wärme. Drückend warme Sommerluft hatte in der Stadt hinter den Mauern geherrscht; hier am Gestade brachte eine milde, schmeichelnde Brise die Kleidung zum Flattern und ließ die Augen feucht werden. Grauweiße Möwen segelten mit ausgebreiteten Flügeln elegant im Wind, spitze Schreie ausstoßend, ließen sich mit dem Luftzug treiben oder bewegten sich mit leichtem Flügelschlag mühelos dagegen; bisweilen stürzten sie sich senkrecht mit ihren gebogenen gelben Schnäbeln voran in die Tiefe und landeten geschickt auf den Wogen oder auf dem Sand.

Das Licht. Die Sonne zauberte glitzernde, goldene Punkte auf die Wasserfläche. Welche Farbe hatte eigentlich das Meer? In meiner Fantasie hatte ich es mir immer blau vorgestellt. Tiefblau, kobaltblau, leuchtend blau wie der Mantel der Mutter Gottes auf unseren Kirchenfenstern. In Wahrheit war es in Küstennähe braun mit Grün- und Grautönen in zahllosen Abstufungen, blau war es nur weit draußen, in der Ferne.

Ein paar Schritte von mir entfernt beobachtete ich einen Jungen mit hellblondem, schulterlangem Haar, der eine kleine, quadratisch angelegte Burg aus Sand gebaut hatte. Hübsch war sie anzusehen, obgleich die Formen recht einfach und die Burgmauern mehr Wälle als echte Mauern waren. An den vier Ecken hatte der Junge kleine Türme errichtet und schlanke Holzstückchen als Fahnenstangen hineingesteckt. Sogar an ein standesgemäßes Burgtor hatte er gedacht: Auf der dem Land zugewandten Seite war in einem der Wälle eine Öffnung, ein Tor, und davor durch einen Graben getrennt eine kleine Rampe. Die Verbindung zwischen Rampe und Toröffnung bildete, als Zugbrücke gedacht, ein graues Stück Holz, das wohl vom Wasser angeschwemmt worden war. Dieses Holz, überlegte ich, wo das wohl herkommt? Irgendwo aus den neuen Ländern jenseits des weiten Meeres, ein Stück einer Hütte oder eines Zauns vielleicht, das der Wind abgerissen und das Meer davongetragen hat? Oder ein Teil einer Planke, womöglich eines gesunkenen Schiffes? Gerade verzierte das Kind jeden der vier Wälle mit Muscheln, die es leicht in den Sand drückte.

Diese Situation – sie kam mir bekannt vor. An was erinnerte sie mich nur? An irgendeine Geschichte, die ich einmal gelesen oder gehört hatte. Das grelle Licht der Sommersonne schien meine Gedanken gelähmt zu haben. Ich ging auf den Jungen zu. Eine letzte Muschelschale in der Hand, betrachtete er sein Werk und sagte etwas auf Niederländisch, was ich nicht verstand. Ich zuckte mit den Schultern. Er legte den Kopf zur Seite, trat auf mich zu und reichte mir die Muschel. Wieder sagte er etwas.

»*Dank je wel*«, antwortete ich. »*Ik ben Mijnheer Korn.*« So viel hatte ich schon von der dem Deutschen so ähnlichen, aber, wenn schnell gesprochen, trotzdem schwer verständlichen Sprache mitbekommen. Nun lag das Ding in meiner Hand, ein Meereslebewesen, aber erstorben, ohne Leben. Instinktiv griff ich mir an die Brust, wo unter Wams und Hemd mein Seestern an einem Lederband hing.

»*Ik ben Frans*«, antwortete der Knabe. Wieder sagte er etwas und deutete auf die Burg. Ich verstand nur ungefähr, nahm die goldgelbe Muschelschale und drückte sie an einer freien Stelle in die Burgmauer.

Frans lächelte, und ich sah, dass ihm vorn zwei Milchzähne fehlten. Dann blickte er besorgt nach den Wellen, die der Sandburg immer näher kamen. Noch waren sie ein gutes Dutzend Fuß entfernt. Sie leckten über den flachen Strand, die Spitzen ihrer breiten Zungen bestanden aus schmutzigweißem Schaum, kleinen und großen Blasen, die eine Weile blieben, dann von der Brise fortgeweht oder durch die nächste Welle weiter vorangetrieben wurden.

Die Flut, sie kam mit Macht.

Da ließ Frans plötzlich ab von seinem Bauwerk und musterte interessiert eine Gruppe Möwen, die ein paar Klafter entfernt saßen oder langsam umherspazierten; einige pickten nach Muscheln oder kleinen Krebsen, die auf dem Trockenen leichte Beute waren. Plötzlich sprang er auf und lief auf die Vögel zu. Schrille Laute ausstoßend, erhob sich der aus etwa drei Dutzend Tieren bestehende Schwarm, flog ohne erkennbare Hast los und ließ sich dann nur einen Steinwurf entfernt nieder. Auf einmal hörte ich einen menschlichen Ruf, und Frans blieb plötzlich stehen. Landeinwärts stand am Rand einer Düne eine Frau, deren Röcke in der Brise flatterten. Sie winkte und rief erneut etwas, ich vernahm auch den Namen des Jungen. Frans blickte noch einmal prüfend zu seinem Bauwerk, dann zu mir und eilte wie von einer Feder geschnellt erneut los, in Richtung der Frau. Er musste einen breiten Priel entlang laufen, der sich allmählich mit Wasser füllte. Als er eine schmale Stelle erreicht hatte, sprang er hinüber und hatte nun freie Bahn – zu seiner Mutter, wie ich vermutete. Ich winkte ihm nach, doch er beachtete mich nicht mehr.

Dann tat ich es ihm nach. Die Möwen! Ich rannte los, ich scheuchte sie auf; erst liefen sie mit trippelnden Schritten, dann hoben sie die Flügel, schließlich flogen sie; ich trieb sie vor mir her; die ersten ließen sich nieder, glaubten nicht, dass ich ein Jäger war, und sie täuschten sich. Ich trieb sie mit den Armen rudernd vor mir her, bis sie es schließlich satt hatten und hinaus aufs Wasser flogen, wo ich nicht folgen konnte. Kraftlos und glücklich ließ ich mich fallen. Wieder atmete ich tief ein.

Dieser Geruch! Bis in die letzte Faser meiner Lunge, meines Leibes wollte ich mich ausfüllen lassen, und wenn ich bersten würde! Plötzlich wusste ich, was dieser unbeschreibliche Geruch in mir wach rief: Es duftete ein wenig wie der Schoß von Marie in jener Nacht.

Wie schön wäre es doch, wenn ich jetzt hier mit dem Mädchen die Möwen hätte jagen können, Hand in Hand. Wir rennen zusammen los, wir lachen miteinander und dann fallen wir gemeinsam in den feuchten Sand ...

Nach einer Weile ging ich zurück. Muschelschalen knackten unter meinen Tritten. Dann zog ich die Schuhe aus und fühlte unter meinen nackten Füßen die Rippen des Sandes, welche das ablaufende Wasser der letzten Ebbe geformt hatte. Mit den Füßen fuhr ich die eleganten Linien entlang und versuchte auf ihnen zu gehen, doch natürlich trat ich sie platt und zerstörte die harmonisch geschwungenen Formen. So schlenderte ich weiter und gelangte wieder zu der Sandburg.

Das Wasser war unaufhaltsam vorgedrungen, und die ersten Wellen strömten und schäumten in den Burggraben. Fasziniert beobachtete ich, wie die Vertiefung sich füllte. Auf einmal gab die dem Meer zugewandte Burgmauer nach und fiel geräuschlos zusammen. Der Wasserspiegel stieg; die übernächste Welle überflutete den Burghof und griff auch die anderen Wände an. Das Meer holte sich seine Muschelschalen zurück, die der Junge sorgfältig als Schmuck eingesetzt hatte, auch meine goldene Muschel wurde mitgerissen und verschwand im Sand- und Wasserstrom der Flut. Dann fiel der erste Turm zusammen, kurz darauf erfasste das Element das Holzbrettchen, das die Zugbrücke gebildet hatte. Es dauerte vielleicht noch eine halbe Stunde, dann war die Burg komplett eingeebnet, und der Ort, an dem sie gestanden hatte, unterschied sich in nichts mehr vom Rest des Strandes.

Mit meinen nackten Füßen trat ich in die Brandung und schaute hinaus in die Weite. Eine Woge rauschte heran, überspülte meine Füße, und während sie kurz darauf zurückströmte, zog sie mir kitzelnd den Sand unter den Füßen weg. Das wiederholte sich noch vier, fünf Mal, dann war ich bis zu den Knöcheln eingesunken. Ich zog die Füße heraus und stellte mich an eine andere Stelle, um die reizvolle Fußmassage erneut zu genießen. Dabei kamen meine Gedanken in Gang. Dieser Knabe mit seiner Muschelschale – plötzlich fiel mir ein, an was er mich erinnerte.

Als der heilige Augustinus einmal am Meer entlang wandelte, angestrengt darüber nachdenkend, wie man es verstehen könne, dass der allmächtige Gott einer und doch drei zugleich sei, sah er einen Knaben. Dieser Knabe tat etwas Seltsames: Er hatte ein Sandloch gegraben und schöpfte unaufhörlich mit einer Muschelschale Wasser aus dem großen Meer in das Loch.

Was tust du da, fragte Augustinus.

Ich gieße das Meer in dieses Loch, antwortete der Knabe.

Törichter Knabe, lag es dem Kirchenvater auf der Zunge, doch er hielt inne und musste lächeln, denn er hatte begriffen: Handle ich nicht auch so wie dieses Kind? Beide mühen wir uns ab mit Problemen, die nicht zu lösen sind. Er versucht, das Meer auszuschöpfen. Ich versuche, die heilige Trinität, die Unergründlichkeit Gottes mit meinen menschlichen Gedanken zu erfassen. Ich sollte doch froh sein, dass ich es dem Allmächtigen überlassen kann, jene Dinge zu kennen und zu wissen, jene Mysterien, die wir Sterblichen nie begreifen werden.

Und er dankte Gott für diese Lektion.

»Und was hast du mit *mir* vor?«, fragte ich laut. »Hier hast du mich hingeführt bis ans Ende der Welt. *Et nunc?*«

In sicherer Entfernung von den Wellen setzte ich mich nieder, rieb mir den Sand und das Wasser von den Füßen.

Das Meer. Hier war Ruhe. Salz und Süße. Sanftheit und Kraft. Liebe und Schmerz. Leben und Tod. Das Meer – es macht Menschen ruhig und weise. Es erzählt Geschichten. Vom Anfang, vom Ende. Stundenlang müsste man hier verweilen, dachte ich.

Und ich verweilte.

Vier Tage zuvor war ich in Antwerpen angekommen, der gewaltigen flämischen Hafen- und Handelsstadt. Eine Metropole, so groß wie Köln oder noch größer. Nach der Begegnung mit Jan van Straaten hatte ich den Weg des Wassers zunächst verlassen und eine Weinfuhre über Land nach Antwerpen begleitet.

Antwerpen. Stadt der Seeleute und des Handels. Stadt an der Schelde und Tor zum Meer. Wie es mir der Kölner Kaufmann empfohlen hatte, hatte ich den Hafenmeister Richard van Lente aufgesucht. Seine Amtsstube befand sich in der Nähe des Englischen Kais im nördlichen Teil der Stadt. Misstrauisch musterte mich der Hafenmeister, ein Mann um die Vierzig mit schütterem graublondem Haarkranz um eine rotgebrannte Glatze. Und rot waren auch der Nacken und sein Gesicht, sonnengegerbt. Wenn er lachte – und das tat er oft und gern, fast wie mein Zellengenosse Peter, sogar auf ähnliche Weise –, sah man, dass ihm im rechten Oberkiefer ein Backenzahn fehlte. Sein Gang war breit, als befände er sich auf einem schwankenden Schiff. Ich wusste schon, dass er bis vor wenigen Jahren noch selbst zur See gefahren war. Als ich erwähnte, dass ich ein Freund von Jan van Straaten sei, hellte sich seine Miene auf und seine grauen Augen leuchteten.

»Ein Schiff sucht Ihr, das Euch in die Neue Welt bringt? Nun, das wollen viele in diesen Zeiten. Gesindel, Diebe, Verbrecher, Halsabschneider, Geflüchtete, Gescheiterte, Waghalsige, Tollkühne, Abenteurer – *nou*, zu welcher Kategorie darf ich Euch denn zählen, gewiss zu … nein, wenn ich Eure Hände so betrachte, es sind die Hände eines Mannes, der nie körperliche Arbeit geleistet hat.«

Als ich ihm sagte, ich sei ein ehemaliger Mönch, musste er lachen. Er glaubte mir erst, als ich meine Kappe abzog und ihm die Reste der Tonsur zeigte.

»Also gut. Ihr seid sicher von Luthers oder Zwinglis Lehren angesteckt wie so viele. Auch hier in den Niederlanden sind viele aus den Klöstern geflohen. Aber einen Mönch, der in die Neue Welt will, habe ich noch nicht kennengelernt. Hahaha! Seid Ihr Euch sicher, dass Ihr dort hinwollt? Die Reise ist keine Bootsfahrt. Die Vorräte schimmeln vor sich hin, das Wasser wird faulig. Es lauern zahllose Gefahren.«

Er packte mich am Arm und näherte sein rotes Gesicht dem meinen. Ich roch seinen Atem, nach Käse und Bier.

»Wochenlang auf hoher See, Stürme, Krankheiten, Seeräuber. Und in der Neuen Welt – sie nennen sie jetzt zumeist Amerika, nach einem Seefahrer: Amerigo Vespucci – soll es wilde Eingeborene geben und tückische Krankheiten. – Ihr winkt ab, Ihr nickt? *Maar goed*, wollen sehen, was wir tun können. Kommt morgen wieder, ich habe jetzt zu tun.«

Ich dankte ihm vorläufig und nahm mir ein Zimmer in einem Gasthaus im Hafenviertel. Als ich am Abend noch einen kurzen, ziellosen

Gang durch die Gassen und Docks machte, sprach mich eine Frau in grellbunter Kleidung an.

»*Drie stuivers*«, sagte sie.

Ich fragte, was sie wolle. Dann hob sie ihre Röcke, unter denen sie nichts trug, und grinste ordinär. »Drei Groschen«, wiederholte sie auf Deutsch, »und ich gehöre dir für ein paar Stunden. Du kannst mit mir machen, was du willst.«

Als sie noch drastischere Worte für die verschiedenen Arten dessen fand, was ich mit ihr tun könne, wandte ich mich beschämt ab. Ich schlich davon, gewiss so rot im Gesicht wie der Hafenmeister. Auf einer Rahe in der Nähe saß eine Möwe, die heiser schrie: »Äh, äh, äh!« Es klang wie ein kehliges Lachen und nahm kein Ende.

Noch weiter wanderte ich umher. Kurz bevor die Sonne unterging, stieg ich eine Holztreppe zum Wehrgang der Stadtmauer hinauf und zwängte meinen Kopf durch eine der schmalen Öffnungen. Im Abendlicht blinkte die Schelde wie tausend funkelnde Goldmünzen; große und kleine Schiffe mit Segeln und Rudern wiegten sich sanft in den Wogen, Wanten knarrten, und leise drang der Gesang von Seeleuten hinauf; jemand spielte auf einer Laute dazu. Irgendwann wurde eine Stadtwache auf mich aufmerksam und verwies mich des Wehrgangs.

Ich schlief schlecht in dem kleinen Gasthaus. Das Bett war nicht sauber und vieles ging mir durch den Kopf. Am nächsten Morgen nahm mich der Hafenmeister mit zu einem der Docks. Unterwegs lernte ich eine Kostprobe seines speziellen Humors kennen. An einem Fischkutter kaufte er zwei Heringe und ließ sie gleich filetieren, einen für sich und einen für mich. Er zeigte mir, wie man den Fisch isst. Er packte ihn am Schwanz und hielt ihn sich über den Kopf. Dann sperrte er seinen Mund auf, ließ den Fisch langsam herab und biss genüsslich von ihm ab. Ich tat es ihm nach. »Hm, *goed. Lekker*. Normalerweise esse ich ihn mit Zwiebeln«, sagte er schmatzend und fragte mich, wie es mir geschmeckt habe.

»Fein«, antwortete ich. »Ich fand ihn sehr schmackhaft. *Lekker*.«

»Hahaha«, platzte es aus ihm heraus, »woher wisst Ihr denn, dass es ein Er war und keine Sie?«

Er haute mir auf die Schulter und lachte weiter schallend. Erst als wir an einem dreimastigen Schiff mit bauchigem Rumpf angekommen waren, wurde er wieder ernst.

»Die Karacke *Matthew* aus England«, erklärte er »Ein hübscher Kahn!

Goed, niet? Fährt von England nach Spanien, um dort Waren zu laden. Pfeffer und andere Gewürze, schweren, süßen Wein natürlich. Cadiz ganz im Süden von Spanien«, sagte er mit verschwörerischer Stimme, »das ist Euer Hafen. Von dort geht es los auf große Fahrt. Da starten Entdecker mit ihren gut ausgerüsteten Karacken, Karavellen und Galeonen, Verwegene, die in der Neuen Welt ihr Glück machen wollen.«

»Der Kölner Kaufmann sprach von Sevilla …«

»Ach nee, probiert es direkt in Cadiz. Wenn Ihr gut zahlt, seid Ihr mit dabei. Als Matrose könnt Ihr ja nicht anheuern, da Ihr das Seehandwerk nicht gelernt habt, haha!«

»Ich bin ein Medicus«, gab ich zu bedenken, »und kann jeder Expedition von Nutzen sein.«

»Aha, *dat klopt.* Haha, *goed!*«

Ich sah, dass einige Zimmerleute mit Sägen und Beilen am Rumpf arbeiteten, andere waren mit Segelnähen beschäftigt, und fragte, was mit dem Schiff los sei.

»Seeräuber«, stieß van Lente grimmig hervor und biss sich auf die Lippe. »Dreckige Piraten aus Dünkirchen. Elende Buttgesichter! Die machen uns immer wieder das Leben schwer. Der gesamten christlichen Seefahrt. Ob spanisch, französisch, hanseatisch oder englisch, die greifen alles an, was ihnen vor die Rohre kommt. Ihr seht, es ist gefährlich, ich sagte es gestern schon. Aber schaut nur dieses wunderbare Fahrzeug: Der Klüverbaum hat genau die richtige Neigung und das große Lateinsegel am Besanmast – herrlich, nicht wahr? Allein die Bewaffnung könnte besser sein. Sie verfügt nur über sechs kleine Geschütze im Achterdeck. Vorn am Bug und hinten im hohen Heckkastell könnte ich mir noch ein paar Falkonette vorstellen. *Nou*, die Piraten waren besser bewaffnet und haben sie kräftig in die Zange genommen. Nur dank ihrer guten Takelung ist die *Matthew* entkommen und hier vor Anker gegangen. Sie wird gerade *gerepareerd*. Übrigens: John Cabot ist mit diesem Segelschiff gefahren!« Er blickte mich erwartungsvoll an, als hätte er soeben das Evangelium verkündet.

»Der Name sagt mir nichts.«

»Mann, wo habt Ihr gelebt? *Maar goed*, ja, sicher: im Kloster. Also John Cabot. Den Namen müsst Ihr euch merken. Ein Name wie Magellan, Kolumbus, Vespucci, Soto, Cabral! Er ist ein Venezianer, der in Bristol lebte. Eigentlich Giovanni Caboto, aber in England nannte er sich John Cabot.

Es heißt, dass sein Sohn jetzt auch wieder eine große Fahrt vorbereitet, Sebastian heißt er. Habe ich gestern Abend erst im ›Blauen Walfisch‹ bei einem doppelten Genever erfahren, haha! Vielleicht sollte ich – oder solltet Ihr noch mal mit dem Kapitän sprechen, eventuell könntet Ihr auch von England aus Eure große Reise machen. Hm, mal sehen. Auf jeden Fall nehmt eine lange Holzkiste mit auf die Fahrt. Hahaha!«

»Holzkiste? Was meint Ihr damit, Hafenmeister?«

»Ich meine eine Kiste von fünfeinhalb bis sechs Fuß Länge. Etwas größer, als Ihr seid, haha!«

Ich begriff, was er meinte, aber mir blieb das Lachen im Hals stecken.

»Das Schiff gefällt mir, auch wenn ich nichts davon verstehe. Wenn Ihr es mir empfehlt, habe ich keinen Grund, Euch zu misstrauen. Sprecht Ihr mit dem Kapitän, bitte? Doch wie lange dauert die Reparatur?«

»He Richard«, rief da einer der Arbeiter vom Schiff, »*je hebt een behoorlijk rood hoofd!*«

»*Ja, de zon was toch wat te sterk!*«, gab der Hafenmeister zurück. Nach ein paar weiteren Sätzen, die ich nur halb verstand, wandte sich der Sonnenverbrannte wieder zu mir.

»Es gibt noch ein paar andere Interessenten, die mit der *Matthew* als Passagiere fahren wollen, habe ich gehört. Einer von ihnen stammt sogar irgendwo vom Rhein, genau wie Ihr. Seltsam. Zurück zur Reparatur: Gewiss noch eine Woche dauert es, ich habe gehört, sie hat auch einen Treffer unter der Wasserlinie. Die Zimmerleute haben erst vor eineinhalb Tagen mit den Arbeiten angefangen. Das muss natürlich gut abgedichtet werden, *goed*, so etwas geht eben nicht in ein paar Stunden.«

»Dann habe ich ja noch genug Zeit.«

»Schaut Euch Antwerpen an. Ihr könnt unseren Schnaps probieren. Die schönen flandrischen Mädchen könnt Ihr auch probieren, haha, ja, hier lieben – nee, leben meine ich, haha, mein Deutsch! – Hier leben wirklich die Schönsten der Schönen, hmmm, *meisjes*, blond wie Weizen und Flachs.«

Dieser Hafenmeister mit seinem Lachen und seinen Sprüchen. Immer mehr erinnerte er mich an Peter.

»Und in manchen Schänken«, fügte er hinzu, »gibt es jetzt auch etwas zu rauchen. Ja, schaut mich nicht so ungläubig an. Rauchen. Eine Pflanze von drüben, Tobacco nennt man sie. Die Blätter werden getrocknet, klein geschnitten, dann in eine Pfeife gestopft und angezündet.«

»Und was bringt das? Rauch in der Luft? Hilft sicher gegen die Pest oder andere Krankheiten?«

»Nicht in der Luft. Man inhaliert den Rauch. Es riecht gut und schmeckt gut. Aber wenn Euch das nicht behagt, gibt es ja auch noch ein paar leckere Mädchen hier im Hafenviertel.«

»Das sagtet Ihr schon«, murrte ich.

»Jaja. Haha! Wie ich hörte, hahaha, hat Euch ja gestern schon die Marijke ein Angebot gemacht. Aber als ehemaliger Mönch seid Ihr ja nicht mehr ... na, das müsst Ihr selbst wissen. *Nou*, ich rate Euch: Amüsiert Euch. Nutzt die Zeit.«

Ich nutzte sie anders, als der lustige Hafenmeister vorschlug. Als das Liebfrauenmünster Mittag läutete, ging ich am Fischmarkt durch eines der Stadttore und überquerte die Schelde über die auf eng nebeneinander liegenden Booten ruhende, schwankende Schwimmbrücke. Drüben wanderte ich los, immer am Südufer des Flusses entlang. Ich suchte mir den Weg auf und hinter Deichen, durch Schafe und Kühe, an Bauernhöfen vorbei, über Wasserläufe, sah reife Kornfelder und Weiden, atmete den trocken-würzigen Geruch des Getreides und die Schwere saftiger, feuchter Wiesen und Kuhfladen, lief immer weiter, immer weiter. Am Abend schlief ich in einer Scheune bei einem Gehöft. Die freundlichen Bauersleute gaben mir Milch und Grütze; ich zahlte ihnen ein paar Münzen, und am nächsten Morgen setzte ich den Weg fort. Nach einer langen Kurve weitete sich plötzlich der Fluss, wurde größer und breiter. Die Luft roch nun anders, frischer. Immer ausladender erstreckte sich die Wasserfläche, die Deiche auf der gegenüberliegenden Seite wurden kleiner, Menschen und Vieh drüben waren kaum noch zu erkennen. Es war nun wohl nicht mehr eigentlich ein Fluss, sondern vielmehr ein echter Meeresarm. Ich hatte unterwegs gehört, dass die Menschen auch gar nicht mehr von der Schelde oder Westerschelde sprachen, sondern von der »Honte«.

War dies also schon ein Teil des großen Ozeans? Des gefährlichen, wilden, unergründlichen, zu fürchtenden? Wohnort der Meeresungeheuer, die in seinen Tiefen lauern? Gebärer des *Tieres*, des Antichrist, der einst aus den Tiefen des Meeres entsteigen und als Widersacher Christi und seiner Getreuen auftreten wird? Verspricht doch die Offenbarung, dass eben dieses gefährliche Element am Ende aller Zeiten nicht mehr sein werde: *Et vidi caelum novum et terram novam, primum enim caelum et prima terra abiit, et mare iam non est.*

Ich holte den Seestern heraus und betrachtete ihn. »Was bist du, du Meereslebewesen?«, fragte ich. »Auch eines der Ungeheuer? Oder ein Zeichen der Maria und ihres göttlichen Sohnes?«

Was genau hatte die Alte in Köln gemeint? Stand sie im Bunde mit dem Guten oder dem Bösen?

Genau weiß ich es nicht mehr, ich glaube, ich marschierte insgesamt drei Tage. Ich ließ mir Zeit, schaute immer wieder aufs Wasser hinaus. Die zweite Nacht verbrachte ich unter freiem Himmel. Am dritten Abend kehrte ich in einem kleinen Weiler bei einem jungen Fischer ein. Mit ihm saß ich nach dem Abendessen zusammen auf einer Bank vor seiner kleinen, reetgedeckten Kate. Er fragte mich, wo ich herkomme, wo ich hinwolle.

Da wurde mir selbst bewusst, wie töricht ich gewesen war. Ich schämte mich zuzugeben, dass ich einfach nur so die Schelde entlanggegangen war, auf dem Weg zu dem, was mich faszinierte. Längst wusste ich, was es war, das mich anzog wie ein Magnet das Eisen, sodass ich nicht warten konnte, bis das Schiff mich hinbrachte.

Nimm und sieh, Zisterzienser. Es ist dein Weg.

»Ich bin ein Stück den Fluss entlanggewandert und muss nun zurück nach Antwerpen«, sagte ich und erzählte ihm, dass ich ein Schiff erreichen müsse, nach Spanien.

Skeptisch schob der junge Mann die Unterlippe vor, fragte aber nicht nach. Dann empfahl er mir, es auf der gegenüberliegenden Insel Walcheren zu probieren, und zeigte mit dem Daumen über die Schulter. Von der Hafenstadt Vlissingen, sagte er, führen laufend kleine Boote nach Antwerpen, in der Regel Fischer, die ihre Waren auf dem Großen Markt anbieten.

»Und wie komme ich nach Vlissingen?«, fragte ich.

»Ich fahre Euch morgen früh hin, für ein paar Stuiver.«

Und so geschah es. In aller Frühe bestiegen wir das kleine Segelboot des Mannes und fuhren los. In der Nacht hatte es ein wenig geregnet, die Luft war gereinigt und frisch. Voller Faszination schaute ich hinaus, wo die große Weite sein musste. Doch noch immer versperrte Land den Blick, Inseln, Sandbänke, Deiche.

»Habt ihr Fischer denn keine Angst vor dem Meer?«, sprach ich meinen Gedanken von gestern aus. »Es heißt doch, dass darin Ungeheuer ohne Zahl lauern, schaurige Wesen mit riesigen Leibern, die nur darauf warten, Schiffe und ihre Besatzungen zu vernichten. Oder auch gewaltige Fische, die Menschen verschlingen.« Der Prophet Jona kam mir in den Sinn. »Schon die Alten …«

Hell erklang das Lachen des Fischers in den Morgenhimmel. »Die Alten, ja«, unterbrach er mich und pustete sich eine Haarsträhne aus der Stirn, »mein Großvater zum Beispiel, der war auch Fischer. Und sein Vater auch und dessen Vater wiederum. Die haben alle noch an Ungeheuer geglaubt. Mit Hörnern und Drachenschwänzen. Mit riesigen Mäulern voller spitzer Zähne. Und trotzdem sind sie immer wieder rausgefahren bei Sonne und Sturm. Was bleibt einem Fischer auch übrig, wenn er leben will? Aber ich und mein Bruder, mein Vetter, meine Freunde – keiner, hört Ihr, keiner von uns hat ein Ungeheuer gesehen. Und seit die Spanier und Portugiesen diese weiten Fahrten machen, nach Indien und nach Westen hinüber über den Atlantik, selbst da hat man nichts von solchen Monstern gehört. Aber es gibt andere Gefahren da draußen, Seeräuber und wohl auch ein paar Wilde dort drüben, die den Seeleuten gefährlich werden können, aber Ungeheuer, nein, werter Herr.«

Er lachte erneut und korrigierte mit dem Ruder den Kurs. In der Ferne tauchten allmählich die Türme und Tore von Vlissingen auf. Schon erkannte ich Giebel, Kaimauern, Kräne und Schiffe im Hafen.

»Doch was uns hier vor allem Angst macht«, fuhr der Fischer fort, »ist der Sturm. Die Springflut. Dass das Meer das Land verschlingt. Jetzt ist Hochsommer, jetzt scheint die Sonne und die Luft ist lau. Aber lasst Euch nicht täuschen. Das Meer selbst kann ein Ungeheuer sein, wenn es aufgepeitscht wird, wenn im Herbst oder Frühjahr Stürme toben und die Deiche zu brechen drohen. Davor, werter Herr, davor haben wir Angst.«

Wir liefen in den Hafen ein. Ich gab dem Mann den versprochenen Lohn. In der Stadt aß ich in einem Gasthaus Haferbrei mit etwas Gemüse. Dann ging ich zielstrebig hinaus zum Strand.

Weite, Wärme, Licht.

Ich weiß nicht, wie lange ich jetzt schon im Sande saß oder auch lag. Irgendwann stand ich auf und zog mich aus. Ich machte den Seestern vom Lederband los, nahm ihn in die Hand, watete ins Wasser. Kalt umströmten die Wellen meinen Körper, nahmen mir den Atem, dann gewöhnte ich mich daran und das frische Element belebte mich. Als gerade noch Kopf und Schultern aus dem Wasser ragten, hob ich den rechten Arm. Mit aller Kraft warf ich den Seestern, so weit ich konnte. »Lebe wohl, Seestern, lebe wohl, Marie«, sagte ich und hob die Hand. »*In nomine patris et filii et spiritus sancti.*«

Da wurde das Meer still und ließ ab von seinem Wüten.

Ich tauchte mit dem Kopf unter und schwamm ein paar kräftige Züge. An Land streifte ich mir das Wasser vom Körper und trocknete mich mit meinem Hemd ab. Über den Oberkörper zog ich nur das Wams an. Das Hemd in der Hand, schlenderte ich langsam zu den Stadtmauern von Vlissingen zurück. An einem dicken Wehrturm hielt ich kurz inne und sprach ein Vaterunser.

Außerhalb der Mauern lief ich in Richtung Hafen. Langsam ging ich den Hauptkai entlang, aus großen, teils misstrauischen, teils spöttischen Augen betrachtet von Arbeitern und Matrosen.

Da kam mir ein Schiff entgegen. Mit voll geblähten Segeln verließ es gerade den Hafen und nahm Kurs auf die offene See. Eine Karacke, erkannte ich, ein wenig stolz auf mein neu erworbenes Wissen. Es hatte genau wie die *Matthew* einen dicken Rumpf und ein Bugsprietsegel, drei Masten, ein hohes Heck mit Lateinsegel und …

Was war das?

Es musste ein Schwesterschiff sein! Doch am Hauptmast flatterte eine Flagge, ein rotes Kreuz auf weißem Grund. England! Als das Schiff endlich auf meiner Höhe war – nur eben zehn Klafter von mir entfernt –, konnte ich seinen Namen lesen, der mit goldenen Lettern am Bug prangte, neben der Tudorrose.

Es war die *Matthew*. Ich hatte mein Schiff verpasst!

Die Reparaturarbeiten waren offensichtlich schneller vorangegangen als geplant. Oder hatte ich mich bei meinem Marsch die Schelde hinunter so mit der Zeit verschätzt?

»Heda, Segler *Matthew*, ahoi!«, rief ich so laut ich konnte und gestikulierte mit den Armen. Die Karacke fuhr langsam vorüber, und an Bord wurden einige auf mich aufmerksam: Matrosen, die in den Wanten oder auf Rahen standen, sahen zu mir herüber, einige hoben grüßend die Hand. Auch im Bug hatte man meinen Ruf bemerkt. Dort stand ein Mann in einem rubinroten Rock, der mit ausgestrecktem Arm einem Seemann eine Anweisung zu geben schien. Die Würde und Befehlsgewalt, die er ausstrahlte, ließen mich auf den Kapitän schließen. Daneben sah ich eine Gruppe von drei oder vier Männern, die nicht seemännisch gekleidet waren und an Bord einen etwas verlorenen Eindruck machten.

Gemächlich passierte mich das Schiff. Ich hörte scharfe Rufe, Kommandos, denen die Ausführung folgte.

Ich stand wie mit dem Boden verwachsen; es hatte mir die Sprache verschlagen. Da erkannte ich, dass einer der Gruppe heftig auf den Kapitän einredete und auf mich deutete. Er war von kleiner, hagerer Gestalt, hatte ein schmales Gesicht und trug, soweit ich sehen konnte, einen Spitzbart.

Wer? Was? Die Gesichtszüge! Der Spitzbart! Der riesige Mund!

Um besser zu sehen, trat ich vor bis an die äußerste Kante des Kais.

Nein, es konnte nicht *er* sein! Ich machte die Augen zu und schüttelte den Kopf. Es war eine Einbildung. Zu sehr hatte der Hafenmeister mit seiner lustigen Art und seinen Sprüchen mich an einen bestimmten Mann erinnert, sodass meine Fantasie mir nun diesen einen vorgaukelte. Es musste auch das grelle Licht, die Hitze der Sonne und die Kälte des Wassers sein, ungewohnte Extreme, die mich Erschöpften und Entwurzelten verwirrten.

Als ich die Augen nach drei Sekunden wieder öffnete, sah ich den Mann nicht mehr. Das Schiff war schon vorüber und nahm immer mehr Fahrt auf. Mein Blick auf den Bug war nun durch Segel verdeckt.

Da entdeckte ich den Spitzbart wieder. Der Mann war ans Heck gelaufen und winkte wild vom Achterdeck aus.

Gellend rief er mir etwas zu.

Dann sprang ich ins Wasser.

Die Personen

Hinweis: Die Bezeichnung »von« bei den Bauern und Bürgern meint nicht eine adlige Abstammung, sondern bezieht sich im Sprachgebrauch des Mittelalters allein auf die geografische Herkunft der Personen.

Zisterzienser

Nikolaus IV. von Eltville: ehrwürdiger Abt
Jakob von Bingen: gestrenger Prior
Engel Schweb: Äbtissin des Zisterzienserinnenkloster Gottesthal, genannt »der schwebende Engel«
Pirmin Bär von Bingen: Cellerar mit flammender Stirn
Emrich Reser von Oestrich: Bursar mit Geheimnissen
Wendelin von Boppard: Subbursar
Karl Pfeffer von Mainz: ängstlicher Bursenschreiber, Kenner der Johannesoffenbarung
Hugo Kleinfisch: Konversenmeister, alter Mann
Hertwig von Bacharach: vergesslicher Sakristan
Paulus von Kiedrich: Kaplan des Abtes
Clemens Korn von Oppenheim: Infirmar und Held der Geschichte
Fulbert Becker von Walluf: junger Subinfirmar mit feuchter Aussprache
Gerhard Helfrich von Kastel: Abtskoch, dicker, gemütlicher Mensch
Pius Müller von Kirn: braver, aber neugieriger Pförtner
Eberhard Katzmann von Geisenheim: unzufriedener Alter
Arnulf Schwarz von Graz: ehemals Mönch im Kloster Heiligenkreuz (bei Wien), stark an Körperkraft
Theobald Herrmann von Rüdesheim: junger, gut aussehender Mönch
Johannes von Eltville: Mönch mit gebrochenem Arm
Johannes von Kiedrich: fröhlicher Leiter des Klosterhofes in Boppard
Christmann: Konverse

Albert: Konverse am Klostertor
Raimund: Konverse aus Kloster Volkenroda, hat Schlimmes erlebt

Aufständische

Kunz Feldmann von Martinsthal: ehemaliger Konverse
Henn Metzger von Bingen: frecher Hund mit hämischer Lache, genannt »Gugel«
Hubert Ostermann von Oestrich: Bauer
Johannes Rab von Geisenheim: Bauer
Heinrich: alter Bauer, guter Kerl
Konrad: der Verlorene
Marie: wundervolles Mädchen mit dem Namen der Gottesmutter

Andere

Wilhelm von Hohnstein: Bischof von Straßburg, Stellvertreter des Erzbischofs Albrecht von Mainz
Lorenz Truchsess von Pommersfelden: Domdechant zu Mainz
Heinrich Brömser von Rüdesheim: Viztum im Rheingau
Friedrich von Greiffenclau: Herr auf Schloss Vollrads, Hauptmann der Aufrührer
Frowin von Hutten: Mainzer Hofmeister
Hilchen von Lorch: dicker Ritter mit losem Maul und poetischen Fähigkeiten
Richard van Lente: Hafenmeister in Antwerpen mit Sinn für Humor
Jan van Straaten: aus Gent stammender Kaufmann, Weinhändler in Köln
Peter Wagner: Kerkerinsasse, Sprücheklopfer mit donnernder Lache
Georg Korn und **Magda Korn**: Eltern von Bruder Clemens
Hans Schenkel: einäugiger Nachtwächter in Pfeddersheim
Stenz und **Kuno**: Gefängniswärter
Kölner Hexe: namenlose Wahrsagerin

Übersetzung der lateinischen und niederländischen Textstellen

7 *De profundis:* Aus der Tiefe (Beginn von Psalm 130)

13 *In saecula saeculorum, amen:* Von Ewigkeit zu Ewigkeit, amen

15 *Omina mala:* böse Vorzeichen
In nomine Domini: Im Namen des Herrn

19 *reverendissimus frater:* der überaus verehrungswürdige Bruder
hic et nunc: hier und jetzt
stabilitas loci: Ortsgebundenheit

26 *Benedicite:* (Gruß unter Ordensleuten)

27 *confratres carissimi:* liebste Mitbrüder

28 *terra dedit fructum ...:* Die Erde gab uns ihre Frucht, es segne uns Gott, unser Gott, es segne uns Gott. (nach heutiger Zählung Psalm 67,7)

37 *Petite et dabitur ...:* Bittet, so wird euch gegeben, sucht, so werdet ihr finden, klopft an, so wird euch aufgetan.

38 *Ave, maris stella ...:* Sei gegrüßt, Meerstern, gütige Mutter Gottes (*maris stella* oder *stella maris* ist ein Beiname der Maria)

39 *in statu nascendi:* im Entstehen begriffen
Salve regina coeli ...: Sei gegrüßt, Himmelskönigin, wie wunderbar bist du.

40 *Stella maris ...:* Meeresstern, Mutter unseres Herrn ... O süße Jungfrau, bitte für mich.

44 *Septem omina:* sieben Vorzeichen

45 *Rustica gens ...:* Bäuerliches Volk. Beginn des Sprichwortes *Rustica gens optima flens, pessima gaudens:* Bäuerliches Volk ist am besten, wenn es weint, und ganz schlecht, wenn es sich freut.

49 *o tempora, o mores ...:* o Zeiten, o Sitten, o heilige Einfachheit, o heiliger Bernhard, bitte für uns.
semper virgo: immer Jungfrau

50 *Sed satis de hoc:* Doch genug davon

58 *Quamdiu fecistis ...:* Was ihr getan habt dem Geringsten meiner
Brüder, habt ihr mir getan. (Matthäus 25,40)

59 *Dixi:* Ich habe gesprochen.
Adiutorium nostrum ... / Qui fecit ...: Unsere Hilfe ist im Namen
des Herrn. / Der Himmel und Erde erschaffen hat.

60 *In principio erat verbum ...:* Im Anfang war das Wort, und das
Wort war bei Gott und Gott war das Wort. Dies war im Anfang
bei Gott, alles ist durch es geschaffen worden und ohne dasselbe
ist nichts geschaffen worden, was geworden ist. (Johannes 1,1-3)

64 *labor:* Arbeit

69 *ordo:* Ordnung, vgl. Glossar
Et ne nos ...: Und führe uns nicht in Versuchung, sondern erlöse
uns von dem Bösen.

71 *Porta patet – cor magis:* Die Tür steht offen – mehr noch das Herz.
Wahlspruch der Zisterzienser.

72 *Verba vana non loqui:* Unnütze Worte nicht sprechen (aus der
Benediktsregel, Kap. 6)

81 *Oremus:* Lasst uns beten.
Et qui sedebat desuper ...: Und der darauf saß, dessen Name war
der Tod. (Offenbarung 6,8)

82 *sic transit gloria mundi:* So vergeht der Ruhm der Welt.

84 *ad te suspiramus ...:* Zu dir flehen wir seufzend und weinend ...
unsere Fürsprecherin (aus dem *Salve Regina*)

90 *Moguntia:* lateinischer Name von Mainz

95 *Vulnerasti cor meum:* Du hast mein Herz verwundet. (Hohelied
4,9)

96 *Quam pulchra es ...:* Wie schön du bist, meine Freundin. Wie
schön! (Hohelied 4,1)

106 *magnum vas:* Großes Fass
boni homines: gute Menschen

107 *vestigia:* Spuren
Et non erat magnum vas: Und es gab das große Fass noch nicht.
sancta simplicitas: heilige Einfachheit

109 *et nos dimittimus debitoribus nostris:* auch wir vergeben unseren
Schuldigern

110 *Et spiritus sancti, amen.:* Und des Heiligen Geistes, amen.

127 *Perierat et inventus est:* Er war verloren und ist wiedergefunden worden. (Gleichnis vom verlorenen Sohn, Lukas 15,33)

129 *Habent sua fata libelli:* Die Büchlein haben ihre Schicksale.

132 *vulgus profanum:* gemeine Masse, ruchloses Volk

136 *Vanitas est …:* Etwa: Es ist alles ganz eitel. Eitelkeit der Eitelkeiten. (Prediger 1,2)

147 *neque aliquid habere proprium …:* keiner habe etwas als Eigentum, überhaupt nichts, kein Buch, keine Schreibtafel, keinen Griffel, gar nichts.

148 *O clemens, o pia …:* O milde, o fromme, o süße Jungfrau Maria

163 *Fruamur cupitis amplexibus:* Wir wollen die ersehnten Umarmungen genießen. (Sprüche 7,18)

164 *Domine, labia mea (aperies):* Herr, meine Lippen (wirst du öffnen).

166 *Tu formasti me …:* Du hast mich gebildet und hast deine Hand über mir gehalten (nach heutiger Zählung Psalm 139,5)

167 *antiquis temporibus:* in alten Zeiten

168 *Venit mors. Est super nos:* Der Tod kommt, er ist über uns.

176 *Cantate Domino canticum novum:* Singt dem Herrn ein neues Lied (nach heutiger Zählung Psalm 150,1)

185 *ascensio:* Himmelfahrt

187 *Viri Galilaei …:* Ihr Männer von Galiläa, was wundert ihr euch und schauet gen Himmel? Alleluja. Er wird ebenso wiederkommen, wie ihr ihn sahet hinauffahren in den Himmel. Alleluja, alleluja, alleluja!

190 *Intra!:* Tritt ein.

194 *Certe:* Gewiss

195 *vulgus profanum:* s.o. zu Seite 132.
    Vade reconciliare …: Geh und versöhne dich mit deinem Bruder. (Matthäus 5,24) Geh in Frieden.

210 *Fiat, ut dixi:* Es geschehe, wie ich gesagt habe.

211 *Frater in Domino carissime:* Liebster Bruder im Herrn.

219 *Da mihi signum tandem:* Gib mir endlich das Zeichen.
    Silentium. Oportet tacere in rasura!: Ruhe. Es gehört sich zu schweigen während der Rasur!

227 *Rustica gens:* s.o. zu Seite 45.

232 *Satis! Tace, homo improbe!:* Genug! Schweig, ruchloser Mensch!

233 *Rasura continuetur!:* Die Rasur werde fortgesetzt!

247 *Beati mortui qui in Deo moriuntur:* Selig sind die Toten, welche in Gott sterben. (Offenbarung 14,13)

248 *Verba vana aut risui apta non loqui:* Unnütze oder zum Lachen reizende Worte nicht sprechen (aus der Benediktsregel, Kap. 6)

249 *Amen iterum:* Wiederum amen.

251 *Palmis, almis, salmo, salmoni:* In den Palmen, den gütigen, der Lachs, dem Lachs.
Salomonis, calamus, calamitas, palmus, palmis: Salomons, Stift, Unheil, Palme, in den Palmen.

252 *Mundus senescit:* Die Welt vergreist.
Mecum eritis in paradiso: Ihr werdet mit mir im Paradies sein.

255 *venit liberatio, venit finis tumultus:* es kommt die Befreiung, es kommt das Ende des Tumults.
per manum propriam: mit eigener Hand

259 *sub specie aeternitatis:* im Angesicht der Ewigkeit

260 *Domine Jesu Christe, rex gloriae …:* Herr Jesus Christus, König der Herrlichkeit, rette die Seelen aller im Glauben Verstorbenen vor den Strafen der Hölle und vor dem tiefen Abgrund. Rette sie vor dem Maul des Löwen …
Libera me a palmis quinque: Rette mich vor den fünf Palmen.
in aspectu mortis: im Anblick des Todes

264 *Dirige in conspectu …:* Ebne vor mir deinen Weg.

265 *Tres digiti scribunt …:* Drei Finger schreiben, der ganze Körper arbeitet (und leidet).

266 *O quam incredibilis est:* O wie unglaublich ist das.

281 *Christus amator, papa peccator!:* Christus ein Liebender, der Papst ein Sünder!

297 *Locus horroris et vastae solitudinis:* Ein Ort des Schreckens und gewaltiger Einsamkeit

304 *Sic sumus hic. Hic sumus sic.:* So sind wir hier. Hier sind wir so.

307 *jubilate:* Jubiliert

321 *in flagranti:* wörtlich: brennend

324 *coram publico:* vor Publikum, öffentlich

325 *Thomas autem …:* Thomas aber, einer von den Zwölfen, der Zwilling genannt wurde … (Johannes 20,24)
Et post dies octo …: Und nach acht Tagen waren seine Jünger wieder darinnen versammelt und Thomas war mit ihnen …

(Johannes 20,26)

infer digitum ...: Lege deinen Finger hinein und sieh meine Hände (Johannes 20,27)

et noli esse ...: und sei nicht ungläubig, sondern gläubig ... (Johannes 20,27)

330 *Pax tecum:* Friede sei mit dir.

337 *Omnia flumina intrant mare:* Alle Flüsse fließen ins Meer. (Prediger 1,7)

344 *Et cum spiritu tuo:* Und mit deinem Geist.

357 *Super aspidem ...:* Über die Natter und den Basilisken wirst du schreiten und den Löwen und den Drachen niedertreten (nach heutiger Zählung Psalm 91,13)

358 *Iam lucis orto sidere:* Etwa: Sowie der Morgenstern aufgegangen ist

371 *Dank je wel. Ik ben mijnheer Korn:* Ich danke dir vielmals. Ich bin Herr Korn.

373 *Et nunc:* Und nun.

374 *nou:* also

Maar goed: Aber gut

376 *Dat klopt.:* Das stimmt.

377 *He, Richard, je hebt ... / Ja, de zon ...:* He, Richard, du hast einen ordentlich roten Kopf. / Ja, die Sonne war doch etwas zu stark.

379 *Et vidi caelum novum ...:* Und ich sah einen neuen Himmel und eine neue Erde, der erste Himmel und die erste Erde ging zugrunde, und das Meer ist nicht mehr. (Offenbarung 21,1)

381 *In nomine patris ...:* Im Namen des Vaters und des Sohnes und des Heiligen Geistes.

Glossar

Abtshaus: Der Abt residierte in einem eigenen Haus, wo er auch hohe Gäste empfing. Es befand sich wahrscheinlich in unmittelbarer Nähe des Hospitals und des Infirmariums.

Abtskaplan: eine Art Sekretär des Abtes.

Albus: Weißpfennig, Hauptmünze am Mittel- und Niederrhein. 1 Gulden = 24 Albus. 1 Albus = 24 Pfennige. Ein Albus entsprach etwa dem Tageslohn eines Handwerkers.

Apostat: abtrünniger Mönch.

Arkebuse: Schusswaffe, Vorderlader, Vorläufer der Muskete.

Armarium: der alte Bibliotheksraum nahe der Kirche, im Ostflügel der Klausur.

Auslass: tonnengewölbter Durchgang vom Kreuzgang in den äußeren Klausurbereich, neben dem Kapitelsaal gelegen.

Backofen: Bollwerk am Ortsrand von (Nieder-)Walluf, Teil des Gebücks, der Grenzbefestigung des Rheingaus.

Bauernjörg: Spitzname von Georg Truchsess von Waldburg. Er führte das Heer des Schwäbischen Bundes an, das gegen die Bauernaufstände in den deutschen Landen kämpfte.

Benediktsregel: Vorschriften und Hinweise, auf die sich das gesamte christliche Ordensleben stützt. Sie soll auf Benedikt von Nursia (ca. 480-547) zurückgehen, der im Jahre 529 das erste Kloster auf dem Montecassino (Mittelitalien) gegründet hat.

Bock: Name eines Eberbacher Weintransportschiffes. Andere Klosterschiffe hießen *Sau* und *Pint.*

Bruder Veit: volkstümliche Bezeichnung für den Landsknecht.

Bundschuh: der geschnürte Schuh der Bauern, Symbol des Bauernaufstandes, oft auf Fahnen abgebildet.

Bursar: Leiter der Burse, der Finanzverwaltung der Abtei. Sozusagen der »Finanzminister« im Kloster. Ihm zur Seite standen der Subbursar und der Bursenschreiber.

Calcii nocturnales: Nachtschuhe der Mönche.

Cellerar: zuständig für Küche und Keller sowie für alle landwirtschaftlichen Außenbetriebe des Klosters (Grangien), eine Art »Wirtschaftsminister«. Nach dem Abt und dem Prior das einflussreichste Amt im Konvent.

Chormönche, auch Herrenmönche oder Professmönche: Priestermönche im Gegensatz zu den Laienbrüdern.

Confratres: Mitbrüder.

Corona: Haarkranz der Mönche.

Dienheim: Dorf bei Oppenheim am Rhein, ca. 20 km flussaufwärts von Mainz. In Dienheim gab es eine Eberbacher Grangie.

Dormitorium: Schlafsaal der Mönche. Im Eberbacher Dormitorium wurden im späteren Mittelalter Einzelzellen eingerichtet, wann genau, ist in der Forschung umstritten.

Drais: Eberbacher Grangie (Gutshof), am Ortsausgang von Erbach in Richtung Eltville gelegen. Heute im Besitz der Familie von Knyphausen.

Ekklesiast: Prediger Salomo, Buch der Weisheitsliteratur aus dem Alten Testament.

Eltville: Stadt im Rheingau. Direkt am Rhein liegt dort die kurfürstliche Burg der Mainzer Erzbischöfe. Heute Stadt des Weines und der Rosen.

Falkonett: kleinkalibriger Kanonentyp mit langem Lauf.

Frater: Bruder. Die Mönche bezeichneten sich noch in der frühen Neuzeit als Frater. Die Unterscheidung in Patres für Priestermönche und Fratres für Laienbrüder ist jüngeren Datums. Trotzdem wurden die Mönche vom einfachen Volk auch als Väter oder Patres angeredet.

Fraternei: siehe Konventskeller.

Fuß: altes Längenmaß, ca. 30 cm.

Fuder: altes Hohlmaß, ein Fuder = sechs Ohm = 873,6 Liter.

Georgsklause: 1452 aufgelöstes Benediktinerinnenkloster unterhalb des Johannisbergs, zwischen Winkel und Geisenheim gelegen, heute im Besitz des Grafen von Schönborn.

Gebück: Grenzbefestigung des Rheingaus. Sie bestand zum großen Teil aus künstlich niedergebückten Bäumen und deren ineinander verflochtenen Zweigen, noch verstärkt durch undurchdringliche dornige Hecken wie Brombeeren u.a.

Generalkapitel: jährlich stattfindende Versammlung aller Zisterzienseräbte im Stammkloster Citeaux.

Gewaltbote: erzbischöflicher Beamter im Rheingau mit polizeilichen und juristischen Befugnissen.

Gottesthal: Zisterzienserinnenkloster, nördlich von Oestrich gelegen, unter der geistlichen und ökonomischen Aufsicht (Paternität) des Abtes von Eberbach.

Graduale: Buch, das die Gesänge des Gregorianischen Chorals für die Messliturgie enthält.

Grangie: Wirtschaftshof des Klosters. Die wichtigsten Grangien von Eberbach im Rheingau waren Neuhof, Reichartshausen, Drais.

Großes Fass: Das große Weinfass wurde in den letzten Jahren des 15. Jahrhunderts gebaut und zum ersten Mal mit dem Wein des Jahres 1500 befüllt. Es hatte ein Fassungsvermögen von ca. 70.000 Liter. Seine Abmessungen betrugen 28 Fuß (8,40 m) in der Länge und 9 Fuß (2,70 m) in der Höhe.

Das Große Fass befand sich im sogenannten Konventskeller, der ehemaligen Fraternei. Dieser Raum diente in der Zeit, in der die Erzählung spielt, nicht mehr als Arbeitsraum der Mönche, sondern als Weinkeller. Neben dem Großen Fass standen hier auch noch mehrere andere überdimensionale Fässer.

Gugel: Kapuze, die unten einen Ansatz zum Bedecken der Schultern hatte.

Hallgarten: Weindorf in der Nähe des Klosters.

Hausenblase: Blase des Fisches Hausen (einer Störart), die bei der Klärung des Weines verwendet wurde.

Heide: siehe Wacholderheide.

Horen: die festen Gebetszeiten (Stundengebete) im Kloster.

Vigilien: im Sommer gegen 2 Uhr, im Winter gegen 1.30 Uhr

Laudes: im Sommer gegen 3.10 Uhr, im Winter gegen 7.15 Uhr

Prim: im Sommer gegen 4 Uhr, im Winter gegen 8 Uhr

Terz: im Sommer gegen 7.45 Uhr, im Winter gegen 9.20 Uhr

Sext: im Sommer gegen 10.40, im Winter gegen 11.20 Uhr

Non: im Sommer gegen 14 Uhr, im Winter gegen 13.20 Uhr

Vesper: im Sommer gegen 18 Uhr, im Winter gegen 14.50 Uhr

Komplet: im Sommer gegen 19.50 Uhr, im Winter gegen 15.55 Uhr

Hospital: Gästehaus der Abtei (**nicht** das Krankenhaus der Mönche).

Infirmar(ius): Mönch, der die Kranken betreut, auch Siechenmeister genannt.

Infirmarium, auch Infirmerie: Krankenstation des Klosters. Siehe auch Thomaskirche.

Jubeljahr: besonderes Heiliges Jahr, das mit großen Feierlichkeiten und Ablässen verbunden war. Kurz vor der Zeit der Erzählung war das Jahr 1500 ein Jubeljahr.

Kapitel: siehe Kapitelsaal.

Kapitelsaal: der Versammlungsort der Mönche, in Eberbach am Kreuzgang im Ostflügel gelegen. Hier wurden jeden Tag zwischen der Prim und der Terz die Angelegenheiten des Klosters besprochen und ein Kapitel aus der Benediktsregel verlesen. Diese Versammlung wird daher auch als »Kapitel« bezeichnet.

Karsthans: alter Spottname für die Bauern.

Klafter: altes Längenmaß. 1 Klafter = 6 Fuß, also ca. 1,80 Meter.

Klausur: der nur den Mönchen vorbehaltene abgeschlossene Bezirk des Klosters. Die innere Klausur ist der Bereich von Kirche und Kreuzgang und den damit direkt verbundenen Gebäuden, die äußere Klausur dagegen umfasst auch die übrigen Gebäude und Flächen bis zur Klostermauer.

Klebrot: eine Rotweinsorte.

Kommemoration: von lat. *commemorare*: In der Messe wird durch ein Gebet bzw. in den Horen durch eine zusätzliche Lesung an einen bestimmten (Tages-)Heiligen erinnert.

Komplet: Chorgebet, das den Tag abschließt; bei den Zisterziensern durch das *Salve Regina* ergänzt, siehe Horen.

Konventskeller: Ehemaliger Arbeitsraum der Mönche (sog. Fraternei) an der nordöstlichen Ecke des Kreuzgangs, schon ab dem späten Mittelalter als Weinkeller genutzt. Hier stand das Große Fass. Heute sog. Cabinet-Keller.

Konversen: Laienbrüder, die im Status unter den eigentlichen Mönchen (Chor- oder Herrenmönchen) standen. Sie hatten in der Regel Bärte und trugen schlichte braune Gewänder. Die Klausur durften die Konversen nicht betreten. In der Kirche hatten sie ihren eigenen Bereich mit eigenem Altar. Sie hatten ferner einen eigenen Speisesaal und Schlafsaal. Wie die Chormönche waren sie den drei Gelübden Armut, Keuschheit und Gehorsam verpflichtet.

Krautstrunk: Trinkgefäß. Ein bestimmter Typ Becher mit Noppen als Verzierung, Vorläufer des Weinrömers.

Kreuzgarten: der vom Kreuzgang umschlossene Bereich.

Kyrie eleison: Herr, erbarme dich.

Laienbrüder: siehe Konversen.

Laudanum: Schmerzmittel mit stark sedierender Wirkung. Es besteht aus Opium, das in Alkohol gelöst ist. Als Erfinder gilt Paracelsus († 1541).

Laudes: Chorgebet am frühen Morgen, siehe Horen.

Lektionar: liturgisches Buch, das alle Abschnitte der Bibel für die Lesungen der Messfeier enthält.

Mapper Hof: auch Hof zu Mappen oder Hof zum Appen. Eberbacher Hof jenseits des Rheingauer Gebücks auf den Taunushöhen. Von den damaligen Gebäuden ist in der heutigen Hofanlage nichts mehr erhalten.

Meile: altes Längenmaß, etwa acht Kilometer.

Misericordien: kleine Holzbretter an der Unterseite der Sitze im Chorgestühl, vom lat. *misericordia*, Barmherzigkeit. Wenn der Sitz hochgeklappt ist, kann der Mönch sich stehend etwas abstützen.

Moguntia: lateinischer Name von Mainz.

monastisch: klösterlich.

Morgen: altes Flächenmaß, etwa ein Viertel Hektar.

Nachtigall: großer Geschütztyp.

Neuhof: Eberbacher Grangie (Gutshof) in der Nähe des Klosters, direkt am Steinberg, dem Hauptweinberg der Mönche.

Non: eine der Gebetszeiten im Kloster, siehe Horen.

Notschlange: große Kanone, Zwanzigpfünder.

Oestrich: Weinort am Rhein, heute Stadt Oestrich-Winkel.

Ohm: altes Hohlmaß für Flüssigkeiten, ca. 142 Liter. Sechs Ohm = ein Fuder.

opus Dei: Gesamtheit der Gottesdienste der Mönche.

ordo: mittelalterlicher Begriff für die von Gott eingerichtete Ordnung der Welt, besonders auch die Ordnung im mönchischen Leben.

Parlatorium: Sprechraum der Mönche, in Eberbach am Ostflügel des Kreuzgangs neben dem Kapitelsaal gelegen.

Petrus Lombardus: siehe Sentenzen.

Prior: Stellvertreter des Abtes, zweiter Mann im Kloster.

Proverbia: alttestamentliches Buch der Sprüche bzw. Sprichwörter.

Refektorium: Speisesaal der Mönche.

Regel: siehe Benediktsregel.

Reichartshausen: Eberbacher Grangie, am Rhein bei Hattenheim, zwischen Oestrich-Winkel und Eltville gelegen; Hafen der Eberbacher Weinschiffe.

Reisige: schwer bewaffnete berittene Söldner.

Responsorium: besondere Art des Vortrags eines Psalms: Auf einen Vers wird mit einem Responsum geantwortet.

Robert von Molesme: Benediktinermönch, der im Jahr 1098 sein Kloster verließ und in Citeaux ein neues Reformkloster gründete. Er war damit der Begründer des Zisterzienserordens.

Sack: Eberbacher Weinkeller in Köln.

Sakristan: zuständig für die organisatorischen Angelegenheiten in der Kirche.

Salve Regina: der den zisterziensischen Tag abschließende Choral zum Lob der Gottesmutter Maria, im Anschluss an die Komplet.

Sau: Name eines Eberbacher Weintransportschiffes.

Scharfmetze: sehr großes Geschütz.

Schwäbischer Bund: Vereinigung von Städten und Territorien in Süddeutschland. Der Schwäbische Bund spielte unter Leitung von Georg Truchsess von Waldburg (»Bauernjörg«) eine führende Rolle bei der Niederschlagung der Bauernaufstände.

Senat: Gremium älterer Mönche (*seniores*) und Würdenträger der Abtei, die dem Abt beratend zur Seite stehen.

Senioren, seniores: siehe Senat.

Sentenzen: berühmtestes und meistgebrauchtes theologisches Lehrwerk des Mittelalters. Verfasser der Sentenzen ist Petrus Lombardus (um 1100-1160). Fast alle namhaften scholastischen Theologen des Hochmittelalters verfassten während ihrer Ausbildung Kommentare zu den Sentenzen des Petrus Lombardus, sog. Sentenzenkommentare.

Sext: eine der Gebetszeiten, siehe Horen.

Skapulier: Überwurf bzw. Schürze des Ordensgewandes mit Kapuze, bei den Zisterziensern schwarz.

Spay: Eberbacher Weinkeller in Köln.

Steinberger: besonders hochwertiger Wein vom Weinberg Steinberg, nicht weit vom Kloster bei der Grangie Neuhof gelegen. Der Steinberg hat ausgezeichnete klimatische Bedingungen und war vermutlich von einer begrenzenden Hecke umgeben.

Steinheim: kleine Stadt am Main, gehörte seit dem frühen 15. Jahrhundert dem Mainzer Erzbischof, der dort ein Schloss errichten ließ. Heute Stadtteil von Hanau.

Stephanus: der erste christliche Märtyrer. Er wurde nach einem Verhör vor dem Hohepriester gesteinigt (Apostelgeschichte 7).

Stiefelrevolte: Im Jahre 1261 rebellierten die Laienbrüder in Eberbach gegen ihre schlechten Lebensbedingungen, u.a. gegen den Brauch, die abgenutzten Schuhe der Mönche auftragen zu müssen. Die Revolte führte zur Ermordung des Abtes Werner.

Stuiver: niederländische und flandrische Kleinmünze.

Subbursar: siehe Bursar.

Subinfirmar(ius): Untersiechenmeister, dem Infirmarius unterstellt.

Thomaskirche: erste, von den Augustinern errichtete und dem heiligen Thomas gewidmete Kirche auf dem Klostergelände. Die Thomaskirche wurde von den Zisterziensern später als Krankenhaus (Infirmarium) genutzt. Auf den Ansichten der Klosteranlage des 17. und 18. Jahrhunderts ist die Kirche deutlich zu erkennen (1646 bei Merian: »Spital Kirch«. Siehe dazu Rückseite des Buchumschlags, Nummer 2.). Nach der Mitte des 18. Jahrhunderts wurde sie abgebrochen. Sie befand sich in unmittelbarer Nähe des Hospitals. In der Kirche standen ein dem Apostel Thomas gewidmeter Altar sowie ein Servatiusaltar.

Tiefenthal: Zisterzienserinnenkloster bei Rauenthal, das Eberbach unterstellt war. Von der Abtei Eberbach in Luftlinie etwa fünf Kilometer entfernt. Dort wurde ein Gewand der heiligen Elisabeth von Thüringen aufbewahrt. Heute ist Tiefenthal eine Niederlassung der »Armen Dienstmägde Jesu Christi«. Von der historischen Klosteranlage ist jedoch nichts mehr erhalten.

Treideln: Ziehen der Schiffe mit Seilen durch Tiere oder Menschen, am Rhein auf dem sog. Leinpfad.

Vesper: Abendgebet, siehe Horen.

Vigilien: Chorgebet in der Nacht, siehe Horen.

Viztum: von lat. *vicedominus*: Vogt und Verwalter des Erzbischofs im Rheingau, oberster Beamter des Landes.

Wacholderheide: Talsenke südöstlich von Kloster Eberbach, im Mittelalter mit Wacholderbüschen bestanden. Meist kurz »der Wacholder« genannt. Heute findet sich dort noch der Wacholderhof.

Wittenbergische Nachtigall: Bezeichnung für Martin Luther.

Zingulum: Gürtel des Zisterziensergewandes.

Zisterze: Zisterzienserkloster.

Nachwort und Dank

Tres digiti scribunt, totumque corpus laborat.

Dieser aus dem Mittelalter überlieferte Spruch drückt die Mühe des Schreibprozesses aus: Drei Finger schreiben, aber der ganze Körper arbeitet und leidet mit. Jeder, der schreibt, weiß, dass ein größeres schriftstellerisches Projekt ohne Manuskriptbegleitung, fortwährende Hilfe und Aufmunterung lieber Freunde und Wegbegleiter nicht möglich ist.

Danken möchte ich von ganzem Herzen:

Gott – für die Inspiration, die Schaffenskraft und vor allem das Durchhaltevermögen.

Meiner Lebensgefährtin Barbara Kiefer – für ihre unendliche Geduld, zweimalige kritische Manuskriptdurchsicht und für zahlreiche wertvolle Ideen während des gesamten Entstehungsprozesses.

Propst Matthias Schmidt – für die Begleitung des gesamten Manuskripts, viele kluge Anregungen und Vorschläge zu allen Kapiteln.

Wolfgang Riedel, dem Vorsitzenden des Freundeskreises Kloster Eberbach und exzellentem Kenner der Abteigeschichte – für das Interesse am Projekt von Beginn an, gute Gespräche und stetigen Zuspruch sowie für die sachkundige Durchsicht des Glossars. Ferner für sein herausragendes Sammelwerk mit zahlreichen klugen Aufsätzen, das er als Herausgeber betreut hat und dem ich viele Detailinformationen verdanke: Das Kloster Eberbach an der Zeitenwende. Abt Martin Rifflinck (1498-1506) zum 500. Todesjahr. Selbstverlag für mittelrheinische Kirchengeschichte, Mainz 2007.

Lob und Dank auch den Autorinnen und Autoren der einzelnen Beiträge in diesem Buch: Andrea Gerster, Dr. Heinrich Meyer zu Ermgassen, Dr. Gabriel Hefele, Dr. Susanne Kern, Dr. Yvonne Monsees, Dr. Michael Oberweis, Prof. Dr. Nigel F. Palmer, Dr. Hilmar Tilgner, Prof. Dr. Peter Walter und Prof. Dr. Otto Volk.

Norbert Kiefer – für die Beratung in Fragen der katholischen Liturgie und Riten.

Martin Cremer – für die Kontrolle der lateinischen Textstellen.

Dr. Silke Gärtner – für Rat in medizinischen Fragen.

Dem echten Richard van Lente, meinem Niederländischlehrer – für die Durchsicht der niederländischen Textstellen und für einige gute Sprüche.

Marion Sternhagen – für hilfreiche Hinweise zu den ersten Kapiteln.

Monika Bönisch, Horst Stolte, Dr. Andreas Scheidgen und Gerhard Kraft (†) – für Zuspruch und Motivation.

Ein weiteres Dankeswort gilt dem unerreichten Meister Umberto Eco. Ohne seinen wunderbaren, gelehrten und hoch spannenden Roman *Der Name der Rose*, der mich in vielerlei Hinsicht inspiriert hat, wäre dieses Buch sicher nicht geschrieben worden.

Herzlichen Dank auch dem Team vom Conte Verlag, insbesondere meinen Verlegern Roland Buhles und Stefan Wirtz, die mir, einem »Novizen«, die Chance zur Veröffentlichung gegeben haben, sowie meiner Lektorin Tina Klinkner für ihre gründliche Textarbeit.

Der historische Rahmen und die Chronologie der gesellschaftlich-politischen Ereignisse des Rheingauer Aufstands, wie er hier geschildert ist, stimmt im Grundsätzlichen; in der Ausgestaltung der Handlung habe ich mir jedoch einige literarische Freiheiten genommen. Ähnliches gilt für einige Personen des Buches, die wirklich gelebt haben, z.B. den Abt Nikolaus, Prior Jakob, die Mönche Karl Pfeffer und Emrich Reser, die Äbtissin Engel Schweb, Bischof Wilhelm von Hohnstein, Friedrich von Greiffenclau (der in den Quellen wirklich als eine Art Hauptmann der Rheingauer genannt wird), Hilchen von Lorch, Viztum Heinrich Brömser, ferner die Aufrührer Johannes Rab und (Hubert) Ostermann, auch den rückblickend genannten Koichen Cles und andere. Die Eigenschaften und Charakterzüge, mit denen ich diese Personen im Roman ausgestattet habe, sind allein meine freie Ausgestaltung, d.h., die Figuren führen im Text ein fiktives Eigenleben.

Diese Eigendynamik der Romanfiguren gehört für mich zu den spannendsten Erfahrungen während des Schreibprozesses: Manche Charaktere schienen sich zu verselbstständigen und gehorchten dem Willen des Autors nur bedingt. Peter Wagner zum Beispiel war ursprünglich nicht geplant; dieser lustige Geselle hat sich bereits im ersten Kapitel gleichsam selbst erfunden. Zum Glück!

Die in Kapitel V, VI und IX wiedergegebenen Urkunden habe ich der Arbeit von Wolf Heino Struck entnommen: Der Bauernkrieg am Mittelrhein und in Hessen. Darstellung und Quellen. Wiesbaden 1975. Strucks gründlicher Studie verdanke ich sehr viel Detailwissen. Aus Gründen der Verständlichkeit wurden die Urkundentexte z.T. leicht gekürzt und behutsam dem heutigen Sprachgebrauch angepasst. Wer die historischen Zusammenhänge nachlesen möchte, dem sei dieses Buch empfohlen.

Zur Bibliothek von Eberbach und ihren Bänden verdanke ich meine Kenntnisse dem Buch von Nigel F. Palmer: Zisterzienser und ihre Bücher. Die mittelalterliche Bibliotheksgeschichte von Kloster Eberbach im Rheingau. Hg. vom Freundeskreis Kloster Eberbach e.V. Schnell und Steiner, Regensburg 1998.

Zu wirtschaftlichen Aspekten konnte ich schöpfen aus: Gabriele Schnorrenberger: Wirtschaftsverwaltung des Klosters Eberbach im Rheingau 1423-1631. Selbstverlag der Historischen Kommission für Nassau, Wiesbaden 1977.

Meine Kenntnisse zu den Gebräuchen der Zisterzienser verdanke ich im Wesentlichen dem von Hermann M. Herzog aus Marienstatt und Johannes Müller aus Himmerod herausgegebenen Band Ecclesiastica Officia. Gebräuchebuch der Zisterzienser aus dem 12. Jahrhundert. Bernardus-Verlag, Langwaden 2003.

Zur Schlacht von Pfeddersheim habe ich mich informiert in: Willi Alter: Pfeddersheim um 1525. Zugleich ein Beitrag zur Erforschung des Bauernaufstands in Südwestdeutschland. Verlag Stadtarchiv Worms 1990.

Zu den Gegebenheiten in Köln war sehr hilfreich: Gerd Steinwascher: Die Zisterzienserstadthöfe in Köln. Hg. vom Altenberger Dom-Verein e.V. Johann Heider Druckerei und Verlag, Bergisch Gladbach 1981.

Empfehlenswert ist ferner die Studie von Otto Volk: Wirtschaft und Gesellschaft am Mittelrhein vom 12. bis zum 16. Jahrhundert. Historische Kommission für Nassau, Wiesbaden 1998.

Die Psalmen sind im Text nach der mittelalterlichen Zählung, wie sie die Vulgata bietet, angegeben.

Et nunc? Totum corpus requiescit.
Tunc nova opera …

Frühjahr 2011 H.H.

Barbara Mansion
Mörderische Wallfahrt

Conte Krimi

202 Seiten
Paperback
ISBN 978-3-936950-59-5
9,90 €

Anno 1242. Arnold von Siersberg wallfahrtet zum Schrein des Heiligen Liutwin ins Mettlacher Kloster. Eine jährliche Pflichtaufgabe. Seine Tante Ermentrude von Kirkel und Kaplan Jérôme reisen im Gefolge. Doch Arnolds geheimer Auftrag ist weder lästig noch gottesfürchtig. Zwischen dem Trubel der Festlichkeiten und des Jahrmarkts trifft er sich mit Arnold von Isenburgs Abgesandtem. Denn den gefürchteten Aufrührer gelüstet es nach dem Trierer Erzbischofsstuhl. Als der Abgesandte ermordet wird, gerät ausgerechnet Dame Ermentrude unter Tatverdacht. Resolut macht sie sich an die Aufklärung des Falles, von Bruder Jérôme nur widerwillig unterstützt. Unter dem frommen Klosterdach decken sie unglaubliche Geheimnisse auf…

»Mörderische Wallfahrt« ist ihr zweiter Mittelalterkrimi mit Dame Ermentrude und Bruder Jérôme als Ermittler.

Barbara Mansion
*Das Geheimnis
der Burgkapelle*

Conte Krimi

208 Seiten
Paperback
ISBN 978-3-941657-09-0
12,90 €

Bei den Vorbereitungen zur Taufe des kleinen Eberhard geht
es auf der Siersburg hoch her. Doch dann macht Bruder
Jérôme vor den Burgmauern einen grauenvollen Leichenfund!
Dame Ermentrude wittert einen Mordfall. Schnell gerät
das Geheimnis um einen wertvollen Schatz der Waldenser
in den Blickpunkt. Vor Jahren soll der Schatz in einem
Musikinstrument versteckt auf die Burg gelangt sein. Die
spitzfindige Dame Ermentrude und ihr tollpatschiger Gehilfe
Kaplan Jérôme ermitteln als Team. Es beginnt ein packendes
Katz- und Maus-Spiel zwischen dunklen Intrigen und bösen
Machenschaften.
Der dritte Krimi mit Dame Ermentrude und Kaplan Jérôme.
Sorgfältig recherchierter Mittelalterhintergrund und flotte
Schreibe zeichnen Barbara Mansion aus.

»Die mittelalterliche Welt wirkt prall und voller Leben.«
Saarkrimi.de

Besuchen Sie uns im Internet:
www.conte-verlag.de